James Carlos Blake

PISTOLERO

Roman

Aus dem Englischen übersetzt
von Peter Torberg

liebeskind

Die amerikanische Originalausgabe erschien 1995 unter dem Titel *The Pistoleer* bei Berkley Books, New York.

Umschlaggestaltung: Marc Müller-Bremer, München
Herstellung: Sieveking, München
Typografie und Satz: Frese Werkstatt, München
Druck und Bindung: CPI – Ebner & Spiegel, Ulm

ISBN 978-3-95438-051-0

Für Old Bill wegen des Unterrichts;
Allen für die Ermutigung;
Nat für den Glauben an mich.

Ob das Schlachtfeld auch verloren,
Ist doch nicht alles hin; der Wille nicht,
Der unbesiegbar, nicht der Rache Durst,
Der ew'ge Hass und Mut, sich nie zu beugen,
Und was noch sonst unüberwindlich ist.
MILTON, *Das verlorene Paradies*

Oh, I'm a good old rebel, that's what I am …
I won't be reconstructed, and I don't give a damn.
INNES RANDOLPH (1837–87)

PROLOG

Er war der gefährlichste Killer in Texas, da waren sich alle einig. In jeder anderen Hinsicht hätten sie auch über zwei verschiedene Personen sprechen können …

Manche hielten ihn für einen Helden. Zum Teufel, hat er etwa nicht die Waffe auf die Blaubäuche gerichtet, die in den dunklen Tagen nach dem Krieg in ganz Texas gewütet haben? Er war noch ein ganz junger Bursche, und schon hat er gegen die Ungerechtigkeit gekämpft. Und als die schändliche State Police in ganz Texas unschuldige Leute schikanierte, hat er da nicht diesen von Davis losgelassenen Teufeln die Hölle heißgemacht? Hat er sie etwa nicht nahezu eigenhändig aus Gonzales County vertrieben? Sicher, er hat Männer getötet, viele Männer – Männer, die versucht haben, ihn zu töten! Selbstverteidigung ist das oberste Gesetz des Lebens; weiß doch jeder. Und es ist eine Kunst – eine Kunst, die jeder gern beherrschen würde. Hardin hat nichts anderes getan, als nach diesem Gesetz zu leben und diese Kunst zu beherrschen. Wer würde nicht dasselbe tun, wenn er nur den Mut und die Fähigkeiten hätte? So sagten die einen.

Einige waren ganz anderer Meinung. Er sei von Natur aus rebellisch gewesen, sagten sie, ein schwarzes Schaf. Nein, schlimmer – viel schlimmer. Von Grund auf böse. Ein geborener Killer. Eine gewalttätige Seele, beherrscht vom Stolz, der schlimmsten aller Todsünden. Seinen mörderischen Taten noble Absichten zu unterstellen hieße, Teufelshörnern einen Heiligenschein aufzusetzen. Sagten die anderen.

Und was sie nicht alles redeten. Er habe seinen ersten Mann mit fünfzehn getötet. Mit achtzehn habe er auf der Hauptstraße in Abilene Wild Bill Hickock zu einem Rückzieher gezwungen, vor hundert Zeugen. Er sei so oft angeschossen worden, dass er ein Pfund Blei im Leib getragen habe. Als er mit fünfundzwanzig ins Gefängnis kam, da habe er schon vierzig Mann, vielleicht mehr getötet.

Sie sagten, das Gefängnis habe seinen Geist nicht brechen können, aber seinen Leib hat es jahrelang gequält. Er sei hinter diesen Mauern zahm geworden, seiner Frau zuliebe. Er habe das Recht studiert und sei nach sechzehn Jahren begnadigt worden. Da sei seine geliebte Jane schon seit einem Jahr im Grab gewesen.

Sie sagten, er habe sich danach sehr bemüht, ein anständiges Leben zu führen, doch das habe seine Natur nicht zugelassen. Seine Seele sei wund gewesen, er sei einsam gewesen. Es habe ihn westwärts in die niederträchtigste Stadt von Texas getrieben. Dort sei er zu dem schändlichen Leben seiner Jugend zurückgekehrt, habe sich dem Whiskey zugewandt und das Glücksspiel wieder zur Gewohnheit gemacht. Er habe sich eine Geliebte mit wildem Herzen genommen und habe stets geladene Revolver bei sich getragen. Der Schatten des Todes sei ihm überallhin gefolgt.

All diese Dinge sagten sie und noch mehr, jene, die ihn in den zweiundvierzig Jahren seines Lebens auf die eine oder andere Weise gekannt hatten: Freunde und Feinde, Verwandte und Fremde, Soldaten, Herumtreiber, Cowboys, Gesetzeshüter und Gesetzlose, Spieler und Dirnen, Richter, Gefängniswärter und Häftlinge – Zeugen, sie alle, die den Weg des Pistoleros gekreuzt haben.

ERSTER TEIL

JUNGER REBELL

Aus dem *El Paso Daily Herald* vom 20. August 1895

Letzte Nacht kam es zwischen 11 und 12 Uhr auf der San Antonio Street durch den Lärm von vier Pistolenschüssen, die im Acme Saloon abgefeuert wurden, zu größter Aufregung. Schon bald drängte die Menge zur Tür, und drinnen lag die Leiche von John Wesley Hardin, dessen Blut über den Boden floss, und sein Gehirn sickerte dort, wo eine Kugel durch seinen Kopf gegangen war, aus einer Schusswunde. Bald wurde die Tatsache bekannt, dass John Selman, Polizist vom 1. Revier, die tödlichen Schüsse abgegeben hatte, die das Leben des bekannten Wes Hardin beendeten, ein Name, unter dem er allen alten Texanern besser bekannt ist. In den vergangenen Wochen hatte sich einiges zusammengebraut, und auf den Straßen hörte man öfter, John Wesley Hardin würde wohl noch Grund für ein paar Morde geben, bevor er die Stadt verließ.

Erst vor Kurzem hatte Polizist Selman Mrs. McRose, die Geliebte von Hardin, festgenommen; sie wurde wegen Waffenbesitz vor Gericht gestellt und verurteilt. Das verärgerte Hardin, und wenn er trank, machte er häufiger Bemerkungen, die seine Verbitterung gegenüber John Selman verrieten. Selman kümmerte sich nicht weiter um diese Kommentare, ging seinen Pflichten nach und sagte nichts. In letzter Zeit wurden Hardins Beschimpfungen lauter, er stand dauernd unter dem Einfluss von Alkohol, und zu solchen Zeiten war er besonders streitsüchtig, sogar gegenüber einigen seiner Freunde. Diese zänkische Ader seinerseits führte letzte Nacht zu seinem Tode und soll allen als traurige Warnung dienen, die Rechte anderer zu respektieren, und als Zeichen, dass die Zeiten vorüber sind, in denen ein Mann von schlechtem Leumund sich einfach über das Gesetz und die Rechte andere Bürger hinwegsetzen kann …

Auszug aus *Das Leben John Wesley Hardins, von ihm selbst niedergeschrieben*
Seguin, Texas, Smith and Moore, 1896

»Unsere Eltern haben uns von klein auf beigebracht, aufrichtig, ehrlich und mutig zu sein, und man hat uns beigebracht, dass kein wackerer Junge sich jemals von einem anderen straflos Lügner nennen lässt; so hatten wir in der Schule viele Kämpfe mit anderen Jungen auszutragen. Ich war von Natur aus lebhaft und stark und ging immer als Sieger hervor, wenn auch manchmal mit blutiger Nase, zerkratztem Gesicht oder einem blauen Auge; aber ganz nach meiner frühen Erziehung versuchte ich es wieder und wieder … Ich habe immer versucht, in der Schule alle zu übertrumpfen, und meistens war ich der Beste … Murmeln dotzen und einlochen, Schlagballvierer und Town Ball spielten wir am häufigsten, und ich galt bei meinen Schulkameraden als Experte. Ich wusste, wie man den Mittelmann ausschlägt, konnte scharfe Bälle werfen und gut mit dem Schläger umgehen.«

»Ich bin stets ein Kind der Natur gewesen, und ihre Wege und Stimmungen waren mein Studiengebiet. Meine größte Freude war es, hinauszugehen auf die offenen Felder, in die Wälder und Sümpfe … mit meinem Gewehr und den Hunden zu den großen Fichten und Eichen zu gehen und Hirsche zu jagen, Waschbären, Opossums oder Wildkatzen. Sollte jemals einer der Sumpter-Jungs, mit denen ich jagen ging, diese Geschichte meines Lebens zu sehen bekommen, dann frage ich sie hiermit, ob unser Sport in jenen Tagen großartig war oder nicht.«

»Ich habe Abraham Lincoln als Strohpuppe so oft brennend und zerschossen gesehen, dass ich ihn als den personifizierten Teufel ansah, der einen gnadenlosen und grausamen Krieg gegen den Süden führte, um ihm die heiligsten Rechte zu entwinden. Sie werden also verstehen, dass die Gerechtigkeit in der Sache des Südens mir schon in der Jugend beigebracht wurde, und wenn ich diese Lehren in späteren Jahren niemals ablegte, dann einfach, weil ich meiner frühen Erziehung gehorchte. So wie man einen Zweig biegt, so wird er wachsen, sagt man doch schon von alters her, und das stimmt. So wurde ich zum Rebell.«

Vangie Molineaux

Oh, das Kind ist in einem blutigen Sturzbach zur Welt gekommen, der Bengel. Ich hab als Hebamme tausend Kinder zur Welt gebracht, aber ich hab keins gesehen, das so viel Blut aus seiner Mama rausgeholt hat wie er. Die arme Frau, so weiß. Der Schweiß lief ihr über die Haut wie heißes Wachs und durchweichte ihre Kleidung mit dem Geruch von Brackwasser. Die Augen weit und rot und schmerzensblind. Ich hab ihr einen Stock zwischen die Zähne gesteckt, den hat sie glatt entzweigebissen.

Zwei Jahre vorher hab ich ihr bei ihrem Ersten geholfen, dem, den sie Joseph nennen, da hat sie kaum einen Mucks getan. Aber der hier! Oh, wie der all das Blut rausgebracht hat, und wie sie schreien musste. Sie hat so schlimm geschrien, wie ich es noch nie von jemandem gehört habe, der nicht gebrannt hat. Der Lampenschein im Glas hat geflackert, die Wände und die Schatten haben gezittert. Kaum Luft zum Atmen in dem Zimmer, nur Rauch und Schmerzensschweiß, und das Blut, das ihr aus dem Geschlecht floss und das Laken unter ihr dunkel färbte.

Ich hab ihre Knie gehalten und ihr geholfen drücken, drücken. Ich hab reingegriffen und getastet, und er war ganz falsch rum, der Bengel. Aber das Herz hat stark geschlagen. Er *wollte* raus – er wollte raus, bevor sie vielleicht starb und ihn gleich mitnahm. Er *wusste* es, der Kleine – er wusste, er war in großen Schwierigkeiten, da hat er noch nicht sein erstes Tageslicht gesehen. Aber ich hab das Herz gespürt und hab mit ihm gesprochen, hab gesagt, sei stark, kleiner Mann, sei stark – das Blut seiner Mama reichte mir bis an die Ellbogen, und ihre Schreie dröhnten mir in den Ohren wie bronzene Glocken.

Sein Daddy, der Reverend, ist im ganzen Zimmer hin und her gegangen, hat gebetet und gebetet. Als sie immer lauter schrie, hat er angefangen, Kirchenlieder zu singen, immer lauter, so laut wie ihre Schreie. Dann wurde ihr Geschrei so laut, dass es sich anfühlte wie Finger in meinem Gesicht, und ihn hab ich nicht mehr gehört. Als er meine Hände aus ihr rauskommen sah, voll mit dickem, dunklem Blut, ist er schnell rausgegangen, und ich danke Gott dafür. So wild, wie er sang, so groß und stark, der Mann, mit schwarzem Bart und immer ganz in Schwarz, da sah er aus wie der Sensenmann persönlich, und mich hat's gegruselt – vor allem in *der* Nacht, die sechsundzwanzigste Nacht im Mai, eine Nacht, in der kein Gris-Gris die dunklen Geister fernhalten kann.

Schließlich hab ich das Baby doch gedreht gekriegt, und dann ist der Bengel rausgekommen, hat gestrampelt und die kleinen roten Fäuste geschwungen. Er hat nicht wie ein Baby geweint, eher geschrien – Schreie, wie sie ein Mann macht, wenn er vom Whiskey oder einer Frau ungestüm und glücklich ist, oder wenn er wild und wütend ist und einen umbringen will. Der hier ist mit offenen Augen auf die Welt gekommen und hat sich umgesehen, aus welcher Richtung der Ärger kommt. Als ob er schon gewusst hat, wie diese Welt ist, der Bengel.

Gregor Holtzman

Reverend Hardin zog mit seiner Familie 1855 oder vielleicht '56 nach Polk County, etwa acht, neun Jahre nachdem wir uns hier angesiedelt hatten. Sie kamen von oben irgendwo am Red River. Die Familie des Reverend stammte ursprünglich aus Georgia und war, nur ein paar Jahre nachdem Steve Austin mit der ersten Gruppe Siedler an den Brazos River gekommen war, hergezogen. Alle möglichen Leute kamen aus allen möglichen Gründen her, auch solche, die schnell großen Abstand zwischen sich und dem Gesetz suchten.

Schon in jenen Tagen, lange vor dem Krieg, war »G.T.T.« – »Gone to Texas« – ein im ganzen Süden durchaus üblicher Abschiedsbrief.

Als der Reverend und seine Familie nach Polk kamen, waren da nur er und seine Frau Elizabeth und die beiden kleinen Jungs, Joe und John Wesley. Dann kamen die Töchter, die kleine Elizabeth und Mattie. Der dritte Sohn, Jefferson Davis, kam gegen Ende des Krieges zur Welt, war also ein ganzes Stück jünger als seine großen Brüder.

Der Reverend, der Methodist war, hat hier in der ganzen Gegend das heilige Wort gepredigt. Er hat auch an der Schule unterrichtet und war nebenher Anwalt. Mrs. Hardin war eine sehr ansehnliche Frau – das sage ich mit allem Respekt –, und gebildet war sie auch. Ihr Daddy war ein Doktor aus Kentucky, und ihre Ma, sagte man, war eine der vornehmsten Damen gewesen, die der Süden je gesehen hat. Kein Wunder also, dass die Hardin-Kinder so klug waren, mit einem Prediger als Vater und einer so gebildeten und wohlerzogenen Mutter wie Elizabeth. Umso mehr wunderten sich manche Leute, warum John Wesley so endete. Schaut euch mal Joe an, sagten sie – so einen Sohn erwartet man sich von einem Mann wie dem Reverend. Nun, Leute, die so reden, haben keinen von den dreien wirklich gekannt – weder Joe noch John Wesley *oder* den Reverend.

Ich erzähl Ihnen mal eine Geschichte über den Reverend, die haben noch nicht viele gehört. Ich habe ihm mal geholfen, einen Hühnerstall zu bauen, da kam dieser bösartige, verrückte alte Bulle von der Nachbarfarm angestürmt. Er jagte die Kuh des Reverend über die Weide und versuchte sie aufzuspießen. Der Reverend hat den Hammer fallen lassen, ist ins Haus gerannt, kam mit seinem Mississippi-Rifle zurück und jagte dem Bullen aus über hundert Metern eine Kugel direkt ins Auge. Und zwar dem laufenden Bullen. Gibt nicht viele Männer, die so schießen können, und noch weniger, die wussten, dass der Reverend das konnte. Jedenfalls kommt am selben Abend der Farmer, dem der Bulle gehörte, rüber zum Haus der Hardins – ich saß mit ihnen beim Abendbrot – und brüllt wie wild herum wegen seines Tiers. Der Reverend hat gar nicht erst die Stimme erhoben. Er sagte dem Kerl, er habe nur seinen Besitz geschützt. Und dann meinte er zu ihm, wenn er den toten Bullen nicht bis Sonnenaufgang von seinem Land schafft, dann zerlegt er ihn selbst und verkauft das Fleisch. Am nächsten Morgen war der Bulle verschwunden.

Was ich damit sagen will: Es gab eine Seite an dem Reverend, die manche Leute nie zu Gesicht bekamen, aber diese Seite war bei John Wesley stark ausgeprägt.

Die Hardins sind eine stolze Familie, und es gibt eine Menge, worauf sie stolz sein können. Sie sind so sehr Teil der Geschichte von Texas, wie die meisten Familien es sich nur wünschen können. Benjamin Hardin, der Vater des Reverend, saß im Kongress von Texas, bevor wir uns der Union zum ersten Mal angeschlossen haben. Schauen Sie sich die texanische Unabhängigkeitserklärung mal genau an, dann finden Sie dort Augustine Hardins Unterschrift drauf. Das war ein Onkel vom Reverend. Hardin County, gleich südlich von uns, ist nach Richter Will Hardin benannt worden, einem anderen Onkel des Reverend.

Ich will damit nur sagen, die Hardins, die ich kannte, waren von wirklich guter Herkunft, und sie waren gute Menschen, allesamt, und damit meine ich auch John Wesley. Ist mir ganz gleich, wie viele Menschen er umgebracht hat, mir und vielen hier. Wir wissen verdammt gut, dass er sich jedes einzelne Mal entweder selbst verteidigt hat oder für das eingestanden ist, was Recht ist. Wir wissen das, weil wir die Familie kannten. Wir kennen ihren Charakter, und das Einzige, was zählt, ist der Charakter.

Barnett Jones

Bei dem ersten Gehenkten, den wir je gesehen haben, waren wir nicht dabei, wie er gehängt wurde. Wir hatten ihn gefunden, als wir eines Tages im Big Thicket, im dichten Urwald, auf Waschbärenjagd waren. Wir waren vielleicht neun oder zehn Jahre alt. Tote hatten wir natürlich schon mal gesehen – Männer, die an einer Schusswunde gestorben waren oder am Fieber, oder weil ein Baum auf sie gestürzt war, durch Ertrinken oder einen Schlangenbiss, so was. Aber das war das erste Mal, dass wir einen Gehenkten sahen, und das ist was völlig anderes.

Wir waren an dem Morgen den Waschbärenspuren entlang des Bachufers gefolgt und viel tiefer in den schlimmen dunklen Sumpf vorgedrungen als je zuvor. Es war heiß wie sonst was und die Luft war eine Suppe. Plötzlich blieb Johnny stehen und meinte: »Hör mal!« Ein leises Summen, wie eine Gemeinde, wenn alle leise beten. Wir krochen das Ufer hinauf und arbeiteten uns durch die Rohrkolben zu einer großen Lichtung vor, und dort baumelte er am Hals an einem Hickorybaum, die Hände auf den Rücken gebunden, die nackten weißen Füße so hoch über dem Boden wie unsere Köpfe.

Was wir gehört hatten, war der Fliegenschwarm, der an seinem Gesicht ein Gelage veranstaltete. Seine Zunge war schwarz und im Mund ganz geschwollen, einen Großteil davon hatten sich schon die Krähen geholt, genau wie von den Lippen. Augen hatte er auch keine mehr. Für die Maden hatte er noch nicht lange genug dort gehangen, aber viel fehlte nicht mehr. Ein Fremder mit rötlichen Locken. Ein kleines hölzernes Schild hing ihm an einer Lederschnur um den Hals. Jemand hatte mit Bleistift darauf geschrieben: WER IHN ABSCHNEIDET, STIRBT. Wir standen nur da und starrten ihn eine Weile an. »Was glaubst du, wer hat das gemacht?«, fragte ich schließlich. »Keine Ahnung«, antwortete

 Johnny, »aber lieber lass ich mich tausend Mal erschießen, als so zu enden.«

Wir gingen zurück und erzählten es Onkel Barnett, dann sind drei seiner Leute und er mit uns in den Wald gegangen und haben die Leiche abgeschnitten. Onkel Barnett nahm ihm das Schild ab und warf es ins Gebüsch. Den Toten brachten sie zum Büro des Sheriffs nach Moscow, dort legten sie ihn in einen Sarg und stellten den offenen Sarg vor das Büro, dazu ein Schild auf seiner Brust, auf dem stand: KENNEN SIE DIESEN MANN? Aber nach einem ganzen Tag und einer ganzen Nacht hatte ihn immer noch niemand erkannt, und er stank schon ziemlich, also haben sie ihn begraben und ein einfaches Holzkreuz aufs Grab gestellt.

Johnny und ich sind zusammen aufgewachsen. Sein Bruder Joe auch, aber Joe war ganz anders als Johnny. Johnny tobte gern mit uns anderen herum und war bei allen beliebt, Joe blieb gern für sich. Hatte ständig seine Nase in einem Buch. Johnny mochte Bücher auch – weiß der Himmel wieso –, aber er hat nicht die ganze Zeit damit verbracht. Viel lieber hat er was unternommen – reiten, ringen, Wettrennen, Hühner fangen, auf die Jagd gehen, so Sachen. Wir beide hielten es drinnen nicht aus, erst als wir groß genug waren für die Vergnügungen der Saloons und Freudenhäuser.

Johnny war immer lang und schlaksig, eher dürr, aber stark wie Leder und doppelt so zäh. Und rennen? Der Bursche konnte rennen wie ein geprügelter Hund. Er war gerade dreizehn, da schlug er Moscows Schnellsten, Oliver Weeks, und im Jahr darauf schlug er auch Jean LeRoque, den Schnellsten aus Sumpter. Verflucht, er war bei jeder Art von Bewegung schnell, nicht nur mit den Beinen. Deshalb war er ja auch so ein guter Ringer und Boxkämpfer. Er konnte Jungs niederringen, die fast doppelt so schwer waren wie er, eben weil er so schnell war und deshalb so schwer zu fassen. Er wischte um seinen Gegner herum, brachte ihn aus dem Gleichgewicht und drückte ihn zu Boden, ehe er sichs versah. Wenn es etwas gab, worin Johnny besser war als Ringen oder Schießen, dann Boxen. Das hatte er sich noch in Moscow aus einem Buch von einem Ostküstenprofessor über die

Kunst des Boxens selber beigebracht. Hat mir Joe erzählt. Johnny hat alles geübt, was drinstand – wie man steht, wie man die Fäuste hochhält, wie man die Füße bewegt, die verschiedenen Schlagarten – alles. »Und was glaubst du, an wem er geübt hat?«, fragte Joe. »Ich spür immer noch ein paar von den Beulen, die er mir verpasst hat.«

Ach zum Teufel, wir waren damals alle ziemliche Raubeine, und Johnny und ich gehörten wohl zu den rauesten, wenn ich das so sagen darf. Aber so rabiat wir auch waren, alt genug, um bei unserem Alter zu mogeln und in den Krieg zu ziehen, waren wir nicht. Wir kamen uns so verflucht vor wie Hiob, dass wir zu spät geboren worden waren, um in Reih und Glied loszuziehen und ein paar gottverfluchte Yankees umzulegen. Wir konnten nichts anderes tun, als den Männern und großen Burschen nachzuschauen, wie sie in den Kampf zogen. Wir folgten jeder Einheit und winkten, bis sie außer Sicht war. Manchmal sahen wir riesige Herden von Pferden und Rindern, die nach Osten getrieben wurden, als Reitpferde für die Kavallerie und als Fleischreserve für die ganze Konföderation.

Dass wir zu jung für den Krieg waren, hatte nur ein Gutes: So war es an uns, unsere Häuser zu verteidigen und Fleisch auf den Tisch zu bringen. Wir trugen die ganze Zeit über Waffen. Johnny und ich und noch ein paar Jungs schossen aber nicht nur auf Wild. Wir bauten Vogelscheuchen aus Stroh und alten Kleidern und hängten sie als Zielscheiben in die Bäume. Am besten gefiel uns unsere Vogelscheuche mit Bart und Zylinder, damit sie wie Lincoln aussah. Johnny malte noch ein Paar Augen drauf und traf immer genau dazwischen. Er war so ein guter Schütze, dass wir Lincoln jedes Mal einen neuen Kopf verpassen mussten, wenn Johnny mit ihm fertig war. Seit er zehn war, konnte er so schießen.

Mein Pa hat immer gesagt, manche sind so gut bei dem, was sie am besten können, als ob man sie verzaubert hätte. Farmer, die Dinge zum Wachsen bringen, ohne viel mehr zu tun, als eine Stiefelspitze in die Erde zu drücken und ins Loch zu spucken. Männer, die mit jedem gespannten Draht, einer leeren Blechdose oder Flasche Musik machen können, die eine Fiedel, eine Maultrommel oder ein Banjo singen, lachen oder jaulen lassen können, als hätten sie ein eigenes Herz. Spieler, die eine Karte flitzen lassen wie einen Fisch oder schweben lassen wie eine Feder. Cowboys, die die wildesten Mustangs nach nur sechs Sprüngen zähmen können, allein mit dem Druck ihrer Hacken in den Flanken und einem Flüstern ins Ohr. Ich wusste, was er meinte. Johnny, der hatte diesen Zauber mit dem Revolver.

Er hat immer gesagt, sein Daddy hätte ihm das Schießen beigebracht, aber Onkel James meinte, das stimmt nicht. Er sagte, er habe Johnny nur mit seinem alten Colt Dragoon üben lassen, als er groß genug gewesen war, die Waffe mit beiden Händen zu halten. »Niemand hat dem Jungen das Schießen beigebracht«, habe ich Onkel James mal zu Pa sagen hören. »Er konnte es einfach. Mit dem Schießeisen ist er schon geboren.« Das sagte er, wie jemand sagt, sein Kind ist mit einer Hasenscharte geboren. Schätze, er hatte so eine Ahnung, was eine solche Begabung bei einem Burschen wie Johnny anrichten konnte.

Alles, was Sie jemals über seine Schießkünste gehört haben, ganz gleich, wie weit hergeholt es sich anhört, ist wahrscheinlich wahr. Schon als Grünschnabel konnte er besser schießen als jeder, den ich jemals gesehen habe, und ich habe schon etliche gute Schützen in meiner Zeit gesehen. Er konnte einem springenden Eichhörnchen aus achtzig Fuß den Kopf abschießen. Ich habe beobachtet, wie er aus sechzig Fuß Entfernung sechs Kugeln in ein Astloch gefeuert hat, nicht größer als die Spitze eines Sattelknaufs. Ich habe gesehen, wie er eine leere Whiskeyflasche in eine Astgabel gelegt hat, das offene Ende in seine Richtung, um sich dann nach vierzig Schritten umzudrehen, auf den Flaschenhals zu zielen und den Boden der Flasche rauszuschießen. Probieren Sie mal, ob Sie nach vierzig Schritten den Flaschenhals überhaupt noch sehen können. Er brachte sich auch all die üblichen Wirbeltricks bei. Aus einem Stück Leder machte er sich ein jämmerliches Holster und übte jeden Tag Schnellziehen. Ich habe nie gehört, dass er jemals in seinem Leben einen Schießwettbewerb verloren hat. Und ganz sicher hat er keine von den Schießereien verloren, die wirklich zählen – bei denen du und der andere Kerl nicht auf Flaschen auf einem Zaun schießen, sondern auf euch gegenseitig.

Ich sag Ihnen was. Die meisten, die über Schießereien reden, als wüssten sie Bescheid, waren in ihrem ganzen Leben noch nicht näher als zehn Meilen an einer Schießerei dran. Ich schon. Ich möchte, dass man sich daran erinnert, dass ich an dem Tag, als so ein Angeber mit einer Schrotflinte in Trinity City auf Johnny schoss, keine drei Schritte von ihm entfernt stand. Ich weiß, wie schnell das geht und wie laut es ist, wie es einen schockiert und es einem nicht wirklich vorkommt, nicht dann, nicht später. Hinterher bist du dir nicht sicher, was du da genau gesehen hast. Bei der Trinity-Schießerei muss es zwei Dutzend Zeugen gegeben haben, und hinterher hab ich zwei Dutzend verschiedene Versionen zu hören gekriegt, darunter meine eigene.

Aber diese Sache in Trinity City war Jahre später, als er vor der State Police floh. Jetzt möchte ich Ihnen von den schrecklichen Tagen erzählen, nach der traurigen Nachricht von Bobby Lees Kapitulation. An dem Tag, als wir von Appomattox erfuhren, meinte Onkel James zu Pa, so schlimm es auch während des Kriegs gewesen ist, jetzt wird es sicher noch schlimmer. Pa widersprach nicht. Wie auch? Die verfluchten Yankees waren im Anmarsch.

Doch vor den Yankees kamen unsere eigenen Soldaten, grüppchenweise, Woche um Woche. Bei den paar Pferden, die sie noch hatten, zeichneten sich die Rippen durchs Fell ab wie Fassdauben. Kaum ein Mann war unversehrt. Jeder hatte mindestens einen blutigen Verband irgendwo. Auf den Karren fuhren Männer, denen fehlte ein Bein oder beide, andere waren blind, wieder andere starrten nur vor sich hin wie blind. Einarmige stolperten durch den Staub, Männer ohne Hände, Männer, denen ein Auge oder irgendein anderes Gesichtsteil fehlte. Zwanzigjährige, die aussahen wie graue alte Männer. Aber das Schlimmste war, wie still sie waren. Sie sagten kaum ein Wort. Man hörte nur schlurfende Füße, Husten und Stöhnen, das müde Geklapper der Pferdehufe, das Knarren der Wagen. Ein wirklich erbärmlicher Anblick. Am liebsten hätte man geflucht und mit den Füßen aufgestampft. Noch Jahre später sah man überall Krüppel.

Aber erst, als die Yankees in unserer Gegend auftauchten, erfuhren wir, wie schlimm es wirklich war, dass wir den Krieg verloren hatten. Um alles noch schlimmer zu machen und Salz in unsere offenen Wunden zu streuen, hatten die Generäle der Union einen Haufen Nigger in die Einheiten gesteckt, die das Yankee-Gesetz in Texas durchsetzen sollten. Wie fast alle in Texas, hatten Johnny und ich jede Menge Farbiger gekannt, und wir sind immer gut mit ihnen ausgekommen. Zum Teufel, es gab keinen unter uns, der jemals auch nur einen einzigen Sklaven besessen hat. Verflucht noch mal, die ganzen Blaubäuche, die die landraubenden, hinterhältigen Hurensöhne von Schwindlern, Taugenichtsen und Bundesbeamten und Gott weiß was noch alles beschützten – die waren ja schon schlimm genug! Nein, wir müssen uns auch noch mit Niggern herumschlagen, die Waffen tragen und weißen Leuten Befehle erteilen. Das war mehr, als wir ertragen konnten. Diese ganzen Wollköpfe von der Union kamen von anderswoher – aus Alabama und Georgia meistens –, und das war ein niederträchtiger und unverschämter Haufen, das sag ich Ihnen.

Und es wurde immer noch schlimmer. Simp Dixon, ein Cousin von uns, kam vom Navarro County mit einer fürchterlichen Geschichte zu uns. Simp war der Sohn von Silas, dem Bruder von Johnnys Ma. Seine Geschichte goss Öl in den lodernden Hass, den wir auf jeden einzelnen Yankee hegten. Also, Simp war in den Wäldern jagen und sein Pa war in die Stadt gefahren, um Vorräte zu holen, als eine Gruppe von Yankee-Soldaten eines Tages auf die Farm der Dixons kam. Die Blauen haben *alle* umgebracht – Simps Ma und seinen kleinen Bruder und die beiden Schwestern, zwölf und vierzehn. Keiner weiß, warum. Vielleicht waren sie betrunken, vielleicht auch nicht. Simp meinte, seine Ma hätte eine scharfe Zunge gehabt und die Yankees mehr gehasst als die schwärzeste Sünde, vielleicht hatte sie was gesagt, was die Soldaten aufgebracht hat. Sie haben die Scheune niedergebrannt, die alte Milchkuh erschossen und alle vier Pferde von der Koppel gestohlen. Sie haben dem kleinen Bruder den Kopf weggepustet und seine Ma und die Schwestern ins Haus gebracht und sie auf die schändlichste Weise missbraucht, bevor sie auch sie erschossen haben. Als Simps Pa nach Hause kam und seine Nachbarn sich um die Leichen seiner Familie versammelt hatten, die im Vorderzimmer lagen, da hat er vor Kummer fast den Verstand verloren. Später haben sie Simp erzählt, sein Vater habe geweint und geweint und zu trinken angefangen, und bei Einbruch der Nacht habe ihn die trunkene Wut der Trauer gepackt. Er habe die Leiche seiner jüngsten Tochter, die immer sein Liebling gewesen war, hochgehoben und so geschrien, dass man es bis an den Brazos River hören konnte. Und als sein Pa sich dann sein Gewehr und einen Beutel Munition schnappte und schnell wie der Blitz zum Yankee-Camp ritt, sagte Simp, da hätte ihn keiner aufhalten können. Am Nachmittag des nächsten Tages brachte ihn der County-Sheriff auf einem Flachwagen zurück, so tot, wie man von achtzehn Yankee-Kugeln nur sein kann.

Zu dem Zeitpunkt war Simp schon wieder zu Hause und half dabei, die Gräber auszuheben. Am Abend verkaufte er Haus und Grund an einen Nachbarn, für zwanzig Dollar in bar und die Aussicht auf weitere achtzig Dollar, wenn der Nachbar sie jemals hatte. Dann sattelte er sein Pferd und ritt zu einer Stelle, wo der Weg zwischen Corsicana und dem Yankee-Lager eine Kurve durch einen dichten Eichenhain machte. Er suchte sich einen Platz in einer Baumgruppe und wartete mit seinem geladenen und gespannten Sharps-Karabiner.

Am folgenden Tag kamen drei Yankees von Corsicana angeritten, lachend und halb betrunken. Simp schoss einem von ihnen in den Kopf und dann einem anderen in den Rücken, als der versuchte davonzureiten. Der Dritte schaffte es um die Kurve, bevor Simp nachladen und wieder zielen konnte. Der mit dem Schuss im Rücken lebte noch, war aber gelähmt, weinte und flehte um sein Leben. Er habe eine Verlobte daheim in Ohio, sagte er. Simp lachte nur und skalpierte den toten Yank. Er erzählte, dem Verwundeten seien schier die Augen aus dem Kopf gefallen, als er ihm dabei zusah. Aber wir hätten erst mal sein Gesicht sehen sollen, meinte Simp, als er dasselbe mit *ihm* machte. Die Schreie des Burschen, so Simp, waren Musik in seinen Ohren. Er zeigte dem Yankee seinen eigenen blutigen Skalp und pustete ihm dann das Gehirn raus. »Das waren die unterhaltsamsten fünfzehn Minuten in meinem ganzen Leben«, sagte Simp, und so wie er dabei grinste, musste man es ihm glauben. Doch jetzt waren die Yankees hinter ihm her, und es hatte sich herumgesprochen, dass sie ihn auf der Stelle erschießen würden, wenn sie ihn zu Gesicht bekämen. Die Skalpe baumelten an seinem Sattelknauf, und Johnny und ich durften sie anfassen. Die Haut war ganz steif und hinterließ trockenen Blutschorf an unseren Fingern.

Simp war damals noch keine sechzehn, etwa drei Jahre älter als Johnny und ich. Er grinste wie ein Wolf, und seine Augen waren heiß und hell wie Feuer. Er war der erste Gesuchte, den wir kannten, und wir fanden, seine Tat machte ihn zu einem Helden. Trotzdem gab es Zeiten, da saß er allein für sich und sah aus, als würde er gleich weinen, und dann wusste man, er dachte an seine Familie und daran, was diese mörderischen Yankee-Mistkerle ihr angetan hatten.

Simps Geschichte war nicht die einzige dieser Art, die uns zu Ohren kam. Von den Grausamkeiten der Yankees in ganz Texas bekamen wir ein ums andere Mal zu hören. Es war einfach abscheulich, wie die sich nach dem Krieg in Texas benahmen, das wird keiner von uns jemals vergessen. Sie haben mehr als nur einen Mann erschossen, nur weil er ein Käppi der Konföderierten trug. Sie steckten einen gleich ins Gefängnis, wenn man einen Yankee auch nur bös angesehen hat. Sie nahmen sich alles, was sie wollten – Vieh, Wagen, Güter. Sie brannten Farmen aus reiner Boshaftigkeit nieder – zum Teufel, ganze Ortschaften. Eine Bande betrunkener Niggersoldaten fackelte Brenham bis auf die Grundmauern ab, und keiner wurde dafür verhaftet, das ist Tatsache. Es war klar, dass diese Yankee-Hundesöhne erst zufrieden waren, wenn von Texas nur noch verbrannte Erde übrig war. Kein Wunder, dass es in Texas noch lange nach dem Krieg mehr schlimme Finger gab, als man mit einem Galgenstrick hätte hängen können. Viele junge Burschen sahen das so: Wenn die Yankees die Gesetze machten, war es das einzig Richtige, ein Gesetzloser zu sein.

Johnny und ich verbrachten viel Zeit auf der Farm unseres Onkels Barnett Hardin, manchmal halfen wir auch bei der Zuckerrohrernte. Dabei passierte die Sache mit Mage. Im Herbst heuerte Onkel Barnett immer Hilfskräfte an, um das Zuckerrohr zu schneiden, und in jenem Jahr gehörte Mage dazu. Mage war ein riesiger, bärenstarker Kerl mit harten gelben Augen – und wohl der beste Zuckerrohrschneider im County. Man sagte ihm ein

Temperament nach, das zu seinem hässlichen Gesicht passte – das war voller Warzen –, und er neigte dazu, die anderen Nigger übel zu schikanieren. Es hieß, dass er im Big Thicket einen Mann im Sumpf des Bayou ersäuft hätte. Mage war vor dem Krieg einer von Richter Holshousens Sklaven gewesen, und der Richter erzählt immer, dass er schon damals nur Ärger gemacht hatte. Nach dem Krieg wollte der Richter ihn nicht mehr als Lohnarbeiter auf seinem Grund haben.

Jedenfalls arbeiteten Johnny und ich in derselben Reihe wie Mage, und ich fragte mich, ob wir beide zusammen ihn im Ringen besiegen konnten. Er galt als grober Ringer, und ich wusste, jeden Einzelnen von uns konnte er locker schlagen, rechnete mir aber aus, dass wir beide zusammen ihn schon unterkriegten. Also forderte ich ihn heraus. Er lachte hämisch und versuchte uns niederzustarren, aber wir hielten seinem Blick stand. »Klar«, meinte er schließlich. »Ein bisschen Ringen kommt mir gerade recht.« Die anderen Helfer wurden ganz aufgeregt, und wie wir so zu der Lichtung am Ende der Reihe gingen, fingen sie an, Wetten abzuschließen.

Er war stärker, aber wir waren cleverer und bearbeiteten ihn wie zwei Hunde einen wilden Eber, einer von vorn, der andere von hinten, wir schrien und lenkten ihn ständig ab, stürmten schnell voran und ließen ihn stolpern; dann packte ich den einen Arm und Johnny den anderen, und wir drückten ihn zu Boden. Das ging so schnell, dass die anderen Nigger Mage nur auslachen konnten und ihn verspotteten. Er war so unter Dampf, dass seine Augen loderten wie gelbe Feuer. Natürlich wollte er Revanche, und wir waren einverstanden. Und wieder brachten wir ihn zu Boden. Doch bevor wir ihn zu Boden drücken konnten, schlug er mir ins Gesicht und brach mir die Nase. Ich rollte mich von ihm weg, und das Blut tropfte mir vom Kinn. Mage und Johnny trennten sich und sprangen auf. Johnny war stinksauer und meinte zu ihm, dass das ganz und gar nicht nötig gewesen sei, doch Mage spuckte nur aus und erwiderte, ob wir ringen wollen oder über eine blutige Nase flennen. Johnny fragte mich, ob ich noch eine Runde durchhalten könnte, und ich nickte, obwohl mir die Augen so tränten, dass ich fast nichts sehen konnte. Also gingen wir wieder in den Clinch, und Johnny grub seine Fingernägel in Mages Gesicht und kratzte ihm ein paar Warzen auf. Mage jaulte auf, riss sich von uns los, wischte sich mit der Hand übers Gesicht und besah sich das Blut an seinen Fingern. »Du beschissener weißer Hundesohn!«, brüllte er – packte Johnny bei den Haaren, nahm ihn in den Schwitzkasten und hätte ihm wohl das Genick gebrochen, wenn nicht drei große Feldarbeiter und ich dazwischengegangen wären. »Ich bring dich um!«, brüllte er. »Ich schneid dir deinen verfluchten Schädel mit der Machete ab! Ich bring dich um!«

Nun, Johnny hatte allen Grund anzunehmen, dass Mage es durchaus ernst meinte, also rannte er zum Haus und ich ihm hinterher. Ich wusste, dass er seinen Revolver holen wollte, den großen Colt Dragoon, den sein Dad ihm zum letzten Geburtstag geschenkt hatte. Andauernd nahm er sie von zu Hause mit, obwohl seine Mutter ihm das immer wieder untersagte.

Als wir ins Haus stürmten, rannten wir fast Onkel Barnett um. »He da!«, rief er und packte uns an den Armen. Wir würden aussehen, als sei der Leibhaftige uns auf den Fersen, meinte er und wollte wissen, was denn los sei. Also erzählten wir es ihm. Er befahl uns, im Haus zu bleiben – und vor allem befahl er Johnny, seine Waffe noch nicht mal anzurühren –, und eilte hinaus aufs Feld. Ich weiß nicht, ob Johnnys Herz so schnell schlug wie meins, während wir auf seine Rückkehr warteten – ich weiß nur, wir konnten nicht aufhören, uns gegenseitig anzugrinsen.

Nach kurzer Zeit tauchte Onkel Barnett wieder auf und sagte, er habe Mage vom Hof gejagt, unser Ärger mit ihm sei also ein für alle Mal vom Tisch. Er bat uns, zum Abendessen zu bleiben und die Nacht im Haus zu verbringen. Johnny nahm das Angebot an, aber ich hatte daheim schon in der Früh Sachen zu erledigen und musste mich nach dem Essen verabschieden.

Verdammt noch mal, ich wünschte, ich wäre geblieben. Das wäre mir eine Tracht Prügel von Dad wert gewesen, am nächsten Morgen bei Johnny zu sein, als er diesen großmäuligen Nigger doch noch erschoss.

Richter Clabe Holshousen

Als meine Schwester Anne aus der Schar ihrer Verehrer, die sie so hartnäckig umwarben, Barnett Hardin auswählte, da hat sie eine gute Wahl getroffen, wie ich finde. Er war ein fleißiger und weithin hoch angesehener Mann mit maßvollen Gewohnheiten, und seine Plantage am Long Tom Creek erbrachte regelmäßig hübsch ertragreiche Ernten an Baumwolle und Zuckerrohr. Ich genoss seine Gesellschaft sehr, und im Laufe der Zeit gewöhnte ich mir an, bei ihm mittwochs zu Abend und sonntags zu Mittag zu essen. Bei der einen oder anderen dieser Mahlzeiten im Kreis der Familie war sein Neffe zugegen, der junge John Wesley Hardin, den Barnett und meine Schwester recht gut leiden konnten.

John war ein großer, schlanker Bursche, dessen Erscheinung Schnelligkeit und Freundlichkeit verriet. Sein auffälligstes Merkmal aber waren seine Augen. Sie strahlten vor Intelligenz und Witz, ruhten ganz aufmerksam auf einem, registrierten aber auch jede kleinste Bewegung im Raum. Interessanterweise wechselte seine Augenfarbe zwischen blau und grau, und die Schattierungen reichten von dunkel bis hell. Er war gebildet und wusste sich anständig zu benehmen und konnte ganz ausgezeichnet lustige Anekdoten von seinen Jagdabenteuern und sportlichen Unternehmungen zum Besten geben. Seine Erzählungen wurden von lebhaften Bewegungen und dramatischen Gesten begleitet und sorgten stets für Gelächter.

Doch trotz seines Charmes und Humors muss ich gestehen, dass ich an ihm eine Neigung zum Wagemut entdeckte. Er verströmte die Aura einer gezückten Pistole, die Bereitschaft zu handeln, ohne nachzudenken. Als er schließlich zu mir kam und mir beichtete, er habe einen Mann erschossen, war ich natürlich bestürzt und traurig – aber durchaus nicht überrascht.

An dem fraglichen Morgen saß ich gerade bei der zweiten Tasse Zichorienkaffee, als jemand vors Haus galoppierte und dann laut meinen Namen rief. Ich ging sofort zur Tür und fand dort den jungen John sehr aufgewühlt vor. Noch bevor ich ein Wort sagen konnte, brach eine Flut von Worten aus ihm heraus, die so verwirrend war, dass ich darauf bestehen musste, er solle ins Haus treten, sich hinsetzen und Luft holen, um dann etwas gemäßigter fortzufahren.

Das tat er auch. Ich erfuhr, dass er direkt nach einer gewalttätigen Auseinandersetzung mit einem Mann namens Mage zu mir gekommen war, ein Neger, der einst zu meinen Besitztümern gehört hatte. Ich erinnerte mich nur zu gut an den Schuft, der mir viel Ärger gemacht hatte. John erzählte mir, er habe am Tag zuvor im Zuckerrohr Streit mit Mage gehabt. Der Neger habe gedroht, ihn umzubringen, und im Zuge dessen habe Barnett ihn seines Landes verwiesen. Doch heute Morgen, als John gerade über die Sumpter Road nach Hause reiten wollte, stieß er an einer Biegung der Straße, wo der Bach einen Pappelwald durchtrennt, etwa sechs Meilen von seinem Zuhause entfernt, auf Mage.

Als Mage John entdeckte, geriet er in Rage und beschimpfte ihn aufs Äußerste. John sagte ihm, dass er keinen weiteren Händel mit ihm eingehen und nur seinen Weg fortsetzen wolle. Doch Mage erhob seinen schweren Wanderstab mit beiden Händen wie einen Knüppel und kam immer noch wild fluchend auf ihn zu. John versuchte, sein Pferd um ihn herumzulenken, doch Mage sprang vor und schlug dem Pferd mit dem Stock auf die Hinterläufe, woraufhin das Pferd sich vor Angst aufbäumte.

»Als er Paint schlug«, sagte John, »hab ich auf ihn geschossen.«

»Du meine Güte, John!«, sagte ich. »Ist er tot?«

»Nicht, als ich ihn verlassen habe«, antwortete er, »aber besonders gut sah er auch nicht aus. Soweit ich weiß, liegt er immer noch da auf dem Weg.«

Die Tatsache, dass Mage noch lebte, war schon ein kleiner Trost, und ich fragte John, wie schlimm die Wunde sei.

»Na ja, Sir«, räumte John ein, »es ist nicht nur eine Wunde, es sind vier.« Hastig erklärte er, dass Mage nach der ersten Kugel in den Bauch nicht umgefallen, sondern nur noch wilder und angriffslustiger geworden sei. »Ich konnte einfach nicht fassen, wie er immer weiter angriff«, sagte er. »Also habe ich erneut geschossen – in die Brust diesmal – und er tat einen Schritt zurück –, aber ich will verdammt sein, wenn er nicht *wieder* auf mich losging!« Also schoss er ihm noch zwei Mal in den Bauch, bis Mage endlich umfiel. »Verflucht«, meinte John, »es war ein halbes Wunder!« Er sprach wie über eine Zirkusattraktion. »Schätze, es stimmt schon, was man so hört«, meinte er, »wenn du sicher sein willst, dass ein Mann zu Boden geht und dort bleibt, dann schießt du ihm am besten in den Kopf.«

Wir eilten in den Stall, und ich wies den Vorarbeiter Paul an, unsere Pferde zu satteln und seine Schrotflinte mitzunehmen. Die Sonne stand fast direkt über unseren Köpfen, als wir an der Erlenbiegung ankamen, doch die sanfte Brise wehte ziemlich frisch. Mage hatte sich an den Bach geschleppt und schöpfte Wasser mit der Hand. Kaum sah er uns, fing er schon laut zu fluchen an. Mir hoben sich die Eingeweide, als ich seine Wunden sah – klaffend, roh, pulsierend blutig. Ich wusste sofort, dass er im Sterben lag und ihm nichts mehr helfen konnte. Kaum zu glauben, dass er noch lebte.

»Der Hurensohn hat mich wie einen Hund niedergeschossen!«, sagte er mit schwerer Stimme. »Kam einfach her und hat geschossen. Er hat mich umgebracht! Einen Unbewaffneten!«

»Du hast mich angegriffen«, erwiderte John, »und du hast nicht auf meine Warnungen gehört. Du hast mir keine Wahl gelassen.«

»Lügner!«, rief Mage heiser. »Weißer Abschaum, du mörderischen Lügner!« Sein Wutausbruch führte dazu, dass er einen Schwall helles Blut aushustete, und mir drehte sich der Magen um.

John stieg ab, zog die Pistole und trat auf Mage zu. Er richtete sie ihm mitten ins Gesicht und spannte den Hahn.

»Mach schon«, drängte Paul. »Mach schon, Junge.«

»Klar«, sagte Mage und sah John an, während ihm das Blut vom Kinn tropfte. »Na los, und erschieß mich noch ein bisschen mehr.«

Ich hüte mich vor dem Gedanken, dass John kaltblütig abgedrückt hätte. Ich möchte lieber glauben, dass er nur gestikulierte. Dennoch entfuhr mir laut und deutlich: »Nein, John!«

Er sah mich ausdruckslos an. »Willst du vielleicht an einem Yankeestrick baumeln, weil du so eine wehrlose Kreatur ermordet hast?«, fragte ich. »Nimm die Waffe weg.«

John gehorchte. Ich hörte Paul vor Enttäuschung leise stöhnen, befahl ihm, zur Farm zurückzureiten und den Wagen und zwei Männer zu holen, um Mage aufzuladen. Sie sollten ihn in die Negersiedlung bei Moscow schaffen und ihn dort bei seinen Leuten lassen, die sich um ihn kümmern würden, so gut es ging.

Paul ritt davon, und ich sagte zu John, dass ich glaubte, Mage würde sterben. »Die Unionstruppen werden nach dir suchen«, sagte ich und riet ihm, direkt zu seinem Vater zu reiten und ihm zu sagen, was geschehen war. Ich gab ihm ein Zwanzig-Dollar-Goldstück für den Fall, dass ihm der Weg von den Yankees abgeschnitten wurde und er in fremden Orten Zuflucht suchen musste.

Einen Augenblick lang sah er wieder aus wie der fünfzehnjährige Junge, der er war. Dann nahm er eine entschlossene Haltung an. Er stieg auf, schob sich den Hut tief in die Augen, schüttelte mir die Hand und gab dann die Sporen Richtung Trinity County.

Zwei Tage später war Mage tot und John Wesley Hardin ein gesuchter Mann.

Charles Morgan

Eines frühen Morgens hackte ich Brennholz, es war schon so kalt geworden, dass man seinen Atem sah, da schaute ich über die Weide hinaus und sah einen Reiter aus dem dichten Kiefernwald kommen. Das Farmhaus stand auf hohem Grund, und man konnte weit über die Bäume hinaussehen, die an dem Bach standen, der die Weide durchschnitt. Wir hatten nicht oft Besucher, so abgelegen, wie wir waren. Außerdem verhielt sich dieser Kerl so vorsichtig wie eine Katze. Er kam mit seinem Paint Pony aus den Bäumen und zügelte es, um sich umzusehen, vor allem Richtung Osten. Ich sah dort nichts, aber die Sonne strahlte gerade erst durch die Bäume. Wahrscheinlich nahm er sich so viel Zeit, weil jemand, der sich einen Vorteil verschaffen wollte, von dort kommen würde, um ihn zu überrumpeln, denn dort hatte er die Sonne in den Augen. Aber ich bin selber ein vorsichtiger Mann, und in jenen Tagen wimmelte es auf dem Land nur so von Taugenichtsen, die der Krieg entwurzelt und böse gemacht hatte, also schlich ich zur Tür und rief leise nach meiner Frau, sie solle mir die Schrotflinte geben. Ich prüfte die Ladung und stellte sie neben den Hackklotz, wo ich sie mir sofort schnappen konnte, wenn nötig.

Der Mann war niemand anderer als John Wesley, der zweite Sohn des Reverend. Ich erkannte ihn erst, als ich auch seinen Gruß hören konnte. Den älteren Sohn Joe hatte ich recht oft zu Gesicht bekommen, er war Lehrer in Logalis Prairie und lebte nur ein paar Meilen entfernt auf der anderen Seite der großen Senke, aber John Wesley hatte ich seit ein paar Jahren nicht mehr gesehen, und in der Zeit war er ziemlich gewachsen. Er schien gut 1,80 m zu sein und war immer noch ziemlich dürr, hatte aber kräftige Schultern und ein paar ordentliche Pranken bekommen. Die größte Veränderung aber war sein Gesicht. Das war kein Jungengesicht mehr. Ein Blick in seine Augen, und ich wusste, er brachte schlechte Nachrichten.

Er hätte einen Brief von seinem Dad für mich, sagte er, aber er gab ihn mir erst, nachdem er sein Pony nach hinten zum Stall und außer Sicht gebracht hatte, darauf schien er besonders bedacht. Mir wurde beigebracht, einen Mann nicht gleich geradeheraus nach seinem Anliegen zu fragen, aber wenn jemand sein Pferd in deinen Stall stellt und eine doppelläufige Schrotflinte im Anschlag hat und sich ständig umschaut, na, dann gibt das einem wohl das Recht, ein wenig neugierig zu sein. Also sage ich zu ihm: »Kommt denn noch jemand hier entlang, John Wesley?« Und er antwortet: »Könnte sein, Mister Morgan. Schätze, Sie lesen jetzt besser den Brief von meinem Dad«, und gibt ihn mir.

Und was für ein Brief, das muss ich schon sagen, voller schlechter Neuigkeiten, wie ich gleich geahnt hatte, als ich John Wesley ins Gesicht schauen konnte. Wie sich herausstellte, hatte er in Polk County einen Neger erschossen, und jetzt waren die Yankees hinter ihm her. Der Reverend meinte, es sei ein ganz klarer Fall von Notwehr gewesen, nach allem, was John Wesley ihm erklärt hatte, aber er glaube nicht, dass sein Junge einen anständigen Prozess kriegen würde, nicht solange die Armee der Union das Gesetz in Texas machte. Er habe keinen Zweifel, dass der Prozess, den sie ihm machen würden, eine Farce werden würde, wenn sie ihn nicht eh sofort erschossen. Wahrscheinlich würde er gehängt werden oder zumindest für viele Jahre ins Gefängnis wandern. »Erst wenn die Gerichte in Texas wieder Hallen wahrer, unparteiischer Justiz geworden sind«, schrieb der Reverend, »werde ich meinen Sohn ermutigen, sich ihrem Urteil zu stellen.«

Ich wusste, dass John Wesleys Schwierigkeiten Reverend Hardin großen Kummer bereiten mussten. Seit John Wesleys Geburt hatte der Reverend darauf gehofft, dass sein Sohn Prediger werden würde wie er. Das habe ich ihn mehr als einmal sagen hören. Er hielt größte Stücke auf seinen Ältesten, aber John Wesley sah er das Wort Gottes verbreiten. Deshalb hat er ihn ja auch nach dem großen Methodisten benannt. Und nun war der Junge auf der Flucht vor dem Gesetz, weil er einen Mann getötet hatte.

Der Reverend wollte, dass ich den Jungen eine Weile aufnahm, bis er arrangiert hatte, dass er bei Verwandtschaft in Navarro County unterkam. Da meine Farm so weit ab vom Schuss lag, dachte er wohl, die Soldaten würden ihn hier kaum suchen. Er schrieb, Joe würde alle paar Tage vorbeischauen, um uns auf dem Laufenden zu halten und uns wissen zu lassen, ob in unserer Gegend irgendwelche Yankee-Soldaten gesehen worden seien. Ich trug meinen beiden Jungen Will und Harold, die gerade mal elf und neun waren, auf, den Anbau leer zu räumen, den ich hinten an unser Dogtrot-Haus angebaut hatte, und John Wesley dabei zu helfen, sich dort einzurichten. Als sie hörten, dass die Yankees hinter ihm her sind, starrten sie ihn an, als sei er Robert E. Lee persönlich.

Am folgenden Tag tauchte John Hardin auf und berichtete, es gäbe eine Reihe von Familien zwischen Sumpter und Logalis Prairie, die nach Yankee-Patrouillen Ausschau halten würden. Er blieb am Abend zum Essen, und danach griff Will zu der Fiedel, die sein Großvater ihm vererbt hatte, Harold schloss sich ihm mit der Maultrommel an, und wir machten uns einen schönen Abend. Ganz ehrlich, die Wände haben unter unseren stampfenden Füßen gewackelt – wir ließen das Laternenlicht hüpfen! Meine Frau war immer schüchtern, wenn es darum ging, vor anderen Leuten zu tanzen, aber schon bald ging sie aus sich heraus und konnte gar nicht mehr aufhören zu lächeln und wurde rot bei all den Runden, die wir mit ihr drehten. Meine drei Mädchen waren damals noch klein, aber wir wechselten uns ab und tanzten auch mit ihnen, selbst mit der kleinen Sarah, die noch keine sechs war. Brenda und Lorrie – die eine zehn, die andere acht – lachten und strahlten und bekamen gar nicht genug vom Tanzen. Joe und John Wesley verbeugten sich, wenn sie um den Tanz baten, und gaben ihnen hinterher einen Handkuss. Die beiden Mädchen waren die nächsten zwei Tage zu nichts zu gebrauchen, so sehr schwärmten sie von der vornehmen Aufmerksamkeit, die man ihnen in jener Nacht geschenkt hatte.

Nachdem uns Joe erzählt hatte, dass diese ganzen Leute nach Yankees Ausschau hielten und uns warnen würden, falls welche in unsere Richtung kamen, ritt John Wesley jeden Tag aus und suchte nach Kühen. Damals gab es wildes Rind in der Gegend, und man musste kein Cowboy sein, um eins davon mit dem Lasso einzufangen und nach Hause zu schleppen. Man musste nur Zeit genug haben und bereit sein, sich selbst und sein Pony zerkratzen zu lassen, wenn man ein Longhorn an der Leine durch das grobe Gestrüpp zerren musste. Ich brachte die Tiere in die Stadt und tauschte sie gegen Waren. John Wesley hat uns damit sehr geholfen. Und jeden Abend nach dem Essen bekamen die Kinder gar nicht genug von seinen Geschichten über die Jagd mit seinem Bruder oder seinem Cousin Barnett. Wer etwas Schlechtes über ihn zu sagen hat, sollte das besser nicht in meiner Gegenwart oder in der meiner Kinder tun – und damit meine ich auch die Mädchen –, wenn er keinen Ärger will.

Eines Nachmittags kam Jules Halas, der einen kleinen Streifen östlich von Logalis Prairie sein Eigen nannte, mit seiner offenen Kutsche angefahren und hatte eine Nachricht von Joe dabei. Im Laufe der Nacht war ein halbes Dutzend Yankee-Soldaten auf der anderen Seite der Senke aufgetaucht. Zwei beobachteten Joes Haus, einer die Schule, und drei ritten herum und stellten Leuten Fragen nach John W. Hardin. Sie wussten offenbar, dass er nicht bei Joe war, sonst hätten sie wohl einfach das Haus gestürmt, aber es hatte den Anschein, als wüssten sie, dass er sich in der Nähe aufhielt. Jules hatte zwei Mann die Schule beobachten sehen, als er seine Jüngsten von dort abholte. Joe hatte ihn gebeten, die Nachricht zu John Wesley zu bringen, aber darauf zu achten, dass ihm niemand folgte. »Joe meint, ihr solltet auf der Hut sein«, sagte Jules zu uns. »Er meint, hier gibt es Leute, die sich nicht zu schade sind, den Yankees für ein paar Silbermünzen zu erzählen, was sie wissen.«

Am Morgen nachdem wir das erfahren hatten, blieb John Wesley im Haus, statt Kühe zu fangen und das Risiko einzugehen, gesehen zu werden. Irgendwann im Lauf des Vormittags kamen sie. Ich war draußen im Schweinestall und sah sie, als sie gerade am anderen Ende der Weide auftauchten, etwa eine halbe Meile entfernt, drei Mann. An der lässigen Art, wie sie sich näherten – sie ritten nebeneinander, langsam und locker, mitten im Freien, statt sich an die Bäume links und rechts zu halten –, konnte man sehen, dass sie nicht damit rechneten, ihn hier zu finden. Wahrscheinlich schnüffelten sie nur herum, um rauszukriegen, ob ihn jemand gesehen hatte.

Ich schaute zu dem Fenster, an dem John Wesley gesessen und Wache gehalten hatte, aber dort war er nicht mehr. Ich hörte leises Wiehern aus dem Stall und dann, wie sein Pferd in den Wald hinterm Haus galoppierte, und nahm an, dass er über den Hauptweg fliehen wollte.

Der Weidenbach war keine Viertelmeile entfernt, aber vom Haus aus konnte man ihn wegen der dichten Hartholzbestände am steilen Ufer nicht sehen, die im Süden noch in den Kiefernwald übergingen. Es gab eine kleine Öffnung zwischen den Bäumen, wo sie leicht über den Bach setzen konnten, aber dazu mussten sie den Bach im Gänsemarsch überqueren.

Als der erste Soldat sein Pferd am Ufer hinunterführte, hörte ich einen Gewehrschuss und sah eine Qualmwolke aus den Amberbäumen zu ihrer Linken steigen. Der Reiter vorne fiel nach hinten um, als ob man ihn mit dem Lasso heruntergerissen hätte. Ich glaube nicht, dass er schon auf dem Boden aufgeschlagen war, als John Wesley den zweiten Reiter aus dem Sattel holte. Der dritte Yankee riss sein Pferd herum, gab ihm die Sporen und ritt in die Richtung, aus der sie gekommen waren.

John Wesley kam auf dem Pferd aus den Bäumen gestürmt, peitschte das Paint Pony mit den Zügeln das Ufer hinauf, brüllte etwas, das ich nicht verstehen konnte, und jagte dem Dritten hinterher. Der Yankee schnitt zur östlichen Baumgrenze hinüber und versuchte Deckung zu finden. Dabei drehte er sich um und feuerte zwei schnelle Schüsse aus seinem Revolver ab – aber John Wesley jagte ihm hinterher, holte schnell auf, und bevor der Yankee die Bäume erreicht hatte, war er nur noch zehn Fuß entfernt und schoss ihm in den Rücken. Der Soldat riss die Arme in die Höhe und fiel vom Pferd, und John Wesley ritt im vollen Galopp über ihn hinweg.

Ich sag Ihnen, das war vielleicht ein Spektakel.

Ich rannte los, hörte Will und Harold hinter mir und ihre Mama so laut kreischen, sie sollten ins Haus zurückkommen, als würde sie den Verstand verlieren. Die Jungs überholten mich und trafen gut zehn Yards vor mir am Bach ein. Ich war völlig außer Atem, als ich neben ihnen ankam und zu den beiden toten Yankees nach unten schaute. Einer lag mit dem Gesicht nach oben da, nur dass er kein Gesicht mehr hatte – es war ihm mit seinem halben Kopf weggepustet worden. Der andere lag auf dem Bauch, und das Loch in seinem Rücken, aus dem die Ladung wieder herausgekommen war, war groß genug, um eine Katze durchzuwerfen. John Wesley hatte sich so gut in den Bäumen versteckt, dass er aus nächster Nähe hatte schießen können – und sie waren arglos gewesen, wie ich schon gesagt habe. Ihr Blut floss in kleinen roten Strömen in den Bach.

Die Jungs waren so aufgeregt, dass sie beinahe getanzt hätten. Harold sagte immer wieder: »Hast du das gesehen, Daddy? Hast du *das* gesehen?« Dann rannten sie wieder los, platschten durch den Bach das andere Ufer hinauf zu der Stelle, wo John Wesley neben dem anderen Yankee stand.

Als ich sie einholte, wieder ganz außer Atem, war John Wesley abgestiegen und hielt sich mit der Hand den anderen Arm fest. Blut quoll zwischen den Fingern hervor, und er grinste wie ein Irrer. Der Tote zu seinen Füßen war ein Neger. Augen und Mund standen weit offen, und eine seiner Wangen war von einem Huf zerschlagen. Die Kugel war unterhalb seines Schlüsselbeins ausgetreten, und der dicke Fleck hellen Bluts auf seiner Jacke sah aus wie eine große rote, zerdrückte Blume. »Ich bin getroffen«, sagte John Wesley. »Das erste Mal, verflucht.« Das sagte er so, als habe er darauf gewartet wie auf einen Brief. Er strengte sich sehr an, ruhig zu bleiben, aber er konnte seine Aufregung nicht verbergen. Ich konnte es ihm nicht verdenken. Ich habe schon miterlebt, wie Leute erschossen wurden, aber noch nie drei so schnell und das von einem Einzigen – und noch nie auf derart saloppe Weise, wie es John Wesley gerade getan hatte.

»Schätze, wir sollten diese Blaubäuche so schnell wie möglich wegschaffen, meinen Sie nicht auch, Mister Morgan?«, fragte John Wesley. Ich entgegnete, das sollten wir todsicher tun, also schickte ich Will zu den DuBois den Bach hinunter und ein Stück weiter im Wald. Gerard DuBois und seine Jungs waren gute Leute, und ich wusste, sie würden uns gerne helfen.

Die Kugel des Negers hatte nur ein kleines Stück aus John Wesleys Arm gebissen, aber es blutete recht stark. Ich riss ein Stück von seinem Hemdzipfel und band damit die Wunde ab. Dann machten wir uns daran, den Neger auszuziehen. Falls jemand die Leichen fand, wollten wir nicht, dass sie etwas bei sich hatten, wodurch man sie als Soldaten identifizieren konnte.

Gerade als wir zurück zum Bach gingen und uns um die beiden anderen toten Yankees kümmern wollten, tauchten Gerard DuBois und seine Jungs auf. Sie waren dabei gewesen, Angelschnüre mit mehreren Haken über den Fluss zu ziehen, doch als Will erzählte, was passiert war, eilten sie gleich los, um uns zu helfen. Sie brachen John Wesley fast die Schulter, so heftig schlugen sie unter Glückwünschen darauf.

Wir schleppten die Leichen mit ihren nackten Ärschen den Bach runter zu einer bestimmten Stelle und vergruben sie im Lehm. Dort wurde immer viel Erde angeschwemmt, und jeder Regenschauer trug dazu bei, sie immer tiefer zu begraben. Schon mehr als einer war hier verscharrt worden. Die Kleidung verbrannten wir zu Asche. John Wesley wollte nichts von den Sachen der Toten haben, also ritten die DuBois-Jungs mit den Yankee-Pferden davon in Richtung Thicket, wo es einen Kerl gab, der gutes Geld für Pferdefleisch bezahlte, ohne groß zu fragen, woher die Tiere stammten, auch dann nicht, wenn sie das US-Brandzeichen trugen. Gerard DuBois nahm zwei der Yankee-Karabiner, ich den dritten. Den Spencer konnte ich mir nicht entgehen lassen.

Die Sonne stand schon tief in den Wipfeln, als wir zum Haus zurückritten. Meine Frau sah die Yankee-Waffe und sagte kein Wort, aber ihr Gesicht wurde ganz angespannt, weil sie wusste, was das bedeutete, wenn die falsche Person sie jemals zu Gesicht bekommen sollte. Ich bewahrte sie neben dem Bett auf, nahm sie aber nie mit nach draußen, erst lange nachdem die Yankees wieder aus Texas abgezogen waren.

Doch obwohl sie zu wütend war, um etwas zu sagen, machte sie sich sofort daran, John Wesleys Wunde ordentlich zu versorgen. John Wesley konnte sehen, wie aufgebracht sie war, und ich glaube, das bereitete ihm größere Sorgen als die Schmerzen in seinem Arm.

Als sie fertig war, meinte er, es sei wohl besser, wenn er nach Hause zurückkehre und seinem Dad Bescheid gäbe, was passiert sei.

Beim Abendessen erklärte er, er würde aufbrechen, sobald es dunkel sei. Meine Frau packte ihm etwas Maisbrot ein. Sie wollte schon das Zimmer verlassen, kam aber schnell zurück, berührte sein Gesicht und sagte: »Gott segne dich, Junge.« Dann ging sie nach nebenan und kam nicht wieder raus. Ich habe sie nie verstanden und werde es wohl auch nie.

Die Jungs gaben ihm die Hand und schüttelten sie so ernst wie erwachsene Männer. John Wesley umarmte die Mädchen und gab ihnen einen Kuss auf die Wange. Sie fingen an zu weinen, aber ich sagte zu ihnen, wenn sie weinen wollten, könnten sie rausgehen, also hörten sie damit auf. Wir saßen zusammen, bis das letzte Tageslicht verschwunden war, dann gingen wir in den Stall. Er sattelte sein Pferd, bedankte sich erneut für die Gastfreundschaft und ritt davon. Der Vollmond stand am Himmel, aber er hielt sich bei den Bäumen, und wir verloren ihn in den Schatten aus den Augen.

Als Nächstes hörten wir, dass sein Dad ihm eine Stelle als Lehrer in Navarro County verschafft hatte. Man sagte, er sei ein geborener Lehrer gewesen, für Lesen, Schreiben und Rechnen. Sicherlich hätte er ein friedlicheres Leben geführt, wenn er dabei geblieben wäre, statt Cowboy zu werden.

Hannie Willingham

Als er das allererste Mal ins Schulzimmer kam und sagte: »Guten Morgen. Ich heiße Wes Hardin, und ich bin euer neuer Lehrer«, da dachte ich bei mir: Also, Mr. Wes Hardin, vielleicht sollte lieber ich *dir* was beibringen. Ich wusste auf den ersten Blick, dass er es bisher noch nie getan hatte.

Kurz vor meinem dreizehnten Geburtstag hatte ich angefangen, den Jungs Dinge beizubringen, die sie furchtbar gern lernen – das war, als mein Onkel Andy mir die Ursünde gezeigt hat, wie manche das nennen, auf einem Heuhaufen hinten in seiner Scheune. Ich war nicht böse auf Onkel Andy, weil er mir die Unschuld genommen hat – ich wollte es ebenso sehr wie er. All die Frauen, die immer sagen, dass ihnen das nie gefallen hätte, die verstehe ich nicht. Ich mochte es von Anfang an.

Das erste Mal, als Johnny und ich es in Pisga taten, war auf einer Decke unter einer Pappel am See, mit einem strahlenden Silbermond, der durch die Äste über unseren Köpfen schimmerte. Wie die meisten Jungs, die das erste Mal mit einem Mädchen zusammen sind, ging es schnell wie ein Pistolenschuss. Aber dann war er gleich wieder bereit – und wieder und wieder. Himmel, der Bursche hörte nicht mehr auf. Ich hab nicht mitgezählt, aber ich wette, in der Nacht haben wir es mehr als ein halbes Dutzend Mal getan. Wie viele der großen, schlanken Jungs war er ausgestattet wie ein Hengst. Ich meine, der hätte mit seinem dicken Ding Nüsse knacken können. Und wie schnell er gelernt hat! Der Kerl wollte alles wissen – wie fühlt sich das hier für dich an, wie fühlt sich jenes für dich an, würde es dir gefallen, wenn ich das tue oder jenes mache? Wie ist es, wenn ich dies hier mit meiner Zunge mache? Was, wenn ich das mit meinem Finger mache? Er wollte alles auf einmal wissen. Ich hab ihm alles beigebracht, was ich zu der Zeit wusste – und er hätte mich mit seinem Lerneifer und Üben bald völlig ausgelaugt, meine Güte.

Und er redete gern – dabei, meine ich. Und lachte. Und brachte mich zum Lachen. Ich weiß noch, wie er sich gleich nach einem der ersten Male auf Hände und Knie stützte, mich ansah, als wollte er gleich was ganz Ernstes sagen, und dann meinte: »Weißt du was, Miss Hannie? Ich glaube, daran könnte man sich gewöhnen.« Er stachelte mich mit albernen Witzen auf über Pferde, die bocken, und Sättel, auf denen man sich einen Wolf reibt, und Gott weiß noch was alles. Er war lustig. Und er war wirklich und wahrhaftig nett. Er sprach so lieb und küsste so vorsichtig und strich mir sanft übers Haar. Doch am allerbesten – und ich werde nie vergessen, warum ich damals dachte, ich sei in ihn verliebt –, er behandelte mich in der Öffentlichkeit mit Respekt. Wann immer wir uns im Beisein anderer begegneten, nannte er mich *Miss* Hannie und tippte sich an den Hut. Tatsache ist, er war ein Gentleman. Ich schätze, seine Ma hätte mich in einer Million Jahren nicht willkommen geheißen, aber mir hat immer gefallen, wie sie ihn erzogen hat.

Als er die Lehrerstelle aufgab und sich seinem verrückten Cousin Simp Dixon beim Rinderhandel anschloss, da zog er ins Camp zu Jim Newman und kam nur ab und zu nach Pisga. Ich sah ihn immer mal wieder in der Stadt, normalerweise zusammen mit Simp und anderen Raubeinen wie Frank Polk. Wann immer er mich sah, sagte er Hallo und lächelte nett, aber mehr auch nicht. Er flüsterte mir nicht mehr ins Ohr, ich solle ihn spätnachts am See treffen. Ich hörte, dass seine Freunde und er sich mit den angemalten Kätzchen in Jennie Anns Etablissement vergnügten. Eine Weile verzehrte es mich so nach ihm, dass ich dachte, mir bricht das Herz – aber dann habe ich geschworen, mich nie wieder nach einem Mann zu verzehren, und das habe ich auch nicht mehr getan.

Ich habe Pisga mit einem Kerl namens Pierson verlassen, der eines Tages in einem knallroten Planwagen mit zwei Mädchen ankam und mir zuzwinkerte, während er den Leuten auf der Straße ein Allheilmittelchen andrehte. Charlie Leamus, einer der Jungs, mit denen ich es machte, erzählte mir, Pierson sei in Wahrheit ein Hurentreiber und würde die Mädchen nach Einbruch der Dunkelheit im Planwagen feilbieten, draußen bei Jackson's Hollow, etwa eine Meile außerhalb der Stadt. In der Nacht schlich ich mich aus dem Haus, ging dorthin und versteckte mich im Gebüsch, bis der letzte Mann, der angestanden hatte, in den Wagen gestiegen, sein Geschäft erledigt hatte und verschwunden war. Dann ging ich zu Pierson, als der alles fest verzurrte, und sprach mit ihm. Und als der Wagen vor Sonnenaufgang aus Pisga aufbrach, fuhr ich mit.

Ich arbeitete mich mit ihnen in den Norden vor, und als Pierson mich einmal zu oft betrog, arbeitete ich auf eigene Rechnung. Ich landete in einem Haus in Abilene, Kansas, der wildesten Stadt, in der ich je gearbeitet habe. Die erste Schießerei, die ich miterlebte, war mitten auf der Texas Street – zwei Betrunkene, die sich aus zwanzig Fuß Entfernung mit jeweils sechs Schüssen verfehlten. Sie schossen Scheiben kaputt, töteten ein Pferd und trafen einen Hund, aber jedes Mal schossen sie am anderen vorbei. Und als der eine gerade mit Nachladen beschäftigt war, zog der andere eine zweite Pistole, ging auf ihn zu und schoss ihm aus zwei Schritt Entfernung mitten ins Gesicht.

In einer einzigen Nacht erlebte ich einmal ein Dutzend Schlägereien. Ich sah zwei Männer, die sich gegenseitig mit Messern derart lange malträtierten, bis beide durch den Blutverlust umfielen und mit Gesichtern weiß wie Puder starben. Ich sah, wie eine Madame namens Stella Raye einem Mann mit einer Derringer ins Ohr schoss, weil der einem ihrer Mädchen eine Brustwarze abgeschnitten hatte. Das Mädchen war nicht sonderlich helle gewesen und hatte den Mistkerl ausgelacht, weil er zu betrunken gewesen war, einen hochzukriegen. Lustigerweise wurde sie danach eines der beliebtesten Mädchen im Haus. Alle wollten das Mädchen mit nur einem Nippel. Zur Hölle, was ich damals alles zu sehen bekam und was ich alles lernte.

Aber woran ich mich in Abilene am besten erinnere, ist das eine Mal, wo Wild Bill zu den Zimmern heraufkam und kein anderer als Johnny bei ihm war, von dem ich geglaubt hatte, ich würde ihn mein Lebtag nicht wiedersehen. Ist das Leben nicht ein verdammtes Wunder?

Jim Newman

Simp Dixon hatte schon ein paar Jahre lang immer wieder als Cowboy für mich gearbeitet, als er eines Tages mit diesem jungen, dürren großen Kerl in den Tall Hat Saloon kam und sie beide sich zu mir an den Tresen stellten. Das war im Frühling '69. Er legte seine verfluchten Sharps auf den Tresen und sagte: »He, Jim, das hier ist mein Cousin Wes Hardin. Will Cowboy werden. Glaubst du, wir können einen aus ihm machen?«

In jenen Tagen hatte ich ein Viehcamp für Luke Matthews ein paar Meilen westlich von Pisga. Luke war ein großer Viehtreiber aus San Antonio. Jedes Jahr gegen Frühlingsende fing er an, entlang des Chisholm Trail Vieh nordwärts zu treiben, alle paar Wochen eine neue Herde, und dabei kamen sie auch an unserem Camp vorbei. Mein Job bestand darin, Vieh zusammenzutreiben, das dann zu der Herde hinzugefügt werden sollte, die vorbeikam. Im Frühjahr, wenn es am Morgen noch frostig war, hatte ich bereits eine Crew draußen, die das Gestrüpp nach wilden Kühen und Vieh ohne Brandzeichen durchkämmte. Die brachten wir dann ins Camp, brannten sie mit Lukes Bar-M-Zeichen, kastrierten sie und trieben sie auf das Grasland entlang des Trails, wo sie bereitstanden, sich dem nächsten Viehtrieb anzuschließen.

Ich heuerte Simp immer nur an, weil er nach Arbeit fragte und ich ihm nicht absagen wollte. Der Kerl war irre. Er hatte zu der Zeit schon ein Dutzend Yankee-Soldaten oder so umgebracht und ihre Skalps an seinen Sattelknauf gebunden. Nur vom Hinschauen wurde mir schon ganz anders. Ich hab mal bei einem Wanderzirkus einen Skalp berührt und hatte zwei Nächte lang Schweißausbrüche deswegen. Jedes Mal, wenn Simp in meinem Camp war – ach, zum Teufel, jedes Mal, wenn er in meiner Nähe war –, rechnete ich fast damit, dass ein Bataillon Blaubäuche mit gezückten Waffen aus dem Nichts angestürmt kam, uns alle niederschoss und erst später schaute, ob es die Richtigen erwischt hatte. Und jetzt tauchte er auch noch mit seinem Cousin Wes auf, der, wie ich gehört hatte, ebenfalls von den Yankees gesucht wurde.

Wir tranken ein paar Gläser und besprachen alles. Wie es der Zufall so wollte, fehlte mir ein Mann, und Wes schien es ernst zu meinen, also ließ ich's drauf ankommen. So lernte ich Wes Hardin kennen, und so wurde er Cowboy.

Und zwar ein verdammt guter. Er mochte die Arbeit wie ein Fisch das Wasser. Er konnte besser reiten als jeder Weiße, den ich je gesehen habe und der nicht beruflich Pferde zuritt – und mit denen kenne ich mich aus, weil wir auch manchmal Pferde für Lukes Reservebestand zuritten. Wenn Luke Bescheid gab, dass er noch zusätzliche Pferde brauchte, kaufte ich wilde Ponys bei einem Mustangfänger, den ich kannte, und heuerte Terry Threefingers aus Hillsboro an, um sie an den Sattel zu gewöhnen. Luke zahlte gut dafür, und ich machte immer einen hübschen Gewinn dabei. Terry war der Einzige, den ich fürs Einreiten bezahlte, aber es gab immer ein paar wilde Kerle in der Crew, die es mal ausprobieren wollten, nur so zum Spaß.

Man musste schon ziemlich hart und ein wenig *loco* im Kopf sein, wenn man versuchen wollte, einen Mustang einzureiten, und Wes war beides. Das erste Pferd, an dem er sich versuchte, warf ihn in alle Richtungen von sich – auch gegen die Gatterstangen und sogar darüber. Himmel Herrgott, was hat der Bursche einstecken müssen. Einmal war er bewusstlos, und Terry Threefingers musste ihn mit einem Eimer Wasser wecken. Die anderen Burschen versammelten sich ums Gatter und zogen Wes kräftig auf; er solle das mit dem Einreiten lieber lassen und Akrobat im Zirkus werden, wo er doch so gern durch die Luft flog. Wes steckte ihren Spott wirklich gut weg. Jedes Mal, wenn es ihn schmiss, stand er grinsend auf, schüttelte alle Glieder wieder an den richtigen Platz, zog die Hose hoch, setzte seinen Hut auf und stieg wieder aufs Pferd. Der Bronco war so bösartig, wie sie nur sein konnten, und warf ihn mindestens ein Dutzend Mal ab, bevor Wes den störrischen Gaul zähmen konnte. Am nächsten Morgen war Wes ganz steifbeinig und ritt mit verkniffenem Gesicht, so zerschunden war er – und die anderen Jungs lachten natürlich nur noch mehr. Sie meinten, dem Gaul sei es wohl langweilig geworden, ihn abzuwerfen, und er hätte dann beschlossen, mit einem Sattel wäre es vielleicht interessanter. In Wahrheit bewunderten sie ihn unglaublich, weil er an dem Pferd drangeblieben war. Wes Hardin hatte Mumm, keine Frage.

Ich ließ ihn mit Big Len Richards und Joe O. das Vieh zusammentreiben. Und da draußen gab es jede Menge Rinder. Noch Jahre nach dem Krieg wanderten mehr Longhorns frei in ganz Texas herum, als man hätte mit dem Brandeisen bearbeiten können. Die meisten waren wild, aber viele waren auch nur Streuner – Kühe, die früher mal Farmern gehört hatten, die in den Kampf gegen die Yankees gezogen waren und entweder gar nicht zurückgekehrt waren oder erst, lange nachdem ihre Ranches zum Teufel waren und die Herden sich in alle Winde verstreut hatten. Es war nur eine Frage der Zeit, bis die Streuner von Leuten zusammengetrieben wurden, die der Versuchung nicht widerstehen konnten, so viele von den Tieren frei herumlaufen zu sehen. Außerdem war es mit dem Brandeisen keine große Kunst, ein Zeichen zu ändern. Ich will damit nicht sagen, dass wir in *meinem* Camp jemals so etwas getan hätten, wirklich nicht – aber solche Geschichten bekam man von dem oder jenem erzählt, dass das hier und da und dort schon mal vorgekommen war.

Na, jedenfalls kannte sich Wes schon ganz gut mit dem Lasso aus, als er zu mir kam. Er hatte schnelle Finger, und die muss man auch haben, wenn man mit einer Lassoschlinge umgehen will. Man muss die Schlinge nur mit der Wurfhand größer oder kleiner machen können, während die andere Hand Seil nachgibt und die Zügel hält. Und das bei vollem Galopp, und zwar so natürlich wie Spucken und Luftholen. Schauen Sie sich mal einen Lassoschwinger bei der Arbeit aus der Nähe an, dann sehen Sie, wie schnell und geschmeidig sich seine Hände bewegen. Flink und sicher wie die eines Banjospielers.

Nach ein paar Tagen im Camp fing er Longhorns, als hätte er sein Lebtag nichts anderes getan. Big Len brachte ihm bei, wie man ein Kalb mit einem Hackenwurf einfängt, damit man es hinter sich direkt zum Feuer ziehen kann, um es zu kastrieren und zu brandmarken. Joe O. zeigte ihm, wie zwei Reiter sich zusammentun, um einen großen Stier mit einem Kopf- und Hackenwurf, wie wir das nannten, zu Fall zu bringen, und nach einer Woche konnte er sogar Überwürfe, die manche Cowboys auch nach Jahren der Übung nicht schaffen.

Er lernte wirklich gut und sehr schnell. Ich zeigte ihm, wie man ein Kalb kastriert, so glatt, als würde man Kartoffeln schälen, und wie man ein Eisen genau richtig erhitzt, damit es ein gutes, sauberes Brandzeichen hinterlässt, ohne zu tief einzubrennen und das Leder zu versengen. Ich brachte ihm bei, wie man die Hörner absägt, was manchmal sein muss, wenn ein Tier so lange Hörner hat, dass es die anderen sticht, wenn sie eng zusammengetrieben werden. Ich zeigte ihm, wie man das mit einer Axt macht, wenn das Horn für eine Säge zu hart ist. Es gab nichts am Vieh, was der Bursche nicht wissen wollte. Er ließ sich von mir sogar zeigen, wie man eine Kuh von Schraubenfliegenlarven, Strahlenpilz und anderen Krankheiten kuriert. Er sagte, eines Tages hätte er vielleicht seine eigenen Herden, und da müsse er wissen, wie man sich um das Vieh kümmert. Ein kluger und vernünftiger Bursche.

Es gab natürlich nicht nur Arbeit. Ab und an sind wir in die Stadt gegangen, um uns ein Pferderennen anzusehen, uns die Kehlen zu befeuchten und unser Glück am Kartentisch zu versuchen. Ich habe noch nie einen Mann kennengelernt, der Pferderennen nicht mag. Ein paar schnelle Pferde zwischen zwei langen Reihen Zuschauern entlanggaloppieren zu sehen, alle springen auf und ab und schreien sich die Seele aus dem Leib, wenn die Pferde vorbeidonnern, Erdklumpen aufwerfen, schnaubend und mit aufgerissenen Augen und gebleckten Zähnen, die großen Halsmuskeln gespannt, die Reiter, die sich zusammenkauern, sie mit den Zügeln peitschen und sie laut anfeuern – also, ehrlich, wenn einem da nicht das Herz höher schlägt, dann ist man wohl reif für den Sarg, würde ich sagen. Pferderennen bringen mein Blut, schon lange bevor die Tiere überhaupt an der Startlinie stehen, zum Kochen. Wes ging es genauso. Ständig sprach er davon, sich eines Tages auch ein Rennpferd zuzulegen.

Leisten hätte er sich's können, so wie er am Spieltisch die Gewinne einsackte. Der Bursche hatte das größte Spielglück, das ich je gesehen habe. Und damit meine ich nicht nur bei *einem* Spiel. Er gewann bei allem – Poker, Würfel, Faro, Chuckaluck, Seven-up. Egal welches Spiel das Haus anbot, er machte mit – und er gewann viel häufiger, als er verlor. Ich war beim Pokern immer ganz ordentlich, wenn ich das sagen darf, aber selbst nach all den Partien, die ich mit Wes gespielt habe, konnte ich sein Spiel immer noch nicht lesen. Ob Stud oder Draw Poker, er spielte schnell und locker. Ich konnte einfach nicht fassen, mit welch riskanten Blättern er manchmal spielte. Hatte er ein mordsmäßiges Blatt in der Hand, das jeder andere lieber festhielt, wechselte er vier Karten. Mit einem Paar Dreier erhöhte er um zwanzig Dollar. Ich kannte niemanden, der derart versessen darauf war, auf einen Straight mit fehlender Mittelkarte zu setzen – und die fehlende Karte dann auch häufig noch zog.

Niemals werde ich die Nacht vergessen, als er gegen Frank Polk zwei Straights zusammenbekam. Simp hatte die beiden an dem Tag miteinander bekannt gemacht, und sie hatten Gefallen aneinander gefunden, vor allem, weil beide von der Yankee-Armee gesucht wurden, genau wie Simp. Ich mochte Frank und hatte ihn auch schon öfter angeheuert, aber er war in vielerlei Hinsicht fast so verrückt wie Simp; noch so ein Kerl, bei dem man es vorsichtig angehen musste. Er war ein schwarzbärtiger Halunke, breit wie ein Schrank, der ein paar Wochen zuvor in Dallas zwei Soldaten angeschossen und sich natürlich auf Notwehr berufen hatte. Allerdings gab es auch das Gerücht, er sei hie und da in Nordtexas bei Raubüberfällen dabei gewesen und habe einen Verkäufer erschossen. Dem Gerücht zufolge sei der Angestellte unbewaffnet gewesen. Aber wie das mit Gerüchten so ist, sie können stimmen oder auch nicht.

In dieser einen Nacht jedenfalls, von der ich spreche, saßen Frank und Wes, Terry Threefingers und Joel Knapp im Tall Hat, spielten Stud Poker und tranken Whiskey – nur Terry nicht, der trank Grizzly Milk, eine Mischung aus Whiskey, Milch und Zucker, weil ihm sein Magen in letzter Zeit Probleme machte. Keiner der Töpfe war sonderlich groß gewesen, bis auf einmal nach einer Stunde etwa zweihundert Dollar auf dem Tisch lagen. Wes wollte auf einen Straight hinaus und zog auch die richtige Karte, und Frank fluchte und schlug mit der Faust auf den Tisch. Zu dem Zeitpunkt war er schon ziemlich betrunken und hatte hoch verloren. Er war geladen, weil er ein Full House mit Königen und Zehnern gehabt und sich als sicheren Gewinner gesehen hatte. Wes lächelte und sagte: »Übel, mit so einem Blatt zu verlieren, Frank. Aber verdammt, ist das nicht jedes Mal so?«

Abgesehen von den roten Augen hätte man nie bemerkt, dass Wes mindestens ebenso viel intus hatte wie Frank. Wes konnte was vertragen. Ich kann mich nicht erinnern, dass Whiskey ihm jemals die Zunge verknotet oder er den Seemannsgang bekommen hätte.

Frank sah ihn überhaupt nicht an, so geladen war er. Er knurrte mich an: »Du teilst aus, Newman – also gib endlich, verflucht.«

Eine halbe Stunde später schaffte Wes es wieder. Er bekam einen Straight Flush zusammen, schlug damit Franks Full House aus Assen und Buben und sackte fast dreihundert Dollar ein.

»Verflucht noch mal!«, brüllt Frank, schiebt seinen Stuhl laut kratzend vom Tisch weg und legt eine Hand an den Griff seiner Waffe. Er starrt Wes böse an und sagt: »Mein Lebtag habe ich noch nie so ein verdammtes Kartenglück gesehen.« Gesicht und Stimme reine Anklage.

Es wird mucksmäuschenstill. Wes sieht Frank an, die rechte Hand unter dem Tisch, mit der Linken kassiert er den Topf ein. »Tja, Frank«, sagt er. »Ich hoffe, du siehst es noch öfter, solange ich hier sitze.«

Wenn man in einem solchen Augenblick am Tisch ist, möchte man so schnell wie möglich das Weite suchen, hat aber Angst, dass jede Bewegung die Dinge ins Rollen bringen könnte wie ein Funken am Pulverfass, also bleibt man sitzen wie ein Stein und hofft auf das Beste. Ringsherum suchten die Saloonhocker nach Deckung. Zu dem Zeitpunkt hatte ich Wes schon ein paarmal schießen gesehen, ich wusste, er war ein todsicherer Schütze, aber ich hatte ihn noch nie ziehen sehen. Ich hatte gehört, er sei schnell wie eine Schlange. Frank war auch ein verflucht guter Schütze, aber er zog nicht sonderlich schnell – dafür hatte er Nerven aus Stahl und fürchtete sich nicht mal vor dem Teufel persönlich. Die

Sache ist die: Geraten zwei Kerle auf derart kleinem Raum aneinander, werden fast immer beide getroffen, und häufig kommen beide dabei um.

In dem Augenblick sehe ich hinter Wes, wie Simp, der Wasser hatte lassen müssen, durch die Hintertür hereinkommt, das Gewehr in der Armbeuge. Ich sehe, wie er kapiert, was am Tisch los ist, und während er auf uns zukommt, spannt er den Hahn der Sharps. Wes und Frank starren sich nieder und bemerken Simp nicht. Als er zwei Schritte vom Tisch entfernt ist, zwinkert Simp mich an und schießt in den Boden.

Allmächtiger! Haben Sie schon jemals eine Sharps im Haus abfeuern gehört? Wir sitzen alle da, gespannt wie billige Uhrenfedern, und BUMM!

Frank schießt senkrecht aus seinem Stuhl hoch, als hätte ihn was in den Hintern gestochen, die Pistole wirbelt ihm aus der Hand wie bei einem Trick, landet auf dem Tisch und geht los – BLÄM! –, und Frank plumpst in seinen Stuhl, fällt rücklings damit um und liegt stocksteif auf dem Boden.

Ich hab nicht mitgekriegt, dass Wes sich bewegt hat – doch da war er, halb im Stuhl umgedreht, mit gezücktem Colt auf Simps Brust gerichtet.

Eine Sekunde lang rührt sich niemand – dann brüllt Wes los: »Du blödes, verfluchtes Arschloch von einem Esel! Willst du dich abknallen lassen?«

»Also, Cousin«, meint Simp nur und grinst so irre, wie er ja war. »Ziemlich schreckhaft, was?« Er schaut zu Frank am Boden hinüber und sagt: »Hat der sich wirklich mit der eigenen Waffe umgelegt?« Und *lacht*.

Das jedenfalls hatte *ich* geglaubt, todsicher. Doch dann bemerke ich eine kleine Staubwolke, die sich auf den Tisch senkt, schaue nach oben und sehe, wo Franks Kugel in die Decke gefahren ist. Jetzt schauen auch alle anderen nach oben. Dann stöhnt Frank leise, rührt sich, setzt sich auf, reibt sich den Hinterkopf und schaut sich um, als ob er nicht sicher ist, ob er lebt oder tot ist. Simp deutet auf ihn und meint: »Na, schaut mal da, Jungs, Lazarus ist von den Toten auferstanden.«

Alle mussten lachen, auch Frank, so verdammt froh war er,

dass er nicht tot war. Er hatte nur das Gleichgewicht verloren, mehr nicht, und hatte sich selbst ausgeknockt, als er auf dem Hinterkopf gelandet war. Aber noch Jahre später erzählten alle, die dabei waren – und viele, die nicht dabei waren –, die Geschichte, wie sie Frank Polk dabei zugesehen hätten, wie er schneller zog als er selbst und sich dabei niederschoss.

Kurz danach hat sich Frank in einem Saloon in Corsicana betrunken und wurde, unvorsichtig, wie er war, von einer Meute Yankees festgenommen. Wes hatte zu dem Zeitpunkt sein Vergnügen in Mary LaBelles Etablissement gesucht und erzählte, er habe erst am nächsten Tag von Franks Verhaftung erfahren. Es tat mir selbst leid, als ich davon hörte, aber ich kann nicht leugnen, dass ich erleichtert war, eine Sorge weniger in meinem Viehcamp zu haben.

Mike Callahan

Ich habe Frank Polk im Empress Emporium mehr als nur ein paar Gläser eingeschenkt, ja, das habe ich. Das erste Mal habe ich den Halunken in Corsicana gesehen, als er nach einer Schießerei mit ein paar Soldaten auf der Flucht war – in Dallas, glaube ich. Und dann war da noch das Gerücht, er hätte einen Ladenbesitzer umgelegt. Aber zum Teufel, es gab andauernd Gerüchte über Frank und solche seines Schlages. Sicher, er hatte üble Laune, wenn er gebechert hatte – aber ist das nicht bei den meisten so? Manchmal ein bisschen schnell mit den Fäusten – und ohne Scheu, wenn nötig auch mal Hand anzulegen, wie man so sagt. Aber meistens lachte er viel, spielte gern Karten und vertrieb sich die Zeit mit den Ladys. Ein ganz normaler Kerl, das war er.

Frank hat mich mit diesem Hardin bekannt gemacht. Sie kamen eines Nachmittags ins Empress, als ich hinter der Theke stand. Gerade hatten sie eine Herde Rinder von Pisga herübergetrieben, also hatten sie die Taschen voller Gold und suchten ein wenig Vergnügen, bevor sie sich wieder auf den Rückweg machten. Ich stelle eine Flasche von unserem Guten hin, gebe ihnen den Würfelbecher, und sie vertrödeln die Zeit damit, guten Whiskey zu trinken und Würfel zu spielen. Nach und nach kommen ein paar andere Freunde dazu, und sie trinken und würfeln und tischen faustdicke Lügen auf, so laut, dass alle im Laden was von der Aufschneiderei haben.

Also, an dem Abend sind sie alle sternhagelvoll und pokern an einem Tisch hinten in der Ecke. Sie lachen und reden alle gleichzeitig und sind so blau, dass sie vergessen, wer gerade gibt und wer ansagt, alles. Einmal höre ich Jerry Ostermann brüllen: »Blackjack! Ich hab einen Blackjack!« Alle anderen lachen und schimpfen ihn einen verdammten Esel. »Wie kommst du darauf, dass wir Blackjack spielen, du Arschloch«, sagt Frank, »wo du doch *fünf*

Karten gekriegt hast? Sag mir das mal!« Und Jerry denkt einen Augenblick darüber nach und verzieht dabei vor Anstrengung das Gesicht. Dann hellt es wieder auf, und er sagt: »Ach, verdammt. Ich hab gedacht, das wäre 'ne brandneue Variante!«

Eine halbe Stunde später springt Frank auf und brüllt, dass er verdammt noch mal genug hat von Vernon Leakeys Betrügereien. Vernon gehört das Hotel Lee die Straße runter, und er ist einer der wenigen wirklich ehrlichen Menschen, die ich je kennengelernt habe. Wie er in ein Spiel mit solchen Halunken geraten ist, weiß ich nicht – außer, dass er mehr getrunken hat als sonst, und das ist ja schon Erklärung genug für fast jeden Blödsinn, den ein Mann so anstellt. Er wird jedenfalls so weiß wie sein Kragen, als Frank ihn einen Betrüger schimpft.

»Frank«, sagt er mit seiner hohen Stimme. »Frank, *ich* betrüge nicht.« Frank steht da, schwankt ein wenig, starrt ihn an und sagt: »Das letzte Mal, als ich das von einem jämmerlichen Mistkerl gehört hab, stellte sich raus, dass er drei Asse im Ärmel hatte.« Dieser Hardin schaut sich das Ganze an, stützt das Kinn in die Hand und grinst breit.

»Aber Frank«, sagt Vernon, »wie kommst du drauf, dass ich betrüge? *Du* gewinnst doch die ganze Zeit!« Frank schaut sich seinen Stapel Geld an und sieht, dass es tatsächlich der größte auf dem Tisch ist, also grinst er blöd und sagt: »Verdammt.« Er setzt sich hin und sagt dann: »Verflucht, vielleicht bin *ich* es ja, der die ganze Zeit betrügt.« Wie gesagt, allesamt sternhagelvoll, und dabei ist es noch früh.

Gut, so gegen elf ist der Laden gesteckt voll. Das Pianola spielt ein Lied nach dem anderen, und an der Theke stehen sie in zwei Reihen an. Der Qualm ist so dick wie der Nebel in Dublin. Ein paar Schlägereien hat's auch schon gegeben, aber nichts Ernstes, und viel zerbrochen ist auch noch nicht, nur ein Arm und ein paar Biergläser. Hinter der Theke hab ich so viel zu tun wie ein Einbeiniger bei einem Wettbewerb im Arschtreten.

Plötzlich hörte sich's an, als ob das Pianola ein gutes Stück lauter ist als zuvor, und da sehe ich, dass die meisten Jungs verstummt sind und ein paar Yankee-Soldaten anstarren, die ich bisher noch nicht mal bemerkt habe – sechs Mann, darunter zwei

 Nigger. Langsam und bedächtig teilen sie die Menge, alle mit Repetiergewehren bewaffnet, und gehen nach hinten. Ich schaue zur Hintertür und sehe dort noch drei Blaue. Jerry und Vernon starren die Yankees, die auf sie zukommen, mit großen Augen an. Frank hat den Kopf auf seinen Geldhaufen gelegt und singt zum Pianola *My Darling Clementine* mit. Von diesem Hardin war nichts zu sehen.

Der kommandierende Yankee – ein riesiges Vieh von Sergeant – scheucht Jerry und Vernon mit einer Handbewegung vom Tisch, und sie schlagen Haken wie die Hasen. Die Yankees stellen sich mit erhobenen und angelegten Gewehren im Halbkreis um Frank. Im Raum ist jetzt nur noch die Musik und Franks fürchterliches Gesinge zu hören. Der Sergeant versetzt dem Tisch einen Mordstritt, und ein paar Münzen fallen herunter. Das weckt Franks Aufmerksamkeit, immerhin. Er blickt mit versoffenem Gesicht auf und starrt die auf ihn gerichteten Karabiner an. »Was für 'ne Scheiße«, sagt er und setzt sich im Stuhl auf – und jeder einzelne Yankee spannt den Hahn. Beim Geräusch all dieser gespannten Waffen denke ich schon, dass ich im nächsten Augenblick Franks Blut über den Boden rinnen sehe.

Aber Frank war nicht so blau, dass er nicht begriff, wie die Dinge standen. Jede falsche Bewegung wäre die letzte in seinem Leben gewesen. Aber Mumm hatte er, das muss man ihm lassen. Er sagte: »Ich werde bestimmt nicht aufstehen und *salutieren*, falls ihr darauf wartet.« Und dabei schaut er direkt am Gewehr des Sergeant entlang zu ihm auf.

Sie nahmen ihm die Waffe ab und rissen ihn auf die Beine, aber mussten ihn stützen, sonst wäre er auf die Schnauze gefallen, so betrunken war er. Draußen auf der Straße fesselten sie ihn von den Schultern bis zur Hüfte und die Hände auf den Rücken. Die ganze Zeit über lästerte die Meute über die verfluchten Yankees, beschimpfte sie als Hurensöhne und Bastarde und was noch alles. Der Sergeant wusste, dass sie alle betrunken waren und von Minute zu Minute mutiger wurden, also drängte er seine Leute zur Eile.

Endlich kriegen sie ihn auf sein Pferd – doch kaum reiten sie los, fällt er aus dem Sattel und stößt ein Mordsgeschrei aus. Seine

Schulter sei gebrochen, brüllt er. Einer der Nigger reißt ihn vom Boden, Frank kreischt wie am Spieß und beschimpft ihn als schwarzen Hurensohn. Der Nigger packt ihn an den Haaren, um ihn zu seinem Pferd zu zerren, und Frank spuckt ihm ins Gesicht. Dafür kriegt er eine Faust ins Maul, doch er spuckt noch einmal einen blutigen Batzen auf den Nigger.

»Genug!«, brüllt der Sergeant. Er zieht Frank einen mit dem Karabiner über und nimmt ihm so den Kampfeswillen. Doch während sie ihn noch bäuchlings über sein Pferd binden, kotzt er einen der Blauen an. Das gab vielleicht ein Gelächter in der Menge! – selbst ein paar von den Blauen lachen mit. Dann verließen sie im leichten Galopp die Stadt, der arme Frank hüpft auf dem Bauch und kotzt unterwegs noch mal.

Was diesen Hardin anging – wir dachten, entweder hat er die Blauen kommen sehen, oder jemand hat ihm einen Tipp gegeben und er konnte abhauen. Niemand warf ihm vor, er hätte Frank hängen lassen – nicht, wo Frank so verflucht betrunken war, dass er nicht mal mehr laufen konnte. In so einer Situation ist sich jeder selbst der Nächste.

Als ich aber am frühen Morgen zu den Klos hinter dem Haus gehe, um mein Morgengeschäft zu erledigen – wen finde ich da mit heruntergelassenen Hosen um die Schienbeine und den Kopf an die Wand gelehnt, schnarchend wie ein Frosch, auf dem Plumpsklo voller Fliegen und einem Gestank wie ein letzte Woche verreckter Köter? Diesen Hardin-Burschen. Ich wecke ihn also sanft und erzähle ihm, was mit Frank geschehen ist und alles. Und der Kerl lacht, wirklich. Es stellt sich heraus, dass er aufs Klo gegangen war, bevor die Yankees aufgetaucht waren, und mitten unterm Geschäft eingeschlafen war. Das erste Mal, dass der Ruf von Mutter Natur ihn gerettet hätte, sagte er.

Na, jedenfalls entkam dieser Hardin im Sommer '69 in Corsicana so der Verhaftung durch die Yankees.

Frank wanderte in den Knast für die Ermordung des Ladenbesitzers, aber man sagt sich, als er rauskam, sei er immer noch genauso wild gewesen. Das muss wohl stimmen. So wie ich das mitbekam, geriet er unten im Limestone County in eine Pokerrunde und erschoss einen Typen am Tisch wegen Betrügerei. Nur war es Franks Pech, dass es sich dabei um den Bürgermeister handelte. Frank wollte fliehen, aber eine Bande holte ihn ein und drängte ihn an den Ufern des Navasota in eine Falle. Er rief ihnen aus den Bäumen zu, dass er einverstanden sei, die Vergangenheit ruhen zu lassen. »Ich vergess die neunzig Dollar, um die mich der Hundesohn betrogen hat, und ihr vergesst, mich einzubuchten«, rief er. »Das ist nur fair.« Das waren seine letzten Worte, bevor sie ihn niederschossen. Sie haben ihn dort neben dem Fluss begraben. Das habe ich jedenfalls gehört.

Len Richards

Jim Newman hatte uns – Wes, Simp, Joe O., Tim Calloway und mich – losgeschickt, um auf der Suche nach herrenlosem Vieh die Senken in Richland zu durchkämmen. Da geht im Sommer nicht viel Wind, und es ist heiß wie die Hölle. Wir führten unsere Pferde durchs Gestrüpp und scheuchten alle Rinder heraus, die wir zusammenhalten konnten. Dann trieben wir sie zu der Lichtung, an der wir jeweils unser Camp aufgeschlagen hatten, und am nächsten Morgen trieben zwei von uns sie zum Camp bei Pisga, und wir anderen spürten weiter Tiere auf.

Eines frühen Morgens, kurz nachdem Joe O. und Tim mit einer frischen Herde Longhorns nach Pisga aufgebrochen waren, ging Simp zum Bach, um Wasser zu holen und noch mehr Kaffee zu kochen. Eine Minute später kommt er ganz aufgeregt zurückgerannt. Er wirft meine Decke übers Feuer und tränkt sie mit dem Wassereimer, den er gerade geholt hat, um das Feuer zu löschen, ohne viel Qualm zu machen. In kann nur daran denken, dass er meine Decke ruiniert hat, und will ihm gerade die Hölle heißmachen deswegen, doch er legt einen Finger an die Lippen, ich solle still sein. Wes kümmerte sich gerade um die Pferde, und Simp gibt leise einen Vogelruf ab und winkt ihn zu uns.

Er erzählt uns, dass da eine Gruppe Soldaten den Bach entlangkommt. Sie sind nur noch hundert Yards bachabwärts, sagt er, aber sie bewegen sich langsam und träge, wahrscheinlich nur eine Routinepatrouille. Er schätzt, dass sie letzte Nacht ziemlich nahe bei uns kampiert haben müssen. Seine Augen tanzten, so aufgeregt war er darüber.

»Wie viele?«, will Wes wissen. Drei, meint Simp. Ich will schon auf mein ungesatteltes Pferd steigen und verdammt noch mal in die andere Richtung verschwinden. Seit ich damals ein paar von ihnen in Tennessee umgelegt habe, bevor sie mir die

Beine mit einer Schrotkartätsche zerschossen, habe ich ihnen nichts mehr getan. Seitdem laufe ich wie ein alter Mann, aber was soll's, ich kann mich glücklich schätzen, überhaupt noch laufen zu können. Ich wollte denen keinen Grund und keine Gelegenheit geben, mich noch schlimmer zuzurichten als eh schon.

Aber Simp und Wes prüfen schon ihre Munition und sprechen darüber, wie sie am besten einen Hinterhalt legen. Sie beschließen, in dem dichten Weidenbestand, der an der Bachbiegung dreißig Yards weiter bachabwärts steht, auf sie zu lauern. Als sie aufbrechen, wirft mir Simp noch einen Blick zu, also gehe ich zu meinem Sattel, ziehe mein Henry-Gewehr aus der Scheide und folge ihnen.

Es ist so: Seit Tennessee – also Franklin, wo ich so schwer verletzt wurde – kann ich den Krach einer Schießerei aus der Nähe nicht mehr ertragen. Ich übertreibe nicht: Höre ich einen Schuss in der Nähe, bin ich wie versteinert – große Waffe, kleine Waffe, egal. Ist heute noch so. Ich schäme mich nicht, das zuzugeben, jetzt nicht mehr. Und wenn die Schießerei länger als ein, zwei Runden dauert, dann zittere ich wie Espenlaub. Manchmal ist es so schlimm, dass ich die Zähne zusammenbeißen und mich an etwas Festes klammern muss, um nicht wie ein Irrer zu schreien. Rings um Pisga wusste das keiner, außer Jim Newman, ein guter Kerl; bei dem war ich mir sicher, dass er es für sich behält. War nicht leicht zu verbergen, aber ich wusste, wenn die Jungs das rauskriegen, hören die nie wieder davon auf. Die würden mich ständig damit hochnehmen und sich freuen, wenn ich leide. So ist es mir zu Hause in Nacogdoches gegangen. Deshalb bin ich dort weg.

Aber was konnte ich denn jetzt machen, außer mit Wes und Simp mitzugehen? Davor hatte ich am meisten Angst – dass die Yankees hier ankamen und ich bei ihnen war, dass es zu einem Kampf kam und ich wie ein Feigling dastand. Wieder warf mir Simp einen Blick zu, als wir zu den Bäumen gingen, aber ich konnte in seinem Gesicht nichts lesen. Ich hatte so entsetzliche Angst, dass ich glaubte, ich mache mir gleich in die Hose.

Kaum hatten wir die Bachbiegung erreicht, blieben Simp und Wes plötzlich stehen und gingen in Deckung. Ich ließ mich hinter einem großen Felsbrocken auf den Bauch fallen und spähte ganz vorsichtig drum herum. Mein Herz pochte wie wild, und ich konnte kaum atmen.

Dann waren sie da. Direkt vor uns zogen sie im Schritttempo den Bach entlang. Sechs Mann. Verdammter Simp mit seinen drei. Sie kamen immer näher, und ich wusste nicht, worauf Wes und er eigentlich noch warteten. Einerseits betete ich darum, dass sie die Soldaten einfach vorbeireiten lassen würden – andererseits hatte ich eine Heidenangst, dass die Yankees, wenn sie sie noch näher kommen lassen würden, uns irgendwie spüren, uns riechen konnten. Und ich würde nur versteinert daliegen, während sie uns abknallten.

Sie waren so nah, dass ich die weiße Narbe sehen konnte, die durch den roten Bart des Vorreiters lief, als Wes plötzlich hinter einem Baum vorsprang, ihm direkt ins überraschte Gesicht schoss und ihn aus dem Sattel holte. Die anderen rissen ihre Pferde herum, schrien: »Hinterhalt, Hinterhalt!« und versuchten zu wenden. Wes' Colt und Simps Sharps feuerten zur selben Zeit, und ein zweiter Yankee fiel vom Pferd und rollte in den Bach. Ich konnte mich nicht rühren, und ich konnte nicht wegschauen. Meine Kehle war so zugeschnürt, als würde sie mir jemand mit beiden Händen abdrücken.

Wieder feuerte Wes' Pistole krachend, und ein Pferd fiel schreiend um. Der Reiter landete auf den Füßen wie eine Katze, schnappte sich ein reiterloses Pferd, das an ihm vorbeistürmte, und schaffte es irgendwie, an den Sattel zu kommen; er klammerte sich daran wie ans nackte Leben, seine Beine flogen, sein Kopf hüpfte auf und ab, während das Tier in die Richtung verschwand, aus der sie gekommen waren. Das verletzte Pferd am Boden schrie und trat in alle Richtungen, versuchte auf die Beine zu kommen, schaffte es aber nicht mehr.

Die Yanks gaben ihren Pferden die Sporen, und *peng-peng* – schossen Simp und Wes wieder gemeinsam. Blut spritzte einem Soldaten aus dem Hals, er fiel vornüber, blieb aber im Sattel, während sein Pferd in vollen Galopp überging. Wes rannte vor, um besser zielen zu können, feuerte noch zwei Mal, während Simp auch selbst zum Schuss kam.

»Hab ihn!«, brüllt Simp. »Hast du das Blut spritzen sehen, wo ich den einen ins Bein getroffen habe?«

»Blödsinn!«, brüllt Wes zurück. »Das war mein Schuss!«

Das verwundete Pferd machte noch immer einen Höllenkrawall, also ging Wes hin und erlöste es von seinem Leid. Und während er dabei war, machte Simp sich daran, die Soldaten zu skalpieren. Da endlich konnte ich wegschauen.

Ich hatte meine Henry so fest umklammert, dass mir die Hände wehtaten.

Nach einer Weile schaute ich mich um und sah Simp, der den Yanks Waffen und Munition abnahm und ihre Taschen durchging. Ihre Skalpe baumelten an seinem Gürtel und tropften ihm auf Hose und Stiefel. Wes stand etwas entfernt, drehte sich eine Zigarette und kümmerte sich nicht darum. Bis zu diesem Zeitpunkt hatte keiner von ihnen in meine Richtung geschaut. Ich setzte mich auf den Felsen, hinter dem ich mich versteckt hatte, und fühlte mich wie ein geprügelter Hund.

Dann kam Simp zu mir herübergeschlendert und spannte einen der Spencer-Karabiner der Yankees. »Ich muss schon sagen, dieses Gewehr von den Blaubäuchen ist verdammt hübsch«, sagte er. »Hat nicht die Durchschlagskraft meiner Sharps, aber es gehen sieben Schuss rein, da muss man nicht nach jedem Schuss nachladen. Und das Kaliber .56 macht ein Loch in einen Kerl, so groß, dass der Mond durchscheint. Was denkst du, Lenny? Findest du, ich sollte wechseln?«

An der lockeren Art, wie er sprach, wusste ich, dass er es wusste. Ich hob den Blick und sah ihm in die Augen, aber darin lag keine Verachtung, kein böser Spott – und auch kein Mitleid, das manche drüben in Nacogdoches für mich empfunden hatten; das hasste ich noch mehr als Hohn und Spott. Er sah mich an wie ein Freund.

»Jim hat es uns erzählt«, sagte er leise. »Dachte, es wäre am besten, wenn wir es wissen. Zum Teufel, Bruder, jeder, der die graue Uniform getragen hat und von Kanonen zerschossen wurde, weil er Yankees umgelegt hat, kann für uns nichts anderes als ein Held sein, weißt du das nicht? Wes und ich, Lenny, wir beide sind stolz, dich zu kennen.« Schätze, ich wurde so rot wie er, dann grinsten wir beide nur und schauten weg. »Ach, zum Teufel«, sagte er, »lass uns das andere Yankee-Pferd einfangen und schleunigst nach Pisga reiten.«

Das war's. Die beiden verloren mir gegenüber kein Wort mehr darüber. Ob sie jemand anderem was gesagt haben, weiß ich nicht, aber ich bin mir verdammt sicher, dass sie's nicht getan haben. Unter tausend Mann findest du keine solchen zwei. Unter zehntausend nicht.

Am folgenden Abend waren die beiden schon längst aus Pisga verschwunden, und ich habe sie nie wieder gesehen. Ich glaube, Wes ist eine Weile bei Verwandten in Hillsboro untergeschlüpft, dann ist er nach Towash gegangen und dort in den Schlamassel geraten, von dem alle gehört haben.

Was Simp angeht, habe ich gehört, dass er eine Weile mit einer Bande Ku-Klux-Klanern geritten ist, bevor er denen sagte, dass es reine Zeitverschwendung ist, Nigger zu erschrecken und Scheunen anzuzünden, wo es doch noch so verflucht viele Blaubäuche in Texas zu killen gibt. Der Klan war ausgezogen, um ganz Dixie zu rächen, aber Simp wollte vor allem seine eigenen Leute rächen. Dann habe ich gehört, er habe sich mit einer Cheyenne-Squaw mit abgeschnittener Nase eingelassen, mit Titten wie Whiskeykrügen und einem Hintern wie ein Maultier. Man sagt, sie wäre hübsch gewesen, wenn nicht die Nase gefehlt hätte, aber das stellt ein Cheyenne-Krieger mit einer Frau an, die fremdgeht, bevor er sie rauswirft und sie für sich selbst sorgen muss. Ein Kansas-Rebell schleppte sie eines Tages am Ende einer Lederschnur in einen Salon in Fort Worth, und aus irgendeinem Grund – vielleicht wegen der Squaw – gerieten Simp und der Rebell in Streit. Man erzählt sich, als Simp den Kerl am Boden hatte und anfing, ihn mit Tritten zu bearbeiten, soll die Squaw gekommen sein und selbst ein paar Mal ordentlich getreten haben; war wohl an der Zeit für einen Männerwechsel. Die Geschichte ging so weiter: Simp hauste mit ihr in einer Hütte tief im Wald am Navasota River. Man erzählt, seine Squaw und er hätten gerade mit nackten Hintern wie wild am Flussufer rumgevögelt, als eine Truppe Yankees sich anschlich und sie mit hundert Kugeln durchsiebte.

ZWEITER TEIL

AUF DER FLUCHT

Aus dem *El Paso Daily Herald* vom 20. August 1895

Frank Patterson, Barkeeper im Acme Saloon, sagte vor dem Untersuchungsrichter Folgendes aus:

»Ich heiße Frank Patterson. Ich arbeite zurzeit als Barkeeper im Acme Saloon. Gestern Abend gegen elf Uhr stand J.W. Hardin mit Henry Brown an der Theke und würfelte, als Mr. Selman zur Tür hereinkam und ihn erschoss. Zum Zeitpunkt der Schießerei war ebenfalls noch Mr. E.L. Shackleford anwesend. Mr. Selman sagte etwas, als er zur Tür hereinkam. Hardin stand mit dem Rücken zu Mr. Selman. Ich habe nicht gesehen, dass er sich umdrehte oder sonst eine Bewegung machte, bevor er umfiel. Nur, dass Mr. Selman zur Tür hereinkam, etwas sagte und schoss, und dass Hardin umfiel. Ich glaube nicht, dass Hardin ein Wort gesagt hat. Der erste Schuss traf in den Kopf.«

(gezeichnet) F.F. Patterson

Auszug aus *Das Leben John Wesley Hardins, von ihm selbst niedergeschrieben*

»Ich mochte schnelle Pferde und ich wettete auf alle Arten von Pferderennen, auf Hahnenkämpfe, Hundekämpfe, egal was, bis zum Murmeldotzen oder Auf-einen-Punkt-spucken.«

»Ich hatte Briefe von meinem Vater und meiner Mutter bekommen, in denen sie mich drängten, mein wildes Leben aufzugeben und mich zu bessern.«

»Ich war jung damals und verliebte mich in jedes hübsche Mädchen, das mir begegnete.«

»Wenn es außer der Hand des Lebendigen Gottes eine Macht gibt, die Mann, Frau oder Kind vor Schaden bewahrt, dann ist es jene Sache, die man Schneid nennt.«

»Alle … versuchten mir zu helfen, alle waren freundlich zu mir, doch die ruchlose Polizei war hinter mir her, und es gab etliche Unruhestifter um mich herum.«

John Collins

Slider, meine Frau, war eine Cousine von Wes und machte uns bei einem Treffen in Jims Haus am Brazos River, wo Wes und sein Bruder Joe untergekommen waren, miteinander bekannt. Sie waren nach einem längeren Besuch im Haus von Sliders Ma in Hillsboro hergekommen, und alle waren heilfroh, dass es Wes gut ging. Wir hatten gerade erst die Nachricht vom heimtückischen Mord der Yankees an Simp Dixon gehört und uns Sorgen gemacht, die Blauen hätten auch Wes erwischt.

Wes und ich verstanden uns von Anfang an, aber Joe war ein wenig kühl, und wir beide wurden nicht warm miteinander. Als ich mitbekam, wie gern Wes spielte und zu Pferderennen ging, meinte ich zu ihm, dass es ihm in Towash gefallen würde, ein kleines Städtchen, in dem es aber oft hoch herging, ein paar Meilen von Pages Grund entfernt. Da gab es eine ganze Reihe von lauten Saloons und Spielhallen, und direkt vor der Stadt lag der Boles Track für Pferderennen. An Renntagen brodelte es dort nur so. Das würde sich gut anhören, meinte Wes, und wir verabredeten am folgenden Samstag, gemeinsam zum Rennen zu gehen.

Joe gefiel das gar nicht. »Hast du vergessen, dass die Soldaten nach dir suchen?«, fragte er Wes. »Soldaten, die auf dich schießen, wenn sie dich sehen?«

»Um das tun zu können«, erwiderte Wes, »müssen sie mich sehen, bevor ich sie sehe.« Er versuchte, Joes Genörgel abzutun, aber ich konnte sehen, dass es ihn ärgerte. Ich glaube nicht, dass er sonderlich traurig war, als Joe am nächsten Tag wieder nach Navarro County ritt.

In den folgenden paar Wochen verbrachten wir viel Zeit in Towash, Wes und ich. Wie gesagt, ein wilder Ort, und Wes stürzte sich darauf wie ein Jagdhund auf eine Höhle voller Waschbären. Der Bursche spielte alles. Ich habe nie einen besseren an einem

Faro-Tisch gesehen, wenn es darum ging, die Reihenfolge der letzten drei Karten beim Geber zu erraten, und Wes füllte sich auf diese Weise die Taschen mit Geld. Wir spielten meist im Alabama Star, weil es da die besten Tische gab – und einen Geber namens Sad Horse Tom, der eigentlich Tommy Flatt hieß. Er hatte das längste Gesicht, das ich je gesehen habe, und jedes Mal, wenn jemand eine Glückssträhne hatte oder die letzten drei Karten richtig erriet, wurde sein Gesicht noch länger. Man kann sich ja denken, wie er aussah, wenn Wes eine gute Nacht an seinem Tisch hatte. Der arme Kerl machte ein so langes, jämmerliches Gesicht, dass er so aussah wie ein Pferd, das gleich heulen muss. Wes nannte ihn Sad Horse Tom, und schon bald nannten ihn alle so. Eines Nachts, als Wes zum zweiten Mal innerhalb einer Stunde die letzten drei Karten richtig nannte, meinte Sad Horse Tom zu ihm: »Junge, dir flüstert wohl Jesus die Karten ins Ohr.«

Wes gefiel das, und von da an legte er jedes Mal, wenn die letzten drei Karten kamen, eine Hand ans Ohr, blickte auf und sagte: »Also gut, Herr, lass mich hören.« Dann nickte er, als würde er aufmerksam zuhören. »Also gut, Herr, so mach ich es.« Lag er richtig, lächelte er nach oben und sagte: »Danke, Partner.« Aber wenn er verlor, sah er alle ringsum völlig übertrieben entrüstet an und sagte dann etwas wie: »Ach, zum Teufel, wenn man sich nicht mal auf den guten Herrn Jesus verlassen kann, ist es doch kein Wunder, dass es heutzutage so viele Heiden gibt.« Damit brachte er die Jungs am Tisch immer zum Lachen.

Abgesehen von Sad Horse Tom freuten sich fast alle, wenn Wes in den Star kam. Er ging großzügig mit seinen Gewinnen um, und ich kann mich nicht an ein einziges Mal erinnern, wo er nicht nach einem großen Pokertopf oder der Dreieransage beim Faro eine Lokalrunde geschmissen hätte. Er war auch ein verteufelt guter Witzeerzähler und lachte genauso gern über Witze, die man ihm erzählte. Er lächelte viel und meinte das meistens auch so. Er sang gern zum Klavier mit – einfach ein netter junger Kerl.

Wir spielten also fast jeden Abend in den Saloons in Towash und machten uns außerdem an den Samstagen auf den Weg zum Boles Track. Uns waren die Rennen noch lieber als die Karten, und meistens hatten wir am Ende des Tages auch was gewonnen. Doch je öfter Wes die Rennen sah, umso größer wurde sein Wunsch, sich selbst ein Rennpferd zuzulegen. Denn weder sein altes Paint Horse noch mein störrischer Bock von Pferd war auch nur annähernd gut genug, um mit den Pferden in Boles mitzuhalten. Tja, Wes gehörte zu der Sorte, die auch tun, was sie sich in den Kopf gesetzt haben, also war mir klar, dass er sich ein Rennpferd zulegen würde – ich habe nur nicht damit gerechnet, dass er mit diesem speziellen Pferd antreten würde.

Am Weihnachtsmorgen höre ich ihn draußen rufen, also gehe ich zur Tür, und da sitzt er auf einem wunderschönen Rotschimmelhengst, den ich noch nie zuvor gesehen habe. Ich gaffe ihn an und bewundere das Tier – ich meine, so ein schönes Tier! Wes grinst mich nur eine Minute lang von oben an und sagt schließlich: »Schätze, du kannst den ganzen Tag da stehen bleiben und die kalte Luft zu Frau und Kind reinlassen, oder du kratzt deine letzten Piepen zusammen, sattelst auf und reitest mit mir nach Boles rüber, um deine Ersparnisse zu verdoppeln.«

Es war ein wunderschöner Tag – kalt, aber sonnig, kein Wind, keine Wolke am Himmel. Während wir nach Boles reiten, erzählt mir Wes, dass das Pferd seinem Vater gehört hat, und der habe es als Geschenk von einem Mann in Polk County bekommen. Er habe es Copperhead genannt, zu Ehren seines Erzeugers, eines Hengstes aus Ohio. Der Reverend hatte allen bei den Pages eine richtige Weihnachtsüberraschung bereitet, einfach so unerwartet aufzutauchen. Er hatte Wes ein paar Briefe geschrieben, seit er ins Navarro County gezogen war, hatte aber kein Wort davon verlauten lassen, ihn besuchen zu wollen. Dafür hatte er ihn in jedem Brief gebeten, das Spielen aufzugeben und wieder zu seiner Familie zurückzukehren, wo er hingehöre. »Joe muss ihm ganz schön in den Ohren gelegen haben«, meinte Wes. Es war offenkundig, dass er in der Zwickmühle steckte – zwischen seinem Dad, der wollte, dass er ein rechtschaffenes Leben führte wie Joe, um seiner Familie Ehre zu machen, und seiner natürlichen Neigung für das Leben, das er führte und das ihm viel Freude bereitete, aber auch Kummer, weil er seinen Dad damit enttäuschte.

Er berichtete mir, der Reverend und er seien die halbe Nacht aufgeblieben und hätten alles durchgesprochen. Sein Dad erzählte, die Yankee-Patrouillen hätten den ganzen Osten von Texas nach ihm abgesucht. Seine Mutter sei vor Sorgen ganz zerfressen. Der Reverend glaubte noch immer, dass Wes in einem fairen Prozess freigesprochen werden würde, wenn die Armee der Union erst mal ihre Besetzung in Texas aufgehoben hatte, aber das war immer noch nicht abzusehen. In ein paar Wochen sollte der Reverend als neuer Schulmeister in Mount Calm anfangen, einem kleinen Flecken am südlichen Ende von Hill County. Er wollte, dass Wes ihm dabei half, mit der ganzen Familie umzuziehen, und dann für eine Weile bei ihnen blieb. Er nahm wohl an, dass Wes in so einem winzigen abgelegenen Ort sicherer vor Yankee-Patrouillen war.

Wes willigte schließlich ein, mit ihm zu gehen, und der Reverend war darüber so froh, dass er es sofort erlaubte, als Wes ihn fragte, ob er sich das Tier ausborgen könne, um zu mir zu reiten, Frohe Weihnachten zu wünschen und mit dem Tier anzugeben.

»Ich hab Dad gesagt, ich gehe mit ihm«, meinte Wes, als wir schon in Sichtweite der Rennbahn waren, »aber mich in irgendeinem Kuhkaff für wer weiß wie lang zu verstecken, ist nichts, wonach ich mich sehne.« Dann grinste er und meinte: »Aber, zum Teufel, darüber mache ich mir morgen Gedanken! Jetzt rieche ich Geld von der Rennbahn da drüben. Was meinst du, gehen wir rüber und stecken uns was davon in unsere Taschen, John?«

Der Renntag hatte wie immer eine Menge Leute angelockt. Neben dem Duft von Geld war die kalte Luft voller Gerüche nach frisch gebratenem Gekröse, gerösteten Erdnüssen, Zigarrenqualm und Pferdemist, dazu ein Hauch von Whiskey über allem. Es gibt nichts Aufregenderes als eine Pferderennbahn am Renntag.

Und ich sag Ihnen, jener Samstag war der aufregendste von allen. Wes zahlte einem kleinen Niggerreiter namens Jerome – eins zwanzig groß, höchstens vierzig Kilo – fünfzig Dollar, damit er mit Copperhead in einem Drittel-Meilen-Rennen gegen Honey Boy antrat, der Dave McIntyre gehörte. Honey Boy war der Favorit, er hatte schon ein Dutzend Rennen gewonnen und nur eins verloren – gegen Andy Jack, das Pferd von Merle Hornpiper, das alle für das schnellste im ganzen County hielten. Hornpiper hatte zugestimmt, mit Andy Jack gegen den Gewinner unseres Rennens anzutreten.

Aber verdammt noch mal, Wes pokerte hoch. Er war so zuversichtlich, dass Copperhead gewinnen würde, dass er Jerome beiseitenahm und sagte, er würde ihm zehn Dollar extra geben, wenn er dafür sorgte, dass das Rennen gegen Honey Boy knapp ausging. »Du gewinnst«, sagte er zu Jerome, »aber nur mit einer halben Länge oder so. Wenn du der Reiter bist, für den dich alle halten, dann kriegst du das hin.« Jerome war ein komischer kleiner Kauz, aber er ließ sich von niemandem verarschen. Er grinste Wes mit seinen Goldzähnen an und erwiderte: »Das hier ist ’n gutes Pferd, Captain – und ich bin ’n guter Reiter. Harte Arbeit, dass es eng aussieht – zwanzig Dollar extra hart.« Wes schimpfte ihn einen Gauner, gab ihm aber die zwanzig Dollar und half ihm dann aufs Pferd. Er war ein kleiner Lackaffe, dieser Jerome. Ritt immer mit einem gelben Seidenschal um den Hals, der hinter ihm herwehte wie eine Flamme. Ein paar Jahre später hängte ihn jemand damit an einem Dachbalken auf.

Aber verdammt noch mal, der konnte reiten. Ich schwöre, ich dachte bis zu den letzten zwanzig Yards, wir verlieren das erste Rennen – aber dann trieb Jerome Copperhead an Honey Boy heran und überquerte die Ziellinie mit einer Halslänge. Danach kam er zu uns an den Pferchen zurückgetrottet, beugte sich im Sattel vor und flüsterte Wes zu: »War das knapp genug, Captain?« Neben den zweihundert Dollar Einsatz von McIntyre machten wir noch fast dreihundert mit kleineren Nebenwetten.

Weil wir nur knapp gegen Honey Boy gewonnen hatten, Andy Jack aber einen Monat zuvor mit drei Längen gegen ihn gesiegt hatte, standen die Wetten hoch zugunsten von Andy Jack – genau wie Wes es geplant hatte. Hornpiper setzte vierhundert Dollar gegen unsere zweihundert, und wir investierten noch weitere zweihundert in Nebenwetten. Dann brachte Jerome Copperhead mit einer halben Länge vor Andy Jack ins Ziel, und bei Gott, wir waren *reich*.

Wir schlugen uns immer wieder gegenseitig auf den Rücken und lachten lauthals, während immer wieder Leute vorbeikamen und uns auszahlten. Bei einem großen Gewinn ist alles witzig.

Wir kriegten fast keine Luft mehr, wenn wir immer wieder sagten: »Und das mit dem Gaul eines *Pfarrers*!«

Wir wollten nach Towash rüber und einen Teil von unserem Gewinn auf den Kopf hauen, aber erst sorgten wir dafür, dass sich jemand um Copperhead kümmerte. Wes gab einem Rennburschen zwei Dollar dafür, das Pferd zu putzen und zu striegeln. Er wollte sichergehen, dass sein Dad nicht auf die Idee kam, sein Pferd sei als »Mittel zur Verdammnis der Seele« missbraucht worden, wie Wes sich ausdrückte und dabei den Ton und die Wortwahl des Reverend imitierte, was mich wieder zum Lachen brachte. Wir kauften einem Typen eine Flasche ab und teilten sie uns, während die letzten paar Verlierer uns auszahlten und davoneilten, um auf das nächste Rennen zu setzen.

Einer der Kerle, der Geld auf Andy Jack gesetzt und verloren hatte, war Jim Bradley. Ein Rennbahngeier namens Bobby Cue – einer dieser Kasper, die sich für große Spieler halten, es aber nie waren und auch niemals sein werden – machte ihn mit Wes bekannt, als sie zu uns kamen, um ihre Schulden zu begleichen. Ich kannte Bradley – zumindest hatte ich schon von ihm gehört. Er war ein schwarzbärtiger Schweinehund, der dir lieber die Kehle durchschneidet, als dir die Uhrzeit zu sagen. Er hatte noch so einen vom gleichen Schlag dabei namens Hamp Davis, ein Schrank mit einem Schnurrbart so buschig wie ein Eichhörnchenschwanz. Es war allgemein bekannt, dass die beiden in Arkansas wegen Mordes gesucht wurden.

Sie grinsten, machten auf Kumpel mit Wes, zahlten ihre Schulden und sülzten ihn voll, was für ein verflucht gutes Pferd er doch hätte. Wes stand da und palaverte mit ihnen wie mit alten Bekannten und reichte ihnen unsere Flasche. Als Bradley was von einem Pokerspiel erzählt, ist Wes ganz Ohr. »Richter Moores Runde«, erklärt Bradley. »Er hat Hamp und mich zu einem Spielchen gebeten, aber er hätte lieber drei Mitspieler. Wenn du Lust hast, hätte er dich sicher gern dabei.«

Richter Moore war ein alter Herr mit schlohweißen Koteletten, der gern spielte. Er lebte in einem zweigeschossigen Haus an der Towash Road, neben einer Baumwollentkörnungsmaschine, in Sichtweite der Rennbahn. Neben der Maschine waren ein Stall und ein Gemischtwarenladen, dann kam das Haus des Richters und ein Stück weiter die Straße entlang ein Holzschuppen, in dem gespielt wurde. Wes fragte, warum sie nicht im Haus des Richters spielten, was doch sicher gemütlicher war, doch Bradley lachte und antwortete, der Richter fand, es würde nicht gut aussehen, wenn ein Gesetzeshüter in seinem eigenen Haus pokerte.

Wes zog mit Bradley und Davis ab, ich brachte unsere Pferde in den Stall. Es war schon spät, und es wurde kälter. Als ich schließlich zu dem Schuppen rüberging, war die Sonne bereits untergegangen, ein Wind war aufgekommen und schüttelte die Bäume.

Bradley hatte nicht gelogen, als er sagte, dass nur Davis und er, Wes und der Richter spielen würden, aber er hatte nichts von seinen Kumpanen erzählt, die sich vor dem Laden rumtrieben, tranken und Rabatz machten. Sieben oder acht waren es, und als ich auf dem Weg zum Schuppen an ihnen vorbeikam, bemerkte ich, dass alle bewaffnet waren.

Der Schuppen war klein und hatte nur eine schmale, niedrige Tür, für die man sich bücken und durchzwängen musste. Sie saßen auf dem Boden und spielten auf einer alten Pferdedecke. Hamp Davis stellte mich dem Richter vor, und der alte Mann nickte und schmauchte weiter seine dicke Zigarre. Bei dem Zigarrenqualm und den beiden schwarz qualmenden Petroleumlampen an den Wänden war die Luft trüb wie Sumpfnebel, und die Wände waren rußgeschwärzt. Dass sich alle die Stiefel ausgezogen hatten, um es sich bequemer zu machen, und sie zusammen mit den Patronengurten in eine Ecke gestellt hatten, machte den Gestank nicht besser. Ich warf Wes einen Blick zu, doch der schien sich nicht im Geringsten daran zu stören, dass er unbewaffnet unter lauter Fremden saß und den größten Geldstapel auf der Decke vor ihm hatte.

Karten waren nie meine Sache, aber es hatte niemand etwas dagegen, dass ich mich zwischen Hamp und den Richter setzte und nur zuschaute. Die nächste Stunde etwa war hauptsächlich das Mischen der Karten, die Rufe um Einsatz, Erhöhen und Sehen, Räuspern und Spucken, Furzen und Husten zu hören. Jim Bradley fluchte jedes Mal leise, wenn er ein Spiel verlor, und er fluchte viel.

Nach einer Weile war der Stapel vor Wes doppelt so groß wie zu Beginn. Der Richter schien ein wenig zu führen, und Davis hatte etwa die Hälfte seines Geldes verloren. Bradley aber hatte richtig Prügel bezogen. Vor ihm lagen nur noch ein paar Silberdollar. Wir teilten uns eine Flasche Kentucky Bourbon, aber keiner betrank sich, sondern nahm nur immer mal wieder einen Schluck gegen die Kälte. Doch jetzt setzte Bradley die Flasche an und ließ sie mit einem tiefen Schluck gluckern. Vielleicht war das das Signal für Davis, vielleicht auch nicht – ich weiß nur, dass es ab dem nächsten Spiel ziemlich hässlich wurde.

Wes erhöhte um zehn Dollar, Davis und der Richter stiegen aus, aber Bradley meinte: »Ich will sehen« und zeigte Wes zwei Pärchen. »Nicht gut genug«, meinte Wes und dreht drei Neuner um. Bradley flucht, wirft die Karten hin und nimmt noch einen großen Schluck.

Wes nimmt den Topf und sagt: »Du schuldest mir noch zehn Dollar.«

Was er denn damit meine, verflucht, sagt Bradley, und Wes erklärt, er habe die zehn Dollar zum Sehen nicht gezahlt. Blödsinn, meint Bradley, was Wes denn hier abziehen wolle?

Während sie streiten, packt der Richter sein Geld, zieht die Stiefel an und sagt: »Mir reicht's, meine Herren. Wir sollten das ein andermal wiederholen« – und blitzschnell ist er zur Tür hinaus.

Eine Sekunde lang starren sich Bradley und Wes nur gegenseitig an – dann bewegen sich alle gleichzeitig. Bradley zückt ein riesiges Bowiemesser und holt nach Wes aus, Hamp Davis greift nach dem alten Walker Colt an meiner Hüfte. Wir ringen, sein fauliger Atem in meinem Gesicht, und er reißt mir die Waffe aus der Hand, rammt mir seinen Ellbogen in den Mund und haut mich um. Ich höre Bradley rufen: »Erschieß ihn, erschieß ihn!« und sehe, wie Wes auf allen vieren aus der Tür verschwindet wie eine getretene Katze.

»Du feige Sau!«, brüllt Bradley Davis an. »Warum hast du ihn nicht abgeknallt?«

»Wen schimpfst du hier feige, du Ozark-Lümmel!«, brüllt Davis zurück. »Wir haben das Geld von dem Mistkerl, wozu ihn abknallen? Willst du noch mehr Kopfgeld auf dich ausgesetzt?«

Dann bemerkt Bradley mich, und ich denke schon, jetzt will er mir diesen Zahnstocher in den Leib bohren, nur damit er irgendjemanden erstechen kann. Doch Davis wedelt mit dem Colt nach mir und sagt: »Du! Verschwinde! Sag deinem Dreckspartner, wenn wir ihn noch mal hier sehen, schneiden wir ihm die Eier ab.«

»Und das gilt auch für dich, du Stück Hundescheiße«, brüllt mich Bradley an, während ich in Richtung Tür an ihnen vorbeikrieche und schon halb damit rechne, das Messer in die Rippen zu kriegen, doch er spuckt nur nach mir.

Kaum bin ich zur Tür hinaus, richte ich mich auf und renne los. Die Straße ist unter dem Vollmond fast taghell, und die Luft so kalt, dass mir die Zähne schmerzen. Ich renne vielleicht fünfzig Yards, bevor ich auf die Idee komme, in die Bäume neben der Straße abzubiegen, wo die Schatten lang und tief sind. Im Dunklen lehne ich mich an einen Baum, um Luft zu schnappen und mein Herz ein wenig zu beruhigen.

»John«, flüstert jemand direkt hinter mir, und ich zucke derart zusammen, dass ich mir den Kopf an einem niedrigen Ast stoße. Wes legt mir eine Hand auf den Arm und sagt: »Ruhig.« Ich kann ihn kaum erkennen, so dunkel ist es zwischen den Bäumen.

»Herr im Himmel, Wes«, sage ich, »lass uns hier verschwinden.« Ich gebe gern zu, ich hatte Angst.

»Noch nicht«, entgegnet er. »Mein Fehler, dass sie mein Geld haben, aber ich gehe nicht barfuß und ohne meine Waffe nach Hause. Gib mir deine.«

Davis hat sie, sage ich ihm. »Haben sie dir auch dein Geld abgenommen?«, fragt er mich, und da erst fällt mir auf, dass sie das vergessen haben. Schätze, die waren zu sehr mit Wes beschäftigt, um dran zu denken, mich auszurauben.

Dann hören wir Bradley und Davis die Straße runterkommen und kauern uns tiefer in die Schatten. Sie lachen und reichen die Flasche hin und her. Sie gehen keine fünfzehn Fuß von uns entfernt vorbei, ihr Atem dampft im hellen Mondlicht. Ich sehe meinen Revolver in Davis' Hose stecken, und Bradley hat sich Wes' Gurt und Colt über die Schulter gehängt. Bradley meint, er würde eine Hure in Dallas kennen, die mit ihrem Schlitz eine Zigarre rauchen kann. »Ich kenn eine in New Orleans, die kann das auch«, sagt Davis. »Die kann sogar Ringe damit blasen.«

»Ach, Schwachsinn«, meint Bradley, und Davis lacht. »Du erzählst allen möglichen Scheiß, nur um die Leute zu übertrumpfen. Deswegen hast du auch keine Freunde, du verfluchter Bauerntrampel.«

Kaum waren sie um die Kurve, meint Wes: »Sieht aus, als hätten sie meine Stiefel stehen lassen. Ich gehe zurück und schaue nach. Folge ihnen, bis sie am Haus des Richters vorbei sind, dann schau, ob du dir von ihm eine Knarre leihen kannst.« Noch ehe ich widersprechen kann, ist er auch schon in der Dunkelheit verschwunden.

Am Haus des Richters brannte kein Licht mehr, doch nachdem Bradley und Davis verschwunden waren, klopfte und klopfte ich, bis ich hörte, wie der Richter die Treppe herunterrief, was zum Donnerwetter los sei, und ich klopfte noch lauter. Als er endlich mit einer Kerze in der einen und einer Pistole in der anderen Hand zur Tür kam, trabte Wes auch schon über den Hof und donnerte in seinen Stiefeln auf die Veranda.

Der Richter beugt sich mit hochgehaltener Kerze zur Tür hinaus, um uns besser sehen zu können, und meint: »Ach, ihr seid's ...« und schaut uns überrascht an. Wes tritt vor und nimmt dem Richter ganz geschickt die Waffe ab.

»Was zum Teufel ...«, fängt der Richter an, doch Wes unterbricht ihn: »Entschuldigen Sie meine schlechten Manieren, Richter, aber ich brauche Ihren Revolver jetzt ganz dringend.«

Es war eine fette Remington .45. Wes klappte sie auf, um zu prüfen, ob sie geladen war, dann sprang er von der Veranda und rannte die Straße entlang. Bevor ich ihm folgen konnte, packte mich der Richter am Arm und zischte mir zu: »Hör zu, mein Sohn, ich habe ihm die Waffe nicht freiwillig gegeben, nur dass du das nicht vergisst, falls wir alle vor Gericht enden.« Dann schlug er die Tür zu und löschte das Licht.

Ich rannte Wes hinterher, der sich in den Schatten der Bäume bewegte. Wir schlichen uns an der dunklen Entkörnungsmaschine vorbei und näherten uns den Lichtern des Gemischtwarenladens. Noch waren wir nicht nahe genug, um Bradys Meute deutlich sehen zu können, aber wir hörten sie lachen und fluchen. Drei von ihnen standen draußen, redeten und rauchten. Einer von ihnen war Bradley. Alle anderen waren drin.

Wes winkte mich tiefer in den Wald. Wir bahnten uns in der Dunkelheit einen Weg um den Laden herum und traten beim Stall aus den Bäumen. Drinnen brannte trübes Licht, doch als wir hineinlinsten, sahen wir nur die Tiere und den schlafenden Stallburschen. Ich war überrascht, unsere Pferde noch dort vorzufinden. Bradley musste wohl gedacht haben, dass wir schnurstracks hergekommen waren, aufgesattelt hatten und auf und davon waren. »Mach die Pferde fertig«, sagte Wes. »Ich geh weiter nach vorn und behalte die Lage im Auge.«

Ich weckte den Burschen und half ihm, die Pferde zu satteln, dann führte ich die Pferde zu der Stelle, wo Wes im Schatten einer großen Eiche stand und den Laden beobachtete, etwa vierzig Fuß entfernt. »Steig auf«, befahl er. »Wenn was schiefgeht, verschwindest du, als wär dir der Teufel im Nacken, und nimmst Copperhead mit. Sorg dafür, dass Dad ihn zurückbekommt.«

Er drückt sich die Remington an die Seite und geht auf die drei Männer vor dem Laden zu. Sie bemerken ihn erst, als er auf halbem Wege stehenbleibt und ruft: »Bradley! He, Jim Bradley!«

Auf dem Rücken von Rollo sitzend konnte ich alles wie am helllichten Tage sehen. Bradley sah zu Wes hinüber und rief: »Wer ist da?«

»Ich bin's, du Schweinefraß aus Arkansas!«, ruft Wes zurück. »Ich will das Geld, das du mir gestohlen hast! Ich will meine Waffe!«

Bradley tritt auf die Straße und meint: »Verdammt noch mal, sieh dir das an! Ich dachte, dieses dürre Großmaul von einem Hundesohn sehe ich nie wieder.«

»Mein Geld!«, brüllt Wes. »Und meine Waffe! Jetzt!«

»Aber sicher«, ruft Bradley zurück und geht ein paar Schritte auf Wes zu, seine beiden Kumpel neben ihm. »Rein zufällig hab ich dein Geld hier in der Tasche. Und hier ist deine Waffe.« Er zieht einen Revolver aus dem Gürtel. »Komm her und hol sie dir.« Die beiden anderen lachen.

»Hast du den Mumm, dich mir zu stellen?«, sagt Wes. »Nur

du und ich? Oder bist du zu feige?« Er geht wieder langsam auf Bradley zu.

Bradley sagt etwas zu den anderen beiden, und sie lachen wieder, doch sie bleiben stehen, während Bradley auf Wes zugeht.

Sie waren etwa dreißig Fuß voneinander entfernt, als Bradley seinen Colt hochreißt und schießt. Die Kugel krachte in einen niedrigen Ast der großen Eiche neben mir, und die Pferde scheuten. Ich duckte mich im Sattel, als Wes feuerte; Bradley zuckte zurück und ließ die Waffe fallen. Er drückte sich eine Hand an den Bauch und rief: »Scheiße, Herrgott!« und fiel um.

Wes feuerte auf die anderen beiden, während er auf Bradley zurannte. Einer schrie auf, humpelte schnell zu dem Laden zurück und rief: »Ich bin getroffen, Jody, hilf mir, ich bin getroffen!« Aber der alte Jody hat sich gar nicht mehr nach seinem Kumpel umgeschaut, sondern ist einfach an ihm vorbeigerannt, um den Laden und außer Sicht.

Krachend schlug die Ladentür auf, und Hamp Davis und die anderen drängten raus auf die schmale Veranda, wollten lachend und johlend wissen, was zum Teufel denn los sei. Sie waren zu viert oder fünft, alle betrunken, und rempelten sich gegenseitig an. Wes feuerte, einer schrie auf, fiel von der Veranda und weinte wie ein Kind. Die anderen drängelten sich in die Tür, um sich wieder hineinzuzwängen. Wieder feuerte Wes, und die Männern stolperten unter Fluchen und Tritten hinein.

Wes schnappte sich seine Waffe und schleuderte Bradleys Colt ins Gestrüpp, dann ging er Bradleys Taschen durch. Bradley hatte sich auf der Seite zusammengerollt und hielt sich mit beiden Händen den Bauch. Ich konnte ihn wimmern und etwas zu Wes sagen hören, verstand aber kein Wort. Später behaupteten Hamp Davis und ein paar der anderen, die in jener Nacht im Laden waren, dass Bradley um sein Leben gefleht hätte, doch ich sage, sie lügen sich um Kopf und Kragen. Wes Hardin war keiner, der einen wehrlosen Mann erschießt, nicht mal einen, der ihn ausgeraubt und gleich zwei Mal in einer Nacht versucht hatte, ihn umzubringen.

Jemand hob seinen Kopf übers Fensterbrett, ein anderer linste um die Tür herum, und beide feuerten wild in unsere Richtung.

Wes schoss zurück, das Fenster zersprang, und drinnen schrie jemand: »Verdammte Scheiße!« Diese dummen Trunkenbolde kamen endlich auf den Gedanken, die Lampen auszumachen, um die Dunkelheit auf ihrer Seite zu haben – doch als es so weit war und sie wieder auf uns feuerten, war Wes schon bei den Pferden und stieg auf. Wir galoppierten davon, und die Kugeln umschwirrten uns wie Hornissen.

Nachdem wir eine ziemliche Strecke zwischen Boles und uns gebracht hatten und die Pferde nur noch langsam traben ließen, entschuldigte sich Wes bei mir, dass er mir meine alte Walker nicht zurückgeholt hatte. Zum Teufel, meinte ich, *darüber* solle er sich keine Gedanken machen. Er erzählte mir, Bradley habe so getan, als sei er schwerer verletzt, als er wirklich war, und eine Derringer gezogen. Als Wes näher kam, habe Bradley versucht, ihn zu erschießen. Das hört sich erheblich mehr wie die Wahrheit an als das, was Davis und die anderen gesagt haben. Hören Sie, ich kannte Wes. Er musste schon einen verdammt guten Grund haben, das zu tun, was ich gesehen habe, und ein zweites Mal auf Bradley zu schießen. Aus kurzer Distanz direkt in den Kopf.

Dieser Aufruhr machte Reverend Hardins Plänen, Wes bei sich in Mount Calm wohnen zu lassen, natürlich ein Ende. In den nächsten Tagen würde es in der ganzen Gegend nur so vor Yankee-Truppen und Bürgerwehr-Banden wimmeln, die Wes Hardin jagten. Ich war dabei, als Wes seinem Dad erzählte, was in Towash passiert war, und während er zuhörte, schien der Reverend zehn Jahre zu altern. Eine Stunde später verschwand Wes aus Brenham und jagte sein Pferd zu der Farm eines Verwandten.

Agnes Cotter

Nachdem mir Ma alles beigebracht hatte, was sie wusste, erlaubte sie mir schließlich, mich alleine um einen Kunden zu kümmern, und er war der Nächste, der durch die Tür hereinspaziert kam. Erst später erfuhr ich, dass er nur ein paar Jahre älter war als ich. Er sah teuflisch gut aus – und war mit diesen blauen Augen so frech wie nur was. Ma hätte bestimmt nicht zugelassen, dass ich mich um ihn kümmere, wenn sie vorn im Laden gewesen wäre, aber sie war hinten und verhandelte mit dem Kurzwarenlieferanten.

Ich hatte noch nie eine Änderung gemacht wie die, die er wünschte, hatte noch nicht mal davon gehört. Ich meinte, vielleicht sollte ich doch lieber Ma holen, doch er lächelte ganz herzlich und meinte, er wisse, dass ich das kann, und es wäre ihm eine Ehre, wenn ich das tue. Er zog seine Weste aus und breitete sie auf dem Tisch aus, dann legte er seine Pistole darauf, um mir ganz genau zu zeigen, was er wollte. Er erklärte, eine Pistole aus dem Hüftholster zu ziehen, braucht drei Bewegungen – runter und rauf und raus. Aber mit einem Holster in der Weste brauchte er nur noch zwei – rein und raus. Mit zwei Fingern als Pistole machte er mir die Bewegung vor, und jedes Mal zuckte ich zusammen, als ob er Schlangen nach mir werfen würde. Aber ich konnte nicht anders und musste sein Lächeln erwidern.

Ich nahm ein paar große Flicken weiches Leder, schnitt sie sorgsam zu und nähte mit dem stärksten Faden, den ich hatte. Dann übernähte ich einen Teil der Außenseite der Weste, damit man den schweren Faden nicht sah.

Ich war fast fertig, als Ma wieder hereinkam und sah, was ich da nähte. Sie sagte kein Wort, sondern nickte nur, als der Mann sagte: »Einen guten Tag, Ma'am«, dann saß sie da und schaute mir zu.

Das Ganze dauerte keine Stunde. Er zog die Weste an und probierte sie an Ort und Stelle aus. Ma und ich erschraken, wie diese großen Pistolen ihm regelrecht in die Hände zu springen schienen. Er war so begeistert, dass er mir einen Dollar mehr zahlte als ausgemacht, und als er ging, zwinkerte er mir frech zu – direkt vor meiner Ma! Ich spürte, wie mein Gesicht ganz heiß wurde, und war mir sicher, ich würde noch was Heißeres von meiner Ma zu hören kriegen, einfach so schamlos rot zu werden. Das war mir egal. Noch nie hatte ich so etwas gespürt wie in dem Augenblick, als er mir so frech zuzwinkerte.

Ma schimpfte mich aber nicht. Als er weg war, saß sie nur eine Weile da und starrte die Tür an. Schließlich sagte sie: »Hast du gesehen, wie glücklich du den Kerl gemacht hast?« Ihre Frage verlangte keine Antwort. »Er zückt diese Dinger so schnell, wie der Teufel spucken kann. Direkt unter unserem Dach. Er kann es gar nicht abwarten, sie auch zu benutzen.« Sie sah mich anklagend an, dabei hatte ich nichts getan, wofür man mich anklagen konnte, fand ich.

»Die Welt ist voll gut aussehender, höflicher Teufel mit hübschen Augen, Mädchen«, sagte sie zu mir. »Denk daran.«

Um die Wahrheit zu sagen, selbst mit Dynamit hätte man mir diesen Gedanken nicht aus dem Kopf schlagen können. Aber das änderte ohnehin nichts, weil ich nie wieder auch nur die Gelegenheit gehabt habe, einen dieser gefährlichen Männer zu treffen. Zwei Jahre später heiratete ich Walter, einen Ladenbesitzer. Er betete jeden Abend, bevor er sich zu mir ins Bett legte, als würde er gerade eine gefährliche Reise antreten. Ich glaube, sein Samen war so furchtsam wie er, deshalb bin ich auch nie schwanger geworden. Und wenn ich das sage, werde ich heute nicht mal mehr rot. Seine Vorstellung von Spaß war, bei Zeltmissionen von Wanderpredigern mitzusingen. Das Aufregendste, was ihm im Leben passiert ist, war, eine ganze Wagenladung an Gütern an eine Gruppe von Armeepionieren zu verkaufen, die eines Tages bei uns durchzog. Wenn ihn nicht mit neununddreißig die Pocken geholt hätten, hätte er sich wahrscheinlich zu Tode gelangweilt, ohne zu ahnen, woran er denn nun gestorben ist.

Ich habe mir nicht die Mühe gemacht, wieder zu heiraten,

aber lange Zeit habe ich mich nach einer Aufregung gesehnt, die jener Stunde gleichkam, als ich diese Holster nähte und die ganze Zeit spürte, wie sein Blick auf mir ruhte. Ich kann die Nächte gar nicht zählen, in denen ich wach lag und mir wünschte, ein Mann würde auf mich zutreten und etwas sagen oder tun, das mein Herz so hüpfen lässt wie dieses Zwinkern von ihm. Doch dann wurde ich alt und schlug mir die dummen Wünsche aus dem Kopf.

Ich habe nie Schuldgefühle gehabt wegen der Holster, noch nicht mal, als ich herausfand, wer da bei uns gewesen war. Ganz im Gegenteil. Wenn ich sie nicht gemacht hätte, dann hätte er jemand anderen dafür gefunden. Doch tief in meinem Herzen weiß ich einfach, dass niemand sonst sie so gut hätte machen können.

Sherrie Ann Shine

Eddie Joe war schick und machte was her. Trug Manschettenknöpfe mit Rubinen und eine Krawattennadel mit einer fetten Perle. Er sah teuflisch gut aus und war doppelt so gemein, wenn er in der Stimmung dazu war, aber ich konnte so gut mit ihm, dass mir seine Gemeinheiten nicht sonderlich viel ausmachten. Er war es auch, der mir die Trickbetrügerei beibrachte, und an einem guten Abend machten wir damit mehr Schotter, als ich in einem Monat flach auf dem Rücken verdiente. Wir zogen diesen Trick in ganz Nordtexas durch, bis wir es richtig raushatten, dann zogen wir nach Houston weiter, wo jede Menge Eisenbahnergeld nur auf uns wartete.

Aber Eddie Joe war gierig, das war sein Problem. Er konnte nicht warten, bis wir in Houston waren, um das Spielchen wieder durchzuziehen. Er war ganz scharf darauf, und kaum hatten wir uns ein Zimmer in einem Hotel in Kosse, einem kleinen Ort in Limestone, genommen, zog er auch schon los und suchte sich einen Trottel. Kurz nach Einbruch der Dunkelheit kehrte er zurück und sagte, Bingo. Kaum mehr als ein großer Junge, der aussah wie ein geschniegelter Cowboy. Eddie Joe hatte ihn beim Kartenspielen in einer Bar neben der Hotelhalle beobachtet und ein Blatt nach dem anderen gewinnen sehen, die meisten aus reinem Glück, aber die anderen Spieler stiegen immer aus, bevor diese verrückte Glückssträhne sie das letzte Hemd kostete. Eddie Joe war todsicher, dass der Bursche ihn nicht bemerkt hatte und ihn später auch nicht erkennen würde. Der Kerl würde noch immer in der Bar sitzen und vor sich hin trinken, meinte er, er wirke einsam und sei fällig.

Wir gingen schnell unseren Plan durch, dann stieg er aus dem Fenster, und ich ging runter in die Bar. Und tatsächlich, der Bursche saß am Tresen und trank, aber er war nicht mehr allein. Irgend so eine aufgetakelte Schnecke mit schiefen Zähnen versuchte mit ihm anzubandeln; wahrscheinlich hatte sie einen Deal mit dem Barkeeper. Aber mir machte er schöne Augen. Ich setzte mich an einen Tisch und bestellte ein Selterswasser. Innerhalb von einer Minute musste ich einen Handelsvertreter verscheuchen, der stank, als sei er in Rosenwasser ertrunken, und einen rotgesichtigen Farmerburschen in einem zu kleinen Anzug. Dazwischen warf ich dem Burschen an der Theke einen Blick zu – nur einen, ganz schnell, aber das reichte. Schüchtern war er nicht. Als er herüberkam und fragte, ob er sich zu mir setzen darf, dachte ich, die Sache ist am Laufen.

Er stellte sich als Jeb Bishop vor und meinte, er sei auf dem Weg nach Austin, um seinem Dad im Eisenwarenladen zu helfen. Er sah aus der Nähe richtig gut aus – größer, schlanker und nicht so auffällig wie Eddie Joe.

»Jenny Borgnine«, sagte ich, streckte ihm sacht eine Hand hin und machte ein Gesicht, das scheu und gepeinigt zugleich wirken sollte. Und tatsächlich verfinsterten sich seine blauen Augen unter der Krempe seines schwarzen Huts vor Sorge. Er sei stolz, meine Bekanntschaft zu machen – aber sagen Sie, Miss, bedrückt Sie etwas? Ich tupfte mir schnell die Augen mit dem Taschentuch, holte tief Luft und fing mit meiner traurigen Geschichte an.

Ich erzählte ihm, ich sei mit meinem Freund Robert von zu Hause in Houston weggelaufen. Mein Papa, der ihn nicht leiden könnte, hätte mir verboten, ihn wiederzusehen, also seien wir nach Kosse durchgebrannt, weil Robert sagte, er habe hier Freunde, die ihm Arbeit in ihrer Firma für Landmaschinen geben könnten. Doch nun säße ich hier fast zwei Wochen später, er hätte immer noch keine Arbeit, wir lebten in diesem Hotel und hätten praktisch keinen Penny mehr, und er ließe mich fast den ganzen Tag allein. Wenn er dann abends zurückkäme, wäre er immer ganz fürchterlich gemein, selbst wenn ich nur fragte, wo er denn gewesen sei.

Ich wich dem Blick des Burschen aus, um ihn die Scham meiner Notlage spüren zu lassen. Er zog seinen Stuhl neben den meinen und legte mir brüderlich eine Hand über die Schulter. »Manche Männer brauchen mal eine Lektion, wie man eine Dame zu behandeln hat«, sagte er mitfühlend.

Ich erzählte ihm weiter, dass Robert in den letzten zwei Tagen später zurückgekommen wäre als sonst – und seine Kleidung nach Damenparfum gerochen hätte! Er wäre direkt zu Bett gegangen, als ob ich überhaupt nicht im Zimmer gewesen wäre. Heute Morgen sei er früh ausgegangen, um Zigarren zu kaufen, aber seitdem hätte ich ihn nicht mehr gesehen.

An dieser Stelle war ich den Tränen nah und hielt mir das Taschentuch vor den Mund, um mein Schluchzen zu unterdrücken. Ich war ein betrogenes, aber tapferes Mädchen, das alles versuchte, um seinen Kummer nicht zum öffentlichen Spektakel zu machen. Der Bursche tätschelte mir sanft die Schulter und schüttelte über Roberts schlechtes Benehmen angewidert den Kopf. Wissen Sie, ich war wirklich gut bei so etwas.

Ich fasste mich wieder und fuhr mit meiner Geschichte fort. Heute Abend sei das Hotelzimmer einfach zu einsam gewesen, und ich hätte es nicht mehr ausgehalten, sagte ich, und ganz gleich, wie das wohl aussehen würde, wenn ich allein an einem solchen Ort saß, ich hätte mich hierher gesetzt, nur um unter Menschen zu sein. Ich wüsste nicht, was ich sonst tun sollte. Ich könnte es nicht ertragen, allein in das leere alte Zimmer zurückzukehren. Ach, und ich wüsste genau, was Robert in diesem Augenblick gerade trieb, mit einer anderen Frau irgendwo, und … oh, ich war so wütend! Auf Robert und auf mich selbst, weil ich so ein dummes, dummes Ding war!

Miss Jenny, sagt der Bursche, falls er irgendetwas tun kann, um zu helfen, dann wäre es ihm eine Ehre. Plötzlich war seine Stimme honigsüß – und seine Hand war nicht mehr brüderlich, sondern glitt mir an die Taille. Ich weiß noch, ich dachte, diese Trottel sind doch alle gleich, alle so leicht zu durchschauen. Ich schniefte noch ein paarmal in mein Taschentuch und sagte dann ganz leise und ein wenig heiser: »Sind Sie wohl so freundlich … und begleiten mich … bis zu meiner Tür?«

Verlangen lag in seinem Blick, aber auch noch etwas anderes. Eine Art Schelm. Ich hätte wissen müssen, dass er sich von niemandem reinlegen ließ – doch ich war zu sehr in meinem eigenen

Auftritt verstrickt, um groß an was anderes zu denken. Jedenfalls lächelte er mich an, stand auf und reichte mir seinen Arm. Auf der Treppe stieß ich mit der Hüfte gegen die Waffe, die an sein Bein gebunden war, und wir beide kicherten wie die Schulkinder.

Eigentlich hätte es nicht so weit gehen sollen, doch dieser Bursche verlor keine Zeit. Ich wollte ihn gerade an der Tür fragen, ob er nicht eine Minute mit hereinkommen wolle, schaffte aber nur: »Möchten Sie …«, und schon drückte er mich ins Zimmer, schloss die Tür mit der einen Hand und knöpfte mir mit der anderen das Kleid auf. Nach einer halben Minute waren wir beide nackt wie die Hühner am Grill. Dann fielen wir auf das große alte Bett, und die nächsten paar Minuten sagte keiner von uns sonderlich viel, so beschäftigt waren wir.

Normalerweise ging ich nicht so in der Arbeit auf. Einzelheiten kriegt man von mir sonst nie zu hören, aber eins muss ich über diesen Burschen sagen: Der kannte sich mit der weiblichen Geografie aus. Das können Sie mir glauben, viele Männer finden ihren Weg bei einer Frau nicht, selbst wenn man ihnen eine Landkarte, einen Kompass und eine Wegbeschreibung gibt. Aber der! – Er trieb sich auf mir herum, als sei ich die Ranch, auf der er aufgewachsen war. Er ließ mich zucken wie ein junges Fohlen auf der Frühlingsweide. Mich, die ich schon seit drei Jahren im Geschäft war! Ich war so vertieft, dass ich fast genauso überrascht war wie er, als Eddie Joe zur Tür hereinspazierte.

Er hielt einen Strauß Blumen in der Hand, stand da mit offenem Mund und Augen so groß wie Untertassen und wirkte völlig schockiert. Der Bursche und ich erstarrten auf den Knien. Wir müssen ein ziemliches Bild abgegeben haben, wie wir gerade in einer Position vereint waren, die allgemein als Hundestellung bekannt ist.

Dann brüllt Eddie Joe: »Du verfluchter Hurensohn!« und schleudert die Blumen nach uns. Er tritt die Tür zu, reißt seinen kleinen Revolver aus der Tasche und ruft: »Ich bring dich um!«

Ich war mir gar nicht mehr sicher, ob er nicht *mich* meinte, so geladen wirkte er. Eddie Joe war ein richtig guter Schauspieler. Er hätte das im Osten, wo er herkam, zum Beruf machen sollen, oder vielleicht in einer dieser Wandershows. Da hätte er wahrscheinlich ein längeres Leben gehabt.

Jedenfalls schreie ich auf, rutsche von dem Burschen weg und schnappe mir eine Decke, um mich zu verhüllen. Der Bursche kniet noch mit halb erhobenen Händen und seinem langen ansehnlichen Teil zwischen den Beinen. Jetzt lag nicht mehr sehr viel Schelm in seinem Blick.

»Nein, Robert!«, rufe ich. »Tu's nicht, nein!« Und ich flenne drauflos. Schätze, ich hab es ein wenig übertrieben, denn Eddie Joe versetzte dem Bett einen Tritt und schreit, ich solle den Mund halten, und nach seinem Blick zu urteilen, meinte er das auch so. Also schluchzte ich nur noch vor mich hin.

»Also, Mister ...«, fängt der Bursche an, doch Eddie Joe befiehlt auch ihm, das Maul zu halten. Erst dann ging mir auf, dass ich unseren Trick wohl versaut hatte, weil wir wirklich zur Sache gekommen waren. Eigentlich hätte es folgendermaßen laufen sollen – und so war es bislang auch immer: Eddie Joe findet uns zusammen im Zimmer und regt sich über den Trottel auf, der die Ehre seiner Liebsten beschmutzen will. Allerdings ist es ziemlich schwer, einen Kerl zu beschuldigen, die Unschuld des Liebchens rauben zu wollen, wenn man die beiden vollkommen nackt und in Hundestellung vorfindet. Eddie Joe musste also improvisieren.

»Wusste ich doch, dass ich keine verfluchte Hure hätte heiraten dürfen!«, knurrt er und starrt uns beide wütend an. »Einmal Hure, immer Hure. So sagt man, und so stimmt's auch!« Der Bursche rutschte langsam vom Bett, doch Eddie richtete die Waffe auf ihn. »Wo willst du hin, du Schwein?«

»Bitte, Mister«, sagt der Bursche, »ich will nur hier raus. Ich wusste nicht, dass sie verheiratet ist, ich schwör's.«

»Na, jetzt weißt du's aber, du Schwein.« Eddie sah wirklich aus, als wollte er ihn abknallen, ganz ehrlich.

»Es tut mir echt leid, Mister«, sagt der Bursche. »Wirklich. Lassen Sie mich gehen, bitte.«

»Oh, bitte!«, äfft Eddie Joe ihn nach. »Warum zum Teufel sollte ich das tun? Ich habe jedes Recht, dich über den Haufen zu knallen, du Schwein – und sie gleich mit, wenn ich will –, und keiner würde was dagegen sagen, außer dass es euch recht geschieht.«

»Ja, Sir, das stimmt wohl«, sagt der Bursche. »Aber bitte, ich wollte niemandem was Böses! Hören Sie – ich hab Geld! Wirklich! Sie können es haben. In meiner Hose da sind fünfzig Dollar.« Er zeigt auf das Gestell, auf dem seine Kleidung zusammen mit dem Pistolengurt hängt. »Und ich hab noch zweihundert Dollar in meinem Sattel im Stall.«

Eine Frau lachte, als sie an unserer Tür vorbeikam, und sagte: »Immer langsam mit den jungen Pferden, Cowboy!« Eddie Joe schloss die Tür ab, als die Stimmen den Flur entlang verschwanden, dann ging er seitlich zum Gestell und zog die Waffe des Burschen aus dem Holster. »Hübsches Stück«, sagt er.

»Nur zum Kojotenvertreiben«, sagt der Bursche.

»Wie für mich gemacht«, meint Eddie Joe und wirbelt damit herum.

»Klar, nehmen Sie nur«, meint der Bursche.

»Wie überaus großzügig«, sagt Eddie Joe, geht von den Klamotten weg und macht dem Burschen den Weg dahin frei. »Hol die fünfzig, und dann statten wir deinen Satteltaschen einen Besuch ab.«

»Jawohl, Sir«, sagt der Bursche und wirkt sehr erleichtert, als er schnell vom Bett steigt und zu seiner Hose geht, ohne sich groß darum zu kümmern, dass sein Teil hin und her baumelt. Eddie Joe bemerkte, dass ich hinstarrte, und warf mir einen bösen Blick zu.

Der Bursche griff in seine Hosentasche und zog eine Handvoll Geld heraus – Scheine und Münzen. Doch als er es Eddie Joe geben will, fällt ihm der Großteil aus der Hand und kullert über den Boden. »Verdammt, Junge!«, meinte Eddie Joe. Doch dann beugte er sich kichernd vor, um das Geld zu seinen Füßen aufzuheben.

Gerade als sich seine Finger um ein Goldstück bei seinem Stiefel schließen, erschüttert ein Schuss den Raum, Eddie Joes Kopf ruckt zur Seite, und etwas spritzt über die Wand hinter ihm. Dann fällt er zu Boden, tot wie ein Kleidersack.

Mir schrillten die Ohren, als wollten sie nie wieder aufhören. Ich konnte meinen Blick nicht von dem Blut abwenden, das wie roter Samt aus seinem Kopf quoll, konnte gar nicht fassen, wie viel Blut … Dann hörte ich über das Schrillen hinweg: »He!« Ich sah zu dem Burschen, der sich schneller anzog, als er sich ausgezogen hatte. Schon trug er Hose, Stiefel und Gurt und streifte sich gerade das Hemd über. Schritte trampelten die Treppe herauf.

Mit der Waffe in der Hand bedeutete er mir, das Geld aufzusammeln, und ich gehorchte schnell. Ich hatte nicht den geringsten Zweifel, dass er auch mich erschießen würde, falls ihm danach war. Als er seine Weste anzog, sah ich kurz die Holster an der Innenseite. Er schob die Waffe zurück in die Weste und grinste mich an. Davon hatte ich keine Ahnung gehabt, und Eddie Joe offenbar auch nicht. Er nahm Eddie Joe seine Waffe ab, steckte sie in den Gurt und schubste Eddie Joes kleinen Revolver unters Bett.

Bei der ganzen Sache blieb der Bursche kühl wie Quellwasser. Auf dem Flur herrschte Unruhe, und jemand hämmerte gottlos laut gegen die Tür. Ich reichte dem Burschen das Geld, das ich aufgehoben hatte, und er steckte alles ein, bis auf einen Silberdollar, den er mir hinhielt. »Für Ihre feinen Dienste, Ma'am«, sagte er, ließ ihn an meinen Brüsten abprallen und lachte.

Dann schließt er die Tür auf und reißt sie auf. Er zeigt auf mich, wie ich splitternackt auf dem Boden kauere, und ruft den durcheinanderquasselnden Männern im Flur zu: »He, schaut mal her, Jungs!« Und während diese ganzen blöden Hurenböcke dastehen und mich in all meiner Blöße angaffen, drückt der Bursche sich durch die Menge hinaus, eilt die Treppe hinunter und verschwindet, lange bevor der Sheriff auftaucht.

Der Sheriff glaubte genauso wenig wie ich, dass der Bursche tatsächlich Jeb Bishop hieß, aber er war mächtig sauer, wie leicht er davongekommen war, und ließ das an mir aus. Er meinte, er mache sich nichts aus »Abschaum aus der Stadt«, der in seinem netten kleinen Kaff herumgaunerte, und drohte, mich für eine ganze Weile wegen Prostitution und öffentlicher Unzucht einzubuchten. Ich musste ihn im Gefängnis zwei Mal französisch bedienen, bis er sich darauf einließ, mich Eddie Joes Sarg und den Bestatter bezahlen zu lassen, plus einen Betrag für »Verwaltungsausgaben« – insgesamt genau die Summe, die ich zufällig bei mir hatte. Er verlor kein Wort über das Geld, das er Eddie Joes Leichnam abgenommen hatte, und ich auch nicht. Dann scheuchte er mich davon und schickte mir eine Warnung hinterher, mein Gesicht niemals wieder in Limestone County zu zeigen, wenn ich weiß, was gut für mich ist.

Danach arbeitete ich nicht sehr lange auf eigene Rechnung. Ich wurde zu oft betrogen und zu oft verprügelt. Schließlich landete ich in einem Haus in Galveston. Ich war zweiundzwanzig und sah verflucht noch mal doppelt so alt aus.

Ein paar Jahre nach dieser miesen Geschichte in Kosse las ich in der Zeitung von Galveston über den Burschen. Er saß in Austin im Gefängnis, wartete auf den Prozess wegen Mordes und behauptete, es sei Notwehr gewesen. In einem langen Gespräch mit einem Reporter erzählte er von anderen Malen, bei denen er jemanden in Notwehr hatte erschießen müssen, darunter auch einen Kerl in Limestone County, der ihn mit vorgehaltenem Revolver in einem Hotelzimmer hatte ausrauben wollen, in das er von seiner hübschen Komplizin gelockt worden war. So kriegte ich raus, dass Eddie Joe von keinem anderen als John Wesley Hardin erschossen worden war.

Natürlich zeigte ich den anderen Mädchen die Zeitung und gab damit an, dass Eddie Joe und ich versucht hatten, Hardin reinzulegen. Und wissen Sie was? Keine von denen wollte mir glauben! Nicht eine. Sie lachten mich aus und schimpften mich ein billiges Flittchen von einer Lügnerin. Gottverdammte, lausige Huren.

Will Hardin

Die sechs Monate, die Cousin Wes sich auf unserer Farm versteckte, waren wohl die friedlichste Zeit in seinem Leben. Seit er Ärger mit der Justiz hatte, meine ich. Für uns dagegen war es ziemlich aufregend – für meine Brüder Aaron, Joey und mich. Am spannendsten war vor allem die Zeit, die wir in den Etablissements von Mrs. Miller oder Kate Vine drüben in Benham verbrachten. Wes war es, der uns in die Vergnügungen solcher Häuser einführte. Jeden Samstag – und an jedem Tag, an dem es regnete oder zu nass zur Feldarbeit war – ritten wir vier nach Benham und vergnügten uns in dem einen oder anderen dieser zwei feinen Orte.

Natürlich hatte niemand von uns – meine Brüder und ich, meine ich – Geld für solcherlei Vergnügen. Wes bezahlte immer für die Mädchen. Wenn wir in den Ort kamen, ging er als Erstes zu den Spieltischen und gewann genug Geld, dass es für uns vier bei Kate oder Mrs. Miller reichte. Ich war der Meinung, wenn er beruflich spielen würde, könnte er reich sein, statt es nur für das Vergnügungsgeld zu tun. Aber Wes meinte, wenn er damit seinen Unterhalt bestreiten müsste, wäre der Spaß vorbei.

In Benham lernte er auch Phil Coe kennen, den bestgekleideten Spieler und Wortverdreher, den ich je getroffen habe. Er war ein Riese und trug den Bart kurz. Sein Spazierstock hatte einen Goldknauf und seine Krawatte wurde von einer Diamantnadel gehalten. Seine Pistole hatte einen Perlmuttgriff, er trug sie in einem Holster unter dem Arm. Man sagte, er sei ein sehr guter Schütze, aber das weiß ich nicht, ich habe ihn nie schießen sehen. Er dagegen hat bestimmt gesehen, wie gut Wes schießen konnte – alle in der Ortschaft wussten das –, denn als wir das erste Mal in Benham waren, geriet Wes in einen Wettstreit mit ein paar der ortsansässigen Schützen und schlug sie alle haushoch, sodass keiner von ihnen jemals wieder gegen ihn antreten wollte. Er beendete seine Show damit, dass er den Wetterhahn auf dem Kirchturm am Ende der Straße traf. Mit dem ersten Schuss brachte er ihn zum Drehen, mit den nächsten fünf ließ er ihn weiter kreiseln. Die Jungs, die zuschauten, klatschten und pfiffen, als wären sie bei einer Hoochie-Coochie-Show. Reverend Hart kam mit rotem Gesicht angestapft und war so wütend, als würde er gleich platzen, beruhigte sich aber schnell wieder, als Wes ihm eine Spende von zwanzig Dollar für seine gute Arbeit für den Herrn gab.

Später, als Wes und Coe Freunde geworden waren, forderte Wes ihn zu einem freundschaftlichen Wettschießen auf, doch Coe winkte ab. Ich stand mit ihnen am Tresen, als er zu Wes meinte: »Ich feure niemals meine Handwaffe ab, es sei denn, ich bin durch schwerwiegende Umstände dazu gezwungen, und der einzig wahrhaft gute Grund ist jener zur Verteidigung des eigenen Lebens.« So redete er daher. Aber das war natürlich Bockmist, von wegen nie die Waffe ziehen, außer zur Selbstverteidigung. Er wusste verdammt gut, dass er gegen Wes nicht ankam, und das wollte er nicht in aller Öffentlichkeit preisgeben, das war alles.

Auch am Spieltisch konnte er Wes nicht schlagen – zumindest nicht so häufig wie umgekehrt. Aber er war ein wahrer Spieler, dieser Phil Coe, und regte sich nicht auf, wenn er verlor. Er riss einfach einen Witz, spielte weiter und wartete darauf, dass er wieder die richtigen Karten kriegte, meistens dann, wenn Wes den Tisch mit seinem Gewinn verlassen hatte und wir in ein Etablissement verschwanden.

Phil Coe war es, der Wes den Spitznamen »Little Seven-up« verpasste, weil Wes bei diesem Spiel andauernd Glück hatte. Schon bald nannten ihn im Saloon alle so. Einmal rief Joey ihn zu Hause so, was Ma hörte und dann wissen wollte, was das zu bedeuten hatte. Sie kriegte einiges mit, aber zu unserem Glück kannte sie nicht alle Glücksspiele beim Namen. Der Schnelldenker Wes antwortete, das sei ein Eiscreme-Soda, das er sehr gern mochte, und deshalb riefen ihn die Jungs in der Stadt so. Ma fand das wirklich nett. Tatsächlich gefiel ihr der Name so gut, dass sie Wes ebenfalls so nannte. Eines Abends beim Essen hörte das Pa, und er warf uns einen fragenden Blick zu. Ma sah das und erklärte es ihm. »Ach ja«, meinte Pa, »ich glaube, ich hab meinen Durst auch schon ein, zwei Mal mit diesem Soda gestillt.« Als Ma zum Ofen ging, um den Eintopf zu holen, zwinkerte er uns hinter ihrem Rücken zu. Er war selbst ein ziemlicher Satansbraten gewesen, bevor er Ma geheiratet und sie ihm die Zügel angelegt hatte.

Noch eine Sache wegen Phil Coe. Ich mochte seine Art und sein Gerede nicht sonderlich, das war kein Geheimnis, aber er wurde ein wahrer Freund von Wes, deshalb war er für meine Brüder und mich in Ordnung. Ein paar Jahre später bedauerten wir es wirklich sehr, als wir hörten, dass er sich oben in Abilene von niemand anderem als Wild Bill Hickok hatte umlegen lassen.

Ich möchte nicht den Eindruck vermitteln, dass wir es uns in der Zeit, in der Wes bei uns lebte, ständig in der Stadt gut gehen ließen, denn das stimmte natürlich nicht. Meistens war es genau wie vor seiner Ankunft und nachdem er wieder weg war. Wir hatten immer viel Arbeit. Pa traf mit ihm eine Abmachung, dass Wes einen Teil der Ernte bekam, die er uns einbringen half. Als es an der Zeit war, Holz zu hacken, Stümpfe zu roden, Steine wegzuräumen, Unkraut in der Baumwolle zu hacken, Baumstämme klein zu machen, Zäune aufzustellen – all die Arbeiten, mit denen man auf einer Farm von Sonnenaufgang bis Sonnenuntergang beschäftigt ist –, ließ Wes genauso viel Schweiß dabei wie wir. Man wollte es nicht glauben, wenn man ihn in seinem schwarzen Anzug sah, aber er war richtig kräftig. In seinen Klamotten wirkte er meistens wie eine Bohnenstange mit Hut, aber wenn er sein Hemd beiseitelegte, um die Axt zu schwingen, dann sah er aus, als wäre er aus Seilen und Eisenketten gemacht. An seinen Knochen waren nichts als lange, harte Muskeln.

Als die Nachricht eintrudelte, Ed Davis habe die State Police gegründet, ging für Wes die gute Zeit auf unserer Farm zu Ende. Davis war ein Hundesohn, der sich im vergangenen Dezember, in der korruptesten Wahl, die jemals in Texas abgehalten wurde, zum Gouverneur aufgeschwungen hatte. Das tat er mit der Hilfe der Lügner und Betrüger und Präsident Ulysses Grant höchstpersönlich, dem größten Hundesohn von allen – außer Lincoln vielleicht.

Das einzig Gute an der Wahl von Davis war die Tatsache, dass dieser nichtsnutzige Arsch von Grant sie als Anhaltspunkt dafür nahm, Texas als »rekonstruiert« zu betrachten, und alle Yankeetruppen abzog. Das waren die guten Nachrichten. Die schlechte Nachricht war: Jetzt hatten wir die State Police.

Nie hat es eine Gruppe von Gesetzeshütern gegeben, die verhasster war als diese niederträchtigen Mistkerle. Etwa die Hälfte von ihnen waren Nigger-Schläger, und der Rest meistens der schlimmste weiße Abschaum – gerade die, die eigentlich vor der State Police hätten weglaufen müssen, wenn man sie nicht selbst zur State Police gemacht hätte. Sie hatten das Recht, einen überall im Staat zu verhaften, ohne Rücksicht auf die örtlichen Sheriffs – wobei natürlich viele Sheriffs mit ihnen unter einer Decke steckten. Es dauerte nicht lange, bis das Wort die Runde machte, dass man sich niemals von der State Police verhaften lassen sollte. Zu viele ihrer Gefangenen wurden »auf der Flucht« erschossen.

Im Spätsommer erfuhren wir, dass es eine Liste von Meistgesuchten gab und Wes' Name ebenfalls darauf stand. Ein paar Nächte später sahen wir den Beweis dafür mit eigenen Augen und erfuhren so, was das wirklich bedeutete. Wir waren gerade im Palace und schauten zu, wie Wes für uns beim Stud Poker Geld gewann, damit wir es in Kate Vines Etablissement verjuxen konnten, als Jules Forge mit der Liste der Gesuchten hereinkam, die er von einer Gefängniswand in Austin abgerissen hatte. Zehn Namen standen darauf, Bill Longley ganz oben und Wes gleich darunter. Auf Longley waren fünfhundert Dollar Belohnung ausgesetzt, tot oder lebendig, vierhundert auf Wes, kleinere Summen auf die anderen.

Sie hätten mal sehen sollen, wie schnell die Aussicht auf vierhundert Dollar die Stimmung im Raum veränderte, während die Liste die Runde von Tisch zu Tisch machte. Vierhundert Dollar waren ein *Berg* an Geld. Da gab es Kerle in dem Saal, die hätten ihre eigene liebe Mama bei der erstbesten Gelegenheit für *vierzig* Dollar ausgeliefert.

Jules hatte das Blatt zuerst Wes gezeigt, und Wes hatte gelächelt, es weitergegeben und gespielt, als sei es nichts weiter als ein Aufruf zu einer Erweckungsversammlung. Ich beobachtete ihn aber genau und konnte sehen, dass er nicht mehr so entspannt war, wie er uns glauben machen wollte. Er redete erheblich mehr mit Aaron und mir als üblich, wenn er spielte, machte Witze und zeigte uns die Karten. Wir saßen hinter ihm, und jedes Mal, wenn er sich zu uns umdrehte, sah ich, wie er den Blick über den Raum hinter uns schweifen ließ. Wir verstanden schnell und hielten ihm den Rücken frei. Ein paar von den harten Jungs beobachteten ihn jetzt aus den Augenwinkeln.

In diesem Augenblick kam Phil Coe herein; ich weiß nicht wie, aber ich wusste einfach, dass er von der Liste mit den Belohnungen gehört hatte. Er sah Wes eine Sekunde lang ohne jede Regung an, nickte dann und setzte sich an einen Tisch an der Wand gleich neben der Tür.

Wes spielte schätzungsweise noch zehn Minuten weiter, obwohl er schon mehr als sonst gewonnen hatte, und ich muss zugeben, das waren die aufregendsten Minuten, die ich je erlebt habe. Schließlich steckte Wes sein Geld ein und sagte: »Also gut, Cousins, lasst uns zu Kate gehen und den Elefanten kitzeln.«

Ich habe den Palace niemals so leise erlebt wie in dem Augenblick, als wir hinausgingen. Das einzige Geräusch waren unsere Absätze auf den Dielen. Die verdammte Tür schien eine Meile weit weg zu sein. Mich juckte es im Rücken von all den Blicken, die ich darauf spürte, und ich rechnete schon fast damit, dass Phil Coe jeden Augenblick versuchen würde, Wes zu erledigen. Vierhundert Dollar waren vielleicht genau der Anstoß, den er brauchte, um sich Wes zu stellen. Doch als wir näher kamen, bemerkte ich, dass er an uns vorbeisah und uns den Rücken freihielt. Ohne Wes anzuschauen, lächelte er und sagte mit einer Stimme, die in dieser Stille besonders laut klang: »Pass auf dich auf, John Wesley.«

Zwei Tage später verkaufte Wes seinen Anteil an der Ernte an Pa und verabschiedete sich von uns. Er war schon einigermaßen berühmt gewesen, als er zu uns gekommen war, und dank der State-Police-Steckbriefe war er nun noch viel berühmter. Ein paar Monate später hörten wir, dass die Belohnung für seine Verhaftung auf tausend Dollar erhöht worden sei. Tausend Dollar! Das war aber nicht sonderlich überraschend, denn zu dem Zeitpunkt hatte er bereits einen Mann der State Police erschossen.

Calvin Littlefield

Bill Longley und Wes Hardin trafen sich nur ein einziges Mal, im Sommer '70 in Evergreen. Zu dem Zeitpunkt, von dem wir hier reden, *gehörte* Bill Longley der Ort praktisch. Er war dort geboren und aufgewachsen, und zu der Zeit war die Ortschaft eine der verflucht härtesten Städte in Texas. Noch Jahre nach dem Krieg war Evergreen gesteckt voll mit üblen Gestalten und hartgesottenen Kerlen von jeder Sorte, die man sich nur denken kann.

Oh, einen Sheriff hatten wir schon. Er trug einen Stern und hatte den Schlüssel zu dem rostigen alten Hühnerstall, den wir Gefängnis schimpften. Er hieß Rollo Somebody, und er machte seinen Job wirklich gut. Tauchte irgendeine Armeepatrouille mit einem Haftbefehl auf, erzählte Rollo ihnen, der Gesuchte hätte gerade vor zwei Tagen die Stadt verlassen, nordwärts zu den Indian Nations oder südwärts ins alte Mexiko. Wann immer ein Gesetzeshüter mit einem Steckbrief auftauchte, tat Rollo ihm den Gefallen und hängte ihn neben der Eingangstür zum Gefängnis auf. Er versprach, die Ohren offen zu halten, falls er was über den Gesuchten hörte. Kaum war das Gesetz wieder weg, riss er das Plakat ab und trug es zu dem Saloon, von dem aus der Gesuchte alles beobachtet hatte. Der Gauner benutzte es dann als Zielscheibe und spendierte Rollo Whiskey, bis er ihm zu den Ohren rauslief. Ich glaube nicht, dass Rollo jemals seinen eigenen Whiskey bezahlt hat, von dem Tag an, als er Sheriff von Evergreen wurde, bis zu der traurigen Nacht ein paar Jahre später, als er während eines Unwetters besoffen auf die Straße fiel und im Schlamm ertrank.

In dem Sommer, als Hardin in die Stadt kam, war Bill schon allgemein als Revolverheld bekannt; Hardins Ruf verfestigte sich gerade erst. Eins möchte ich wegen Bill klarstellen: *Er* schoss nicht aus dem Hinterhalt. Es gibt jede Menge Männer, die zu ihrem

 Ruf kamen, indem sie den anderen von hinten erschossen oder ihm auflauerten. Ich will nicht sagen, dass Hardin so einer war, aber es gab da durchaus Geschichten. Über Bill wird einem so etwas nicht zu Ohren kommen, nur von Lügnern und Trunkenbolden. Zu dem Zeitpunkt, von dem ich rede, hatte Bill schon über ein Dutzend Männer erledigt, alle fair. Er zog so sauber und schnell wie der Blitz, und er brauchte weniger lang, sechs Kugeln in einer geraden Linie untereinander in einen Verandapfosten in fünfzig Fuß Entfernung zu jagen, als es dauert, um das zu erzählen. Keiner konnte so fächern wie er. Er entfernte den Hahn zum Abdrücken an seinen Dance-Revolvern und betätigte nur den Hammer mit der linken Hand. So konnte er die Schüsse viel schneller lösen.

Der Sommer von 1870 bleibt einem in Erinnerung. Dieser Mistkerl E.J. Davis hatte gerade die State Police gegründet, und wir hatten gehört, dass es eine Fahndungsliste gab mit Hardins Namen gleich oben neben Bills. Es hieß, Hardin würde sich irgendwo um Brenham bei Verwandtschaft verstecken. Bill versuchte es nicht zu zeigen, aber das Gerede darüber ging ihm schon gewaltig gegen den Strich, was für ein todsicherer Schütze Hardin doch sei oder wie schnell er ziehen könne, oder dass er einmal oben in Navarro County ganz allein drei Blaubäuche erledigt haben soll, als er noch nicht mal fünfzehn war. Bill starrte den Quatschkopf, der so was erzählte, meistens nur an, bis der Idiot es endlich merkte und die Klappe hielt. So wie Bill das sah, hatte Hardin sich noch nicht das Recht erworben, auf einer Stufe mit ihm zu stehen. Das wussten wir alle. Man kann sich also die Unruhe vorstellen, als Hardin eines Tages unangekündigt in der Stadt auftauchte.

Ich sollte erwähnen, dass wir in Evergreen im Sommer auf der Straße spielten. Der Ort lag im Wald, und es gab draußen viel kühlen Schatten. Wir stellten einen Tisch oder eine Kiste unter einen Baum und konnten loslegen. Samstags war Renntag, und zu beiden Seiten der Straße standen alle paar Yards alle möglichen Spiele bereit – Poker, Faro, Seven-up, Würfel, alles. Wollte man aus irgendeinem Grund etwas mehr Privatsphäre, gab es jede Menge Maisspeicher, in denen man auf einer Kiste als Tisch spielen konnte. In Evergreen traten die besten Quarter Horses aus vier Countys gegeneinander an. Es gab Hahnenkämpfe und Hundekämpfe. Samstags wimmelte es in der Stadt nur so von Spielern aus dem ganzen Osten von Texas.

Also gut, wir stehen also am Tresen im Bear's Den – Bill und ich, Ben Hinds, Jim Brown, Jody Pinto und Blacknose Bob –, da kommt Sam Ott aufgeregt hereingestürmt und erzählt uns, dass John Wesley Hardin in dieser Minute beim Pokern an Weldon Quinns Tisch drüben beim Rennstall sitzt. Bill dreht sich weiter eine Zigarette und verzieht keine Miene. Er sagt kein Wort, dreht fertig, zündet sie an und nimmt ein paar lange Züge. Dann fragt er Sam: »Woher weißt du, dass er es ist?«

Nun ja, erzählt Sam, er saß gerade an Quinns Tisch beim Spiel, da kommt dieser Hardin rein und fragt, ob noch Platz für einen ist. Noch keiner wusste, dass es Hardin war, aber ein paar Minuten später kommt Sheriff Rollo rein, voll wie eine Haubitze, und sagt zu dem Mann, dass er gern den Namen von allen Fremden in der Stadt weiß, und ob es ihm was ausmacht, seinen zu nennen. »John Wesley Hardin«, sagt der Mann, »und mir gefällt die lebensfrohe Art Ihrer Stadt, Sheriff.« Dann zieht er eine halbe Flasche Rye Whiskey aus der Manteltasche und fragt den Sheriff, ob er auch einen Schluck will. Rollo grinst schräg und beschließt, sich zum Spiel dazuzusetzen. Er war so betrunken, dass er ein paar Karten verkehrt rum hielt. Sam blieb aus reiner Höflichkeit noch ein paar Runden dabei, dann stieg er aus und eilte zu uns, um Bill von Hardin zu berichten.

Als Sam mit seiner Geschichte fertig ist, schaut ihn Bill eine Minute lang an und fragt dann: »Und woher weißt du, dass er es ist?«

Verdammt gute Idee, die Frage zwei Mal zu stellen, denn erstens wusste keiner von uns, wie Hardin überhaupt aussah, und zweitens konnte ja jeder behaupten, Hardin zu sein. Bill wusste das besser als die meisten, denn es gab einen ganzen Haufen Lügner, die behaupteten, er zu sein. Beim ersten Mal war er, glaube ich, recht stolz auf seinen Furcht einflößenden Ruf, den andere Männer nutzten, um andere zu erschrecken und ihnen ihren Willen aufzuzwingen. Doch als er wieder mal von jemandem hörte, der sich drüben in Waco als er ausgab, und dann wieder einer in Bryan und in Livingston und in einer ganzen Reihe von Orten, ging es ihm ziemlich auf die Nerven, dass jeder Hundesohn mit ein wenig Mumm es wagte vorzugeben, Bill Longley zu sein. »Hör mal, Cal«, meinte er mal zu mir, »es hat eine ganze Weile gedauert, mir meinen Ruf zu verdienen, und es gefällt mir gar nicht, dass diese Scheißer ihn sich einfach nehmen, statt rauszugehen und sich selbst einen Namen zu machen.« Irgendwann hörte er dann wieder von einem Gauner, der sich drüben in Walker County Bill Longley nannte, und da hatte Bill dann genug. Er sattelte sein Pferd, ritt hin und spürte den Kerl auf. Er fand ihn in einem Saloon ein paar Meilen südlich von Huntsville, wie er lautstark redete und alle im Laden tyrannisierte, wodurch er Bill Longley wie einen großmäuligen Schlägertypen aussehen ließ. Bill trat einen Spucknapf in seine Richtung, um ihn auf sich aufmerksam zu machen, und sagte dann: »Du bist viel zu hässlich und zu derb, um auch nur davon zu träumen, Bill Longley zu sein, du Hundesohn.« Der Bursche versuchte zu ziehen, doch er hatte die Waffe noch gar nicht aus dem Holster, als Bill ihm schon drei Kugeln direkt durchs Schlüsselbein gefächert hatte. Der Kerl fiel vornüber, und so viel Blut spritzte aus ihm heraus, dass es beim Aufprall platschte. »Schaut euch mein Gesicht nur genau an«, sagte Bill zu allen, »damit euch der nächste Schwindler, der sich als Bill Longley ausgibt, nicht wieder hereinlegt.« Als Zugabe zerschoss er noch den Barspiegel, dann stieg er wieder auf und ritt heim. Und trotzdem kam uns immer wieder mal zu Ohren, dass Bill Longley in irgendeiner Stadt, in der er sein Lebtag noch nie gewesen war, jemanden umgelegt haben sollte.

Na, jedenfalls war das der Grund, warum Bills Frage gut war, aber Sams Antwort nicht. Sam konnte nur sagen: »Na, zum Teufel, Bill, er hat behauptet, dass er Hardin ist.«

Also schickt Bill Ben Hinds zu Quinn rüber, um sich den Kerl mal anzusehen, und Jody Pinto, Blacknose Bob und ich beschlossen, mitzugehen. Ben Hinds war genau der Richtige dafür. Er war groß wie ein Maultier und fast so stark – und sah auch ein bisschen so aus, wie einige von uns fanden. Er hatte schon einige erschossen, anderen die Augen ausgedrückt und, soweit ich wusste, mindestens einem Mann die Nase abgebissen. Er hatte vor nichts auf der Welt Angst außer vor einer wahrsagenden Zigeunerin namens Madam Zodiac, die ein paar Meilen außerhalb der Stadt wohnte.

Ben und Jody gingen auf der einen Straßenseite, Blacknose Bob und ich auf der anderen. Der Plan dabei war, uns Hardin von verschiedenen Seiten zu nähern und uns so breit zu verteilen wie möglich. Bis wir dort eintrafen, war Rollo allerdings schon weggetreten und lag unter einem Karren, und Hardin hatte seinen Platz eingenommen. Dadurch hatte er den Stall im Rücken und klare Sicht auf die Straße. Schätze, er sah uns schon kommen, bevor wir noch wussten, welcher am Tisch Hardin war.

Einer der Spieler machte schnell den Platz für Ben frei, und Ben warf seinen Dollar Einsatz rein und meinte zu Quinn, er solle geben. Quinn freute sich nicht gerade, ihn zu sehen – und uns noch weniger, aber wir verteilten uns um den Tisch herum. Hardin lächelte, aber ihm entging nichts, er bemerkte jeden Einzelnen von uns, wie wir unter den Zuschauern standen.

Schon mit dem ersten Blatt eröffnet Ben mit einer hohen Summe und alle steigen aus, bis auf Hardin. Hardin erhöht kräftig, Ben zieht mit, Hardin will sehen und gewinnt die Runde mit drei Zehnern. Ben hat nur ein Paar Dreier. Er hat keine Zeit vergeudet, um die Dinge auf die Spitze zu treiben. Doch plötzlich steht Hardin auf und steckt sein Geld ein. »Danke, die Herren«, sagt er. »War mir ein Vergnügen. Ich denke, ich spiele mal 'ne Weile Faro.«

»Immer langsam, Glückspilz«, entgegnet Ben. »Ein Mann steht nicht einfach auf und spaziert als Gewinner davon, ohne seinem Gegner die Gelegenheit zu geben, sein Geld zurückzugewinnen. Beweg deinen Hintern wieder hierher.«

Hardin meint: »Na ja, vielleicht hättest du mich ja ausgenommen, wenn du dich früher dazugesetzt hättest. Aber das werden wir wohl nie herausfinden, weil es ja nicht passiert ist.«

Ben haut mit der Faust auf den Tisch und brüllt: »Verdammt, Bursche, spar dir deine schlauen Sprüche!« Er drückt den Stuhl nach hinten, steht auf und – ratzfatz hat Hardin den Colt schon in der Hand, gespannt und auf Bens Gesicht gerichtet. Erzähl mir was von *schnell.* Ben erstarrt – und Hardin zieht auch noch mit der Linken eine Waffe und springt zurück, sodass er mit dem Rücken zur Stallwand steht und mich und Blacknose Bob ebenfalls in Schach halten kann. Jody hebt halb die Hände – doch Bob macht Anstalten zu ziehen, und Hardin sagt: »Versuch's doch, du Mistkerl mit der hässlichen Nase, und ich leg dich um, und zwar ganz fix.« Ohne mich direkt anzuschauen, fügte er hinzu: »Und du auch, Schlangenkopf.« In jenen Tagen trug ich ein Schlangenlederband um den Hut, also war ganz klar, wen er meinte. Zum Teufel, ich dachte noch nicht mal daran zu ziehen, nicht nachdem ich gesehen hatte, wie diese Pistole in seine Hand gesprungen war. Ich bin ja nicht so alt geworden, weil ich in meiner Jugend tollkühn war. Bill dagegen wurde nicht älter als achtundzwanzig.

»Jetzt hört mal her, verflucht«, sagt Hardin und schaut sich in der Menge um, die neugierig, aber auch nervös seine Colts beäugte. »Ich bin hergekommen, um die Bekanntschaft von Bill Longley zu machen und ihm Respekt zu zollen. Man hat mir gesagt, er ist ein wahrer Sohn der Konföderation und ein eingeschworener Feind all der verlogenen Yankee-Mistkerle in Texas. Man hat mir aber nicht gesagt, dass die Bewohner dieser Stadt so niederträchtig sind, dass sie sich gegen einen Fremden zusammenrotten, der in Freundschaft kommt.«

In diesem Augenblick teilt sich die Menge, und da steht Bill auf der Straße und betrachtet Hardin aus zwanzig Fuß in Hemdsärmeln, ohne Hut und mit einer Hand locker neben seiner Dance.

»Ich bin Longley«, sagt er, »und ich glaube nicht, dass ich die Bekanntschaft von jemandem machen will, der mit den Händen voller Colts nach mir fragt.«

Alle, Ben, Jody und Bob verschwinden schnell aus der Schusslinie – und ich muss gestehen, dass auch ich nicht lange wartete, um hinter einem Wagen Schutz zu suchen.

»Und ich habe keinen großen Respekt vor jemandem, der so viele Kerle zur Rückendeckung braucht«, sagt Hardin.

Bill lacht und erwidert: »Jungs, jeder, der sich auf diesen Desperado stürzen will, wird von mir persönlich erledigt.« Dann dreht er die Handflächen nach oben, als wollte er sagen: »Zufrieden?« Hardin wirbelt mit seinen Revolvern und steckt sie in die Holster, dann steht er da und hält die Hände locker an seinen Westentaschen wie ein reicher Baumwollfarmer. Wir alle wussten, warum er die Hände dort am Revers hielt. Von dieser Weste hatten wir gehört.

»Was ich auch nicht leiden kann«, fährt Bill fort, »ist ein verdammter Spion. Und ich hab gehört, du spionierst für McNelly.«

McNelly war Captain der State Police, und ich wusste nur zu gut, dass niemand Bill so etwas über Hardin erzählt hatte.

»Bullshit«, entgegnet Hardin. »Wenn du es auf einen Kampf anlegst, dann geht das auch ohne Lügenmärchen.« Seine Finger zuckten an der Weste. Ich meine, er war *bereit.*

Später gab Bill zu, dass er sich selbst verflucht hatte, so etwas zu sagen. So eine Anschuldigung war nichts anderes als eine Kampfansage, dabei neigte Bill eigentlich nicht dazu, grundlos Streit zu suchen. Er war nur sauer über all das Gerede, was für ein toller Kerl doch dieser Hardin sei, dass er Yankee-Soldaten erledigt hatte – und wohl auch ein wenig neidisch, nahm ich an, auch wenn ich das nie gesagt habe –, und deshalb war sein Mundwerk mit ihm durchgegangen. Nicht dass er Angst vor Hardin hatte, verstehen Sie? Bill Longley hatte vor keinem lebenden Mann Angst. Aber es gab keinen guten Grund, warum er sich mit dem Burschen anlegen wollte, und das wusste er. Doch nun hatte er Hardin beleidigt, das konnte Hardin nicht einfach so durchgehen lassen, und es wurde ziemlich brenzlig.

Also meint Bill: »Ach so! Du willst wohl einen Bären mit einer Gerte jagen, oder, Bursche? Richtest deine Waffen auf alle Leute und redest von nichts anderem als kämpfen. Das nenne ich weder freundlich noch respektvoll.«

»Du warst es doch, der mich Spion geschimpft hat!«, erwidert Hardin.

»Das habe ich«, räumt Bill ein. »Aber ich sehe, du hast zu viel Mumm für einen staatlichen Stiefellecker, und ich bin Manns genug zuzugeben, wenn ich mich irre. Aber wenn du unbedingt einen Kampf willst ...« Und er zuckt nur mit der Schulter, als ob ihm das völlig egal ist, und bleibt kampfbereit stehen.

Das war das erste und einzige Mal, dass Bill Longley sich bei irgendwem fast entschuldigte – und diese Entschuldigung ging ihm so aalglatt über die Lippen, dass sie nicht nach Zurückweichen klang. Er überließ es Hardin, ob er es drauf ankommen lassen würde oder nicht. Die folgenden zwei, drei Sekunden war nichts zu hören außer die Vögel in den Bäumen und das Prusten der Pferde. Dann sagte Hardin: »Ich bin ebenfalls Manns genug, um meine Fehler zuzugeben. Ich bin hergekommen, um deine Bekanntschaft zu machen, und hätte mich nicht von irgendwelchen dummen Eseln dazu verleiten lassen sollen, meine guten Manieren zu vergessen.« Alle drehten sich um und schauten Ben Hinds an, doch der sah in die Bäume hinauf, als ob es dort etwas Ungewöhnliches zu sehen gäbe. Dann grinsten sich die beiden an, und Bill meint: »Ich hab gehört, du spielst gern Karten«, und Hardin erwidert: »Das habe ich auch von dir gehört«, und damit war klar, die Sache war erledigt.

Jede Menge Leute seufzten laut – aber wie die Leute nun mal sind, wohl eher aus Enttäuschung, würde ich sagen, als vor Erleichterung. Es kommt ja nicht jeden Tag vor, dass zwei derart berüchtigte Revolverhelden gegeneinander antreten.

Zehn Minuten später tranken Bill und Hardin Bier und pokerten in einer Scheune am anderen Ende der Straße, wo sie wenigstens ein wenig Ruhe vor den ganzen Leuten hatten, die sich ihnen an die Fersen gehängt hatten. Jim Brown und ich waren dabei, und ich kann Ihnen sagen, dass die beiden sich prächtig verstanden.

Das letzte Blatt des Abends war der Beweis dafür. Bis dahin waren sie ziemlich gleichauf, doch bei der letzten Runde, als der Einsatz schon ziemlich dick war, erhöhte Bill um zweihundert, und alle stiegen aus, nur Hardin nicht. Er begutachtet seine Karten, als würde er darauf warten, dass sie mit ihm reden, dann fragt er Bill, wie viel er noch hat. Noch ungefähr hundert Dollar, antwortet Bill, und Hardin erhöht um die volle Summe. Bill lacht und sagt: »Na, vielen Dank!« Hardin erwidert: »Ich hoffe, du bist dir genauso sicher, dass du in den Himmel kommst, wie dass du mich schlägst.«

»Na, dann zeig mir mal mehr als das hier«, sagt Bill und legt ein Full House mit Assen und Zehnern hin. Er lacht und will den

Topf schon an sich nehmen, da sagt Hardin: »Immer langsam. Ich hab zwei Pärchen.«

»Zwei Pärchen!«, meint Bill. »Damit schlägst du gar nichts!«

»Schätze schon«, entgegnet Hardin, »wenn es zwei Pärchen Buben sind«, und legt sie vorsichtig hin wie rohe Eier, alle vier Buben.

Bill starrt ihn eine Sekunde lang an und sagt: »Du Mistkerl.« Hardin macht ein angespanntes Gesicht und beobachtet Bill, ohne zu blinzeln. Dann grinst Bill und sagt: »Du verfluchter Klugscheißer von einem Mistkerl!« – lehnt sich zurück und lacht sich kaputt. Und Hardin fällt mit ein. Zwei vom selben Schlag.

In jener Nacht aßen sie Steaks im Den, tranken und spielten ein paar Runden Faro. Der Laden war so gesteckt voll, dass man nicht mal mit einer Kugel im Leib hätte umfallen können. Man musste brüllen, um sich zu verständigen, und die Luft war vom Tabakqualm so dicht wie bei einem Präriebrand. Alle hofften darauf, dass die beiden sich doch noch duellierten, und wollten dabei sein. Bill beugte sich zu Hardin, und ich hörte ihn brüllen: »Schau sie dir an! Die Jammergestalten hoffen immer noch, dass wir ihnen was anderes zu erzählen geben, als ihre Sattelwunden und tropfenden Pimmel. Ich sag dir, Amigo, manchmal komm ich mir vor wie 'ne beschissene Missgeburt im Zirkus!«

Hardin sah ihn komisch an und meinte: »Ach komm, Bill, so schlimm ist es doch auch wieder nicht.« Er genoss die Aufmerksamkeit. Er war noch nicht daran gewöhnt, dass viele Fremde ihn angrinsten und »Hey, alles klar, Wes?« riefen und ihm Drinks spendierten – alle ganz freundlich, weil sie Angst vor ihm hatten. Für ihn war das noch neu und aufregend, und man konnte sehen, wie er es nur so aufsog. Bill sah ihn an und schüttelte den Kopf. Er hatte schon die Nase voll davon.

Bill lud ihn zu den Rennen am nächsten Tag ein, und Hardin meinte, es sei ihm eine Ehre. Wir trafen uns am nächsten Morgen an der Rennbahn, und ich will als Lügner in der Hölle schmoren, wenn er nicht bei fast jedem Rennen, auf das er setzte, gewann. Dieser Mistkerl verlor bei nichts, auf das er Geld setzte. Als er am Nachmittag davonritt, muss er wohl die Hälfte des Geldes von ganz Evergreen in den Satteltaschen gehabt haben. Die meisten von uns waren nicht traurig, ihn abziehen zu sehen.

 Und so war das einzige Treffen von Longley und Wes Hardin. Wenn Sie was anderes gehört haben, war das Bockmist.

Acht Jahre später, am 11. Oktober 1878, knüpften sie Bill in Giddings, drüben in Lee County, auf. Er hatte bis dahin noch mehr Kerle umgelegt, doch der, wegen dem sie ihn drankriegten, war Wilson Anderson, der Bills Cousin Cale umgelegt hatte. Bill verfolgte ihn und erschoss ihn mit einer Schrotflinte, dann verschwand er nach Louisiana und versteckte sich dort. Er nannte sich Jim Black und baute sich eine Farm auf. Nach einer Weile verliebte er sich in irgendein Cajun-Mädchen. Sheriff Milt Mast aus Nacogdoches spürte ihn auf, zog schneller und bot ihm an, ihm auf der Stelle den Schädel wegzupusten oder ihn in Ketten nach Texas zu bringen und vor Gericht zu stellen; Bill entschied sich für die zweite Möglichkeit. Mast hätte ihn ohne die Mithilfe dieser Sumpfrattenschlampe niemals gekriegt. Ich hab nie rausgefunden, warum Bill ihr verraten hatte, wer er wirklich war, oder warum sie ihn betrogen hat. Schätze, ein verliebter Mann macht unweigerlich dumme Sachen, und eine von Natur aus betrügerische Frau braucht keinen guten Grund zum Betrug.

Giddings machte aus Bills Hinrichtung ein richtiges Fest. Sie bauten eigens zu dem Anlass einen nagelneuen Galgen, und die Leute kamen von überall, aus Houston, Austin, sogar aus San Antonio. *Viertausend* Schaulustige, stand in den Zeitungen. Alle drängten sich auf den Straßen und Dächern. Aus jedem Fenster mit Blick auf den Galgen schaute mindestens ein Kopf heraus. Selbst die Bäume waren voller Zuschauer – Männer auf den unteren Ästen, Kinder weiter oben. Händler verhökerten alles Mögliche, Familien mit Picknickkörben, Feuerwerkskörper, String Bands und Tanz – ein wahres Freudenfest. Nichts, was ich nüchtern sehen wollte, also verbrachte ich den Großteil des Vormittags als guter Kunde in den Saloons.

Den Zeitungen zufolge hatte Bill gesagt, er habe seinen Frieden gemacht, aber das bezweifle ich. Er war viel zu sauer darüber, zum Tode verurteilt zu werden, um friedlich zu sein. Er hatte Gouverneur Hubbard aus dem Gefängnis einen Brief geschrieben und gefragt, warum er gehängt werden sollte, bloß weil er einen nichtsnutzigen Mistkerl wie Anderson umgebracht hatte, wo doch John Wesley Hardin nur fünfundzwanzig Jahre gekriegt hatte, obwohl er einen verdammten Sheriff auf dem Gewissen hatte? Nicht zu vergessen, dass Hardin erheblich mehr Männer umgebracht habe als er. Der Gouverneur schrieb niemals zurück.

Als sie Bill rausbrachten, spielte eine Brass Band *Shall we Gather at the River*. Einige johlten, andere buhten und machten sich lustig über ihn. Man hätte meinen können, er sei ein Politiker. Jedenfalls sah er so aus in seinem Sonntagsanzug mit gekämmten Haaren und gepflegtem Kaiserbart. Ich hatte ihn noch nie so schick gesehen. Ich stand auf der Terrasse vom Saddlehorn Saloon und winkte ihm zu, als er aufs Schafott stieg, aber ich glaube nicht, dass er mich gesehen hat.

Irgendein brauner Köter folgte der Gesellschaft die Stufen hinauf, und alle lachten, weil der Sheriff und sein Deputy fast vom Schafott fielen, als sie versuchten, die Töle wegzujagen. Schließlich versetzte Bill ihm einen Tritt, und das Tier rannte jaulend davon. »Dafür wirst du hängen, Bill!«, rief ein Besoffener, und wieder lachten alle.

In den Zeitungen stand, seine letzten Worte lauteten: »Ich verdiene diese Strafe für mein wildes, gottloses Leben! Auf bald, ihr alle!« Noch mehr Bockmist. Ich war dabei. Was er gesagt hat, hätten sie gar nicht drucken können, selbst wenn sie gewollt hätten. Bill sagte: »Ich habe niemanden so kaltblütig umgebracht, wie ihr mich jetzt hängt, ihr Hundesöhne mit euren Scheißgesichtern! Leckt mich!«

Sie zogen ihm die Kapuze über den Kopf, öffneten die Falltür, und er ruckte schwer am Ende des Seils, konnte aber nicht sonderlich strampeln, weil man ihm die Beine aneinandergefesselt hatte, damit die zarteren Frauen und kleinen Kinder sich bei dem Gestrampel nicht so aufregten. Er hing dort wie ein Hafersack, als zwei Ärzte die untere Leiter hinaufstiegen und an seiner Brust lauschten. Sie schüttelten die Köpfe, flüsterten etwas und wollten niemand anderen in Bills Nähe lassen. Immer wieder horchten sie an seiner Brust, und nach etwa zwanzig Minuten erklärten sie ihn schließlich für tot.

Natürlich gibt es einige, die behaupten, dass er nicht toter war als Sie oder ich. Sie erzählen Ihnen, dass er den Sheriff, den Henker und die beiden verflixten Ärzte und Gott weiß wen noch alles bestochen hatte – und dass sie ihn mit einem Korsett ausgestattet haben, damit es nur so aussah, als hätten sie ihn gehängt. Ich will damit nicht sagen, dass ich das glaube – ich sage nur, dass manche das behaupten. Es heißt, dass er in einem übergroßen Sarg beerdigt wurde, in dem es genügend Luft gab, bis seine Freunde in der Nacht auf den Friedhof kamen und ihn ausgruben, um dann die leere Kiste wieder zu verscharren. Man sagt, er ist nach Argentinien gegangen, hat sich eine große Viehranch aufgebaut und eine wunderschöne Frau mit grünen Augen und Brüsten wie Pfirsichen geheiratet und ein gutes langes Leben gelebt. Fragen Sie in Evergreen herum. Da gibt es jede Menge Leute, die Ihnen erzählen, wie Bill Longley alle ausgetrickst hat.

Aber Folgendes ist die Wahrheit: Erinnern Sie sich noch an Jody Pinto? Also, er und ich waren bei den Rough Riders auf Kuba unter Teddy Roosevelt. Jody bekam bei San Juan Hill einen Bauchschuss ab und litt sein Lebtag daran. Seine Frau und sein Schwiegersohn kümmerten sich all die Jahre oben in New Jersey um ihn, bis er vor etwa fünf Monaten gestorben ist. Letztes Jahr noch schickte er mir einen Zeitungsausschnitt aus der *New York Times*, der mich interessieren würde, meinte er. Da findet sich eine Liste der Personen, die mit der *Lusitania* untergegangen sind. Die schickte er mir, nur ein paar Wochen nachdem die Deutschen das Schiff versenkt hatten. Tja – und das ist die Wahrheit –, auf der Liste steht der Name W. P. Longley, aufgelistet als Viehzüchter aus Südamerika. Was sagen Sie nun? Mitten in der verdammten *New York Times*. Ich hab den Zeitungsausschnitt immer noch irgendwo rumliegen – aber verflucht noch mal, wenn Sie mir nicht glauben, schauen Sie doch selber nach, verdammt.

Professor J. C. Landrum

Ich habe im Laufe meiner langen Lehrtätigkeit als Professor des Rechts und der Geisteswissenschaften zahllose Studenten unterrichtet, doch der schlagendste Beweis für das geflügelte Wort, dass der Charakter des Menschen sein Schicksal ist, war John Wesley Hardin.

Im Herbst 1870 hatte sich sein älterer Bruder Joseph in meinem Propädeutikum für das Rechtsstudium eingeschrieben und John Wesley davon überzeugt, dies ebenfalls zu tun. John Wesley war allerdings ein von Rechts wegen erklärter Gesetzloser, auf den ein Kopfgeld ausgesetzt war. Ich war mir seiner Lage vollkommen bewusst, stimmte aber mit Josephs Ansichten – die auch jenen des Reverend James Hardin entsprachen – völlig überein, dass der Staat John Wesley zu Unrecht wegen einiger Taten verfolgte, die aus reiner Notwehr erfolgt waren, nicht aber, wie die Anklage lautete, aus vorsätzlich krimineller Absicht. Trotzdem blieb die Tatsache, dass John Wesley, der ja gesucht wurde, nicht riskieren konnte, persönlich an meinen Vorlesungen teilzunehmen.

Doch er war entschlossen und einfallsreich. Er errichtete heimlich ein Camp im Wald, nur ein paar Meilen von Round Rock entfernt, und jeden Abend nahm Joseph einen anderen Umweg dorthin, für den Fall, dass ihm Agenten der schändlichen State Police – oder, noch schlimmer, einer oder mehrere Vertreter jener großen Schar an Kopfgeldjägern folgten, die die Belohnung auf John Wesleys Gefangennahme kassieren wollten. Während John Wesley das Abendessen bereitete, fasste Joseph den Tagesvortrag für ihn zusammen. Wenn Joseph später aufgebrochen war, lernte John Wesley beim Schein des Feuers bis tief in die Nacht. Keiner meiner Studenten hat je schwierigere Bedingungen auf sich genommen, als John Wesley es in diesen bangen Wochen tat, die dann folgten. Ich war überaus erfreut, als alle beide nach dem Semester ihre Examen machten und ihr Diplom erlangten.

Und doch, wie Heraklit sagt – Charakter ist Schicksal.

John Wesley Hardin war ein hochintelligenter junger Mann, wohlerzogen und aus gesunden moralischen Verhältnissen stammend. Wie könnte es auch anders sein, bei einem Vater wie Reverend James Hardin und einer Mutter wie Mary Elizabeth Dixon? Und doch … es gibt etwas in der Seele eines Mannes, das losgelöst ist von den Bestimmungen des eigenen Blutes oder der Bücher und doch den eigentlichen Kern seiner Natur darstellt. An dieser Stelle wage ich zu behaupten, dass sich dieser Kern bei John Wesley als Mangel einer klaren Vorstellung des Guten darstellte, als fehlender Sinn für angemessene Bestrebungen. Er war von außerordentlichem Geist und fester Seele und hätte sicherlich auch Größe erlangt – davon bin ich zutiefst überzeugt –, wenn nicht aus unerfindlichen Gründen die dunklen Engel seiner Natur Oberhand behalten hätten. Darin lag die tragische Schwäche.

Tragisch, ja. Als lebenslanger Student der Werke von Euripides, Seneca, Shakespeare – all der Tragöden unseres kulturellen Erbes – bin ich vertraut mit Natur und Form der Tragödie, und »Tragik« bestimmte John Wesleys Charakter … und besiegelte so sein Schicksal. Leider.

Earl Gillette

Das Gefängnis in Marshall war eine große Blockhütte mit einem Käfig aus Eisenstäben in der Mitte. Ich kenne nur wenige Gefängnisse in East Texas, die so massiv gebaut waren. Mein Bruder Judson und ich saßen dort mal ohne Grund ein, einfach nur weil wir Fremde waren. Wir hatten Rast gemacht, um unsere Eingeweide mit ein, zwei Schluck Whiskey im Saloon aufzuwärmen, denn es war ein bitterkalter Wintertag gewesen.

Ich will damit nicht behaupten, dass wir am Ende nicht ein paar Gläschen mehr hatten. Und ich bestreite auch nicht, dass wir ein paar Worte mit den ortsansässigen Kerlen am Tresen gewechselt haben, als einer von denen eine unfreundliche Bemerkung darüber machte, wie Südtexaner lachen. »Da unten im Süden weißt du nie, ob du einen Kerl lachen hörst oder einen Esel mit 'nem Maiskolben im Arsch«, genau so hat der Kerl das gesagt. Judson und ich kommen zufällig aus dem Süden von Texas, und das wussten die, weil wir es dem Schlaumeier hinter dem Tresen gesagt haben. Außerdem ist es Tatsache, dass ich gerade über einen Witz gelacht hatte, den Judson mir über einen Wanderprediger und die Tochter einer Dumpfbacke von osttexanischem Sägewerkarbeiter erzählt hatte.

Ich will auch nicht bestreiten, dass die Angelegenheit ein wenig aus dem Ruder geriet, als Judson recht laut meinte, dass es im Osten von Texas wohl die meisten Experten auf der Welt gibt, wenn es um Maiskolben in Maultierärschen geht. Ich will nicht bestreiten, dass ein paar Gläser und Stühle zu Bruch gingen, und ich sage auch nicht, dass nicht einer dieser Dorftrottel einen gebrochenen Arm mitnahm und ein anderer den Großteil seiner oberen Zähne verlor und noch ein Dritter sich ein Auge an Judsons Daumennagel ausgestochen hat. Ich behaupte nicht, dass nichts von alledem passiert ist.

Ich will damit nur sagen, dass der Schaden, den wir bei denen anrichteten, kaum mit dem zu vergleichen war, was die Kerle mit uns angestellt haben. Sie sprangen auf Judson herum, zerschlugen ihm den Wangenknochen und so viele seiner Rippen, dass er in den folgenden Wochen kaum ohne Schmerzen Luft holen konnte. Irgendein Mistkerl biss ihm ein Stück vom rechten Ohr ab. Sie brachen ihm fast alle Finger an beiden Händen, und er konnte sich mehr als einen Monat lang nicht mal den Hintern abwischen. Und ich! Gauben Sie vielleicht, meine Nase war schon immer so weit zur Seite verschoben? Denken Sie, ich bin mit der Narbe an meiner Lippe auf die Welt gekommen? Bis zu jener traurigen Nacht war ich ein gut aussehender Bursche. Ich wurde so hart mit einem verfluchten Spucknapf am Kopf getroffen, dass mir noch heute der Kopf manchmal klingelt. Die haben mir einen großen Schneidezahn ausgeschlagen, und einer der Hundesöhne hat mir so in die Eier getreten, dass ich schon dachte, die würden mir für immer und ewig im Hals stecken bleiben. Judson und ich wurden richtig vermöbelt.

Und dann kommt der Sheriff daher und buchtet *uns* ein. Judson und ich liegen ganz unten in dem Haufen, aber wir kriegen es am dicksten ab, und er verhaftet *uns* wegen Trunkenheit und ungebührlichem Benehmen. So ist das, wenn man fremd ist in der Stadt. Ein Ortsansässiger kann dich ohne jeden Grund umnieten, und wahrscheinlich kriegst *du* dann eine Anklage wegen Ruhestörung, weil du vor Schmerz zu laut geschrien oder den Boden mit deinem Blut verschmutzt hast. Zum Teufel, die würden auch noch versuchen, dir den Diebstahl der Kugel anzuhängen, die der Mistkerl dir reingejagt hat.

Na, jedenfalls saßen wir also in der Nacht im Kittchen in Marshall, als sie Hardin reinbrachten: Nur weil wir Fremde waren.

Der Sheriff war gar nicht so übel wie die meisten mit einem Stern. Er klaute nicht unser Geld und unsere Pferde, wie viele andere Sheriffs, die ich Ihnen nennen könnte. Alle riefen ihn Cookie, weil er die Taschen immer voller Ingwerwaffeln hatte. Jedenfalls war es draußen, wie gesagt, kälter als ein paar nackte Hexentitten und im Gefängnis auch nicht viel wärmer. Neben dem Schreibtisch in der Ecke stand ein Kanonenofen, und der Sheriff und sein Deputy, so ein Kasper, der Shithead genannt wurde, denn genau das war er, ein Trottel mit Scheiße im Hirn, saßen direkt daneben und tranken Kaffee mit einem Schuss Whiskey. Der Ofen glühte, aber das brachte nicht einen Hauch Wärme zur Zelle hinüber, in der wir unseren Atem sehen konnten. Ich war ein wenig ausgenüchtert und muss gestehen, mir ging es nicht sonderlich gut. Judson lag bewusstlos auf einer der Pritschen und kam erst am nächsten Morgen zu sich und verpasste die ganze Nummer mit Hardin.

Mit uns in der Zelle war noch so ein Dorfkasper namens Lowell. Er erzählte, er sei schwer mit seiner Frau aneinandergerasselt, die bei Vollmond schnell mal durchdrehte. Sie war mit einem Tranchiermesser auf ihn losgegangen, und er hatte ihr in den Fuß schießen müssen, um sie so weit zu bremsen, dass er fliehen konnte. Sheriff Cookie ließ ihn die nächsten paar Nächte im Bau schlafen, bis seine Frau bei abnehmendem Mond wieder zu Verstand kam. »Wenn ich gewusst hätte, dass es so kalt wird, hätte ich meinen Büffelmantel mitgebracht. Aber verflucht, man kann ja nicht alles planen.«

Hardin wurde am frühen Abend eingeliefert. Der Sheriff aus Longview und sein Deputy brachten ihn her, damit er in einem sichereren Gefängnis als drüben in Longview auf die State Police wartete. Der Sheriff hatte ihn in einem Speiselokal gesehen und ihn verhaftet. Witzigerweise hielt er Hardin für einen Kerl namens Garlits, der gesucht wurde, weil er einen Typen in Waco umgebracht hatte. Er las den Haftbefehl Sheriff Cookie laut vor, und ich muss zugeben, die Beschreibung passte auf Hardin wie die Faust aufs Auge.

Hardin aber war ganz schön sauer. Er bestand darauf, dass sie den falschen Mann erwischt hätten, sein Name sei Josephson und er sei Pferdehändler aus Shreveport. In seinen guten Klamotten und den teuren Stiefeln sah er auch genauso aus. »Es gibt doch sicher zwei Dutzend Kerle im Umkreis von zwanzig Meilen, auf die diese Beschreibung passt«, sagte er. Wenn ich es nicht besser gewusst hätte, ich hätte es ihm abgenommen, so überzeugend war er.

Sheriff Cookie schien auch geneigt zu sein, ihm zu glauben, aber Hardin war der Gefangene des Sheriffs aus Longview, also meinte Cookie zu Hardin, er täte ihm leid, aber er müsse ihn für die State Police festhalten. Der Sheriff aus Longview hatte bereits die nächstgelegene Station der State Police kontaktiert, dass Garlits im Gefängnis von Marshall auf sie warte, und sie hatten zurücktelegrafiert, dass ein Trupp unterwegs sei, um ihn in Gewahrsam zu nehmen.

Ich wusste, dass er Hardin war, weil ich ihn schon mal gesehen hatte, zwei Monate zuvor, in einem Spielsaloon in Williamson County. Judson und ich hatten dort einen Halt eingelegt, um unseren Durst zu stillen, und hatten uns gewundert, warum der Laden so voll und aufgeregt war. An der Theke fragte ich einen einarmigen Kerl in der Uniformjacke der Konföderierten-Kavallerie, was das ganze Aufhebens zu bedeuten hatte, und er antwortete: »Niemand anderer als John Wesley Hardin persönlich sitzt da hinter Ihnen, Mister.«

Er saß am Pokertisch keine zehn Fuß von uns entfernt und kassierte gerade einen ziemlich fetten Topf ein. Alle redeten gleichzeitig und boten ihm Drinks aus ihren Flaschen an. Er hatte den Hut nach hinten geschoben und grinste breit, sagte aber nicht viel und sah unglaublich zufrieden aus.

»Zum Teufel, auf mich macht der keinen sonderlich furchterregenden Eindruck«, meinte Judson. So war Judson, ständig redete er schneller, als er dachte.

»Ach ja?«, fragte der alte Rebell und sah Jud an, als sei er weich in der Birne. »Da hast du wahrscheinlich recht. Er hat ja nur mehr Blaubäuche umgelegt, als du Haare am Sack hast, Scheiße noch mal! Was hast du denn schon geleistet, du harter Bursche?« Damit ging er weiter an der überfüllten Theke entlang, als könne er uns nicht riechen. Judson schaute ihm eine Weile nach und fragte sich, ob er das persönlich nehmen sollte, dann sagte er nur: »Der alte Knabe sollte besser aufpassen, was da an ihm nagt, sonst nagt es ihm noch mehr ab als nur den verfluchten Arm.«

Ich hatte nicht vor, Sheriff Cookie zu sagen, wer Hardin wirklich war. Das Gesetz muss sich um seine eigenen Angelegenheiten kümmern, und ich mich um meine. Meine Ma hat keine Spitzel großgezogen.

Sheriff Cookie schloss ihn bei uns ein und meinte zu Shithead, er solle uns das Abendessen bringen. Dann verschwand er mit den beiden Gesetzeshütern aus Longview zum Essen. Bevor Shithead uns noch unseren Fraß holen ging, gab ihm Hardin eine Goldmünze, damit er eine Flasche und etwas Tabak für alle in der Zelle brachte.

Also hocken wir da, John Wesley Hardin und ich, und starren uns in dieser kalten Eisenzelle an. Er mustert mich genau, und ich komme mir schon vor, als könne er meine Gedanken lesen wie ein paar große Buchstaben an einer Scheunenwand. »Du glaubst, du kennst mich?«, fragt er. Nein, meine ich, überhaupt nicht. »Glaubst du, ich bin dieser Garlits?«, setzt er nach. »Nein, ich schätze, du bist Josephson, wie du gesagt hast.« Er lächelt und klopft mir auf die Schulter. Dann schaut er mich wieder genau an, wirft einen Blick zu Judson hinüber und meint: »Verdammt, Junge, ihr beiden seht aus, als ob ihr in einen Kampf mit Äxten geraten wärt, und alle hatten Äxte, nur ihr nicht.«

In dem Augenblick dreht sich Lowell auf der Matratze um, und Hardin fixiert ihn wie ein Habicht ein Kaninchen. »Sieh da«, sagt er leise, »wenn das kein Revolver ist, den Sie da unter der Jacke haben, Mister, will ich ein dreibeiniger Esel sein.«

Und verdammt noch mal, Lowell hatte tatsächlich eine geladene .44er, sechs Schuss, in dem Gürtel unter seiner Lederjacke stecken. Sheriff Cookie hatte nicht daran gedacht zu fragen, ob er eine Waffe dabeihatte – er war ja schließlich gar kein richtiger Gefangener und die Zelle war leer, als Cookie ihn reinließ.

In weniger als einer Minute hatte Hardin schon einen Plan. Wenn Shithead uns das Essen brachte, würde sich Hardin mit der Waffe auf ihn stürzen und ihm befehlen, aufzuschließen. Wir würden ihn fesseln und knebeln, einschließen und verduften, bevor Sheriff Cookie und die anderen zurück waren. Das ließ er uns ganz schnell und kühl wissen, als sei das eine Angelegenheit, mit der ein Mann jeden Tag zu tun hat.

»He, Mann«, sagte Lowell erschrocken. »Ich will damit nichts zu tun haben. Zum Teufel, ich bin hierher *geflohen*, um von meiner mondsüchtigen Frau wegzukommen.«

Hardin sah ihn an, als sei er der Mondsüchtige. Dann schaute er mich an: »Und was ist mit dir, Junge?«

Ich konnte nur auf Judson zeigen und sagen, dass ich meinen Bruder nicht zurücklassen könne.

»Na, zum Teufel«, meinte Hardin, »dann trag ihn.«

Bei ihm sah das alles so einfach aus. Und das war genau der Augenblick, als ich erkannte, wie sehr diese Sorte Männer sich von allen anderen auf der Welt unterscheidet.

»Und was ist, wenn Shithead die Zelle nicht aufschließt?«, frage ich.

»Das wird er schon, wenn er nicht abgeknallt werden will.«

»Vielleicht ist er zu dumm, um zu wissen, was gut für ihn ist«, sage ich. »Was, wenn er trotzdem nicht aufmacht?«

»Na, dann wird er sich erschießen lassen müssen, und dann sehen wir weiter.«

Ich wusste, er meinte es ernst, also musste ich ihm die Wahrheit sagen. »Hör mal«, sagte ich, »Judson und ich sind wegen einer Schlägerei im Saloon hier drin, mehr nicht. Deswegen werde ich doch nicht einen Gesetzeshüter umnieten, um zu fliehen. Außerdem sind da draußen noch zwei Sheriffs, zwei Deputys und eine Truppe der State Police sind auf dem Weg. Ich weiß, *du* gehst das Risiko ein, aber da mach ich nicht mit, das geht einfach nicht.«

Hardin wurde deswegen nicht sauer, wie ich vermutet hätte. Er schaute mich nur traurig an. Ich kann es ihm nicht verdenken. Als ich Judson später davon erzählte, schimpfte er mich ordentlich aus und meinte, er hätte mitgezogen und mich am Kragen mitgeschleift, wenn ich ohnmächtig gewesen wäre. Das stimmte, und deshalb kam ich mir auch so mies vor. Bis dahin hatte ich immer gedacht, ich hätte ganz schön Mumm.

Shithead kam mit unserem Essen zurück und brachte den Tabak und den Whiskey mit, für den Hardin ihm Geld gegeben hatte. Hardin fragte nach dem Wechselgeld, doch Shithead meinte, es gebe keins. »Das Wechselgeld ist meine Bezahlung fürs Bringen«, sagte er. Es waren über fünfzehn Dollar. Deshalb nannten ihn ja alle Arschloch.

Beim Essen kamen Hardin und Lowell leise ins Geschäft. Lowell überließ ihm die Waffe für zwanzig Dollar in Silber und Hardins langen Mantel, den Hardin eh nicht brauchte, weil er eine

Wolfsfellweste und ein Sakko trug – außerdem hatte er noch einen schweren Bärenfellmantel dabei, den er zusammengerollt mit einer Schnur über die Schulter gehängt mitgebracht hatte. Den Mantel hatte er ein paar Tage zuvor beim Kartenspielen in Tyler gewonnen, sagte er.

Lowell ließ Hardin schwören, dass er die Waffe nicht dazu verwenden würde, um aus dem Gefängnis in Marshall auszubrechen, jedenfalls nicht, solange noch einer von uns dreien hier drin war. Hardin willigte ein. Er meinte, er habe sich eh schon einen anderen Plan zurechtgelegt. Er öffnete Sakko und Weste, hob das Hemd hoch und benutzte die Schnur vom Bärenfellmantel, um sich die Pistole hoch unter den Arm zu binden. Er ging dabei langsam und umsichtig zu Werk, um nicht Shitheads Argwohn zu wecken. Aber um den Mistkerl musste er sich eh keine Sorgen machen, der war an nichts anderem interessiert, als sich am Ofen seinen fetten Hintern zu wärmen. Hardin band sich die Waffe so unter den Arm, dass der Lauf nach unten und der Knauf nach vorn zeigte, dann zog er das Hemd wieder herunter, schnürte die Weste und knöpfte das Sakko zu. Als er noch den Bärenfellmantel darüberzog, hätte man nie vermuten können, dass eine so große Waffe darunter war. Dann reichten wir die Whiskeyflasche herum und wärmten uns damit.

Kurz vor Sonnenaufgang tauchte die State Police auf. Sie waren zu dritt und hatten einen Haftbefehl für Harold Garlits bei sich, der gesucht wurde, weil er in Waco einen Barbier namens Huffman ermordet haben soll. Der Anführer war der Älteste der drei, ein Lieutenant namens Stokes, etwa fünfzig. Er schickte Shithead, um den Sheriff von zu Hause zu holen. Hardin erklärte ihm, dass sie den Falschen hätten, sein Name sei Josephson und so weiter, doch Stokes meinte nur, das solle er sich für den Richter aufheben.

Sheriff Cookie kam herein und war nicht erfreut, weil er so früh geweckt worden war. Er besah sich kurz den Haftbefehl des Lieutenants und ließ dann Hardin aus der Zelle. Der größte der drei Polizisten, ein Niggermischling mit einer üblen weißen Narbe über einem Auge, legte ihm Handschellen an.

»He, Mann, nicht so fest!«, sagte Hardin zu ihm.

Der Mischling verpasste ihm einen Schlag auf den Mund, der ihn gegen das Zellengitter warf und ihn fast von den Füßen holte. Sheriff Cookie sah wütend aus, hielt aber den Mund. Wie die meisten Sheriffs, wenn sie es mit der State Police zu tun hatten.

»Hey, Junge«, meinte der Lieutenant zu Hardin. »Sergeant Smolley hier hat es nicht so mit Widerworten. Ich auch nicht. Also nichts mehr davon.« Er sagte es so, als würde er sagen, hoffentlich regnet es nicht.

Hardin leckte sich das Blut von den aufgeplatzten Lippen und sagte: »In Ordnung, Sir.« Dann warf er dem Mischling einen furchtsamen Blick zu. Zum Teufel, ich kann es ihm nicht verdenken. Das war ein wirklich Furcht einflößender Scheißkerl.

Der Lieutenant meinte zum dritten Mann, er solle den Gefangenen durchsuchen. Es handelte sich um einen jungen Typen, der keinen sonderlich glücklichen Eindruck machte, hier zu sein.

»Das ist nicht nötig«, sagte Sheriff Cookie. »Glauben Sie vielleicht, ich hätte ihn nicht durchsucht, bevor ich ihn einloche? Seine Waffen liegen hier.« Er ging zum Schreibtisch und holte sie. Der Lieutenant meinte zu dem Jungspund, er solle Hardin trotzdem filzen.

Als der Junge seine Hände unter Hardins Bärenmantel schob, rechnete ich sicher damit, dass er die Waffe findet. Vielleicht war er nicht so gut beim Absuchen, vielleicht gab es auch einen anderen Grund, keine Ahnung. Ich weiß nur, dass er Hardin vom Hals bis zu den Stiefelschäften abklopfte und dann dem Lieutenant meldete: »Er ist nicht bewaffnet.« Sheriff Cookie übergab Hardins Waffen. Dann zog der Mischling Hardin nach draußen. Das war das Letzte, was ich von ihm gesehen habe.

Owen Prentice

Als wir nach Marshall ritten, um einen Gefangenen abzuholen, wussten wir noch nicht, dass es sich um Wes Hardin handelte. Der Haftbefehl lautete auf einen Mann namens Garlits, gesucht wegen der Ermordung eines Mannes in einem Barbiersalon in Waco, und wir hatten Befehl, ihn zum Prozess nach Waco zu bringen. Es war früh am Morgen, als wir in Marshall eintrafen – und so verflucht kalt, dass ich schon dachte, mir zerspringen die Zähne. Eiszapfen hingen an den Dächern, und unsere Pferde traten vorsichtig über die Eisflächen auf der Straße. Bei diesem Wetter waren Smolley und Stokes noch schlechter gelaunt als sonst. Als Hardin sich beklagte, seine Handschellen seien zu eng, verpasste ihm Smolley eins aufs Maul wegen seiner Widerworte. Stokes befahl mir, Hardin abzusuchen, nur um den Sheriff zu ärgern und ihm zu zeigen, dass er ihm nicht zutraute, seine Arbeit richtig gemacht zu haben, also tat ich nur so, als würde ich ihn abtasten. Die Geschichte wäre ganz anders verlaufen, wenn ich richtig gesucht hätte.

Wir führten Hardin hinaus und banden ihm die Füße unter seinem Reittier zusammen – ein störrisches altes, schwarzes Maultier, das Stokes nach irgendeinem Geschäft mit dem Sheriff aus Longview eingehandelt hatte. Das Maultier hatte keinen Sattel, also musste Hardin auf einer Decke reiten wie ein Indianer. Der Sheriff aus Longview sah zu, und Hardin meinte zu ihm, er wolle sein eigenes Pferd. »Ich bin auf einem guten Fuchshengst hergekommen«, sagte er. »Mein Sattel ist aus mexikanischem Leder. Ich habe Waren in den Satteltaschen, darunter eine Weste, die mir meine Schwester genäht hat und die mir viel wert ist.« Der Sheriff aus Longview meinte zu Hardin, er solle sich keine Sorgen machen, er würde gut auf seine Sachen aufpassen. »Kommen Sie einfach bei mir wegen Ihrem Pferd und Ihren Sachen vorbei, falls

 Sie nicht gehängt werden oder wenn Sie in dreißig Jahren aus dem Knast kommen.« Darüber konnten Stokes und Smolley herzlich lachen. In jenen Tagen trugen viele Gauner Polizeimarken. Hardin wollte sich deswegen streiten, doch Stokes sagte ihm, er solle besser daran denken, was er ihm über Widerworte gesagt hatte, also hielt Hardin den Mund.

Als wir uns auf den Weg machten, erklärte Stokes Hardin, wenn er versuchen würde zu fliehen, würden wir ihn derart mit Blei vollpumpen, dass wir zu dritt sein müssten, um seinen Kadaver wieder aufs Maultier zu hieven. Stokes nickte zu Smolley hinüber und fügte hinzu: »Der Mischling häutet dich aus reinem Vergnügen bei lebendigem Leibe, wenn ich ihm auch nur das kleinste Zeichen gebe.«

Das war die Wahrheit. Smolley war der mieseste Kerl, der mir in dem schlimmen Haufen an Schlägern und Diebsgesindel begegnet ist, den man bei der State Police findet. Ein Großteil davon waren richtig gemeine Nigger. Hätte nie gedacht, dass ich jemals einen Nigger mit einer Marke sehen werde, aber so war es. Wie schnell ändern sich die Zeiten. All die Kerle bei der Truppe waren harte Burschen, versteht sich, und – keine Frage – manche von ihnen waren selbst vor dem Gesetz auf der Flucht. Aber die meisten waren so wie ich – ehemalige Soldaten, die das Glück verlassen hatte und die sich der Truppe angeschlossen hatten, weil das klüger war, als ein Dieb zu werden. Es schien weiser zu sein, sich zu den Hundesöhnen zu gesellen, die Leute ins Gefängnis steckten, als zu denen zu gehören, die eingebuchtet wurden. Dennoch kann ich mich an kein einziges Mal erinnern, wo ich die vollen sechzig Dollar ausgezahlt bekommen habe, die mir im Monat zustanden. Andauernd zogen sie einem wegen dieser oder jener verdammten Kleinigkeit was ab, es war also kein Wunder, dass viele bei der Truppe sich gern mithilfe ihrer Marke bereicherten. Es wurde viel »konfisziert« bei den Männern, die wir verhafteten – Geld, Pferde, Waffen, was immer man persönlich brauchen oder schnell verhökern konnte. Ich habe so etwas nie gemacht. Ich hätte Räuber sein können, aber ich war niemals ein Schlägertyp oder Dieb.

Jim Smolley war der Schlimmste bei beidem. Man erzählte

sich, dass er bei Shermans Marsch durch Georgia dabei gewesen war und davor mit einer Bande Comancheros geritten war. Er war ein Teil weiß, ein Teil Mex und ein Großteil Nigger, und das sah man auch. Stokes war ein Grobian wie Smolley und ein noch viel größerer Dieb, und meistens nahm er mich mit, wenn die beiden zusammenarbeiteten – ich schätze, er dachte, ich sei so jung und neu bei der Truppe, dass ich ihm bei seinem Treiben keinen Ärger machen würde. Ich gebe es nur ungern zu, aber er hatte recht. Ich konnte mich nicht dazu überwinden, die beiden zu verpfeifen, obwohl ich mehr als nur ein Mal mitbekommen habe, dass sie einen Gefangenen nur wegen Widerworten oder Flucherei erschossen hatten. In ihrem Bericht stand dann freilich, der Gefangene habe versucht zu fliehen. Wie gesagt, bei der State Police waren viele solche Typen. Aber ich möchte hiermit kundtun, dass nicht alle von uns die Marke als Erlaubnis zum Stehlen oder für Grausamkeiten ansahen. Manche von uns waren bei der Truppe, weil es steten Lohn für legale Arbeit gab, und das in Zeiten, in denen man so was nur selten fand. Aus keinem anderen Grund.

Jedenfalls, als Stokes meinte, er würde ihn erschießen, falls er weglaufen wolle, antwortete Hardin nur: Ja, Sir, Ja, Sir, er habe verstanden, und wir bräuchten uns keine Sorgen machen, dass er so dumm sei und versuchen würde zu fliehen. Er sei völlig unschuldig und warte nur auf die Gelegenheit, das vor Gericht zu beweisen. »Ich mache mir keine Sorgen«, sagte er, »denn ich vertraue auf Gott und die Gerechtigkeit unserer Gerichte. Sobald Sie mich vor einen Richter bringen, werde ich wieder ein freier Mann sein, oder mein Name ist nicht Frank Josephson.«

Der Sabine River war mächtig angeschwollen und floss unter einem Dunstschleier schnell dahin. Die Überquerung war schwierig. Stokes warf eine Lassoschlinge über Hardins Maultier und band das Ende ein paarmal um seinen Sattelknauf; dann lenkte er sein Pferd in den Fluss und führte Hardin hinüber. Smolley und ich folgten ihnen – Smolley hatte seine Waffe in der Hand, um Hardin abzuknallen, falls der sich losmachte und davonschwimmen wollte. Wir schafften es, doch nass bis auf die Haut, wie wir waren, erwischte uns der schneidend kalte Wind voll. Kaum hatten wir höheres Gelände erreicht, schlugen wir unser Camp auf und machten ein großes Feuer, um uns die Kälte aus den Knochen zu nehmen und unsere Sachen und Stiefel zu trocknen. Wir wechselten uns dabei ab, Hardin in der Nacht zu bewachen. Bei meiner Schicht schlief er wie ein Baby.

Als wir zum Trinity River kamen, war er weit über die Ufer getreten und noch reißender als der Sabine. Wir ritten einige Meilen nach Süden, wo es eine Fähre gab. Der Fährmann meinte, es sei zu stürmisch zur Überfahrt, doch Stokes überzeugte ihn davon, dass es für ihn noch viel stürmischer werden würde, wenn er uns nicht übersetzte. Die Überfahrt war wild, wir drückten uns an die Reling, und beinahe wäre Stokes' Pferd in den Fluss gefallen. Smolley hielt die ganze Zeit über seine Waffe auf Hardin gerichtet. Ich weiß nicht, ob Hardin mehr Angst davor hatte, in den Fluss zu fallen und zu ertrinken, oder von Smolley bei dem Geschaukel aus Versehen erschossen zu werden.

Eine Weile war der Weg sehr feucht, und es blieb eiskalt. Der Boden stand einen Fuß unter Wasser, und die Senken waren nichts als überfrorener Matsch. Hardin bat immer wieder darum, vom Maultier gebunden zu werden. Er fürchtete zu ertrinken, wenn das Tier seinen Halt verlor und ins Wasser stürzte. Stokes sagte ihm, er solle die Schnauze halten, sonst würde Smolley ihn persönlich vom Maultier zerren und ersäufen.

Bei Einbruch der Nacht hatten wir höheres Terrain erreicht und kampierten. Stokes war stinkig. Er versetzte Hardin einen Hieb, weil der sich nicht schnell genug rührte, als er ihm befahl, Brennholz zu sammeln. Ein paar Meilen entfernt lag die Ortschaft Fairfield, und Stokes meinte, er werde dort Futter für die Tiere besorgen. Ich wusste zufällig, dass es dort einen Saloon und ein paar Nutten gab, also ahnte ich schon, was er in Wirklichkeit vorhatte.

Nachdem Stokes verschwunden war, folgte Smolley Hardin, der mit gefesselten Händen weiter nach Brennholz suchte. Smolley zückte andauernd die Waffe, spannte und richtete sie auf Hardin. Immer wieder betonte er, was für ein Vergnügen es wäre, ihm das Hirn rauszupusten. Er muss die Waffe wohl ein Dutzend Mal gezückt und das gesagt haben. Mir gefiel das nicht, aber ich wusste es besser, als mich in Smolleys Späßchen einzumischen, also beschäftigte ich mich damit, auf einer Decke meine eigene Waffe zu putzen.

Hardin war kurz vor den Tränen, so sehr ängstigte ihn das. Er sagte: »Bitte passen Sie mit der Waffe auf, Sergeant. Ich bin kein böser Mensch, Sir, glauben Sie mir, ich will nur vor Gericht und das beweisen.« Smolley löste den Hahn und ließ die Waffe ein paarmal kreisen, dann spannte er sie wieder, zielte, machte: »Peng!« – und lachte darüber, wie Hardin zusammenzuckte.

Während Hardin aus Steinen einen Windschutz für das Feuer baute und das Holz aufschichtete, warf er andauernd ängstliche Blicke über die Schulter zu Smolley. Er hielt ein Streichholz an die Späne und kniete sich mit dem Rücken zu uns hin, um das Feuer vor dem Wind zu schützen. Plötzlich fing er laut an zu schluchzen und wiegte sich in seinem großen Mantel vor und zurück. Smolley lachte laut und wollte zu ihm hinüber – wahrscheinlich, um ihm einen ordentlichen Tritt zu verpassen. »Was ist los, Mann?«, fragte er. »Soll ich deine Mama holen?«

Hardin wirbelte kniend herum, hielt eine große Pistole in den Händen und schoss Smolley ins Gesicht. Smolley stolperte rückwärts, seine Beine gaben nach, und er fiel auf den Hintern. Dann saß er da und ließ die Arme an den Seiten baumeln. Er hatte ein Loch unter dem linken Auge und wirkte mächtig überrascht. Hardin eilte zu ihm und nahm ihm die Waffe ab.

Ich rührte mich nicht, sondern hockte nur mit meiner zerlegten Pistole vor mir da und spürte, wie mir die Eingeweide weich wurden, als Hardin auf mich zielte und spannte.

»Hände an den Kopf, Junge!« Ich gehorchte schnell.

Smolley beobachtete ihn mit offenem Mund, als suche er nach Worten. Hardin grinste zu ihm herab und hielt ihm die Pistole ins Gesicht. »Jetzt schlag mich, Nigger«, sagte er und schoss ihm ins Auge.

Er kramte Smolley den Schlüssel aus der Tasche, schloss die Handschellen auf, kam dann zu mir herüber, legte sie mir an und befahl mir, die Hände wieder an den Kopf zu legen. Die Einzelteile meiner Waffe beförderte er mit einem Fußtritt ins Gebüsch und ging dann Smolleys Satteltaschen durch – er suchte wohl nach seinen eigenen Waffen – und fluchte, als er sie nicht fand.

 Stokes hatte sie mitgenommen. Während er Smolleys Pferd sattelte, hockte ich mit den gefesselten Händen am Kopf da und sagte kein Wort. Ich rechnete jeden Augenblick damit, dass er mir eine Kugel verpasste.

Als Hardin aufsaß und losreiten wollte, führte er das schnaubende Pony in engen, tänzelnden Kreisen um mich herum. »Hör zu«, sagte er. »Ich bin John Wesley Hardin, und welchen Grund du auch hast, dass du bei der State Police bist, es ist kein guter.« Ich dachte, jetzt ist es sicher aus mit mir – doch dann sagte er: »Ich stehe in deiner Schuld, weil du meine Waffe nicht verraten hast, und warum du das auch immer getan hast – *das* war ein verdammt *guter* Grund. Aber du bist State Police, und ich habe dich nicht erschossen, also sind wir quitt.« Er warf mir den Schlüssel zu und meinte, ich solle die Handschellen abnehmen und sie weit ins Gebüsch werfen. Dann fügte er hinzu: »Wenn ich dich noch mal sehe und du trägst noch immer diese Marke, dann erledige ich dich wie den Nigger da, hast du gehört?« Dann gab er seinem Pferd die Sporen und verschwand in der Dunkelheit.

Ich kapierte sofort, warum ich die Handschellen wegwerfen sollte. Ohne sie hatte ich kaum eine Chance, dass Stokes mir die Geschichte abnahm, wie Hardin fliehen konnte und Smolley erschoss, mich aber nicht. Er würde die Schuld, seinen Gefangenen verloren zu haben, sicher mir geben – vielleicht sogar behaupten, ich hätte ihm geholfen. Das war der Augenblick, wo meine Karriere bei der State Police ihr Ende fand. Im nächsten Moment hatte ich aufgesattelt und ritt mit aller Kraft in Richtung Louisiana.

Komisch, nicht? Wes Hardin, verdammt! Er hat geglaubt, ich hätte ihm die Pistole mit Absicht gelassen!

Howard Pearsall

Auf die Männer stießen mein jüngster Sohn Robert, der in jenem Winter vierzehn war, und ich in den Wäldern zehn Meilen nördlich von Belton. Alle drei trugen Polizeimarken. State Police. Zwei von ihnen waren so tot wie der Weißwedelhirschbock, den wir an einer Stange auf den Schultern trugen. Einem fehlte der halbe Kopf, und ich wusste, das konnte nur eine Schrotflinte gewesen sein. Der andere Tote hatte Einschusslöcher an der Brust und im Schritt. Es war mächtig kalt, und das Blut war blaurot gefroren. Der Dritte lebte noch, hatte aber eine böse Unterleibswunde, und ich wusste, er würde es nicht schaffen. Ich schickte Robert zum Sheriff nach Belton und wartete mit dem Sterbenden. Es war nur noch eine Totenwache.

Er sagte, sein Name sei Ben Parkerson; er brauchte drei schwere Stunden zum Sterben. Er bettelte derart um Wasser, dass ich meine Wasserflasche unter dem Mantel hervorholte und ihn ein wenig trinken ließ. Ich wollte ihm nur was Gutes tun, aber ich hätte es besser wissen müssen. Kaum erreichte das Wasser sein Gedärm, schrie er wie ein Baby, das sich verbrannt hatte. Wenn er nicht vor Schmerzen jammerte, redete er ununterbrochen, so wie das manche tun, die schwer verletzt sind und ihr Leben aushauchen. Erst war es nur ein wildes Durcheinander, doch dann schien er seine Schmerzen besser in den Griff zu bekommen, und er erzählte mir, was passiert war.

Sie hatten mitbekommen, dass sich Wes Hardin im Bell County aufhielt, und hatten ihn zwei Tage lang gejagt. Letzte Nacht dann war Parkerson von einem Schuss aufgeschreckt. Er sah Davis, der Wache hatte schieben sollen, mit halb zerfetztem Kopf am Boden liegen. Dann hörte er zwei Pistolenschüsse und spürte ein Feuer in seinem Bauch. Als Nächstes sah er Hardin, der im Schein des Campfeuers stand und seine Pistolen auf Lankford richtete.

Lankford reckte die Hände in die Höhe und flehte Hardin an, ihn nicht umzubringen. »Herrgott!«, sagte Hardin. »Sieh dich nur an, du Jammerlappen von einem Hurensohn. Du suchst in den letzten Winkeln der Hölle nach mir, und jetzt, wo du mich gefunden hast, scheißt du dir in die Hosen. Schämst du dich nicht?«

»Er hat ihn niedergeschossen wie einen räudigen Hund«, sagte Parkerson. »Immer und immer wieder. Bei jedem Schuss flammten die Sträucher auf. Er hat gefeuert und gefeuert, bis die Hähne leer klickten.« Wieder fing er an zu weinen, und schon bald warf er sich hin und her, verdrehte vor Schmerzen die Augen und betete laut zum Herrn Jesus. Das meiste, was er dann noch sagte, ergab nicht viel Sinn, nur zum Ende hin, als er sich wieder etwas beruhigte. Da weinte er ganz leise und sprach zu jemandem namens Lucy, als er starb. Das war im Januar des Jahres 1871.

DRITTER TEIL

LEGENDEN AUS ABILENE

Aus dem *El Paso Daily Herald* vom 20. August 1895

Mr. E.L. Shackleford sagte wie folgt aus:

»Mein Name ist E.L. Shackleford; ich vermittle Geschäfte. Als ich heute Abend die Straße entlangging, hatte ich von verschiedener Seite gehört, dass Mr. Hardin einige Drohungen gegen Mr. Selman ausgesprochen hatte, ein ehemaliger Angestellter und Freund von mir. Ich kam zum Acme Saloon, wo ich Mr. Selman traf. Als ich Mr. Selman traf, war er mit einigen anderen im Saloon und trank mit ihnen. Ich berichtete ihm, dass es Anlass gebe, aus dem Ärger für ihn entstehen konnte, und da ich von dem Charakter des Mannes gehört hatte, mit dem er Ärger haben sollte, riet ich ihm als Freund, nicht unter Alkoholeinfluss zu geraten. Wir gingen hinaus auf den Gehweg und kamen zurück in den Saloon, und da ich Selman einige Schritte voraus war, ging ich bereits zum hinteren Ende des Saloons voran. Da hörte ich Schüsse. Ich kann nicht sagen, wer sie abgefeuert hat, da ich es nicht gesehen habe. Ich drehte mich nicht um, sondern ging umgehend. Der Raum war voller Pulverdampf, und ich hätte sowieso nichts erkennen können.

(gez.) E.L. Shackleford

Auszug aus *Das Leben John Wesley Hardins, von ihm selbst niedergeschrieben*

»In jenen Tagen war mein Leben fortwährend bedroht durch heimliche oder angeheuerte Attentäter, und ich war immer auf der Hut.«

»Als Nächstes hielten wir in Newton und nahmen diese Stadt im besten Stile ein. Die Polizisten versuchten uns ruhig zu halten, aber sie quittierten alle den Dienst – nehme ich an. Jedenfalls haben wir den Laden dichtgemacht.«

»Ich habe viele schnelle Städte gesehen, aber ich finde, Abilene schlug sie alle.«

»Wild Bill war ein mutiger, gut aussehender Kerl, wenn auch ein wenig überheblich. Er hatte ein feines Gespür und war ein ausgezeichneter Menschenkenner.«

Jessica Clements Brown

Wir sind durch und durch Clements-Frauen, meine Schwestern Mary Ann, Minerva und ich, als Clements geboren und aufgewachsen. Und wir werden als Clements sterben, ganz egal, ob sich unsere Nachnamen bei einer Heirat geändert haben, zwei von uns in die Familie Brown, eine in die Familie Denson. Wir stammen aus einer stolzen Familie. Keiner von uns, Mann oder Frau, ist jemals auch nur einen Schritt vor einem anderen zurückgewichen – Huck eingeschlossen, unser adoptierter kleiner Bruder. Wir nannten ihn Maverick, weil er eines Tages, er war noch nicht mal acht, auf die Ranch gestromert kam. Die Cholera hatte ihn zum Waisenkind gemacht, und er war monatelang allein umhergewandert. Daddy war so beeindruckt von seinem Mumm, dass er ihn aufnahm und wie einen von uns aufzog. All unsere Brüder – Manning, Jim, Joe, Gipson und Huck – hatten eine harte Schale, wie man es von Männern sagt, die ihren Standpunkt vertreten und sich um die Ihren und sich selbst kümmern konnten. So hatte Daddy sie erzogen. Es gab in den Sandies – so hieß die Gegend rings um Gonzales County – keinen einzigen Jungen, der meinen Schwestern oder mir gegenüber jemals vulgär oder frech geworden wäre, nicht bei solchen Brüdern, die die Familienehre verteidigten. Das erzähle ich Ihnen, damit Sie einschätzen können, welche Bewunderung wir für Cousin Wesley hegten. Wir Clements waren es eher gewohnt, bewundert zu werden, als andere zu bewundern, aber wir hatten schon so viel über Wesley gehört, bevor wir jemals seine Bekanntschaft machten, und wir alle waren immer nur stolz darauf, mit ihm verwandt zu sein.

Sie können sich vorstellen, wie erfreut wir alle waren, als er eines späten Wintermorgens auf der Familienranch am Elm Creek auftauchte und sich bei Daddy und Momma vorstellte. Die Jungs waren alle draußen im Rindercamp südlich von Smiley, um alles für einen Treck vorzubereiten, also ritt Daddy mit Wesley dorthin, um sie miteinander bekannt zu machen. Er schickte Huck los, um meinem Gatten Barton Brown und mir Bescheid zu geben. Sobald ich davon hörte, fuhr ich mit der offenen Kutsche los, um meinen Schwestern und ihren Männern die Nachricht zu bringen, dann fuhren Mary Ann, Minerva und ich sofort zur Familienranch, um Momma bei den Vorbereitungen zu einem großen Willkommensessen zu helfen.

Als sie am Abend aus dem Camp heimkehrten, hätte man glauben können, dass sie sich schon ihr ganzes Leben lang kannten, so ungezwungen und übermütig scherzten sie mit Wesley und er mit ihnen. Sie kamen ins Haus gepoltert, lachten, verpassten sich Pferdeküsse an den Armen, boxten mit offenen Händen, krachten gegen die Möbel und veranstalteten einen derartigen Lärm, dass Momma sie anbrüllen musste, damit aufzuhören, weil sie sonst allen mit der Hickorygerte den Hintern versohlen würde, ganz egal, wie groß sie seien. Jim und Joe standen stramm, salutierten und sagten: »Yes Sir, Miss General, Sir!« Momma versuchte, sie böse anzustarren, hatte aber größte Mühe, ein ernstes Gesicht zu bewahren. »John Wesley«, sagte sie, »ich weiß, deine Momma hat ihre Jungs nicht dazu erzogen, frech zu sein und sie zu verspotten wie diese despektierlichen Nichtsnutze hier.«

Als Daddy Wesley meinen Schwestern und mir vorstellte, sagte er, es sei ihm eine Ehre – und gab jeder von uns einen Handkuss. Sie hätten die Jungs dabei johlen hören sollen, aber Wesley schien sich keinen Deut um ihre Hänselei zu scheren. Also, *mein* Herz flatterte jedenfalls wie ein Vogel an einer Schnur! Mary Ann wurde rot wie ein Radieschen, und Minerva wusste gar nicht, wo sie hinschauen sollte, so verwirrt war sie. Aber die beiden waren davon so geschmeichelt wie ich, das konnte man sehen. Hören Sie, wenn ich nicht schon verheiratet gewesen wäre, hätte ich selbst ein Auge auf ihn geworfen, Cousin hin oder her. Er sah so gut aus! Er hatte ein gutes, kräftiges Gesicht und das süßeste Lächeln. Doch am besten waren seine Augen. Sie waren warm und graublau und sahen einen richtig an. Die meisten Männer sind entweder zu schüchtern oder zu ängstlich, einer hübschen Frau länger als eine Sekunde in die Augen zu schauen, ohne nervös zu werden, aber Wesley nicht. Er blickte einem Mädchen so leicht in die Augen, wie er ihm seinen Arm anbot.

Zu seinen Ehren gab es an diesem Abend ein wirklich feines Abendessen. Barton, Fred und Jim – unsere Ehemänner – waren natürlich auch dabei, sie hatten die Kinder mitgebracht, und das Haus war gesteckt voll mit Lachen und lautem Reden, guten Gerüchen, schreienden Babys und klapperndem Geschirr. Ich fürchtete schon, der Tisch könnte unter dem Gewicht all der Speisen zusammenbrechen. Es gab Schweinebraten, Opossumeintopf und Zuckermais, Yams und Brechbohnen, Steckrübenmus, rote Soße, Maisbrot und Melasse – einfach alles.

Sein Daddy, der Reverend, hatte ihm eine Menge über uns Clements erzählt, und nun wollte er hören, welche Clements geheiratet hatten, welche Kinder zur Welt gekommen waren und wer verstorben und beerdigt worden war. Er war direkt nach einem Besuch bei seiner Familie in Mount Calm hergekommen und berichtete, dass alle Hardins bei guter Gesundheit und frohen Mutes waren. Sein Daddy war wie immer sehr mit seinen guten Taten beschäftigt, lehrte und predigte in Hill und Limestone County. Seiner Momma, Schwester Elizabeth und dem kleinen Jefferson Davis ging es prächtig, und sein großer Bruder Joseph hatte ein Mädchen aus Mount Calm geheiratet und war gerade dabei, nach Comanche umzuziehen und seine eigene Anwaltskanzlei zu eröffnen.

Erst als wir die Kinder in einem anderen Teil des Hauses untergebracht, den Tisch abgeräumt hatten und ihn den Männern überließen, sprach Wesley von seinen Schwierigkeiten mit dem Gesetz. Daddy holte einen Krug und ließ ihn herumgehen, damit sich jeder seinen Becher füllen konnte. Streichhölzer flammten auf, Pfeifen und Zigarren wurden angezündet, und der Raum war bald neblig von gut riechendem Qualm. Momma und Minerva kümmerten sich um die Kinder, Mary und ich wuschen die Töpfe und Teller im offenen Durchgang ab und versuchten dabei so wenig Lärm wie möglich zu machen, um die Männer belauschen zu können.

Wesley berichtete, dass er ein paar Wochen zuvor in Bell County drei Männer der State Police aus reiner Notwehr erschossen hatte – und davor einen Kopfgeldjäger, der versucht hatte, ihn vor einem Saloon in Fairfield von hinten zu erschießen. »Den Kopfgeldjäger habe ich nicht erschossen«, sagte er, »habe ihn nur dort getroffen, wo sein Vergnügen baumelt.« Das gab großes Gelächter am Tisch. »Na, wenigstens wird der keine weiteren Mistkerle mehr in die Welt setzen«, meinte Daddy. Mary Ann und ich wendeten uns von den Männern ab und grinsten uns an.

Dann fragte Barton ihn geradeheraus, ob es stimmte, dass er in Hillsboro einen Nigger vom Zaun geschossen hätte, nur weil der böse geguckt hatte, als Wesley vorbeiritt. Das habe er in der Zeitung gelesen, sagte Barton. Kein Clements wäre jemals so vorlaut, Cousin Wesley das zu fragen, aber alle Browns waren in dieser Hinsicht taktlos und wussten es nicht besser. Minerva und ich spürten, dass wir Momma enttäuscht hatten, weil wir in diese Familie eingeheiratet hatten, auch wenn sie es nie sagte. Manchmal muss man im Leben schwere Entscheidungen treffen. Mary Ann hatte es besser gemacht und den einzigen Denson geheiratet, den es gab.

Wesley schien die Frage allerdings nicht zu stören, und er sagte, was wir Clements sowieso schon wussten – er habe immer nur aus reiner Notwehr getötet. Und was nicht alles für Geschichten über ihn verbreitet würden. Er habe sich angeschlichen und einem Spieler in Towash von hinten in den Kopf geschossen, um sein Geld zurückzukriegen, das er an ihn verloren hatte. Er erschieße nahezu jeden Nigger, ob bewaffnet oder nicht, der ihn auch nur falsch anschaute. Er habe in einem Hotel einen Mann erschossen, weil er zu laut geschnarcht habe, Herrgott noch mal! Ich hatte Barton immer im Verdacht, er würde diese furchtbaren Lügen über Wesley glauben – auch wenn er nicht so dumm war und das mir oder den Meinen gegenüber äußerte –, deshalb war es gut, dass ihm Wesley selbst die Wahrheit sagte. »Es ist nie klug, einem Fremden oder der Zeitung zu glauben«, sagte er. Ich nickte zu Mary Ann und hoffte, dass Barton es gesehen hatte.

Wesley meinte, es seien so viele Gesetzeshüter und Kopfgeldjäger hinter ihm her, dass er sich schon vorkomme wie eine Ente auf einem Jagdteich. »Schätze, am besten verschwinde ich mal für eine Weile«, sagte er, »bevor mir noch jemand mitten in der

 Nacht die Federn wegschießt.« Er hatte das mit seinem Daddy durchgesprochen, und sie waren beide der Meinung, dass er am besten eine Weile in Mexiko stillhalten sollte, bis die Demokraten endlich die Kontrolle über den Staat hatten und Texas von der State Police befreiten.

Dann begannen alle großspurig über Mexiko zu reden. Jim Densons Daddy war einer der Texaner gewesen, die unter Zack Taylor im Mexikanischen Krieg gekämpft hatten, und hatte Jim ein hübsches Bild von dem Land gezeichnet. »Daddy meint, das Wetter ist schön und das Essen richtig gut, und …« Er schaute in unsere Richtung und senkte die Stimme, doch die Art, wie sie dann alle lachten, verriet uns, dass er etwas über mexikanische Frauen gesagt hatte. Mary Ann kniff die Lippen zusammen und schüttelte die Faust, aber so, dass Jim es nicht sehen konnte.

»So hat das mein Daddy jedenfalls gesehen«, meinte Jim. »Er meinte, das sei ein schöner Flecken, wenn es da unten nicht so verflucht viele Mexikaner gäbe.«

Aber Daddy und die Jungs hatten kein gutes Wort für Mexiko übrig, auch wenn noch keiner von ihnen je dort gewesen war. Alles, was für sie zählte, war das, was die Mexikaner vor etwa fünfunddreißig Jahren in Alamo getan hatten. »Nach Mexiko zu gehen und dort zu leben ist so, als würde man mit irgendeinem Hundesohn leben, der deine ganze Sippschaft umgebracht hat«, meinte Daddy.

Manning sagte zu Wesley, er solle Mexiko vergessen und sich meinen anderen Brüdern und ihm beim Viehtreck anschließen, den sie gerade in Richtung Kansas zusammenstellten. Columbus Carol brachte gerade zweitausend Stück Vieh von San Antonio herauf und wollte, dass meine Brüder eine weitere Herde von vielleicht tausend Stück in den Sandies zusammentrieben, um dann beide Herden zum Eisenbahnanschluss nach Abilene zu treiben. »Wir wären stolz, dich dabeizuhaben«, sagte Manning zu Wesley. Alle hielten das für eine gute Idee und sagten das auch. Manning meinte, was das Gesetz anginge, brauche sich Wesley unterwegs keine Sorgen zu machen. Columbus Carol hatte erklärt, dass es eine Art Übereinkunft zwischen den großen texanischen Viehtreibern und dem Gouverneur gäbe. »Columbus würde das niemals offen aussprechen«, sagte Manning, »aber es herrscht der allgemeine Verdacht, dass Ed Davis einen Teil der Einnahmen des Trecks im Tausch dafür bekommt, die Polizei von den Leuten auf dem Treck fernzuhalten.«

Gelegentlich würde im Camp ein Marshal auftauchen, sagte Manning, doch meistens waren sie klug genug, um sich schon von Weitem anzukündigen, sodass allen Cowboys, die sich vor dem Gesetz drückten, genug Zeit blieb, sich rar zu machen. »Dann geben wir dem Marshal einen Teller Bohnen und eine Tasse Kaffee, wie allen anderen auch«, sagte Manning, »und er geht wieder seiner Wege. Er kann sagen, er hat seinen Job gemacht, und alle sind zufrieden.«

Wesley meinte, er würde es sich überlegen, und in der Zwischenzeit würde es ihn freuen, wenn er beim Zusammentreiben helfen könne. Das passte allen ganz prima, und Daddy ließ noch einmal den Krug kreisen. Schon bald sangen alle *Sweet Betsy from Pike* und fügten eigene Strophen an, bei denen Mary Ann und ich rot wurden und hinter vorgehaltener Hand lachen mussten.

Momma kam aus dem anderen Zimmer und sagte ihnen, sie sollten gefälligst diesen lauten Unfug einstellen, sonst würde sie jeden Einzelnen von ihnen am Kragen zum Bach zerren und hineinwerfen. Also zogen die Männer in die Scheune um, wo sie bis kurz vor Mitternacht blieben, weil dann Daddy die Krüge ausgingen, schätze ich. Ich wette, da gab es nicht einen, der nicht am nächsten Tag einen Brummschädel hatte.

Meine Schwestern und ich verloren keine Zeit, um für den darauffolgenden Samstagabend einen Scheunentanz auf die Beine zu stellen, damit Cousin Wesley unsere Nachbarn kennenlernen konnte. Natürlich wollten wir vor allem, dass er die unverheirateten Frauen seines Alters aus der Gegend kennenlernte. Wir hatten herausgefunden, dass nirgends ein Liebchen auf ihn wartete, und wir fanden, dass dieser traurige Zustand dringend geändert werden musste. Da meine Schwestern und ich den Scheunentanz organisierten, könnte man wohl sagen, wir waren dafür verantwortlich, dass Wesley Jane kennengelernt hat.

Jeder wird Ihnen erzählen, dass Jane Bowen einfach ganz liebreizend war. Und das stimmte auch. Sie war auch hübsch, das lässt sich nicht leugnen, und kaum fing sie etwa mit zwölf Jahren an aufzublühen, zog das die Burschen an. Alle Mädchen beneideten sie um ihre Haarpracht – lang und weich und strahlend hellbraun. Und wenn sie damit ein wenig eitel war, wie manche fanden, nun, das konnte man ihr nicht verdenken.

Jane war ein stilles Mädchen, aber nicht unbedingt schüchtern – nicht, wenn es darum ging, offen zu sagen, was sie dachte, wenn jemand sie danach fragte. Was sie sagte, hatte meist Hand und Fuß, und sie kam schnell auf den Punkt. Diese Art von Direktheit verschreckt manche Leute, da die meisten gern um den heißen Brei herumreden, bevor sie zum Punkt kommen – wenn es denn überhaupt einen gibt. Jane war einfach nicht für Geplauder gemacht, was manche für den Grund hielten, dass sie noch allein war. Ich sage nicht, dass ich auch dieser Meinung war, nur, dass manche das so gesehen haben.

Ich neigte durchaus dazu, jenen recht zu geben, die meinten, Jane würde mehr lesen, als gut für sie war. Sie las mehr Bücher als jeder andere Mensch, den ich kannte. Damals waren Bücher in den Sandies nur schwer zu bekommen, aber ihr Daddy, der sie gern verwöhnte, brachte ihr jedes Mal, wenn er von seinen Geschäften in San Antonio zurückkehrte, ein oder zwei Bücher mit. In der Schule hörte ich einmal, wie ein Junge sie fragte, worum es in dem Buch ginge, das sie da in der Hand hielt, und sie antwortete, um Poesie, und der Bursche sah sich mit neunmalklugem Grinsen zu uns um und fragte: »Meinst du so was wie ›Rosen sind rot, Veilchen sind blau‹?« Jane nickte und lächelte sanft, dann wandte sie sich ab und sagte – gerade laut genug, dass ein paar von uns es hören konnten –: »Bist nicht mal wie ein Esel so schlau«, als würde sie gerade das Gedicht für ihn beenden.

Kein Wunder also, dass viele Burschen bei Jane vorsichtig waren. Sie ließen sich von ihrer Schönheit verführen – bei Tanzgesellschaften mangelte es ihr nie an Partnern –, doch dann schüchterten ihre Bildung und ihre direkte Art sie so ein, dass sie kaum noch den Mund aufbekamen aus Angst, sie könnte sie für Dummköpfe halten, und sie hielten sich zurück. Bis sie Cousin Wesley kennenlernte.

Wesley mochte ja vielleicht ein paar unbesonnene Dinge im Leben getan haben, das will ich gar nicht abstreiten, aber einen Dummkopf hatte ihn noch niemand genannt, es sei denn, er war selbst einer. Tatsache ist, dass Wesley ein gebildeter Mann war, wie wir schnell herausfanden – viel klüger als die meisten Menschen, die man so kennenlernt. Er hatte mehr als nur ein paar Bücher gelesen, und wenn er wollte, konnte er reden wie sein Daddy, der Reverend. Ich schätze, als Jane und er sich beim Scheunentanz kennenlernten, müssen sie sich wie zwei Menschen aus einem fremden kleinen Land vorgekommen sein, die sich an einem Ort begegnen, wo niemand sonst ihre Muttersprache spricht.

Ich war dabei, als Gipson die beiden miteinander bekannt machte. Sie hätten mal sehen sollen, wie sie sich in den ersten zwei Minuten angeschaut haben. Nie habe ich an Liebe auf den ersten Blick geglaubt – bis zu diesem Augenblick. Er gab ihr einen Handkuss, so wie er es bei uns getan hatte, doch obwohl ihre Wangen rosig wurden, blieb sie vollkommen kühl, als bekäme sie jeden Tag einen Handkuss. Mary Ann sah mich an und rollte mit den Augen. Sie wollte genau wie Minerva und ich, dass Wesley ein nettes Mädchen kennenlernte, aber Jane Bowens Art konnte sie noch nie so leicht hinnehmen wie wir.

»Erweisen Sie mir die Ehre dieses Tanzes, Miss Jane?«, fragte Wesley, und sie antwortete: »Es wäre mir ein Vergnügen, Mr. Hardin.«

Und schon waren sie auf der Tanzfläche – und setzten sich nicht wieder oder trennten sich auch den restlichen Abend über nie länger als eine Minute. Sie tanzten Squaredance, Two Step und Reel – jeden Tanz, den Fiddler Thomason ansagte. Beim Texas Waltz wirkten die beiden am schönsten zusammen, wie sie da zu der Musik der Fiedeln, Elmer Quayles Fünfsaitiger und Toby Franks Maultrommel wirbelten und wirbelten. Die Scheune war voll und warm vom Tanzschweiß all der Leute, aber Jane und er bewegten sich so leicht wie ein Vogelpärchen, seine offene Jacke flog, und der Saum ihres Kleids bauschte sich weit und keck auf, wie sie so über den Tanzboden wirbelten. Ich glaube nicht, dass ich jemals gleichzeitig so neidisch und so glücklich für jemanden gewesen bin.

Ich kam zufällig vorbei, als die beiden bei einer kurzen Pause, in der sich die Musiker die Kehlen anfeuchteten, zusammensaßen und Punsch tranken. Er sprach innig auf sie ein, und sie strahlte ihn an, als sei er das Größte auf Erden. Ich hörte, wie er sagte, sie habe Augen »wie die schönsten Sterne an Gottes weitem Himmel«.

Das werde ich nie vergessen. »Die schönsten Sterne an Gottes weitem Himmel!« Also wirklich, wenn jemals ein Mann so etwas zu mir gesagt hätte … ach, tut nichts zur Sache.

Am folgenden Morgen teilte Wesley Manning mit, er habe es sich überlegt und entschieden, nicht nach Mexiko zu gehen, sondern sich dem Treck nach Kansas anzuschließen. Niemand war auch nur im Geringsten über diese Entscheidung erstaunt – niemand, der gesehen hatte, wie Jane und er den ganzen Abend lang die Blicke nicht mehr voneinander lösen konnten. In den folgenden Wochen gab es jeden Samstagabend einen Scheunentanz, bis die Herden zum Treck bereit waren, und Wesley und Jane tanzten die ganze Nacht, als wären sie in einer Welt für sich, sie drehten und drehten sich zur Musik und ließen sich in den Armen des anderen treiben.

Huck Clements

Als Manning Columbus Carol sagte, dass Wes sich dem Treck nach Kansas anschließen wollte, war der so außer sich vor Freude, dass ihm bald fast die Hemdknöpfe platzten. Er verlor keine Zeit, Wes einzustellen, machte ihn sogar zum Vorarbeiter einer der beiden Herden – der kleineren mit zwölfhundert Tieren. Mein Bruder Jim und ich gehörten zu seiner Crew. Manning trieb die größere Herde mit etwa zweieinhalbtausend Tieren, und Gip und Joe arbeiteten mit ihm.

Nur ein Helfer namens Billy Roy Dixon und ich waren jünger als Wes, der noch lange keine achtzehn war. Man könnte meinen, dass es unter den älteren Helfern böses Blut gegeben hätte, einem so jungen Vorarbeiter unterstellt zu sein, der keine Erfahrungen mit dem Treck hatte – und der hundertfünfzig Dollar im Monat verdiente, während die normalen Helfer wie wir gerade mal dreißig Dollar plus Verpflegung bekamen. Aber weit gefehlt. Tatsache ist, sie waren verdammt stolz, einen Mann mit Wes' Ruf als Vorarbeiter zu haben, ganz egal wie jung. »Wes Hardin, bei Gott!«, sagte Big Ben Kelly, als er die Neuigkeit erfuhr. »Möchte mal sehen, wer sich da traut, uns Ärger zu machen.« Das fand Columbus Carol auch. »Der Ruf dieses Burschen«, sagte er zu Manning, »rettet mir genügend Kühe, um seinen Lohn zwanzig Mal zu decken.«

Manning meinte, wenn der Ruf das nicht erledigte, dann würde Wes das selbst übernehmen. Am Tag zuvor hatten Wes und er ein Wettschießen hinter Daddys Haus abgehalten, und Wes hatte ihn in jeder Hinsicht übertrumpft. Das will was heißen, denn Manning war einer der besten Schützen, die ich je kennengelernt habe, und ich rede von einer Zeit, als es in diesem Teil von Texas mehr Pistoleros gab als Flöhe auf einem Köter. In den Sandies wimmelte es nur so vor Taylors und Suttons, und jeder konnte mit einer Waffe umgehen. Doch so gut Manning auch war, für Wes war er kein Gegner. Die ganze Familie schaute zu, auch Jane Bowen. Sie brach sich fast die Finger beim Klatschen, immer wenn Wes mit einem besonders schweren Schuss protzte. Dann zwinkerte er ihr zu, und sie lächelte und wurde rot, schön wie ein Sonnenaufgang.

Bei den anderen Trecks sprach es sich schnell herum, dass Wes bei uns angeheuert hatte, und die Vorarbeiter und Cowboys aus den anderen Camps ringsum tauchten bei uns auf, um seine Bekanntschaft zu machen. Ein paar von ihnen, wie Fred Duderstadt, wurden Freunde fürs Leben. Sie hofften natürlich alle darauf, dass er Viehdiebe und Indianer auch von ihren Tieren fernhalten würde, so wie bei uns. Wes selbst war damit beschäftigt, so viele Freunde zu finden wie möglich. Zwar hatten Columbus und Manning gesagt, dass er sich wegen der State Police keine Sorgen machen müsse, solange er auf Treck sei, doch er war der Meinung, es könne nicht schaden, auf dem Weg nach Kansas jede Menge Freunde vor und hinter sich zu haben.

Dabei hatte er bestimmt auch Abilene im Sinn. Der neue Marshal dort war kein anderer als James Butler Hickok – Wild Bill persönlich –, und dem lag der Haftbefehl für Wes sicherlich ebenfalls vor. Columbus hatte ihm gesagt, er solle sich deswegen keine Sorgen machen. Er sagte, er würde Bill gut kennen und die Angelegenheit mit Wes in Ordnung bringen, sobald wir nach Abilene kamen.

»Bill ist ein feiner Kerl«, erklärte Columbus. »Er wird schon dafür sorgen, dass wir Dampf ablassen können, kannst drauf wetten. Zum Teufel, er ist doch selbst ein Schlitzohr und sorgt für seinen Spaß. Mag Whiskey, Karten und Pferdchen genau wie wir. Um Hickok mach dir mal keine Sorgen.«

Wes grinste und meinte, das mache er auch nicht. »Tatsache ist«, meinte er, »ich würde mir mal gern den Colt Navy mit den Perlmuttgriffen anschauen, von denen ich schon so viel gehört habe.«

Am Nachmittag vor unserem Aufbruch nach Kansas waren wir alle zum Essen auf der Ranch und verabschiedeten uns von

Daddy und Momma. Annie Tenelle, Gips Verlobte, war da, und Jane natürlich auch.

Nach einem guten Schweinebraten mit Yamswurzeln führte ich meine Hunde an den Bach, damit sie herumplanschen konnten und um zu sehen, was sie aus dem Schilf aufscheuchten. Kaum waren wir da, stöberten sie ein Kaninchen auf, setzten ihm ins Gestrüpp nach, und schon waren sie verschwunden. Ich warf eine Weile Steinchen in den Bach und machte mich dann auf den Weg zum Haus zurück. Unterwegs sah ich Wes und Jane, die mir Händchen haltend entgegenkamen. Sie hatten mich nicht bemerkt, und ich wollte mich nicht in ihre Angelegenheiten mischen, also verschwand ich in den dichten Büschen und blieb ganz still, um sie vorbeiziehen zu lassen. Als sie vorbeischlenderten, hörte ich, wie er leise mit ihr sprach, verstand aber kein Wort. Sie hätten ihr Gesicht sehen sollen. Wenn man in Augen Verliebtheit ablesen kann, dann in diesem Moment bei Jane Bowen. Sie blieben etwa zehn Fuß hinter mir auf dem Weg stehen, und Wes zog sie sanft in seine Arme und küsste sie. Ich erinnere mich immer noch daran, wie ihr Haar in der späten Abendsonne schimmerte, die durch die Bäume fiel. So standen sie eine Zeit lang, und ich rührte keinen Muskel. Sie flüsterte etwas, Wes kicherte leise, umfasste sie fester, und sie küssten sich wieder. Ich glaube nicht, dass ich noch mehr darüber sagen sollte. Außer dass sie wirklich hübsches Haar hatte.

Wir zogen Anfang März mit unseren beiden Herden los. Neben Jim und mir waren die Cowboys in Wes' Mannschaft Alabama Bill Potter, Ollie Franks, Billy Roy Dunn und Big Ben Kelly. Nameless Smith war unser Koch und Jeff Longtree der Pferdehirte. Abgesehen von Nameless waren wir ein junger, recht unerfahrener Haufen. Nur Nameless, Ollie und Big Ben hatten schon mal einen Treck mitgemacht, und sie machten sich einen Spaß daraus, uns von Cowboys zu erzählen, die der Blitz erschlagen hatte, die in reißenden Flüssen ertrunken waren oder bei einer Stampede zu Hackfleisch zertrampelt worden waren. Solche Geschichten sollten uns Angst machen, aber sie machten mich auch stolz, Cowboy zu sein, wenn Sie verstehen, was ich meine.

1871 war der Chisholm Trail ein langer, breiter Strom von Rindern, der stetig nach Norden floss. In jenem Jahr gab es so viele Trecks, die Vieh nach Kansas trieben, dass eine Herde auf die andere folgte, so weit das Auge reichte – in beide Richtungen und selbst von einer Anhöhe aus. Unsere kleine Herde von zwölfhundert Tieren zog sich von Leittier bis Nachzügler fast eine Meile hin. Mannings Herde, die vor uns lief, war von durchschnittlicher Größe und doppelt so lang. Zum Teufel, ich habe Herden gesehen, die Shanghai Pierce gehörten und sich über fünf Meilen hinzogen! Tausende und Tausende von Longhorns auf dem Treck. So etwas haben Sie noch nicht gesehen.

Und auch nicht gehört. Die ganzen Viecher brüllten und schlugen mit den Hörnern gegeneinander, und ihre Gelenke knackten laut wie Holz. Pferde schnaubten und prusteten. Cowboys riefen: »Ho cattle, ho, ho!«, fluchten und riefen sich gegenseitig etwas zu. Wagen ratterten und klapperten, Planen knatterten an den Stangen. Am lautesten aber war der Lärm der schreienden, muhenden Kühe, die den ganzen Tag die Erde unter uns zum Beben brachten. Sie wirbelten eine große fette, eine Meile breite Staubwolke auf, von einem Ende des Trails bis zum anderen. Selbst wenn man sich ein Tuch vor das Gesicht band – was man auf jeden Fall machen musste, wenn man sich nicht die Seele aus dem Leib husten wollte –, spuckte man am Abend immer noch wie wild und pulte sich den Dreck aus Nase und Ohren. Die ganze Welt roch nach Kuhscheiße.

Aber verdammt, die Nächte waren schön. Der Staub legte sich, die Sterne waren so viele und so hell und schienen so nah, dass man fürchtete, sich die Finger zu verbrennen, wenn man die Hand zu weit ausstreckte. Bei Nacht fühlte sich die Erde ganz komisch an, so ruhig war es. Die Kühe legten sich hin und ruhten aus, furzten laut und muhten traurig und leise. Man konnte die Feuer der anderen Trecks wie gefallene Sterne an den Nord- und Südenden der Welt flackern sehen. Man bekam nie genug Schlaf, man musste ja jede Nacht Wache stehen – aber zum Teufel, das machte nichts. Es war so friedlich und still auf Wache, dass man sich vorkam, als würde einem die ganze Welt gehören. Wenn man ein gutes Nachtpony hatte, übernahm das einen Großteil der

Arbeit, passte auf, ging an der Flanke der Herde entlang und scheuchte jedes ruhelose Tier zurück, das herumstreunen wollte. Man musste nichts tun, außer entspannt im Sattel zu sitzen, in die Sterne zu schauen und den Rindern leise was vorzusingen. Die Nachtwache auf der anderen Seite der Herde sang ihre eigenen Lieder und war wohl auch in ihrer eigenen Welt.

Bei nichts, was ich seither getan habe, war ich je wieder so frei und glücklich wie in diesen fünf, sechs Jahren, in denen ich Vieh trieb – und an den ersten Treck erinnere ich mich am besten, aber das ist ja normal, schätze ich, es war ja alles neu für mich. Ich sah zum ersten Mal Büffel und mehr Antilopen und Truthähne und alles, als ich je wieder zu Gesicht kriegen sollte. Wir verloren keinen Mann und kein Vieh bei den Flussüberquerungen, wir hatten nicht mal eine Stampede – all das kam bei den Trecks in den folgenden Jahren immer wieder mal vor. Aber der erste Treck war ohnehin aufregend genug, und der Hauptgrund dafür war Wes.

Einen Tag lang schlugen wir unser Lager vor Fort Worth auf. Fort Worth war schon immer die Art von Stadt gewesen, die einen Burschen dazu ermunterte, Spaß zu haben, und genau das hatten wir auch. Als wir am nächsten Tag weiterzogen, hatte Alabama Bill zwei blaue Augen, Ollie Franks eine tiefe Bisswunde am Arm, und Billy Roy fehlte ein Schneidezahn. Wir alle hatten ziemlich rote Augen, aber keiner war im Gefängnis gelandet, und wir hatten uns richtig ausgetobt.

Wir standen kurz vor dem Red River, als der schlimmste Hagel auf uns herabschlug, den ich je erlebt hatte. Manche Körner waren so groß wie Hühnereier und trafen uns so hart wie Steine. Weit und breit gab es keine Bäume zum Unterstellen, also mussten wir unsere zusammengelegten Decken nehmen, um unsere Köpfe zu schützen. Alle jaulten wie Hunde, wenn sie an Armen und Beinen getroffen wurden. Die Hagelkörner versetzten die Ersatzpferde in Angst und Schrecken, und die Tiere rannten wild durcheinander. Nach dem Hagel brauchten wir ein paar Stunden, um Jeff Longtree dabei zu helfen, sie wieder einzufangen. Ein Wunder, dass wir nur zwei von den Maultieren verloren. Ein noch größeres Wunder war, dass nur ein paar Dutzend Rinder von der Herde ausgebrochen waren und wir sie alle ohne große Mühe wieder zurücktreiben konnten. Wenn die ganze Herde losgestürmt wäre, hätten wir eine Woche lang in ganz Nordtexas nach ihnen suchen können. Die schlimmsten Verletzungen unter den Cowboys hatte Alabama Bill abbekommen, der sich einen Handknöchel gebrochen hatte, und Wes hatte einen Bluterguss am Wangenknochen, dick wie eine Walnuss. »Junge«, meinte Nameless Smith zu ihm, »man will in einem Hagelsturm nicht nach oben schauen.«

Ein Glück, dass wir den Red River rechtzeitig hinter uns brachten. Drei Tage später schwoll der Fluss derart an und wurde so reißend, dass die Rinder ihn nicht überqueren konnten. Sechzigtausend Tiere, sagt man, hätten sich auf der texanischen Seite angesammelt, bevor das Wasser so weit sank, dass sie wieder hindurchgetrieben werden konnten.

Nördlich des Red River lagen die Indian Nations, doch damals war das ein vollkommen anderes Land, glauben Sie mir – vor allem für einen jungen Burschen wie mich, der Texas noch nie verlassen hatte und Hunderte von haarsträubenden Geschichten über wilde Indianer gehört hatte. Ein Grund, warum die Viehtrecks in jenen Tagen so eng beieinanderblieben, denn so konnten wir uns gegenseitig helfen, falls es Ärger mit Indianern gab. Die einzigen Indianer, die die meisten von uns je gesehen hatten, waren Betrunkene, die in den Nebengassen der Ortschaften umfielen, und die waren kaum interessanter als ein räudiger Köter. Die Indianer in den Nations waren angeblich friedlich, doch alle wussten, dass es auch unter ihnen ein paar junge Burschen gab, die Ärger suchten. Es gab jede Menge Geschichten darüber, wie sie manchmal die ganze Herde aufstachelten, nur um ein paar Tiere zu stehlen. Manche Rothäute verlangten eine Steuer auf das Vieh, das durch ihr Land zog. Zehn Cents pro Kopf, manchmal zwanzig, je nach Stamm. Manche Bosse zahlten, andere nicht. Die, die nicht zahlten, überließen den Indianern dafür ein paar Tiere, nur um Ärger zu vermeiden.

Natürlich erzählten wir uns gegenseitig, wir hätten vor einem Federkopf nicht mehr Angst als vor Federvieh. Alle prahlten beim

Essen, was sie mit der verfluchten Rothaut anstellen würden, wenn sie ihr rotes Teufelsgesicht nur zeigen würde. Wes meinte, lieber würde er einen Teller Pferdeäpfel essen, als einem Indianer auch nur einen Penny Steuern zu zahlen oder ihm ein Tier zu überlassen. »Wenn die verfluchten Rothäute Kühe wollen, dann sollen sie losziehen und selbst welche einfangen«, sagte er. Ich hielt mit bei der Angeberei – aber in Wahrheit hatte ich fast ebensolche Angst, Indianern zu begegnen, wie ich fürchtete, ihnen nicht zu begegnen, wenn das einen Sinn ergibt.

Zwei Tage später fing Billy Roy, der seitlich neben der Herde ritt, an zu rufen und uns zu winken, als wir die Herde gerade für eine Essenspause anhielten. Er hatte ein wenig abseits vom Weg einen Grabhügel gefunden, der zwar nicht allzu frisch aussah, aber auch nicht besonders alt. Ein Holzkreuz aus Wagenbrettern steckte darin, und mit Bleistift hatte jemand darauf geschrieben: HIER RUHT BULLSHIT BOB – VON INDIANERN GEKILLT.

Also, da wurde das Gerede über die Indianer richtig hitzig. Das ganze Essen über drohten wir, große Töne spuckend, Rothäute umzubringen, und dass nur ein toter Indianer ein guter Indianer sei. »Zur Hölle, ich hoffe, die versuchen uns zu beklauen«, sagte Alabama Bill. »Ich schick den ganzen Haufen in die ewigen Jagdgründe, bevor sie noch ›How‹ sagen können.« Und Jim meinte noch: »Ich werd denen schon zeigen, was eine ordentliche Tracht Prügel ist.«

Beim Abendessen waren die Gespräche schon ein wenig ruhiger. Billy Roy fragte sich, ob Bullshit Bob wohl irgendwo Familie hatte, die vielleicht noch auf ihn wartete, ihn vermisste, ohne zu wissen, dass er niemals zurückkam. Die meisten Jungs saßen länger um das Feuer als sonst, starrten in die Flammen und sagten nicht viel. Ich glaube, ich war nicht der Einzige, der in der Nacht auf Wache nervös war und schlecht schlief.

Wo wir gerade von Nervosität reden: Eine andere Sache beim Treck werde ich nicht vergessen, und zwar die verfluchten Wölfe. Entlang des Chisholm Trail südlich des Red River hatten die Jäger sie nahezu ausgerottet. Ich kann mich nicht erinnern, auf dem Weg in Texas auch nur einen gesehen zu haben. Doch kaum waren wir in den Indian Nations, hörten wir ihr Gejaule ringsum.

 Man sah so gut wie nie einen, höchstens in weiter Entfernung, doch bei Nacht klang ihr Gejaule, als würde es aus den nahe gelegenen Schatten kommen. Das ging einem derart an die Nerven, dass man schon meinte, ihre gelben Augen zu sehen, die einen aus der Dunkelheit beobachteten. Das Gejaule störte die Rinder weniger als die Pferde, und Jeff Longtree hatte höllisch damit zu tun, die Ersatzpferde zusammenzuhalten. Die schlimmste Nacht war, als wir einen Ochsen zum Essen schlachteten. Normalerweise erlegten wir kein Rind auf dem Treck, weil das erheblich mehr war, als eine Mannschaft verputzen konnte, und der Rest nur vergammelte. Doch dieser eine Ochse war vom ersten Augenblick an, als wir die Sandies verließen, störrisch gewesen. Andauernd brach er aus und musste von den an den Flanken Reitenden wieder eingefangen werden. Außerdem war er übellaunig – er machte die Rinder um ihn herum scheu und versuchte, sie mit den Hörnern zu durchbohren. Irgendwann hatte Wes genug davon, und kaum hatten wir das Nachtcamp aufgeschlagen, erschoss er das Vieh und ließ es von Nameless zerlegen. Wir schlangen das Fleisch nur so in uns hinein, zum Teufel mit dem Rest. Aber Allmächtiger, Sie hätten die Wölfe hören sollen! Sie rochen das Blut in der Luft und erhoben ein Jaulen, dass einem die Haare zu Berge standen. Die ganze lange Nacht über hörte sich das unter dem Mond wie eine riesige Irrenanstalt an. So etwas möchte ich nie wieder hören, und wenn ich hundert Jahre alt werde.

Der erste Indianer kreuzte in der Nähe des South Canadian River unseren Weg. Zumindest den von Wes. Während wir die Herde für die Nacht vorbereiteten, ritt er zu einer Anhöhe, um zu sehen, was er für Nameless' Suppentopf schießen konnte. Ein paar Minuten später hörten wir seinen Revolver krachen, und mein Bruder Jim meinte: »Hört sich an, als ob es heute Frischfleisch gibt.« Keine zwei Minuten später hörten wir einen zweiten Schuss, und ich sagte: »Hört sich an, als gäb's reichlich!«

Da kommt Wes in vollem Galopp über die Anhöhe geritten. Er hält einen großen Truthahn in der einen und seinen Colt in der anderen Hand und brüllt: »Ich hab einen! Ich hab einen!«

»Ich hab einen Indianer erwischt!«, brüllt er, als er neben uns

zum Stehen kommt und Alabama Bill den Truthahn zuwirft, der
beim Fangen fast vom Pferd fällt. Wes ist außer Atem und ganz aufgeregt. »Der Mistkerl hat versucht, mich mit 'nem Pfeil aus dem Hinterhalt zu treffen, aber ich war zu schnell für ihn, und nun ist er toter als der Vogel da. Kommt mit, schaut ihn euch an!« Er befiehlt Alabama Bill, er solle Nameless und Jeff Longtree sagen, dass sie ihre Gewehre holen und ein scharfes Auge auf die Herde haben sollen, und schon galoppieren wir anderen hinter ihm her, um den Indianer zu begaffen.

Ich weiß nicht genau, was ich erwartet habe. Dass er ein angemaltes Gesicht hat, nehme ich an, mit spitzen Zähnen vielleicht, und Federn im Haar und alles. Sie wissen schon – Furcht einflößend. Doch er war eine bittere Enttäuschung. Er lag neben einem Busch und hatte ein Loch im Kopf; Fliegen tummelten sich in seinem offenen Mund und Ameisen krabbelten ihm schon über die Augen. Er hatte kein bisschen Farbe an sich, keine Feder auf dem Kopf. Er war nicht größer als ich und sah deutlich magerer aus, als habe er schon eine ganze Weile nicht vernünftig gegessen. Wes stieg ab und drehte den Indianer mit dem Fuß. Im Hinterkopf hatte er ein Loch, das groß genug für ein Eichhörnchen war – und die Fliegen schwärmten über der zähen roten Masse auf dem Boden, wo sein Kopf gelegen hatte.

Wes sagte, er habe den Indianer erst gesehen, als er den Truthahn erschossen hatte und abgestiegen war, um ihn zu holen. Dann hatte er gespürt, dass ihn jemand beobachtete. Er zog die Waffe, wirbelte herum und entdeckte den Indianer, der im Gebüsch kauerte. »Er spannte gerade seinen Bogen«, sagte Wes. »Wenn ich nicht schnell gewesen wäre, würde ich jetzt dort liegen, mit Federn aus dem einen Ohr und einer Pfeilspitze aus dem anderen.«

Billy Roy wollte sich einen Pfeil als Andenken mitnehmen, doch Wes meinte, das bringe Unglück. Er sagte, wir sollten uns lieber beeilen und die Leiche vergraben. Ben entgegnete, er wisse nicht, warum weiße Männer sich die Mühe machen sollten, eine heidnische Rothaut zu verscharren. Weil die anderen Indianer, so meinte Wes, wenn sie den hier mit einer Kugel im Gehirnkasten finden, vielleicht wütend genug sind, um eine Stampede anzuzetteln. »Außerdem«, fügte mein Bruder Jim an – und ich bemerkte, dass er dabei Wes zuzwinkerte –, »schleichen sich dann vielleicht ein paar nachts ins Camp, um sich aus Rache ein, zwei Skalps zu holen.« Bei dem Gedanken, im Schlaf skalpiert zu werden, wurde Ben wachsbleich und stritt nicht weiter, als Wes ihn zum Wagen zurückschickte, um Spaten und Axt zu holen. Dann gruben Billy Roy und ich ein gutes tiefes Grab; die Fliegen umschwirrten uns unablässig, und Wes und die anderen hielten Ausschau nach weiteren Indianern. Ich war ganz froh, dass es zu dunkel war, um noch gut sehen zu können, als wir mit dem Loch fertig waren und ihn hineinrollten. Aber ich werde nie das Gefühl vergessen, als ich den ersten Spaten Erde auf ihn warf.

Vielleicht konnten wir die Tat vor den Indianern verbergen, wer weiß, aber auf dem Trail blieb das ganz gewiss kein Geheimnis. Den ganzen folgenden Tag über machte die Neuigkeit die Runde von einer Truppe zur nächsten, und jede Menge Neugierige kamen vorbei und gratulierten. Einer war Red Larson, Rammbock, also Vorreiter, direkt hinter uns bei der Herde von Peas Butler. Seit Beginn des Trecks hatten sich Red und Wes gut angefreundet.

»Ich hab gehört, wegen dir gibt es einen weiteren guten Indianer auf der Welt«, sagte Red grinsend. Sie unterhielten sich eine Weile bei einem Kaffee, dann erzählte er Wes, dass er Probleme mit der Herde hinter sich habe, ein großer mexikanischer Trupp, der ziemlich drängelte. Red hatte eh schon nicht genug Hände und bei der Überquerung des Red River ein paar Stiere eingebüßt. Wenn er sich in einen Streit mit den Mexikanern einließ und noch mehr Tiere verlor, hatte Mr. Butler vielleicht keine rechte Lust mehr, ihn wieder anzuheuern.

»Ich sag dir was«, meinte Wes, »wenn wir an den North Canadian River kommen, zieh ich meine Herde beiseite, und du übernimmst die Führung.« Genau das hatte sich Red erhofft, und als wir an den Fluss kamen, taten wir das auch. Aus irgendwelchen Gründen waren die Mexikaner hinter uns aber am Tag zuvor langsamer geworden und lagen weit zurück, mit denen hatten wir also keinen Ärger, jedenfalls nicht gleich.

Ärger hatten wir allerdings mit weiteren Indianern. Bei unserem Marsch durch die Nations kamen noch drei Mal Rothäute zu uns und wollten Steuern auf die Herde oder Fleisch. Bei den ersten beiden Malen sahen die Burschen sogar noch schlimmer aus als der, den Wes am South Canadian River umgelegt hatte. Knochige Gestalten wie geprügelte Hunde, die meisten von ihnen mit großen Wunden an Armen und Beinen; wir verscheuchten sie, indem wir in die Luft schossen oder mit unseren Pferden auf sie losritten, als meinten wir es ernst. Doch das dritte Mal war anders. Eines Morgens tauchte etwa ein Dutzend von ihnen auf, als wir uns der Grenze zu Kansas näherten, die meisten mit Pfeil und Bogen, ein paar mit Lanzen. Kein Einziger von ihnen war knochig. Ihr Anführer war ein großer Kerl mit einem weißen Streifen über der Nase und zwei Federn im Haar. Er saß aufrecht auf seinem Pferd und hatte ein Bowiemesser an der Hüfte baumeln, das groß genug war, um Schösslinge damit zu schneiden. Seine Augen waren wie Feuerlöcher.

Durch Handzeichen bedeutete er, dass er ein Rind aus der Herde treiben wollte, doch Wes ritt zu ihm und rief: »Zum Teufel, nein!« Einer der anderen Krieger drängte mit dem Pony in die Herde, und Wes zückte den Colt und sagte: »Schwing deinen roten Hintern aus meiner Herde, du ungläubiger Hundesohn« und winkte ihn mit der Waffe weg. Jetzt fing der Anführer an, recht schnell in seiner Indianersprache zu reden, und machte mit Handzeichen deutlich, dass er ein Tier haben oder die Gründe wissen wollte, warum nicht. Wes wedelte mit der Waffe wie mit einem Finger, als wollte er Nein sagen. »Zum Teufel, nein, hab ich gesagt!«

Dann steigt diese große Rothaut vom Pony, zückt sein Bowiemesser und geht zu einem fetten Ochsen. Wes steigt in seine Steigbügel und brüllt: »Bringst du das Rind um, bring ich dich um!« Die anderen Gottlosen palavern durcheinander und wedeln mit ihren Lanzen. Ich ziehe meinen Revolver und höre, wie die Jungs ringsherum ihre Gewehre und Revolver spannen.

Und verdammt will ich sein, aber dieser Indianer hält das Messer unter das Tier, grinst Wes an und stößt dem Vieh die Klinge ins Herz. Das Tier war noch nicht umgefallen, da knallt's und

 Wes' Kugel schießt dem Indianer durchs Auge und lässt sein Gehirn zum Hinterkopf hinausspritzen.

Der Schuss brachte die Rinder auf, unsere Pferde scheuten und zogen in alle möglichen Richtungen – eine lange Schrecksekunde wusste ich einfach, dass wir entweder von Indianern oder einer Stampede erledigt würden. Aber die Rinder brannten nicht durch, die anderen Rothäute glotzten nur mit großen Augen und redeten alle durcheinander. Schätze, von denen hatte keiner damit gerechnet, dass der Zweifedermann den Kopf weggepustet bekommt. Im nächsten Augenblick nahmen sie Reißaus. Erst als sie verschwunden waren, merkte ich, wie trocken mein Mund war und wie sehr mir das Herz pochte. So nah war ich einem Kampf mit den Indianern gekommen, und für mich war das nah genug.

Wes war allerdings noch immer stinksauer. Er stieg vom Pferd, zerrte den Indianer zu dem toten Ochsen, nahm ein Stück Lasso und band den Toten sitzend zwischen die Hörner. »Sollen die Rothäute ruhig sehen, was passiert, wenn sie versuchen, uns zu bestehlen«, sagte er.

Die Neuigkeit verbreitete sich entlang des Trails wie ein Steppenbrand. Cowboys von weit vor uns kamen den ganzen Weg zurückgeritten, um sich den toten Indianer anzuschauen. Natürlich sahen ihn auch alle, die uns nachfolgten. Selbst ein paar Mexikaner aus dem Treck hinter uns kamen in derselben Nacht angeritten. Sie trugen struppige Schnurrbärte und große Hüte, silberdurchsetzte lederne Überhosen und übel aussehende Sporen. Einer der Mexikaner war der Vorreiter und hatte die ganze Angelegenheit mit den Indianern gesehen. »Unser *jefe*, Hosea«, sagte er, »er denkt, du hättest Kopf abschneiden sollen. Schreckt die *indios* mehr, wenn du Kopf abschneidest.« Wes dankte ihm für den Rat, meinte aber, er würde es noch viel mehr schätzen, wenn sie unserer Herde mehr Platz ließen, als sie das bei Red Larson getan hätten. »Ah, der Mann mit roten Haaren«, meinte der Mex. Er zuckte mit den Schultern und grinste Wes breit an. »Sicher, ich sage ihm«, sagte er. »Hosea, er geht nicht gern zu langsam, weißt du. Aber ich sag ihm.«

Doch kaum waren wir in Kansas, rückten sie immer näher.

Wes sagte kein Wort, aber man konnte sehen, dass er stinksauer war. Eines Morgens waren uns die Mexicanos direkt auf den Fersen. Unsere Nachhut war plötzlich umringt von mexikanischen Rindern, und einige unserer Nachzügler verschwanden zwischen den mexikanischen Tieren. Wir mussten beide Herden anhalten, damit jeder seine Rinder aus dem Gewirr holen konnte.

Hosea, der mexikanische Boss, kam angeritten und sah aus, als hätte er gerade ein Pfund Chilischoten verschluckt. Er war groß für einen Mex, trug einen flachen Hut, und sein Schnurrbart reichte ihm bis zum Kinn. Er sprach nicht sonderlich gut Englisch, aber es war deutlich, dass er uns die ganze Schuld gab, weil wir so langsam waren. »Ich treibe meine Herde an, wie ich es für richtig halte«, entgegnete Wes. Die Chiliwampe quatschte ihn auf Mexikanisch voll, spuckte dann zwischen ihnen beiden auf den Boden und ritt zu seinem Trupp zurück. »Schmieriger Mistkerl«, meinte Wes. Man hätte fast meinen können, Rauch aus seinen Ohren aufsteigen zu sehen, so wütend war er.

Am nächsten Morgen tauchten Manning und Gip im Camp auf und klopften Wes wegen der großen Rothaut auf die Schultern. Dann erzählte Manning, ein Treiber namens Doc Burnett habe ihn gebeten, eine andere Herde fünfzehn Meilen zurück zu übernehmen. Der Vorreiter der Herde war in einen Kampf mit einem schlimmen Finger geraten, und die beiden hatten sich übel zugerichtet. Sah so aus, als würden beide überleben, aber sie lagen in den Wagen und mussten in Caldwell bleiben, um sich auszukurieren. In der Zwischenzeit brauchte Burnett einen neuen Boss für sein Team, jemanden, auf den er sich verlassen konnte und der genug Mumm hatte, die aufmüpfige Mannschaft zu führen. Er hatte Manning sechshundert Dollar geboten, wenn er die Herde bis Abilene brachte, und garantiert, dass er auch von Columbus seinen vollen Lohn kriegen würde. »Das ist zu gut, um es sausen zu lassen«, meinte Manning. Er wollte Gip mitnehmen, für den Fall, dass es mit den Cowboys noch mehr Ärger geben sollte. Als Wes ihm von seinen Problemen mit den Mexikanern berichtete, meinte Manning: »Gibst du einem Mex den kleinen Finger, bist du im nächsten Augenblick den ganzen Arm los. Gib dem Kerl gar nicht erst den Finger, und lass dir ja nichts von ihm einreden, wenn sich die Dinge zuspitzen.« Dann ritten Gip und er nach Süden davon.

Und gerade mal zwei Tage später spitzten sich die Dinge draußen auf der Newton Prairie tatsächlich zu. Alle auf dem Trail wussten, dass es zwischen Wes und dem mexikanischen Boss böses Blut gab, und man rechnete täglich mehr mit einem Kampf. Ich ritt an der Flanke, als ich plötzlich lautes Brüllen und Fluchen hörte, auf Englisch und Mexikanisch. Ich ließ mich zurückfallen, bis ich durch den Staub genug sehen konnte, um auszumachen, was da los war. Die führenden Mex-Viecher hatten wieder mal zu unseren Nachzüglern aufgeschlossen, und Alabama Bill und Big Ben Kelly stritten deswegen mit Hosea und einem anderen Mex.

Wes kam wild fluchend angaloppiert. »Ich hab dir gesagt, halte deine Rinder von meiner Herde fern, du bohnenfressender Mistkerl!« Er zog seinen Revolver – auf dem Trail hatte er nur einen dabei – und richtete ihn direkt auf Hoseas Kopf. Und dieser verfluchte Mexikaner war entweder der mutigste Mistkerl, den ich je gesehen habe, oder einfach nur verrückt, denn er griff nach seiner eigenen Waffe.

Manche, denen ich die Geschichte erzählt habe, glauben mir nicht, was dann geschah, und zum Teufel, ich kann es ihnen nicht verdenken. Ich habe es mit eigenen Augen gesehen und konnte es selbst nicht glauben. Wes drückte ab, doch es fiel kein Schuss. Später fanden wir heraus, dass zwischen dem Zylinder und dem Verschluss zu viel Spiel war. Doch der unglaubliche Teil kommt erst noch: Hoseas Waffe ging auch nicht los. Da sitzen beide auf ihren Pferden, keine zwei Fuß voneinander entfernt, halten sich gegenseitig ihre Revolver vors Gesicht, drücken immer und immer wieder ab, aber kein Schuss fällt. Wenn ich jemals etwas Unglaublicheres in meinem Leben gesehen habe, dann kann ich mich jedenfalls nicht daran erinnern.

Hosea stieß einen unterdrückten Schrei aus, warf mit der Waffe nach Wes' Kopf und verfehlte ihn – dann warf Wes seinen Revolver und traf Hosea am Arm –, und als Nächstes rollen sie ineinander verknäult auf dem Boden herum; die Mexikaner und wir bildeten auf unseren Pferden einen großen Kreis um sie und feuerten sie an. Und die ganze Zeit über zieht das mexikanische Vieh immer weiter und teilt sich um uns wie um eine Sandbank im Fluss.

Wes befreite sich aus Hoseas Umklammerung, stand auf und versuchte, gegen ihn zu boxen. Darin kannte er sich wirklich gut aus, hatte es uns auch im Camp schon gezeigt, wo er uns mit offenen Händen geschlagen hatte und einen nach dem anderen herumtorkeln ließ wie Besoffene, so schnell war er. Er traf Hosea auf die Nase, doch der Mexikaner wirkte eher verblüfft über das Herumgetanze, das Wes mit erhobenen Fäusten vor ihm aufführte. Wes sprang vor und traf erneut, und Hosea schrie auf und stürmte los. Wes versuchte, seitlich auszuweichen, doch auch der Mex war ziemlich schnell, packte ihn am Hemd, und schon verschwanden sie wieder in einem Knäuel.

Sie müssen wohl zehn Minuten lang gekämpft haben, ohne auch nur eine Sekunde nachzugeben. Ich habe schon Hundekämpfe gesehen, die längst nicht so wild waren. Sie schlugen, bissen, krallten sich ineinander, traten, stießen mit den Köpfen, fluchten und spuckten, versuchten einander in Stücke zu reißen. Schließlich keuchten die beiden wie Blasebälge und hatten Schwierigkeiten, auf die Füße zu kommen. Ihre Kleidung war zerrissen, die Gesichter geschwollen und voller Blut und Dreck. Eins von Wes' Augen sah aus wie ein violettes Ei mit einem roten Schlitz, er hatte schlimme Schrammen auf beiden Wangen, und seine Lippen waren aufgesprungen. Hoseas Augen waren fast zu, seine Nase dick wie eine Kartoffel, und ein halbes Ohr war abgerissen.

Ein paar Mex-Cowboys wollten Hosea aufs Pferd helfen, doch der schüttelte sie ab. Wes lehnte die Hilfe von Jim und Big Ben ab. Ein Wunder, dass die beiden allein auf ihre Pferde kamen, aber sie schafften es. Wes sah Hosea an und sagte: »Das ist … noch nicht vorbei«, mehr nicht, so schwer musste er keuchen. Hosea spuckte Blut nach ihm und erwiderte: »Bring dich um … Sohn … von Hurenmutter.«

Wes ritt zum Wagen zurück, und höchstwahrscheinlich tat Hosea das Gleiche – keine Frage, beide holten sich Waffen. Sie dürfen nicht vergessen, die beiden Herden waren noch unterwegs.

 Keiner hielt die Tiere in Reihe und sie wanderten seitlich ab, manche Viecher waren schon ganz allein abgezogen. Die Cowboys in beiden Truppen, die an den Flanken ritten, mussten zügig arbeiten, um die Streuner zurückzutreiben und die Herden wieder zu bündeln. Gleichzeitig wollten alle Reiter auf beiden Seiten wissen, was zwischen Wes und Hosea los war. Jim verbreitete, dass wir unsere Positionen bei der Herde halten und uns vom Kampf fernhalten sollten, außer der Rest der Mexikaner mischte sich ein. Er befahl mir, auf Position zu bleiben, um mich, soweit er konnte, aus der Schusslinie zu halten. Wes hängte sich sein Doppelholster um und lieh sich von Nameless einen Revolver als Ersatz für die kaputte Waffe, dann ritten Jim und er in vollem Galopp zurück zu den Mexikanern. Sie ritten an der Ostseite der Herde entlang, ich schlich mich an der Westflanke zurück. Ich wollte verdammt sein, mich da rauszuhalten.

Der Staub wirbelte mächtig auf, und ich hörte Schüsse, bevor ich sehen konnte, was los war. Dann entdeckte ich Wes, der direkt auf eine Gruppe von Mexikanern am Ende der Herde zuritt. Er hatte die Zügel zwischen den Zähnen, hielt in jeder Hand einen Revolver und sah aus wie das Jüngste Gericht zu Pferd. Hinter ihm lag schon ein Mexikaner auf dem Boden. Jim tauchte aus dem Staub auf und schloss sich ihm an. Die mexikanischen Pferde scheuten, und die Reiter mussten wild um sich schießen. Sie waren zu fünft. Wes und Jim kamen näher und eröffneten das Feuer. Ich zog meine Waffe, gab Who Me die Sporen und stieß einen Rebellenschrei aus, wie es mir Onkel Ike beigebracht hatte.

Revolverschüsse knatterten, und drei Mexikaner fielen vom Pferd, als Wes und Jim durch die Gruppe ritten wie zwei von Mosbys Rangers. Dann machten sie kehrt und ritten auf die beiden zu, die noch nicht aufgegeben hatten. Einer riss die Hände hoch, aber nicht schnell genug, um nicht vom Pferd geschossen zu werden. Der andere versuchte zu fliehen – und kam direkt auf mich zugeritten. Wir galoppierten schießend aufeinander zu und schrien wie die Teufel. Dann weiß ich nur, dass ich durch die Luft flog und mich überschlug – und dann gar nichts mehr, bis ich die Augen aufmachte, mich auf dem Rücken liegend wiederfand und zu meinem Bruder Jim aufschaute, der breit grinsend über mir kniete und mich nach gebrochenen Knochen absuchte. Allen erzählte er, meine ersten Worte seien gewesen: »Bin ich tot?« Ich kann mich daran nicht erinnern, ist aber jedes Mal für einen Lacher gut. Der Mex hatte mir das Pferd weggeschossen, das war passiert. »Wes hat das für dich ausgebügelt, Maverick«, sagte Jim. Er hatte mir das Pferd von dem Mexikaner eingefangen, einen feinen Hengst mit Blesse, den ich Pancho nannte und der sich als vollwertiger Ersatz für Who Me erwies.

Die Herden waren angehalten worden, und schnell schlossen sich uns Cowboys von anderen Teams vor und hinter uns an, die die Schießerei gehört hatten. Alle lachten und redeten ganz aufgeregt über den Kampf. Wes selbst grinste breit, zerschunden wie er war. Er hatte einen Schuss durch die Hutkrempe abbekommen und einen durch den Ärmel, aber keinen Kratzer. Er kam zu mir, schüttelte mir die Hand und sagte: »Ich steh in deiner Schuld, Huck, weil du mir zu Hilfe gekommen bist.« Jim sagte, ich sei ein wenig rot geworden, und das stimmt vielleicht auch, weil ich gar nichts getan hatte, außer mir den Gaul wegschießen zu lassen und mir fast den Rücken zu brechen. Aber zum Teufel, stolz war ich trotzdem.

Insgesamt gab es sechs tote Mexikaner, darunter Hosea, der als Erster gefallen war. Jim hatte zwei umgelegt, Wes die anderen vier. Die übrigen Mexicanos, darunter die beiden, die aufgetaucht waren, als Wes den Indianer getötet hatte, hatten sich rausgehalten. Zu Wes sagten sie, sie seien froh, dass die Streiterei ein Ende habe. Musste wohl auch stimmen, denn von da an hielten sie ihre Rinder weit genug von unseren entfernt.

Den Rest des Trecks über gab es keinen nennenswerten Ärger mehr. Wenn wir um die Lagerfeuer saßen und aßen, sprachen wir meistens – wenn wir nicht gerade wieder und wieder den Kampf mit den Mexikanern durchgingen – über den Spaß, den wir in Abilene haben würden. Für diejenigen unter uns, die Abilene noch nicht kannten, waren Nameless' und Big Bens Geschichten so aufregend, dass wir kaum still sitzen konnten. Und was sie über die Frauen erzählten! Je näher wir dem Ende des Trecks kamen, umso länger lag ich nachts wach; mich wühlten die Gedanken an die angemalten Kätzchen auf, wie manche sie nannten – schmutzige Tauben, gefallene Engel, sie hatten viele Namen. Ollie meinte, sie hätten eine Haut so weich und lecker wie warme Milch und bereiteten mir Freuden, die ich mir noch nicht mal vorstellen könnte. Big Ben sagte, sie tupften sich Rouge mit Kirschgeschmack auf die Brustwarzen und stäubten sich ihre Schlitze mit französischem Puder ein. Und in Abilene gebe es Hunderte solcher Frauen, Hunderte! Alles, was sie sagten, stellte sich als wahr heraus. Bevor ich das erste Mal nach Abilene kam, hatte ich noch nie eine erwachsene Frau vollkommen nackt gesehen, und mir all die nackte und willige weibliche Haut vorzustellen machte mich ganz besoffen. Das ist noch so etwas, das ich bei diesem ersten Treck nicht mehr vergessen werde – die Aufregung, als wir uns Abilene in seiner ganzen Verruchtheit näherten, die mit einem breiten roten Lächeln dort auf mich wartete. Der Einzige, der nicht danach gierte, in Abilene auf den Putz zu hauen, war mein Bruder Jim, der nur so schnell wie möglich zurück zu Annie Tenelle wollte. Wir Übrigen sprachen von nichts anderem als den tollen Zeiten, die vor uns lagen. Und über Wild Bill natürlich, der verdammt gut wusste, dass Wes Hardin unterwegs zu ihm war.

Tom Carson

Das Fahndungsplakat aus Texas hing schon wochenlang bei uns, bevor er hier auftauchte. Mit uns meine ich Bill Hickok, Tyler McBride, mich und Mike Williams, seine wichtigsten Deputys. Jeder Viehtrupp brachte noch mehr Geschichten über ihn mit als der vorige. So ging es das ganze Frühjahr über. Wir brauchten nicht nach ihm zu fragen, wir mussten nur zuhören. Wir hörten von dem Indianer und wussten alles von dem Kampf mit den Mexikanern in der Newton Prairie. Als man Bill mitteilte, Hardin hätte vier der sechs Mexikaner erledigt, die bei dem Kampf umgekommen waren, hob sich sein blonder Schnurrbart über dem Glas Whiskey zu einem Grinsen – er saß gerade auf seinem Lieblingsplatz im Alamo – und er sagte: »Vier, hm? Das ist 'ne Menge. Stimmt wohl alles, was man sich über den Burschen erzählt.«

Abilene boomte seit ein paar Jahren. Es gab eine Schule, zwei Kirchen, Banken und Grundstücksmakler. Es gab Läden und Geschäfte für alles Mögliche. Es gab Fotoateliers. Es gab Hotels, so elegant wie alles östlich von Frisco und westlich von St. Louis. Es gab sogar eine verfluchte Zeitung.

Doch vor allem anderen gab es in Abilene Rinder. Eine große Herde nach der anderen wurde in die Pferche der Eisenbahn am anderen Ende der Stadt getrieben und von dort nach Osten verfrachtet. Und mit den Rindern kamen die wilden Burschen aus Texas. Ein Trupp nach dem anderen ritt nach drei harten Monaten auf dem Treck in die Stadt und wollte Spaß haben. Dutzende Saloonbesitzer, Scharen von kaltäugigen Huren und mehr Spieler mit flinken Fingern, als man zählen konnte, standen bereit. Abilene war so verdammt laut, dass man es bis Kansas City hören konnte, sagte man. Cowboys johlten und grölten, Rinder muhten Tag und Nacht, Lokomotiven pfiffen rund um die Uhr. Es gab Schlägereien in der Öffentlichkeit, auf den Bürgersteigen schwankten Betrunkene herum, auf den Straßen wurden Pferderennen abgehalten. Und manchmal kam es – trotz der Verordnung, dass in der Stadt keine Waffen getragen werden durften – zu Schießereien. Meist nur aus Spaß, dann gingen vielleicht ein paar Scheiben zu Bruch. Manchmal aber wurde es ernst und jemand wurde getroffen.

Von Anfang an liebte Abilene das Geld der Cowboys – doch als die Stadt wuchs und gedieh, nahmen viele der braven Bürger Anstoß an dem, was die Cowboys als Vergnügen empfanden. Schlimm genug, dass das Cowboygeld nach Whiskey und Nuttenparfüm stank, bis es in die Hände der braven Bürger gelangte, aber die zügellose Art der Männer auf den Straßen war mehr, als sie ertragen konnten. Was gebraucht wurde, so fanden sie, war ein Gesetzeshüter, der die wilden Burschen unter Kontrolle halten konnte. Also heuerten sie im Sommer '70 Bear River Tom Smith als Marshal der Stadt an.

Bear River Tom war ein großer Rotschopf aus dem Osten, wo er Polizist gewesen war, und er war so hart im Nehmen wie sonst kaum einer. Aber Abilene war ebenfalls so hart im Nehmen wie sonst kaum eine Stadt. Tom war noch keine fünf Monate Marshal, da hackte ihm jemand mit einer Axt den Kopf ab. Danach wollte den Job niemand mehr, und in der Stadt ging es wilder zu als je zuvor. Es dauerte Monate, bis jemand gefunden war. Doch schließlich heuerte man den Besten an, den es gab – Wild Bill Hickok. Das war im April 1871, etwa zwei Monate bevor Hardin in die Stadt kam.

Bill war schon eine Legende, als er nach Abilene kam. Die Groschenromanschreiber nannten ihn den »Prinz der Pistoleros«. Und er genoss seinen Ruhm. Stets war er bereit, seine heldenhafte Reputation zu untermauern, was zumeist darin bestand, den Magazin- und Zeitungsschmierern die Art von Abenteuerblödsinn zu erzählen, die sie ihrer leichtgläubigen Leserschaft daheim im Osten andrehen wollten. Bill gefiel sich darin, im öffentlichen Leben zu stehen, und verdammt genau so sah er auch aus – lange blonde Haare, schicker Gehrock, Lederfransen, die rote Schärpe, in der seine Colt Navys mit den Perlmuttgriffen steckten, die Knäufe nach vorn. Den Großteil der Tage und Nächte verbrachte er an seinem Tisch im Alamo, dem feinsten Saloon der Stadt, mit Doppelglastüren, einer Bar aus Mahagoni und glänzenden Messingspucknäpfen, die einem bis zu den Knien reichten. Er trank, spielte, machte Witze und erzählte Lügengeschichten. Ab und zu machte er eine Tour durch die Stadt, damit die Bürger sahen, dass Wild Bill bei der Arbeit war. Tyler und ich begleiteten ihn manchmal, um Ausschau nach Feiglingen zu halten, die ihn von hinten erschießen wollten, aber das war nicht nötig. Bill hatte einen sechsten Sinn dafür, wenn eine Waffe auf ihn gerichtet wurde, sogar von hinten. Flammte im Schatten einer Nebengasse ein Schuss auf, drehte und duckte er sich bereits und erwiderte das Feuer, alles in einer einzigen geschmeidigen Bewegung. Im ersten Monat verwundete er zwei Heckenschützen und verjagte ein halbes Dutzend anderer. Es gab reichlich Pistoleros, die nach eigenem Ruhm gierten, und Bill zu ermorden, war sicher ein Weg dorthin. Doch selbst wenn er betrunken war – Wild Bill Hickser nannten ihn manche, wenn auch nicht in Hörweite –, gab es niemanden, der den Mumm hatte, es mit ihm aufzunehmen. (Sein sechster Sinn versagte erst fünf Jahre später – im Number 10 Saloon in Deadwood, wo ihm irgendein Rotzlöffel von Herumtreiber namens McCall in den Hinterkopf schoss. Doch noch im Tode sah er wie seine eigene Legende aus: Der Arzt in Deadwood meinte, Bill sei die schönste Leiche gewesen, die er je gesehen hätte.)

Ich sollte erwähnen, dass Bill, kurz bevor Hardin nach Abilene kam, Ärger mit Ben Thompson hatte, was eine Menge der texanischen Hitzköpfe aufbrachte. Es fing mit einem Schild an, das Ben und sein Partner Fancy Phil Coe – beide Texaner mit jeder Menge Freunden – erst kurz zuvor über der Tür zu ihrem Bull's Head Saloon aufgehängt hatten, zufälligerweise direkt gegenüber vom Gefängnis. Auf dem Schild war ein riesiger roter Bulle zu sehen, der auf den Hinterläufen stand und der vorbeispazierenden Welt voller Stolz zwei ungeheure Eier und einen gewaltigen Ständer präsentierte.

Als Bill das Schild zum ersten Mal entdeckte, sah er traurig aus.

 »Ein solcher Anblick«, sagte er, »könnte bei einer Lady zu einer Enttäuschung führen, wenn beim nächsten Mal ein Kerl die Hosen für sie runterlässt. Ich habe im Allgemeinen nichts gegen eine fantasievolle Übertreibung, doch sollte sie nicht von jener Art sein, die die Ladys enttäuscht oder den Sinn eines Mannes für seine eigene Mannhaftigkeit beeinträchtigt.« Zwar wollte er nichts mit dem Schild zu schaffen haben – leben und leben lassen, wann immer möglich, das war Bills Motto –, aber Bürgermeister T.C. Henry wurde von einem Sturm der Entrüstung überrollt, von Ladenbesitzern, die unterm Pantoffel standen, rot angelaufenen Müttern mit kichernden Kindern und Predigern, die bald der Schlag traf. Der Bürgermeister stürmte ins Gefängnis wie ein Mann, der von einem Schwarm Wespen verfolgt wird. »Sie müssen etwas gegen das Schild unternehmen, Bill, das geht so nicht weiter.«

Also befahl Bill Johnny Coombs, dem Maler, seine Ausrüstung mitzunehmen und ihn zum Bull's Head zu begleiten. Kaum war Johnny auf der Leiter und begann die anstößigen Teile des großen Bullen zu übermalen, als Phil Coe aus dem Saloon trat und fragte, was denn los sei. Bill sagte es ihm, Phil zuckte mit den Schultern und meinte: »Ich hab Ben gewarnt, dass das Schild die braven Bürger aufbringt.« Mit Fancy Phil Coe konnte man ganz gut auskommen, und für einen Texaner hatte er recht anständige Manieren – umso bedauernswerter, dass er einer von den beiden Männern war, die Bill in Abilene erschossen hat.

Während sich Bill und er unterhielten und Johnny beim Malen zuschauten, kam Ben Thompson aus dem Saloon gestürmt. Er war längst nicht so umgänglich wie Phil. Er war so stämmig wie der Bulle auf dem Schild und hatte den Ruf eines guten Schützen. Man erzählte sich, dass er mindestens zehn Weiße in Texas erschossen und zwei Jahre im Gefängnis gesessen hatte, weil er versucht hatte, den Mann seiner Schwester umzubringen, der sie verprügelt hatte. Ich glaube, Bill war einer der wenigen, vor denen sich Ben Thompson jemals in seinem Leben gefürchtet hat – und deswegen hasste er ihn.

»Wenn ihnen das Schild nicht gefällt, dann sag ihnen, sie sollen wegschauen, verflucht«, meinte er zu Bill. Ganz gegen Bills Anordnung trug er eine Waffe. Es tue ihm leid, meinte Bill, aber das Schild muss geändert werden, ob es Ben nun gefällt oder nicht.

Sie standen keine sechs Fuß voneinander entfernt, und man konnte sehen, wie Ben mit aller Kraft versuchte, seine Angst zu besiegen und seine Waffe gegenüber Bill zu ziehen. Er schwitzte und hatte ein ganz angespanntes Gesicht, aber er brachte es nicht fertig. Als er schließlich Bills Blick auswich, war sein Gesicht ganz fleckig vor Scham. Phil Coe war peinlich berührt. Ben tat so, als würde er Johnny eine Weile zusehen, dann ging er wieder steif wie ein Zaunpfosten in den Saloon zurück.

»Und trag diese nutzlose Knarre nicht wieder auf der Straße«, rief Bill hinter ihm her. Normalerweise neigte er nicht zum Nachtreten, aber Ben brachte seine schlimmsten Seiten zutage. Bens Ohren leuchteten wie Rote Bete, doch er ging hinein, ohne sich umzuschauen. Man konnte seinen beißenden Hass förmlich riechen.

Ein paar Tage nach der Angelegenheit mit dem Schild kam ich eines Morgens zum Gefängnis, als Columbus Carol gerade herauskam. Er paffte eine Zigarre und rief über die Schulter: »So long, Bill!« Als er mich sah, zwinkerte er mir auf eine Weise zu, bei der ich ihm jedes Mal am liebsten eine Kugel ins Auge gejagt hätte. »Howdy, Deputy!«, brüllte er. »In letzter Zeit irgendwelche bösen *hombres* verhaftet? Har-har-har!« Ich habe nie verstanden, wie Bill mit diesem großmäuligen Hundesohn gut Freund werden konnte.

Carol hatte seine Herden bei North Cottonwood stehen, etwa dreißig Meilen südlich der Stadt, und hatte vor, sie eine Weile dort zu halten. Er war nicht der einzige Viehtreiber, der das so machte. Der Markt war gesättigt und der Preis für Rindfleisch am Boden. Aber er war bei der Bank gewesen und hatte sich genug Geld geliehen, um seine Männer auszuzahlen, und es waren größtenteils sie, die wir da auf der anderen Straßenseite im Bull's Head lärmen hörten. Bill berichtete uns davon – und dass Carol hauptsächlich bei ihm aufgetaucht war, um das Feld für Wes Hardin zu ebnen. Bill lächelte und sagte: »Ich möchte, dass ihr Jungs diesem jungen Wildfang seine Freiheit lasst, habt ihr gehört? Wird er wild, sagt ihr mir Bescheid. Ich kümmere mich um ihn.« Und was, wenn wir ihn Waffen tragen sahen, fragte ich, aber Bill antwortete nicht darauf. Er ging schon zur Tür hinaus und war auf dem Weg zum Alamo für sein Vormittagsgläschen.

Ich konnte nicht anders als Bills Klugheit bewundern. Er wusste, dass Carol bei allen in der Stadt damit prahlen würde, Hardin mit seinem guten Kumpel Wild Bill gutgestellt zu haben. Dadurch würde jeder verstehen, dass Bill sich nicht auf Hardin stürzte. Alle würden denken: *Zum Teufel, Hickok scheut sich nicht vor Hardin, er tut nur Columbus einen Gefallen, mehr nicht.* Und trotzdem, Bill würde nicht alles durchgehen lassen. Wenn Hardin zu sehr an seiner Leine zerrte, würde Bill etwas unternehmen müssen, ganz gleich mit welchen Konsequenzen.

Am nächsten Abend trug Bill seinen besten Gehrock, also wusste ich, dass etwas im Schwange war, kam aber nicht darauf, was. Ich machte die Runde mit ihm, und er führte uns hinüber zum Applejack. Auf der Straße mussten wir uns den Weg durch einen ganzen Schwarm von Betrunkenen und krakeelenden Cowboys bahnen. Wir hielten Ausschau nach Waffen, sahen aber keine. Die wilden Burschen hatten schon zu oft mitbekommen, wie Bill schon so manchem Waffennarren eine verpasst hatte, damit sie die Warnung, auf dieser Seite des Flusses keine Waffe zu tragen, ernst nahmen.

Der Klavierspieler im Applejack bearbeitete die Tasten praktisch mit den Fäusten, um sich über all dem Gerede und Gelächter, den Rufen und Spielansagen Gehör zu verschaffen. Als Bill einen Drink für mich mitbestellte, wusste ich, dass etwas im Busch war, und hoffte, er würde mich einweihen. Normalerweise mochte er es nicht, wenn wir bei der Arbeit tranken. »*Ein* betrunkener Gesetzeshüter in der Stadt genügt«, sagte er immer und meinte sich selbst damit. Er stieß mit mir an und sagte: »Auf die Liebe, Tommy, mein Junge, wo immer sie gerade ihren hübschen Hintern versteckt.«

Er kippte den Drink runter, der Barkeeper schenkte nach, doch ich nippte nur höflich an meinem Glas. Ganz gleich, was Bill vorhatte, in so einem Gedränge würde ich mich nicht betrinken. Es handelte sich praktisch nur um Texaner, und sie alle beäugten uns. Bill merkte, wie ich meine Flinte an meinem Bein festhielt, und sagte, ich solle sie auf die Theke legen. »Die Kerle sind fast alle nur Gaffer«, sagte er. »Lass sie ja nicht auf die Idee kommen, sie könnten dich nervös machen.«

Nach einer kurzen Weile drängte sich George Johnson zu Bill und brüllte: »Wild Bill! Hab hier jemanden, den du kennenlernen solltest!« George war ein Freund von Bill, ein umgänglicher Eisenbahner, der die meisten texanischen Cowboys kannte. Er streckte eine Hand nach hinten aus und legte sie auf die Schulter eines großen jungen Burschen in einem neuen schwarzen Anzug und einer rot karierten Weste. Er trug einen schwarzen Hut, ein mit Silberconchos besetztes Hutband und – zwei große Armee-.44er an die Beine gebunden. »Bill«, sagte George, »Wes Hardin. Wes, das hier ist der einmalige Wild Bill Hickok.«

Meine Hand griff instinktiv nach der Waffe, doch Bill klopfte mir leicht auf den Arm, also ließ ich es bleiben. Es war offensichtlich, dass er mit George dieses Treffen arrangiert hatte, und ich war stinksauer, weil er mir das nicht vorher gesagt hatte. So war er bei vielen Dingen, Geheimnisse konnte er schlecht verbergen.

Keiner von beiden streckte die Hand aus. Sie nickten nur und sagten, dass sie sich freuten, die Bekanntschaft des anderen zu machen. Bill bot an, Wes einen Whiskey zu spendieren, doch Hardin bestand darauf, die Drinks auszugeben, und bestellte eine Flasche. Sie stießen an und tranken auf die Gesundheit des anderen. Bei den nächsten Gläsern meinte Bill, er habe von dem Kampf mit den Mexikanern in der Newton Prairie gehört und sei von Hardins Schießkünsten beeindruckt, von denen alle sprachen. »Sie haben der Republik einen Dienst erwiesen, so viele Unruhestifter auf einmal zu erledigen«, sagte er.

Hardin grinste bis über beide Ohren. »Ich bin froh, dass Sie das so sehen«, sagte er. »Ich habe mich schon gefragt, wie ich hier mit dem Gesetz stehe.« Bei aller Höflichkeit taten sie aber alles mit der linken Hand. Hardin behielt die rechte Hand mit dem Daumen am Gürtel eingehakt, Bill hielt seine in die Hüfte gestützt, von dort aus konnte er den Colt Navy so schnell ziehen wie ein Wimpernschlag.

»Ich will dir mal was zeigen, Little Arkansas«, sagte Bill. Niemand weiß, warum zum Teufel Bill ihn so nannte, aber das tat er von da ab – und aus irgendeinem verdammten Grund schien Hardin sich darüber zu freuen. Bill zog das Fahndungsplakat aus Texas mit der linken Hand aus der Jackentasche und schlug es auf, damit Hardin es sehen konnte. Hardin warf einen Blick darauf und sein Lächeln versteinerte. Bill zerknüllte das Blatt und sagte: »Das hat einen Dreck zu bedeuten. Ebenso wie jeder andere Befehl, den sie deinetwegen herschicken. So wie ich das sehe, Little Arkansas, habe ich genug damit zu tun, all diese Wilden daran zu hindern, die Stadt zu zerlegen – und du hast schon jede Menge Ärger daheim, als dass du dir hier noch neuen Ärger suchst. Du machst auf mich den Eindruck eines klugen Burschen, der sein eigener Herr ist. Ich glaube nicht, dass du auf irgendwelche verbitterten Seelen in der Stadt hereinfällst, die versuchen, dich für ihre eigenen niederen Ziele zu missbrauchen.«

»Wie Ben Thompson, meinen Sie?«, fragte Hardin und grinste. »Phil Coe ist ein alter Freund von mir. Kaum bin ich in die Stadt gekommen, hat er mich ins Bull's Head eingeladen und mich mit Ben bekannt gemacht. Netter Kerl, dieser Ben. Gab mir einen Whiskey nach dem anderen aus und erzählte mir, dass wir Texaner hier im verfluchten Kansas zusammenhalten müssten. Er hatte eine Menge über Sie zu sagen.«

Bill nickte und meinte: »Da wette ich drauf.«

Hardin goss eine weitere Runde mit der linken Hand ein und fuhr fort: »Er sagte, Sie seien ein Texaner hassender Yankee-Mistkerl und die Welt wäre ein besserer Ort ohne Sie. Das sind seine Worte, verstehen Sie? Soll keine Beleidigung sein.« Bill schüttelte den Kopf, das hatte er auch nicht so aufgefasst. Nur George Johnson riss die Augen weit auf ob der plötzlichen Schonungslosigkeit der Unterhaltung, wich zurück in die Menge und verschwand. Ich wusste, wie er sich fühlte. Meine Schrotflinte oben auf dem Tresen sah aus, als wäre sie eine Meile entfernt. »Ben meinte auch«, fuhr Hardin fort, »dass Sie Texaner noch lieber umlegen als Mexikaner und Nigger.«

Selbst wenn die meisten Männer rings um uns nicht so betrunken und abgelenkt gewesen wären, hätten sie bei dem Lärm sowieso nicht viel von der Unterhaltung zwischen Bill und Hardin mitbekommen. »Die Leute glauben, was sie glauben wollen«, erwiderte Bill.

»Tatsache«, bestätigte Hardin. »Und wenn ich etwas immer geglaubt habe, dann, dass ein Mann seinen Kampf selber austragen muss. Das habe ich Ben so gesagt. Ich sagte: ›Ben, wenn du damit sagen willst, dass Wild Bill umgelegt werden sollte, warum gehst du dann nicht rüber und tust es?‹«

Bill lachte tief aus dem Bauch heraus und meinte, er würde wetten, dass Ben da ziemlich die Stirn gerunzelt hat. »Das hat er, verflucht«, meinte Hardin, »aber er blieb freundlich und hat mich auch nicht weiter zu dem Thema gedrängt.« Bill meinte, Ben sei keiner, der jemand drängen würde, außer denen, die er einschüchtern konnte. »In dem Fall«, meinte Hardin, »schätze ich, gibt es jetzt zwei Männer in der Stadt, die er nicht drängen wird.« Sie hätten die beiden sehen sollen – grinsten sich an wie Maultiere am Futtertrog.

Bill kippte seinen Drink und meinte: »Ist mir ein Vergnügen, Little Arkansas, aber ich muss meine Runde machen.« Beide hatten sie ziemlich glänzende Augen von den schnell geleerten Whiskeygläsern, die sie intus hatten. Ich wusste, dass Bill betrunken war, das sah ich an der sorgfältigen Art, wie er sich über den Schnurrbart strich. »Falls ich dir einen Gefallen tun kann, solange du in der Stadt bist«, meinte er, »sag Bescheid.«

»Danke, Bill«, meinte Hardin. »Ich denk dran.«

Bill beugte sich zu ihm hin und sagte so leise, dass ich es kaum verstand: »Du kannst mir auch einen Gefallen tun, wenn dir danach ist.«

»Und das wäre, Bill?«, fragte Hardin.

»Du könntest darauf achten«, antwortete Bill, »diese Revolver, solange du in der Stadt bist, nicht zu tragen.«

Hardins Augen wurden schmaler, aber er lächelte weiter und sagte nichts darauf. Bill grinste zurück und nickte zum Abschied, dann bahnten wir uns einen Weg durch die Menge.

Draußen auf der Straße fragte ich Bill, ob er glaube, dass Hardin weiter Waffen tragen würde. Er sah in den Nachthimmel hinauf und seufzte schwer. »Bis die Sterne vom Himmel fallen.«

 In den folgenden paar Tagen blieb Bill bei seiner üblichen Routine. Bei Tagesanbruch machte er seine Runde, dann setzte er sich zum Morgenwhiskey und Frühstücks-Steak ins Alamo, um dann ein paar Runden Karten zu spielen, falls sich Mitspieler fanden. Hardin hielt sich hauptsächlich im Bull's Head und im Applejack auf – wenn er nicht in dem einen oder anderen Hurenhaus war. Am Tag nach dem Gespräch mit Bill sah ich ihn aus einem Fotoatelier kommen, geschniegelt und gestriegelt, in seinem schwarzen Anzug und karierter Weste. Die Revolver trug er immer noch.

Am nächsten Morgen sah ich Wes mit einer Gruppe von Texanern ins Bull's Head gehen, und von meinem Stuhl auf dem Gefängnisvorbau aus hörte ich, wie sie immer lauter wurden, je länger der Tag war. All ihr Gejohle und Gebrülle zog immer mehr Kerle an, die Spaß suchten. Am Nachmittag kam Ben Thompson aus der Vordertür gewankt, sah zu seinem Schild hinauf – dann fiel er rücklings um und lag wie tot auf dem Gehsteig. Einer seiner Freunde kam heraus, lachte über ihn, packte ihn dann an den Hacken und schleifte ihn wieder hinein.

Schließlich kam Bill zu seiner Nachmittagskontrolle im Gefängnis aus dem Alamo zurück. Ein paar Kerle in der Tür vom Bull's Head entdeckten ihn und verschwanden im Saloon. Einen Augenblick später schwangen die Türen wieder auf und Wes Hardin kam heraus. Er hatte den Hut nach hinten geschoben, und die Waffen schauten unter der offenen schwarzen Jacke heraus. Viele Gesichter tauchten im Saloonfenster und der Tür hinter ihm auf.

Ich ging über die Straße, um Bill Deckung zu geben, falls jemand zur Tür rausstürmte oder um die Ecke kam und ihn von der Seite angriff, doch Bill winkte mich zurück zum Gefängnis. Ich trat auf den Gehsteig und stand mit gezücktem Gewehr da, wo mich die ganzen Wirrköpfe sehen konnten. Hardin trat auf die Straße und sagte: »Howdy, Bill.«

»Little Arkansas«, erwiderte Bill, »ich dachte, wir hätten uns geeinigt, dass du die Waffen nicht trägst, bis du die Stadt verlässt.«

»Na ja, Bill«, meinte Hardin, »zufällig bin ich auf dem Weg zu ein paar Freunden, die südlich der Stadt eine Herde versorgen.«

»Also gut«, sagte Bill. »Schön, dass wir uns verstehen.« Doch kaum drehte er sich um und wollte zum Gefängnis zurückgehen, ließ jemand im Saloon einen Schlachtruf hören, der Tote geweckt hätte, und Bill wirbelte herum, und es war, als sei die Navy schon immer in seiner Hand gewesen, so schnell hatte er gezogen. Niemand – niemand, niemals, Sie können mir glauben – konnte schneller ziehen als Bill Hickok. Die Burschen im Saloon konnten Hardin nicht von vorn sehen, aber ich schon: Er machte ein Gesicht, als hätte er gerade bezeugt, wie Bill Wasser zu Wein verwandelt hatte. Wäre er nicht stocksteif stehen geblieben, dann hätte Bill ihm das Herz herausgeschossen. Zum Teufel, ich wünschte, er hätte es getan. Die ganze Straße war plötzlich so still, dass ich gedacht hätte, ich wäre taub geworden, wenn ich nicht Bill hätte sagen hören: »Gib mir die Waffen, Little Arkansas. Vorsichtig, mit den Griffen voran.«

Was dann geschah, ist Tatsache. Hundert andere sahen es ebenfalls. Hardin zog die Waffen aus den Holstern und hielt sie Bill mit den Griffen voran hin. Doch er hatte je einen Finger am Abzug, und als Bill mit der linken Hand nach den Waffen greifen wollte, machte Hardin eine Bewegung mit dem Handgelenk und drehte sie so schnell und sauber um wie ein Spieler eine Karte. *Flip!*, und schon waren sie gespannt und auf Bills Gesicht gerichtet. Man nennt das den Schnapphahn, einer der ältesten Tricks – alles Show. Eine Menge Schützen konnten das aus Angeberei machen. Aber das zu versuchen, während jemand die Waffe auf einen richtet, also, das ist die todsicherste Art, sich das Hirn wegpusten zu lassen. Dass Hardin es bei Wild Bill versuchte, der mehr Waffentricks kannte als jeder andere, war mehr als nur unglaublich – es war einfach verrückt. Und er kam nur deswegen damit durch, weil Bill niemals damit gerechnet hätte, dass Hardin derart verrückt war. Bill war darauf vorbereitet, dass ein Pistolero von Hardins Ruf wusste, dass so etwas nicht geht. Aber ausgerechnet Bill hätte es besser wissen müssen, als damit zu rechnen, dass ein Pistolero seinen gesunden Menschenverstand benutzt.

Hardin wirkte überraschter als jeder andere, dass der Trick funktioniert hatte. Ich richtete die Flinte auf ihn, doch Bill meinte: »Nein, Tom«, ohne auch nur in meine Richtung zu schauen.

 Ich hielt sie trotzdem mit beiden Hähnen gespannt auf Hardin gerichtet.

»Lass die Navy fallen!«, brüllte Hardin. Er zitterte fast vor Aufregung. Doch Bill schüttelte nur ganz langsam den Kopf und sagte: »Ich glaube nicht, Mann, nein« und richtete die Waffe weiter auf Hardin.

Ich konnte Bill kaum hören bei dem Krach, den die Verrückten im Saloon machten – sie und die Menge, die sich auf der Straße bildete, die alle was erleben wollten, gleichzeitig aber versuchten, aus der Schusslinie zu bleiben. Jetzt, mit Hardins Waffen auf Bill gerichtet, waren die Hickok-Hasser plötzlich ziemlich laut und mutig. »Knall ihn ab, Wes!«, brüllten sie. »Bring den Mistkerl um!« Doch Hardin wusste nur zu gut, dass sie in ein Patt geraten waren. In dem Augenblick, wo er Bill erschoss – ob nun in Kopf, Herz oder Schulter –, würde Bill ihn aus reinem Reflex ebenfalls erschießen. Und er würde meine beiden Läufe kriegen – schätze, das wusste er auch.

Jemand von der Straße rief: »Zum Teufel, ich knall den Yankee-Schnösel eigenhändig ab!« Hardin richtete einen seiner Revolver in Richtung der Stimme, ohne den Blick von Bill zu nehmen, und rief: »Ich knalle jeden Mistkerl ab, der schießt!« Ich war der Einzige, der nahe genug stand, um ihn zu Bill sagen zu hören: »Ich will verdammt sein, wenn ich dir die Gelegenheit gebe, mir in den Rücken zu schießen. Ich hab schon gehört, was du vorhast.«

»Ach, zum Teufel, Junge«, entgegnete Bill, »wenn ich dich hätte umlegen wollen, dann hätte ich das in demselben Atemzug getan, mit dem ich gezogen habe. Ben Thompson hat dir in jedes Glas auch ein paar Lügen eingeschenkt, Little Arkansas. Hör zu, lass uns was trinken.« Und mit Hardins Waffen auf sich gerichtet, entspannte Bill den Colt Navy und schob ihn hinter die Schärpe. Das war so ungefähr das Dümmste, was ich ihn je habe tun sehen, aber er hatte wohl Hardins wahre Natur erkannt – und er war schon immer ein Spieler gewesen. »Geht auf mich«, sagte Bill.

Jeder Esel im Bull's Head brüllte Hardin an, er solle schießen. Doch trotz all der texanischen Wirrköpfigkeit in ihm war Hardin doch aus ganz ähnlichem Holz geschnitzt wie Bill. Er ließ die Revolver wirbeln und steckte sie wieder ein.

Nicht nur die wilden Burschen fluchten und stöhnten enttäuscht – fast jeder verdammte Schaulustige hatte auf eine blutige Sensation gehofft. So sind die Menschen. Bill und Hardin kümmerten sich ebenso wenig um sie wie um die Krähen, die entlang der Ladenzeile krächzten.

»Ich kenne einen Ort«, sagte Bill, »der vielleicht deinem Geschmack entspricht.«

»Was immer dir gefällt«, entgegnete Hardin.

Sie gingen zur Cedar Street hinüber und durchs Alamo zu dem Plankenweg hinten raus, der über die Gasse zu Miss Violets Etablissement führte. Ich folgte ihnen. Sie blieben den restlichen Nachmittag dort.

Kurz nach Einbruch der Dämmerung trat Bill heraus mit dem gut geölten Gang eines Mannes, der genau die richtige Menge Whiskey intus hat und gerade nach Strich und Faden rangenommen worden ist. Ich hab mich nie sonderlich für Huren interessiert, womit ich nicht sagen will, dass ich noch nie bei einer gewesen bin. Ein Mann hat nicht immer eine Riesenauswahl, um das Jucken in seiner Hose zu beruhigen. Ich stand neben der Hintertür des Alamo, doch Bill sah nicht viel in dem schlechten Licht und erkannte mich nicht. Er schob die rechte Seite seines Gehrocks beiseite, als er näher kam – dann sah er, dass ich es war, und ließ den Rockschoß fallen. Als er in einer Wolke aus Whiskeyatem und französischem Parfum an mir vorbeiging, klopfte er mir auf die Schulter. »Bist ’n guter Junge, Tom«, sagte er und ging hinein, um sich die Nacht am Pokertisch zu vertreiben.

Als ich ein paar Stunden später meine Runden machte, hörte ich auf halber Strecke die Straße entlang Schüsse im Daisy Restaurant. Ich rannte hin und sah eine kleine Menschenmenge in Panik zur Tür hinausstürzen; die Frauen kreischten, die Männer duckten sich, und alle versuchten so schnell wie möglich einem Mann aus dem Weg zu gehen, der herausgestolpert kam. Ihm fehlte die untere Gesichtshälfte, Blut strömte aus der Wunde. Ich fing ihn auf, als er stürzte, und legte ihn vorsichtig auf dem Gehsteig ab, als Hardin mit dem Colt in der Hand und Wut in den Augen durch die Tür stürmte. Er hielt mir die Waffe vors Gesicht, befahl mir, meine Schrotflinte und den Revolver auf die Straße zu werfen, ging rückwärts zum Ende des Gehsteigs und verschwand in der Seitengasse.

Im Restaurant saß ein Mann namens Tom Pain auf einem Stuhl und fluchte wie ein Berserker über sein vermaledeites Pech, während ein Kellner mit einem Handtuch versuchte, das Blut zu stillen, das aus einer bösen Wunde in Pains Arm floss. Das war der einzige Arm, den Tom Pain noch hatte, den anderen hatte er im Krieg gelassen, und er weinte fast vor Wut. Als Bill auftauchte, hatte Pain mir schon die ganze Geschichte erzählt.

Hardin und er hatten sich im Salon bei Miss Violet kennengelernt und angefreundet, also waren sie zum Essen zu Daisy gegangen und hatten sich über gemeinsame Bekannte in Texas unterhalten. Am Nebentisch saßen zwei Burschen aus Kansas und redeten laut darüber, was für ein Pestloch Texas doch sei, und dass Kansas erheblich besser dran wäre, wenn man alle Texaner zum Teufel jagen würde. Hardin drehte sich in seinem Stuhl um und sagte, in Texas sei allgemein bekannt, dass es in Kansas drei Arten von Hunden gäbe – Windhunde, Schäferhunde und Hundesöhne –, und sie beide kämen ihm weder besonders windig noch räudig vor. Einer der Männer sprang auf und packte Hardin beim Kragen – Hardin zog seinen Colt und zog ihn dem Kerl über die Nase. Pain sagte, es hätte sich angehört, als würde man ein Stück Reisig brechen. Der Kerl ging in die Knie, Blut lief ihm übers Kinn, als der andere Kerl einen Taschenrevolver zückte und schoss – doch er verfehlte Hardin und traf Pain in den Arm. Hardin schoss zwei Mal – die erste Kugel streifte das Kinn des Burschen und pustete ein paar Federn vom Hut einer jungen Frau hinter ihm, die zweite riss dem Kerl den Unterkiefer weg.

Während ich Bill berichtete, was passiert war, erfuhren wir, dass Hardin in den Stall gegangen war, aufgesattelt hatte und schnell wie der Teufel nach Süden geritten war. »Trotzdem«, meinte Bill. »Das hier sieht nach Selbstverteidigung aus, ganz einfach, aber ich will verdammt sein, wenn ich schon mal einen kennengelernt habe, der zu so viel Selbstverteidigung gezwungen war wie dieser Bursche.« Und das ausgerechnet von ihm.

In den folgenden Tagen kam ein halbes Dutzend Treiber bei Bill vorbei, darunter auch Columbus Carol und Jake Johnson, um ein gutes Wort für Hardin einzulegen. Bill erklärte ihnen, dass er die Schießerei mit den beiden Burschen aus Kansas als Selbstverteidigung ansah und dass er Hardin nicht auf seiner Liste hatte. Er ließ das Ganze so aussehen, als wäre es ein Gefallen, dabei tat er nur, was für ihn am besten war. Für die Texaner in der Stadt war Hardin jetzt eine Art Held, und es hätte kein schönes Ende genommen, wenn Bill sich auf Hardin gestürzt hätte.

Als Hardin das nächste Mal in die Stadt kam, lud Bill ihn ins Applejack, um sich bei ein paar Gläsern zu unterhalten. Er berichtete ihm von dem neuen Fahndungsplakat, das die Runde machte: Auf Hardins Kopf waren jetzt tausend Dollar ausgesetzt. Er bot Hardin einen Deal an. Hardin konnte seine Waffen in der Stadt tragen, und Hickok machte kurzen Prozess mit allen Kopfgeldjägern, die möglicherweise in Abilene auftauchten und nach ihm suchten – im Gegenzug musste Hardin aber dafür sorgen, dass seine texanischen Freunde keine Waffen trugen und nichts unternahmen, das Bill in ein schlechtes Licht rückte.

Hardin meinte, das sei nur fair, und die beiden stießen darauf an.

Maggie St. John

Am Abend nach ihrem berühmten Patt ließ ich mir oben in meinem Zimmer von Wanda May die Haare machen. Andauernd kam Violet herein und wollte wissen, wie lange das noch dauerte, weil der Salon nämlich gesteckt voll sei mit spitzen Tölpeln, die nur darauf warteten, bedient zu werden, und die anderen Mädchen könnten sich ja nicht um alle kümmern. Das stimmte. Dieser Sommer in Abilene war der schwerste, den ich je erlebt habe. Das Haus war rund um die Uhr geöffnet. Doch das viele Geld ruinierte Violets Nerven. Je reicher sie wurde, umso zickiger wurde sie. Sie kam an den Punkt, dass sie es nicht ertragen konnte, wenn eine von uns länger Pause machte, als pinkeln zu gehen oder schnell was zu essen. »Zeit ist Geld, Ladys!«, sagte sie und klatschte in die Hände, als würde sie, hopp-hopp, eine Horde Kulis antreiben. Mir brauchte sie mit ihrem verdammten hopp-hopp nicht zu kommen. Sie wusste, dass ich mir das nicht hätte bieten lassen. Ich wäre hopp-hopp von dort verschwunden und hätte für Dapper Dan Forster oder Louella Sweet gearbeitet. Die beiden versuchten andauernd, mich in ihre Etablissements zu locken. Sie wollten mich aus demselben Grund, aus dem Violet mich nicht herumscheuchte – ich war Bills liebstes Mädchen, das wussten alle.

Bill mochte mich besonders, weil er wusste, dass ich ganz wild auf Killer war. Ich konnte das noch nie erklären, und das versuche ich auch jetzt nicht. Doch das erste Mal, als ich mit ihm zusammen war, muss er das wohl unter meinem Parfum gerochen oder in meinen Knochen gespürt haben. An einem Killer ist etwas, das mein Blut in Wallung bringt, und ich bekomme bei seiner Berührung eine Gänsehaut. Und Bill, also, unter seinen Händen wurde ich so heiß, dass ich Dampf abließ. Selbst wenn Violet Bill die Mädchen nicht umsonst zur Verfügung gestellt hätte, ich hätte ihm niemals auch nur einen Nickel abgeknüpft. Natürlich ging er manchmal auch in andere Häuser, Männer brauchen Abwechslung, und manchmal ging er zu einer der anderen Mädchen bei Violet. Doch meistens kam er zu mir. Es steigerte sein Vergnügen, zu wissen, wie sehr mich die Berührung seiner Killerhände erregte. Zum Teufel, wir alle haben doch unsere Vorlieben.

Violet nahm Bill kein Geld ab, weil er so verdammt gut fürs Geschäft war. Andere Männer suchten ihr Vergnügen dort, wo Bill das seine fand. Sie wollten an denselben Pokertischen sitzen, aus denselben Flaschen trinken und dieselben Frauen besteigen. Ich brachte Bill zu Violet, und die Geschäfte folgten Bill. Deshalb ging Violet Hayes auch nicht das Risiko ein, mich an Dapper Dan oder Louella zu verlieren.

Jedenfalls kam Violet, als Wanda May gerade meine Haare fertig hatte, wieder ins Zimmer und sagte, im Wiesenzimmer würde eine besondere Gesellschaft auf uns warten. Es war nicht ungewöhnlich, dass ein Tölpel mit Geld sich zwei Mädchen auf einmal nahm – oder sogar drei, wenn sein Verlangen so viel größer war als sein kleiner Mann und sein gesunder Menschenverstand –, und dazu gab es das Wiesenzimmer. Das hieß so, weil das Bett darin so groß war.

Also folgten Wanda May und ich in unseren Hemdchen Violet den Flur entlang – und wer saß da auf der Wiese? Niemand anderes als Bill und noch ein Kerl. Sie hatten eine fast leere und zwei volle Flaschen an dem kleinen Tisch am Fenster vor sich stehen und grinsten uns an wie Wölfe. Ich wusste sofort, an was sie dachten. Bill war schon immer für Hurenhausabenteuer zu haben gewesen. Ich warf Wanda May schnell einen Blick zu und sah, wie sie den Fremden mit offenem Mund anstarrte. »Hier sind sie, Jungs«, sagte Violet. »Die Besten des Hauses. Macht euch eine schöne Zeit, habt ihr gehört?« Und damit verschwand sie und schloss die Tür hinter sich.

Der andere war ein gutes Stück jünger als Bill, groß und gut aussehend. Mir selber gefielen etwas erfahrenere Männer, so wie Bill, schon immer besser. Erst hielt ich den Neuen in seinem schwarzen Anzug und der langen Schleifenfliege für einen Spieler. Doch dann sah ich ihm in die grauen Augen und wusste genau, was er war. Mein Blut sang es mir plötzlich zu. Und dann ging mir auf, wer er war – wir hatten ja seit Tagen von nichts anderem gehört. Genau in dem Augenblick sagte Wanda May: »Johnny? John Wesley?«

Er sah sie sich genauer an, dann sprang er mit strahlenden Augen auf und rief: »Hannie Willingham! Verdammt noch mal!« Er packte sie und wirbelte sie herum, und die beiden lachten wie Kinder. Bill und ich sahen uns an. Ich sagte leise: »Hannie Willingham?«, und dann mussten wir beide auch lachen.

»Zum Teufel«, sagte Wes und drückte Wanda an sich, während sie seinen Hals und sein Gesicht abküsste, »ich kenne dieses süße Ding noch von damals, als ich im Navarro County das Cowboyhandwerk lernte.« Bill lächelte auf seine träge Art und goss uns allen einen Drink ein. »Die verfluchte Welt wird immer kleiner, nicht wahr, Little Arkansas?« Ich sagte, ich wüsste gar nicht, dass Wes aus Arkansas sei, und die beiden lachten, als ob das der beste Witz wäre, den sie an dem Tag gehört hatten.

Bill vergeudete keine Zeit. Tat er nie. Er schnappte sich den Saum meines Hemdchens und zog mich neben seinen Stuhl. »Was hast du Böses vor, du schlimmer alter Indianerkämpfer?«, fragte ich und fuhr mit der Hand durch sein langes blondes Haar. Wes und Wanda setzten sich auf die Kante des großen Betts, tranken ihren Whiskey und fummelten ein wenig herum, schauten aber auch zu, wie Bill seinen Revolver zückte und mit dem Lauf an meinem Innenschenkel entlangstrich. Er schob ihn ganz langsam bis hinauf unter mein Hemdchen, und als die Spitze meinen nackten Schlitz berührte, packte ich eine Handvoll seiner Haare und krallte mich fest. Er grinste mich an wie der Teufel persönlich und streichelte mich sanft mit diesem Eisenteil, bis mir die Beine zitterten, ich durch den Mund atmete und ihn leise verfluchte. So etwas hatte er noch nie mit mir gemacht – und jetzt tat er es direkt vor Wes und Wanda May. Er machte weiter, bis ich dachte, ich müsste vor Lust ohnmächtig werden. Plötzlich drückte er die Waffe fest gegen mich und spannte den Hahn – und ich gab ein Stöhnen von mir und fiel auf ihn, als hätte man mir von hinten in die Knie geschlagen.

Er setzte mich auf seinen Schoß und hielt die Waffe hoch,

damit alle sehen konnten, dass der Lauf nass glänzte. »Mag-gie!«, rief Wanda May. Sie grinste breit und hatte strahlende Augen. »Woo-hoo!«, machte Wes. »Da hat jemand seinen Spaß gehabt.« Und wissen Sie, ich glaube, ich bin rot geworden. Ich, Maggie St. John, die schönste der Huren von Abilene, wurde rot wie ein Schulmädchen. Ich konnte nicht anders, ich musste mit ihnen lachen. »Na, da scheint noch jemand anderes die Gesellschaft zu genießen«, sagte ich dann und warf einen eindeutigen Blick auf Wes' Hose. Man konnte meinen, er hätte dort einen Maiskolben stecken.

Ehe wir uns versahen, waren wir alle nackt auf dem großen alten Bett – und Herrgott, was für ein Spaß! Es fing an mit Bill auf mir und Wes auf Wanda, und die beiden stießen zu wie die Broncos, mühten sich aber höllisch ab, nicht als Erster durchs Ziel zu schießen, und Wanda und ich taten mit Händen und Hüften alles, was uns einfiel, um unseren Mann als Ersten kommen zu lassen. Der ganze Wettstreit wurde so wild, dass das Bett nachgab und zu Boden knallte, als wollte das ganze Haus einstürzen. Wanda behauptete, sie habe Wes fertig gehabt, bevor ich bei Bill so weit gewesen sei, aber ich wusste, dass es eine Lüge war; auch Wes meinte, das sei nicht wahr. Und während wir noch darüber stritten, riss Violet die Tür auf und machte ein Gesicht, als rechne sie damit, Tote auf dem Boden vorzufinden. Eine Meute grinsender Tölpel glotzte ihr über die Schultern. Bill warf mit einem Kissen nach ihr und brüllte: »Mach die verdammte Tür zu, Frau! Das ist hier doch kein Tingeltangel!« Noch Monate später konnten Wanda und ich uns gegenseitig zum Lachen bringen, wenn wir Violets Gesichtsausdruck nachmachten.

Wir setzten uns auf das zusammengekrachte Bett und ließen die Flasche kreisen, und ich bemerkte, dass Wes' mächtige Männlichkeit Lebenszeichen zeigte, als er meine Titten bewunderte – sie waren damals schon was zum Bewundern, wenn ich das so sagen darf. Wanda glitt zu Bill hinüber, nahm sein langes, dünnes Ding in die Hand und sagte zu ihm: »Entschuldigen Sie, Sir, aber sind wir uns nicht schon mal begegnet?« Und damit ging es wieder von vorn los – diesmal mit mir auf Wes und Wanda auf Bill. Es begann ein neuer Wettstreit, doch waren wir alle viel zu sehr beschäftigt mit dem, was wir taten, als darauf zu achten, wer als Erster zum Schuss kam.

Wir machten den ganzen Nachmittag so weiter und ruhten uns nur ab und zu ein wenig aus, um etwas zu trinken und zu rauchen. An einer Stelle fuhr Wanda mit dem Finger über eine von Bills Narben und fragte ihn, ob er sich daran erinnern könne, wo er sie herhatte. Sie war hellrosa, dick wie eine Vorhangschnur und reichte vom linken Schlüsselbein bis unter den rechten Arm. »Von der Keilerei mit den McCanles«, antwortete Bill. Er war vom Hals bis zu den Knien mit Narben übersät und konnte dir von jeder einzelnen Narbe erzählen, woher er sie hatte – die langen kamen von Schnitten, die festen, knubbligen von Kugeln. Wes hatte nur eine kleine blasse Narbe an der Lippe, wo er einen Schlag abbekommen hatte, und eine kleine zusammengepresste, wo ein Yankee-Soldat ihn erwischt hatte. »Wenn du nicht früh stirbst, Little Arkansas«, meinte Bill, »dann wirst du eines Tages auch so aussehen. Vielleicht noch schlimmer, denn hinter dir sind mehr her als hinter mir. Bei mir gibt es den Ruhm. Bei dir den Ruhm *und* die Belohnung.«

Bill nahm mich, um Wes ein paar Positionen zu zeigen, die er von einem Pawnee-Medizinmann gelernt hatte, als er damals Scout für die Armee war. Ich will verdammt sein, wenn *mir* manche davon nicht neu waren. Ein paar fühlten sich wirklich gut an, aber die meisten waren so gottverdammt unbequem, dass nur ein Indianer so verrückt sein konnte, es so zu treiben. Dann schauten Bill und ich zu, wie Wanda unter Wes glitt und ihm mit ihrem besonderen »Zungen-Titten-Trick« Vergnügen bereitete. Dann sahen sie mir zu, wie ich Bill eine Reise um die Welt verschaffte. Und dann taten sich Wanda und ich zusammen, um Wes zu erledigen, während Bill sich ein wenig erholte – bis er an die Reihe kam. Den ganzen Nachmittag über gab es nichts als feuchte Nacktheit, wohin man sich auch drehte oder die Hand hinlegte.

Als es im Zimmer langsam dunkel wurde, hatten wir uns alle völlig verausgabt. Das ganze Zimmer stank nach Sex. Der Whiskey war leer, und die Jungs jammerten auf diese prahlerische männliche Art, dass ihre Schwänze ganz wund waren und gleich abfallen würden. Bill gab mir ein paar letzte Küsse auf Titten und

Bauch, während er sich ankleidete, doch Wanda war schon wieder an Wes dran, bevor der die Hose anbekam. »Herrgott, Mädchen«, sagte er, »hab Mitleid mit einem armen, abgekämpften Cowboy.« Aber ich will verdammt sein, wenn all ihr Lecken und Befingern nicht sein großes rohes Ding wieder auf die Beine brachte. Also kroch er auf sie drauf und grinste Bill an, was nichts anderes war als eine Herausforderung zum Hahnenkampf. Bill schüttelte traurig den Kopf und sagte: »Zur Hölle, nein! Schätze, ich bin zu alt, Arkansas. Hast gewonnen.« Teufel noch mal, er war nicht erledigt, er war gelangweilt. Er konnte es nicht erwarten, an den Kartentisch und zu einer frischen Flasche zu kommen, das war alles. Ich kannte ihn. Er gab mir einen Abschiedskuss auf die Nase und ging hinaus, und ich saß am Fußende des Betts und sah zu, wie Wes und Wanda es hübsch langsam miteinander trieben.

Ich hatte Tausende wilde Zeiten mit Männern – zehntausend! –, aber dieses eine Mal ist mir am klarsten im Gedächtnis geblieben, auch nach all diesen Jahren. Wes und Wild Bill. Ich will verdammt sein, aber ich habe diese verfluchten Killer geliebt.

Hugh Anderson

Ein paar Tage nachdem Wes sich mit Hickok geeinigt hatte, weil er einem üblen Finger aus Kansas den Mund weggeschossen hatte, traf ich mich zu einem Frühstück aus Austern und Eiern im American House mit ihm, Johnny Coran und Jim Rodgers. Wir lachten und ließen uns über den Spaß aus, den wir in Abilene gehabt hatten, und über Johnny, der stinkig war, weil jemand ihm den Mexikaner-Kopf geklaut hatte. Den hatte er einem Kerl in einem Hemd der Missouri-Rebellen abgekauft, der auf eine Tasse Kaffee in unserem Rindercamp aufgetaucht war. Der Bursche hatte behauptet, er stamme von einem Mex, der versucht habe, drüben in den Red Hills sein Packpferd zu stehlen. Er hatte den Kopf nach Wichita mitgenommen, weil er gedacht hatte, auf den Pferdedieb könnte eine Belohnung ausgesetzt sein, doch der Sheriff dort winkte nur ab, er habe keinen Suchbefehl für jemanden, der wie dieser Mex aussehe. Der Missouri-Rebell wusste nicht, was er mit dem Kopf anfangen sollte. Er sagte, es wäre ihm nicht recht vorgekommen, ihn einfach wegzuwerfen, also baumelte er schon fast eine Woche an seinem Sattelknauf, bis Johnny ihm zehn Dollar dafür gab. Der Kopf war noch in ganz gutem Zustand, alles in allem, er fing nur langsam an zu stinken. Unter den fettigen Haaren am Hinterkopf war ein Loch, wo die Kugel Kaliber .44 eingedrungen war, und ein Großteil der Stirn fehlte, wo sie herausgekommen war, doch wenn man einen Hut daraufsetzte, sah man kaum etwas von dem Schaden. Johnny hatte den Kopf an diesem Abend mit in die Stadt gebracht und natürlich eine Menge Aufmerksamkeit damit erregt. Erst wollte Johnny nicht, dass jemand den Kopf anrührte, doch nachdem er genug getrunken hatte und leutselig geworden war, ließ er den Jungs ihren Spaß damit, und sie steckten ihm eine Zigarre in den Mund, legten ihm den rosa Strumpfhalter einer Hure

als Stirnband um und solche Dinge. Doch als er am nächsten
Morgen in irgendeinem Hurenhaus aufwachte und feststellte, dass ihm jemand den Kopf geklaut hatte, war er wütend wie ein Köter mit Sonnenstich. »Wenn ich den Mistkerl erwische, der ihn geklaut hat«, sagte er, »bringe ich zwei Köpfe zurück.« Er hatte den ganzen Tag damit zugebracht, in den Saloons und Hurenhäusern herumzufragen, fand aber nie heraus, was passiert war.

Wir hatten jedenfalls gerade eine weitere Kanne Kaffee bestellt, und wer tauchte da am Tisch auf? Manning und Gip Clements, Wes' Cousins. Sie waren gerade vom Treck eingetroffen und hatten in der ganzen Stadt nach ihm gesucht. Sie sahen müde aus, beide hatten Ringe um die Augen und noch den Staub der Straße an sich. Wes war verdammt froh, sie zu sehen. Er machte sie reihum bekannt und erzählte, wie er Hickok mit dem alten Schnapphahntrick zum Patt gezwungen hatte, als Manning ihn unterbrach und sagte, Wild Bill sei genau der, an den er gerade gedacht hätte. Er erzählte, Gip und er hätten unterwegs ziemliche Schwierigkeiten gehabt, und sie fragten sich, ob Hickok etwas unternehmen könne.

Folgendes war geschehen: Manning und Gip hatten für Doc Burnett eine Herde übernommen, nachdem sein erster Vorreiter sich in einem Kampf zu sehr hatte aufschlitzen lassen, um weitermachen zu können. Aber sie hatten von Anfang an Probleme mit ein paar Helfern namens Dolph und Joe Shadden gehabt. Johnny meinte, er würde die Brüder Shadden kennen. »Hatte selber nie Schwierigkeiten mit ihnen, aber ich weiß genau, die beiden können hinterlistige Schlangen sein.« Auch ich hatte schon von ihnen gehört, aber nie Gutes.

Der Ärger fing damit an, dass sich die Shaddens weigerten, ihre Schicht bei der Nachtwache zu übernehmen. Sie fanden, die Anfänger, deren erster Treck es war, sollten die Nachtwachen übernehmen, sie waren ja die Untersten auf der Leiter. Manning hatte entgegnet, entweder übernahmen sie ihre Nachtwachen wie jeder andere auch, oder sie könnten gehen. Fein, meinten sie, sie würden verduften, aber sie wollten den gesamten Lohn, für den sie in San Antonio angeheuert hatten. Das könnten sie sich stecken, entgegnete Manning. Er würde sie für genau den Teil des

 Trecks bezahlen, bei dem sie dabei gewesen wären – zu dem Zeitpunkt standen sie am Red River –, und nicht einen verfluchten Nickel mehr. Also blieben die Shaddens und schoben Nachtwache wie alle anderen auch, doch als der Treck durch die Indian Nations zog, hörten sie nicht auf damit, Stunk zu machen. Sie versuchten ständig, die anderen gegen die Clements aufzuwiegeln, und sorgten gehörig für Unruhe. Sie beschwerten sich über alles Mögliche. Sie gehorchten Befehlen nur unwillig und schimpften hinter vorgehaltener Hand über Manning. Sie versuchten Streit mit den paar Cowboys anzuzetteln, die auf der Seite der Clements standen. Die Spannungen wurden immer schlimmer. Manning und Gip wechselten sich beim Schlafen ab, um bei Nacht gegenseitig aufeinander aufzupassen.

Eines regnerischen Abends, als sie nach Kansas kamen, spitzte sich die Lage zu. Manning ritt hinaus, um einer Nachtwache dabei zu helfen, ein paar Streuner zusammenzutreiben, und als er zum Camp zurückkehrte, erwischte er Dolph dabei, wie er Little Eddie, den Jüngsten im Team, schlug und herumschubste. Gip versuchte dazwischenzugehen, doch Joe Shadden riss ihn immer wieder weg und sagte ihm, er solle sich um seinen eigenen Scheiß kümmern. Manning rannte hin und drückte Joe mit den Schultern von Gip weg, gerade als Dolph Little Eddie so prügelte, dass der ins Kochfeuer fiel. Little Eddie schrie und rollte aus den Flammen, und ein paar Helfer eilten zu ihm und rissen ihm das qualmende Hemd vom Leib. Joe zog sein Messer aus dem Stiefel, holte nach Manning aus und traf ihn am Schlüsselbein. Gip und Dolph zogen ihre Waffen, und Gip schoss Joe in den Arm, als Dolph gerade ein Loch durch Gips schlottriges Regencape feuerte. Bevor Dolph erneut schießen konnte, schoss ihm Manning ins Herz. Und als Joe versuchte, mit seinem verletzten Arm seinen Revolver zu ziehen, schoss ihm Manning direkt in den Hirnkasten.

Manning übergab die Herde einem der Cowboys, und Gip und er machten sich so schnell sie konnten davon. Sie ritten ihre Pferde fast zu Tode, um nach Abilene zu kommen. Sie hatten Doc Burnett nach Fort Worth telegrafiert und ihm berichtet, was geschehen war. »Einige im Trupp werden die Wahrheit sagen«, meinte Manning, »aber genauso viele werden lügen und behaupten, ich hätte sie kaltblütig abgeknallt.« Er nahm an, dass die Neuigkeiten bis zum Morgen Wichita erreicht hatten und von dort nach Abilene telegrafiert worden waren.

»Hickok hat mit Sicherheit einen Haftbefehl gegen mich vorliegen«, sagte Manning. »Wenn ich einen klaren Gedanken hätte fassen können, dann wäre ich gar nicht hergekommen. Ich sollte besser nach Osten abhauen und mich über Arkansas auf den Heimweg machen.«

Teufel, nein, meinte Wes, dazu gäbe es keinen Grund. Hickok und er hätten eine Übereinkunft, und er würde dafür sorgen, dass Manning sich ebenfalls mit ihm ins Benehmen setzen würde.

»Kannst du die Sache mit Wild Bill Hickok für mich klären?«, fragte Manning.

»He, Cousin, Bill und ich sind beste Freunde«, sagte Wes und grinste durchtrieben. »Aber jetzt hört mal, ihr Jungs gebt Johnny eure Pistolengurte, und er bewahrt sie für euch draußen im Camp auf. Ich kann die Sache mit Bill klären, aber wenn er euch mit Revolvern in der Stadt sieht, fragt er vielleicht gar nicht erst nach, bevor er euch vor Gericht bringt.«

»Na und, zum Teufel?«, fragte Manning. »Du bist doch auch bewaffnet.«

Wes stand auf und setzte sich den Hut auf. »Ja«, antwortete er und zwinkerte Manning zu, »aber bei mir ist das was anderes.« Er genoss so richtig, dass er in Hickoks Gunst stand. »Ihr bleibt hier, bis ich wieder da bin.«

Die Clements bestellten Austern und Eier und die größten Steaks im Haus, dann stürzten sie sich darauf, als hätten sie seit einer Woche nichts gegessen. Kurz darauf kam Wes wieder zurück und grinste noch breiter als zuvor. Er hatte Hickok im Alamo gesehen, berichtete er, hatte ihn aber nicht beim Pokern stören wollen, also war er bei Columbus Carol im Bull's Head gewesen und hatte ihm die Lage erklärt. Carol hatte versprochen, er würde mit Wild Bill reden und die Sache mit Manning klären.

»Siehst du, Cousin?«, sagte Wes und verpasste Manning einen Schlag auf den Arm. »Alles geregelt.«

Nach dem Essen hatten wir alle einen Abschiedsdrink im

 Applejack, dann ritten Johnny, Jim und ich zurück in unser Camp in Cottonwood, um darauf zu warten, dass die Fleischpreise stiegen, was, wie man uns sagte, in den nächsten Tagen passieren würde.

Am nächsten Morgen tauchte Manning auf, um sich seine Waffen von Johnny abzuholen. Er trug einen Colt, den er sich von Wes geliehen hatte. Er setzte sich auf eine Tasse Kaffee und erzählte uns, dass er eine höllische Nacht in Abilene hinter sich hatte. Viel von der Stadt gesehen hatte er allerdings nicht, weil Hickok ihn doch verhaftet hatte. Er hatte mehrere Stunden im Knast verbracht und sich die Zeit mit einem Quacksalber vertrieben, der beschuldigt wurde, sechs Bürger der Stadt vergiftet zu haben, die von seinen Spezialelixieren getrunken hatten, und mit einem zerschundenen Cowboy, der mit seinem Pferd in einen Saloon geritten und auf einen Faro-Tisch gestiegen war – was alle zum Lachen gebracht hatte, nur die Faro-Spieler nicht, die ihn vom Gaul gezerrt und windelweich geprügelt hatten, bis einer von Hickoks Deputys auftauchte und ihn ins Kittchen steckte. Jedenfalls hatte Wes es schließlich irgendwie geschafft, Manning aus dem Knast zu mogeln und ihn schleunigst aus der Stadt zu schaffen.

Wir wollten natürlich alle Einzelheiten hören und versuchten, ihn dazu zu zwingen, bis zum nächsten Tag bei uns zu bleiben, doch er meinte, er wolle lieber so schnell wie möglich nach Texas zurück. »Schätze, Wes wird früher oder später eh vorbeikommen«, sagte er, »der kann euch die Geschichte ausführlicher erzählen als ich.« Also gaben wir ihm Proviant mit, wünschten ihm Glück, und weg war er.

Früh am Morgen taucht plötzlich Wes auf – in seinem verdammten Nachtzeug auf dem Pferd, ungelogen –, und die Gesetzeshüter waren ihm auf den Fersen.

Tyler McBride

Als das Telegramm aus Wichita eintraf, in dem die Verhaftung von Manning Clements wegen der Ermordung zweier Cowboys in South Kansas angeordnet wurde, wollte es der Zufall, dass Clements in der Stadt war – er und sein Bruder Gip –, schon seit ein paar Tagen. Bill ärgerte sich, als er das Telegramm las. »Schätze, die ganze Stadt hat schon davon gehört«, sagte er, »wie ich Bloomers kenne.« Bloomers war der Telegrafist – ein geschwätziges Klatschmaul. Wenn es um die Verbreitung von Neuigkeiten ging, war er schneller als der *Chronicle*.

Tom meinte, er habe Clements gerade mit Hardin beim Essen im American House gesehen, und er wusste, dass Gip Clements im Applejack Karten spielte. Tom hatte immer gern alles im Auge. Bill seufzte schwer und fluchte leise. Wir alle wussten, was an ihm nagte: Hardin hatte sich nicht an ihre Abmachung gehalten. Wenn er zu Bill gekommen wäre und ihn darum gebeten hätte, sich mit seinem Cousin zu verständigen, dann hätten sie wahrscheinlich etwas ausgehandelt, damit Bill Clements nicht verhaften brauchte, ohne schlecht dazustehen. Doch nun wusste todsicher die ganze Stadt, dass es einen Haftbefehl für Clements gab, und Bill *musste* ihn verhaften, wenn es nicht so aussehen sollte, als hätte er nicht den Mumm dazu. »Verfluchter texanischer Abschaum«, murmelte er. Je länger er darüber nachdachte, umso wütender wurde er. Er sagte Tom, er solle Gip Clements im Applejack im Auge behalten, dann nahm er mich mit zum American House. An der Eingangstür meinte er: »Wenn einer von den beiden auch nur den Anschein macht, als wollte er nach der Waffe greifen, verpasst du ihm beide verfluchten Läufe.« So sauer war er.

Hardin lächelte, bis er Bills Gesichtsausdruck sah. Er warf mir einen Blick zu, wie ich da mit der Schrotflinte stand, und fragte Bill, ob ich auf dem Weg zur Entenjagd sei. Bill sah ihn nur wütend an und entgegnete: »Das ist grober Schrot, Mann.« Dann fragte er den anderen: »Sind Sie Manning Clements?« Clements nickte. »Ich habe einen Haftbefehl gegen Sie«, sagte Bill. »Sie sind verhaftet.«

Hardin regte sich natürlich auf, schien aber nichts dagegen unternehmen zu wollten, jedenfalls nicht solange meine Schrotflinte aus der Hüfte auf ihn zeigte. Ich wünschte, er hätte was versucht. Wenn er auch nur die Hand vom Tisch genommen hätte – ich hätte ihn in zwei Teile zerlegt. Dann stünde ich heute ganz anders da, darauf wette ich.

»War denn Columbus nicht bei dir, um dir wegen Manning Bescheid zu geben?«, fragte Hardin.

»Der Hundesohn hockt seit gestern früh im Alamo«, antwortete Bill, »der ist viel zu besoffen, um den Kopf vom Tisch zu heben. Wenn du diesen Kerl anmelden wolltest, warum bist du dann nicht selber zu mir gekommen?«

Die Gespräche im Speiseraum waren nervösem Flüstern gewichen. Eine Menge Leute sahen mit großen Augen zu uns herüber. Mit so einer Show hatten sie beim Abendsteak nicht gerechnet. Der Restaurantinhaber stand an der Hintertür, schaute ängstlich und recht nutzlos um sich. Hardin bat Bill um ein Gespräch unter vier Augen. Bill meinte, ich solle ein Auge auf Clements haben, dann gingen die beiden in ein Hinterzimmer. Während sie fort waren, meinte Clements zu mir, er sei unbewaffnet und würde nicht fliehen, also warum setzte ich mich nicht, ließ es ruhig angehen, trank einen Kaffee und probierte den Apfelkuchen. Wenn man mich fragt, war er kein schlechter Kerl.

Als Bill und Hardin wieder zurückkamen, hatten sie eine neue Übereinkunft getroffen – die beste Lösung, um Bills Ruf und Hardins Cousin gleichzeitig zu schützen. Hardin setzte sich neben Clements, damit sie in Ruhe reden konnten, und erklärte ihm die Lage. Bill würde ihn einsperren und dann Hardin gegen Mitternacht den Schlüssel geben, damit er ihn freilassen konnte – dann würde Clements sofort die Stadt verlassen. Clements wirkte nicht gerade glücklich darüber, sagte aber nichts dazu. Hardin stand auf und klopfte seinem Cousin auf die Schulter. »Also, bis acht«, verabschiedete er sich von Bill, »im Alamo«, und Bill nickte. Dann ging Hardin, um dafür zu sorgen, dass Clements' Pferd bereitstand, und Bill und ich brachten Clements zum Gefängnis hinüber.

Doch zuerst nahm Bill ihn mit in den Bull's Head Saloon und spendierte ihm und mir einen Drink. Er wollte die Texaner sehen lassen, dass sich Clements in seiner Gewalt befand. Er wollte sie daran erinnern, wer in Abilene das Sagen hatte. Die Blicke, die wir einfingen, waren rot glühend wie Hass, und Boshaftigkeit lag im Raum wie bitterer Qualm. Ich nahm meinen Drink und hielt die Schrotflinte umklammert, die Läufe niedrig und bereit. Ben Thompson warf uns von seinem Tisch aus böse Blicke zu und murmelte mit den Männern, die dort saßen. Phil Coe am Ende des Tresens schaute unglücklich drein. Das Grummeln um uns herum wurde lauter und bedrohlicher. Bill tat so, als würde er nichts davon mitbekommen. Selbst Clements wirkte besorgter als er. Bill lächelte sich im Barspiegel an und nippte gleichgültig mit der linken Hand am Whiskey. Als wir gingen, war der Laden in Aufruhr.

Bill spielte an seinem Schreibtisch ein paar Partien Solitaire, während Tom und ich an der Tür standen und uns das Grölen und Fluchen drüben im Saloon anhörten. Plötzlich sprang Catfoot aus dem Schatten am Ende der Veranda und grinste, als er sah, dass er Tom und mich überrascht hatte. Catfoot war Bills bestes Paar Ohren in der Stadt. Er war Armee-Scout in den Southwest Territories und ein Freund von Kit Carson gewesen. Er behauptete, er habe sich so manchem Indianer bis auf Armeslänge genähert, ohne je bemerkt worden zu sein. Als er für Bill in den Gassen von Abilene auszukundschaften begann, hatten ihm seine Trinkgewohnheiten schon einen Teil seiner Geschmeidigkeit genommen, doch er war noch immer der beste Anschleicher der Stadt. Er trug Mokassins und dunkle Kleidung und band sich ein schwarzes Tuch um den Kopf, statt einen Hut zu tragen, wodurch er wie ein Indianer aussah. Seit er Bill kannte, hatte er sich sein ergrautes Haar ebenfalls schulterlang wachsen lassen. Er vergötterte Wild Bill und hätte alles für ihn getan. Diesmal hatte er sich unter die Menge im Bull's Head gemischt, und er war gekommen, um Bill zu berichten, was er aufgeschnappt hatte. Dazu hätte er sich gar nicht anschleichen müssen. Das hatte er nur gemacht, um anzugeben.

Er berichtete Bill, dass die Jungs im Bull's Head aus Wut über Clements' Verhaftung Feuer spuckten. Sie sagten, Bill hätte ihn nur eingebuchtet, weil er Texaner sei. Außerdem wussten sie, dass Wes mit Bill eine Übereinkunft hatte, und sie fanden, dies sollte auch für seinen Cousin gelten. So wie sie das sahen, war so etwas wertlos, wenn es nicht auch für die Verwandtschaft galt. »Phil Coe meint, Clements darf eh nicht in Abilene verhaftet werden«, sagte Catfoot, »nicht für etwas, das er anderswo ausgefressen hat. Und Ben sagt, das beweist nur, dass kein Texaner deinem Wort vertrauen kann.«

»Ich scheiß auf Ben und den verdammten Köter, auf dem er in die Stadt geritten kam«, entgegnete Bill. Er schickte Catfoot zurück zum Bull's Head und sagte Tom, er solle noch zwei Deputys auftreiben. Er wollte vier bewaffnete Wachen am Gefängnis haben, falls die Texaner versuchten, Clements zu befreien.

Ein paar Minuten später sah ich Hardin ins Bull's Head gehen. Es wurde noch lauter und beruhigte sich dann etwas. Tom kehrte mit Mike Williams und Steve Wheeler zurück, und alle luden ihre Spritzen mit grobem Schrot. Eine halbe Stunde später verließ Hardin den Saloon, und Catfoot tauchte wieder auf.

Er berichtete, vierzig harte Burschen aus Texas hockten im Saloon und stünden bereit, um Clements rauszuhauen. Waffen bekamen sie von einer Wagenladung Gewehre, die ein Comanchero-Freund von Thompson in die Nebengasse kutschiert hatte. Thompson war dafür gewesen, das Gefängnis sofort zu stürmen, doch dann war Hardin aufgetaucht und hatte sie dazu gebracht, abzuwarten. Er hatte ihnen von dem Deal mit Bill berichtet, doch die meisten Texaner glaubten nicht, dass Bill sich daran halten würde, nicht mal Phil Coe. Hardin sagte zu Coe, er würde ihm den Schlüssel zu Clements' Zelle um Mitternacht schicken, dann könne er ihn selbst rausholen. »Wenn Coe den Schlüssel nicht um zwölf hat«, meinte Catfoot, »dann kommt der wilde Haufen hier angestürmt.«

Ein paar Minuten vor acht stand Bill auf und streckte sich. Er prüfte beide Colts, rückte seine Fliege zurecht und setzte den Hut auf. »Wenn Coe mit dem Schlüssel kommt«, sagte er zu Tom, »dann macht nicht lange rum, lasst Clements einfach raus.« Er wirkte ganz lässig, aber das war nur aufgesetzt. Er stand mit dem Rücken zur Wand, und das regte ihn endlos auf. Hinter seinem entspannten Grinsen tobte er.

Also machte sich Bill auf, um Hardin im Alamo zu treffen. Tom und ich saßen draußen auf der Veranda, beobachteten die Straße und lauschten angestrengt, bereit, ihm beim ersten Schuss zu Hilfe zu kommen. Die Lichter der Saloons ergossen sich auf die Straße. Die Menge im Bull's Head wurde immer größer, die Musik und das Gejohle immer lauter. Nichts bereitet dem Pack größeres Vergnügen als die Aussicht auf Randale.

Später hörten wir, dass Bill und Hardin zusammen die Stadt unsicher gemacht hatten. Sie hatten eine Riesenshow darum gemacht, gute Kumpel zu sein, und spendierten abwechselnd Runden für alle, wohin sie auch kamen. Ihr Glück beim Spiel war das reinste Gold. Bei dieser Tour gewann jeder von ihnen über tausend Dollar. Wenn Sie mich fragen, sollte eine einträgliche Glückssträhne Ausgleich genug sein für jeden Kratzer an Bills Stolz, den er an diesem Abend hinnehmen musste. Unglücklicherweise – vor allem für Catfoot – sah Bill das nicht so.

Gegen elf Uhr blieb eine große Droschke vor dem Bull's Head stehen, und sieben oder acht aufgeschminkte Miezen, alle betrunken und rotzfrech, stiegen aus, neckten sich gegenseitig und lachten laut. Sie bemerkten Tom und mich, fingen an zu pfeifen und zu gurren und machten sich einen Spaß mit uns. Mich störte das nicht sonderlich, doch Tom regte sich darüber auf. Er war immer ein wenig halsstarrig, wenn es um gefallene Mädchen ging. Ich glaube, seine Leute waren eiserne Baptisten.

»He, Deputy«, rief eine der Schwalben, »heute Abend schon 'n böses Mädchen kassiert?«, und alle kicherten wie die Hühner. Coe kam heraus und schnauzte sie an, und die meisten folgten ihm in den Saloon, doch zwei blieben noch draußen, kicherten, flüsterten miteinander und sahen zu uns herüber. Eine schlenderte auf die Straße und sagte: »He, Deputys! Schaut mal her!« Sie zog ihr Kleid herunter und zeigte uns eine hübsche Sekunde lang ihre nackten Brüste – feste, milchige Dinger waren das, mit großen rosigen Spitzen –, dann riss sie das Kleid wieder hoch und lachte, als würde sie gekitzelt.

»Jetzt reicht's«, meinte Tom, sprang von der Veranda, stapfte zu ihr und verhaftete sie wegen anstößigen Benehmens. »Anstößig?«, kreischte sie. »Im beschissenen *Abilene*?« Tom packte sie am Arm und zog sie in Richtung Gefängnis, doch sie wehrte sich, trat nach ihm und versuchte, ihm in die Hand zu beißen. Dann kam die andere dazu und sprang ihm auf den Rücken, und Tom hatte alle Hände voll zu tun. Ich hatte kaum eine andere Wahl, als ihm zu helfen.

Als ich die Hure von seinem Rücken zerrte, schrie er auf, und ich sah, dass sie ihre Zähne in seinem Ohr hatte. Dann stürzte sie sich auf mich und versuchte alles, um mir das Knie in meine Juwelen zu rammen. Ich bekam sie schließlich doch zu fassen, drückte ihr die Arme an die Seite und presste sie an mich, sodass sie mich nicht mehr treten konnte – und hatte dabei durchaus meinen Spaß, muss ich zugeben. Sie wohl auch, schätze ich, denn sie fing an zu kichern und sich in meinen Armen zu winden, ohne sich richtig freikämpfen zu wollen. In der Zwischenzeit hielt Tom der anderen von hinten die Arme über Kreuz vor der Brust verschränkt, sodass sie sich nicht umdrehen und schlagen oder treten konnte. Ihre Titten quollen aus dem Kleid, aber sie fand das nicht so lustig und fluchte, wand sich und machte Tom die Hölle heiß.

Ich hörte Gelächter und sah, dass wir eine ganze Menge Zuschauer hatten, darunter auch Bill und Hardin. Sie applaudierten, als wäre es eine Art Vorführung. »Klasse, Jungs«, sagte Bill, »wirklich gute Polizeiarbeit. Ich schätze, du solltest diese Wildkatze lieber in Eisen legen, bevor sie sich von dir losreißt und die ganze Stadt allein vermöbelt.« Hardin fand das lustig, aber Tom hatte sich in seine heiße Wut hineingesteigert und kam sich albern vor, mit diesem drallen Weibsstück zu ringen, während Bill, Hardin und ein Haufen Gaffer zuschauten und darüber lachten.

In dem Augenblick biss sie ihm kräftig in die Hand. Er brüllte auf und schlug sie so fest, dass sie umgefallen wäre, wenn er sie nicht festgehalten hätte. Sie versuchte sich loszureißen, doch er hielt sie fest und schlug noch zwei Mal zu, sodass sie in die Knie ging.

Bill eilte hin und gab ihm mit dem schönsten Hieb, den ich je gesehen habe, einen ans Kinn. Tom ließ das Mädchen los und landete auf dem Hintern. Als Zugabe verpasste Bill ihm einen Tritt in den Magen, der Tom die Luft nahm. Er ging auf alle viere und spuckte sein Essen auf die Straße.

Bill half dem Mädchen auf, das er Suzanne nannte. Jetzt erkannte ich sie; sie war das Mädchen aus Tennessee, das bei Violet arbeitete. Alles in Ordnung, meinte sie, und man solle sie in Ruhe lassen. Das Mädchen, das ich festhielt, sagte, ich solle sie loslassen, das tat ich, und sie ging zu Suzanne und half ihr, die Kleider zu richten und sich ein wenig zurechtzumachen. Während der ganzen Angelegenheit grinste Hardin breit. Bill reichte Tom eine Hand, um ihm aufzuhelfen, und holte ihm seinen Hut. Tom wischte sich den Mund am Hemdsärmel ab und zuckte dabei zusammen. Bill fragte ihn, ob der Kiefer gebrochen sei, doch Tom schüttelte den Kopf. Er sah Bill an wie ein Junge, der gerade von seinem Daddy Prügel bezogen hatte. »Junge, man schlägt *niemals* eine Frau«, sagte Bill. Er klopfte den Staub von Toms Rücken, und Tom befühlte sein verletztes Ohr. »Zumindest nicht, solange sie nicht versucht, dein Geld zu klauen«, fügte Bill hinzu. Dann machte er einen Augenblick lang ein nachdenkliches Gesicht. »Aber«, meinte er dann, »wenn eine Schlampe versucht, mit deinem Pferd abzuhauen, hast du natürlich das Recht, sie abzuknallen.«

Bill und Hardin geleiteten die Mädchen zum Bull's Head, Tom und ich kehrten wieder zu dem Vorbau zurück und saßen dort wohl über eine halbe Stunde, ohne ein Wort zu sagen. Tom rieb sich immer wieder mal das Kinn und befühlte sein Ohr. Dann verließen Bill und Hardin gemeinsam das Bull's Head und gingen zum Applejack. Ihnen folgte ein Mann namens Arlo Greaves, der für Phil Coe arbeitete. Schließlich sagte Tom: »Dieser ganze Schlamassel mit Hardin geht ziemlich an Bills Nerven, was?« Ich konnte nicht anders, ich musste mit ihm lachen. Je mehr ich darüber nachdenke, umso deutlicher scheint mir, dass Tom Carson genug Mumm hatte, um einen Viehwaggon damit zu füllen. Und er verehrte Bill Hickok mehr, als der Mann es verdiente, so viel steht fest, verdammt.

Kurz vor Mitternacht war der Lärm im Bull's Head laut genug, um Tote zu wecken. Eine Gruppe harter Jungs stand an der Saloontür und gab uns zu erkennen, dass sie bewaffnet und bereit waren. Von Catfoot war nichts zu sehen, aber der hatte wohl gedacht, dass wir ihn nicht mehr bräuchten, um zu wissen, was die Burschen im Bull's Head vorhatten. Zehn vor zwölf hatten sich etwa zwei Dutzend bewaffnete Männer aus dem Saloon auf die Straße bewegt, gaben Rebellenschreie von sich, wirbelten Revolver und ließen Flaschen kreisen. »Hol schon mal deinen Hut, Manning!«, rief einer. »He, Deputys«, brüllte ein anderer und wedelte mit seiner Waffe, »ich hab hier schon den Gefängnisschlüssel!«

Dann kam Arlo Greaves die Straße herunter. Er bahnte sich einen Weg durch die Menge in den Saloon. Kurz darauf trat Phil Coe heraus, sprach mit den Texanern, und alle stöhnten vor Enttäuschung. Coe kam zu uns herüber und gab Tom den Zellenschlüssel. Als Clements aus der Vordertür trat, johlten die Texaner, und er winkte mit seinem Hut. Coe reichte ihm einen Revolver. »Von Wes«, sagte er. »Den hat er geschickt, damit du nicht nackt losreiten musst.«

Clements verschwand mit Arlo Greaves zu seinem Pferd, das irgendwo auf ihn wartete. Phil grinste uns unverschämt an und stolzierte dann zum Bull's Head zurück, die wilden Burschen hinter ihm her. Bill und er waren immer gut miteinander ausgekommen, aber nach dieser Nacht nicht mehr. Er hatte sich Bill zum Feind fürs Leben gemacht. (Für Coe dauerte das eh nur noch zwei Monate, bis zu dem Tag, als er sternhagelvoll war und zum Spaß auf der Straße einen Hund abknallte – nur um dann dummerweise auf Bill zu feuern, als der ihn verhaften wollte. Bill verpasste Coe zwei Kugeln in den Bauch; der schicke Phil brauchte zwei harte Tage zum Sterben. Traurigerweise kam genau in dem Augenblick, als Bill Coe niederschoss, Mike Williams mit dem Gewehr in der Hand um die Ecke gerannt – und in diesem hitzigen Durcheinander wirbelte Bill herum und erschoss ihn ebenfalls – er legte seinen eigenen Deputy um. Die Zeitung ging hart mit Bill ins Gericht deswegen. Sie behauptete, er sei für die Stadt gefährlicher geworden als die wilden Burschen, vor denen er sie angeblich bewahren sollte. Die Bevölkerung sah das auch so, und Abilene feuerte Wild Bill. Aber das passierte alles erst später.)

Am Tag nach Clements' Freilassung wirkte Bill zerstreut. Er verlor im Alamo ein Spiel nach dem anderen und trank mehr als üblich. Als ich am Abend nach meiner Runde zum Gefängnis zurückkehrte, saß er an seinem Schreibtisch und teilte sich eine Flasche mit Catfoot. Sie unterhielten sich über ihre Zeit als Scouts bei der Unions-Armee. Bill meinte, er habe mal einen Scout gekannt, halb Apache, der mit den anderen Scouts gewettet hätte, er könne sich in das Zelt des Kommandanten schleichen und ihm, während dieser schläft, eine Locke vom Bart abschneiden, ohne ertappt zu werden. »Zum Teufel, wir dachten, wir könnten schnelles Geld machen, und jeder wettete mit ihm um zwanzig Dollar«, erzählte Bill. Ein anderer Scout und er schauten aus dem Gestrüpp zu, wie das Halbblut zum Zelt des Majors kroch – und zwanzig Minuten später schauten sie immer noch, als ihnen das Halbblut von hinten auf die Schulter klopfte. »Er grinste bis über beide Ohren und hielt uns eine Locke aus dem roten Bart des Kommandanten hin«, sagte Bill. »Am nächsten Tag konnte man im Gesicht des Kommandierenden die Stelle sehen, wo die Haare abgeschnitten worden waren. Das verfluchte Halbblut war der beste Anschleicher, den ich je gekannt habe.«

Catfoot wirkte beleidigt. »Ein paar von uns hätten den Kerl *rasieren* können, ohne ihn zu wecken«, prahlte er. »Das ist doch nichts Besonderes, einem schlafenden Mann eine Locke abzunehmen.« Außerdem, so meinte er, alles, was dem Anschleicher hätte passieren können, wäre eine Nacht im Bau und die Entlassung aus der Armee. »Solange es nicht ums Leben geht, braucht man mit solchen Anschleichereien gar nicht erst anzugeben«, sagte er. »Wie bei den ganzen Indianern, an die ich mich angeschlichen habe. Dazu braucht's Mumm.« Bill lächelte und meinte, er würde den Mund ja reichlich voll nehmen. Catfoot erwiderte, er sei jederzeit bereit, das auch zu beweisen. »Brauchst mir nur den Einsatz nennen«, sagte er und kippte sein Glas hinunter.

Bill tat so, als würde er nachdenken, und strich sich über den Schnurrbart, während er Catfoot nachschenkte. Dann zog er vier Fünfzig-Dollar-Goldstücke aus der Tasche und knallte sie auf den Tisch. »Ich setze die hier gegen deinen feinen neuen mexikanischen Sattel«, verkündete er, »dass du es nicht schaffst, Hardin heute Nacht eine Locke vom Kopf zu schneiden.«

Später erzählte mir Tom Carson, er sei sich ziemlich sicher, dass Bill Catfoot nur hochnehmen und ihn dazu bringen wollte zuzugeben, dass er nicht mehr so gut wie früher sei, aber ich bin mir da nicht so sicher. Wenn dem so war, warum hat er dann Catfoot nicht davon abgehalten, die Sache durchzuziehen, als er merkte, dass er es wirklich vorhatte? Tom meinte darauf, Bill hätte wohl gedacht, Hardin würde das Ganze für einen Scherz halten, falls er Catfoot auf frischer Tat ertappte. Ja, sicher. Da sieht man mal, wie gut Tom seine Augen vor Bills fieser Seite verschließen konnte, so sehe ich das.

Jedenfalls standen Tom, ich und Catfoot später an dem Abend in den Schatten gegenüber vom American House und beobachteten, wie Hardin und sein Cousin Gip Clements nach einer Nacht in der Stadt hineingingen. Der Mond schien hell, und Catfoots Augen strahlten vor Aufregung ebenso wie von all dem Whiskey, den er gekippt hatte. Sein Atem hätte Ungeziefer töten können. Er hatte ein Rasiermesser dabei, das er eine Stunde lang geschärft hatte. »Schätze, das alte Langhaar wird nach dieser Nacht schon sehen, wer der beste Anschleicher auf der Welt ist, hm?« Er grinste uns an und verschwand im Schatten.

Wir schlugen uns die Zeit damit tot, das Hotel zu beobachten und der Musik aus den Saloons und Etablissements in der nächsten Häuserzeile zu lauschen; man hörte das leise Muhen der Rinder, Rufen und Johlen in der Ferne, ab und an das Geräusch von zerbrechendem Glas, gefolgt von einem hohen Frauengelächter. Die verdammte Stadt wusste, wie man Spaß hatte.

Und dann, bämm-bämm-bämm! – Schüsse aus dem American House. Drei weitere, als wir über die Straße liefen und in die Hotelhalle stürmten. »Oben!«, brüllte der Nachtportier, der hinter seinem Tresen hervorlugte.

Im Gang stank es nach Schießpulver. Catfoot lag in einer Blutlache zusammengerollt auf dem Boden, er hatte im Tod die Augen weit aufgerissen. Er drückte etwas fest an die Brust, das sich als Hardins Hose entpuppte – und Gips Hose noch dazu. Der dumme Kerl hatte es wohl lustig gefunden, sie zusammen mit der Locke, die er in der anderen Hand hielt, zu Bill zu bringen. Vom Rasiermesser keine Spur.

Catfoots Blutspur führte zu einer verschlossenen Tür ein paar Meter weiter. Einen Augenblick lang hörte ich nichts, nur meinen schweren Atem – dann ein leises Schlurfen in dem Zimmer. Tom hörte es ebenfalls und machte mir ein Zeichen, ihm Deckung zu geben. Dann rannte er mit gespanntem Revolver neben die Tür. Die Treppe hinter uns war plötzlich voll trampelnder Schritte und lauter Stimmen. »Gib auf, Hardin!«, brüllte Tom die Tür an.

Dann standen Bill und Mike im Gang, beide mit Schrotflinten bewaffnet. Sie mussten ganz in der Nähe gewesen sein, so schnell wie sie hier aufkreuzten. Bill sah Catfoot kaum an. Er hob die Flinte und nickte zu Tom, und der verpasste der Tür einen Mordstritt und schlug sie weit auf. Bill steckte die Flinte durch die Tür und feuerte beide Läufe ab. Himmel! In dem schmalen Gang war der Knall so laut wie Dynamit.

Ich folgte Tom und Bill durch die Tür, bereit, auf alles zu schießen, was sich bewegte, doch das Zimmer war leer. Mir dröhnten so die Ohren, dass ich nichts hörte. Bill eilte ans Fenster, um auf den Vorbau und die Gasse hinauszuschauen. Ich linste ihm über die Schulter und sah Steve, der zu uns heraufschaute, mit den Armen wedelte und etwas rief. Ich sah Bills Lippen »Shit!« sagen. Er drängte mich beiseite und eilte hinaus, die anderen dicht auf den Fersen.

Schon hatte sich eine Meute aus Betrunkenen und neugierigen Bürgern eingefunden. Bill zog Steve in die Gasse, um ihn ungestört zu befragen. Steve war den Tränen nah – und Bill sah aus, als wollte er ihn verprügeln. Steve erklärte, Hardin und Clements seien vom Vorbau gesprungen und hätten ihn überrascht. Hardin hatte ihm ein Rasiermesser an die Kehle gehalten, Clements ihm

196 Schrotflinte und Revolver abgenommen. Sie hatten zwei Pferde von der Stange vor dem Gebäude losgebunden und waren zum Ende der Stadt geritten. Dort war der eine auf der Straße nach Süden geblieben und der andere nach Osten abgebogen. Er wusste nicht, welcher Hardin war. Bis auf Hüte und Stiefel waren die beiden in Unterwäsche gewesen.

Das verschlug uns für einen Augenblick die Sprache. Wir dachten alle dasselbe. Mike war der Erste, der kichern musste. Dann gab Tom ein leises Grunzen von sich, als würde er ein Lachen unterdrücken, und ich ertappte mich dabei, wie ich sehr breit grinsen musste. Ich meine, ich konnte es mir bildhaft vorstellen – Hardin, der Killer, wie er in Unterwäsche die Sporen gab, um aus Abilene fortzukommen. Dann mussten wir alle drei lachen, und dann konnte selbst Steve nicht mehr anders. Bill versuchte sein Bestes. Er sah in den Himmel hinauf und strich sich über den Schnurrbart, als versuchte er an etwas anderes zu denken, doch er bekam es nicht hin, und nach einer Weile lachten wir fünf wie die Irren. Wir standen da in der Gasse, lachten und lachten, und die Schaulustigen glotzten uns von der Straße aus an. »Sie haben ausgesehen wie gerupfte Hühner!«, sagte Steve – und dann mussten wir wieder losprusten. Es dauerte eine ganze Weile, bis wir uns wieder im Griff hatten und die Tränen aus den Augen wischen konnten.

Bill räusperte sich und sagte mit lauter Amtsstimme, damit alle Bürger ihn hören konnten: »*Das* war keine Selbstverteidigung, nicht, wenn der Tote kein Gewehr und keine andere Waffe bei sich hatte.« Ich dachte an das Rasiermesser und schaute Bill an, doch der bremste mich mit einem Blick. »Deputys«, verkündete er wieder mit der lauten Politikerstimme, »falls sich die Gelegenheit ergibt, schießt ihr bei Sichtkontakt.«

Er schickte Mike und Steve auf den östlichen Weg, um nach dem Flüchtigen zu suchen, und Tom und mir befahl er, den Weg nach Süden zu nehmen. Falls wir bis zum späten Vormittag keine Spur aufnahmen, sollten wir umkehren. Wir stiegen in die Sättel und galoppierten los in der Hoffnung, Boden gutzumachen; vielleicht glaubte er ja, schon weit genug weg zu sein, und ritt langsamer.

Kurz nach Sonnenaufgang stießen Tom und ich auf Johnsons Rindercamps. Der Rammbock, ein Kerl namens Coran, sagte, er habe keine Spur von Wes Hardin oder Gip Clements gesehen, lud uns aber zu ein paar Brötchen mit Melasse und einer Tasse Kaffee ein. Wir waren sehr froh darüber – und ziemlich hungrig, nachdem wir die ganze Nacht geritten waren. Ich wollte gerade mein zweites Brötchen essen, als eine Stimme direkt hinter uns sagte: »Hände hoch, ihr Mistkerle, oder ich mache Hundefutter aus euch.« Er hatte von irgendwem Kleidung bekommen und richtete Steves Schrotflinte auf uns.

Der Mistkerl zwang uns, alle unsere Kleider abzulegen. Ich meine, jeden einzelnen verfluchten Faden, bis zu den nackten Füßen. Er ließ die Sättel von unseren Pferden nehmen und in den Fluss werfen, zusammen mit unseren Gewehren und Stiefeln. Dann befahl er uns, ohne Sattel aufzusitzen – aber das musste er zweimal sagen, weil wir ihn bei dem Gelächter der Cowboys wegen unserer blassen, blanken Ärsche und unserer kleinen Petermänner im helllichten Sonnenschein kaum verstehen konnten. Hardin sagte uns, wir könnten uns die Mühe sparen, zu irgendeinem anderen Trupp zu reiten und um Klamotten zu bitten. Er hatte schon weitergegeben, dass keiner uns helfen sollte. »Das Einzige, was irgendein texanischer Zug euch gehäuteten Kaninchen geben wird, ist eine Kugel in den Hintern«, sagte er. Wir ritten los, und das Gelächter klingelte uns in den Ohren.

Kaum hatten wir eine Anhöhe genommen und waren außer Sichtweite, blieb ich stehen und sagte zu Tom, dass ich nicht nach Abilene zurückreiten würde. Diese Schande würden wir nicht überleben, sagte ich zu ihm. Das mit der Schande würde schon stimmen, meinte er, aber es bliebe uns nichts anderes übrig, als die Suppe auszulöffeln. Nein, Sir, entgegnete ich, ich nicht. Die Suppe, die wir auszulöffeln hätten, wäre mit Hohngelächter gewürzt, und das würden wir für den Rest unserer Tage zu hören kriegen, wenn wir in Abilene auf die Straßen gingen. Tom machte die größte Leichenbittermiene, die ich je gesehen habe, aber er meinte, es gäbe keine andere Wahl, nicht für ihn, er müsse heim. Ich schimpfte ihn einen Trottel, doch er zuckte nur mit den Schultern und ritt davon.

Ich hielt mich westwärts, wendete dann nach Süden und ritt fast den ganzen Tag, bis ich kurz vor Sonnenuntergang auf eine Gruppe von Büffeljägern stieß. Ich konnte sie riechen, bevor ich sie sah. Ihre Wagen waren bis oben voll mit den steifen Fellen der Büffel, die sie auf den High Plains geschossen hatten. Natürlich hatten die Jäger was zu lachen, als sie mich sahen. Ich war knallrot vor Sonnenbrand, und die Haut schälte sich schon. Selbst mein Petermann war verbrannt. Mir tat alles weh, als ich Hemd, Hose und Mokassins anzog, die sie mir überließen, vor allem, weil die Sachen steif von gestocktem Blut und Schmiere waren. Ich musste mich bei dem Gestank fast übergeben, aber ich schätzte mich glücklich, überhaupt was zum Anziehen zu haben, und bedankte mich freundlich. Ihre Großzügigkeit reichte sogar noch für einen Packen Trockenfleisch, eine Feldflasche Wasser und eine stinkende alte Decke als Sattel. Dann gingen sie ihrer Wege und ich meiner.

Später hörte ich, dass Tom Carson sich seiner Schande gestellt hatte wie ein Mann. Und nachdem die Stadt genug Witze auf seine Kosten gerissen hatte, erwies sie ihm mehr Respekt als je zuvor, Wild Bill eingeschlossen. Verdammt.

VIERTER TEIL

BLUTVERGIESSEN

Aus dem *El Paso Daily Herald* vom 20. August 1895

Mr. R.B. Stevens, Inhaber des Acme Saloon, sagte aus:

»Ich war auf der Straße, und dort berichtete mir jemand, dass es in meinem Saloon Ärger zwischen Wes Hardin und John Selman sen. geben könnte. Ich ging zum Saloon und trat ein. Selman saß draußen vor der Tür. Hardin stand hinter der Tür am Tresen und würfelte mit Henry Brown. Ich ging nach hinten in den Leseraum und setzte mich so hin, dass ich die Theke überblicken konnte. Bald darauf traten Selman und Shackleford ein und tranken ein Glas. Dann hörte ich, wie Shackleford zu Selman sagte: ›Na, komm schon; du trinkst, und ich möchte nicht, dass du Ärger kriegst.‹ Sie sind gemeinsam hinausgegangen. Ich nahm an, dass Selman weggegangen war und es keinen Ärger mehr geben würde. Ich lehnte mich an einen Pfosten und unterhielt mich mit Shorty Anderson, konnte also die Eingangstür nicht sehen und weiß auch nicht, wer hereingekommen ist. Als Selman und Shackleford wieder in den Saloon kamen, tranken sie etwas im Schankraum. Ich habe Selman nicht gesehen, als die Schüsse fielen. Als ich in den Schankraum trat, lag Hardin tot auf dem Boden neben der Tür. Ich ging zur Tür und sah hinaus. Selman stand draußen mit mehreren anderen, darunter Capt. Carr. Als Capt. Carr in den Saloon kam, bat ich ihn, sich um Hardins Leiche zu kümmern und die Menschen fernzuhalten. Er erwiderte, er könne die Leiche nicht wegschaffen, bevor die Menschenmenge sie gesehen hätte. Ich sah, wie Carr Hardins Leiche zwei Revolver abnahm. Einer hatte weiße Griffschalen, der andere schwarze. Beides waren Colts Kaliber .41. Die Kugel, die durch Hardins Kopf gedrungen war, hatte einen Spiegelrahmen getroffen und war am anderen Ende des Tresens zu Boden gefallen. Im Boden, wo Hardin lag, sind drei Einschusslöcher in einer Dreiecksform, etwa eine Spanne groß. Sie gehen direkt durch die Dielen.«

Auszug aus *Das Leben John Wesley Hardins, von ihm selbst niedergeschrieben*

»Als ich Jane Bowen heiratete, rechneten wir jeden Augenblick mit der Polizei ...«

»Lynchjustiz hatte in Texas die Oberhand gewonnen, wie die Hinrichtungen meiner Verwandten und Freunde hinreichend belegen.«

»Am Grab meines Bruders schwor ich, seinen Tod zu rächen, und wenn ich Ihnen berichten könnte, was ich dazu schon unternommen habe, ohne dass man mich dafür haftbar machen könnte, würden Sie glauben, ich habe meinen Schwur erfüllt. Während ich dies schreibe, sage ich aus tiefstem Herzen, dass mein Wunsch nach Rache nicht befriedigt ist, und wenn ich noch ein Jahr lebe ... erkläre ich hiermit, dass ich Leben nehmen werde, ganz gleich mit welchen Konsequenzen.«

»Ich habe geschworen ... niemals vor dem Lauf einer Waffe zu kapitulieren. Das habe ich auch nie getan, auch wenn ich ein paar Mal durch blanke Gewalt dazu gezwungen worden bin.«

»Mit mir war das ein Kampf bis aufs Messer.«

Henry Porter

Falls Wes wirklich versucht hat, Ärger aus dem Weg zu gehen, in jenem Sommer nach seiner Rückkehr aus Kansas, dann waren die Sandies wohl die letzte Gegend, in die er hätte ziehen sollen. Andererseits lebte hier die gesamte Clements-Sippschaft – und natürlich Jane Bowen, in die er verliebt war und die er heiraten wollte.

Es waren entsetzlich harte und blutige Zeiten. Ed Davis' tyrannische Polizei war so allgegenwärtig wie die Fliegen. Davis nannte die Countys Gonzales und DeWitt die schlimmsten Gegenden in Texas, was Fehden, Morde und gesetzloses Treiben anging, und da hatte er vermutlich recht. Die Fehde zwischen Sutton und Taylor wurde immer brutaler, und Bürgerwehren und Night Rider vom Ku-Klux-Klan streiften durchs Land. Es war allerdings allgemein bekannt, dass viele von Suttons Night Rider zu jenem Abschaum von weißen Mistkerlen gehörten, die am Tag die Uniform der State Police trugen.

Wes wohnte in Manning Clements' Haus bei Elm Creek und verbrachte seine Zeit damit, seinen Cousins auf der Ranch zu helfen. Abends warb er um Jane. Etwa einen Monat lang blieb es ruhig nach ihrer Rückkehr aus Kansas. Dann tauchten eines Tages zwei Männer der State Police, ein Paar wuchtiger Nigger, in Smiley auf und suchten nach ihnen. Irgendein Abschaum hatte ihnen wohl gesteckt, dass Wes in der Stadt war. Sie fragten an jedem Haus und in jedem Geschäft nach ihm und erschreckten dabei Frauen und Kinder, wie sie es immer gern taten. Schließlich tauchten sie in meinem Frisiersalon auf, als Wes sich rasieren ließ. Sie hatten die Hände an den Waffen und sahen sich jeden im Laden genau an. Wes hatte das Gesicht voller Rasierschaum, und die Nigger beäugten ihn besonders lang. »Die Herrschaften sollten vorsichtig mit den Revolvern sein«, sagte Wes ganz freundlich zu ihnen. »Sie wollen ja niemanden aus Versehen erschießen.« Der Nigger-Sergeant war ein Bursche namens Green Parramore, und wir alle wussten, wie gern er alle schikanierte. Parramore sagte, man habe ihnen gemeldet, John Wesley Hardin sei in der Stadt, und sie würden nach ihm suchen. Wes wischte sich mit der linken Hand mit einem Handtuch übers Gesicht, behielt die rechte unter dem Rasiertuch, und fragte Parramore, ob er denn Hardin erkennen würde. Nein, meinte der Nigger, aber er gehe davon aus, dass jemand, der was von der Belohnung brauchen könnte, es ihm schon sagen würde, wenn er in der Nähe wäre. »Da haben Sie wohl recht«, sagte Wes. »Zum Teufel, für die Belohnung würde das sogar ich machen.« Die beiden Nigger schauten sich argwöhnisch um. »Ist er hier?«, fragte Parramore. »Genau hier«, antwortete Wes und grinste breit.

Parramores Augen wurden groß wie Schneebälle, und er zückte seinen Revolver, doch Wes feuerte unter dem Tuch, traf ihn über dem Auge und jagte seinen Hinterkopf durch die Fensterscheibe. Der andere rannte zur Tür hinaus, als Wes auf ihn feuerte und ihm ein Stück aus der Uniformjacke riss. Wes rannte ihm hinterher, dabei hing ihm immer noch das Tuch um den Hals und Seifenschaum am Kinn, doch der Nigger flitzte wie ein geprügelter Köter. Wäre Wes stehen geblieben und hätte gezielt, dann hätte er ihn sicher gekriegt, doch er feuerte im Laufen und schoss vorbei. Die Leute schrien auf und sprangen in alle Himmelsrichtungen in Deckung. Der Nigger rannte in eine Gasse, sprang über einen Zaun und verschwand in den Wäldern nördlich der Stadt. Hat mächtig viel verdammtes Glück gehabt, der Kerl.

Tja, Sie können mir glauben, dass es in der Stadt in den nächsten Tagen mit der Geschichte dieser Schießerei nur so summte. Dann gab es das Gerücht, dass eine hartgesottene Bande der Bürgerwehr aus San Antonio auf dem Weg war, um Wes zu verhaften oder zu töten, wie immer sie sich auch die Belohnung verdienen konnten. In den folgenden zwei Tagen sahen wir nichts von Wes und den Clements-Burschen, und die meisten von uns dachten, sie hätten sich irgendwo versteckt. Aber auch die Vigilantenbande tauchte nie auf.

Und wer steht am folgenden Samstagmorgen in meinem Geschäft: Manning Clements mit einem Grinsen bis über beide Ohren und einer Geschichte. Ein paar Tage zuvor hatte er gehört, dass die Bande aus San Antonio nur ein paar Meilen von Elm Creek entfernt war und sich schnell näherte. Er ging sofort zu Wes und riet ihm, in die Hügel zu verschwinden und sich eine Weile zu verstecken.

Doch Wes wollte davon nichts wissen. Er sagte zu Manning, der Tag, an dem er vor einem Kampf davonrennen würde, sei der Tag, an dem er ein Kleid anziehen und mit dem Stricken beginnen würde. Er wollte noch nicht mal, dass Manning und seine Brüder sich ihm anschlossen. Das sei sein Kampf, meinte er, und er würde ihn selbst ausfechten. Er bewaffnete sich mit vier Revolvern und ritt los, um sich der Bande zu stellen. Manning versuchte, Wes' Wunsch zu erfüllen und sich aus dem Kampf rauszuhalten, aber nach zehn Minuten meinte er, zum Teufel damit, trieb Jim und Gip auf und ritt hinterher, um Wes zur Seite zu stehen.

Sie waren fast bei Salty Creek, als sie Schüsse hörten. Sie gaben ihren Pferden die Sporen, um die nächste Anhöhe zu nehmen, und sahen acht oder neun Reiter, die im vollen Galopp nordwärts ritten, verfolgt von Wes, der mit zwei Revolvern gleichzeitig schoss. Zwei aus der Bande lagen schon am Boden, dann fiel ein Dritter von seinem Pferd. Wes folgte den anderen über die nächste Anhöhe und verschwand außer Sicht. »Das war ein herzerwärmender Anblick«, sagte Manning, »diese ganzen mutigen Bandenmitglieder, die vor einem einzigen bösen Sandies-Burschen Reißaus nehmen.«

Die Clements-Burschen ritten hinter Wes her, doch noch ehe sie die Anhöhe genommen hatten, kam Wes zurückgetrabt, grinste breit und winkte. Der Letzte der drei Männer, die er getroffen hatte, versuchte auf die Knie zu kommen, und als Wes an ihm vorbeitrottete, schoss er ihm in den Kopf und brüllte: »Immer noch nicht kapiert?!«

Einer der Männer, die Mannings Geschichte hörten, ein Hausierer auf Durchreise, murmelte, dass er das nicht sonderlich »sportlich«, fände, wie Wes diesem dritten Kerl einfach so in den Kopf geschossen hätte. Manning sprang aus dem Frisierstuhl und packte ihn mit beiden Händen am Kragen. »Dieser Hundesohn und alle anderen sind den ganzen Weg hergeritten, um Wes abzuknallen!«, brüllte er dem Kerl ins Gesicht, der weiß wurde wie die Wand. »Sie alle gegen einen! Was zum Teufel meinst du da mit ›sportlich‹, du blöder Haufen Mist?« Ein paar von uns schafften es, Manning so weit zu beruhigen, dass er den Kerl losließ, und der Fremde nahm die Beine in die Hand, das kann ich Ihnen versichern.

Die Geschichte von Wes' Kampf mit der San-Antonio-Bande verbreitete sich wie ein Lauffeuer. Sie stand in allen Zeitungen. Manche Leitartikel nannten ihn einen Helden, weil er sich der verhassten State Police und den feigen Vigilanten, den Bürgerwehrlern, die das Recht selbst in die Hand nahmen, gestellt hatte – andere hielten ihn für einen blutigen Desperado, der wie ein räudiger Hund abgeknallt oder an der größten Eiche in Texas aufgehängt gehöre.

Dann erhielten wir die Nachricht, dass ein Mob von fünfzig Niggerpolizisten und ein paar ihrer Amigos von weißem Abschaum drohten, nach Smiley zu kommen und die Stadt niederzubrennen, weil sie auf Wes Hardins Seite gewesen war. Als Wes davon hörte, ging er ins Telegrafenamt und schickte dem Hauptquartier der State Police ein Telegramm, in dem stand: »Na, kommt schon her. Keiner von euch wird zurückkehren.« Als sie eine Woche später immer noch nicht aufgetaucht waren, wussten wir, dass sie ganz fortbleiben würden. Tatsache ist, nachdem Wes ihnen dieses Telegramm geschickt hatte, bekamen wir in Gonzales kaum noch State Police zu sehen.

Danach verließ Wes die Sandies für eine Weile. Manche meinten, er sei nach Hill County gezogen, um seine Eltern zu besuchen, andere behaupteten, dass er nach San Antonio gegangen sei, um im Pferdehandel einzusteigen. Die Clements dürften es wohl gewusst haben, aber sie sagten natürlich kein Wort, und das kann ich ihnen nicht verdenken. Man konnte nie wissen, wer der State Police was zuflüsterte. Wes tauchte erst kurz nach Weihnachten wieder auf, als Gip Clements sich mit Annie Tenelle vermählte. Und bei Gips und Annies Hochzeitstanz gaben Wes und Jane ihre Verlobung bekannt.

Julia Harper

An einem kühlen sonnigen Tag im März läuteten für die beiden in Riddleville die Hochzeitsglocken. Sie zogen in ein kleines Haus draußen auf Fred Duderstadts Ranch. Wes sprach davon, eine Herde zusammenzutreiben und mit meinem Lucas und den Clements-Brüdern noch einen Treck nach Kansas zu machen, doch dann erfuhren sie, dass die Preise auf dem Viehmarkt in Kansas immer noch so niedrig waren, dass es sich nicht lohnte. Deshalb beschlossen die Clements, eine kleine Rinderherde zur Küste zu treiben, wo sie in Mobile verfrachtet werden sollte, und Wes wollte es mit dem Pferdehandel versuchen. Mein Lucas und sein Bruder John taten sich mit ihm zusammen. Sie hatten gehört, dass es gleich auf der anderen Seite des Flusses in Sabine einen florierenden Markt für Pferde gab.

Lucas und John machten sich daran, eine Pferdekoppel auf Duderstadts Land zu errichten, und Wes ritt zur King Ranch, um einen Pferdehandel einzufädeln. Wir rechneten damit, dass er etwa zwölf Tage brauchen würde, doch kaum war er eine Woche fort gewesen, fand Lucas eines Morgens Wes' Pferd Old Bob auf der Koppel, vollkommen verschwitzt und zu abgekämpft, um auch nur den Kopf zu heben. Wes hatte das feine Pferd von meinem Schwager John gekauft, und nun war es zuschanden geritten.

Als Wes später auftauchte und Lucas ihn fragte, was denn mit Old Bob passiert sei, grinste Wes ein wenig verschämt und sagte, er sei in einem Stück von südlich des Nueces River bis Gonzales County geritten. Das sind über hundert Meilen, und Wes meinte, er habe weniger als sechs Stunden dafür gebraucht. Kein Wunder also, dass das arme Tier erledigt war. Ich konnte es noch nie leiden, wenn ein Pferd zerschunden wurde, und fragte Lucas, was denn in Wes gefahren sei, Old Bob so etwas anzutun. Er antwortete, Wes habe ihm gesagt, er hätte plötzlich so Heimweh nach seiner Braut gehabt, dass er es nicht ausgehalten hatte und nur noch so schnell wie möglich zu ihr hatte zurückreiten wollen. Dabei zuckte Lucas mit den Schultern und besah sich seine rechte Hand, wie er es immer tat, wenn er nicht sicher war, ob etwas einen Sinn ergab oder nicht.

Aber natürlich tat es das. Wenn man bis über beide Ohren verliebt ist, tut man alles Mögliche, das man normalerweise nicht machen würde. Wes hatte das Tier nur aus Liebe zu Jane fast zu Tode geritten. Mir tat das arme Pferd leid, aber Sinn ergab das durchaus.

Allein an der Art, wie er sie bei der Gesellschaft anstrahlte, die Manning Clements gegen Ende Mai in seinem Haus gab, konnte man sehen, wie sehr er sie liebte. Wir feierten Janes Ankündigung, dass sie im kommenden Winter ihr erstes Kind erwartete.

Bald hatten die Männer eine Herde beisammen, und Lucas und John kamen überein, sie nach Hemphill zu treiben, und weil Daddy Harper Sheriff von Sabine County war, fand Wes es dort sicher genug, sich mit ihnen zu treffen und sich ums Geschäft zu kümmern. Er ritt voraus, um ein paar Verwandte in Livingston zu besuchen. Wenn ich mich recht erinnere, kaufte er sich in Polk County ein Rennpferd und nahm es mit nach Hemphill. Lucas erzählte, das Tier hätte Wes eine Menge Geld eingebracht.

Nachdem Lucas und John mit der Herde eingetroffen und die Pferde verkauft waren, beschlossen die beiden, eine Weile in Hemphill bei ihrem Daddy zu bleiben. Doch Wes wollte zu Jane zurück und verabschiedete sich. Allerdings ritt er nicht auf direktem Weg zurück. Er machte einen Umweg zu seinem alten Tummelplatz in Trinity County, um noch ein paar andere Verwandte zu besuchen, die er schon eine Weile nicht mehr gesehen hatte. Das erwies sich allerdings als ganz schlechte Idee, denn in Trinity wurde er dann niedergeschossen.

John Gates

Wenn ich doch nur früher meinen Kopf eingeschaltet und das Blut nicht aufgewischt hätte, das wär wirklich gut fürs Geschäft gewesen. Ich hätte es gerinnen lassen und den Fleck mit Farbe einkreisen oder einem Seil absperren sollen. Aber auch so hat sich in den folgenden paar Monaten mein Umsatz durch die Gaffer verdoppelt, die sehen wollten, wo es passiert war. Zumindest war ich klug genug, den Schrot aus dem Türrahmen zu pulen, bevor die Gaffer es taten. Ich verkaufte jedes Korn für bis zu zwei Dollar, und als ich keine mehr hatte, machte ich im Hinterzimmer ein paar Patronen auf und verkaufte die. Die blöden Trottel merkten keinen Unterschied.

Er kam mit seinem Cousin Barnett Jones und ein paar anderen Freunden herein. Barnett wohnte drüben bei Livingston und war schon oft in meinem Saloon gewesen. Ich kannte ihn ganz gut. Ich war richtig stolz, dass er mich mit Wes bekannt machte. Ich hatte eine nette Kegelbahn im Hinterzimmer, und die beiden gingen nach hinten und spielten ein paar Runden. Ich ließ mich von Freddie an der vorderen Bar ablösen, damit ich nach hinten gehen und zuschauen konnte.

Nachdem Barnett vier, fünf Spiele in Folge gewonnen hatte, meinte er, er würde nicht mehr um Geld spielen. »So wie du spielst«, meinte er zu Wes, »ist das ja Diebstahl. Wir spielen zum Spaß, aber keine Wetten mehr. Daddy zieht mir das Fell über die Ohren, wenn er erfährt, dass ich einen Verwandten derart abzocke.« Doch Wes bestand darauf, weiter um Geld zu spielen. »Ein Mann sollte einem anderen die Chance geben, sein Geld zurückzugewinnen, verflucht.« Und so fort. Sie wissen ja, wie das bei einem Burschen ist, der nur schwer verlieren kann.

In dem Augenblick meint ein Kerl, der ebenfalls zugeschaut

hatte, er hätte nichts dagegen, auf ein paar Würfe zu setzen. Er hieß Phil Sublett, ein herausgeputzter Dandy mit dünnem Schnurrbart und einer hohen Meinung von sich selbst, ein Angeber, immer auf der Suche nach einer sicheren Wette. Er muss wohl gedacht haben, jetzt sei eine gute Gelegenheit gekommen.

»In Ordnung!«, sagt Wes. »Mir ganz gleich, von wem ich es mir zurückhole. Wie lautet denn der Einsatz, Mister?« Sublett meint, wie klingen denn drei Dollar pro Wurf? Wes entgegnet, wie wär's mit fünf? Und der Spieler grinst breit und sagt: »Abgemacht.« Also setzen beide fünfzig Dollar für zehn Kugeln ein und reichen mir den Einsatz.

Tja Leute … Wes gewinnt die ersten beiden Würfe, und alle im Raum lachen und johlen über den glücklichen Zufall, wie wir alle meinen, so schlecht wie er direkt davor noch war. Dann gewinnt er auch die nächsten zwei Kugeln, Sublett flucht heftig und sieht Wes scheel von der Seite an; Wes lacht und sagt etwas wie, dass das Glück mit den Dummen sei. Als er auch die fünfte Kugel gewinnt, schauen wir uns alle gegenseitig an. Barnett zwinkert mir zu, und endlich geht mir auf, dass die beiden Sublett reingelegt haben.

Als Wes auch den sechsten Wurf gewann, merkte auch Sublett, dass er verarscht worden war, und wurde ziemlich sauer deswegen. Er meinte, er wolle die Wette auf zwei Dollar senken. Auf keinen Fall, entgegnete Wes, sie hätten sich auf fünf Dollar geeinigt, und dabei sollte es auch bleiben. Sublett meinte, entweder würden sie den Einsatz senken, oder er würde aussteigen. Wes meinte nur: »Wenn Sie aussteigen, ist der ganze Einsatz futsch.«

Nun, Sublett war ein angeberischer Spieler, es mangelte ihm nicht an Mut, nur an Verstand, und so greift er nach seiner kleinen Pistole. Wes packt seine Schusshand am Handgelenk und verpasst ihm drei, vier schnelle Ohrfeigen, dann dreht er ihm die kleine Waffe aus der Hand und stopft sie ihm in die Nase. Doch Barnett packt Wes am Arm und meint: »Halt ein, Cousin – das ist es nicht wert!« Subletts Augen sehen aus wie gekochte Eier, und sein Gesicht ist von den Ohrfeigen ganz rot um den Mund. Wes lässt ihn los und sagt: »Du solltest das Spielen besser lassen, Mann, wenn du nur so schwer verlieren kannst.«

Er reicht mir Subletts Derringer, und ich stecke sie unter die Schürze. »Machen wir weiter«, sagt Wes und wirft erneut. Natürlich verliert Sublett diesmal noch schlimmer als zuvor, so durch den Wind wie er ist. »Ach, zum Teufel«, meint Wes, »das ist ja, als spielt man gegen einen Krüppel, das ist doch kein Wettbewerb.« Er nimmt den Einsatz und zählt seine fünfzig und noch fünfunddreißig von Sublett ab und reicht ihm die restlichen fünfzehn Dollar. »Hier, Kumpel«, sagt er, »das Spiel ist vorbei. Na, komm schon, ich spendier dir einen Drink. Ach, zum Teufel, ich spendier *allen* einen Drink!«

Wir gehen alle ins Vorderzimmer, und Wes schmeißt eine Lokalrunde. Dann bemerke ich, dass Sublett verschwunden ist. Wahrscheinlich war er durch die Tür zur Seitengasse raus, während alle Wes zujubelten und ihm für seine Großzügigkeit dankten. Schätze, er hat sich zu sehr geschämt, um zu bleiben und mitzutrinken.

Zehn Minuten später ging Wes zur Vordertür und schaute hinaus – das war das Schlimmste, was er in diesem Augenblick hatte tun können. Jemand hinter ihm im Raum brüllte: »Pass auf, Wes!« Und da stand Sublett schon in der Seitentür und richtete seine Schrotflinte auf ihn. Wes wollte sich umdrehen und seinen Revolver ziehen, doch es waren nur dreißig Fuß zwischen den beiden, Sublett zielte und konnte nicht verfehlen, nicht so wie Wes mitten in der Tür stand und das perfekte Ziel abgab.

Die Ladung traf ihn oberhalb der Hüfte und schleuderte ihn zur Tür hinaus. Alle ließen sich zu Boden fallen, Sublett feuerte den zweiten Lauf in die leere Tür und riss ein gutes Stück Türpfosten mit. Dann senkte er die Waffe, stand einen Augenblick lang da, fast ein wenig ungläubig, dass er tatsächlich abgedrückt hatte.

Sublett wollte gerade grinsen, als Wes mit schmerzverzerrtem Gesicht durch die Tür taumelt und sich die verletzte Seite hält. »Du Hundesohn!«, brüllte er und schoss wild um sich, doch Sublett ließ die Waffe fallen und rannte hinaus.

Das Blut quoll aus der Wunde und durchweichte sein Hosenbein, doch Wes stolperte hinaus, als Sublett gerade aus der Gasse kam und die Straße hinabrannte. Wes torkelte ihm auf die Straße nach und gab ein paar Schüsse ab. Tim Jackson schwor, er habe gesehen, wie Sublett einen in die Schulter bekam, aber ich weiß es nicht sicher. Sublett verschwand um die Ecke, und das war das Letzte, was wir von ihm sahen. Er hatte wohl sein Pferd gesattelt und bereitgestellt, um schnell fortzukommen.

Wes schaffte es noch, zehn Fuß die Straßen hinabzuhumpeln, bevor er umfiel, und wir alle rannten zu ihm hin. Er schnappte nach Luft und hatte die Augen weit aufgerissen. »Schätze, ich bin erledigt«, sagte er.

Barnett versuchte ihn zu beruhigen, ein paar Jungs und ich hoben ihn hoch, einer an jedem Bein und jedem Arm, und trugen ihn schnell hinüber zu Doc Carringtons Praxis. Die Wunde war entsetzlich und hinterließ auf dem ganzen Weg zum Doc eine hellrote Spur. Ich dachte schon, Wes würde leer sein wie ein aufgeplatzter Wassersack, bis wir ihn dort hatten.

Unterwegs sagte Wes zu Barnett, er solle ihm den Geldgürtel abnehmen, da seien etwa zweitausend in Gold drin, und in seinen Satteltaschen noch weitere zwei-, dreihundert in Silber. Er trug ihm auf, das Geld seiner Frau zu bringen und ihr zu sagen, er habe versucht, keinen Ärger zu kriegen, aber in diesem Fall habe er keine Wahl gehabt.

Wes atmete schwer, als wir in der Praxis ankamen, aber in seinen Augen brannte noch Leben. Wir legten ihn auf den Tisch, und der Doc schickte einen der Burschen, Doc Lester aus seiner Praxis im Pferdestall zu holen, wo er sich um Mensch und Vieh gleichermaßen kümmerte. Dann scheuchte er alle andern hinaus. Barnett war der Letzte, der aus dem Zimmer kam. Er hatte den Geldgürtel bei sich, der vor Blut tropfte; sieben Schrotkugeln steckten darin.

Dr. T.C. Carrington

Wenn der Schütze auf seinen Kopf gezielt hätte statt auf die Körpermitte, dann hätten sie den Mann direkt zum Bestatter tragen können statt zu mir. Oder wenn er fünf oder zehn Fuß näher gewesen wäre, sodass die Ladung nicht so weit gestreut hätte. Oder wenn er nicht den gut gefüllten Geldgürtel getragen hätte, der ein paar der Schrotkugeln abfing. Aber wenn, wenn, wenn – wenn heißt gar nichts. »Wenn« ist die Grundlage aller Gesellschaftsspiele. Ihm war nun mal passiert, was ihm passiert war. Deshalb war er noch am Leben.

Als sie ihn zu mir brachten, war er nur einen winzigen Schritt vor dem Abgrund. Die Schrotladung hatte ihm ein beachtliches Stück Haut aus der Seite gerissen und mehrere große Adern durchtrennt. Meine unmittelbare Aufgabe bestand darin, die Blutung zu stoppen. Ich machte mir aber auch ziemliche Sorgen wegen zwei erkennbaren Einschusslöchern, die näher am Bauchnabel lagen. Ich drehte ihn auf die Seite, entdeckte aber keine Austrittswunden, also steckten die beiden Schrotkugeln noch in ihm. Ich ging also davon aus, dass es sich um eine tödliche Wunde handele, denn sein Blutverlust war massiv. Doch seine Augen blickten klar, und seine Atmung war zwar schnell, aber gleichmäßig und kräftig. Er hatte keinen Lungenschuss und keine Bauchverletzung, und seine Verfassung schien stabil. Ich habe schon viele Männer am Schock über ihre Wunden sterben sehen, aber wenn Mr. Hardin auf dem Tisch verschieden wäre, dann sicher nicht aus mangelndem Mumm.

Als Dr. Lester eintraf, hatte ich bereits acht einzelne, nicht sehr tief eingedrungene Schrotkugeln entfernt und festgestellt, dass die beiden Wunden näher am Bauchnabel zu einer Verletzung der Niere geführt hatten. Die Kugeln saßen höchstwahrscheinlich an der Stelle, wo die hinteren Rippen auf die Wirbelsäule treffen. Es würde schwierig werden, doch sie nicht sofort zu entfernen wäre das größere Risiko gewesen. Dr. Lester gab mir recht. Bis zu diesem Punkt hatte Mr. Hardin mein Operieren mit beeindruckender Tapferkeit erduldet, sich an den Tischkanten festgehalten und nur geringe Anzeichen seines Schmerzes gezeigt wie eine gelegentliche Grimasse und Stöhnen. Er lehnte das Opiat ab, das ich ihm gegen die noch größeren Schmerzen geben wollte, wenn ich nach dem Schrot an seiner Wirbelsäule suchte. »Wenn der Tod mich kriegen soll«, sagte er, »dann möchte ich ihm mit klarem Blick in die Augen sehen.«

Wir mühten uns über eine Stunde ab, und obwohl er manchmal laut fluchte, als Reaktion auf mein tiefes Eindringen mit der Pinzette, war doch sein Umgang mit dem Schmerz ganz außerordentlich. Er ertrug das Brenneisen bei jedem Einsatz mit kaum mehr als einem zittrigen Zucken der Sehnen. Ein Mann von geringerer Statur hätte die Prozedur wohl nicht überlebt.

Als ich endlich die beiden Schrotkugeln entfernt hatte, nähten wir die klaffende Wunde, so gut wir es vermochten, und verbanden sie. Lester und ich sahen aus, als hätten wir an einer Sauschlachtung teilgenommen: blutig bis zu den Ellbogen, und unsere Schürzen waren voller Flecken. Mr. Hardin war vom Blutverlust leichenblass, und sein Schweiß verriet unverkennbar den Geruch großer Schmerzen. Dennoch hatte er zu keinem Zeitpunkt während der Operation das Bewusstsein verloren. Er lächelte sogar, als wir ihm sagten, die Quälerei sei vorüber. »Ach, wie schade«, flüsterte er, »was für ein Spaß.« Mumm.

Ich sagte ihm ganz offen, dass seine Überlebenschancen kaum besser als sechzig Prozent seien. Ich erklärte ihm, dass Fieber und Entzündung die unmittelbaren Gefahren waren – und natürlich wieder auftretende starke Blutungen, wenn er während der Erholung nicht im Bett blieb. Er bedankte sich herzlich für meine Dienste, versicherte mir, dass seine Verwandtschaft für meine Kosten aufkommen würde, und sagte, er würde sich streng an meine Anweisungen halten.

Seine Freunde hatten ein Zimmer für ihn in einem Hotel auf der anderen Straßenseite besorgt. Trotz meiner Proteste drückte mir ein Verwandter, ein lebhafter Bursche namens Barnett, zwei

Zwanzig-Dollar-Goldstücke in die Hand, eine außergewöhnlich großzügige Entlohnung. Während sie ihn auf eine Trage legten, um ihn auf sein Zimmer zu bringen, hörte ich, wie Barnett Mr. Hardin zuflüsterte, dass sie die Telegrafenleitungen gekappt und Posten an beiden Seiten der Stadt aufgestellt hätten.

Ich bin so manches Mal gefragt worden, wie es ist, das Leben eines Mannes gerettet zu haben, der schon so viele Menschen getötet hatte und der dank meiner chirurgischen Fähigkeiten überlebte und viele weitere Menschen umbrachte. Meine Antwort war stets dieselbe. Ich bin stolz, es getan zu haben. Ich habe all mein Können darauf verwendet, einen Schwerverletzten zu retten, und ich hatte Erfolg. Als jemand, der den hippokratischen Eid geschworen hat, hätte ich gar nicht anders handeln können. Ich weise jegliche Verantwortung für Mr. Hardins folgende Untaten von mir. Er war der Kapitän seiner Seele, ich der meinen – mehr gibt es dazu nicht zu sagen.

Billy Teagarden

Wes und ich waren in Sumpter Schulkameraden gewesen. Daddy hatte seine Familie schon verarztet, seit sie aus Dallas nach East Texas kamen. Dann verschwand Wes und wurde zum berüchtigten John Wesley Hardin, und ich bekam ihn fast fünf Jahre lang nicht zu Gesicht, erst wieder in der Nacht, als Barnett Jones und ein paar andere ihn in einem Wagen zu unserem Haus brachten; er glühte vor Fieber und blutete sich zu Tode.

Barnett rief nach Daddy und sagte, er habe einen Schwerverletzten bei sich, der Hilfe bräuchte. Wir erkannten seine Stimme, deshalb entspannte ich die Hähne an der Schrotflinte (die hatte ich mir geschnappt, als wir die Pferde hörten) und folgte Daddy hinaus. Der Mondschein fiel weiß und scharf durch die schwarzen Bäume auf die Hüte der berittenen Männer. Daddy hielt die Laterne über den Mann, der im Wagen lag, und wir sahen, dass es Wes war. Er war bewusstlos und atmete schwer. Daddy fühlte seinen Puls und kontrollierte die Augen, dann hielt er die Laterne nah an die nässende Wunde. Wes roch schon fast wie tot.

Er war sechs Tage zuvor in Trinity angeschossen worden, erzählte uns Barnett. Zwei Tage lang hatte Doc Carrington mit seinem Tod gerechnet, doch dann sank das Fieber, er fing an zu essen, und es sah ganz so aus, als würde er sich erholen. »Doch irgendein Hundesohn hat bei der Polizei gequatscht«, sagte Barnett, »und wir mussten ihn so schnell wie möglich aus Trinity fortschaffen. Wes meinte, wir sollten ihn hierher bringen.«

Sie waren einen Tag und eine Nacht auf dem alten Trinity Trail unterwegs gewesen, hübsch langsam und vorsichtig, und es war das reine Wunder, dass sie keiner Polizeipatrouille in die Arme gelaufen waren. Der Trail ist holprig und alt, und das ganze Herumgeschaukel im Wagen hatte Wes überhaupt nicht gutgetan. Barnett berichtete, Wes sei immer wieder ohnmächtig geworden.

Daddy ließ ihn zum Anbau hinterm Haus tragen. Ich hielt die Laterne, während er die Wunde säuberte und die aufgegangenen Nähte flickte. Wes dampfte vor Schweiß, so hoch war sein Fieber. Er war wirklich nicht ganz bei sich und murmelte unverständliches Zeug.

Während Daddy alles in seiner Macht Stehende tat, schenkte Momma den Männern, die ihn gebracht hatten, Kaffee ein und reichte aufgewärmtes Maisbrot dazu. Sie aßen schnell auf und verschwanden alle, bis auf Barnett. Der saß immer noch am Tisch, als Daddy mit Wes fertig war. Er sagte uns, er würde in den südlichen Wäldern Unterschlupf suchen, an einer Stelle, wo er die Hauptroute und den alten Pfad überblicken konnte, ob jemand auftauchte.

So plötzlich war also Wes in unserer Obhut. Mommas Gesicht wurde hart wie Stein, aber sie widersprach nicht. Trotzdem, jedes Mal, wenn sie zum Anbau hinübersah, war klar, wie sehr sie Wes Hardin dafür hasste, dass er ihre Familie in so einen Konflikt mit dem Gesetz brachte.

Daddy und ich saßen die ganze Nacht bei ihm. Bevor Barnett im Wald verschwand, um die Wege zu beobachten, hatte Daddy mit ihm geflüstert und war dann zum Schuppen gegangen, hatte Pickel und Spaten geholt und beides an die Tür zum Anbau gelehnt. Wäre Wes in der Nacht gestorben, dann wäre er vor Sonnenaufgang schon unter der Erde gewesen, und außer uns hätte niemand gewusst, was aus ihm geworden war.

Kurz vor Sonnenaufgang weckte mich Wes mit den Worten: »Ich könnte einen Schluck Wasser gut vertragen, Billy-Boy, wenn du nichts dagegen hast.« Billy-Boy hatte er mich immer in der Schulzeit genannt. Daddy schlief auf einem Stuhl an der Tür, sein Kinn war auf die Brust gesunken. Ich schöpfte etwas Wasser und hielt Wes' Kopf, damit er trinken konnte. Ich merkte, dass sein Fieber gesunken war. Er schnalzte mit den Lippen, als würde er das köstlichste Getränk der Welt zu sich nehmen, und sagte dann: »Also, Billy-Boy, was gibt's Neues?«

Er blieb alles in allem etwa zehn Tage bei uns. Nach einer Woche fand Barnett, dass Wes bei uns in Sicherheit war, und entschied, nach Hause zu reiten. Er musste sich um seine eigene Familie kümmern, die machte sich bestimmt schon Sorgen um ihn. Er hatte Wes' Revolver geputzt und geladen und legte sie auf einen Stuhl neben dem Bett. Die beiden gaben sich die Hand und machten einen Augenblick lang ernste Gesichter, dann lachten sie – was Wes vor Schmerz zusammenzucken ließ. Barnett sagte: »Du gibst mir Bescheid, wenn dir wieder danach ist, in Trinity auf den Putz zu hauen, okay?« Und Wes antwortete: »Darauf kannst du wetten.« Dann ritt Barnett nach Hause. Er war der treueste Verwandte, den man nur haben konnte.

Drei Tage später erfuhren wir von einem engen Freund und Nachbarn namens Charles Crosby, dass eine Patrouille der State Police am Morgen in die Stadt gekommen war und ein Fahndungsplakat mit Belohnung herumzeigte. »Es hat bestimmt schon jemand mit denen gesprochen«, meinte Daddy zu Wes. »Bis heute Abend werden die sicher bei uns auftauchen.«

Wes hatte Freunde, die Harrels, die dreißig Meilen entfernt in den Wäldern von Angelina eine kleine Farm hatten. Er hoffte, sich dort verstecken zu können, bis er sich erholt hatte. Allerdings musste er dorthin reiten, dabei konnte er noch nicht mal laufen. Daddy verband ihm die Wunde so fest, wie Wes es aushalten konnte, dann half er ihm auf die Beine und in seine Kleidung. Er krümmte sich sehr und konnte nur mühsam zu seinem Pferd humpeln. Charles hielt das Tier neben einem Baumstumpf fest, Daddy und ich halfen Wes hoch, dann schulterten wir ihn in den Sattel hinauf. Das Ganze dauerte eine Weile, und danach keuchte Wes und schwitzte gewaltig. Noch schlimmer war, dass die Wunde sich wieder geöffnet hatte. Ich konnte sehen, dass direkt über dem Pistolengurt Blut durch sein Hemd drang. Momma gab mir einen Proviantsack mit, den sie uns zurechtgemacht hatte, und einen Kuss auf die Wange, Daddy drückte mir die Schulter und sagte, wir sollten achtgeben.

Wir kamen nicht schnell, aber stetig voran. Charles ritt etwa fünfzig Meter vorneweg und hielt Ausschau nach Gesetzeshütern und Vigilantenbanden. Ich hielt mich direkt neben Wes, für den

Fall, dass er umkippte, aber er hielt sich aufrecht. Immer wieder mussten wir anhalten und uns im Wald verstecken, wenn kleine Reitergruppen vorbeikamen. Wes trank Wasser und befeuchtete sich das Gesicht ein wenig. Der Blutfleck auf seinem Hemd wurde immer größer, und seine Augen waren ganz rot vor Schmerz. Am Abend lagerten wir ohne ein Feuer in einem dichten Eichenhain und aßen Trockenfleisch. Mit der Hilfe einer Flasche Bourbon, die ich mitgenommen hatte, konnte Wes ein wenig schlafen. Am Morgen war das Blut an seinem Hemd verkrustet, doch kaum saß er im Sattel, floss es wieder.

Am frühen Abend des nächsten Tages erreichten wir die Farm der Harrels. Sie waren zu viert – Dave, Louella und ihre jungen Zwillingssöhne Jack und Mack. Sie freuten sich, ihn zu sehen, aber der Anblick der blutigen Wunde beunruhigte sie sehr. Wir halfen Wes auf eine Pritsche im Nebenzimmer ihrer umzäunten Blockhütte. Louella schickte einen der Jungs, einen Kessel kochendes Wasser zu holen, und den anderen nach Nadeln und Faden und einem sauberen Laken, das sie zu Verbänden zerreißen konnte. »Verflucht noch mal, Frau«, sagte Wes, »ich bin in den letzten Wochen so oft zusammengeflickt worden, ich komme mir langsam vor wie ein schlecht genähtes Hemd.« Louella meinte nur, er solle den Mund halten, sonst würde sie ihm als Erstes die Lippen zusammennähen.

Die Harrels waren gute Leute. Als Charles und ich am nächsten Morgen wieder aufbrachen, dachte ich, dass Wes bei ihnen für eine Weile sicher sei. Aber das war er nicht. Er war nirgendwo lange sicher.

Louella Harrel

Dave stellte eine Schrotflinte und zusätzliche Patronen neben Wes' Bett, und jeden Morgen und Nachmittag gingen er und die Jungs wie immer zur Feldarbeit. Ich hielt einen großen Topf Bohnensuppe mit Rindfleisch warm und fütterte Wes jedes Mal damit, wenn er aufwachte. Am vierten Tag wurde klar, wie schnell er seine Kraft wiedergewann, denn er fühlte sich gut genug, um mich verschmitzt anzuschauen.

In jüngeren Jahren war ich recht ansehnlich, das können Sie mir glauben – aber ich bin kein lockeres Frauenzimmer und war auch nie eins. Ich habe meinen Mann immer geliebt, von Anfang bis Ende. Ich werde mich nicht entschuldigen für das, was passiert ist. Ich finde nicht, dass ich mich dafür entschuldigen muss, ganz egal, was andere vielleicht darüber denken.

Ich hatte ein großes, weites Hemd von Dave an, und als ich mich über Wes beugte, um Bettdecke und Kissen zu richten, wusste ich, dass er einen Blick hinein wagte. Er lächelte zu mir hinauf, und ich schätze, ich lächelte zurück. Er legte mir eine Hand in den Nacken, zog mein Gesicht nach unten und gab mir den besten Kuss, den ich je bekommen habe, feucht und voller Zunge wie die lebendige Sünde in meinem Mund. Währenddessen schob er mir die Hand unters Hemd, und meine Brüste wurden ganz fest vor Erregung. Dann war mein Hemd unter die Arme hochgerollt, sein Mund an meinen Brustwarzen, und mir wurde ganz schwindlig. Als Nächstes weiß ich, dass er in meiner Hand hart wurde und seine Hand weit unter meinem Rock steckte und wir einander wie die Hunde in den Nacken keuchten. Dann zuckte er in meiner Faust, es fühlte sich an, als würde mir heißes Wachs über die Finger fließen, und mir fuhr ein Schauder durch den Leib wie eine Schlange.

Mein Mund wird immer noch trocken, wenn ich daran denke.

Wir küssten und streichelten uns ganz sanft, und kurze Zeit später war er wieder eingeschlafen. Wir sprachen nie darüber. Ich weiß nicht, warum ich es getan habe. Ich nehme an, weil ich so früh geheiratet habe und immer dachte, ich hätte eine geheime Erregung des Lebens versäumt. Manchmal spürte ich so ein Verlangen. Diese kleine ruchlose Tat mit Wes befreite mich für immer davon. Wann immer ich später eine leichte Unruhe in mir fühlte, dachte ich an jenen Augenblick mit Wes zurück, dann wurde ich rot und es war wieder gut. Und Wes, na ja, ich schätze, er hat sich wohl einfach daran erfreut, am Leben zu sein.

Schon bald konnte er wieder allein aufstehen und sich mit ein wenig Hilfe ankleiden. Nach dem Frühstück nahm er draußen auf einem Stuhl Platz, lehnte an der Vorderwand und sang leise, bis Dave und die Jungs von der Arbeit auf dem Baumwollfeld zurückkehrten. Dann gesellte er sich an der Pumpe zu ihnen und wusch sich zum Essen. Eines Tages hörte ich sie alle draußen an der Pumpe lachen und sich gegenseitig nass spritzen, als sie plötzlich verstummten. Ich sah zum Fenster hinaus, da fielen schon die ersten Schüsse.

Wes rannte geduckt zum Haus, während zwei Polizisten aus dem Amberbaumhain hundert Yards entfernt angeritten kamen und aus Repetiergewehren feuerten. Ich konnte Dave und die Jungs nicht sehen, hörte aber die Pferde auf der Koppel hinterm Haus wiehern. Eine Kugel riss Splitter aus dem Fensterrahmen, donnerte in eine Pfanne Maisbrot auf dem Tisch und riss sie zu Boden. Zehn Fuß vor dem Haus wurde Wes am Bein getroffen. Er fiel um, rollte aber bis zur Tür. Ich trat hinaus, packte ihn mit beiden Händen am Hemdkragen und riss ihn mit aller Kraft hoch, während er auf allen vieren weiterkroch. Eine Kugel pfiff mir durchs Haar und schlug gegen den Herd. Wes fiel über mich und zog mich aus der offenen Tür.

Die Polizisten zügelten die Pferde vor dem Haus und feuerten durch Tür und Fenster weiter, so schnell sie ihre Gewehre bedienen konnten. »Schrotflinte!«, rief Wes, doch ich war schon losgerannt und holte sie von seiner Bettstatt. Ich hörte die Hintertür klappen, und als ich zurückkam, kauerten Dave und die Jungs neben Wes. »Pferd!«, brüllte Dave. »Hinten!« Er hielt seinen Revolver in der Hand, aber ich wusste, dass er seit dem Krieg nicht mehr auf einen lebenden Menschen geschossen hatte. Sein Gesicht war blass und starr wie ein kahler Schädel, und zum ersten Mal seit Beginn der Schießerei bekam ich es mit der Angst. Ich schob die Flinte und eine Handvoll Ladungen über den Boden zu Wes, warf mich dann über die Zwillinge und drückte sie zu Boden, während die Kugeln durch das Zimmer pfiffen, in die Wände bissen, die Dosen auf den Regalen sprengten und von Herd und Pfannen abprallten.

Wes kroch ans Fenster, stand mit dem Rücken zur Wand auf und spannte beide Hähne. Die frische Wunde saß tief und blutete, aber nicht schwer. Es sah aus, als ob die Kugel sauber durch den Muskel gefahren war, ohne auf Knochen zu treffen. Doch die Wunde an seiner Flanke war wieder aufgegangen und blutete ihm bis zum Stiefel hinunter.

Die Polizisten lachten irre, während sie immer und immer wieder aufs Haus schossen, als ob sie auf sitzende Enten schießen würden. Eine Kugel prallte im Raum ab, Dave schrie auf und packte sich am Gesäß. Wes warf ihm einen Blick zu, dann sah er mich an und zwinkerte. Er zwinkerte!

Plötzlich – in einem Wimpernschlag – drehte er sich zum Fenster hin, feuerte beide Läufe ab und sprang wieder in Deckung, als eine Kugel hereinpfiff und in die Wand einschlug. Ein Pferd schrie auf, und die Polizisten stellten das Feuer ein. Einer von ihnen schrie: »Hilf mir, Mike! Hilf mir, verdammt!« Ich hörte ein Pferd davongaloppieren.

Wes lud schneller nach, als ich es für möglich gehalten hätte, dann lehnte er sich ans Fenster, schoss, und der Polizist hörte auf zu brüllen. Das Pferd schrie noch immer wie am Spieß. Wes stützte die Flinte am Fenster ab, zielte höher und genauer, und feuerte auch den anderen Lauf ab. »Verdammt!«, sagte er.

Er senkte die Waffe und starrte zum Fenster hinaus. Blut floss ihm über den Stiefel auf den Boden. Ich hörte nur das sterbende Pferd. Die Hütte war voller Staub, den die Kugeln aufgewirbelt hatten.

Wes drehte sich zu uns um und fragte, ob alle unverletzt seien.

 Ich schon – die Jungs auch –, und ich erhob mich. Dave stand auf und befühlte sich das Hinterteil, doch der Querschläger hatte nur gebissen und noch nicht mal die Hose zerrissen. »Na, wirst du's überleben?«, fragte Wes ihn. Ich konnte nicht glauben, dass er grinste! Er sah meinen Blick und ließ es sein, dann humpelte er nach draußen.

Seine Schrotflinte krachte, und das Pferd hörte endlich mit dem grässlichen Geschrei auf. Plötzlich war es unglaublich still. Wir gingen hinaus und sahen das tote Tier zwanzig Fuß vom Haus entfernt liegen. Ein paar Schritte weiter lag der Polizist mit aufgerissenem Bauch und nur noch einem halben Kopf.

Das war der erste Totgeschossene, den die Zwillinge je gesehen hatten, und sie rannten hin und betrachteten ihn, stupsten sich gegenseitig an und zeigten auf dies und jenes. Sie rissen die Augen auf, und ihre Aufregung tat mir im Herzen weh. Dave sah es mir an und rief die Jungen zurück, weg von der Leiche. Wes musste wohl auch mein Gesicht gesehen haben und sah mich verlegen an. Ich kann nicht sagen, was ich gefühlt habe. Ich gab ihm nicht die Schuld dafür, dass mein Heim zerschossen und meine Familie in schrecklicher Gefahr gewesen war. Aber ich schaffte es einfach nicht, ihm das zu sagen.

Wir wussten, der Polizist, der davongekommen war, würde bald mit sehr vielen anderen wiederauftauchen. Dave band ein Maultier an das tote Pferd und schleppte es ins Gestrüpp weit weg von der Hütte, dann tat er dasselbe mit dem Toten. Ich versorgte Wes' Wunden so gut ich konnte. Wes sagte, er habe unsere Familie nicht in solche Gefahr bringen wollen, und es täte ihm furchtbar leid. »Wenigstens ist keiner verletzt worden außer mir«, sagte er zu Dave, »wenn wir den Klaps auf deinen Hintern von dem Querschläger nicht mitrechnen.« Da musste Dave grinsen. Er sagte, er sei stolz, erzählen zu können, dass er neben ihm gegen die verfluchte State Police gekämpft habe. Männer sind manchmal solche Esel. Ihm war noch nicht klar, wie hart die State Police mit denen umging, die sie als Freunde von Flüchtigen ansahen.

Am selben Abend saßen die Jungs und ich auf dem Wagen und holperten den alten Pfad entlang zur Farm meiner Schwester Millie, etwa zwölf Meilen entfernt. Dave ermahnte mich, dort zu bleiben, bis er uns holen kam. Wes und er ritten in die andere Richtung davon zu Till Watsons Hütte, die noch tiefer im Wald lag als unsere.

»Dort bist du in Sicherheit«, sagte Dave zu Wes. »Till lebt allein, und er wird stolz sein, dich aufzunehmen, wo du die State Police fast ebenso sehr hasst wie er.«

Sechs Tage später tauchte Dave bei Millie auf und berichtete uns, dass Wes sich Sheriff Dick Reagan aus Cherokee County ergeben hatte und in Rusk einsaß.

Monte Mays

Hardin nannte Sheriff Dick seine Bedingungen ganz klar. Als Erstes wollte er Schutz vor Lynchmobs. Das war das Einzige, wovor er Angst hatte – von einem Mob verschleppt zu werden –, und das konnte ihm keiner verdenken. Ein Mob kann mörderisch sein und hat nicht mehr Verstand als ein brennender Heuschober: Wenn er außer Kontrolle gerät, dann kann man nichts mehr tun als dem Feuer zusehen, bis nur noch qualmende Asche übrig ist. Und er wollte natürlich einen Arzt, und außerdem an einem anderen Ort als dem Gefängnis festgehalten werden, bis er wieder so weit hergestellt war, um reiten zu können. Und Dicks Ehrenwort, dass er nur in Gonzales vor Gericht kam. Und er wollte die Hälfte der Belohnung.

Ich war damals Dick Reagans erster Deputy. Dave Harrel kam mit Hardins Angebot zu uns nach Rusk. Harrel meinte, Hardin wolle das Angebot nicht dem Sheriff in Angelina County unterbreiten, weil er, wie jeder nur zu gut wusste, ein geborener Hundesohn war, der der State Police in den Arsch kroch. »Dieser Mistkerl in Angelina schlägt bei dem Deal bestimmt ein«, sagte Dave, »und dann übergibt er Hardin der State Police, die ihn erschießt oder einem Lynchmob überlässt.«

Dick wollte wissen, wie Hardin darauf kam, dass er das nicht auch so machen würde. Harrel antwortete, Wes habe von Leuten seines Vertrauens gehört, dass Dick Reagan ein kluger und ehrlicher Gesetzeshüter war, der keine Zuneigung zur State Police hegte. »Nett von ihm, dass er so gut von mir denkt«, meinte Dick, »aber ich frage mich, ob mir nicht mehr als nur die Hälfte der Belohnung zusteht, bei allem, was er so verlangt.«

Die Hälfte sei erheblich mehr als gar keine Belohnung, erwiderte Harrel. »Fünfhundert Dollar sind kein Pappenstiel. Dazu noch der Ruhm, John Wesley Hardin geschnappt zu haben. Eine solche Heldentat kann einem Mann, der es politisch zu was bringen will, noch sehr nützlich sein.« Dick musste über die blanke Wahrheit dieser Tatsache grinsen. »Noch was«, sagte er zu Harrel, »die Fahndung gilt für ganz Texas, ich muss ihn erst nach Austin bringen, wenn er kräftig genug ist. Aber der Haftbefehl wurde wegen eines Delikts in Gonzales County ausgestellt, er kann also sicher sein, dass ihm dort der Prozess gemacht wird.« Und so hatten sie einen Deal.

Sheriff Dick gehörte ein Hotel in Rusk, und dort quartierten wir Hardin ein. Die Nachricht von John Wesley Hardins Verhaftung war uns in Windeseile vorausgeflogen, wie das bei solchen Meldungen immer der Fall ist, und natürlich tauchte so gut wie jeder verfluchte Einwohner der Stadt auf, um zu gaffen. Man hätte glauben können, dass er seine eigene Zirkusnummer war, so wie sie ihn anglotzten, als wir ihn auf eine Trage legten und ins Haus und die Treppe hinaufschafften. Wahrscheinlich rechneten manche damit, dass er Hörner, Schwanz und Hufe haben würde – denn sie schienen zutiefst enttäuscht, dass dem nicht so war. Einen Bengel hörte ich sagen: »Mist, der sieht doch auch nicht anders aus als wir.«

Eine ganze Menge Leute folgte uns frech die Treppe hinauf bis ins Zimmer, wo wir ihn aufs Bett legten. Schaulustige versperrten den Flur. Dick war ins Gefängnis gegangen, um nach dem Rechten zu sehen, und da er nicht gesagt hatte, dass niemand mit Hardin sprechen dürfe, ließ ich die Leute gewähren. Sie fragten ihn, wie viele er denn umgebracht hatte, und wer der härteste Kerl sei, dem er je begegnet war (worauf er, nebenbei bemerkt, antwortete: »Nur so viele, wie nötig waren, um mein eigenes Leben zu schützen«, und, »Simp Dixon, würde ich sagen, aber Wild Bill Hickok ist auch kein kleines Mädchen, so viel steht fest«). Einer der Dorftrottel brachte gar den Mut auf zu fragen, ob er jemals eine Frau erschossen habe. »Nein, Sir«, antwortete Hardin, »das habe ich nicht. Das soll aber nicht heißen, dass ich nicht ein paar gekannt habe, denen es durchaus nicht geschadet hätte, wenn sie jemand ab und zu mal geknallt hätte.« Ich muss zugeben, dass sogar ich mit allen anderen darüber lachen musste.

Unter all dieser Aufmerksamkeit schien seine Lebenskraft aufzublühen. Sein Gesicht nahm Farbe an, seine Augen strahlten ein wenig, und er war so redselig wie ein Papagei. Wenn nicht irgendwann Doc Jimson aufgetaucht wäre und alle hinausgescheucht hätte, hätte er wahrscheinlich noch den ganzen Tag Fragen beantwortet.

Er lag fast drei Wochen in Sheriff Dicks Hotel und genas unter Doc Jimsons Obhut und Mrs. Reagans Pflege schnell. Dick beklagte sich, dass seine Frau Hardin besser bekochte als ihn selbst, doch sie meinte nur, er solle den Mund halten, Hardin sei ein schwer verletzter junger Bursche, der gutes Essen bräuchte, um wieder zu Kräften zu kommen. Mrs. Reagan ging der Ruf voraus, sich von niemandem etwas vormachen zu lassen, deshalb war es erstaunlich, wie Hardin sie so bezirzen konnte, dass sie jedes Mal lächelte und kicherte, wenn sie ihm das Essen aufs Zimmer brachte. Und er wusste es zu schätzen – ruckzuck hatte er den Teller leer. Es schien, als würde er jeden Tag ein paar Pfund zunehmen. Als wir ihn herbrachten, war er nichts als Haut und Knochen gewesen, doch als Dick und ich ihn nach Austin brachten, hatte er ordentlich zugelegt.

Wir übergaben ihn an Sheriff Barnhart Zimpleman, der überrascht war, dass wir ihm nur ein Paar Handschellen angelegt hatten, nicht mehr. »Es gab keinen Grund«, erklärte Dick. »Er hat sein Wort gegeben, dass er nicht versuchen wird zu fliehen.«

Zimpleman versicherte Hardin, dass er in ein paar Tagen nach Gonzalez verlegt werden würde, und teilte Dick mit, er könne die Belohnung drüben im Hauptquartier der State Police kassieren. Dick zwinkerte Hardin zu und ging hin. Am späten Nachmittag tauchte er wieder im Gefängnis auf und teilte mit Hardin. Am folgenden Morgen ritten Dick und ich nach Cherokee County zurück, und ich sah Hardin nicht wieder, hörte aber noch jede Menge über ihn.

Er blieb etwa eine Woche im Gefängnis am Fluss in Austin, dann brachte ihn ein halbes Dutzend Leute von der State Police ins Gefängnis nach Gonzales, wo er auf den Prozess wegen der Ermordung eines State Policeman namens Parramore warten sollte.

Den ganzen Heimweg von Austin nach Cherokee County hörten Dick und ich ständig irgendwelchen Saloontratsch, dass Wes Hardin nicht lebend in Gonzales ankommen würde. Man wettete darauf, dass die Polizei ihn irgendwo unterwegs erschießen und behaupten würde, er habe einen Fluchtversuch unternommen.

Das tat sie aber nicht. Vielleicht, weil die öffentliche Meinung über die Art, wie die State Police die Dinge regelte, immer schlechter geworden war und es ziemlich viel Getöse in den Zeitungen gab, dass endlich auch Beamte verurteilt werden sollten, wenn sie Gefangene in ihrer Obhut erschossen hatten. Vielleicht dachten sie auch, dass Hardins Verwandte und Freunde nicht ruhen würden, bis sie sich bei jedem einzelnen Mann gerächt hatten, falls ihm unterwegs was zustieß. Vielleicht lag es aber auch nur daran, dass die Einsatzgruppe unter dem Kommando von Captain Frank Williams stand, der als einer der wenigen ehrlichen Leute in Davis' Truppe galt. Tatsache jedenfalls ist, dass sie ihn lebend im Gefängnis von Gonzales County ablieferten.

Ein schlauer Hund, dieser Hardin! Sich bei Dick zu ergeben war schlicht und einfach verdammt schlau. Hardin war schwer verletzt gewesen, und die Hälfte aller texanischen Gesetzeshüter war hinter ihm her. Er brauchte einen Arzt, was zu essen und Zeit, um sich auszukurieren, ohne Angst haben zu müssen, dass sich das Gesetz anschleicht. Das alles bekam er, als er sich Dick ergab – und die Hälfte der Belohnung noch dazu. Und er wurde in ein Gefängnis verlegt, von dem er wusste, dass er praktisch einfach hinausspazieren konnte. Wie ich schon sagte – verdammt schlau.

Und ich bin froh darüber. Ich sag Ihnen, in der Zeit, wo wir Hardin in Rusk hatten, habe ich ihn näher kennengelernt, und ich muss gestehen, er war ein guter Bursche, der sich außer Selbstverteidigung nichts hat zuschulden kommen lassen und sich nicht von einem Haufen verfluchter Yankees oder von Davis' korrupter Polizei schikanieren lassen wollte.

Reuben Jackson

Sie hatten ihn ans Pferd gefesselt und ihm Hände und Füße in Ketten gelegt, und während sie sich einen Weg durch die Menschenmenge zum Gefängnis von Gonzales bahnten, hielten ihm zwei Mann Schrotflinten in den Rücken. Die Menschen jubelten Wes zu und riefen, er solle sich keine Sorgen machen, sie würden ihn in Windeseile wieder aus dem Knast holen. Sie beschimpften die Polizisten als die miesen Bastarde, die sie ja auch waren – sie und alle anderen bei der State Police –, und diesen Hundesohn Davis gleich mit. Für sie war Wes ein Held. Ich wusste, was sie dachten. Wes hatte den schlimmsten Niggerschinder in der Truppe umgelegt und dem Rest der schwarzen Hundesöhne einen solchen Schrecken eingejagt, dass sie seitdem Gonzales weitgehend in Ruhe ließen.

Captain Williams übergab Hardin an Sheriff W. E. Jones, und Pancho, der Schmied, machte ihm in der Zelle die Ketten ab. Williams meinte: »Wir können Hardin auch genauso gut an seine Freunde da draußen übergeben, wenn wir ihn in diesem Gefängnis hier lassen.« W. E. versuchte, ein beleidigtes Gesicht zu machen. »Wir tun hier unsere Pflicht, Captain«, entgegnete er, »mit derselben Hingabe wie ihr State-Jungs. Ich bin ein von Davis persönlich berufener Gesetzesvertreter, damit Sie es wissen.«

Das stimmte zum Teil. W. E. war von Davis eingesetzt, aber er hatte eine durchaus lockere Haltung, was Loyalität anging – manchmal neigte er zu der einen Seite, manchmal zu der anderen, je nachdem, welche Seite ihm mehr Stimmen einbrachte. Er war der geborene Politiker.

Kaum war die Polizeitruppe wieder aus der Stadt verschwunden, tauchte Manning Clements auf. W. E. und er unterhielten sich leise in einer Ecke des Büros, dann kamen sie zu Wes' Zelle zurück, wo ich Wache schob. W. E. nahm mich beiseite und erklärte, ich solle dafür sorgen, dass bei persönlichen Besuchen die Privatsphäre des Gefangenen respektiert werde. Er zwinkerte mir zu, gab mir einen Klaps auf die Schulter und ging dann zum Abendessen nach Hause. Ich zog meinen Stuhl weit weg von der Zelle, sodass Wes und Manning sich in Ruhe unterhalten konnten, und mischte mich nicht ein, nicht einmal, als Manning Wes eine lange Bügelsägenklinge reichte und beide zu mir herübergrinsten.

Alle paar Tage tauchte die Distrikt-Patrouille der State Police auf, um nach den Gefangenen zu sehen, die wir für sie festhielten, bis sie Befehle erhielten, sie zu verlegen. Am Tag nach Wes' Ankunft kamen sie vorbei. Der Sergeant der Patrouille war ein fieser kleiner Rotschopf namens Ward Wilcox, der sich nach Leibeskräften bemühte, Wes zu ärgern. »Wenn du durch die Falltür saust, werde ich in der ersten Reihe stehen und mich kaputtlachen«, sagte er zu Hardin. »Wenn du die Zunge rausstreckst, dein Gesicht blau anläuft und dir die Augen aus dem Kopf quellen, werde ich mir auf die Schenkel klopfen vor Lachen. Du wirst mit den Beinen strampeln und dir in die Hosen scheißen! Und ich werde mich vor Lachen ausschütten, du Abschaum von einem Hundesohn.«

Wes lehnte mit verschränkten Armen an der Wand und grinste ihn an, aber ich konnte sehen, wie der Muskel an seinem Kinn arbeitete, und seine Augen waren so hart wie die Gitterstäbe vor seiner Nase. Er sagte kein Wort, bis Wilcox gerade gehen wollte, dann spuckte er aus: »Am besten schläfst du ab jetzt mit einem Auge offen, du kurz geratener Haufen Scheiße.« Was Wilcox so auf die Palme brachte, waren nicht nur die Worte, sondern auch, wie Wes es sagte.

»Was?«, keuchte Wilcox. »Was hast du gesagt, du Scheiße fressender Hurensohn?« Doch Wes verlor kein Wort mehr. Er lehnte nur an der Wand und lächelte. Wilcox überzog ihn eine ganze Minute lang mit Flüchen, die Adern pochten ihm am Hals und sein Gesicht war puterrot. Er war nicht nur wütend, er hatte Angst, das konnte man sehen. Ich glaube, ich habe niemals einen Mann gesehen, der nach einer Drohung solche Angst hatte.

 Schlimm genug, wenn man sich so fürchten muss. Dass er guten Grund dazu hatte, zeigte sich, als die Patrouille zwei Tage später wieder in die Stadt kam, nur um festzustellen, dass Wes ausgebrochen war.

Als W. E. ihm die Neuigkeit mitteilte, wurde Wilcox kreidebleich. Er beschuldigte W. E., dem Gefangenen zur Flucht verholfen zu haben, aber natürlich konnte W. E. sich wunderbar gegen solche Vorwürfe zur Wehr setzen. Er schrieb sogar einen Brief ans Hauptquartier der State Police in Austin und erklärte, dass am 10. Oktober spätnachts eine unbekannte Anzahl von Personen mehrere Lassos an das Gitterfenster der Zelle gebunden und dann mit der Kraft ihrer Pferde die Stangen direkt aus der Wand gerissen hätte.

Stimmt schon, die Stangen waren aus der Wand – aber Manning Clements musste nur mal kurz mit beiden Händen ziehen, weil Wes sie alle so gut wie durchgesägt hatte. Seine Kumpel hatten eine Riesenshow abgezogen, sie würden das Gefängnis stürmen: Rufen, Johlen, und Rumballern – aber nur in die Luft, um nicht noch jemanden zu treffen. Das ausgesägte Gitter nahmen sie mit, aber wenn man sich am nächsten Morgen das Zellenfenster genauer angeschaut hätte, dann wäre man erstaunt gewesen, wie sauber die Gitterstangen gebrochen waren – so schön, dass es ein Mann mit Säge nicht hätte besser machen können. Aber außer uns sah das keiner, denn W. E. rief seinen Schwager Lyle, Maurer von Beruf, gleich nach Sonnenaufgang zum Gefängnis und ließ einen neuen Satz Gitterstäbe ins Fenster einsetzen.

Jedenfalls konnte man W. E. wegen des Ausbruchs nichts anhaben, aber Sergeant Wilcox von der State Police war nie wieder derselbe. Der jämmerliche Mistkerl hatte eine Heidenangst, John Wesley Hardin würde sich für all das rächen, was er ihm an den Kopf geworfen hatte. Man erzählt sich, dass er daheim nicht mehr schlafen konnte, aus Angst, Wes würde ihn mitten in der Nacht in seinem Bett überfallen. Seine Frau und die beiden jungen Söhne boten an, die Nacht über aufzubleiben und Wache zu halten, damit er schlafen konnte, doch er befürchtete, sie würden eindösen, nachdem er eingeschlafen war. Schließlich verbrachte er die

Nacht in der Schlafbaracke der Polizei, hatte aber Albträume, Wes würde sich anschleichen, weshalb er des Nachts schreiend aufschreckte. Nach ein paar solchen Nächten warfen ihn die Kollegen wieder raus. Mangelnder Schlaf und die Angst machten ihn so nervös, dass er bei allem zusammenzuckte und seinen Karabiner bei jedem plötzlichen Geräusch hochriss. Eines Nachts kam er an einer Seitengasse vorbei und hörte ein Geräusch in den Schatten; er schoss vier Mal, bis er erkannte, dass er auf ein dort angebundenes Pferd gefeuert hatte. Die Polizei wollte nicht, dass er vielleicht noch die eigenen Leute abknallte, also schmissen sie ihn raus.

Wilcox brachte seine Familie in einer Hütte im Wald unter und feuerte Warnschüsse auf jeden ab, der zu nah vorbeiritt. Er brüllte ihnen nach, sie sollten Hardin ausrichten, er sei bereit, bei Gott. Eines Tages tauchte seine Frau mit einem der Söhne völlig hysterisch und vor Kummer fast wahnsinnig im Haus ihres Vaters auf. Sie erzählte die entsetzliche Geschichte, wie Wilcox mitten in der Nacht aufgeschreckt war und vor Angst durchdrehte, weil ein Schatten durchs Zimmer schlich. Er dachte, Hardin sei gekommen, um ihn zu töten, und so schnappte er sich sein Gewehr und feuerte. Es war der ältere Sohn Robert, der seit Neuestem schlafwandelte. Wilcox hatte ihm das Gehirn weggepustet. Dann rannte er in den dunklen Wald hinaus, feuerte seinen Revolver ab und brüllte: »Komm raus und kämpfe wie ein Mann, du Mistkerl! Ich bin hier! Ich bin hier!« Während er im Wald herumtobte, schlichen sich seine Frau und der jüngere Sohn hinaus, bahnten sich den Weg zum Pfad und gingen die ganze Nacht und den ganzen Tag über, bis sie in die Stadt kamen. Mrs. Wilcox' Daddy fuhr in die Stadt und berichtete dem Sheriff davon; daraufhin machten sich W. E. und ich auf den Weg zur Hütte, um Wilcox zu verhaften.

Wir fanden ihn; er hatte sich am mittleren Dachbalken aufgehängt. Sein Gesicht war ganz blau angelaufen, die Zunge baumelte heraus und die Augen quollen ihm aus dem Kopf. Er hatte sich in die Hosen gemacht; der Gestank war grässlich. An seinem Hemd hing eine Nachricht: »Jetzt kriegst du mich nicht mehr, Hardin.«

Es heißt, dass Wes, als man ihm ein paar Monate später erzählte, Ward Wilcox von der State Police sei verrückt geworden und habe sich aus Angst vor ihm aufgehängt, erwiderte: »Welcher Ward?«

John Gay

Selbst mein Großvater, der sein ganzes Leben in den Sandies verbracht hat, wusste nicht genau, wie die Fehde zwischen den Suttons und den Taylors begonnen hatte. Zwischen den beiden Clans hatte es immer böses Blut gegeben, solange man sich zurückerinnern konnte. Doch wann auch immer das Blutvergießen begonnen hatte, richtig schlimm wurde es, als Creek Taylor Fred Sutton umbrachte. Damals war Großvater Creek Oberhaupt der Taylors, und eines Tages erwischte er Fred Sutton dabei, wie er ein junges Schwein aus einem Stall der Taylors klauen wollte. Fred wehrte sich tapfer und versetzte Creek mit seinem Bowiemesser eine Schnittwunde quer über die Brust, bevor Creek ihm ins Knie schoss und ihn lahmlegte. Dann fesselte Creek ihn, schlitzte ihm mit dem Bowiemesser den Bauch auf und warf ihn in den Schweinepferch. Die Tiere wühlten in Freds Eingeweiden, er brüllte wie am Spieß, Old Creek schaute zu, wie er bei lebendigem Leib aufgefressen wurde, und lachte.

So war der alte Creek. Er brachte seinen Söhnen und Enkelsöhnen bei, den Familienkodex zu ehren: »Wer Blut der Taylors vergießt, verliert das seine durch die Hand eines Taylor.«

Als der Krieg ausbrach, zogen alle los, um gegen die Yankees zu kämpfen – doch die Taylors brachten den Krieg mit zurück nach DeWitt County. Das Gefecht bei Appomattox bedeutete für sie rein gar nichts. Sie weigerten sich, dem Yankee-Kriegsrecht zu gehorchen, und töteten Blaubäuche bei jeder sich bietenden Gelegenheit. Damals war Pitkin Taylor Oberhaupt einer Familie von Dickköpfen, darunter seine Söhne Jim und Billy und seine Neffen Buck und Scrap. Freunde und Verwandte aus den ganzen Sandies schlossen sich ihnen an, allesamt personifizierte Südstaatenrebellen. Eine Yankee-Patrouille nach der anderen wurde in die Sandies geschickt, um die Bande hochzunehmen, doch jedes

Mal behielten die Taylors die Oberhand. Sie kannten jeden Stein und jeden Baum in der Gegend und führten die Yankees an der Nase herum. Entweder blamierten sich die Yankees oder kamen dabei um.

Die Yankee-Generäle, die Texas regierten, gerieten in eine Höllenwut auf die Taylors, also beauftragten sie eine Bande von fünfzig Söldnern namens *The Regulators* damit, die ganze Sippschaft Taylor aufzumischen. Die Regulators hatten keine Schwierigkeiten dabei, Bill Sutton in ihre Reihen zu holen, der die Sandies mindestens ebenso gut kannte wie die Taylors. Sutton hasste die Yankees natürlich, aber die Taylors hasste er noch mehr. Er heuerte so viele seiner Freunde an, dass die Regulators fortan die Sutton Party genannt wurden, dabei war Sutton gar nicht ihr Anführer. Das war Jack Helm.

Als die Yankee-Truppen schließlich Texas verließen, wurde der Krieg der Suttons und Taylors noch grausamer als zuvor – doch Gouverneur Davis hatte die State Police gegründet, und Jack Helm wurde Captain. Schnell entwickelte er sich zum gefürchtetsten Mann in der ganzen State Police, und das will was heißen. Er heuerte noch mehr Polizisten für die Sutton Party an, und die Bande wuchs auf fast zweihundert Mann an. Neben Sutton waren auch Jim Cox und Joe Tomlinson Helms Lieutenants.

Um Jack Helm am besten zu beschreiben, sollte man von den Kelly-Brüdern Will und Henry erzählen. Zwei liebenswerte Raubeine, die beide mit Töchtern von Pitkin Taylor verheiratet waren. Es bestand also kein Zweifel, auf welcher Seite sie in diesem Konflikt standen, aber keiner von beiden hatte je einen Sutton-Mann umgebracht, das weiß ich ganz genau. Jedenfalls tauchte Jack Helm eines Tages mit einer Truppe der State Police bei ihnen auf und verhaftete sie, weil sie ein paar Nächte zuvor im Suff die Lichter einer Wanderbühne ausgeschossen hatten. Eine ziemlich mickrige Angelegenheit, um deswegen gleich die State Police zu rufen. Also ließen sich Will und Henry in Handschellen legen, um sich zum Gericht nach Cuero abführen zu lassen, wo sie wahrscheinlich eine Strafe zu entrichten hatten und bald wieder freigelassen werden würden. Doch in Cuero kamen sie nie an. Sobald

Helm sie in die offene Prärie hinausgebracht hatte, erschoss er sie kaltblütig.

Die Mutter der beiden Kellys und Henry Kellys Frau waren der Truppe in einiger Entfernung mit dem Planwagen gefolgt und sahen die Untat mit eigenen Augen. Sie reichten beim Hauptquartier der State Police in Austin Klage ein. Es war nicht das erste Mal, dass Jack Helm beschuldigt wurde, Gefangene zu erschießen, doch diesmal kam er deswegen vor Gericht. Dort sagte er aus, die beiden Kelly-Frauen würden lügen. Er schwor, er habe die Kelly-Brüder erschossen, weil sie versucht hatten zu fliehen. Zehn Mann der State Police bezeugten das, und in weniger als einer Stunde wurde er freigesprochen. Doch die State Police hatte genug von seinen eigenwilligen Aktionen und seinem schlechten Ruf und feuerte ihn.

Pitkin Taylor war bei dem Prozess anwesend. Als Helm freigesprochen wurde, musste man Pitkin davon abhalten, den Mann anzugreifen. Er verfluchte Helm und schwor, er werde ihn dafür umbringen, dass er zwei seiner Töchter zu Witwen gemacht hatte. »Versteck dich, wo du willst, ich finde dich, du Hundesohn von einem Bastard!«, brüllte Pitkin. Helm starrte ihn nur aus kalten Augen an und spuckte ihm vor die Füße.

Ehe wir uns versahen, war Helm Sheriff von DeWitt County – doch das war Pitkin völlig egal. »Ist mir gleich, was für ein Abzeichen er trägt und wie viele Gewehre unter seinem Befehl stehen«, sagte er. »Eines Tages, wenn er am wenigsten damit rechnet, werde ich mit meiner Doppelläufigen vor ihm stehen und – Bumm!«

Doch dieser Tag kam nicht schnell genug. Eine Woche später weckte Pitkins Frau ihn mitten in der Nacht und klagte, dass ihre Milchkuh sich losgerissen habe und durch das hohe Gestrüpp hinterm Haus trampeln würde. Sie könne ihre Glocke hören. Pitkin grummelte, zog die Stiefel an und ging hinaus, um das Tier zurück in den Stall zu bringen. Es war eine wolkenverhangene Nacht, man sah nicht weit. Er fluchte so laut, dass seine Frau ihn von der Haustür aus hören konnte, und er folgte dem Gebimmel zum Waldrand. Plötzlich flammte im Gestrüpp Gewehrfeuer auf, Pitkin wirbelte um die eigene Achse, zuckte und fiel zu Boden. Pitkins Frau hörte sich erst schreien, als die Schießerei endlich vorüber war. Die Heckenschützen johlten und schleuderten die Kuhglocke gegen die Hauswand. »Tod allen Taylors!«, brüllten sie und verschwanden lärmend im Wald. Mrs. Taylor bekam keinen von ihnen zu Gesicht, doch dass es Leute von Sutton waren, daran gab es keinen Zweifel.

Obwohl Pitkin sechzehn Mal getroffen war, hatten sie ihn nicht getötet, zumindest nicht sofort. Er war zäh wie ein Bulle und weigerte sich fast zwei Monate lang, den Geist aufzugeben. Die ganze Zeit lag er im Bett, Blut und Eiter quollen ihm aus bald jeder Pore, und langsam verwandelte er sich in ein keuchendes, gelbes Skelett. Schließlich flüsterte er eines Nachts zu seiner Frau: »Ach, zum Teufel damit«, und verstarb.

Falls jemand Zweifel gehabt hatte, wer seine Mörder waren, hatte er diese nach der Beerdigung nicht mehr. Pitkin wurde im großen Familiengrab der Taylors mit Blick auf den Guadalupe River begraben. Der Priester war gerade mitten in der Trauerrede, als am anderen Ufer eine Gruppe Reiter auftauchte – Bill Sutton und seine Jungs. Sie beschimpften uns, lachten und riefen, die Würmer, die sich durch Pitkin fraßen, würden an Vergiftung sterben. »He, Miz Taylor!«, rief Bill Sutton. »Wenn Sie einen passenden Ersatz für Pit wollen, ich hab da ein übellauniges, stinkendes altes Schwein, das können Sie billig haben!« Die Adern auf Jim Taylors Stirn drohten schier zu platzen. Sein Bruder Billy packte ihn, bevor er die Waffe ziehen konnte. »Das hier ist weder der Zeitpunkt noch der Ort, Jim«, mahnte er. »Ma ist hier. Wir haben Frauen und Kinder dabei.« Sutton und seine Reiter johlten noch eine Weile herum, feuerten ein paarmal in die Luft und ritten dann lachend davon. »Ich schwöre dir, Ma«, sagte Jim, »ich schwöre dir, ich werde Daddys Grab mit dem Blut von Bill Sutton tränken.«

Ein paar Tage später saß Jim mit ein paar Freunden in einem Saloon in Cuero und trank, als ihm jemand steckte, dass Sutton im Forster's Billard spielte. Sutton ließ sich kaum noch in der Stadt blicken, deshalb war die Gelegenheit zu gut, um sie ungenutzt zu lassen. Doch Jim hatte getrunken, wie ich schon sagte, und er war ein geborener Hitzkopf, deshalb ließ er sich von seinem Zorn hinreißen. Statt sich heimlich anzuschleichen und Sutton zu überrumpeln, stürmten Jim und seine Freunde ins Forster's, fluchten und schossen wild um sich. Einer von Suttons Männern starb, ein anderer wurde schwer verwundet. Ein Freund von Jim bekam einen Treffer ins Gemächt ab. Sutton verlor seinen linken Daumen, konnte aber durch die Hintertür fliehen.

Die Sandies waren ein einziges Schlachtfeld. Jedermann war bewaffnet und stets auf der Hut, ging langsam und sprach leise – selbst die Fremden auf Durchreise. Die Zeitungen in ganz Texas verurteilten die Gewalt in Gonzales und DeWitt und mahnten die Bürger, sich von der Gegend fernzuhalten, bis dort wieder Recht und Ordnung herrschten.

So standen die Dinge, als ich Wes Hardin kennenlernte. Wie jeder andere in den Sandies wusste auch ich, dass er seit seinem Ausbruch aus dem Gefängnis in Gonzales auf dem Land der Duderstadts lebte – er und seine hübsche Frau Jane. Und wie jeder andere auch fragte ich mich, auf welcher Seite er im Krieg der Taylors und Suttons stand. Das interessierte vor allem auch Jim Taylor. »Mit ihm auf unserer Seite, mit ihm und den Clements«, sagte Jim, »sehen Suttons zweihundert Mann gleich nicht mehr gar so mächtig aus.« Ich hatte Manning Clements bei einer Viehauktion im Jahr zuvor kennengelernt und seitdem in Gonzales ein oder zwei Mal was mit ihm getrunken – also schickte Jim mich zu seiner Ranch am Elm Creek, um ihn auszuhorchen, ob er sich den Taylors anschließen wolle.

Manning sagte sein Nein so höflich, wie man nur sein konnte. Er meinte, er würde mit den Taylors sympathisieren und habe sie sehr bewundert für die mutige Art, wie sie sich dem Gesetz der Blaubäuche widersetzt und gegen die State Police gekämpft hatten. »Und bei allem, was ich über Bill Sutton gehört habe«, fuhr er fort, »würde ich am liebsten ausspucken. Und Jack Helm, also, dieser jämmerliche Mistkerl sollte besser einen großen Bogen um mich machen.« Trotzdem täte es ihm leid, aber er wolle sich nicht in den Streit hineinziehen lassen: »Das ist schlicht und einfach nicht *mein* Kampf. Ich muss mich um meine eigene Familie kümmern und um mein Viehgeschäft. Solange keine der beiden Seiten mir oder den Meinen etwas antut, solange habe ich keinen Grund, mich für die eine oder die andere zu entscheiden.« Ich sagte, ich würde annehmen, sein Cousin Wes sehe das wohl genauso. Er könne nicht für Wes sprechen, entgegnete Manning, aber Jane und er würden am Abend zu Besuch kommen, und wenn ich zum Essen bliebe, könne ich ihn ja selbst fragen.

Wes schien ebenso erfreut, meine Bekanntschaft zu machen, wie ich die seine. Die beiden hatten ihre neugeborene Tochter dabei. Sie hatten sie Mary Elizabeth getauft, nannten sie aber Molly, und Wes zeigte sie als stolzer Vater her. Dann saßen Manning, Wes und ich im Wohnzimmer bei Whiskey und Zigarren; Manning redete gar nicht erst um den heißen Brei herum; es gäbe da etwas, das ich Wes fragen wolle, kündigte er an. Also brachte ich mein Anliegen vor. Wes sah mich einen Augenblick lang ernst an und zählte mir dann so ziemlich dieselben Gründe auf wie Manning, warum er sich nicht einmischen wolle. »Sie haben doch gerade meine beiden Schätze gesehen«, sagte er. »Was für ein Gatte und Vater wäre ich denn, wenn ich die eine zur Witwe und die andere zur Waise machen würde, nur um gegen jemanden zu kämpfen, gegen den ich persönlich nichts habe?«

Ich fragte ihn, ob er denn wisse, dass Jack Helm einen Haftbefehl auf seinen Namen habe wegen der Schüsse auf Green Parramore. »Ich kenne Jack Helm überhaupt nicht«, erwiderte er, warf einen schnellen Blick zur Tür hinüber und sprach leiser weiter. »Ich kenne seinen Ruf als geborener Mistkerl, und trotzdem, mir hat er nichts getan, und das ist das Einzige, was zählt. Man soll mich in Ruhe lassen, mehr kann ich von niemandem verlangen, und das hat Jack Helm getan. Was mich angeht, haben wir beide keine Rechnung offen.«

Na, ich ging davon aus, dass alles gesagt war, und beim Essen unterhielten wir uns über andere Dinge. Wes erzählte mir, er sei wieder im Viehhandel. Im Gegensatz zu Manning hatte er allerdings nicht den Wunsch, weitere Trecks nach Kansas zu führen. Er hatte in den Sandies Rinder zusammengetrieben und brachte wöchentlich kleine Herden die fünfundzwanzig Meilen bis zum Eisenbahnkopf in Cuero. Der Zug fuhr die Rinder zum Hafen nach Indianola, und von dort wurden sie nach New Orleans verschifft.

»Tatsächlich«, sagte Wes, »muss ich schon morgen nach Cuero, um die nächste Lieferung für Indianola klarzumachen.« Als ich erwähnte, dass ich ebenfalls nach Cuero müsste, um einen neuen Sattel abzuholen, den ich mir aus San Antonio hatte schicken lassen, schlug Wes vor, wir sollten zusammen reiten, und ich willigte ein. Manning bestand darauf, dass ich die Nacht bei ihm verbringe, und dann machten wir aus dem Abend noch ein richtig angenehmes kleines Fest.

Wir brachen am nächsten Morgen kurz nach Sonnenaufgang auf. Die Luft war kühl, aber erfüllt von Vogelgezwitscher und dem Duft von frisch gepflügter Erde. Wir ritten langsam über die neue Straße, die zwischen Elm Creek und Cuero durch die Prärie führte, und unterhielten uns hauptsächlich über Rennpferde. Etwa acht Meilen vor Cuero erzählte Wes gerade eine wilde und wahrscheinlich erfundene Geschichte, wie er in der wilden Stadt Towash mit dem Pferd seines Predigervaters mal ein großes Rennen gewonnen hatte, als er sich plötzlich unterbrach: »Kennst du den Mann dort?« und in Richtung des kleinen Wäldchens zeigte, das Mustang Mot genannt wurde, über hundert Yards entfernt.

Es handelte sich um eine isoliert stehende Insel Harthölzer mitten in der Prärie. Der Name Mustang Mot stammte noch aus den alten Zeiten, als Herden von Wildpferden dort im Schatten ruhten. Ich musste genau hinschauen, bis ich schließlich entdeckte, wen er meinte – ein Mann zu Pferde, der uns aus dem tiefen Schatten der Bäume beobachtete. »Ich sehe ihn«, antwortete ich, »kann ihn aber von hier aus nicht erkennen.« Der Reiter kam aus dem Schatten auf den Pfad. Als wir uns näherten, erkannten wir ihn. »Jack Helm«, flüsterte ich und kam mir dumm dabei vor, denn er war noch gut vierzig Yards entfernt.

Helm trug eine Winchester mit dem Kolben hoch am Bein und an beiden Seiten Revolver. Wes schob seine Mantelschöße über seine Waffen. »Achte auf die Bäume im Hain«, sagte er. »Könnte sein, dass er noch Verstärkung dort hat.« Wir näherten uns bis auf ein paar Schritte und hielten an.

»Guten Morgen«, sagte Helm. »Seid ihr Jungs hier aus der Gegend?«

Wes fragte, wer das wissen wolle, und Helm machte ein strenges Gesicht. »Ich, mein Junge. Jack Helm, Sheriff von DeWitt County. Und wer könntest du sein?«

»Kein könnte«, entgegnete Wes. »Ich bin John Wesley Hardin.«

Helm lächelte, aber sein Blick wurde keinen Deut wärmer. Zum Teufel, das hatte er wahrscheinlich schon die ganze Zeit gewusst. Er behielt einen Finger am Abzug der Winchester. Wenn er den Lauf nach vorn fallen ließ, würde er aus vier Fuß Entfernung direkt auf Wes' Brust zeigen.

Aber auch Wes war bereit – die rechte Hand hoch am Bein, ganz nah am Revolverknauf. Ich war auch bereit – aber nur dafür, sofort in Deckung zu gehen.

»Haben Sie einen Haftbefehl gegen mich?«, fragte Wes.

»Habe ich«, antwortete Helm. »Aber ich habe nicht die Absicht, ihn auszuführen.«

Wes lachte. »Das glaube ich – nicht solange ich Ihnen in die Augen sehe.«

»Mit mir macht man keine Scherze, Sohn«, sagte Helm. »Ich habe nichts gegen dich. Solange ich Sheriff in DeWitt County bin, ist alles in Ordnung.«

»Tatsache? Und warum sind Sie so freundlich zu mir?«

»Der Haftbefehl lautet auf Tötung eines Niggers«, antwortete Helm. »Das zählt weniger, als einen Hund abzuknallen. Außerdem stehen Sie nicht auf der Seite der Taylors – hat man mir jedenfalls gesagt. Ich hege keine bösen Gefühle gegenüber jemandem, der genug Verstand besitzt, die Taylors zu hassen.«

»Ich hasse die Taylors nicht«, entgegnete Wes. »Ich gehöre zu keiner anderen Gruppe als meiner eigenen Verwandtschaft und Familie.«

»Ach, zum Teufel, das genügt mir«, sagte Helm und lächelte angespannt. Er senkte die Winchester über den Sattelknauf und sagte: »Falls ihr auf dem Weg in die Stadt seid, reiten wir zusammen. Ich möchte mich mit euch unterhalten.«

Helm redete am meisten. Er teilte Wes mit, dass die Taylors sich den Ärger ganz allein eingebrockt hätten. Sie seien waschechte Unruhestifter, erklärte er, und die Sandies wären erheblich besser dran, wenn es keinen Taylor mehr gäbe.

»Also, du und ich, Wesley«, sagte Helm und tat so, als ob Wes und er alte Freunde wären, »wir sind doch kluge Burschen – und kluge Burschen kommen immer zu einer Übereinkunft, die für beide am besten ist. Du hast Ärger mit dem Gesetz, und ich habe Ärger mit den Taylors. Ich finde, wir könnten uns gegenseitig behilflich sein, kluge Männer wie wir.«

»Ich will nur in Ruhe gelassen werden«, sagte Wes. »Dasselbe gilt für meine Freunde. Sie können sicher sein, dass wir uns in dieser Auseinandersetzung auf keine Seite schlagen werden, solange man uns in Frieden lässt.«

»Also gut«, meinte Helm. »Ich weiß das zu schätzen. Mr. Sutton sicher auch. Nur um sicherzugehen, dass alle anderen das auch richtig zu schätzen wissen, wie wär's, wenn wir uns alle heute in einer Woche bei Jim Cox treffen? Und wo wir schon dabei sind, ich hätte da noch einen Vorschlag, um dich mit der State Police ins Reine zu bringen, der dich sicher interessieren wird. Dagegen hättest du doch nichts, oder? Weißt du, wo du Jim findest?«

Wes wusste es nicht, aber ich, und Wes meinte zu Helm, er würde kommen.

Cuero war nun in Sichtweite, und Helm meinte: »Also bis nächste Woche – bei Jim Cox gegen Mittag.« Er sagte, er habe noch einen Haftbefehl für einen Trottel ein paar Meilen südlich der Stadt, und damit ritt er davon.

Wes schaute ihm nach und sagte: »Jeder einzelne Gedanke im Hirn dieses Mannes ist so verschlagen wie eine Klapperschlange. Das sieht man ihm an den Augen an.« Dennoch wollte er wissen, was der Mann sich überlegt hatte, um für ihn mit der State Police reinen Tisch zu machen. Wes hätte sich mit dem Teufel persönlich getroffen, wenn er seine Chance bekommen hätte.

Wir erledigten unsere Geschäfte an der Bahnstation, dann gingen wir in den Saloon, um uns die Kehlen anzufeuchten, bevor wir uns auf den Heimweg machten. Kaum hatten wir unsere Drinks geleert, trat ein Mann mit blutunterlaufenen Augen im Anzug und mit einem Bowler auf dem Kopf, beides zu klein für ihn, auf Wes zu und sagte: »Ich heiße J. B. Morgan, Mr. Hardin. Deputy

 J.B. Morgan. Ich wäre sehr stolz, Ihnen einen Drink spendieren zu dürfen.«

»Ach, danke, Kumpel«, sagte Wes. »Aber wir wollten gerade gehen.«

»Zum Teufel«, entgegnete Morgan. »Für einen Drink habt ihr doch noch Zeit. Barkeeper! Geben Sie meinem Freund Hardin hier einen Drink!« Wes sah mich genervt an und ging Richtung Ausgang.

»He, Hardin!«, rief Morgan und packte Wes am Ärmel. »Ich hab Ihnen gerade einen Drink spendiert!«

Wes schüttelte die Hand ab. »Stürz ihn selbst runter, du Rumtopf.« Er war nicht in der Stimmung, einen lästigen Säufer zu unterhalten, doch als er zur Tür gehen wollte, packte ihn Morgan an der Schulter und brüllte: »Du gottverdammter, aufgeblasener –«

Wes donnerte ihm den Ellbogen in die Magengrube – trieb ihm damit die Luft aus dem Leib – und schubste ihn gegen den Tresen. »Verdammt noch mal!«, sagte er. »Ich brauche wegen irgendeinem Scheißer wie dir nicht noch mehr Ärger mit dem Gesetz, aber wenn du was beweisen willst, nur zu!« Er war bereit für alles, was Morgan versuchen könnte – doch der Deputy stand still und rotäugig da, hielt sich den Bauch mit beiden Händen und schnappte noch immer nach Luft. »Wenn du mich irgendwann kommen siehst«, erklärte Wes, »dann drehst du dich am besten um und gehst in die andere Richtung, verstanden?« Der Deputy nickte ruckartig. »Gut«, meinte Wes. »Verständnis ist das, was der Welt so fehlt.«

Was es allerdings reichlich gibt auf der Welt, ist Dummheit. Wir waren gerade zur Tür hinaus und traten vom Gehsteig auf die Straße, als hinter uns die Saloontür aufknallt und Morgan brüllt: »Du Sohn einer …!«

Wes wirbelt herum, feuert zwei Schüsse ab und trifft ihn über dem rechten Auge und in die Vorderzähne. Morgan macht noch ein spastisches kleines Tänzchen, schießt in den Gehsteig und landet mit dem Gesicht voran auf der Straße.

Wes gibt ihm noch einen Tritt, um sicherzugehen, dass er tot ist, steckt den Colt ein und seufzt tief. Er dreht sich zu der Menge an großäugigen Gaffern um und sagt: »Ihr alle seid Zeugen. Ich wollte keinen Streit, aber er hat mir keine Wahl gelassen. Sagt dem Sheriff, wie es war.«

Wir stiegen auf und ritten davon. Die düster dreinblickende, stumme Menge schloss sich um den Toten. Das Klappern der Hufe war das einzige Geräusch, als wir die Stadt verließen.

Thomas Ford Tenelle

Im Frühling 1873 traf sich Wes mit Jack Helm und Jim Cox, um seine Neutralität im Streit der Taylors und Suttons zu erklären. Wes, der Helm nicht weiter über den Weg traute, als er spucken konnte, nahm meinen großen Bruder George und Manning Clements mit zu dem Treffen. Eine kluge Entscheidung, denn Helm und Cox wurden von acht Sutton-Pistoleros begleitet, die George und Manning die ganze Zeit über düster anstarrten, während sie draußen auf das Ende des Treffens warteten. Bill Sutton war nicht da. Helm erklärte Wes, er sei erkrankt und könne nicht reiten. Das bezweifle ich. Wahrscheinlich hatte er einfach zu große Angst. Eins ist gewiss: ein heimtückischer Mensch rechnet immer bei allen anderen Menschen mit Heimtücke.

Wes wollte sich nur mit ihnen treffen, um Helms Angebot zu hören, wie alle Haftbefehle der State Police gegen ihn aufgehoben werden könnten. Helm hatte eine Reihe einflussreicher Freunde in Austin und hätte das wohl bewerkstelligen können. Helm dagegen wollte, dass Wes sich auf die Seite der Regulators schlug und dabei half, die Sandies von den Taylors und allen, die mit ihnen unter einer Decke steckten, zu säubern. Er versprach Wes, dass ihm keinerlei Anklage gemacht würde für alles, was er im Dienst der Sutton Party tat.

Wes gestand uns später, dass er schon sehr versucht gewesen war, das Angebot anzunehmen. Ihm wurde ganz schwindlig bei dem Gedanken, kein Gesuchter mehr zu sein. »Ich kann mir gar nicht vorstellen, wie nett das sein muss, mit meiner Frau neben mir und meinem Baby auf dem Arm eine beliebige Straße in Texas entlanggehen zu können, ohne mir Sorgen zu machen, ob mir an der nächsten Ecke irgendein Gesetzeshüter eine Flinte ins Gesicht hält. Oder mit meiner Familie in einem Restaurant zu essen, ohne denken zu müssen, dass irgendein Fremder, der auf das

Kopfgeld aus ist, mir in den Rücken schießen könnte, während ich an meinem Steak kaue. Oder ruhig und tief zu schlafen und dabei nicht den Revolver in der Hand zu halten. Ich kann mir gar nicht vorstellen, wie schön das wäre, so frei zu sein.«

Doch dann legte Jim Cox eine Namensliste vor und erklärte, die Sutton Party habe vor, die Sandies von allen Personen auf der Liste zu säubern. Die Clements waren darauf, auch mein Bruder George. Selbst ich stand darauf, und ich war noch nicht mal sechzehn. Wes kannte alle Männer auf der Liste und sagte, dass alle von ihnen neutral seien. Jim Cox erwiderte, so etwas wie neutral gebe es jetzt nicht mehr. »Wer nicht für uns ist«, sagte er, »ist gegen uns.« Helm beschwichtigte, alle Freunde, die Wes auf der Liste habe, könnten sich gern den Regulators anschließen.

Wes erklärte, er habe Freunde, die sich im Streit der Taylors und Suttons auf keine der Seiten geschlagen hätten und es auch so belassen wollten. Jim Cox trat an die Tür, starrte wütend hinaus auf George und Manning und spuckte Tabaksaft aus. »Wie die da?«, knurrte er. Ich hatte Jim Cox schon gesehen: ein riesiger grober Kerl, dem man nachsagte, er habe mindestens zwei Männer mit den Fäusten erschlagen.

»Tut mir leid«, sagte Wes, »ich weiß das Angebot zu schätzen, aber ich kann es nicht annehmen.« Falls jemals jemand behaupten sollte, dass John Wesley Hardin nicht loyal gewesen sei, dann sagen Sie diesem Dummen, er soll sich zum Teufel scheren. Bedenken Sie, keiner von uns wusste, wie bald schon die Davis-Polizei außer Dienst gestellt werden würde. Für Wes war nur klar, wenn er zugestimmt hätte, dann wären seine Probleme mit der State Police vorbei gewesen, und sein Leben wäre um einiges leichter gewesen. Aber er wusste auch, dass die Clements sich niemals auf die Seite der Suttons stellen würden, und er war nun mal keiner, der Verwandte oder Freunde hängen ließ, aus welchem Grund auch immer.

Er erklärte Helm, er würde sich aus dem Streit raushalten, so lange wir in unserem Teil der Sandies in Ruhe gelassen würden. Jim Cox starrte ihn wütend an und schnaubte. Jack Helm zuckte mit den Schultern, grinste und erwiderte: »Also gut, mein Sohn, wenn du es so haben willst.« Doch er hoffe, Wes würde sich noch einmal durch den Kopf gehen lassen, um wie vieles sicherer das Leben für ihn und seine Familie wäre, wenn alle Haftbefehle gegen ihn aufgehoben würden. »Wir sind uns einig, Sohn«, sagte er, »aber ich bin nur der County Sheriff. Ich kann nicht für die State Police sprechen.« Wes meinte, Helms Lächeln sei dabei so ölig gewesen, dass man damit eine ganze Lokomotive hätte schmieren können.

Zwei Wochen später stieß das texanische Parlament das Polizeigesetz ab – und überstimmte dann noch das Veto von Gouverneur Davis. Keine Unabhängigkeitsfeier, die ich je erlebt habe, reicht an den Jubel heran, der das Ende der State Police begleitete. Eine Art von stolzem Texas-Wahn machte sich breit – wilde Freude über das Ende dessen, was eine Zeitung »eine infernalische Unterdrückungsmaschinerie« genannt hatte. Kracher und Revolverschüsse knallten Tag und Nacht. Freudenfeuer flammten baumhoch auf. Tanzkapellen fiedelten und zupften. In den überfüllten Saloons floss der Whiskey in Strömen, Cowboyrufe und Rebellenjauchzer hallten durch die Gassen. An jenem glorreichen Tag spendierte mir mein großer Bruder George in einem Saloon meinen ersten Whiskey. Wes Hardin gab mir den zweiten aus.

Natürlich freuten sich nicht alle, dass das Gesetz zurückgenommen wurde. Manche befürchteten, dass die Auflösung der Davis-Polizei dazu führte, dass die Gesetzlosigkeit noch weiter um sich griff. Und das aus gutem Grund. In vielen Städten brachte die Rücknahme des Gesetzes ganze Mobs dazu, die Gefängnisse zu stürmen und die Gefangenen zu befreien. In anderen Städten wurden die Vorschriften gegen das Tragen von Waffen weitgehend ignoriert. Eine Zeitung zitierte einen ehemaligen Befehlshaber der State Police, der sagte: »Die Rücknahme ist Grund zu größter Freude bei Ku-Klux-Klanern, Mördern und Dieben.« Das stimmte natürlich. Aber unter der State Police hatten nicht nur die Kriminellen gelitten: Zu viele ehrenhafte Bürger waren ebenfalls Opfer ihrer Verwüstungen geworden. Kein Wunder also, dass die Nachricht vom Ende der Truppe zu solchen Freudenausbrüchen führte.

Jack Helm hatte wohl gedacht, dass Wes ohne die Bedrohung durch die State Police keinen Grund mehr hatte, sich der Sutton-Party anzuschließen – oder gar zur Seite der Taylors neigte. Anders kann ich mir nicht erklären, warum Helm plötzlich derart feindselig gegenüber Wes und den Clements war, es sei denn, er hatte vor, sie zu töten oder zu verhaften, bevor sie sich den Taylors anschlossen. Aber warum auch immer, es handelte sich um den dummen Schritt eines misstrauischen Mannes – und das genügte, um Wes endgültig in den Konflikt zu ziehen …

Ein paar Tage nachdem wir die Neuigkeit von der Auflösung der State Police erfahren hatten, waren wir draußen, um Kühe aus dem Gestrüpp zu jagen und für Manning und Huck Clements eine Herde zusammenzutreiben, die sie nach Kansas bringen wollten. Ihre Brüder Gip und Jim hatten schon eine Herde auf dem Treck. George und ich hatten in Wes' Haus gegessen und meistens auf seiner Veranda geschlafen, um uns den langen Heimweg zu sparen. Als wir an jenem Nachmittag zu Wes' Haus zurückkehrten, fanden wir Jane weinend vor. Sie hielt die kleine Molly fest an den Busen gedrückt. Fred Duderstadt war bei ihnen und hielt eine Flinte in der Hand. Seine Kleider waren zerrissen und nass, Gesicht und Hände zerschlagen und blutig.

Jack Helm, Jim Cox und etwa vierzig Sutton-Männer waren am helllichten Tag angaloppiert gekommen. Sie hatten das Haus umstellt und im Namen des Gesetzes verlangt, Wes Hardin solle mit erhobenen Händen herauskommen. Jane war mit dem Baby auf dem Arm vors Haus getreten, um ihnen zu sagen, dass Wes nicht zu Hause sei, und um gegen ihren Übergriff zu protestieren. Der schwarze Terrier, den Wes erst vor Kurzem nach Hause mitgebracht hatte, damit Molly etwas zu spielen hatte, bellte die Eindringlinge ununterbrochen an, bis Jack Helm ihn erschoss. Jim Cox stieg ab, packte Jane grob am Arm, schob sie und das Kind vor sich her und drang mit gezücktem Revolver ins Haus ein. Er schoss in Schränke und Truhen, bevor er sie öffnete, um nachzusehen, ob Wes sich darin versteckt hatte. Jane war ganz außer sich, und das Baby schrie jämmerlich.

Fred Duderstadt war draußen auf dem Feld gewesen, als die

Suttons angeritten kamen, und zum Haus der Hardins geeilt, um Jane und das Baby zu schützen. Doch er war unbewaffnet – zum Glück, sonst hätten sie ihn sicherlich gleich erschossen. Die Suttons schlugen ihn mit ihren Lassos zu Boden, dann fingen sie ihn ein und schleiften ihn zum Spaß am Pferd ums Haus. Danach packten sie ihn und warfen ihn in den Brunnen.

Aus reiner Zerstörungswut zertrümmerten sie den Großteil des Mobiliars. Ein paar wollten das Haus in Brand setzen, doch Jack Helm hielt sie davon ab und meinte, das sei nicht nötig. Er sagte Jane, sie solle Wes mitteilen, dass es einen Haftbefehl gegen ihn gebe wegen der Ermordung des Deputy Sheriffs J. B. Morgan aus Cuero. Entweder er würde augenblicklich aus den Sandies verschwinden, drohte Helm, oder er würde an einem Ast baumeln, wenn sie ihn erwischten, das könne er sich aussuchen.

Kaum waren die Suttons davongeritten, holte Jane ein Seil aus der Scheune, band es an die Seilwinde des Brunnens und ließ es zu Fred hinunter, damit er sich hochziehen konnte. Die Suttons hatten alle Waffen mitgenommen, die sie finden konnten, hatten aber Wes' Schrotflinte unter den Stufen der hinteren Veranda übersehen. Fred lud sie und hielt am Vorderfenster Wache, falls einer von den Suttons zurückkommen sollte. Jane versuchte, das Baby zu beruhigen, konnte aber selbst die Tränen nicht unterdrücken.

Wes drückte sie an sich und strich ihr sanft übers Haar. Er redete leise auf sie ein und meinte, es sei wieder alles in Ordnung, sie solle nicht mehr weinen. Doch er hatte einen unsteten Blick, und die Hände zitterten ihm. »Hör mal, Liebling«, sagte er mit gepresster Stimme, »ich muss für eine kleine Weile fort.« Sie klammerte sich noch fester an ihn und rief: »Nein! Es sind zu viele!« Er wiegte sie zärtlich in seinen Armen. »Mein Mädchen«, sagte er, »ich bin doch nicht verrückt. Ich werde nicht allein eine Armee von Regulators jagen. Ich will nur zu Manning, das ist alles. Versprochen.«

Er bat Fred und mich, zu bleiben und auf Jane und Molly aufzupassen, dann ritten George und er zu Mannings Ranch. Auch dort waren die Suttons schon gewesen, um nach den Clements-Brüdern zu suchen. Sie hatten die Frauen erschreckt und verlangt, ihnen die Namen aller Mitglieder der Taylor-Sippe zu nennen.

Manning wollte sich sofort auf die Suttons stürzen, doch Wes mahnte ihn, seinen Kopf einzuschalten. Wir bräuchten mehr Männer, meinte er zu ihm, gute Männer. Also gut, räumte Manning ein, lass uns mit den Taylors reden.

Wes kehrte zurück und holte Jane und das Baby. Er brachte sie zu den Mannings, wo sie in Gesellschaft der Clements-Frauen und -Kinder waren – und Tag und Nacht von Mannings bewaffneten Cowboys beschützt wurden. In der Zwischenzeit war Huck Clements auf dem Weg zu Jim Taylor, um eine Nachricht zu überbringen: Wes wollte sich in derselben Nacht mit ihm beim Mustang Mot treffen.

Der Hain war dafür wie geschaffen. Die Bäume spendeten Schutz und Schatten, und auf der weiten Prärie ringsherum boten alle, die versuchten, uns zu Pferd zu erreichen, ein gutes Ziel, vor allem bei dem strahlenden Viertelmond. Ich erinnere mich noch an unseren Ritt dorthin, als sei es letzte Nacht gewesen. Es roch nach dem Schwemmland entlang des Bachs. Nachtschwalben tauchten ins hohe Gras. Eine leichte Brise trug eine einsame Wolke am Mond vorbei. Als wir zu dem Hain kamen – Wes und Manning, Huck, George und ich –, waren die Taylors schon dort. Jim, sein kleiner Bruder Billy und sein Cousin Scrap.

Die Taylors waren gute Leute. Sie hatten einen schnellen und klugen Verstand und standen ganz in der Tradition der Konföderation. Im Kampf gaben sie kein Pardon und verlangten auch keins. Seit der Ermordung seines Vaters Pitkin war Jim der Anführer des Taylor-Clans. George und Manning hatten zugestimmt, dass Wes für unsere Seite sprechen sollte.

»Ich wollte mich aus diesem Streit heraushalten«, sagte Wes den Taylors. »Aber diese Mistkerle haben Hand an meine Frau gelegt. Sie haben meinem Kind Angst eingejagt, mein Haus verwüstet und meinen Freund geprügelt. Ich bin ihnen nicht auf die Zehen gestiegen, aber sie mir, und ich habe die Absicht, sie dafür zahlen zu lassen – Cox, Helm, Sutton, den ganzen Haufen. Sie haben eine Armee auf ihrer Seite, also brauchen wir ebenfalls eine. Es ist nur sinnvoll, wenn wir uns euch gegen diese armseligen Bastarde anschließen.«

Jim Taylor erwiderte, sie seien verdammt stolz, uns dabeizuhaben, und er schwor, dass die Taylor Party von nun an auch die Familien Hardin, Clements, Tenelle und Duderstadt und ihren Besitz vor den Suttons schützen würde. Jim hatte nur eine Bedingung: Er wollte derjenige sein, der Bill Sutton und Jack Helm erledigte. »Ich habe meiner Ma wegen Bill ein Versprechen gegeben, das ich halten möchte«, sagte er. »Und Jack Helm ist dran, weil er die Ehemänner meiner Schwestern umgebracht hat.« Wes willigte ein, beanspruchte aber dieses Privileg im Hinblick auf Jim Cox. »Er hat es gewagt, Hand an meine Frau zu legen und meiner Tochter Angst einzujagen.« Jim Taylor nickte ernst und sagte: »Dann soll er dir gehören, in Ordnung.« Sie gaben sich die Hand, und damit war das Bündnis besiegelt.

Drei Wochen später lauerte eine kleine Gruppe von uns Jim Cox und acht seiner Pistoleros nachts auf der Flussstraße an der Countygrenze auf. Sie kehrten von einem Tanz auf einer Suttonfarm nördlich von Cuero zurück, und da wir uns drei Wochen lang ruhig verhalten hatten, ließ ihre Wachsamkeit nach. Wir platzierten uns in den Bäumen zu beiden Seiten des Wegs, wo er auf die Brücke über den Guadalupe einbog. Bill Watson und ich waren die Jüngsten, und Wes gab uns die Aufgabe, die Pferde zu erschießen. »Es ist euer Job, Jungs«, sagte er, »dafür zu sorgen, dass keiner der Suttons hier mit etwas anderem abhaut als ein paar Flügeln.«

Wir hatten einen klaren Vollmond als Schusslicht und waren mit Repetiergewehren bewaffnet. Wir warteten, bis sie alle nach der weiten Kurve in Sicht kamen und noch vierzig Fuß entfernt waren. Jim Cox ritt vorneweg, und Wes' erster Schuss riss ihm die Schädeldecke weg. Im nächsten Augenblick durchfuhr unsere Salve sie wie eine Sichel aus Feuer. Ich war aufgeregt und ungeduldig gewesen, dass die Schießerei endlich anfangen sollte, doch die plötzlichen Schreie so vieler sterbender Männer und Tiere hoben mir einen Schwall heißen Mageninhalts in die Kehle. Ich war zutiefst überrascht darüber, aber ich schluckte ihn wieder herunter und feuerte weiter wie alle anderen auch. Unser Kreuzfeuer ließ ihnen keinen Ausweg. Sie schossen wild in die Bäume und rannten sich gegenseitig über den Haufen. Sie versuchten, sich im Boden zu verkriechen, um dem Feuersturm zu entgehen, und suchten Deckung hinter Grashalmen. Ich schoss weiter auf die Pferde, auch nachdem schon alle zu Boden gegangen waren. Wenn doch nur das höllische Geschrei aufhörte. Ich hatte ja keine Ahnung gehabt.

Als keiner der Suttons mehr das Feuer erwiderte, hörten wir schließlich auf. Es fühlte sich an, als hätten wir stundenlang gefeuert, dabei war es wahrscheinlich kaum mehr als eine Minute gewesen. Eins der Pferde trat und brüllte noch immer, und ich musste noch zwei Mal schießen, bis es Ruhe gab. Manning und Jim zielten sorgfältig und schossen auf jeden Einzelnen der gefallenen Suttons, nur für den Fall, dass sich einer von ihnen tot stellte. Dann traten wir aus der Deckung und gingen hinunter. Die Luft war voll von beißendem Pulverqualm und dem scharfen metallischen Geruch von frischem Blut.

Es gab neun tote Pferde und wir zählten acht Leichen – dann fanden wir den Letzten, auf halbem Weg zwischen Straße und Fluss kroch er zum Wasser. Er war schwer verletzt und flehte uns an, ihn nicht zu erschießen. Manning meinte nur: »Tut mir leid, Mann, aber dafür ist es schon lange zu spät.« Dann erledigte er ihn.

Kurz darauf erhielten wir die Nachricht, dass Jack Helm heimlich auf dem Weg nach Wilson County war, westlich von uns, um ein paar alte Kumpel aus der State Police für die *Regulators* zu gewinnen. Wes und Jim nahmen an, dass er nur ein paar Mann bei sich hatte, da er in einer Sutton-freundlichen Gegend nicht mit einem Hinterhalt der Taylors rechnen würde. Sie beschlossen, einen Versuch zu wagen. George und ich gingen mit. Manning und Huck blieben zurück, um eine Herde zusammenzutreiben und die Wachen zu kontrollieren, die unsere Häuser schützten. Unseren Spionen zufolge lebten ein paar von Helms Polizeifreunden in Floresville, also ritten wir dorthin.

Kurz nachdem wir nach Wilson County kamen, verlor Wes' Pferd ein Hufeisen, also machten wir einen Umweg von etwa einer Meile in eine Ansiedlung namens Albuquerque, wo es einen Schmied gab, ein armseliges Kuhkaff mit etwa acht Häusern. Die einzigen Menschen auf der Straße waren eine Gruppe Männer, die im Schatten einer Eiche neben der Schmiede auf den Fersen kauerten, und eine Handvoll Burschen, die dabei waren, einen fies aussehenden schwarzen Kater in einen Sack zu stopfen, in dem schon eine Katze steckte. »Ich hab fünf Dollar, die sagen, dass der schwarze Kater gewinnt«, meinte Wes zu Jim. Ein Rotschopf hielt den Kater an Genick und Hinterbeinen, und das Vieh fauchte uns an, als wir vorbeigingen. »Wie ist denn der andere?«, fragte Jim die Burschen. »Einäugig und dreifarbig«, antwortete ein Junge. »Hat die meisten Sackkämpfe von allen gewonnen.« Jim grinste Wes an und sagte: »Die Wette halte ich.«

George und ich hielten an und stiegen ab, um beim Kampf zuzuschauen, Wes brachte sein Pferd zur Schmiede ein Stück entfernt. »Ihr sagt mir, wie's ausgeht«, meinte Jim zu uns und schloss sich den Männern im Schatten an.

Zwei Burschen hielten den Sack auf, ein Dritter stopfte die schwarze Katze hinein – dann banden sie ihn schnell zu und hängten ihn an einen niedrigen Ast. Erst wenn man einen Sackkampf zwischen zwei Katern gehört hat, hat man richtiges Gekreisch gehört. George und ich waren so gefesselt von dem jaulenden und zuckenden Sack an dem Ast, dass wir den Reitern, die hinter uns in die Stadt kamen, keine Beachtung schenkten.

Eine Minute später krachte eine Flinte, wir wirbelten herum und sahen Wes in der Tür der Schmiede stehen; beide Läufe der Schrotflinte qualmten. Jack Helm saß mitten auf der Straße, die ganze Vorderseite seines Hemds war rot vor Blut, und eine blaue Darmschlinge hing aus seinem aufgerissenen Bauch. Sein Revolver lag ein paar Schritte neben ihm. Die drei Männer, die mit ihm gekommen waren, hielten ihre aufgescheuchten Pferde im Zaum. Jim Taylor reckte ihnen zwei Revolver entgegen und brüllte etwas, das ich bei dem Katzenjaulen neben mir nicht verstehen konnte. Die Suttons stiegen ab und streckten die Hände in die Höhe. Wes schnappte sich die Zügel und schwang sich auf einen Sattel.

In diesem Augenblick kam Jack Helm auf die Füße und ging mit einem Messer auf Jim Taylor los.

Ich traute meinen Augen kaum. Mit der freien Hand wollte er seine Eingeweide festhalten, während er auf Jim zustolperte, doch sie glitten ihm aus den Fingern und baumelten schlaff an seinen Oberschenkeln. Sein Gesicht war blass wie Schweineschmalz. Jim schoss ihm zwei Mal in die Brust, Helm ging in die Knie, und seine Gedärme fielen in den Staub. Linkisch wie ein Mädchen warf er das Messer nach Jim. Wieder schoss Jim, und Helm fiel vornüber auf seine Eingeweide. Dann trat Jim zu ihm und schoss ihm drei Mal in den Kopf. Ich hatte noch nie zuvor erlebt, dass jemand so gründlich erledigt wurde.

Helm hatte Jim direkt entdeckt, als er und seine Leute eintrafen – und er konnte Jim überraschen, noch bevor dieser überhaupt aufblickte und ihn erkannte. Helm war abgestiegen, fluchend auf ihn zugestapft und hatte ihm dabei die Waffe direkt aufs Gesicht gerichtet. Er wusste nicht, dass Jim nicht allein war, bis Wes aus dem Schatten der Schmiede trat und ihm den Bauch aufschoss. Bis zum heutigen Tag sehe ich Jack Helm tot mit seinen Eingeweiden im Staub liegen, wenn ich eine Katze fauchen höre.

Wir brachen sofort auf und nahmen die Suttonpferde mit; ein paar Stunden später verkauften wir sie an einen Händler in Smiley. In jener Nacht gaben wir jeden Nickel von den verkauften Pferden in einem Saloon in Gonzales für Whiskey aus. »Die Drinks gehen auf die Suttons!«, verkündete Wes laut lachend. Die Neuigkeit hatte schnell die Runde gemacht, und den ganzen Abend über kamen Männer an unseren Tisch und beglückwünschten uns, weil wir Jack Helm erschossen hatten. Noch Monate später, so erzählte man mir, erhielt Wes Dankesschreiben von Leuten, die Helm gehasst hatten. Viele der Briefe stammten von Frauen, die Jack Helm zu Witwen gemacht hatte.

Doch der Streit ging weiter – bis Wes und Jim sich schließlich mit Joe Tomlinson und seinen Leuten trafen und alle endlich den Bedingungen eines Friedensvertrags zustimmten. Den hatten sie in einer Anwaltskanzlei in Clinton aufsetzen lassen, Amtssitz des County DeWitt, und alle unterzeichneten, auch Bill Sutton, der sich den Vertrag von einem Anwalt zu seinem bewachten Haus bringen ließ, der die Unterschrift beglaubigte. Er hütete sich, vor Jim Taylors Augen zu treten, denn der unterschrieb den

Vertrag nur unter der Bedingung, dass er nicht für Bill Sutton und ihn galt. Die Unterzeichnenden kamen überein, dass von nun an der Streit ausschließlich eine reine Privatangelegenheit der beiden sei.

Nun, nachdem die State Police der Vergangenheit angehörte und der Streit vertraglich beigelegt war, war das Leben in den Sandies zum ersten Mal seit Langem wieder einigermaßen friedlich. Sutton ließ sich nur selten blicken und führte seinen Viehhandel größtenteils von der Sicherheit seines Heims aus. Jim Taylor war nach wie vor scharf darauf, ihn zu erledigen, doch er hatte sein Wort gegeben, dass der Kampf nur zwischen ihnen beiden ausgetragen werden sollte, und er hielt sich daran.

Wir kümmerten uns wieder ums Viehgeschäft und halfen Manning dabei, eine Herde für Kansas zusammenzutreiben, und dann halfen wir Wes dabei, eine Herde für die Verladestation in Cuero zusammenzubringen. Alles in allem war es ein angenehmer, friedlicher Sommer, und der Frieden hielt bis in den Herbst. Wenn wir nicht arbeiteten, ließen wir Pferde rennen, spielten und brachten die Tanzschuppen zum Beben. Jim Taylor hielt die Ohren weit offen, um Neues von Sutton mitzubekommen, doch Old Bill ließ in seiner Wachsamkeit nicht nach, und das Patt zwischen ihnen zog sich Monat für Monat hin.

Kurz nach Neujahr nahm Wes Frau und Kind und stattete seinen Eltern in Comanche einen Besuch ab; dort lebten sie in der Nähe seines Bruders Joe, der seit ein paar Jahren eine Anwaltskanzlei hatte. Ich erinnere mich noch, wie aufgeregt Wes wegen dieses Familientreffens war. Als er sich von George und mir verabschiedete, wirkte er so glücklich, wie ich ihn noch nie gesehen hatte.

Ein paar Wochen später erfuhren George und ich, dass unser Vater in Houston verstorben war. Er war auf dem College gewesen und hatte als Bezirksleiter bei der Eisenbahn gearbeitet; in seinem Testament vermachte er uns beiden jeweils zweitausend Dollar. Mein ganzes Leben änderte sich von einem Augenblick zum anderen. Als Wes von seinem Besuch in Comanche zurückkehrte, war ich auf dem Weg, um mich in Houston am College einzuschreiben. Schließlich wurde ich Rechtsanwalt und habe heute eine gut gehende Kanzlei in Galveston. George hatte vorgehabt, mit seinem Erbe eine kleine Ranch zu kaufen, doch dazu kam es nicht. Ein paar Monate nachdem ich die Sandies verlassen hatte, wurde er von den Sutton Regulators umgebracht.

Holden Quill

Comanche war eine kleine, keine zwanzig Jahre alte Gemeinde am Rande der Besiedlungsgrenze in West Texas. Der Stadtplatz lag um einen Steinbau, in dem das Gericht saß, und war von Schatten spendenden Eichen umgeben. Die nächste Eisenbahnstrecke war hundert Meilen entfernt. Die Wege waren schwer befahrbar. Abgesehen von Viehtrecks hin und wieder gab es kaum Besucher.

Ich hatte die sechs Jahre zuvor als Reporter bei einer Zeitung in San Antonio gearbeitet, doch die Neigung zum Whiskey, hartnäckig wie ein Bullterrier, brachte mir schließlich die Kündigung ein. Außerdem steckte ich zu der Zeit in finanziellen Schwierigkeiten – und der dunkle Schatten einer hässlichen juristischen Auseinandersetzung schwebte über mir, weil ich das Eheversprechen mit einer jungen Lady gebrochen hatte, von der sich herausstellte, dass sie weder so jung war, wie sie mir hatte weismachen wollen, noch so eine Lady, wie ich angenommen hatte. Als mir also eines feuchtfröhlichen Abends in einer Cantina in Castroville vom wagemutigen Besitzer die Herausgeberschaft des *Chief*, Comanches Wochenzeitung, angeboten wurde, nahm ich das Angebot auf der Stelle an und begleitete ihn am folgenden Morgen nach Comanche, ohne San Antonio auch nur noch eines Blickes zu würdigen. Deshalb war ich dort, als John Wesley Hardin im Frühling 1874 seine schicksalhafte Reise nach Comanche unternahm.

Zu jener Zeit wohnte sein Bruder Joe schon seit drei Jahren in der Gemeinde. Sein erstes Kind – Dora Dean Belle Hardin – war dort geboren worden, und das zweite, Joe Hardin jr., war unterwegs. Er hatte eine Kanzlei und verkaufte Immobilien, diente als Postmeister, gehörte den Freimaurern an und war Mitglied der Temperenzler. Er war zwar allgemein beliebt und geachtet, doch gab es auch einen harten Kern an Kritikern. Man erzählte sich, dass er mit einer Gruppe von korrupten Beamten im Amt für Staatsland in Austin in Verbindung stand, die sich bereicherten, indem sie wertlose Besitzansprüche auf nicht geltend gemachte Landschenkungen verkauften. Zudem hatte ein Viehzüchter im benachbarten Brown County kürzlich behauptet, Joe Hardin habe ihn bei einem Viehverkauf übervorteilt. Joe ging auf solch üble Nachrede gar nicht erst ein und behielt weiter seine gesellige Art bei.

Der Reverend, Mrs. Hardin und der Rest der Sippschaft wohnten nun ebenfalls in Comanche. Dazu hatten sich noch Wes' Cousins Anderson und Dixon gesellt.

Wesley war im Januar das erste Mal in Comanche aufgetaucht, und Sheriff John Carnes hatte sich Sorgen deswegen gemacht. Doch als ihm Joe auf der Veranda von Jack Wrights Saloon seinen berühmten Bruder vorstellte, war Sheriff John sehr erleichtert, dass es sich um einen sympathischen jungen Mann handelte, der nur seiner Familie einen kurzen Besuch abstatten wollte, um dann zu seinem Viehhandel in Gonzales zurückzukehren. Sheriff John versicherte ihm, dass die Haftbefehle des Staates in Comanche keine Bedeutung hätten, wenn es nach ihm ging, denn hier würde man es vorziehen, sich um die eigenen juristischen Dinge zu kümmern und den anderen Countys die ihren zu überlassen. Wesley meinte, das sei die vernünftigste Haltung zum Gesetz, die er je gehört habe, und wollte dem Sheriff einen Drink spendieren. Ich kam zu ihnen an die Theke, und Sheriff John stellte mich vor. Wesley sah mich scharf an. Er sei das Opfer von so manchem falschen Zeitungsartikel geworden und misstraue allen Schmierenschreibern. Das würde ich ihm nicht übel nehmen, entgegnete ich. »Ich traue dem Haufen selbst nicht über den Weg«, erklärte ich, was auch stimmte. Das brachte ihn zum Lachen, und er gab mir einen Drink aus. So wurden wir miteinander bekannt.

Bei seinem ersten Besuch hier hatte er seine Frau und seine Tochter Molly dabei, außerdem einen Cousin namens Gip Clements und einen ungehobelten kleinen Kerl namens Dr. Brosius, der erst kürzlich als Vorarbeiter bei den Viehtreibern angeheuert hatte. Gegen Ende Januar kehrten sie alle in die Sandies zurück, und ein paar Wochen darauf erwiderte Joe den Besuch dort.

Bevor wir sie wiedersahen, erhielten wir die Nachricht, dass Jim und Billy Taylor Bill Sutton bei helllichtem Tag an den Docks in Indianola erschossen hatten. Billy Taylor war kurz darauf verhaftet worden und saß im Gefängnis in Galveston ein. Jim Taylor versteckte sich angeblich in John Wesleys Viehcamp in den Sandies. Den Gerüchten zufolge waren Joe und Wesley an der Ermordung beteiligt gewesen, wenn auch nicht direkt. Allem Anschein nach hatten die Taylors von Bill Suttons Absicht Wind bekommen, den Dampfer nach New Orleans zu nehmen. Doch ihr Informant hatte das genaue Datum der Abreise nicht gewusst, deshalb soll Wesley Joe gedrängt haben – der Einzige unter ihnen, den Bill Sutton nicht kannte –, nach Indianola zu gehen und es herauszufinden. Joe, so das Gerücht, sei erfolgreich gewesen. Er habe Wesley die Information geschickt, der wiederum habe es den Taylors weitergegeben, die dann Suttons Dampfer bestiegen, als dieser gerade ablegen wollte, und vor den Augen der entsetzten Menge zwei Dutzend Mal auf ihn feuerten.

Solche Geschichten über Wesley Hardin, den berüchtigten Killer und Verbündeten der Taylors, zu hören, war nichts Neues. Aber Joe? Anwalt und angesehener Bürger? Freimaurer? Temperenzler? Postmeister? Wer konnte denn so etwas glauben? Die wenigen, die das taten, waren dieselben, die ihn des Land- und Viehbetrugs für schuldig hielten. Die meisten Bewohner von Comanche jedoch taten die Vorstellung ab, dass er irgendetwas mit der Ermordung von Sutton zu tun haben könnte. Joe war ja vielleicht ein kleiner Rechtsverdreher, meinten sie, aber doch keiner, der an einer Mordverschwörung teilhatte.

Als Joe aus den Sandies zurückkehrte, hatte er Jane und Molly bei sich. Bei Kaffee und Honigbrötchen im Coop Cafe teilte er mir mit, dass Wesley bereits im Auftrag seines Cousins Joe Clements eine Herde im Norden abgeliefert hatte und dabei war, eine weitere zusammenzutreiben. Während die Crew die Tiere brandmarkte, würde Wesley zu einem weiteren Besuch nach Comanche kommen, und sobald Doc Brosius die Herde nach Hamilton getrieben hatte, einer kleinen Stadt südöstlich von uns, würde Wesley sich ihnen dort für den Treck nach Wichita anschließen. In Wesleys Abwesenheit würden Jane und Molly bei Reverend Hardin wohnen.

Im April tauchte Wesley auf – zusammen mit Jim Taylor, auf dessen Kopf fünfhundert Dollar wegen der Ermordung von Bill Sutton ausgesetzt waren. Recht unwahrscheinlich, dass jemand in Comanche versuchen würde, die Belohnung zu kassieren. Die beiden waren stets auf der Hut, selbst mitten bei einem Besäufnis. Außerdem würde die »Hardin-Gang« – wie Wesley und sein Gefolge bestehend aus Taylor, den Andersons und den Dixons nun genannt wurden – sicherlich sofort Rache üben, falls einer von ihnen angegriffen wurde. Trotzdem habe ich es nicht ein einziges Mal erlebt, dass einer von ihnen jemanden schikaniert oder sich besonders bedrohlich gegeben hätte. Im Gegenteil, sie achteten sorgsam darauf, die Bewohner nicht zu verärgern, und waren recht spendabel mit ihren Lokalrunden überall. Bei den Saloongästen waren sie beliebt, sie hatten in Sheriff John einen Freund, und sie taten gut daran, es auch dabei zu belassen. Wes kaufte sich von einem örtlichen Züchter ein wunderbares Rennpferd namens Rondo und kümmerte sich um das Training des Tiers.

Und trotzdem: Sie waren noch nicht lange hier, als uns das üble Gerücht zu Ohren kam, Charles Webb, Deputy Sheriff von Brown County, hätte John Carnes einen Feigling geschimpft, weil er sich weigerte, Wes Hardin und Jim Taylor zu verhaften. Er drohte, persönlich nach Comanche zu kommen und die Haftbefehle selbst auszuführen. Ich war in Jack Wrights Saloon dabei, als Jim Anderson an der Theke stand und John Wesley und Jim Taylor das Gerücht überbrachte. Die beiden lachten nur. Taylor verkündete laut, wenn Charlie Webb sie verhaften wollte, würde nicht ihre Freiheit enden, sondern Webbs Leben.

Gegen Ende Mai fingen die Brüder Hardin damit an, für eine Reihe von Pferderennen zu werben, die am 26. des Monats stattfinden sollten, an Wesleys einundzwanzigsten Geburtstag. Joe zeichnete ein Flugblatt, ließ es vervielfältigen und heuerte dutzendweise Männer und Burschen an, die es in ganz Comanche und den umliegenden Countys verteilen sollten. Er verdiente eine hübsche Summe mit den Anzeigen auf dem Flugblatt, die einige der örtlichen Geschäfte bestellt hatten. Zu derselben Zeit drang aus Brown County das Gerücht herüber, dass Charlie Webb bei Turkey Creek eine ganze Cowboycrew verhaftet und den Rammbock, bei dem es sich um niemand anderen als John Wesley Hardin gehandelt habe, wie er beharrlich behauptete, mit dem Revolver verdroschen hatte. Als Wesley im Wright-Saloon die Geschichte hörte, spuckte er wütend aus. »Glauben Sie wirklich, er hat gedacht, dass ich das bin?«, fragte er. »Ich sag Ihnen was, für jemanden, den ich noch nie gesehen habe, macht dieser Mistkerl mich ganz schön sauer.«

Am Renntag tauchte das ganze County auf, und noch etliche Besucher aus der Umgebung. Auf dem Stadtplatz veranstalteten Menschen, Pferde und Hunde ein großes Getöse. Die Straßen waren voller Wagen, und sobald die Saloons an jenem Morgen ihre Türen öffneten, erlebten sie eine Springflut an Umsätzen. Ein großes rotes Spruchband, das seit mehreren Tagen an der Fassade des Gerichtsgebäudes hing, verkündete »Rennen – 26. Mai«, und Carl Summers' Band zupfte und fiedelte auf einer niedrigen Bühne vor dem Gericht. Gegen zehn Uhr führten alle Kandidaten ihre Rennpferde rings um den Platz, damit die Zuschauer sie begutachten konnten. Die Wettgebote flogen laut und ungestüm hin und her und brachen auch nicht ab, als sich alle auf den Weg zum Rennplatz machten, der etwa eine Meile nordöstlich der Stadt lag.

Drei Rennen waren angesetzt, und die Hardin-Gang war an allen dreien beteiligt. Joes wunderschöne Fuchsstute Shiloh lief im ersten Rennen, Wesleys Rondo im zweiten und Bud Dixons ansehnlicher hirschfarbener Dock im dritten. Hardins gesamtes Gefolge wirkte sehr feierlustig. Es war nicht nur John Wesleys Geburtstag, die ganze Familie feierte auch die Geburt von Joe Hardin jr., der ein paar Tage zuvor auf die Welt gekommen war.

Von Start bis Ziel drängten sich die Zuschauer in sechs Reihen hintereinander. Wahrscheinlich konnte man ihr übermütiges Johlen bis hinüber nach Brown County hören. Shiloh und Rondo gewannen ihre Rennen mühelos, doch Bud Dixons Dock wurde von einem schnellen Schwarzen aus Eastland County schwer herausgefordert. Es war ein spannendes Rennen bis zur Ziellinie, die Dock mit einer Halslänge Vorsprung überquerte. Die Hardin-Brüder gewannen ein kleines Vermögen in bar und staubten auch noch Sachpreise ab. Wesley hatte die meisten und größten Wetten gesetzt, er kassierte mehr als dreitausend Dollar in bar ein – dazu noch einen Wagen, einen neuen Winchester-Karabiner und acht Sattelpferde. Die ganze Gruppe um Hardin war in Hochstimmung, und auf dem Rückweg in die Stadt brüllten wir alle wie die Indianer.

Die Feier in Jack Wrights Saloon war eine ausgelassene und sehr feuchte Angelegenheit. Der Laden schwamm in Whiskey. Reverend Hardin kam herein und schien entsetzt darüber. Er nahm Joe beiseite und sprach ernst mit ihm. Joe starrte zu Boden und nickte, und einen Augenblick später gingen die beiden hinaus.

Carl Summers und seine Band waren mit kostenlosen Getränken im Tausch für einen steten Strom an Musik in den Saloon gelockt worden. Wesley spendierte eine Lokalrunde nach der anderen. Seine Feierlaune kannte keine Grenzen. Einmal zückte er den Revolver und schoss einem Hirschkopf an der hinteren Wand des Saloons ein Glasauge heraus. Jack Wright beschwerte sich über den Schaden an seiner Trophäe, wurde aber mit einem glänzenden Zwanzig-Dollar-Stück beschwichtigt. Jim Taylor meinte zu Wesley, er solle vielleicht etwas langsamer trinken. »Wenn es Streit gibt«, meinte er, »willst du ja nicht völlig besoffen sein.« Wesley wischte seine Bedenken weg und bestellte noch eine Runde für alle.

Eine Weile später bahnte sich Deputy Frank Wilson einen Weg zu Wesley an der Theke und rief über den Lärm hinweg, dass Sheriff John mit ihm reden wolle. Wesley brüllte zurück: »In Ordnung!«, bestand aber darauf, dass Frank vorher auch einen trinken solle, was dieser auch tat; dann gingen die beiden hinaus. Ich folgte ihnen, zusammen mit Jim Taylor und Bud Dixon.

Der Platz hatte sich merklich geleert. Ein paar Wagen standen noch dort, darauf warteten verkniffen dreinschauende Frauen und müde wirkende Kinder, dass das Familienoberhaupt seine

Feierei beendete und sie nach Hause fuhr. Eine kleine Gruppe von Männern – von denen ich niemanden kannte – stand auf der Straße neben dem Gebäude. Wesley entdeckte sie sofort und blieb stehen; plötzlich wirkte er bemerkenswert wach. Am Fuß der Treppe bemerkte Frank die Gruppe ebenfalls.

»Brown County?«, fragte Wesley. Wilson nickte grimmig. »Hör mal, Wes«, sagte er leise. »Sheriff John findet, du solltest vielleicht nach Hause reiten – du weißt schon, bevor die Lage außer Kontrolle gerät. Du weißt, John ist dein Freund, Wes. Er wäre dir sehr dankbar dafür.«

Wesley besah sich die Brown-County-Gruppe in der Seitengasse noch einmal. Die Männer machten mürrische Gesichter, und ich entdeckte Waffen unter ihren Mantelschößen. »Sicher, Frank«, meinte Wesley. »Ich hol mir nur noch eine Zigarre und mach mich auf den Weg.« Doch Bud Dixon sagte: »Da kommt der verfluchte Deputy aus Brown County.«

Charles Webb schlenderte so beiläufig die Straße hinab, als sei er auf dem Weg zum Mittagessen. Er hielt beide Hände hinter den Rücken, und in seinem offenen Mantel konnte man zwei Sechsschüsser an den Hüften sehen. »Was für ein hübscher Anblick!«, flüsterte Jim Taylor. Wesley fixierte den Mann wie ein Habicht. Als Webb zum Saloon kam, warf er uns einen gleichgültigen Blick zu und grüßte Frank Wilson im Vorbeigehen mit einem Nicken.

»He, Sie da!«, rief Wesley.

Webb blieb stehen und sah ihn an. »Reden Sie mit mir?« Seine Haltung wirkte selbstbewusst, aber nicht feindselig. Er war nicht jung, wirkte aber zäh und tüchtig, seine Augen waren schwarz und schnell.

»Sind Sie Charles Webb?«, fragte Wesley.

Webb trat an den Laufgang heran und betrachtete ihn eingehend. Er wischte sich mit der linken Hand über den Schnurrbart, behielt die Rechte aber hinter dem Rücken. »Ich kenne Sie nicht«, sagte er.

»Ich heiße John Wesley Hardin. Man hat mir gesagt, Sie hätten mir mit dem Tod gedroht.«

»Hört mal, Männer …«, fing Frank Wilson an, doch Webb

unterbrach ihn und sagte: »Ich habe von Ihnen gehört. Aber ich habe nie gedroht, Sie umzubringen. Da sind Sie dem Geschwätz nutzloser Trottel aufgesessen, Mr. Hardin.«

»Was haben Sie da hinter dem Rücken?«, fragte Wesley. Seine eigene rechte Hand steckte in der Weste. Ich spürte, wie mir das Blut im Schädel summte, und machte mich bereit, aus der Schusslinie zu springen. Jim Taylor und Bud Dixon wichen zu beiden Seiten von Wesley aus, und die Männer in der Seitengasse schienen sich zur Straßenecke zu bewegen.

Webb grinste, brachte die Hand nach vorn mit einer frischen Zigarre darin. Ich seufzte erleichtert und hörte Bud Dixon leise kichern. Wesley ließ seine Hand sinken und sagte: »Na, Deputy, ich schätze, zwischen uns gibt es nichts zu klären.«

Charles Webb schüttelte noch immer lächelnd den Kopf und sagte: »Gab es auch nie, mein Junge.«

»Ich wollte noch einen Drink nehmen, bevor ich nach Hause reite«, erklärte Wesley. »Darf ich Ihnen einen spendieren?«

»Wäre mir ein Vergnügen«, antwortete Webb.

Wesley drehte sich um und wollte in den Saloon, und Webb zückte die Waffe. Jemand brüllte: »Wes!«, ich wurde geschubst und stürzte gegen die Wand, während Wesley seitwärts sprang, als Webb feuerte. Ich hörte eine Frau schreien, Wes stöhnte, dann entluden sich mehrere Waffen gleichzeitig, und eine Kugel schlug nur ein paar Zentimeter neben meinem Kopf in die Wand. Webb sank auf ein Knie, sein Gesicht war über dem Schnurrbart ganz rot verschmiert; Wes, Jim und Bud feuerten wieder gleichzeitig, und Webb fiel auf den Rücken. Dann rannten Jim Taylor und Bud Dixon die Stufen hinunter, blieben über Webb stehen und feuerten ihre Revolver leer.

Frank Wilson stand stocksteif da und reckte die Hände in die Höhe. »Nicht mich, Jungs!«, flehte er. »Nicht mich!« Der Platz hatte sich vollständig geleert. Jim Taylor schnappte sich Webbs Revolver und warf Bud Dixon einen davon zu, dann sprangen die beiden wieder auf den Laufgang. Wesley drückte sich ein Halstuch gegen die Wunde, die er von Webbs erstem Schuss abbekommen hatte. Ein paar Männer in der Seitengasse linsten mit Waffen in der Hand um die Ecke, weitere näherten sich schnell vom anderen Ende der Straße. »Alles Leute aus Brown County!«, erklärte Bud.

Sheriff John eilte mit einer Schrotflinte in der Hand vom Gefängnis herüber, und von der anderen Seite des Platzes kamen Joe und Reverend Hardin angerannt. »Besser Deckung suchen, Jungs«, meinte Wesley – und ich rannte hinter Jim und ihm in den Saloon.

Die letzten Gäste stürmten zu den Seiten- und Hintertüren hinaus. Jack Wright stand mit einem Revolver in der Hand hinter der Theke. Jim Taylor richtete seine Waffe auf ihn und fragte: »Auf unserer Seite oder ihrer, Jack?« Wright meinte, er wolle sich im Notfall nur selbst verteidigen, und Jim ließ es dabei bewenden. Alec Barrickman und Ham Anderson hatten hinter einem umgestürzten Tisch Deckung gesucht. Sie wirkten verängstigt, waren aber bereit, sich einem Kampf zu stellen.

Auf der Straße flogen zornige Mordanklagen und schrille Schreie hin und her, Wesley solle hängen. »Hört euch das an«, meinte Wesley und grinste Jim Taylor reumütig an. »Ihr Jungs habt zu meinen zwei Kugeln noch zehn Pfund Blei in den Mistkerl gepumpt, und mich wollen sie hängen.«

»Das ist der Preis des Ruhms, Mann«, entgegnete Jim und lud seine Waffen nach. »So ist das nun mal.«

Ich kauerte mich unter das hintere Ende der Theke und verfluchte mich dafür, in den Saloon statt in die Seitengasse gerannt zu sein. Bud Dixon hatte das getan und war schon auf und davon. Ich linste um die Ecke: Durch den Spalt unter der Schwingtür sah ich Sheriff John am Fuße der Veranda, wie er sich mühte, die Menschenmenge unter Kontrolle zu bringen. Er habe um Hilfe der State Rangers telegrafiert, sie seien schon unterwegs, erklärte er.

»Ein verfluchter Mob«, stellte Wesley fest. Er stand mit gezückter Waffe neben dem Vorderfenster und warf immer wieder kurze Blicke hinaus. Seine Flanke war ganz nass vor Blut.

Plötzlich wurden die Rufe lauter, und es gab ein Handgemenge. Ich sah, wie Sheriff John mit mehreren Männer rang. Sie nahmen ihm die Waffe ab, und er wurde grob weggerissen, sodass ich ihn nicht mehr sah. Ich entdeckte Reverend Hardin, der durch die Menge drängen wollte, doch auch er wurde außer Sicht gedrängt.

Ein großer Stein flog in einem Glasschauer durch die Scheibe, gefolgt von einer Salve, die den Barspiegel sprengte und große Stücke aus der Mahagonitheke riss. Jack Wright sah entsetzt den Schaden und fluchte heftig.

»Zum Teufel damit!«, brüllte Jim Taylor. »Das ist doch alles nur Abschaum da draußen. Wenn wir gemeinsam hinausstürmen, rennen sie wie die Hasen, oder wir schießen sie gleich alle über den Haufen, verflucht!« Er wirkte verrückt genug, um es zu versuchen.

»Nein!«, entgegnete Wesley. »Ich habe Familie da draußen, du Spinner!« Er rannte zur Seitentür, öffnete sie einen Spalt und linste hinaus. »Verflucht! Schaut mal!« Taylor eilte hin und schaute hinaus, Wesley winkte Ham und Alec zu sich.

»Also so was«, meinte Jim, »wenn das kein Anblick ist!«

»Raus hier, bevor sie es spitzkriegen«, sagte Wes und setzte sich den Hut tief ins Gesicht. »Auf geht's!«

Er riss die Tür auf, und sie rannten über die Seitengasse zu einer Reihe von herrenlosen Pferden, die dort angebunden standen. Als sie sich in die Sättel schwangen, rief jemand: »Hierher! Hierher, verflucht!« Und schon galoppierten sie unter flammendem Gewehrdonner und Flüchen davon.

Als die Schwingtüren aufknallten, duckte ich mich hinter die Theke – keine Ahnung wieso, ich war ja kein Gesetzloser. »Nicht schießen, ihr blöden Scheißer!«, brüllte Jack Wright.

Stiefel donnerten über die Dielen. Eine fürchterliche Erscheinung mit rotem Bart tauchte plötzlich über der Theke auf und starrte mich vom anderen Ende einer doppelläufigen Schrotflinte an. Der Lauf endete ein paar Zentimeter vor meinem Gesicht und sah aus wie die Pforte in den Tod. Ich war vor Angst wie gelähmt – und bekam kein Wort heraus.

Der Lauf flog abrupt nach oben, ein Schuss löste sich und riss ein Loch in Jack Wrights Saloondecke, groß wie eine Bratpfanne. Sheriff John hatte die Waffe in der Sekunde, in der der Rotbart abdrückte, nach oben gerissen.

Er stieß den Mann beiseite und linste über die Theke. »Holden«, fragte er, »alles in Ordnung?« Staub, Splitter und Putz rieselten sanft auf meinen Kopf, und ich spürte, wie sich der Inhalt meiner Blase warm in meinem Schoß ausbreitete.

Die nächsten beiden Wochen waren die gewalttätigsten in der jungen Geschichte von Comanche – vierzehn Tage voller Plünderungen, Morde und Selbstjustiz, falls man das überhaupt Justiz nennen kann. Die Ereignisse selbst liefen nicht so verständlich ungeordnet ab, wie ich sie nun wiedergebe. Es war eine Zeit ungestümer Verwirrung, widersprüchlicher Meldungen, wilder, Furcht erregender Gerüchte. Erst nach dem schrecklichen Höhepunkt dieser Ereignisse war ich in der Lage, sie in die richtige Reihenfolge und Perspektive zu bringen.

Minuten nach Wesleys Flucht wimmelte es auf dem Stadtplatz nur so von Deputys aus Brown County. Nein, nicht Deputys – Vigilanten. Darum handelte es sich. Ihnen schloss sich eine Reihe von bewaffneten Bürgern Comanches an, die Groll gegen die Hardins hegten. Die Straßen hallten nur so von Rufen, die Mörder von Charlie Webb zu jagen, wider. Keine Stunde später setzten sich Verfolgertrupps in Bewegung.

Am selben Abend traf eine Einheit der Frontier Battalion Rangers in der Stadt ein. Sie standen unter dem Kommando von Captain A. E. Waller, der auf den Namen Bill hörte und sofort den Oberbefehl über die Verfolgungsjagd übernahm. Sein Auftrag aus Austin lautete, den Gesetzlosen John Wesley Hardin und jeden aus seiner Bande, der bei ihm war, gefangen zu nehmen oder zu erschießen, und er bevollmächtigte alle Männer der Vigilanten, diese Befehle auszuführen.

Wesley und seine Freunde ritten von Comanche auf direktem Weg zum Haus des Reverend, etwa zwei Meilen nordwestlich der Gemeinde. Dort warteten schon Joe, der Reverend und Sheriff John auf sie. Während Jane sich um Wesleys Wunde kümmerte, gingen die Männer die Möglichkeiten durch. Sie waren alle der Meinung, dass Wesley aus reiner Notwehr gehandelt hatte und deshalb in einem fairen Prozess freigesprochen werden müsste, doch Sheriff John meinte, wenn Hardin dem Mob in die Finger geriet, würde es wohl gar nicht erst zu einem Prozess kommen, geschweige denn einem fairen. Sie hätten es mit einem blutrünstigen Lynchmob zu tun, erklärte er, und er sei nicht in der Lage, sie davor zu schützen. Aber die Ranger seien im Anmarsch, und Reverend Hardin fragte sich, ob sie fair mit Wesley verfahren würden. Vielleicht, meinte Sheriff John. Doch als er in die Stadt zurückkam und Captain Waller traf, wusste er, dass es auch in dieser Hinsicht keine Chance gab.

Kaum war Wesleys Wunde verbunden, flohen sie nach Round Mountain, etwa acht Meilen östlich der Stadt. Sie glaubten fest daran, dass sich der Zorn der Bewohner legen würde. Sobald sich die Meute aus Brown County wieder verzogen hatte, würden sie nach Comanche zurückkehren und sich entlasten können. Doch als Joe und der Reverend den fortdauernden Aufruhr in den Straßen sahen, als Wachen vor ihren Häusern postiert wurden und sie hörten, dass Captain Waller wild entschlossen war, Wesley tot oder im Gefängnis zu sehen, ging ihnen der ganze Ernst der Lage auf.

Am nächsten Morgen verließen Joe und die Dixons die Stadt vor Sonnenaufgang mit einigen Rennpferden an Leinen. Eine Gruppe von Rangern folgte ihnen, aber die Dixons waren Meister im Buschland und schafften es, die Ranger im Mesquite-Gestrüpp ein paar Meilen außerhalb abzuschütteln. Während die Ranger im Busch nach ihrer Spur suchten, arbeiteten sich Joe und die Dixons zu Wesley vor und informierten ihn über die tödliche Stimmung in der Stadt. Joe riet ihm, sich noch eine Weile länger zu verstecken. Neben den frischen Pferden hatten sie reichlich Nahrungsmittel und Munition mitgebracht, und Joe versprach, am folgenden Tag mit den neuesten Nachrichten zurückzukehren.

Kaum aber waren sie in Comanche zurück, wurden Joe und die Dixons verhaftet und im Gericht eingekerkert. Captain Waller beschuldigte sie alle, den Flüchtigen zu helfen, auch wenn sie es abstritten. Captain Bill war nicht der Einzige, der sich über sie gehörig ärgerte. In der ganzen Stadt gab es üble Nachrede über »diese verfluchten Hardins und ihre ganze Sippschaft«.

Dann wurden Reverend Hardin und seine Familie – ebenso wie Jane und die kleine Molly – zu Joes Haus gebracht und dort zusammen mit Joes Frau und Kindern unter Arrest gestellt. Auch Alec Barrickmans Familie wurde streng bewacht und durfte weder das Grundstück verlassen noch Besucher empfangen.

Wesley muss allerdings gedacht haben, seine Familie sei noch immer im Haus seines Vaters, denn eines Abends versuchte er sich anzuschleichen. Eine der ein Dutzend Wachen auf dem Gelände entdeckte ihn, und dann war der Teufel los. Bei der schlechten Sicht im Dämmerlicht hielten sich die aufgeregten und verwirrten Wachen gegenseitig für Mitglieder der Hardin-Bande und schossen ein paar ungestüme Minuten lang aufeinander. Wesley entkam – und ohne selbst einen Schuss abgegeben zu haben, blieben zwei tote und fünf verletzte Wachleute zurück. Captain Bill raste vor Wut.

Dann tauchte Doc Brosius auf. Er war wie geplant mit seiner Herde in Hamilton eingetroffen und war dann, ohne zu wissen, was in Comanche geschehen war, in die Stadt gekommen, um Wesley zu suchen. Als er erklärte, er suche seinen Boss Wes Hardin, wurde er augenblicklich verhaftet. Er wurde stundenlang befragt und dann hinter Gitter gesperrt. In der Zwischenzeit schickte Waller eine Gruppe nach Hamilton, um den Rest der Crew zu verhaften und die Herde zu beschlagnahmen. Drei der Cowboys entkamen, drei andere aber wurden in Handschellen zurückgebracht und mit Dr. Brosius eingesperrt.

Dann wurde selbst das Wetter schlecht. Tag für Tag brachen donnernde Gewitter herein. Wasser stürzte die Rinnen hinab, und der Leon River trat über die Ufer. Bäche überschwemmten das Umland. Die Senken füllten sich. Der Himmel verwandelte sich in Eisen, und in dem unablässigen Regen klapperten die Hausdächer die ganze Nacht. Die Welt triefte und bestand nur noch aus Schlamm. Rund um die Uhr machten sich Suchtrupps aus der Stadt auf. Aus dem ganzen County gab es Meldungen, dass die Hardin-Bande gesichtet worden sei.

Ein Suchtrupp unter der Leitung von Waller selbst stieß in der südlichen Prärie auf Hardin und Jim Taylor und jagte ihnen in einem tosenden Gewitter hinterher. »Ich weiß immer noch nicht, wie zum Teufel sie davongekommen sind«, erzählte mir einer der Ranger bei einer Flasche Bourbon in Jack Wrights Saloon. »Wir müssen wohl hundert Schuss auf sie abgegeben haben, als sie sich die matschige Flanke einer Rinne hochmühten, in die wir sie getrieben hatten. Wir trafen alles, nur nicht Hardin und Taylor. Ich sah, wie Hardins Pferd drei Mal getroffen wurde, und das verfluchte Vieh zuckte kaum. Ich weiß, ich hab Hardins Satteltaschen getroffen, und ich sah, wie ihm jemand den verfluchten Stiefelabsatz wegschoss. Ein Schuss schob Taylor den Hut über die Augen – und der Mistkerl lachte, ich schwöre. Man konnte ihn über das Gewehrfeuer und den Donner hinweg lachen hören wie einen verfluchten Dämon. Als wir zum oberen Ende der Rinne kamen, hatten sie einen Vorsprung von hundert Yards, und im nächsten Augenblick waren sie verschwunden. Keine Ahnung, was sie für ihre Rennpferde bezahlt haben, die sie da ritten, aber die waren jeden einzelnen Nickel wert, das kann ich dir flüstern.«

Der Mob in der Stadt wurde unruhig. Als plötzlich die Nachrichten über Wesley ausblieben, wurde die Stimmung immer gereizter. Nachdem die Ranger sie in der südlichen Prärie verloren hatten, gab es drei Tage lang keine glaubwürdige Sichtung der Hardin-Bande. Suchtrupps durchkämmten weiterhin die sturmumtoste Gegend, doch von Wesley keine Spur. Die Möglichkeit, dass er sich vielleicht mit unbekanntem Ziel aus Comanche County abgesetzt haben konnte, befeuerte den schwarzen Zorn der Suchtrupps noch. Waren die Vigilanten nicht im Sattel, hielten sie sich in den Saloons auf, tranken viel und verfluchten die Mörder jenes guten Charlie Webb – dessen Erinnerung mit jedem Tag glorreicher wurde. Sie tranken und starrten in den Regen hinaus zum Gericht auf der anderen Seite des Platzes und knurrten immer blutrünstiger vor sich hin.

Kurz vor Mitternacht in der Nacht des 5. Juni wurde ich von Lärm auf dem Platz geweckt. Ich stolperte ans Fenster meiner Wohnung direkt über dem Büro der Zeitung und sah, wie ein

 Mob gegen die Tür des Gerichtsgebäudes brandete. Die Wolkendecke war aufgerissen und die ganze Szene wurde von einem hellen Mond und einer Reihe von brennenden Fackeln erhellt. Schatten sprangen und zitterten an den Gerichtsmauern.

Die Menge johlte, als Bud und Tom Dixon von mehreren Männern nach draußen gezerrt wurden. Die Brüder, deren Hände hinter den Rücken gefesselt waren, wurden bespuckt und verprügelt. Eine weitere Gruppe brachte den sich wehrenden Joe Hardin heraus und stieß ihn in die Klauen der Meute. Auch seine Hände waren gefesselt, und jemand schlug ihm die Faust mitten ins Gesicht. Dann wurden die drei Gefangenen wie auf einer Flutwelle auf den Platz gespült. Das Herz schlug mir bis zum Hals. In der wirbelnden Menge entdeckte ich weder Sheriff John noch einen seiner Deputys.

Ich zog mir schnell Hose und Stiefel an, und noch im Nachthemd stürzte ich die Treppe hinunter auf die Straße. Ich rannte auf den Mob zu und brüllte irgendwas. Ein paar grinsende Männer kamen mit Prügeln auf mich zu, als der Mob den Platz überquerte und in den Eichenwald am Rande der Stadt drängte. »Das ist Mord!«, brüllte ich. Ich bekam einen Schlag in den Nacken und ging in die Knie. In dem Mann, der mich geschlagen hatte, erkannte ich einen Deputy aus Brown County. Als ich wieder auf die Beine wollte, bekam ich einen Tritt in die Magengrube. Ich sank auf alle viere und übergab mich, während meine Angreifer sich dem Mob wieder anschlossen. Ich japste nach Luft, stand auf und stolperte ihnen hinterher.

Der Mob war auf einer Lichtung stehen geblieben und scharte sich um eine große, ausladende Eiche – die Menschen johlten und lachten, hatten ihren Spaß, und ihre Gesichter wirkten von Mordlust zu Teufelsfratzen verzerrt. Am Rand der Menge sah ich einen Ortsansässigen. »Das Gesetz!«, schrie ich ihn an. »Wo ist die verfluchte Polizei?« Er starrte mich an, als würde ich Chinesisch sprechen. Im flackernden Schein der Fackeln wirkte er wie geschlagen und geisterhaft, so fassungslos über seine Hilflosigkeit wie ich, nichts tun zu können, außer Zeuge der Grausamkeiten zu werden, die sich dort abspielten.

Die Fackeln erhellten die unteren Äste des Baums. Eine Schlinge flog über einen Ast, dann eine zweite daneben. Eine dritte landete über einem anderen Ast. Als die Schlingen zu den eifrigen Händen hinuntergelassen wurden, tanzten sie makaber.

Ein mächtiges, tierisches Gebrüll erhob sich, als Tom und Bud Dixon plötzlich in den Blick der Meute gehoben wurden – sie hingen nebeneinander und zappelten wild mit den Beinen. Ihre Gesichter über den würgenden Schlingen waren entsetzlich anzuschauen. Der Mob johlte, lachte und warf mit Steinen nach den Sterbenden.

Einen Augenblick später hängten sie Joe an dem anderen Ast auf, und beim Anblick seines verzerrten Gesichts und der blassen Füße, die in der leeren Luft unter ihm strampelten, war der Jubel noch größer, das Lachen noch lauter. Es gab schrille Pfiffe und ohrenbetäubende Rebellenrufe, und auch er wurde im Sterben mit Steinen beworfen. Eine Frau schrie – ob aus Angst oder Begeisterung, kann ich nicht sagen –, und ein Kind lachte im Feuerschein fröhlich auf den Schultern eines grinsenden Mannes.

Am Morgen berichtete mir ein Ranger namens Dick Wade, dass die Frauen der Familie Hardin in Joe Hardins Haus derart wehklagend trauerten, dass es ihm das Herz brach, ihr Weinen zu hören. Reverend Hardin hatte gefragt, ob die Meldung von den Lynchmorden stimmte, und Wade hatte ihm die schreckliche Wahrheit bestätigt. Bei Sonnenaufgang war er am Ort der Ermordung gewesen und hatte die drei Toten selbst im kalten Morgentau baumeln sehen. »Der alte Prediger hat geweint wie ein Kind, als ich es ihm erzählte«, sagte Wade. »Die einzig gute Nachricht, die ich ihm überbringen konnte, war die von seinem Freund Matt Fleming, der nach Sonnenaufgang mit zwei seiner Nigger die Leichen abgenommen und ordentlich beerdigt hat.«

Sheriff John war zum Zeitpunkt der Lnychmorde nicht in der Stadt gewesen. Er kam erst spät am nächsten Tag zurück. Als ich an jenem Nachmittag in seinem Büro vorbeischaute, hatte er vor Alkohol und Verzweiflung rote Augen. Bill Stones war am Vormittag des Vortags zu ihm gekommen und hatte berichtet, dass Alec Barrickman und Ham Anderson sich seit den letzten zwei

 Tagen auf seiner Ranch draußen am Bucksnort Creek versteckten, nachdem sie von Hardin und Taylor getrennt worden waren. Stones meinte, er hätte sie aufgenommen, weil sie ihm mal geholfen hatten, im Gestrüpp entlaufene Kälber einzufangen, und wie anständige Burschen wirkten. Doch als er herausgefunden hatte, dass Captain Bill Waller nach ihnen suchte, hatte er Angst um die eigene Haut bekommen. Falls Barrickman und Anderson auf seinem Grund gefunden wurden, könnte Captain Bill doch denken, er gehöre auch zur Hardin-Bande. Also war er zu Sheriff John gekommen, um sie auszuliefern.

Sheriff John zog mit einer Gruppe von acht Mann los, darunter Stones, um sie zu holen. Spät am Abend trafen sie bei der Ranch ein und schlichen sich bis auf zwanzig Yards an den Anbau hinter dem Haus heran, in dem Ham und Alec schliefen. Sheriff John stellte seine Gruppe in einem weiten Halbkreis um das Hinterhaus auf, für den Fall, dass Alex und Ham versuchten zu fliehen. Er hatte den strikten Befehl gegeben, erst zu feuern, wenn die Flüchtigen zuerst schossen – doch bevor er noch den beiden zurufen konnte, sie seien verhaftet, gab einer in der Gruppe einen Schuss ab und löste damit eine Salve an Gewehrfeuer aus, die gut dreißig Sekunden lang dauerte, bis John sie schließlich unterbinden konnte. Für Ham und Alec kam das natürlich zu spät. Man fand sie tot auf dem Boden, noch in ihre Decken gewickelt und bis zur Unkenntlichkeit zerschossen.

»Keiner wollte sagen, wer den ersten Schuss abgegeben hatte«, erzählte John, »aber ich bin mir sicher, dass es dieser Mistkerl von Stones war. Er hatte Angst, sie würden ihn eines Tages umlegen, weil er sie verpfiffen hatte.« Er nahm einen großen Schluck aus der Flasche. »Und als ich hierher zurückkomme«, fuhr er fort, »kriege ich mit, dass es in meiner Abwesenheit eine hübsche Galgenstrickparty gegeben hat.« Frank Wilson und eine Handvoll Ranger hatten das Gericht bewacht, doch alle behaupteten sie, dass der Mob sie überrascht und gezwungen hatte, die Gefangenen rauszurücken. Sie schworen, sie hätten keinen der Lynchmörder erkannt. Und alle anderen Ranger waren mit Captain Bill auf Patrouille gewesen. »Ist das nicht ein Ding?«, fragte Sheriff John und starrte ihn mit einem Gesicht an, das von der Sünde ganz krank war. »Ach, zum Teufel, Holden«, sagte er und proste-te mir mit der Flasche zu. »Sollen sie doch alle zur Hölle fahren!«

Von nun an herrschte in Comanche die blanke Angst. Die Lynchmörder waren größtenteils Männer aus Brown County gewesen, aber die Morde hatten in Comanche stattgefunden, und die braven Bürger rechneten damit, dass Wesley deshalb seine schlimmste Rache an ihnen nehmen würde. Dunkle Gerüchte machten die Runde in der Stadt wie aufgeschreckte Fledermäuse. Man behauptete, er würde zwanzig Mann für jeden seiner toten Cousins umbringen und dreißig, um Joe zu rächen. Er würde die Straßen von Comanche mit Blut füllen. Er würde die Stadt niederbrennen und die Asche verstreuen. Die Frauen blieben in den Häusern und beteten darum, vor dem Zorn John Wesley Hardins verschont zu werden. Kinder schliefen unter ihren Betten und wachten mitten in der Nacht schreiend auf. Wochenlang patrouillierte ein Dutzend Wachleute auf dem Stadtplatz und ließ an allen Straßenecken große Feuer brennen, um den fürchterlichen Anblick Hardins besser sehen zu können, wenn er auftauchte, um die braven Bürger in ihren Betten zu ermorden.

Ross Yarrow

Fancy Frank und ich waren mit zwei Mädchen in seiner Hütte in den Zedernwäldern nördlich von Austin, da schnappt sich doch dieses splitterfasernackte Ding namens Sandra Jean die Whiskeyflasche, rennt damit raus und lacht wie eine betrunkene Rothaut, was sie ja auch zur Hälfte war – eine Rothaut, meine ich, betrunken war sie mehr als nur halb. Jedenfalls, ich hinterher – Ding und Eier baumeln und hüpfen, wie ich sie so ums Haus jage –, und bämm, rennt sie voll in diesen großen Halunken hinein, der da im Schatten steht, und plumpst auf den Hintern. Er hält mir einen großen Colt vor die Nase, ich kann den im Mondschein bestens sehen, und ich denke: Verdammt! Banditen! Aber nein, fragt der Bursche doch: »Frank Taylor?«, und ich antworte: »Nein, Sir, ich heiße Yarrow. Frank ist drin.« Er schaut runter auf Sandra Jean – die zu ihm aufblickt mit ihren kleinen Titten, die im Mondschein leuchten, und ihrem dicken Busch zwischen den Beinen, schwarz wie die Sünde –, und er grinst und sagt: »Sieht nach einer netten Feier aus.« Die Art von Bemerkung, die keine Antwort verlangt, aber ich sage: »Ja, schätze auch.« Sie haben keine Ahnung, was nackt heißt, bis Sie mal im Freien nackt vor einem voll bekleideten Kerl stehen, der eine Waffe auf Sie richtet.

Sandra Jean steht auf, wischt sich mit einer Hand den Hintern sauber und hält die andere Hand vor ihren Busch wie ein schüchternes Schulmädchen, nicht wie die ungenierte Kellnerin aus dem Saloon von Fancy Frank in Austin, die sie eigentlich war. Das Mädchen mit Frank im Haus war ebenfalls Kellnerin – Lola, eine Rothaarige mit Brustwarzen, da hätte man einen Hut dranhängen können. »Falls es den Herren nichts ausmacht«, meint Sandra Jean, »ziehe ich mich ins Haus zurück.« Sie macht auf dem Absatz kehrt, verliert fast das Gleichgewicht, fängt sich dann und stolziert mit ihrem hübschen Po wackelnd davon.

Sagt der Kerl: »Hör mal, Yarrow, ich hab Franks Cousin Jim bei mir. Ihm geht's richtig schlecht, und ich bin angeschossen.« Ich war Jim Taylor noch nie begegnet, aber Frank hatte mir alles über ihn erzählt. Ich hatte natürlich davon gehört, wie sein kleiner Bruder Billy und er Bill Sutton auf dem Dampfer *Clinton* in Indianola niedergeschossen hatten. »Sind Sie vielleicht …«, stottere ich – und er antwortet: »John Wesley Hardin. Sag Frank Bescheid.«

Frank hatte schon die Hosen an und die Hände an der Waffe – und er hätte mich um ein Haar abgeknallt, als ich zur Tür hereinkam. Sandra Jean hatte ihm erzählt, dass hinterm Haus ein Mann mit einer Waffe steht, und er hatte dasselbe gedacht wie ich: Banditen. Ich sagte ihm, um wen es sich handelte, und wir zogen uns schnell an. Zwei Minuten später tätschelte Frank den Mädchen die Hintern und half ihnen auf die Kutsche, während ich anspannte. Die Mädchen waren noch immer halb nackt und wild wie nasse Hühner, weil sie so schnell vor die Tür gesetzt wurden. Frank drückte ihnen zur Beruhigung ein bisschen Geld in die Hand. Er gab Lola einen Abschiedskuss, drückte ihr die Brust, dann versetzte er dem Pferd einen Klaps, sagte: »Auf!«, und der Wagen rollte den Weg entlang zur Straße nach Austin.

Wir gingen hinters Haus, und dort stand Wes mit zwei Pferden. Jim saß auf dem einen und hustete in ein zerknülltes Halstuch. Frank und Wes brachten ihn ins Haus, ich band ihre Pferde im Unterholz neben unseren an. Als ich zurückkam, lag Jim schon im Bett, sah hundeelend aus und schwitzte sein schweres Fieber aus. Frank brachte ihn dazu, etwas Brühe von dem Stew zu trinken, das wir uns gekocht hatten, dann ließ er ihn schlafen.

Er zerriss ein altes Hemd, um daraus einen Verband für Wes' Wunde zu machen. Wir erfuhren, dass er sich den Schuss bei einer üblen Geschichte eingefangen hatte, in die Jim und er oben in Comanche geraten waren. Seine Familie war noch immer dort, und er machte sich Sorgen, wie es ihnen wohl erging. Er hatte vor, sich für ein paar Tage ruhig zu verhalten, um die Sache ein wenig abkühlen zu lassen, dann zurückzuschleichen und sich zu vergewissern, dass es ihnen gut ging. Frank versicherte ihm, er könne gern so lange bleiben, wie er wolle. Wes bedankte sich dafür. Sein Schnurrbart war ganz struppig, seine Haare waren wild durcheinander und seine Augen ganz rot vor Schmerz und Erschöpfung. Noch bevor er mit seinem Stew fertig war, schlief er am Tisch ein.

In den folgenden Tagen schlief Jim meistens und erholte sich. Sein Fieber ging zurück, und sein Husten legte sich. Auch Wes ging es besser. Es war die erste Ruhepause seit ihrer Flucht aus Comanche vor über einer Woche, in der seine Wunde heilen konnte, und nach ein paar Tagen zog sie sich gut zusammen.

Dann tauchten Alf und Charlie Day auf. Sie waren Cousins von Jim Taylor und sollten eigentlich bei Doc Brosius und den Cowboys sein, die Wes angeheuert hatte, um seine Herde zu treiben. Als Wes sie aus dem Gestrüpp kommen sah, sagte er nur: »Verdammt.«

Alf und Charlie waren überrascht, hier auf Jim und Wes zu stoßen, allerdings schienen sie nicht sehr glücklich darüber, und bald wussten wir auch warum. Wir setzten uns an den Tisch und tranken einen, während Alf uns alles erzählte. Er berichtete, dass Doc Brosius und drei weitere Cowboys in Comanche unter Arrest standen und dass die Herde von den State Rangers konfisziert worden war.

Charlie und er waren auf Wache gewesen, als sie eine Bande von etwa zwei Dutzend Reitern im Galopp über eine Anhöhe kommen sahen – also gaben sie ihren Pferden die Sporen und versteckten sich schnell im Wald. Pink Burns war schon dort und sammelte Holz für das Kochfeuer. Doc Brosius war am Tag zuvor nach Comanche geritten, um Wes zu suchen und ihm mitzuteilen, dass die Herde bei Hamilton stand, aber er war noch nicht wiederaufgetaucht.

Sie hatten aus den Bäumen heraus beobachtet, wie Scrap Taylor und die anderen beiden Männer im Camp die Hände in die Höhe reckten und sich ergaben. »Wir wussten, dass es keine Viehdiebe waren«, sagte Alf, »dazu waren es zu viele. Die eine Hälfte der Reiter brachte die drei Cowboys nach Comanche, die andere blieb bei der Herde; Alf hielt sie zuerst für einen Suchtrupp des Sheriffs, konnte sich aber nicht zusammenreimen, was denn überhaupt los war. Charlie, Pink und er schlugen einen großen Bogen ums Camp und ritten in die Stadt zurück, um Doc Brosius zu finden und ihm zu sagen, was passiert war.

In der Stadt wimmelte es nur so vor Rangern und Vigilanten. »Es waren so viele Waffen in der Stadt, man hätte meinen können, sie wollten in den Krieg ziehen«, sagte Alf. Sie erfuhren, dass Doc im Gefängnis saß, dazu Wes' Bruder Joe und seine Cousins, die Dixons – alle, weil Wes und Jim in Brown County einen Deputy erschossen hatten. Wes' ganze Familie stand in Joes Haus unter Arrest. Die Ranger verhafteten alle, die durch Blut oder Freundschaft mit Wes verbunden waren. Suchtrupps durchstreiften die ganze Gegend. Alf überzeugte Charlie und Pink davon, dass es sicherer war, sich ein paar Tage still in der Stadt zu verhalten, statt bei all den Suchtrupps, die nach verdächtigen Gestalten suchten, Comanche County zu verlassen.

Wes fluchte heftig. Alf fuhr sich mit der Zunge über die Lippen und sah überallhin, nur nicht in Wes' Augen. Auch Charlie war es eindeutig unbehaglich. Ich wusste, das Schlimmste hatten wir noch nicht zu Ohren bekommen, und ich schätze, Wes wusste das auch. »Spuck's aus, Alf«, forderte er ihn auf.

»Himmel, Wes«, meinte Alf, »ich hasse es, dass ich es erzählen muss.« So wie er das sagte, wusste man gleich, dass es nicht schlimmer werden konnte, und das stimmte ja auch. Alf sprach schnell und machte kaum Pausen, um Luft zu holen. Er berichtete, dass ein mitternächtlicher Mob Joe und die Dixons aus dem Gefängnis im Gericht geholt und im Wald aufgehängt hatte. »Wir konnten absolut nichts dagegen tun, Wes«, betonte Alf. »Wenn wir es versucht hätten, dann hätten sie uns auch aufgeknüpft. Das musst du uns glauben.«

»Er ist tapfer gestorben, Wes«, sagte Charlie. »Das ist die reine Wahrheit.«

Wes drohten die Gesichtszüge zu entgleiten. Er stand schnell auf und ging hinaus. Wir anderen saßen einfach nur da. Ich kratzte mit den Fingernägeln an der Maserung der Tischplatte herum und wäre am liebsten anderswo gewesen. Jim Taylor sah aus wie ein geprügelter Hund. »Allmächtiger«, sagte er. »Joe. Der hat doch nie jemanden erschossen.«

Nach einer Weile kam Wes wieder herein. Seine Augen waren

 geschwollen und rot, aber man konnte sehen, dass er damit durch war. Jim Taylor stand auf und setzte sich zu uns an den Tisch. Es ging ihm besser, aber er war immer noch sehr schwach, und er stank zum Himmel.

Jim beschloss, mit Alf und Charlie nach Gonzales zu reiten und sich dort bei Freunden zu verstecken, bis er sich wieder erholt hatte. Aber Wes wollte nach Comanche zurück. Er musste wissen, wie es seiner Familie ging, und sehen, was er tun konnte, um sie aus der Stadt zu schaffen. Alf erklärte, die Familie sei im Haus des Reverend, riet aber Wes davon ab, zurückzureiten. »Dieser Captain der Ranger hat verlauten lassen, dass er deinen Vater erschießt, wenn du dich in der Gegend auch nur blicken lässt. Und der zieht das durch, Wes.«

Wes schlug mit der Faust auf den Tisch. »Dieser Hurensohn! Ich kann doch nicht *nichts* tun!«

»Geh«, meinte Jim Taylor. »Aber sei so vorsichtig, wie du nur sein kannst.«

Ich sagte, Wes könne jemanden brauchen, der mit ihm reite, und ich wäre stolz, wenn ich das machen dürfte. Er sah mich lange an und sagte dann, er wäre stolz, mich mitzunehmen. Damit war die Angelegenheit geregelt.

Drei Nächte später machten wir uns langsam und vorsichtig auf den Weg nach Comanche. Wir bahnten uns einen Weg durch den dichten Eichenbestand westlich der Stadt, wo sie laut Alf gelyncht worden waren. Durch die Bäume schimmerte eine undeutliche Mondsichel. Es hatte geregnet, und es tropfte noch von den Bäumen. Die Hufe unserer Pferde malmten durch den Matsch. Wir stiegen ab und führten die Pferde die letzten fünfzig Yards bis zur hinteren Grundstücksgrenze des Reverend.

In ein paar der unteren Fenster brannte Licht, doch oben war alles dunkel. »Der Suchtrupp ist bestimmt im Erdgeschoss«, flüsterte Wes, »und die Familie schläft oben.« Er stupste mich an und zeigte zum Haus – ein Mann war aus dem Schatten getreten, ein Gewehr über die Schultern gehängt, die Arme über die Enden gelegt. Er blieb an den Bäumen etwa fünfzehn Fuß von uns stehen, lehnte sein Gewehr an einen Baum und fummelte an seinem Hosenlatz herum. Kurz darauf hörten wir den Wasserstrahl und einen zufriedenen Seufzer.

Eins unserer Pferde schnaubte leise, und der Mann riss den Kopf hoch. So schnell, wie er sich beim Pinkeln unterbrach, hat er bestimmt seine Hose getroffen. Er versuchte, mit der einen Hand die Hose zuzumachen, und hielt mit der anderen das Gewehr wie einen Revolver – aber er schaute in die falsche Richtung, Geräusche machen im Dunkeln manchmal komische Sachen. Wes schlich sich im schwarzen Schatten der Bäume an und sagte gerade laut genug, dass der Mann ihn hören konnte: »Lass fallen oder stirb.«

Der Mann ließ das Gewehr fallen und erstarrte. »Himmel, Wes«, flüsterte er, »nicht schießen. Ich bin's – Dick.«

»Dick?«, fragt Wes. »Dick Wade?«

Wie sich herausstellt, kannten sich die beiden. Sie waren sich vor Kurzem schon mal über den Weg gelaufen, als Wes sich zum Haus seines Dads geschlichen hatte, wo er eine ganze Horde von lauernden Bürgerwehrlern vorgefunden hatte. Die Kugeln waren ihm nur so um die Ohren gepfiffen, und er musste Reißaus nehmen. Wie er so durch die Bäume zurück zu seinem Pferd rannte, war er Ranger Dick Wade direkt über den Weg gelaufen. Wade hatte die Hände hochgerissen und Wes gebeten, ihn nicht zu erschießen, er sei sein Freund und würde ihm den Weg frei machen. Er wirkte so ehrlich, dass Wes ihn nicht nur verschonte, sondern ihm auch noch ein Zwanzig-Dollar-Goldstück für Jane gab, damit er es ihr zustecken konnte.

»Das hab ich ihr gleich am nächsten Tag gegeben, Wes«, erklärte Dick. »Sie war so froh, als sie erfuhr, dass du noch lebst, dass sie geweint hat. Sie sagte, wenn ich dich noch mal sehe, soll ich dir sagen, dass es ihr gut geht und dem Baby auch, und sie betet jede Nacht für dich. Ich hab deinem Dad gesagt, ich hätte dich gesehen und ich sei dein Freund, da haben wir uns auch angefreundet. Er hat mich angeheuert, ich soll mich um den Garten kümmern – das haben wir jedenfalls Captain Waller erzählt –, aber eigentlich will er mich hier haben, um aufzupassen und dich zu warnen, falls du kommen willst, um Jane und Molly zu sehen.«

Wes fragte, wo Joe begraben sei, und Wade antwortete, etwa eine Viertelmeile weiter im Wald. Wes dachte kurz nach und sagte dann: »Zeig es mir. Ich möchte es sehen.«

Wir folgten ihm durch die tropfnasse Dunkelheit, bis wir zu den Grabhügeln kamen. Sie lagen nebeneinander; der Regen hatte sie zwar ziemlich einsinken lassen, aber es roch noch immer nach frisch aufgeworfener Erde. Wade deutete auf den Hügel, der etwas abseits der anderen beiden lag, und sagte, da liege Joe. »Hör mal«, meinte Wes. »Ich möchte Jane sehen, ich möchte mein kleines Mädchen sehen. Sag Dad, dass ich hier bin. Finde heraus, wie ich sie treffen kann.« Dick meinte, er komme so schnell zurück wie möglich, und verschwand in der Dunkelheit. Wes kniete sich neben Joes Grab in den Schlamm und nahm seinen Hut ab.

Ich ging tiefer in den Wald, bis ich es für sicher genug hielt, eine Zigarre anzuzünden, dann setzte ich mich auf einen Stumpf, qualmte und lauschte den Regentropfen, den Fröschen und Eulen. Ich hoffte, Wes behielt recht damit, dass er dem Ranger trauen konnte und er nicht mit einem Haufen seiner Freunde wiederauftauchte. Als ich bis auf einen Stummel ausgeraucht hatte, drückte ich ihn aus und kehrte zu den Gräbern zurück. Wade war schon zurück und berichtete Wes, dass sein Dad sich ordentlich gefreut hatte zu hören, dass er am Leben und frei sei. Aber er hatte sich geweigert, Jane zu wecken und ihr zu sagen, dass er da sei. Sie hätte nur darauf bestanden, ihn zu sehen, und die ganze Unruhe hätte die Ranger im Haus alarmiert. Der Reverend wollte, dass Wes Comanche County hinter sich ließ und fernblieb. »Ich soll dir sagen, Captain Waller wird die ganze Familie umlegen, wenn du dich irgendwo im County blicken lässt. Er war so ernst wie die Kirche, Wes. Kann ich ihm nicht verdenken. Waller ist des Teufels eigene Brut.«

Wes ging im Kreis und fluchte unentwegt leise vor sich hin. Er konnte nichts unternehmen, nicht solange seine ganze Familie als Geisel gehalten wurde. Es gibt nichts Schlimmeres auf der Welt, als sich selbst davon abhalten zu müssen, jemanden anzugreifen, den man aus ganzer Seele hasst, weil du damit jemanden verletzen könntest, den du von ganzem Herzen liebst. So etwas bringt einen Mann zum Jaulen wie einen mondsüchtigen Hund.

Schließlich sagte er: »Also gut, sag Daddy, ich bin auf dem Weg zu Onkel Bobs Farm in Brenham. Das darf ruhig jeder wissen. Wenn Waller erfährt, dass ich fort bin, lässt er die Familie vielleicht in Ruhe. Sag Jane, sobald es nur geht, schicke ich jemanden, der sie holt.« Er gab Wade ein paar Goldmünzen für Jane, dann drückte er ihm die Hand und packte ihn an der Schulter. »Du bist ein guter Mann, Dick«, sagte er. »Entweder solltest du kein Ranger sein, oder alle Ranger sollten so sein wie du.«

Ich ritt bis Lampasas mit Wes. Wir entdeckten mehr als nur einen Suchtrupp, der das Land nach der Hardin-Gang durchkämmte, aber es gelang uns, von keinem gesehen zu werden. Bei Lampasas gaben wir uns die Hand, dann bog ich auf die Straße nach Austin ein, und er ritt in Richtung Brenham davon.

Harry Swain

Ich war Marshal in Brenham, als Wes dort im Sommer 1874 auftauchte. Verheiratet war ich mit Jenny Parks, einer Cousine zweiten Grades von Wes. Bei einem Kalbsgrill zu seinen Ehren stellte Will Hardin ihn mir vor. Ich hatte schon von den fürchterlichen Geschehnissen in Comanche gehört, und er hatte Jenny gestanden, dass ihm schon ganz schlecht war vor Sorge um Jane und Molly und die restliche Familie, die noch dort war. Vor anderen Leuten ließ er sich davon aber nichts anmerken. Als wir einander vorgestellt wurden, machte er Witze darüber, dass ich Marshal sei, und ich zog ihn damit auf, dass er der meistgesuchte Gesetzlose in ganz Texas sei. Ich mochte ihn sofort. Seine Cousins Will und J. D., er und ich sind dann am folgenden Tag am Bach angeln gewesen, wir fingen einen Haufen Welse und Flussbarsche und veranstalteten an dem Abend ein großes Fischgrillen für uns.

Nachdem wir also etwas vertrauter miteinander waren, erzählte er mir, er wolle für eine Weile aus Texas verschwinden. Er fürchtete, dass überall der Mob herrschte. Bislang hatte es seinen Bruder und andere Verwandte das Leben gekostet, und Wes war sicher, dass es auch ihn erwischen würde, falls er in Texas bliebe. Etwa eine Woche zuvor hatte er noch weitere Beweise dafür bekommen, als vier seiner Cowboys, die in Comanche verhaftet worden waren, wegen irgendwelcher weit überzogener Anklagen nach Gonzales County geschafft worden waren, um dort vor Gericht zu kommen. Die Ranger hatten sie dem Sheriff von Clinton übergeben und sich dann allesamt schleunigst aus dem Staub gemacht. Mitten in der Nacht war eine Bande der Bürgerwehr aufgetaucht, hatte die Gefangenen zum Friedhof gezerrt und dort drei von ihnen aufgehängt – Scrap Taylor, Shorty Tuggle und Frog White. Doc Brosius, der Vierte von ihnen, war irgendwie entkommen.

»Selbst wenn mich die Gesetzeshüter kriegen sollten«, meinte Wes, »übergeben die mich entweder dem Mob, oder der Mob holt mich mit Gewalt.«

Ich hielt dagegen, dass es durchaus einige Gesetzeshüter gäbe, die sich von keinem Mob einen Gefangenen abnehmen lassen würden. Wes lachte nur und fragte mich, wie viele richtige Mobs ich denn schon gesehen hätte. Noch keinen, musste ich zugeben. »Tja«, meinte er, »wenn du den ersten gesehen hast, dann wüsste ich gern, wie leicht es wohl deiner Meinung nach selbst für einen mutigen Gesetzeshüter ist, Captain Lynch aufzuhalten.«

Wes hatte Jane geschrieben, in einer Geheimsprache, die sie beide verabredet hatten, und mit dem Namen ihres Vaters auf dem Umschlag. In ihrem Antwortbrief schrieb sie, dass Captain Waller die Nachricht von den Lynchmorden in Clinton erhalten und daraufhin die Familie aus dem Arrest entlassen und erklärt hatte, sie könne nach Hause zurückkehren. Sie bräuchten nur jemanden, der Molly und sie abholte. Doch sie warnte ihn, ja nicht selbst zu kommen, da die Gegend noch immer voller Ranger und Kopfgeldjäger sei, die ihn sofort erschießen würden, wenn sie ihn zu Gesicht bekämen. J. D. ritt früh am nächsten Morgen nach Comanche. Er wollte dort einen Wagen kaufen und sie darin zu ihm bringen.

In der Zwischenzeit war Janes Vater Neal Bowen aus Kansas nach Gonzales zurückgekehrt; Wes hatte ihn gebeten, dorthin zu reiten, um Joe Clements zu helfen, einen guten Preis für Wes' Vieh zu erzielen, und er hatte ein ganz hübsches Sümmchen für Wes bei sich. Wes wollte nach Gonzales, um das Geld zu holen, und bat mich, ihn zu begleiten, weil er dachte, mein Abzeichen würde die Sutton-Bande auf Abstand halten, falls sie Wind von meiner Anwesenheit bekamen. Ich glaube wirklich nicht, dass mein verfluchtes Abzeichen ihm auch nur annähernd so viel Schutz bot wie sein eigener Ruf. Wir hörten jede Menge Gerede in der Stadt, was die Sutton-Bande alles mit Wes Hardin oder Jim Taylor anstellen wollte, falls sie sich jemals wieder in den Sandies blicken ließen, aber solange wir dort waren, hatten wir keine Schwierigkeiten. Jim Taylor hatte nicht so viel Glück gehabt. In den Wochen seit seiner Rückkehr hatten die Suttons mehrere Angriffe auf sein Leben unternommen, und bei einem Gefecht in der Nähe von Guadalupe wurde er verwundet. Wes wollte ihn aufsuchen und ihn dazu überreden, die Gegend zu verlassen, doch er war sich ziemlich sicher, dass Taylor nicht gehen würde, ganz gleich, was geschah. Außerdem versteckte sich Taylor bei einem alten Kumpel namens Russel Hoy, dem Wes so sehr misstraute, dass er sich seinem Haus nicht nähern wollte, auch nicht, um Jim zu sehen.

Als er nach Brenham zurückkehrte, war Wes um ein paar Tausend Dollar reicher, aber er war auch überzeugter denn je, dass es am besten wäre, Texas so schnell wie möglich zu verlassen.

Ein paar Tage später kehrte J. D. mit Jane und Molly zurück. Er war Tag und Nacht gefahren und hatte drei Zweier-Gespanne verbraucht. Ich sag Ihnen, das war vielleicht ein freudiges Wiedersehen, das Wes mit seiner Familie hatte. Während der Gesellschaft zum Abendessen, die meine Jenny an jenem Abend für die beiden eingeladen hatte, konnten Jane und er kaum die Blicke voneinander lassen – und auch nicht die Hände, um ehrlich zu sein. Ich hatte durchaus den Eindruck, dass sie es kaum erwarten konnten, dass der Abend zu Ende ging, um in ihr Schlafzimmer in Bob Hardins Haus zu kommen. Jenny, Gott segne ihre scharfsichtige Seele, bemerkte, wie begierig die beiden darauf waren, für sich zu sein, und schaffte es, die Gesellschaft zu einem frühen Ende zu bringen, ohne die Gäste zu beleidigen. Es kann einem nichts Besseres im Leben widerfahren, als mit einer klugen und gutherzigen Frau verheiratet zu sein.

Wes' Problem war nun, aus Texas zu verschwinden, ohne Jane und Molly in Gefahr zu bringen. Da kam ich ins Spiel. Ich sagte, ich würde seine Frau und sein Kind nach New Orleans begleiten, dann konnte er allein reisen, ohne fürchten zu müssen, sie in Gefahr zu bringen, falls er unterwegs in Schwierigkeiten geriet. Jenny verbesserte mich – sie sagte, wir *beide* würden Jane und Molly begleiten. »Ich wollte immer schon mal nach New Orleans«, erklärte sie. »Jetzt machen wir uns dort eine schöne Zeit.«

Wes verließ Brenham zu Pferd, ein paar Tage später machten

wir anderen uns in einer Kutsche mit ein paar Ersatzpferden zusätzlich auf den Weg. Wir hatten eine sehr angenehme Fahrt. Manchmal schliefen wir unter den Sternen, andere Male in Gasthäusern entlang des Wegs, in der Nähe einer Stadt auch in Hotels. Jenny und Jane wurden schnell gute Freundinnen. Molly war damals noch keine zwei Jahre alt, aber sie war eine robuste kleine Reisende und sah sich unterwegs alles ganz neugierig an. Ich wusste damals schon, aus der würde mal ein kluger kleiner Frechdachs.

Wir trafen Wes wie geplant im Prince Francis Hotel im French Quarter. Als wir ankamen, wartete er schon seit vier Tagen auf uns. Er hatte sich als J.W. Swain eingeschrieben und dem Hoteldirektor mitgeteilt, dass in Kürze sein Bruder Harry mit den Frauen und dem Kind eintreffen würde. Jane und Jenny konnten gar nicht glauben, wie prachtvoll das Hotel war. »Da komme ich mir in meinen Kleidern richtig schäbig vor«, flüsterte Jane. Wes meinte, das habe er sich schon gedacht, deshalb habe er das Bekleidungsgeschäft um die Ecke informiert, dass Jenny und sie am Nachmittag zur Anprobe kommen würden. Am folgenden Tag trugen unsere Frauen wunderschöne Kleider und waren bereit, sich die Stadt anzusehen. Hübschere Frauen mit strahlenderen Augen haben Sie noch nie gesehen. Sie kauften sogar einen kleinen Hut mit Blumen für Molly in ihrem Kinderwagen.

Wes kannte sich bereits in der Stadt aus und freute sich darauf, uns anderen alles zu zeigen. Es war warm und schwül, aber vom Fluss wehte eine angenehme Brise herüber. »Meine Güte«, sagte Jenny und besah sich den Mississippi, »was für ein großer, schlammiger Fluss.« Wes lachte und meinte: »Nicht gerade Sandy Creek, oder?« Immer wieder musste er Jane daran erinnern, ihn John zu nennen, nicht Wes.

Wir machten lange Spaziergänge durch das French Quarter, bewunderten die schmiedeeisernen Balkongitter, die stepptanzenden Nigger an den Straßenecken und die großartige, schwungvolle Musik, die aus nahezu jeder Tür drang. Wes vermied es, etwas über die Etablissements zu sagen, an denen wir bald an jeder Straße vorbeikamen, und Jane und Jenny waren zu wohlerzogen, um auch nur den Anschein zu erwecken, sie hätten sie bemerkt. Doch wenn wir an einem vorbeigingen und die beiden gerade nicht hinsahen, nickte Wes ab und an in die jeweilige Richtung und zwinkerte mir zu, sodass ich mir ein Grinsen nicht verkneifen konnte. Wes war schon ein rechter Draufgänger.

Wegen der Gerüche aus all den wunderbaren Bäckereien und Restaurants hatten wir ständig Hunger, und es schien so, als verbrachten wir die Hälfte unserer Zeit in New Orleans mit Essen. Wir löffelten Schalen voller Gumbo, verputzten tellerweise Langusten und rohe Austern auf Eis und Tabletts voller raffinierter Nachspeisen. Der Kaffee war süß wie Bonbons und die Weine so gut, da war es kein Wunder, dass wir uns jeden Abend am Essenstisch ansäuselten. Nach dem ersten Schluck Bordeaux flammten Jennys Augen auf wie von plötzlicher Erkenntnis, und sie sagte nur: »Ach, herrje.« Sie hatte einen so sanften Blick und war so schön, dass ich mich einfach nicht zurückhalten konnte, mich vorbeugte und ihr einen Kuss auf die Schulter gab, die ihr hübsches neues Kleid frei gelassen hatte. New Orleans ist so ein Ort, der einen Mann dazu verführt, so etwas zu tun. »Harry!«, sagte sie und riss die Augen freudig überrascht weit auf. Wes gab mir einen Schlag auf den Rücken und meinte: »Verflucht noch mal, Harry, wenn du nicht der geborene Franzose bist – entschuldigen Sie bitte meine Direktheit, Ladys.« Und Jane – die schwor, dass ihre Lippen noch nie Alkohol berührt hätten, bis sie mit uns ihren ersten Schluck Wein trank – lächelte ununterbrochen. Sie hob ihr Glas, sagte: »Auf uns alle«, und wir tranken darauf.

Am liebsten aber mochten die Frauen die Eissalons. Wes nannte sie immer Saloons, damit Jane rot wurde. »Oh … John«, sagte sie dann, »benimm dich!« In der Stadt gab es unzählige, und ich schwöre, ich habe nie etwas Besseres gegessen als das Praliné-Karamell-Eis von einem Salon in der Royal Street. Beim ersten Löffel dachte ich, meine Zunge sei gestorben und in den Himmel gekommen. Sosehr er sich darüber lustig machte, konnte Wes doch nicht verhehlen, dass auch er das Eis mochte. Es kam durchaus vor, dass er zwei Schalen aß, wenn ich eine hatte.

Schließlich kam der Morgen, als wir das Hotel verließen und mit Wes, Jane und Molly zum Kai gingen, um sie zu verabschieden. Wes und ich gaben uns die Hand, Jane und Jenny umarmten und küssten sich weinend. Dann gingen sie an Bord des Dampfschiffs, und als die Dampfpfeife immer wieder pfiff, winkten sie uns von der Reling aus zu. Dann machte das Schiff los, fuhr flussabwärts zum Golf von Mexiko und dampfte von dort nach Florida.

Gus Kennedy

Sie waren das erste Mal auf See, und das sah man ihnen an. Kaum hatten wir das offene Meer erreicht, nahm der Dampfer sein leichtes Stampfen auf der niedrigen Dünung auf, und die drei wurden ziemlich grün um die Nase. Am nächsten Tag allerdings hatten sie wieder ihre gesunde Farbe zurück und standen an der Reling wie alte wetterfeste Matrosen, sahen hinaus aufs Meer, lächelten sich gegenseitig an und sagten ihrem kleinen Mädchen, es bräuchte keine Angst vor den Möwen zu haben, die über dem Deck flatterten und schrien.

Selbst wenn er sich mit seiner Familie unterhielt und lachte, entging ihm nichts, was um ihn herum passierte. Für Überraschungen hatte er nichts übrig. Sein Mantel war offen, die oberen beiden Knöpfe seiner Weste waren ebenfalls nicht geschlossen, und an der linken Seite beulte ein Revolver die Weste aus. Er ließ sich gerade einen Schnurrbart wachsen. Ich hielt ihn für einen Texaner. Zu der Zeit gab es in Florida jede Menge von ihnen. In der ganzen Gegend zwischen dem Upper St. Johns River und der Südwestküste tobte ein Kampf um die Weiderechte, und einige der großen Rancher holten sich Pistoleros, um ihre Interessen zu schützen. Der Gefangene, den ich gerade in New Orleans einem Texas Ranger übergeben hatte, war ein solcher Bursche. Es gab einen Haftbefehl wegen Viehdiebstahl in DeSoto County auf seinen Namen, und eines Abends hatte ich ihn entdeckt, wie er aus einem Hurenhaus in der Beaver Street kam, also schlich ich mich an und verpasste ihm von hinten einen Schlag mit dem Kolben meiner Schrotflinte. Kurze Zeit später traf bei uns der Haftbefehl aus Texas wegen Mordes ein, also verfrachtete ich ihn auf das Dampfschiff. Der Mann hier aber hatte seine Familie bei sich, also nahm ich an, dass er eher daran interessiert war, sich von Ärger fernzuhalten, als ihn zu suchen.

Das Wetter an diesem Nachmittag war angenehm – Sonnenschein und eine sanfte Meeresbrise. Ich stand nur ein paar Fuß neben ihnen an der Reling, als die Frau plötzlich auf etwas zeigte und rief: »Schau mal – was ist das denn?« Ein Schwarm Tümmler war aufgetaucht und schwamm prustend neben dem Schiff her. Ich tippte mir an den Hut und erklärte ihnen, was sie da sahen. »Sie haben so warmes Blut wie Sie und ich«, sagte ich. »Sehen Sie die Blaslöcher an ihren Köpfen, durch die sie atmen? Es heißt, sie seien klug und könnten miteinander reden, aber ich wüsste nicht worüber. Vielleicht welcher Fisch am besten schmeckt, oder ob das Wasser heute kühler ist als gestern, oder welcher Tümmler-Bursche hinter welchem Tümmler-Mädchen her ist – Entschuldigung, Ma'am.«

Der Mann lachte, und die Frau errötete bezaubernd. Ich stellte mich vor und streckte meine Hand aus. »John Swain«, sagte er, als wir uns die Hand gaben, »meine Frau Jane und meine Tochter Molly.« Jane sagte, sie wisse auch nicht, wie klug die Tümmler wohl seien, aber sie würden durchaus den Eindruck machen, als hätten sie ihren Spaß. »Schau dir doch nur mal an, wie sie lächeln!« Der Mann meinte, er würde auch die ganze Zeit lächeln, wenn er nichts anderes zu tun hätte, als spielen, essen und den ganzen Tag den Ladys nachzujagen. »Also, Wes, benimm dich!«, schimpfte sie und wurde wieder rot – dann schlug sie sich schnell eine Hand vor den Mund. Und schon wusste ich, wer der Mann war.

Jane starrte ihn an, als hätte sie ihm Kaffee auf den Schoß geschüttet. Er tätschelte ihr die Hand und blickte hinter sich, um sich zu vergewissern, dass niemand zuhörte. Dann lächelte er mich an und meinte: »Mr. Kennedy, Sie machen den Eindruck, als hätten Sie etwas auf dem Herzen.«

Ich war natürlich etwas vorsichtig. Ich meine, John Wesley Hardin, der berühmteste Killer von Texas! »Na ja, Sir«, antwortete ich, »ich habe den Eindruck, Mrs. Swain bringt manchmal die Namen ein wenig durcheinander, wenn sie aufgeregt ist.«

Der Mann lächelte und sagte: »Tatsache. Erst letzte Woche hat sie mich vor lauter Aufregung bei einem Pferderennen in Houston Winston genannt. Winston! Ich wäre fast vor Scham im Boden versunken.« Dann verschwand sein Lächeln. »Ich frage mich, was ein Gesetzeshüter wohl tun würde, falls er einen friedliebenden Bürger wie mich für einen Mann auf der Flucht hielte, einen Mann, der im Staat des Gesetzeshüters gar nicht gesucht wird und schon gar nicht auf diesem Schiff.« Ich habe ja schon erwähnt, dass seinem Blick nichts entging, aber es überraschte mich doch, dass er mich als Polizisten entlarvt hatte. »Ich frage Sie von Mann zu Mann, Mr. Kennedy – was haben Sie nun vor?«

»Mr. Swain«, erwiderte ich, »ich habe wie immer vor, diese Überfahrt zu genießen, und keine schlafenden Hunde zu wecken. Ich gehe davon aus, dass es die Aufgabe eines Polizisten ist, Person und Besitz eines Bürgers vor jenen zu schützen, die Leid zufügen und stehlen wollen. Darüber hinaus kann ich persönlich nichts mit einem Polizisten anfangen.« Das entsprach der Wahrheit. Als ich genug von meiner Arbeit als Cowboy in der Prärie hatte, war ich nur zufällig Gesetzeshüter geworden. Wie sich herausstellte, war ich ganz gut darin – ich war groß und vielleicht ein wenig wagemutiger als die anderen, und ich hatte ein gutes Auge für alles, was um mich herum vorging. Aber ich habe mein Abzeichen nie dazu missbraucht, andere zu belästigen, und ich habe ganz sicher nie Ärger gesucht.

Er musterte mich eine Weile ganz genau, kam zu einem Entschluss und gab mir lächelnd die Hand. »Freut mich, dich kennenzulernen, Gus.« Ich erwiderte: »Freut mich, deine Bekanntschaft zu machen … Winston.« Da musste selbst Jane lachen.

Ich nahm ihre Einladung an, mit ihnen am Abend zu essen, und für den Rest der Überfahrt nahmen wir alle unsere Mahlzeiten gemeinsam ein. Jane wollte gar nicht aufhören, über New Orleans zu erzählen, und John und ich taten ihr den Gefallen, bei Tisch bei diesem Thema zu bleiben. Am Nachmittag jedoch, wenn Jane sich in die Kabine zurückzog, um das Kind schlafen zu legen, gingen John und ich an die Reling auf dem Oberdeck, rauchten eine Zigarre und unterhielten uns über unsere Abenteuer in der Viehbranche – aber auch über Pferde, Spielkasinos und die Etablissements, in denen wir unser Vergnügen gesucht hatten. Wir waren in vielerlei Dingen derselben Ansicht, und beide liebten wir das Glücksspiel. Ich erzählte ihm, wenn er jemals nach

Jacksonville käme, würde ich ihn zu einem der Pokersalons bringen, in denen die Einsätze so ergiebig waren wie Goldadern.

John erzählte, dass Jane Verwandtschaft in Alabama hatte; er erwog, dort oben ins Holzgeschäft einzusteigen. Aber erst wollte er einen alten Freund aus Viehtreibertagen besuchen, einen Burschen namens Bama Bill, der einen Saloon in Gainesville führte. Er spielte mit dem Gedanken, selbst einen Saloon zu eröffnen, und wollte sehen, ob Bill einen Partner brauchen konnte. Über seine Schwierigkeiten mit dem texanischen Gesetz sprach er kaum, sagte nur, er habe sich nichts zuschulden kommen lassen, sondern sich und die Seinen verteidigt. Ich meinte, kein ehrlicher Mensch könne ihm daraus einen Vorwurf machen. Als der Dampfer in Cedar Key anlegte, kam es mir so vor, als seien wir schon seit Jahren befreundet.

Die beiden vergingen fast vor Hitze. »Du meine Güte«, meinte Jane, »in Texas wird es ja auch heiß, aber das!« Die Moskitos surrten in den Ohren und Pferdebremsen stachen uns in den Nacken, während unsere Kutsche sich langsam einen Weg durch all die Holzkarren bahnte, die ihre Güter zum Einschiffen ans Dock brachten. Nachdem er jeden Fuhrmann beschimpft hatte, der unser Fortkommen behinderte, setzte der Kutscher uns endlich am Bahnhof ab. Doch erst als der Zug losfuhr und genügend Fahrt aufnahm, um etwas Wind durch die Fenster zu blasen, fanden wir Erleichterung vor Hitze und Insekten. John sah zum Fenster hinaus auf das vorbeiziehende Land voller Kiefern und Zypressen, lächelte und meinte, das würde ihn an die Kiefernwälder im östlichen Texas erinnern, die er so liebte. »Mich auch«, sagte Jane, doch sie wirkte traurig und verloren. An der Bahnstation in Gainesville verabschiedeten wir uns. Als der Zug in Richtung Jacksonville weiterfuhr, standen sie am Bahnsteig und winkten mir zum Abschied.

Etwa zehn Monate später verhaftete ich eines Nachts in einem anrüchigen Saloon bei den Docks am Fluss einen pöbelnden, betrunkenen riesigen Seemann namens Davison, doch als ich ihn auf den Gehsteig hinauszog, folgte uns eine üble Meute, darunter drei seiner Schiffskameraden, und es wurde sehr schnell ungemütlich. Die Seeleute zogen Messer und drängten den Gefangenen und mich gegen die Wand; ich sollte ihren Freund freilassen, sonst würden sie mich zu Fischfutter verarbeiten. Die Menge, die was zu sehen bekommen wollte, stachelte sie noch weiter auf. Ich hatte Davison die Hände hinter dem Rücken gefesselt, doch er machte einen solchen Radau, dass ich beide Hände brauchte, um ihn zu bändigen. Ich wusste, wenn ich gezwungen war, meine Waffe zu ziehen, würde ich schießen müssen – und bei der Meute war nicht abzusehen, was dann passierte.

Dann stöhnte einer der Seeleute auf, verdrehte die Augen und fiel um. Und da stand John, grinste mich an und hielt einen großen Armee-Colt in der Hand, mit dem er dem Kerl eins über die Rübe gezogen hatte. »Rührt euch nicht, Jungs«, befahl er den anderen beiden, und sie erstarrten.

Ich packte Davison bei den Haaren, schlug seinen Schädel gegen die Mauer, um dem ganzen Getöse ein Ende zu machen und die Hände freizubekommen. John stellte sich neben mich, die Waffe noch immer auf die beiden Männer gerichtet, und sagte: »'n Abend, Gus. Auf dem Revier sagte man mir, du bist hergeschickt worden, um einen Krawall zu beenden, aber ich will verdammt sein, wenn's nicht so aussieht, als ob der Krawall dich beenden wollte.«

»Dir auch einen guten Abend, John«, erwiderte ich. »Wirklich schön, dich zu sehen. Entschuldige mich einen Augenblick.«

Ich nahm den beiden Teerjacken die Messer ab und versetzte jedem von ihnen einen harten Schlag mit der Rückhand auf den Mund, sodass sie bluteten. Ich sagte ihnen, sie sollten ihren Müll einsammeln und mir aus den Augen gehen, bevor ich ihnen die Nasen abschneide. Sie beeilten sich, den Burschen mitzunehmen, den John bewusstlos geschlagen hatte, und verschwanden in Richtung Dock. Dann sagte ich zu der Meute, die Show sei vorüber, sie sollten aufbrechen, und die Leute drängten wieder in die Bar zurück und murrten, weil keiner ums Leben gekommen war. Einem Burschen nahm ich den Bierkrug ab und goss ihn Davison ins Gesicht, um ihn zu wecken.

»Mr. Swain«, erklärte ich dann, »lassen Sie mich diesen Herrn nur eben ins Hotel Gitterstab einmieten, dann können wir uns mit einer Flasche hinsetzen, damit Sie mir berichten können, warum es so verflucht lang gedauert hat, bis Sie endlich in unsere hübsche Stadt gekommen sind.«

Eine halbe Stunde später saßen wir an einem Hintertisch im Feller's Club und tranken Rye, und John erzählte mir, dass er den Saloon seines alten Viehtreiberfreunds in Gainesville gefunden hatte – allerdings war Bama Bill zwei Monate zuvor ums Leben gekommen. Er war in einen betrunkenen Streit mit der hellhäutigen Negerin geraten, mit der er außerhalb der Stadt lebte, und sie hatte ihm mit einer Bratpfanne den Schädel eingeschlagen. Sie hatte das Verbrechen vertuscht, indem sie das Haus niedergebrannt und behauptet hatte, Bill sei Opfer der Flammen geworden. Doch sie war eine gute Christin, und ihr Gewissen hatte ihr keine Ruhe gelassen, bis sie zum Sheriff ging und alles gestand. Zwei Nächte später, als der Sheriff gerade beim Abendessen war, schafften ein paar von Bama Bills Freunden sie aus dem Gefängnis, schleppten sie in den Sumpf, dann machten sich einige von ihnen an ihr zu schaffen und ersäuften sie danach.

John erfuhr diese Geschichte von Sam Burnette, der den Saloon nach Bills Tod übernommen hatte. Sam hatte allerdings vor, in Colorado nach Silber zu suchen, und wollte verkaufen. Nach ein paar Tagen waren sich die beiden einig, und John hatte seinen eigenen Saloon.

Shack Wilson, der Sheriff von Gainesville, wurde Stammkunde, nicht nur an der Theke, sondern auch im Pokerzimmer, das John hinten eingerichtet hatte. Sie gingen zusammen Barsche angeln. Shack stellte ihm einen Nachbarn namens Salter vor, der eine Rasse von Jagdhunden namens Texas Leopard züchtete, die, wie es hieß, beste Hunderasse zur Wildschweinjagd. Ab und an gingen die drei in den Wald und kehrten mit so viel Schweinefleisch zurück, dass sich alle drei Familien tagelang daran satt essen konnten.

Wie er so eines Tages hinter der Theke steht, kommen ein paar Texaner herein, die er aus seinen Tagen als Viehtreiber kennt. Sie erkennen ihn ebenfalls, trotz Schnauzer und allem. Doch noch bevor sie etwas sagen können, streckt John ihnen die Hand hin und erklärt: »Ich bin John Swain! Freut mich immer, ein paar neue Gesichter zu sehen.« Er führte sie an einen Tisch hinten im Raum, und sie unterhielten sich leise. Die Texaner waren wegen eines Viehgeschäfts in der Stadt und freuten sich, ihn zu sehen. Sie berichteten, sie hätten in den letzten zehn Monaten alle möglichen Geschichten über ihn zu hören bekommen – dass er Banken in Waco und Dallas ausgeraubt habe, dass er letzte Weihnacht den Sheriff in Livingston erschossen habe, erst letzten Monat auch zwei Texas Ranger in San Antonio und im Monat davor vier Vigilanten bei Austin. Wann immer jemand in Texas erschossen wurde und es keine Zeugen gab, konnte man darauf wetten, dass John Wesley Hardin die Schuld zugeschoben bekam. »Schätze, das ist ein Kompliment«, meinte John zu ihnen, »so im Gedächtnis der eigenen Landsleute zu bleiben.« Die beiden Texaner schworen, sie würden daheim in Texas kein Wort darüber verlieren, dass sie ihn gesehen hatten, und Wes meinte, er wisse, dass er ihnen vertrauen könne. Die Texaner waren eine Woche in der Stadt und verbrachten jeden Abend in Johns Saloon, tranken und spielten und hatten ihren Spaß. Drei Tage nachdem sie wieder nach Texas aufgebrochen waren, hatte John den Saloon verkauft und war mit seiner Familie nach Jacksonville gezogen, ohne jemandem etwas davon zu sagen. »Nicht, dass ich den alten Knaben nicht traue«, meinte er, »ich hielt es nur für klüger, so zu handeln, als würde ich das nicht tun.«

John lebte sich in Jacksonville gut ein – er arbeitete im Viehtransport und kaufte sich eine Metzgerei, und beide Geschäfte florierten. Ihr kleines, am Ufer des St. Johns River gelegenes, angemietetes Haus war von Palmen beschattet, der Wind vom Fluss brachte Kühlung. Jane liebte es, in all der grünen Pracht zu leben. Häufig fuhren sie im Wagen an den Strand, breiteten ein Picknick aus und spielten in den Wellen. Jane war ganz rosig von der Sonne und der Schwangerschaft, Molly war braun wie ein Indianerkind. Im August kam »J. H. Swain jr.« zur Welt, und in den folgenden zwei Wochen drückte John jedem Mann, dem er begegnete, eine Zigarre in die Hand. Ich hatte mir angewöhnt, zwei, drei Abende die Woche bei ihnen zu essen. Ich zeigte John, was für ein Vergnügen es ist, in der Brandung zu angeln, und wir gingen in den Sümpfen auf Jagd nach Rotwild und Schwein. Eines Tages schoss er ein paar recht große Alligatoren, die wir an Seilen aus dem Sumpf zogen, und wir ließen sie von einem alten Creek-Indianer an einem Altwasser des Flusses häuten. Die Haut des fünf Meter langen Alligators hängte er auf der Veranda seines Hauses auf, und aus der Haut des vier Meter großen Tiers ließ er Gürtel, Hutbänder und zwei Paar gute Stiefel machen, eins für sich, eins für mich. Wir wurden richtig gute Freunde und sprachen sogar davon, oben im Panhandle gemeinsam ins Holzgeschäft einzusteigen.

Natürlich spielten wir auch hin und wieder. Wir setzten uns dienstagnachts zu Bobby Chiles' Pokerrunde im Hinterzimmer seines Saloons und jeden Donnerstag zu Fred Johnsons Spiel. Ich schlug mich immer ganz gut, aber meistens war John der große Gewinner. Die Jungs fluchten halb im Scherz darüber, dass ich ihn in unsere Runden eingeführt hatte. »Gegen dein Glück können wir nicht viel ausrichten, Swain«, meinte Bobby Chiles eines Abends, »aber wir sollten Kennedy mal ordentlich vermöbeln, weil er dich überhaupt hergebracht hat.«

Eines Nachts – John muss wohl etwa ein Jahr in Jacksonville gewesen sein – kamen wir vom Bourbon leicht angesäuselt aus Bobby Chiles' Saloon und stießen mit zwei Fremden zusammen, die gerade zur Tür hereinwollten. Zwei große Halunken in engen schwarzen Anzügen und mit Melonen auf den Köpfen. Der eine hatte einen schwarzen Schnurrbart, der andere hatte das Gesicht voller oranger Sommersprossen. »Entschuldigung, Kumpel«, sagte ich zu dem Schnurrbart, dann bemerkte ich den Blick, den er John zuwarf, und wusste, dass sie seinetwegen gekommen waren. Sommersprosse trat beiseite und ließ uns vorbei, John nickte zum Dank.

Wir blieben unter der Straßenlaterne vor dem Saloon stehen und zündeten uns Zigarren an, dann flüsterte John: »Sieht so aus, als wären die hinter mir her.« Ich warf einen beiläufigen Blick zum Saloonfenster hinter seinem Rücken und sah Schnurrbart, der uns beobachtete. »Am besten, du gehst deiner Wege, Gus«, sagte er. »Das ist nicht dein Kampf.« Den Teufel würde ich tun, meinte ich. In meiner besten Polizistenstimme verkündete ich, ich sei eine vom Gesetz bevollmächtigte Person, die geschworen habe, die ehrbaren Bürger von Jacksonville vor jenen zu beschützen, die sie bei der Ausübung ihrer bürgerlichen Freiheiten behinderten. John grinste und sagte: »Also gut, verflucht«, und wir gingen über den alten Hafen am Fluss in den verlassenen Teil der Stadt hinüber.

Die zwei Kerle folgten uns die beleuchteten Straßen hinab und hielten sich einen halben Block zurück. Aus den Schwingtüren der Saloons drang Musik. Wir gingen um die Ecke in eine dunkle Straße voller Lagerhäuser entlang einer Reihe von verrotteten Anlegestellen, die schon seit Jahren von keinen Dampfern mehr benutzt wurden. Die Brachen zwischen den leeren Lagerhäusern waren mit Schutt übersät. »Nimm was in die Hand«, flüsterte John – aber ich hatte meinen Revolver schon gezückt, kaum dass wir um die Ecke waren, und hielt ihn mit gespanntem Hahn unter dem Mantel. »Ich nehme den an der Straßenseite«, sagte John, »du den innen.« Die Musik aus den Saloons war leiser geworden, und ich glaubte, ihre Schritte hinter uns auf den Glasscherben knirschen zu hören. Meine Rückenmuskeln zitterten. Dann rief einer der beiden: »Mr. Swain! Einen Augenblick, Sir!«

Wir blieben stehen und drehten uns um. Die beiden waren dreißig Fuß entfernt und standen im Schein einer Straßenlaterne gleich an der Ecke. Auch sie hatten ihre Hände in den Mänteln. Als sie näher kamen, meinte Schnurrbart: »Mr. John Swain aus Texas?« Er zog die Hand heraus, und John schoss ihm direkt in die Stirn. Sommersprosse und ich feuerten im selben Augenblick, und ich spürte, wie seine Kugel durch den Schoß meiner offenen Jacke riss. Sommersprosse ließ die Waffe fallen und fiel nach vorn, und an der Art, wie er auf den Boden knallte, erkannte ich, dass er tot war. So schnell war es auch schon vorbei.

Ich rechnete schon damit, dass die ganze verfluchte Welt angerannt kam, um zu sehen, weshalb geschossen wurde, und legte mir im Kopf schon eine Geschichte zurecht, dass uns diese beiden Fremden angegriffen hatten, wobei ich inständig hoffte, dass es sich nicht um U.S.-Marshals handelte. Doch ich hörte keine Rufe, keine Schritte – nur ein Schwarm Meeräschen sprang plötzlich im St. John's River hoch und die ferne Musik klang aus den Saloons um die Ecke.

Wir gingen ihre Taschen durch und nahmen alles mit, dann zerrten wir die Leichen in eins der Lagerhäuser und versteckten sie unter einem verrotteten Leinwandsegel. Darauf stapelten wir kaputte Holzkisten. Es würde ein paar Tage dauern, bevor die Leichen übel genug stanken, um jenseits des Lagerhauses gerochen zu werden – vielleicht weckten sie aber auch dann noch keine Aufmerksamkeit. Andererseits konnte es leicht sein, dass irgendein lumpensammelnder Landstreicher sie schon am nächsten Tag entdeckte, das konnte man nie wissen.

Wir nahmen die Seitengassen zu meinem Pensionszimmer. Kaum hatte ich die Tür hinter uns geschlossen, schenkte ich uns einen Drink ein. Dann gingen wir die Papiere durch und stellten fest, dass es sich um zwei Pinkerton-Agenten handelte. Schnurrbart hieß James Kelleher und Sommersprosse Francis Connors. Sie hatten Fahrkarten für den Morgenzug aus Atlanta bei sich – und ein Fahndungsplakat aus Texas, auf dem viertausend Dollar für die Ergreifung von John Wesley Hardin ausgelobt wurden.

Am folgenden Morgen setzte John Frau und Kind in den Zug nach Westen. Er hatte ihnen Fahrkarten nach New Orleans gekauft, für den Fall, dass jemand herumschnüffelte und fragte, wohin die Familie Hardin gefahren sei. Jane trug er aber auf, in Pensacola auszusteigen und dort einen Wagen nach Polland zu mieten, einer kleinen Ansiedlung gleich jenseits der Grenze in Alabama, wo Verwandtschaft von ihr lebte.

John blieb noch ein paar Tage in Jacksonville, um darauf vertrauen zu können, dass sie in Sicherheit waren, und in dieser Zeit entdeckte niemand die Leichen. Ich sagte dem Polizeichef, ich würde kündigen und mit John Swain auf Goldsuche nach Dakota gehen, und die Kollegen rissen jede Menge Witze darüber – ein gutes Zeichen, weil das hieß, sie nahmen mir die Geschichte ab.

Zwei Tage später wurden wir an der Bahnstation in Pensacola von Janes Onkel Harris erwartet, genau wie John und Jane es besprochen hatten, und bei Einbruch der Nacht waren wir in Polland.

Und so stiegen wir in den Holzhandel ein, John und ich. Wir wurden Partner, zusammen mit einem lebhaften, krummzahnigen Burschen namens Shep Hardie und seinem Neffen, einem achtzehnjährigen Haudegen namens Jim Mann. Ihnen gehörte erstklassiges Waldland etwa 35 Meilen den Styx River aufwärts, sie hatten aber nicht genug Geld, um die Bäume zu fällen. John und ich streckten das Geld für Ausrüstung und Wagen vor und heuerten noch vier weitere Holzfäller an. Wir acht Mann zogen dann flussaufwärts und richteten ein Camp ein. Dort verbrachten wir den Großteil des folgenden Jahres, fällten Bäume und transportierten sie ab. Einen Teil davon flößten wir den Styx hinunter zu den Sägemühlen an der Perdido-Gabelung, einen anderen verkauften wir an Firmen, die die Stämme mit Maultiergespannen zur Eisenbahn westlich von uns schleppten. Das war verdammt harte Arbeit, aber wir machten einen hübschen Profit damit.

Ab und an nahmen wir uns einen Tag frei und gingen nach Mobile, um einen Teil des Profits an den Kartentischen arbeiten zu lassen – und wem danach war, der konnte in dieser lebhaften, lässigen Stadt ein bisschen Spaß in einem der tollen Etablissements haben. Mobile roch für mich immer nach Ebbe, Holzteer, Magnolien und Kotze. Die Stadt war voller harter Matrosen, Werftarbeiter und Sägewerker, Kartenhaie und Nutten. Ich kann mich nicht daran erinnern, dass wir jemals zurückkamen, ohne dass zwei oder drei von uns eine gebrochene Nase, eine zerschnittene Hand oder sonst eine Erinnerung an eine Kneipenschlägerei mitnahmen. Jim Mann kehrte jedes Mal mit frischen Wunden und blauen Flecken heim. Er war ein anständiger, wilder Bursche, der ein Veilchen wie einen Orden trug. Dann grinste er mit seinen geschwollenen Lippen und riss Witze darüber, dass wir erst mal sehen sollten, wie der andere Bursche aussah.

Einmal gerieten John und ich in Mobile in eine Saloonschlägerei mit ein paar Holzfällern namens Lewis und Kress; kurze Zeit später – und zu unserem Pech – endeten die beiden auf irgendeine Weise tot in einer Seitengasse. Wir wurden verhaftet und irrtümlich des Mordes angeklagt und verbrachten zwei lange, miserable Tage und Nächte im Gefängnis, bevor wir schließlich die Dinge klären konnten – mithilfe von zweitausend Dollar für die Polizei von Mobile. Danach hielten wir uns meistens von Mobile fern und suchten unser Vergnügen in Pensacola.

In Pensacola besorgten wir ohnehin immer unseren Nachschub. Wir schickten die Vorräte per Eisenbahn zur Pensacola Junction – Whiting nannten manche Ansässige die Stelle –, und von dort brachte ein Frachtboot alles den Styx hinauf zu unserem Camp. Nachdem wir die Vorräte verschifft hatten, blieben wir meist noch ein paar Tage in Pensacola. Shep Hardie war hier aufgewachsen und kannte alle Pokerzimmer der Stadt. Der beste Tisch war der von Alston Shipley, dem örtlichen Eisenbahndirektor, der zuvor als Holzfuhrunternehmer gearbeitet hatte. Er fluchte noch immer wie ein Holzfäller und war stark wie ein Maultier.

Hatten wir genug gefeiert in Pensacola, brachte Jim Mann die anderen zurück ins Camp, während John und ich ein paar Tage Rast in Polland machten, damit er Jane und die Kinder besuchen konnte. Bei einem dieser Besuche teilte uns Janes Onkel Harris mit, dass Wild Bill Hickok tot sei. Das hatte er in einer ein paar Monate alten Zeitung aus New Orleans gelesen. Es war in einem Saloon in Dakota passiert. Hickok hatte Karten gespielt, wobei er aus irgendeinem verfluchten Grund mit dem Rücken zur Tür saß, und ein Herumtreiber hatte ihm in den Hinterkopf geschossen. »Es ist eine verfluchte Schande«, meinte John. »Bill hat was Besseres verdient als das.« Den Rest des Abends über war er sehr still.

Jane konnte ein Haus bewohnen, das ihrem Onkel Harris gehörte, und ich schlief in einem kleinen Nebenzimmer, wenn John und ich zu Besuch kamen. Ich gab mir Mühe, mich um meinen Kram zu kümmern, aber das Haus war klein und die Wände waren dünn. Jane hatte es nie sonderlich gern gesehen, dass John weit draußen im Holzfällercamp hauste und sie ihn kaum mehr als ein oder zwei Mal im Monat zu Gesicht bekam. Zwar besuchten sie ihre Verwandten aus Polland, aber die meiste Zeit über war sie allein und hatte nur die Kinder zur Gesellschaft. Um zu verhindern, dass das Gesetz sie über das Postamt aufspüren konnte, hatten sie darauf geachtet, keine Briefe nach Hause zu schreiben, deshalb hatte sie seit der Abreise aus Texas auch keinen Kontakt mehr mit ihrer Familie. Doch in den ersten paar Monaten der Holzfällerei war sie tapfer gewesen, und ihr Wiedersehen war stets voller Zuneigung. Spätnachts konnte ich hören, wie ihr Bett vor lauter Zuneigung, die sich seit dem letzten Mal aufgestaut hatte, nur so knarzte und rumste.

Mit der Zeit allerdings ertrug Jane die Trennung immer schwerer. Sie klagte, sie sei so einsam, und es sei schwer, die Kinder ordentlich großzuziehen, wenn sie ihren Daddy so gut wie nie sahen. Warum könne er denn nicht wieder einen Saloon führen oder sich um Viehtransporte kümmern oder um eine Metzgerei wie in Jacksonville? John erwiderte, dass im Augenblick die Holzfällerei die einzig sichere Möglichkeit für ihn war, Geld zu verdienen. Er erinnerte sie daran, dass er ein schwer gesuchter Mann war, dass außer ihr und mir und der Verwandtschaft in Polland niemand wusste, wer er in Wirklichkeit war. Wenn er einen Saloon eröffnete oder wieder in den Viehhandel einstieg, dann würde ihn sicherlich jemand erkennen, und als Nächstes wären die Gesetzeshüter oder Kopfgeldjäger hinter ihm her. Sie bekam ihn im Augenblick nicht oft zu sehen, aber so sah sie ihn immerhin erheblich öfter, als wenn er tot und begraben war. John hatte natürlich recht, das wusste Jane wohl auch, aber er war sie ziemlich hart angegangen, und sie musste weinen. Wir fällten seit etwa einem Jahr Bäume, Jane erwartete bald das dritte Kind, und ich konnte verstehen, warum sie sich so einsam fühlte.

Eines Morgens gegen Ende Juni, als wir gerade von unserem Besuch in Polland wieder zum Camp aufbrechen wollten, tauchte Johns Schwager Brown Bowen auf. John hatte mir von ihm erzählt. Er hatte ihn als eine jener Jammergestalten beschrieben, die andere Männer nicht in ihrer Nähe ertragen. Jemand, der sich immer zu sehr bemühte, dazuzugehören, doch all seine Anstrengungen, gemocht zu werden, hatten genau zum Gegenteil geführt. Niemand fragte ihn nach seiner Meinung, lachte über seine Witze oder hörte ihm zu. Das einzig Bemerkenswerte an seinem Leben war die Tatsache, dass er John Wesley Hardins Schwager war.

Dann hatte er eines Tages einen Säufer erschossen, der in einer Nebengasse geschlafen hatte, einen alten Schluckspecht, den fast alle hatten leiden können. Er erschoss ihn, weil er selbst ziemlich betrunken und am Boden zerstört war, weil niemand ihn mochte. John meinte, die Jungs hätten ihn auf der Stelle aufgeknüpft, wenn der Sheriff nicht sofort aufgetaucht wäre, ihn verhaftet und ins Gefängnis von Gonzales gebracht hätte. Aber auch so hätte der Mob ihn wohl gekriegt, wenn Jane nicht John angefleht hätte, etwas zu unternehmen, um ihren Bruder vor dem Strick zu bewahren. Also ging John zum Sheriff, Geld wechselte den Besitzer, und Brown Bowen entkam. John steckte ihn in einen Mitternachtszug nach Florida und gab ihm die Warnung mit auf den Weg, sollte er jemals nach Texas zurückkommen, würde er die Jungs nicht mehr daran hindern, ihn baumeln zu lassen. Und nun stand der Kerl in der Tür.

Es dauerte keine fünf Minuten, bis klar war, wie recht John mit dem Kerl hatte. Browns Lächeln war falscher als das eines Quacksalbers, und er konnte einem nicht in die Augen schauen. Seit Texas war er durch ganz Florida gezogen, hatte eine Arbeit nach der anderen gemacht – Jagd auf Federn und Alligatorenleder in den südlichen Everglades, Cowboy auf einer Farm an der Golfküste, Rückewege fällen in den Zypressensümpfen, Farmarbeit am unteren St. John's River und noch ein paar andere Dinge. Er versuchte es so zu drehen, als sei er Experte in alldem, doch ich schätze, er hatte die vielen verschiedenen Dinge gemacht, weil er nichts davon richtig konnte.

Als er hörte, dass wir am Styx Holz schlugen, wollte er sich uns anschließen. John meinte, es täte ihm leid, aber wir seien schon vollzählig. Brown Bowen erwiderte, John könne ihn nur nicht leiden und würde ihn deshalb nicht mitnehmen. »Du hast recht, Brown«, sagte John, »ich hätte nicht lügen sollen. Die Wahrheit ist, ich *kann* dich nicht leiden und will dich nicht in meiner Nähe haben, da hast du recht.« Und damit war die Sache erledigt. Jane machte ein Gesicht, als wollte sie John schelten, weil er so hart mit ihrem Bruder umging, aber sie tat es nicht. Sie verschränkte nur die Arme über ihrem dicken Bauch und blieb stumm. Brown stand mit offenem Mund da und schaute uns hinterher.

Wir waren ein paar Wochen im Camp, als die Nachricht den Fluss heraufkam, dass Jane die zweite Tochter zur Welt gebracht hatte. John hatte mir erzählt, dass das Baby, wenn es ein Mädchen würde, Callie heißen würde, und John überbrachte mir die Neuigkeit, indem er seinen Kopf in die Schlafbaracke steckte und rief: »Callie ist daheim, Gus! Sie ist vor drei Tagen angekommen!« Wir zündeten uns alle Zigarren an und ließen zur Feier des Tages eine Flasche kreisen.

Ein paar Tage später wurde ich krank, und ich musste mich entweder alle zehn Minuten übergeben oder scheißen. Ich konnte nur noch ganz still auf meiner Koje liegen und nicht mal Luft ablassen, ohne mir die Hose zu verdrecken. Ich versuchte es auszusitzen, doch nach ein paar Tagen hatte ich hohes Fieber und war zu schwach zum Stehen, also ließ mich John auf den Wagen laden und sagte Sweeny dem Schweden, er solle mich zum Arzt nach Mobile fahren.

Während sie mich aufluden, scherzte John mit mir, ich solle nicht so lange trödeln und meinen jämmerlichen Hintern wieder zur Arbeit schleppen. John und die Jungs hatten vor, wieder mal nach Pensacola zu fahren, und er zog mich damit auf, was ich dort alles verpasste. Dann gab er mir zum Abschied einen Klaps auf die Schulter, Sweeny trieb die Pferde an, und wir fuhren den Rückeweg davon.

Ein zahnlückiger Arzt namens Amons kümmerte sich um mich. Er gab mir eine fürchterliche Medizin, die ich fünf Mal am Tag trinken sollte, und trug mir auf, im Bett zu bleiben und nichts anderes zu essen als püriertes Gemüse; in ein paar Tagen würde es mir besser gehen. Sweeny mietete mich in einem Hotel mit Blick auf die Bucht ein und machte mit einem Restaurant an der Straße aus, dass mir jeden Tag Gemüse gebracht wurde. Dann wünschte er mir Glück und fuhr nach Pensacola, um sich dort mit John und den Jungs zu treffen.

Doc Amons Medizin mochte ja das Widerlichste sein, was ich je getrunken habe, aber sie half. Mein Durchfall war so umfassend kuriert, dass ich die folgenden sechs Monate nicht ein einziges Mal richtig scheißen konnte. Das Fieber verging nach zwei Tagen, nach zwei weiteren war ich wieder auf den Beinen und konnte die Straßen hinabgehen und das erste richtige Essen zu mir nehmen, seit ich so krank geworden war – ein Steak, groß wie eine Satteltasche, das beste Stück Fleisch, das ich je gegessen habe.

Am folgenden Tag fühlte ich mich stark genug, um wieder zurückzukehren, also bezahlte ich die Hotelrechnung und ging zur Bahnstation, um den Frühzug nach Polland zu nehmen. Ich ging davon aus, dass John nach der Zeit in Pensacola entweder schon dort war oder bald kommen würde.

Als die Kutsche zum Bahnhof kam, drängten sich dort Hunderte von Menschen. Ich fragte den Kutscher, was denn los sei. »Haben Sie's nicht gehört?«, fragte er. »John Wesley Hardin. Gestern haben ihn Texas Ranger in Pensacola geschnappt. Sie haben ihn hergebracht und jeden Polizisten in der Stadt rings ums Gefängnis postiert. Es heißt, dass er heute nach Texas zurückgeschafft werden soll. Alle warten nur darauf, ihn mal zu Gesicht zu kriegen.«

Wie alle anderen wartete ich am Polizeirevier, wollte mit eigenen Augen sehen, ob er wirklich verhaftet worden war. Ich konnte es nicht glauben. Er hatte gesagt, er würde sich niemals einer Waffe beugen, eher würde er schießend sterben. Wenn sie also jemanden geschnappt hatten, dann nicht ihn.

Eine Stunde später hieß es, die Ranger hätten befürchtet, seine Freunde würden am Revier darauf warten, ihn rauszuhauen, also hatten sie ihn vor Sonnenaufgang zur Bahnstation nach Montgomery kutschiert. Da wusste ich, dass alles Blödsinn war. Niemand hatte John geschnappt. Es war nur wieder eine dieser Geschichten, die sich die Leute von Texas bis Florida über ihn erzählten.

Ich nahm den späten Zug nach Polland. Unterwegs fragte ich mich, ob John über die Geschichte von seiner »Verhaftung« in Pensacola lachte oder ob er sich Sorgen machen würde, dass das alles seinem Versteck viel zu nahe kam. Dann erreichte ich Polland und fand eine in Tränen aufgelöste Jane vor. Da wusste ich, dass es stimmte.

FÜNFTER TEIL

DER STRÄFLING

Aus dem *El Paso Daily Herald* vom 20. August 1895

Henry Brown sagte folgendermaßen aus:

»Ich heiße H.S. Brown. Ich führe gemeinsam mit Mr. Lambert ein Lebensmittelgeschäft in El Paso. Gestern Nacht betrat ich kurz vor elf Uhr den Acme Saloon und traf dort Mr. Hardin und eine Reihe anderer Personen, und Mr. Hardin bot an, mit mir zu würfeln. Ich willigte ein und würfelte als Erster; dann kam Mr. Hardin an die Reihe und sagte, er würde einen Vierteldollar extra wetten, dass er mich schlagen würde. Wir legten unsere Vierteldollar hin, und ich schüttelte den Becher. Da hörte ich einen Schuss, und Mr. Hardin fiel zu meiner Linken zu Boden. Dann hörte ich noch drei oder vier weitere Schüsse. Als der erste Schuss abgegeben wurde, stand Mr. Hardin mit dem Gesicht zur Theke, soweit ich mich erinnern kann, und mit dem Rücken in die Richtung, aus der der Schuss kam. Ich habe ihn keinerlei Anstalten machen sehen, seinen Sechsschüsser zu ziehen. Seine letzten Worte vor dem ersten Schuss waren: ›Vier Sechser zu überbieten‹, und die waren an mich gerichtet. In den paar Augenblicken zuvor hatte er mit niemand anderem als mit mir gesprochen, soweit ich mich erinnern kann. Nach allem, was ich gehört habe, gab es nicht das geringste Zeichen, dass sich jemand gestritten hat.«

gez. H.S. Brown

Auszug aus *Das Leben John Wesley Hardins, von ihm selbst niedergeschrieben*

»Während meines Prozesses hatte ich fürchterliche Nachteile zu gewärtigen. Ich wurde angeklagt, einen Mord begangen zu haben, für den es keine Zeugen gab. Der feige Mob hatte sie entweder umgebracht oder aus dem County gejagt. Ich wurde in einer Stadt vor Gericht gestellt, in der drei Jahre zuvor mein eigener Bruder und meine Cousins einen grauenhaften Tod durch die Hand des Mobs erleiden mussten. Welcher meiner Leser möchte unter solchen Umständen vor Gericht stehen?«

»Als wir nach Fort Worth kamen, strömten die Menschen zusammen wie beim Picknick zum 4. Juli, und ich musste aussteigen und eine Stunde lang Hände schütteln, bevor mich die Wachen durch die Menschenmenge schaffen konnten.«

»Ich wusste, dass es auf der Welt eine Menge Judasse und Benedict Arnolds gab, und hatte lebenslang Erfahrungen mit dem Begriff Verrat. Ich glaubte aber, dass im Gefängnis selbst ein Feigling ein mutiger Mann sei.«

»1885 kam ich auf die Idee, Jura zu studieren …«

Aus dem *Daily Democratic Statesman* (Austin, Texas) vom 25. August 1877

WEITERER RUHM FÜR DEN GENERALADJUTANTEN UND DIE STATE TROOPS

WESLEY HARDIN IN PENSACOLA, FLORIDA, VERHAFTET

VERZWEIFELTE GEGENWEHR

EINER SEINER KOMPLIZEN GETÖTET, ZWEI WEITERE ZUSAMMEN MIT HARDIN VERHAFTET

General Steele und die tüchtige State Troop unter seiner Führung haben seit einiger Zeit in aller Stille daran gearbeitet, die Verhaftung des berüchtigten und unnachgiebigen John Wesley Hardin, Schrecken des Südwestens, vorzunehmen, und die glorreiche Nachricht von seiner Verhaftung bei Pensacola, Florida, ist dem Generaladjutanten am 18. dieses Monats von Lt. J. B. Armstrong mitgeteilt worden. Die Verhaftung dieses berüchtigten Kerls mit zweien seiner Männer und der Tötung eines weiteren fügt den bereits erlangten Ehren der State Troops weiteren Lorbeer hinzu ... Im Folgenden geben wir die Meldung, die Gen. Steele gestern früh erhielt, in Kopie wieder:

> Whiting, Alabama, 23. August
> Gn. Wm. Steele, Austin:
> Verhaftung John Wesley Hardin bei Pensacola, Florida, am Nachmittag des heutigen Tages. Er hatte drei Mann bei sich, und es kam zu einer lebhaften Schießerei. Einer von ihnen kam dabei um, die anderen wurden gefangen genommen. Hardin wehrte sich verzweifelt, doch wir konnten ihn umzingeln und durch schiere Gewalt bezwingen, dann eilten wir an Bord des Zugs, der gerade zu diesem Ort hier abfahren wollte. Wir warten nun auf einen Zug, um hier wegzukommen. Das hier ist Hardins Zuhause, und seine Freunde versuchen, Männer zusammenzutrommeln, um ihn zu befreien. Ich habe ein paar brave Bürger bei mir, und ich werde es spannend machen.
>
> J. B. Armstrong, Lieut. State Troops

Jack Duncan

John telegrafierte mir nach Dallas, um mitzuteilen, dass er den Befehl erhalten hatte, John Wesley Hardin aufzustöbern, und bat mich um meine Mithilfe. General Steele hatte ihn befugt, mich für diese Aufgabe zum »Special Ranger« zu ernennen. Ich telegrafierte ihm umgehend meine Antwort, ich würde die Aufgabe übernehmen, und er könne mich mit dem Morgenzug in Austin erwarten. Nachdem ich eine Reservierung vorgenommen hatte, ging ich in meine Pension, packte eine Tasche und ging dann zu Sally McGuire, um diesen Auftrag mit einem Duncan Special zu feiern. Ein Duncan Special, das war ein Mädchen zum Besteigen und ein weiteres, das hinter mir auf dem Rücken lag, ihr Gesicht zwischen meinen Beinen und dort mit Mund und Fingern mit interessanten Dingen beschäftigt, die ihr einfielen, während ich ihre Freundin ritt. Dann tauschten sie, und wir machten weiter. Diese eine Nacht hat mich eine hübsche Stange Geld gekostet, da wir fast bis zum Morgengrauen dabeiblieben. Ich schaffte den Zug gerade so, sah wohl aus wie etwas, das die Katze angeschleppt hat, und wusste nur zu gut, dass ich nach kaltem Erguss und Nuttenparfüm stank.

John holte mich am Bahnhof ab und schnaubte grinsend, als er merkte, wie ich roch. Wir gingen auf direktem Wege in den Red Rock Saloon, damit er mich auf den neuesten Stand bringen konnte. John war schwer gebaut und bekam eine kahle Stirn. Je mehr Haar er auf dem Kopf verlor, umso dichter wurde sein Walrossbart. Er war ein verdammt guter Polizist, schnell und furchtlos. Wir hatten schon ein paarmal zusammen gearbeitet, und er wusste, ich war der beste Detektiv in Texas. Ich würde ja sagen, der beste im ganzen Land, aber das würde wohl nach Aufschneiderei klingen. John wusste auch, dass ich die Gelegenheit sofort ergreifen würde, Hardin zu jagen. Es kam ja nicht jeden Tag vor, dass man die Chance bekam, vom Staat dafür bezahlt zu werden, die Hälfte einer Belohnung von 4000 Dollar zu kassieren.

John berichtete mir, er hätte einen Tipp bekommen, dass sich Hardin in Florida aufhalte. Ich erwiderte, das Gerücht hätte ich ebenfalls gehört, wie alle anderen auch, aber Florida sei weit weg und verdammt groß, um dort nur aufgrund von Hörensagen herumzusuchen. John nahm allerdings an, dass es mehr als nur ein Gerücht war. Vor einem Jahr, so sagte er, hatten die Pinkertons einen Tipp erhalten, dass Hardin in Jacksonville sei. Sie hatten zwei Mann hingeschickt, um das herauszufinden. Drei Monate später waren ihre verwesten Leichen in einem Lagerhaus am Fluss gefunden worden, beide erschossen. »Das hätte jeder sein können«, räumte John ein, »aber irgendetwas sagt mir, dass es unser Mann war.« Er hatte so eine Ahnung, dass Hardin noch immer in Florida war, wenn auch wohl nicht in Jacksonville. Ich hielt große Stücke auf Johns Ahnungen, noch mehr aber auf meine eigenen – und meine sagte mir, John hatte recht.

Familie, meinte ich zu ihm – an die Familie musste man sich halten, um ihn zu finden. Ein Mann auf der Flucht mag sich vielleicht nie bei Freunden oder Partnern melden, aber wenn er Familie oder andere nahe Verwandte hatte, dann würde er, wenn überhaupt, mit ihnen in Kontakt treten. Und Hardin hatte jede Menge Verwandte.

Daran hatte John natürlich auch schon gedacht. Man ging davon aus, dass Hardins Frau und das Kind bei ihm waren, wo auch immer, aber John hatte nun schon seit Wochen das Haus von Hardins Mutter oben in North Texas, in der Nähe von Paris, beobachten lassen, wohin die Familie gezogen war, nachdem sie Comanche verlassen hatte. Reverend Hardin war vor ein paar Monaten verstorben, doch bei der Beerdigung war keine Spur von Hardin zu sehen gewesen. Johns Beobachter in Paris, Texas, hatte den Postmeister bestochen, um die Post der Hardins zu kontrollieren, doch es war nichts aus Florida eingetroffen oder dorthin verschickt worden, und alle anderen Absender und Empfänger konnten ermittelt werden. Keiner davon war Wes oder Jane Hardin, auch nicht unter falschem Namen. John hatte weitere Männer auf Hardins Verwandtschaft in East Texas angesetzt, aber auch dort war alles unauffällig. Das würde wohl auch so bleiben, meinte ich, nicht bei Hardins Leuten. Aber was, fragte ich John, was war mit *ihrer* Familie?

Wir fuhren in die Sandies und hörten uns verdeckt um. Wir erfuhren, dass Neal Bowen, Janes Vater, in Coon Hollow einen Gemischtwarenladen verkaufen wollte, und heckten einen Plan aus. Ich räume sofort ein, dass wir verdammtes Glück hatten, wie der Plan aufging – aber man muss auch mal Glück haben, wie man so sagt. Während John sich in Cuero umschaute, ging ich zu Neal Bowen, stellte mich als Hal Croves aus Austin vor und gab mich als potenziellen Käufer aus. Wir kamen recht gut miteinander aus, und natürlich lud er mich ein, in seinem Haus zu wohnen, bis ich Inventur gemacht, seine Bücher durchgesehen und mich entschieden hätte, ob ich kaufen wolle oder nicht.

Es dauerte nicht lange, bis ich seine übliche Postroutine herausbekommen hatte. Am Morgen ging er zum Postamt, las seine Post daheim vor dem Mittagessen, dann legte er sie in einer Truhe im Wohnzimmer ab. Wann immer sich die Gelegenheit ergab, kontrollierte ich die Truhe. Darin waren die Korrespondenzen gebündelt, und ich brauchte eine Woche, bevor ich sie mir alle hatte anschauen können. Es fand sich nichts von Wes oder Jane Hardin, auch nicht der leiseste Hinweis auf ihren Aufenthaltsort.

Doch dann, als ich die Schwindelei mit der Inventur und der Buchprüfung so lange hinausgezögert hatte, wie ich nur konnte, erhielt Bowen einen Brief von seinem Sohn Brown, der ihm aus einem Kuhkaff in Alabama namens Polland geschrieben hatte. Brown wurde wegen eines Mordes, den er vor Jahren begangen hatte, in Texas noch immer gesucht, aber er interessierte mich nicht im Geringsten, abgesehen von einer möglichen Spur zu seinem Schwager. In seinem Brief ging es hauptsächlich um seinen Besitz in den Sandies, den sein Dad für ihn verkaufen sollte. Er hatte nicht viel Glück gehabt und brauchte Geld. Ein wehleidiges Schreiben, und ich las es mit wachsender Verärgerung, bis ich zu den letzten Zeilen kam. »Meine Schwester hat gerade ein Mädchen zur Welt gebracht«, schrieb er, »und sie haben sie Callie genannt. Auch von ihr alles Liebe.«

Abgesehen von ein paar Erlebnissen mit nackten Frauen habe ich noch nie einen so hübschen Schauer den Rücken hinauflaufen gespürt. Die Zukunft blitzte golden vor mir auf: Wir würden uns hübsch vorsichtig in die Burg schleichen, und falls wir ihn nicht sofort entdeckten, würden wir ihr Haus beobachten und auf unsere Chance warten; sie würde kommen, und dann, bei Gott, hatten wir unseren Mann!

Doch erst musste ich mich von Neal Bowen verabschieden, ohne seinen Argwohn zu wecken. John und ich hatten uns einen Plan zurechtgelegt. Ich schickte ein Telegramm an »Bill Alworth« im Duchess Hotel in Cuero, in dem stand: »Bill, ich will den Laden.« Am folgenden Morgen taucht dann John mit Ranger-Abzeichen an der Jacke in Bowens Laden auf, stürzt sich mit Schrotflinte auf mich und verkündet, ich sei verhaftet. Als John Bowen erzählte, dass mein Name nicht Croves sei, sondern Haris Cobb und ich wegen Pferdediebstahls in Travis County gesucht werde, hätte man Bowen mit einer Feder aus den Stiefeln hauen können. John legte mir Handschellen an und setzte mich aufs Pferd, dann verließen wir Coon Hollow, während er mich laut und deutlich beschimpfte und mir drohte, mich aus dem Sattel zu pusten, wenn ich auf falsche Gedanken käme. Bowen und ein paar andere Bürger schauten uns hinterher, ihre Augen quollen ihnen fast aus den Köpfen.

Wir galoppierten auf direktem Weg nach Cuero und nahmen den nächsten Zug nach Austin. Als John bei General Steele Bericht erstattete, was wir herausgefunden hatten, nahm er mich mit. Der General war beeindruckt und gratulierte mir zu meinem Spürsinn, dann verschwand er in Gouverneur Hubbards Büro und kam nach einer Stunde mit dem Haftbefehl zurück. In derselben Nacht saßen wir schon im Zug nach Alabama. Wir spielten Karten und tranken Rye aus einem Flachmann, während die dunkle Landschaft am Abteilfenster vorbeirauschte. Ab und zu sahen wir uns in die Augen und konnten nur grinsen.

Statt in Polland auszusteigen und zu riskieren, dass jemand Hardin von unserer Ankunft berichtete, fuhren wir bis zum letzten Halt in Alabama, acht Meilen weiter, in Whiting. Es gab dort kaum mehr als ein winziges Bahnhäuschen, einen Wassertank und ein paar kleine Häuser am Rand der Fichtenwälder. Die mittägliche Luft war heiß und schwül, und es roch nach frisch geschlagenem Holz. Wir gingen zur Station und fragten den Vorsteher, wo wir denn ein paar Pferde mieten könnten, dann stießen wir auf eine Handvoll Männer, die sich um einen kleinen, hart wirkenden Burschen mit einer frischen Beule an der Wange drängten. Er berichtete gerade von dem Kampf, bei dem er sich die Beule eingefangen hatte.

Er hatte sich mit einem großmäuligen Hinterwäldler angelegt und ihn wie einen Teppich ausgeklopft. Wir standen grinsend um ihn herum, während er uns den ganzen Streit vorspielte, in die Luft trat und schlug und einen Riesenspaß dabei hatte. »Ich hab ihn 'ne Weile bearbeitet, bis er aussah wie die zerschmetterte Sünde«, berichtete er, »da macht doch dieser Mistkerl kehrt und rennt davon, bis er merkt, dass ich ihm nicht hinterherrenne, um ihn noch weiter zu vermöbeln, und mir dieses Vergnügen entgehen lasse. Also steht er da auf der anderen Seite der Gleise und brüllt: ›Warte nur, bis mein Schwager wieder zurück ist, Shipley! Das ist nämlich John Wesley Hardin, jawohl, der wird dich schneller umlegen, als du spucken kannst!‹« Alle brüllten los. John und ich sahen uns nur an, und ich schätze, meine Augenbrauen waren so weit hochgezogen wie seine. Verstehen Sie jetzt, was ich damit meinte, dass wir bei dieser Angelegenheit echt Glück hatten? »Jämmerlicher Scheißer«, sagte Shipley. »Könnt ihr euch das vorstellen? Ich brülle zurück: ›Ja! – und mein Schwager ist Jesse James!‹ Und ich sag euch was, dieser verfluchte Bowen ist verrückter als meine Tante Reba, und die spricht mit den Bäumen.«

»Entschuldigen Sie, Sir«, meint John zu ihm und zeigt ihm seine Ranger-Marke. »Könnten wir uns wohl mal unter vier Augen unterhalten?«

Als Shipley erfuhr, dass Swain in Wahrheit Hardin war, wurde er ganz aufgeregt und meinte, er helfe uns in jeder nur erdenklichen

Weise. »Zum Teufel, ich mag den Kerl Swain«, erklärte er, »nur bei den Karten hat er Glück wie kein Zweiter. Ich brauche eine Woche, um bei den Seeleuten das zurückzuholen, was er mir in einer einzigen Nacht abknüpft. Aber he, wenn dieser Scheißer von Bowen ihn mir wirklich auf den Hals hetzen kann, also, das kann ich gar nicht gebrauchen. Außerdem, hab ich da nicht was von einer Belohnung gehört?«

Bei Johns Gesichtsausdruck hätte ich beinahe laut gelacht. Wir beide waren übereingekommen, dass ich die Hälfte der Belohnung kassieren sollte – zweitausend Dollar –, doch sollte noch jemand daran beteiligt werden, würde das von Johns Hälfte bezahlt. Er nahm Shipley beiseite, und die beiden unterhielten sich eine Weile. Ich habe nie herausgefunden, wie viel er ihm gegeben hat. Soweit ich weiß, hat John seine Hälfte an alle verteilt, die uns geholfen haben. Er war nie auf das Geld aus; er wollte den Ruhm, Wes Hardin geschnappt zu haben. Für mich waren zweitausend Dollar Ruhm genug.

Was immer John Shipley auch bezahlt hat, er war jeden Cent wert. Eine wahre Goldgrube an Informationen. Er wusste, dass Hardin im Augenblick in Pensacola war, um Nachschub für ein Holzcamp einzukaufen, das er flussaufwärts in Alabama betrieb. »Die Waren hat er heute verfrachtet«, erklärte Shipley, »und er hat eine Fahrkarte für den Zug morgen nach Polland.«

Er organisierte eine Sonderlokomotive und einen Wagen für uns, und wir rollten am späten Nachmittag in Pensacola ein. Unter einer hohen roten Front von Gewitterwolken wehte eine kühle Meeresbrise von der Bucht herein. Unser Haftbefehl galt für Alabama, aber wenn wir ihn in Florida erwischten, dann zum Teufel mit den Vorschriften. Das sollte General Steeles Sorge sein.

Wir entschieden uns zuzuschlagen, wenn er in den Zug nach Alabama stieg. Sosehr er es auch verabscheute, aber John beschloss, auch die örtlichen Gesetzeshüter hinzuzuziehen, nur für den Fall, dass es böse wurde. Er ging zu Will Hutchinson, Sheriff von Escambia County, und weihte ihn und seinen Deputy Ace Purdue ein – und natürlich bekamen auch sie ein Stück vom Kuchen ab.

Wir blieben den ganzen Morgen und den Nachmittag über im

Büro des Sheriffs und legten uns einen Plan zurecht. Hutchinson bestand darauf, Scharfschützen auf dem Hoteldach gegenüber der Bahnstation zu postieren. »Wir reden hier von einem verzweifelten Killer«, betonte der Sheriff. »Ich habe alles über ihn gelesen, da können Sie drauf wetten. Wenn es zu einer Schießerei kommt, machen ein paar Gewehre auf dem Dach einen verdammt großen Unterschied.« John sprach sich gegen die Schützen aus, musste aber schließlich nachgeben, wenn er die Unterstützung des Sheriffs wollte. Aber er sagte zu Hutchinson, sollte einer seiner Männer aus irgendeinem Grund das Feuer eröffnen, ohne dass Hardin mit einer Waffe in der Hand aus dem Waggon gestürmt kam, würde er ihn persönlich dafür verantwortlich machen. »Denken Sie daran«, mahnte er, »diese Belohnung gilt für seine *Ergreifung*. Ist er tot, gibt es für niemanden eine Belohnung – und das würde Detective Duncan hier sehr wütend machen.« Ich machte mein grimmigstes Gesicht. »Ihr Jungs braucht euch keine Sorgen zu machen«, wiegelte Hutchinson ab. »Mein Cousin Nolan wird die Schützen kommandieren. Ich hab diese Jungs schon früher eingesetzt, und sie haben sich immer bewährt. Die können Befehlen gehorchen, da können Sie drauf wetten.«

Wenn einer von ihnen nach oben zum Hoteldach geschaut hätte, dann hätten sie die Scharfschützen mit Sicherheit entdeckt. Diese verblödeten Hinterwäldler linsten andauernd über die Mauer, um zu sehen, was los war, statt die Köpfe unten zu lassen, wie man es ihnen befohlen hatte. Aber Hardin und seine Freunde rissen Witze und lachten und kümmerten sich nicht weiter um das, was um sie herum vorging. Hardin lebte nun schon seit über einem Jahr in der Gegend, ohne in Schwierigkeiten mit dem Gesetz zu geraten. Er fühlte sich sicher. Das war unser großer Vorteil.

Acht oder neun weitere Passagiere stiegen in den Zug nach Alabama. Hardin hatte drei Burschen dabei, die mit ihm in der Sägerei arbeiteten. Shipley erklärte, der junge Bursche namens Mann sei so zäh, wie er aussah, und würde schnell in einen Kampf einsteigen, wenn er die Gelegenheit dazu hatte. Die anderen beiden – Shep Hardie und Neal Campbell – waren nicht dafür bekannt, jemals eine Waffe zu tragen.

John und Hutchinson standen am Gepäckwaggon, rauchten Zigarren und unterhielten sich wie zwei alte Freunde. Ich hielt mich mit Shipley und Purdue in der Nähe des Fahrkartenschalters auf. Als Hardin und seine Begleiter zum Raucherwaggon gingen, schaute er in unsere Richtung, und Shipley und Purdue lächelten und hoben die Hand zum Gruß. »Was gibt's, John«, sagte Purdue. Er hatte mit ihm schon viele Pokerrunden bei Shipley gespielt. Hardin lächelte ihm und Shipley zu und sagte: »Hallo, die Herren«, ließ schnell seinen Blick über mich wandern und nickte, und ich nickte zurück. Sie stiegen ein, und wir beobachteten durch die großen Fenster, wie sie nach hinten durchgingen. Jim Mann setzte sich ans Fenster und schaute in Fahrtrichtung, Hardin saß neben ihm am Gang. Die anderen beiden setzten sich ihnen gegenüber. Ich sah zu John. Er warf seine Zigarre unter den Gepäckwaggon und rückte sich den Hut zurecht. Das war unser Signal.

John und der Sheriff stellten sich auf die Plattform am hinteren Ende des Raucherwaggons und machten sich bereit, während Shipley, Purdue und ich den Wagen von vorn betraten. Shipley und Purdue waren ein paar Schritte vor mir. Ich schaute zum Fenster hinaus und winkte, während wir weitergingen, als würde ich mich von jemandem draußen auf dem Bahnsteig verabschieden. »He, Swain«, sagte Shipley, »gibst du Ace und mir heut Nacht die Chance, ein bisschen was von unserem Geld zurückzugewinnen?« Hardin lachte und sagte: »Tut mir leid, Jungs. Ich muss mich für eine Weile um die Geschäfte kümmern. Nächsten Monat komme ich mit einem fetten Bündel wieder, dann könnt ihr ja versuchen, es mir abzunehmen.«

John und Hutchinson kamen mit den Revolvern in der Hand zur Hintertür herein. Campbell und Hardie, die mit dem Rücken zu mir saßen, schauten in ihre Richtung. »He, Will …«, sagte einer, als Hardin sich umdrehte.

»Texas, bei Gott!«, brüllte er und griff unter der Jacke nach seiner Waffe, aber John sprang vor und zog ihm mit seinem Revolver einen über den Kopf, und Shipley und Purdue sprangen zu ihm, zogen ihm die Hand heraus, und alle fielen in einem kämpfenden, fluchenden Haufen zu Boden.

Jim Mann sprang auf und zückte seinen Revolver, und ich schoss ihm zwei Mal in die Brust. Er gab einen wilden Schuss in die Hinterwand des Waggons ab und fiel gegen das offene Fenster – und die Schützen auf dem Dach eröffneten das Feuer auf ihn wie ein Erschießungskommando. Blut spritzte ihm aus Kopf und Hals, und er fiel zum Fenster hinaus auf den Bahnsteig, während die Gewehre immer weiter feuerten. Ich duckte mich neben Campbell und Hardie, die sich schon zu Boden geworfen hatten. Ein wahrer Feuersturm donnerte seitlich in die Waggons, schlug in die Sitze und prallte an den Stahlrädern ab. »Feuer einstellen! Feuer einstellen!«, schrie Hutchinson. »Feuer einstellen, verflucht noch mal!«

Das Gewehrfeuer ließ nach und verebbte schließlich ganz, doch Hardin wehrte sich noch immer. Er lag auf dem Rücken, Shipley und Purdue hielten ihm die Arme fest, aber John und Hutchinson hatten alle Mühe, seine um sich tretenden Beine zu packen. Ein Tritt traf Hutchinson voll an den Mund, und er landete auf dem Hintern. Ich sprang dazu, packte eins von Hardins Beinen und konnte es festhalten, während sich John auf das andere Bein setzte. Er drückte den Lauf seines Revolvers unter Hardins Kinn und sagte: »Gib auf, du Mistkerl, sonst puste ich dir den verfluchten Schädel weg!«

»Schieß doch, verdammt! Schieß!«, keuchte Hardin. Er schnaufte wie ein Blasebalg, Blut floss ihm aus den Haaren, wo John ihn getroffen hatte. »Du Bastard!«, brüllte Hutchinson und wischte sich den blutigen Mund ab. Er drängte sich zwischen John und mich und schaffte es, Hardin mit dem Revolver ins Gesicht zu schlagen, bevor John ihn wegschubsen konnte. »Das ist *mein* Gefangener!«, rief John. »Wenn ihn jemand misshandelt, dann ich!«

Nach dem Schlag ins Gesicht lief Hardin das Blut aus der Nase, und die Wucht hatte ihm ein gutes Stück Mumm genommen. Wir hievten ihn hoch, setzten ihn hin, und John fesselte ihm die Hände hinter dem Rücken und um die Armlehne. »Setzt dieses Ding endlich in Bewegung!«, brüllte John. »Jetzt!«

Shipley rannte auf den Bahnsteig hinaus und machte dem Lokführer Zeichen loszufahren. Als der Waggon ruckte und zu rollen begann, riss ich Campbell und Hardie vom Boden und drückte sie auf einen Sitz. Sie reckten die Hände, so hoch die Arme nur reichten, und machten sich fast in die Hosen vor Angst. »Keine Ahnung, was Swain getan hat«, sagte Hardie, »aber Neal und ich haben nichts gemacht, wir schwören!« Ich sagte ihnen, sie sollten den Mund halten, und klopfte sie ab, um sicherzugehen, dass sie nicht bewaffnet waren.

Purdue setzte sich auf eine Armlehne und hielt seinen Revolver nur wenige Zentimeter vor Hardins Kopf. Ich schaute zum Fenster hinaus und sah, wie die Station zurückblieb, sah die Schützen auf dem Hoteldach, die auf die blutige Leiche des jungen Jim Mann hinunterstarrten, und die Schaulustigen, die sich um ihn drängten wie eine Rotte Aasfresser.

Kaum hatten wir Pensacola hinter uns gelassen, brachen wir alle in Jubel aus, lachten, grölten und klopften uns gegenseitig auf die Schultern. »Wir haben's geschafft!«, brüllte Hutchinson und grinste trotz seiner dicken Lippen breit. »Wir haben's geschafft, verflucht noch mal!« Selbst John konnte sich ein Grinsen nicht verkneifen.

Hardin war wieder zu sich gekommen, doch seine Nase lief noch immer und war geschwollen wie eine fette Erdbeere. Immer wieder beteuerte er, er sei unschuldig. »Hört mal«, sagte er, »ihr Jungs habt den Falschen erwischt. Ich heiße John Swain und leite oben am Styx River ein Holzfällercamp. Sie können jeden fragen.« John und ich lachten. Ich setzte mich neben ihn, spürte mein Grinsen von einem Ohr zum anderen und sagte: »Du bist John Wesley Hardin, das bist du, und du bist verhaftet wegen des Mordes an Deputy Sheriff Charles Webb aus Brown County, Texas. Wir bringen dich nach Hause, Wes.«

Wir hielten in Whiting, damit die ganzen verängstigten Passagiere aussteigen konnten. Hardie und Campbell ließen wir laufen, weil wir nichts gegen sie vorliegen hatten, und John schickte ein Telegramm an General Steele in Texas, um ihm mitzuteilen, dass wir die Verhaftung vorgenommen hatten, aber noch nicht aus dem Schneider waren. Hardin hatte jede Menge Freunde zwischen hier und Mobile, und wir gingen davon aus, dass sie sich womöglich schnell formieren und versuchen würden, ihn zu befreien. Wir fuhren also durch Polland, seine Heimstatt in Alabama – direkt vorbei an all den verblüfften Leuten auf dem Bahnsteig, die auf den Zug gewartet hatten –, und dampften direkt nach Mobile weiter.

In Mobile holten wir Hardin aus dem Zug und steckten ihn in eine Zelle, während John nach Texas telegrafierte, um die erforderlichen Papiere einzuholen. Der Sheriff in Mobile postierte sechs Deputys mit Schrotflinten rings um das Gefängnis. Eine Stunde später kam ein Zug nach Florida durch, und Shipley, Hutchinson und Purdue stiegen ein, nachdem sie sich mehrfach von John hatten versichern lassen, dass er sich melden und ihnen ihren Anteil an der Belohnung auszahlen würde.

Als wir zum Gefängnis zurückkamen, hatte Hardin den Sheriff dazu überredet, ihm den besten Anwalt der Stadt zu holen, einen Kerl namens Watts, der sich seine Geschichte angehört hatte und mit einer Anforderung auf Haftprüfung zu einem Richter gegangen war. Noch zehn Minuten später, und Hardin wäre auf und davon gewesen – ganz legal. John musste schnell und eindringlich auf den Richter in Mobile einreden, um uns bis zum Abend Zeit zu geben, ordentliche Papiere vorzulegen. »Jungs«, meinte der Richter, »ihr wisst ja selbst, dass das nicht ganz legal war, was ihr da gemacht habt. Aber wenn dieser Mann tatsächlich John Wesley Hardin ist, dann will ich verdammt noch mal nicht der blöde Hund sein, der ihn wegen einer Formalität hat laufen lassen. Ich gebe euch bis Mitternacht Zeit, mir die Unterlagen aus Texas vorzulegen.« Zwanzig Minuten bevor Hardin aufgrund der Haftprüfung wegen Verletzung der Persönlichkeitsrechte hätte entlassen werden müssen, kamen die Unterlagen aus dem Büro von Gouverneur Hubbard an, und damit konnten wir Hardin ganz legal und offen nach Texas überstellen.

Bis dahin wusste schon die ganze Stadt, wen wir im Knast eingesperrt hatten, und die Straße vor dem Gebäude war gesteckt voll mit Menschen, die ihn sehen wollten. Außerdem hatten alle mitbekommen, dass wir ihn mit dem Morgenzug nach New Orleans überführen wollten, und an der Bahnstation warteten noch mehr Menschen darauf, einen Blick auf den berüchtigten texanischen Killer werfen zu können. »Ich werde ihn nicht durch diese Meute schaffen«, sagte John zu dem Sheriff von Mobile. »Er hat viel zu viele Freunde hier in der Gegend. Die könnten sich in der Menge verbergen und nur auf eine Gelegenheit warten, sich auf uns zu stürzen.«

Also schmuggelten wir ihn mitten in der Nacht zur Hintertür hinaus, begleitet von zwei Deputys, und brachten ihn per Wagen nach Montgomery, wo wir in den Zug nach Decatur stiegen.

Als wir Montgomery verließen, gab Hardin endlich zu, dass er es wirklich war. Aber weder jammerte noch flehte er, noch gab er jemand anderem die Schuld für seine Schwierigkeiten. Er erklärte, er habe Webb aus reiner Notwehr erschossen und könne dies auch in einem fairen Prozess beweisen. So wie er die Geschichte erzählte, fand ich, dass er damit vielleicht sogar durchkommen könnte, aber John meinte, man könne nie wissen, was in einem Gerichtssaal passiert. »Ich habe schon Männer hinausspazieren sehen, von denen ich genau wusste, dass sie schuldig waren«, sagte er, »und ich habe Männer im Steinbruch schuften oder am Galgen baumeln sehen, die hundert Prozent unschuldig waren.«

Zumindest hatte man vor Gericht bessere Chancen als bei einem Mob, meinte Wes, und dagegen war nichts zu sagen. Er war beeindruckt, wie sauber wir seine Verhaftung durchgezogen hatten, und wollte wissen, wie wir ihn aufgespürt hatten. Ich erzählte es ihm, und Wes meinte nur: »Dieser blöde nichtsnutzige Mistkerl« – damit meinte er Brown Bowen. »Es bleibt auf ewig Gottes Geheimnis, wie Jane und er aus derselben Samenquelle stammen können.«

Wir mussten die Nacht in Decatur verbringen, bevor wir den Morgenzug nach Memphis nehmen konnten. Auf sein Versprechen hin, keinen Fluchtversuch zu unternehmen, erlaubten wir ihm, einen Brief an seine Frau zu schreiben und ihr Geld zu schicken. Wir hätten es ihm sowieso erlaubt, auch ohne sein Versprechen, das weder John noch ich ernst nahm. Jeder würde so etwas versprechen, wenn er darauf spekuliert, dass deine Wachsamkeit nachlässt. Welcher Mensch mit ein wenig Verstand würde das nicht? Und wenn die Wache arglos wird und zulässt, dass ich ihn überrumple, dann würde ich das mit Sicherheit tun. Und wenn es der Strick wäre, zu dem man mich bringen würde, und es keinen anderen Weg gäbe, als ihn umzubringen, dann … man tut, was man tun muss, um am Leben zu bleiben. Die einfachste Wahrheit auf Erden.

Jedenfalls fesselten wir ihm die Hände vor dem Körper, damit er den Brief schreiben und später eine Mahlzeit zu sich nehmen konnte, die wir uns aufs Zimmer bringen ließen. Doch ich wendete nicht eine Sekunde den Blick von ihm ab, solange er die Hände *vor* dem Körper gefesselt hatte – was sich als weise herausstellte, denn als John ihm den Teller reichte und sich umdrehte, um mir etwas zu sagen, bemerkte ich, dass Wes' Blick auf den Revolver in Johns Holster fiel, keine zwanzig Zentimeter vor seiner Nase. Ich packte John und zerrte ihn so abrupt von Wes weg, dass er über einen Stuhl fiel, sich den Kopf am Bett stieß und mich ordentlich ausschimpfte. Ich hielt meine Waffe auf Wes gerichtet und meinte zu John: »Bei diesem jungen Halunken solltest du ein wenig vorsichtiger sein.« Wes schaute mich nur ganz unschuldig an und meinte: »Meine Güte, Jack, Sie glauben doch nicht …? Also, ich habe Ihnen doch mein Wort gegeben!« Aber seine Augen konnten nicht verheimlichen, wie kurz davor er gestanden hatte, John die Waffe abzunehmen. Eine halbe Sekunde, und John und ich hätten in unserem eigenen Blut am Boden gelegen. Daran zweifle ich keinen Augenblick.

Danach war John erheblich vorsichtiger, und Wes bekam auf der Fahrt keine solche Gelegenheit mehr. Wann immer wir ihm die Handschellen vor dem Körper anlegten, damit er essen konnte, setzte ich mich mit gespanntem Revolver ihm gegenüber und zielte auf seinen Kopf. »Verdammt, Jack«, sagte er mal mit einem Lächeln, »Sie haben den Bogen raus, einem den Appetit zu verderben. Vertrauen Sie mir immer noch nicht, dass ich keinen Fluchtversuch mehr mache?« Ich antwortete darauf: »Doch, doch, Wes – so sehr, wie Sie mir vertrauen, dass ich Ihnen nicht den Schädel wegpuste, wenn Sie es versuchen.« Er lächelte und meinte: »Sie und ich, Jack, wir kennen uns mit Vertrauen aus, nicht wahr?«

 Die Nachricht von seiner Verhaftung eilte uns voraus nach Memphis, Little Rock, Texarkana – all den Zwischenstationen nach Austin –, und jeder Bahnhof war gesteckt voll mit Menschen, die einen Blick auf Wes erhaschen wollten. Wir hatten einen Privatwaggon und hielten natürlich die Türen geschlossen und die Fenster nur oben einen Spaltbreit geöffnet. Bei jedem Halt hielten wir unsere Schrotflinten im Anschlag. Die meisten Schaulustigen johlten, winkten Wes zu und hielten Schilder in die Höhe, auf denen BEFREIT WES HARDIN! stand oder WIR LIEBEN DICH, WES! und HARDIN IST UNSCHULDIG!

Aber nicht alle waren dieser Ansicht. In Little Rock brach eine heftige Rangelei aus zwischen einer Gruppe junger Männer, die ein Banner mit der Aufschrift HARDIN IST EIN HELD hochhielten, und einer anderen mit einem großen Plakat, auf dem HÄNGT DEN KILLER! stand.

Die Leute gaben dem Zugschaffner alles Mögliche, das dieser an Hardin weiterreichen sollte – Körbe mit Essen (auf der Fahrt speisten wir wie die Könige), Whiskeyflaschen, Glücksbringer, von Hasenpfoten und alten Münzen bis zu Pfeilspitzen, dazu Umschläge mit Geld, die meisten nur mit ein paar Dollar, aber auch einen mit fünfzig Dollar drin und einem Zettel, auf dem stand: »Tut mir leid, dass es nicht mehr ist, du bist ein guter Mann und Gott segne dich.«

Ich sage Ihnen, das war ein erstaunlicher Anblick, diese ganzen Leute, die ihm zujubelten – all die hübschen Mädchen, die seinen Namen riefen! »Verflucht, Junge«, sagte ich, während wir zum Fenster hinaus die vielen hübschen Dinger sahen, die ihm am Bahnhof von Dallas Kusshändchen zuwarfen. »Diese ganzen Liebesbeweise können einen Mann doch glatt erdrücken.« Wes grinste und erwiderte: »Gut möglich – aber was für ein toller Abgang, finden Sie nicht, Jack?« Jedes Mal, wenn er eine Menschenmenge sah, die ihm zujubelte, strahlte er. »Schauen Sie sich das an«, sagte er. »Glauben Sie wirklich, all diese Menschen können sich irren?«

In Waco wartete ein Telegramm auf uns, in dem wir gewarnt wurden, dass die Menschenmenge in Austin zu groß war, um sie unter Kontrolle zu halten. Als Wes das hörte, wurde er ein wenig blass und sagte: »Sie haben geschworen, nicht zuzulassen, dass ich gelyncht werde.« John entgegnete, könnte sein, dass der Mob ihn hängen, vielleicht aber auch befreien wollte, doch so oder so, er würde kein Risiko eingehen.

Er ließ den Zug ein paar Meilen außerhalb von Austin anhalten, und wir mieteten uns für den Rest der Strecke im Pferdestall eine Kutsche. Wir waren alle nervös, wenn auch aus unterschiedlichen Gründen. »Wes«, sagte John, »wenn Sie versuchen zu fliehen, bring ich Sie um, das schwöre ich.« Ich sagte nichts, aber sah meine zweitausend Dollar davonflattern, falls Wes abhaute. Wes schüttelte nur den Kopf und erwiderte: »Ich werde gar nichts versuchen, John – halten Sie nur den Mob von mir fern.«

Wir hatten den Fehler gemacht, den Zug nicht zurückzuhalten, bis wir in der Stadt waren, deshalb kam er vor uns an – und die Meute fand schnell heraus, dass wir mit einer Kutsche unterwegs waren. Als wir um die Ecke vor dem Gefängnis bogen, sahen wir die Horde vom anderen Ende der Straße auf uns zustürmen.

John und ich packten Wes unter den Armen und rannten nur ganz knapp vor der tobenden Horde mit ihm durch die Gefängnistür. Ein Deputy verriegelte die Tür von innen, und der Sheriff postierte schleunigst bewaffnete Wachen an den Fenstern. Er hatte beim Gouverneur bereits Hilfe angefordert, um Hardin vor der Lynchjustiz zu schützen oder einem möglichen Ausbruchversuch zuvorzukommen, und der Gouverneur hatte versprochen, die Polizei von Austin mit State Rangern zu verstärken.

Solange Wes in Austin im Gefängnis saß, wimmelte es draußen Tag und Nacht vor Menschen – manche boten ihre Unterstützung an, andere wollten Wes hängen, aber die meisten versuchten nur einen Blick auf ihn zu erhaschen, damit sie ihren Enkelkindern erzählen konnten, sie hätten John Wesley Hardin mit eigenen Augen gesehen.

Austin hatte das sicherste Gefängnis in Texas – massive Außenwände aus Stein, Böden und Innenwände aus Eisenplatten und um jede Zelle ein doppeltes Gitter aus Stahlstäben, dick wie mein Handgelenk. An Besuchern mangelte es Wes nicht. Wenn er nicht dem einen oder anderen Reporter ein Interview gab, beriet er sich mit einem oder mehreren seiner Anwälte. Er hatte sich die beiden besten Anwälte in Texas besorgt. Ich lernte einen Onkel von ihm namens Bob Hardin kennen und einen Cousin namens Barnett Jones. Sie hatten ihr Geld mit dem von Wes' Mutter zusammengelegt, um die Anwälte zu bezahlen.

Für unseren Teil übernahm John es, mit den Zeitungsschmierern zu reden, die wissen wollten, wie wir den berühmtesten Desperado in Texas gefangen hatten. In gewisser Hinsicht waren wir ebenfalls Helden geworden, allerdings weit entfernt von Wes. Du meine Güte, all die hübschen Mädchen in der Meute vor dem Gefängnis! Sie schickten ihm Kuchen und Kekse, Blumen und Locken ihrer Haare. Manche schickten ihm Teile ihrer Unterwäsche in schick verschnürten Schachteln. Als ich zu ihm ging, um mich zu verabschieden, trug er eine frische rote Rose im Knopfloch und hielt mir ein weißes Stück Baumwollspitze hin. »Das Mädchen, von dem ich es habe, hat dazugeschrieben, dass es von der Chemisette stammt, die sie jede Nacht trägt, um von mir zu träumen.« Er warf es mir durch die Gitterstäbe zu. Es roch so stark nach Parfüm, dass einem schwindlig wurde. »Besser, Sie nehmen das. Ich möchte nicht, dass meine Frau es jemals in meiner Wäsche findet.« Die Wache ließ ihn aus der Zelle in den Durchgang zwischen den beiden Gittern, damit er mir durch die Stäbe die Hand schütteln konnte. »Sie sind ein verflucht guter Detective, Jack«, sagte er zu mir. Das größte Lob, das ich je gekriegt habe.

Zehn Monate später geriet ich wegen weiß Gott was in einen betrunkenen Streit mit Sally McGuire, und dieses hysterische Miststück schoss auf mich. In die Eier. Eins davon hat sie glatt weggeschossen. Ich wäre auf dem Boden in dem gottverfluchten Hurenhaus beinahe verblutet, wenn der Knochendoktor nicht endlich aufgetaucht wäre und mir das Leben gerettet hätte. Seither hab ich nur noch ein Ei. Ein paar Wochen später bekam ich einen Brief aus Austin, in dem stand: »Jack, hab gehört, Ihre Kinder werden nur einen Meter groß. Hätte schlimmer enden können – dann hätten Sie sich zum Pinkeln hinhocken müssen. Geben Sie auf sich acht. JWH.«

Aus dem *Daily Democratic Statesman* (Austin, Texas) vom 29. August 1877

JOHN WESLEY HARDIN
IM GEFÄNGNIS BEFRAGT

Ein Reporter des STATESMAN stattete … Hardin einen Besuch im Gefängnis von Travis County ab, wo dieser in einer der unteren Zellen in der Nähe des Eingangs eingesperrt ist. Man traf Hardin ruhig, aber freundlich an, und er hatte nichts dagegen, interviewt zu werden, dabei gab er sich sehr umgänglich … mit seinen eigenen Worten:

Ich bin Häftling und muss mich dem Gericht stellen. Ich möchte einzig und allein an das Recht dieses Landes appellieren, und ich hoffe, die Hüter des Gesetzes werden mich in diesem Recht beschützen. Verwandte und Freunde haben durch die Hand des Mobs das Leben verloren, und ich bitte in meiner Hilflosigkeit um Schutz vor etwas Derartigem. Ich weiß, dass es auch solche gibt, die, wenn sie könnten, nicht zulassen würden, dass das Gesetz in meinem Fall seinen Gang geht. Ich möchte vor Gericht erscheinen. Ich bin des Fliehens müde, und ich würde weit weg gehen, wenn ich könnte. Ich muss bis zum Ende ausharren und bitte nur darum, dass es keinem Mob erlaubt wird,

MICH ZU LYNCHEN,

denn ich glaube, ich kann beweisen, dass ich nichts mit der Ermordung von Webb zu tun habe. Hätten meine Freunde ihn nicht umgebracht, dann hätte ich es wohl getan, aber nur aus reiner Notwehr.

SEIN PERSÖNLICHES ERSCHEINUNGSBILD

Hardin ist erst 25 Jahre alt und wirkt recht jugendlich. Er hat eine helle Hautfarbe, trägt einen kleinen gezwirbelten Schnurrbart, ist eins achtundsiebzig und wiegt 70 Kilogramm. Er hat freundliche Züge und Manieren, milde blaue Augen und spricht recht angenehm. Er sagt, er habe keine Angst vor dem Gesetz und fürchte sich nicht vor der Hinrichtung, falls er verurteilt werden sollte, aber er behauptet, er sei unschuldig, und es werde ihm einiges zur Last gelegt, womit er nie gerechnet hätte. Er hofft, dass die Behörden ihn vor dem Mob schützen, denn deren Lynchjustiz sei das Einzige, was er fürchte.

Aus dem *Daily Democratic Salesman* (Austin, Texas) vom 29. August 1877

TEUFELSAUSTREIBUNG – AUF TEXANISCHE ART

In letzter Zeit haben Mörder und Diebe es schwer gehabt in Texas. Ringgold und Gladden, zwei berüchtigte Halunken, sind hinter Gitter oder tot. King Fisher ist entweder noch eingesperrt oder auf Kaution frei und steht unter Aufsicht der State Troops. Scott Cooley wurde verhaftet und starb in einem Anfall aus Wut und Verdruss. Bill Longley schwitzt sich im Gefängnis in Giddings aus. Ham White, der berühmte Postkutschenräuber, dreht im Gefängnis in West Virginia lebenslänglich Zigarren. Jim Taylor, Angehöriger der Taylor-Bande voller Desperados, kam ums Leben, als er sich letzten Donnerstag der Verhaftung widersetzte. Sein Kumpan Hoy war am Tag zuvor unter ähnlichen Umständen gestorben. Beide fielen durch die Gewehre der State Troops. Bill Taylor, Jims Bruder, keucht schwer und ist nervös bis zum Äußersten, weil drei Männer der Sutton-Bande im Gefängnis von Travis County sitzen ... Unserem Gefängnis überantwortet wurde Wesley Hardin, der ruchloseste Mörder, den Texas jemals gesehen hat. Er hat, so erzählt man sich, fünfundzwanzig oder dreißig Männer getötet, von Mexikanern und Negern ganz abgesehen.

Zwischen den Countys Bell und Coryell steht ein Baum des Todes. Von einem großen, starken knorrigen Ast hingen sieben bewundernswerte Teufel, die man so aus Texas »ausgetrieben« hat, leichte Beute für Adler und Aasvögel wie die Söhne Rizpahs. Im County Lee wurden in wenigen Monaten zwölf oder vierzehn Halunken von der Bevölkerung gnadenlos gehängt und tanzten auf dem Nichts in die Ewigkeit ... Doch die Tatsachen, die wir anführen, belegen, dass das Ende der Desperados und der Gesetzlosigkeit gekommen ist, und all die aufgeführten schrecklichen Tatsachen zeigen den feigen Halunken mit den blutigen Händen, die noch immer Revolver tragen und sich Messer an den Leib binden, dass Texas keine gesunde Umgebung mehr für sie ist. Sie sollten fortziehen. Die Menschen haben die teuflischen Untaten satt, Geschworene sind nun an der Reihe, und sicheres Recht wird nun zügig gesprochen. Die Außenbezirke von Texas sind nicht länger Heimstatt staatsbekannter Schurkereien. Soll Mexiko sie aufnehmen, und dann wird der glückliche Tag für Texas kommen, an dem der Gebrauch von Revolvern und Messern noch härter bestraft wird als in Massachusetts.

Cletus Starr

In meiner gesamten Zeit als Ranger haben wir niemals einen Gefangenen schwerer bewacht als Hardin in jenem heißen September, als wir ihn zu seinem Prozess nach Comanche brachten. Die beiden hartnäckigsten Gerüchte waren, dass seine Gang versuchen würde, ihn unterwegs zu befreien – und dass ein riesiger Lynchmob geschworen hätte, ihn aufzuknüpfen, bevor er einen Fuß in den Gerichtssaal setzen konnte. Unser ganzes Team – Ranger Company 35 unter Captain N. O. Reynolds, einen besseren Gesetzeshüter habe ich nie kennengelernt – war dazu abgestellt worden, Hardin zum Gericht zu bringen und mögliche Befreier und Blutrünstige gleichermaßen abzuwehren. Wir legten ihn von Kopf bis Fuß in Eisen und packten ihn auf den Sitz eines vergitterten Gefangenentransports. Die halbe Kompanie ritt vorneweg, die andere Hälfte hinterdrein. Wir hatten auch einen Proviantwagen, einen Waffen- und Munitionswagen und so viele Wechselpferde wie bei den wenigsten Viehtrecks. Zusätzlich zu den üblichen Revolvern und Karabinern trug jeder von uns noch Sattelrevolver und eine Flinte mit grober Schrotmunition. Wir waren bereit für einen Krieg.

In jeder Ortschaft entlang der Strecke kamen die Menschen in Scharen herbei, um Hardin zu begaffen. Ganz gleich, wie weit entfernt von der Stadt wir kampierten, tauchten die Menschen zu Hunderten auf. Die meisten hielten sich vom Wagen fern und sprachen über Hardin, als sei er ein wildes Tier, aber die Gafferei schien ihn nicht sonderlich zu stören. Schätze, er hatte sich daran gewöhnt. Manche wünschten ihm Glück, und er bedankte sich ganz höflich. Viele wollten ihm die Hand schütteln, was er nie verweigerte. Ein alter Mann drückte sich gegen die Stangen des Gefangenenkarrens und meinte: »Also, Junge, an deinem Gesicht ist nichts Schlechtes. Man hat mir da was Falsches über dich erzählt.«

 Andernorts meinte eine wirklich hübsche Rothaarige zu ihm: »Nicht für hundert Dollar hätte ich verpassen wollen, Sie zu sehen.« Hardin zwinkerte ihr zu und sagte: »Ich hoffe, es hat sich gelohnt, meine Hübsche.« Sie erwiderte: »Ach, herrje, ja! Jetzt kann ich allen erzählen, dass ich den berüchtigten John Wesley Hardin gesehen habe, und er ist *so* stattlich!« Hardin lachte und meinte: »Tja, das sagt meine Frau auch.«

Unterwegs hatten wir keine großen Probleme. Erst als wir in Comanche eintrafen, wurde die Lage ernst. Wir hatten Hardin in so viele Ketten gelegt, dass er kaum aufstehen, geschweige denn gehen konnte. Sechs starke Männer waren nötig, um ihn vom Wagen zu heben und ins Gefängnis zu tragen. Natürlich gab es jede Menge Schaulustiger – manche riefen ihm Ermunterungen zu, andere schimpften ihn einen miesen Killer, der den Strick verdient hätte. Es gab unzählige Streitereien und ab und an flogen die Fäuste. Unser Scout kam mit der Meldung, dass eine Meute von zweihundert Vigilanten, die meisten davon aus Brown County, auf der anderen Seite der Stadt kampierten und sich bereit machten, Hardin herauszuholen und zu lynchen.

Sheriff Wilson machte sich große Sorgen, der Mob könnte sein Gefängnis angreifen, und hatte fünfunddreißig Bürger zu Deputys ernannt, die einen Angriff abwehren sollten. Sein Plan war, seine Männer im Inneren zu positionieren und das Gebäude von außen durch die Ranger bewachen zu lassen, aber Hardin meinte zu Captain Reynolds, er würde den örtlichen Deputys nicht trauen. »Wenn ein Mob angreift«, meinte er, »wer stellt dann sicher, dass diese Jungs aus dem Ort nicht mitmachen und die anderen reinlassen? Meinen Bruder haben sie schließlich auch gehängt. Es wäre erheblich klüger, wenn Ihre Männer hier drinnen bleiben und die Männer des Sheriffs draußen sind, finden Sie nicht?« Reynolds sah das auch so, und so wurden die Wachen dann auch eingeteilt. Der Sheriff war sauer darüber, dass Reynolds Hardin mehr Vertrauen schenkte als den Gesetzeshütern in Comanche.

Am folgenden Tag schwirrte das Gerücht durch die Stadt, dass die Vigilanten kurz davor stünden, das Gefängnis zu stürmen und Hardin mit schierer Gewalt herauszuholen. Daraufhin gab Captain Reynolds seine eigene Parole aus: Sollte das Gefängnis angegriffen werden, dann würde er seinen Männern nicht nur befehlen, auf die Angreifer zu schießen, sondern auch Wes Hardin aus seiner Zelle zu holen und ihm in jede Hand eine geladene Waffe zu geben. Das meinte er wirklich so – und sagte es Hardin auch. Hardin bedankte sich bei ihm und meinte, der Gerechtigkeit in Texas wäre besser gedient, wenn mehr Gesetzeshüter wie er dafür arbeiten würden. Einige der Bürger waren zornig darüber, dass ein Offizier der Ranger drohte, so etwas zu tun, aber ich schätze, der Mob glaubte ihm, denn sie griffen gar nicht erst an.

Ich erhielt den Auftrag, als Justizwachtmeister im Gerichtssaal zu fungieren, und war also Zeuge des ganzen Prozesses. Ich habe seitdem viele Rechtsstreitigkeiten verfolgt, aber nicht viele, bei dem alle Beteiligten dem Angeklagten so feindselig gegenüberstanden wie bei dem Prozess in Comanche. Am Abend vor Prozessbeginn tranken ein anderer Ranger und ich ein paar Gläser in Gesellschaft eines Zeitungsreporters namens Quill, der uns berichtete, dass fünf Männer auf der Geschworenenbank bei dem Lynchmord an Hardins Bruder Joe vor drei Jahren dabei gewesen waren. Der Barkeeper, ein Mann namens Wright, sagte, er wisse sicher, dass der Richter, der das Verfahren leitete, früher mal bei einem Landverkauf von Joe Hardin übers Ohr gehauen worden sei.

Die Gesetze zu jener Zeit sahen nicht vor, dass ein des Mordes Angeklagter selbst in den Zeugenstand treten durfte, und die meisten Zeugen, die für Hardin hätten aussagen können, waren entweder tot oder selbst auf der Flucht vor dem Gesetz – oder sie waren von den Vigilanten aus Comanche County vertrieben worden. Es gab nicht viel, was Hardins Anwälte zu seiner Verteidigung vorbringen konnten. Für Hardin sprach lediglich, dass die Klägerseite kaum Beweise hatte. Da Hardin ja nicht der Einzige gewesen war, der auf Charles Webb geschossen hatte, machte sich die Anklage daran zu beweisen, dass es eine Verschwörung gegeben habe, Webb zu ermorden. Der Ankläger behauptete, Hardin, Jim Taylor und andere hätten beschlossen, Webb zu ermorden, weil dieser sie verhaften wollte. Doch die Zeugen der Anklage mussten selbst zugeben, dass Webb als Erster geschossen hatte – und obwohl die Anklage behauptete, dass er dies nur getan hatte, als offenkundig war, dass Hardin und seine Kumpane ihn niederschießen wollten, kam mir dieses Argument ziemlich fadenscheinig vor.

Hardin wurde wegen Mordes mit bedingtem Vorsatz zu fünfundzwanzig Jahren Schwerstarbeit im Staatsgefängnis in Huntsville verurteilt. Der Richter lehnte den Antrag seiner Anwälte auf einen neuen Prozess ab, doch die beiden legten sofort Berufung beim Obersten Berufungsgericht ein. Hardin wurde zurück ins Gefängnis nach Austin gebracht, bis das Berufungsgericht seinen Fall verhandelte.

Wir brachten ihn auf dieselbe Weise zurück, wie wir ihn hergeschafft hatten – im Karren festgekettet und von der ganzen Kompanie 35 bewacht. Eine Bande folgte uns in der Entfernung. Als wir das erste Nachtlager aufschlugen, versteckten sich ein paar dieser Trottel in den Bäumen und riefen andauernd Sätze wie: »Wir haben einen neuen Schlips für dich, Wes!« und »Du kriegst dasselbe, was dein Bruder gekriegt hat, Hardin, du Mistkerl!« Hardin hatte zwanzig Kilo Eisen an sich hängen und wirkte so verängstigt, wie man sich unter solchen Umständen wohl fühlen mochte. Jedes Mal, wenn Reynolds ein paar Männer losschickte, die die nächtlichen Rufer schnappen sollten, verstummten sie und zogen in einen anderen Teil des Waldes. Kaum waren unsere Jungs wieder zurück, fingen sie wieder von vorn an. Schließlich befahl Reynolds, ein paar Karabinerschüsse in die Bäume in der Richtung abfeuern zu lassen, aus der die Stimmen kamen, aber selbst das stopfte ihnen nicht lange das Maul. Nicht nur Hardins Nerven lagen in jener Nacht blank. Am folgenden Tag begleiteten sie uns bis Mittag, als sie schließlich kehrtmachten.

In den ersten Wochen in Austin schaffte Hardin es irgendwie, sich aus ein paar Stücken Blech Schlüssel zu formen – einen für seine Zelle und einen zu dem Schloss im Gang, dem großen vergitterten Käfig rings um die Zellen. Jemand – wir hatten Manning Clements im Verdacht – hatte ihm ein fünfzehn Zentimeter langes Stück eines Eisensägeblatts zugesteckt, und jede Nacht machte er sich, nachdem er sich aus dem Gang befreit hatte, daran, die Stangen am Hinterfenster des Gefängnisses durchzusägen.

Die anderen Gefangenen wussten natürlich, was er vorhatte, so etwas bleibt in einem Gefängnis ja nicht verborgen, und einer von ihnen verriet ihn für eine Extraration Essen an die Wärter. Als wir die Stangen im Hinterfenster kontrollierten, bemerkten wir, dass zwei davon schon fast durchgesägt waren. Eine weitere Nacht mit der Säge – wir fanden sie im Matratzenfutter –, und er wäre draußen gewesen. Danach postierten wir Tag und Nacht eine Wache an der Tür zum Gang und eine weitere direkt unter dem Hinterfenster. »Ich kann Ihnen kaum verdenken, dass Sie eine Flucht wagen, Wes«, meinte Reynolds zu ihm, »aber wenn Sie durch das Fenster geflohen wären, dann hätten die Hofwachen Sie niedergeschossen wie einen Köter auf der Straße.« Hardin antwortete: »Besser, als wie eine Ratte im Käfig zu krepieren.« Da war was dran, wenn Sie mich fragen.

Ich war auf Wachdienst im Besucherraum, als seine Frau und seine Kinder Hardin besuchen kamen. Sein Gesicht strahlte wie der Herbstmond, so freute er sich, sie zu sehen. Aber seine Frau wirkte müde. Sie hatte faltige Wangen und dunkle Augenringe, als habe sie schon lange nicht mehr gut geschlafen. Die Kinder waren ehrerbietig, aber vorsichtig. Hardin bemühte sich sehr, ihnen Mut zu machen. Er sagte zu seiner Frau, sie solle tapfer sein und stark und all das. Sie flüsterte meistens, und an ihrem Gesicht war nur schwer zu erkennen, was sie sagte. Ich hörte sie sagen: »Natürlich nicht – ist ja nichts mehr da, was ich aufgeben könnte!« In scharfem Ton, und eine Sekunde lang sah er sie an, als hätte sie ihn beschimpft. Nachdem sie weg waren, starrte er die Tür an, als sehe er etwas, dass lange her und weit weg war. Ich weiß ganz genau, er schrieb ihr fast jeden Tag, während er auf das Urteil des Berufungsgerichts wartete. Schätze, sie hatte wohl ihre Gründe, warum sie ihm bei Weitem nicht so oft antwortete.

Ich habe nie verstanden, wie das Berufungsgericht arbeitete – warum es in manchen Fällen so schnell urteilte und in anderen so verflixt lange brauchte. Wie lange es zum Beispiel brauchte, um Hardins Fall zu beraten, und wie schnell sie im Fall Brown Bowens entschieden.

Als Hardins Schwager schließlich aufgrund eines Haftbefehls wegen einem Mord in Texas aus Alabama ausgeliefert wurde, saß Hardin schon seit Monaten im Gefängnis. Bowen hockte in einer Zelle nicht weit von Hardin entfernt, und es war offenkundig, dass sie sich nicht riechen konnten. Wann immer sie sich über den Weg liefen, knurrte Wes Bowen an, und Bowen tat sein Bestes, um Wes bei den anderen Gefangenen schlechtzumachen. Wenn ich es richtig verstand, gaben sie sich gegenseitig die Schuld dafür, geschnappt worden zu sein.

Bowen war ein großspuriger Mistkerl, der glaubte, dass man ihm unter gar keinen Umständen was anhaben konnte. »Gibt doch gar keine Zeugen«, sagte er. »Da steht mein Wort gegen das eines Toten.« Ein paar Wochen später wurde er in Gonzales vor Gericht gebracht, und wie sich herausstellte, hatte es doch einen Zeugen gegeben. Ein junger Bursche namens Mac Billings hatte Bowen beobachtet – aus irgendeinem Grund hatte Bowen einen ohnmächtigen Betrunkenen erschossen. Die Geschworenen verließen den Saal für ein paar Minuten und kamen mit dem Todesurteil durch Hängen zurück.

Als Bowen für die Dauer der Berufung nach Austin verlegt wurde, war er längst nicht mehr so dreist wie zuvor. Er fuhr sich ständig mit der Zunge über die Lippen und schien immer zu schwitzen. Einen ganzen Tag lang sprach er mit seinem Anwalt – und dann erklärten die beiden Reportern gegenüber, dass der Mord, für den Bowen verurteilt worden war, in Wahrheit von John Wesley Hardin begangen worden sei. Bowen behauptete, er habe das bisher nicht sagen wollen, um den Mann seiner Schwester zu schützen – er habe nicht damit gerechnet, für schuldig befunden zu werden. Bowen behauptete außerdem, Mac Billings habe gelogen, um Hardin zu schützen.

Browns Vater Neal Bowen kam nach Austin und flehte Hardin an, den Mord zu gestehen und seinem Sohn den Hals zu retten. Hardin erklärte ihm, er würde keine Falschaussage machen – und eine wahre Aussage würde Brown in keinster Weise helfen. Mit einem Gesicht wie eine Gewitterwolke stapfte Neal Bowen zum Gefängnis hinaus. Ich habe gehört, die beiden hätten nie wieder ein Wort gewechselt.

Anfang Mai wurde Brown Bowens Berufung abgelehnt, und wir brachten ihn zur Hinrichtung nach Gonzales. Es erschienen über dreitausend Schaulustige. Wieder erklärte Brown, Hardin sei der Täter gewesen, nicht er. Dann zog man ihm die Kapuze über den Kopf, band ihm die Beine zusammen und löste die Falltür. Der Henker war allerdings nicht sonderlich gut gewesen, denn ich zählte einundzwanzig, zweiundzwanzig … bis vierunddreißig, bis Bowen endlich aufhörte zu zucken.

Um Brown Bowen tat es mir nicht im Geringsten leid, aber ich musste immerzu daran denken, wie schwer das alles für Jane Hardin gewesen sein muss. Ihre ganze Familie hasste ihren Mann, und als sie sich weigerte, sich von ihm abzuwenden, brachen sie den Kontakt mit ihr ab. Sie wohnte danach bei Hardins Mutter.

Vier Monate nach Bowens Hinrichtung wies das Gericht Hardins Berufung ab. In der schriftlichen Begründung wurde auf »die Ungeheuerlichkeit der Verbrechen von John Wesley Hardin« verwiesen, was in meinen Ohren klang, als sei die Berufung nicht nur wegen seiner Tat abgewiesen worden, sondern auch wegen seiner Person. Reynolds sah das auch so. »Das Gericht ist nicht sicher, ob er Charlie Webb aus Notwehr erschossen hat oder nicht«, meinte der Lieutenant, »aber es weiß verdammt gut, dass es sich um Wes Hardin handelt, der jede Menge anderer Männer umgelegt hat. Und das reicht, um ihn hinter Gitter zu packen.«

Wir brachten ihn zur formellen Verurteilung nach Comanche und machten uns mit drei weiteren Gefangenen und ihm in einem Wagen, von vorn und hinten schwer bewacht, erneut auf den Weg. In Fort Worth setzten wir sie in den Zug – der Gefangenenwaggon hatte vergitterte Fenster und doppelt dicke, doppelt verriegelte Türen – und fuhren nach Huntsville. Jede Bahnstation auf der Strecke war gestopft voll mit Gaffern, mit Menschen, die für ihn beteten, und anderen, die seine verdammte Seele verfluchten. Der Bahnhof in Palestine war so überfüllt, dass die Menschen sich auf dem Bahnsteig hin und her schoben und schubsten. Später erfuhren wir, dass ein Junge seinen Fuß verloren hatte, als er bei unserer Durchfahrt auf die Gleise fiel.

Red Presley

Im Oktober tauchte er eines frühen Morgens in Huntsville auf. Alle schauten, als der Gefangenentransport auf den Hof gefahren kam und die Wachen ihn mit drei anderen Männer ausluden, darunter ein Bankräuber und ein Bursche, der bei einem Kirchenpicknick im Streit um ein Mädchen einen anderen Burschen umgebracht hatte. Wes war an einen Hufschmied gekettet, der zwei Jahre dafür aufgebrummt gekriegt hatte, dass er versucht hatte, einen Ladenbesitzer umzubringen, der seinen Hund getreten hatte; der Schmied sah aus, als würde er sich gleich vor Angst in die Hosen machen, weil er mit unseresgleichen im Knast sitzen musste. Zwei Jahre! – Verdammt, das ist gar nichts. Zwei Jahre sitzt man doch auf der halben Arschbacke ab. Ich war da schon sieben Jahre drin gewesen und hatte noch dreizehn vor mir. Viele der Jungs hier rissen dreißig, vierzig, fünfzig Jahre ab. Ein alter Knacki namens Weeks saß neunundneunzig Jahre und einen Tag ein. Das hatte ihm ein klugscheißerischer Richter in Houston aufgebrummt. »Könnte schlimmer sein«, meinte Weeks immer. »Hätte ja auch lebenslänglich sein können.« Der Schmied, der hielt das jedenfalls nicht durch: Er war noch keine zwei Monate hinter Mauern, da sprang er aus dem zweiten Stock und schlug sich den Schädel auf dem Steinfußboden auf wie eine geplatzte Melone.

Klar, Wes war die große Attraktion, und das wusste er verdammt gut. Selbst mit den Fesseln ging er wie ein Mann, der es gewohnt war, die Aufmerksamkeit auf sich zu ziehen. Die meisten Frischlinge schauen ganz schnell weg, wenn man ihnen beim Gang über den Hof zur Aufnahme in die Augen schaut, aber Wes nicht. Der ließ sich nicht von ein paar Knastbrüdern nervös machen. Ein paar von den harten Jungs riefen, sie würden schon noch rausfinden, wie zäh er wirklich sei. Er schaute sie nur an und spuckte aus.

Ein Knastbruder, der in der Aufnahme arbeitete, erzählte, sie hätten fast zwei ganze Seiten gebraucht, nur um all die Narben aufzuschreiben, die er hatte. Nachdem er sich gewaschen hatte, bekam er seinen Sträflingsanzug, dann wurden ihm Schnurrbart und Haare abrasiert wie bei allen anderen auch. Kurz vor Einschluss tauchte er im Gefängnistrakt auf und wurde in eine Zelle mit Snake Miller gesteckt. Snake war der Einzige, der normalerweise eine Zelle für sich hatte. Wir anderen hielten uns von ihm fern. Er war so irre wie ein mondsüchtiger Köter und brachte gern Dinge mit den bloßen Händen um.

Kaum war das Licht aus, hörten wir die Rauferei in ihrer Zelle. Keiner gab während der ganzen Zeit auch nur einen Schrei von sich, aber wir hörten sie prügeln, fluchen und schwer ächzen. Die Wachen hörten es genauso gut wie wir, aber sie hatten nicht vor, was dagegen zu unternehmen. Zum Teufel, deshalb hatten sie Wes doch überhaupt dort eingeschlossen. Snake Miller war die einfachste Methode, jeden Frischling im Trakt, der sich für was Besonderes hielt, weichzuklopfen. Das lauteste Geräusch des Kampfes war das letzte – eine Art feuchtes Krachen, dann war alles still. Als die Wache am nächsten Morgen die Schlösser von den Türen nahm und die Zellen öffnete, fanden sie Snake mit aufgeschlagenem Schädel auf den Steinen liegen. Stücke seiner haarigen Kopfhaut klebten an der Gittertür. Wes hatte ein paar Beulen und Kratzer, wirkte aber im Vergleich zu Snake recht munter. Smiley und Groot waren die Wachen – richtige Mistkerle –, aber als Wes meinte, Miller müsse wohl versucht haben, mit dem Kopf voran auszubrechen, mussten sie lachen. Sie ließen Snake auf die Krankenstation bringen. Ein paar Tage später fand ihn der Krankenwärter der Morgenschicht mit durchgeschnittener Kehle.

Wes kam in die Stellmacherwerkstatt, wo auch ich arbeitete, und so lernten wir uns kennen. Ich war aus Liberty County, und wie sich herausstellte, hatten wir in East Texas gemeinsame Bekannte.

Er war noch keine zwei Monate im Knast, da hatte er schon einen Plan für einen Ausbruch. Der Plan war gut, er hatte nur einen Haken – er brauchte zehn weitere Knackis dazu. Das war ein Fehler, und ich versuchte, ihm das zu sagen. »Hier wimmelt es nur so von Ratten, die dich für ein winziges Stück Käse verhökern«, ermahnte ich ihn. Doch er wollte nicht glauben, dass man im Knast nicht zusammenhielt. »Bist du dabei oder nicht, Red?«, fragte er. Ich wusste es besser, wirklich, aber natürlich war ich dabei.

Also gruben wir einen Tunnel unter der Stellmacherwerkstatt zur Waffenkammer des Gefängnisses, die etwa siebzig Yards entfernt lag. Jeden Abend brachten die Wachen – auch die berittenen, die die Arbeitskolonnen auf die Felder trieben – ihre Waffen in diesen Raum, bevor sie zum Essen gingen. Wir hatten vor, uns bis zum Boden der Waffenkammer vorzuarbeiten, uns zu bewaffnen, schneller zu ziehen als die Wachen, alle zu erschießen, die Widerstand leisteten, und sämtliche Insassen freizulassen – bis auf die Frauenschänder natürlich.

In der Werkstatt gab es alles, was wir brauchten. Wir arbeiteten in drei Schichten zu je vier Mann, brachen durch den Boden im Hinterzimmer der Werkstatt, gruben etwa sieben Fuß tief und bohrten einen Tunnel direkt zur Waffenkammer. Der Tunnel war gerade groß genug für einen, und jeder arbeitete eine Stunde in seiner Schicht, bis er vom Nächsten abgelöst wurde. Der Mann im Tunnel nahm immer ein paar leere Mehlsäcke mit und zog eine starke Schnur hinter sich her. War ein Sack voll, zog er an der Schnur, und die Männer, die Wache hielten, zogen den Sack heraus und warfen die Erde in eins der Plumpsklos hinter dem Gebäude.

Dort unten war es stockfinster, wir konnten uns also nur durch Tasten vorarbeiten. Manche der Jungs hatten eine Heidenangst davor, so beengt unter der Erde zu arbeiten – aber sie zwangen sich, ihren Teil zu tun. Sie tauchten atemlos und mit weißen Augen wieder auf, die Hände zitterten ihnen, und sie rissen Witze darüber – nun wüssten sie, wie sich ein Maulwurf fühlt. Ich gebe zu, auch ich gehörte dazu. Jedes Mal, wenn ein Stück Erde auf mich fiel, dachte ich, der Tunnel stürzt ein, und musste die Zähne zusammenbeißen, um nicht vor Angst, lebendig begraben zu werden, laut aufzuschreien. Es gibt nicht viel im Leben, das mir solche Angst gemacht hat, wie in diesem verfluchten Tunnel zu stecken. Aber zum Teufel, was tut man nicht alles, um freizukommen.

Der Stellmacher war eingeweiht, ein Schwede namens Johansen, der Wes schon lange, bevor er ihn traf, bewundert hatte. Er nahm Wes beim Wort, dass er ihm fünfhundert Dollar zukommen lassen würde, sobald wir draußen waren. »Alles, was du zu tun, zu sagen oder zu wissen hast«, sagte Wes zu ihm, »ist nichts.«

Wir waren alle stark wie die Ochsen, und die Arbeit ging schnell von der Hand. Es war Herbst, das Wetter hatte sich abgekühlt, deshalb ging das Graben leichter voran als im Sommer. Jede Nacht ging ich mit dem Geruch von Erde in allen Poren schlafen. Es roch nach Freiheit. Auch unsere Berechnungen erwiesen sich als perfekt. Nach drei Wochen hatten wir eine Stelle direkt unter der Waffenkammer erreicht. Dann gruben wir zum Dielenboden hoch, und bei Gott, wir waren angekommen.

Am Abend des Ausbruchs spürte ich, wie mir das Herz bis an den Hals schlug, als wir die Waffenkammer von der Stellmacherei aus beobachteten und darauf warteten, dass die Wachmänner und bewaffneten Reiter ihre Knarren einschlossen und zum Essen gingen. Wes wollte derjenige sein, der den Dielenboden durchsägte, aber auch ich und noch ein paar andere, also zogen wir Strohhalme. Weeks zog den Kürzeren und grinste uns frech an.

Kaum hatten die Wachen ihre Waffen eingeschlossen, ließ sich Weeks in den Tunnel plumpsen und kroch zur Waffenkammer hinüber. Ich war direkt hinter ihm, dann Wes, dann die anderen. Als sich der Tunnel wieder nach oben wandte, stellte sich Weeks hin, schob ein Sägeblatt zwischen zwei Dielen über seinem Kopf und sägte los. Die Spalten zwischen den Dielen ließen gerade so viel Licht durch, dass ich die dunklen Umrisse von Weeks' Stiefeln direkt vor mir ausmachen konnte. Ich konnte das Sägemehl riechen und auf meinen Händen spüren, das herunterrieselte.

»Was braucht der denn so lang?«, fragte Wes hinter mir. »Immer mit der Ruhe, Junge«, erwiderte ich. »Schätze, du kommst schon noch früh genug frei.« Ich hörte ihn kichern und spürte den mächtigen Drang, laut zu lachen. »Bist du bald so weit?«, flüsterte ich zu Weeks hinauf. »Gleich«, antwortete er.

Er hörte auf zu sägen und ächzte, ich hörte Holz knarren und dann splittern. »Geschafft!«, sagte er. Mit einem Fuß suchte er

 Halt an der Tunnelflanke. Dann hörte ich ihn erneut ächzen, und sein anderer Fuß verschwand, als er sich hochzog.

Ich drückte mich bäuchlings vor und setzte mich auf. Noch bevor ich auf die Füße kam, hörte ich einen Mordsknall über mir, und Weeks stürzte auf mich herab. An seinem schlaffen Gewicht erkannte ich, dass er tot war. Ich spürte sein stark riechendes Blut heiß und zäh über mein Gesicht rinnen. Ich fragte mich, wie er so laut schreien konnte, wenn er doch tot war, bis mir schließlich aufging, dass ich es war, der so schrie.

Von den zehn Häftlingen, die wir eingeweiht hatten, hatten sieben uns bei den Wachen verpfiffen. Einer wurde begnadigt, zwei wurden Kalfaktoren in einem anderen Trakt, und die anderen durften auf Farmen außerhalb der Mauern den Dienst antreten.

Als die Wachen mitkriegten, was wir vorhatten, versteckten der Captain der Wache – ein harter Hund namens Brockman – und einige seiner Männer ein paar Schrotflinten im Schuppen hinter der Waffenkammer. Am Tag des geplanten Ausbruchs schlossen sie wie üblich ihre Waffen ein und gingen dann zum Schuppen, holten die Flinten und schlichen sich durch die Seitentür in die Kammer zurück, wo sie dann ganz still darauf warteten, dass wir durch den Boden brachen. Als Weeks seinen Kopf herausstreckte, pustete Brockman ihn mit einer Zwillingsladung weg.

Wes und ich kriegten fünfzehn Tage im Loch bei Wasser und Brot, er in dem einen Trakt, ich in einem anderen. Ich hab gehört, sie hätten ihn so ausgepeitscht, dass er beinah draufgegangen wäre. Ich habe ihn nie wieder gesehen. Als sie mich wieder rausholten, wiesen sie mir Arbeit in der Gerberei zu, die schlimmste übel riechende Arbeit, die es je gab. Und ich musste mit einer Eisenkugel arbeiten, die sie mir an den Fuß ketteten; die sollte ich tragen, bis ich bewiesen hätte, dass man mir auch ohne Ketten trauen konnte. Die Kugel blieb acht Jahre lang dran. Bis zum heutigen Tag habe ich einen komischen Gang, weil ich die Kugel so lange mitgeschleppt habe.

Ed Klostermann

Das Loch war eine Zelle ohne Licht, etwa eins fünfzig hoch und eins zwanzig breit. Die Tür war aus solidem Stahl und hatte nur am Boden eine mit einem Scharnier versehene Öffnung, durch die der Gefangene einmal am Tag seine Ration Wasser und Brot erhielt. Normalerweise saßen sie drei bis sieben Tage ein, je nachdem, doch wenn sich ein Knastbruder als besonders halsstarrig erwies – und das war Hardin in den ersten sechs oder sieben Jahren hinter Gittern –, dann konnte er bis zu fünfzehn Tagen kriegen. Außerdem hatten wir die Befugnis, es dem Häftling während seiner Zeit im Loch zusätzlich ungemütlich zu machen. Sein Brot war mit Sicherheit verschimmelt, und ab und zu war es in »gelbe Soße« getunkt, aus der Blase eines Wachmanns. Das Trinkwasser wurde meist aus dem Abort geschöpft.

Doch nichts, was wir mit ihrem Essen anstellten, war für die meisten Häftlinge so hart wie die enge Finsternis selbst. Manche passten sich an, die meisten konnten das aber nicht. Einzelhaft in völliger, ununterbrochener Dunkelheit entfesselt die Dämonen im Geist eines Mannes wie nichts sonst. Häftlinge mit schwachem Willen fangen schon nach ein paar Stunden, nachdem sich die Tür hinter ihnen geschlossen hat, an zu schreien. Andere halten es ein oder zwei Tage aus, bevor sie zu heulen beginnen. Und wenn ein Mann im Loch erst mal angefangen hat zu schreien, dann wird er noch schreien, wenn wir ihn rausholen und seine Stimmbänder schon lange hinüber sind. Sie kommen heraus mit Augen wie verrückt gewordene Pferde, haben Blut im Mund und können tagelang nicht reden. Die ganze Zeit über mussten sie sich auf dem Boden erleichtern und sich in ihrem eigenen Dreck wälzen. Wenn sie herauskommen, dann stinken sie schlimmer, als man das bei einem Menschen je für möglich halten würde. Vom plötzlichen Licht sind sie ganz blind. Nach fünfzehn Tagen im Loch haben manche ihre Sehkraft nie wieder richtig zurückerlangt. Andere können tagelang nicht aufrecht stehen oder geradeaus laufen. Ein Gefangener nannte das Loch mal so dunkel und faulig wie das Arschloch des Teufels. Eine vulgäre, aber passende Beschreibung.

Hardin brachte seine Zeiten im Loch erheblich besser herum als die meisten. Als wir am Ende seiner ersten Runde im Loch die Tür öffneten, lag er auf dem Rücken und hatte die Beine an der Wand hochgelegt – eine Position, auf die die Klugen kamen, um zu vermeiden, dass Knie und Rückenmuskeln nachgaben und ihre Spannung verloren. Es schien ihn nicht zu stören, dass Kakerlaken über seinen verdreckten nackten Körper krabbelten. Er drückte die Augen gegen das Licht zusammen und sagte: »Jetzt schon?« Ein richtig harter Hund; ich war mir sicher, er würde Huntsville niemals lebendig verlassen.

Nach seinem ersten Fluchtversuch nieteten wir ihm eine Eisenkugel ans Fußgelenk – eine Strafe, die normalerweise nur den schlimmsten Wiederholungstätern drohte – und steckten ihn in eine Zelle mit einem Lebenslänglichen namens John Williams, einem großen Häftling mit einem Eselsgesicht, der der Schließer im Trakt war. Er war außerdem der beste Spitzel im Trakt. Er konnte den härtesten Burschen von seiner Loyalität überzeugen. Und weil sie glaubten, dass er das Vertrauen der Wächter hatte – schließlich war er ja der Schließer –, hielten sie ihn für eine wertvolle Vertrauensperson. Ohne solche Spitzel wie Williams wären wir den Häftlingen gegenüber schwer im Nachteil gewesen – aber die meisten dachten über solche Spitzel genau wie die Häftlinge und sahen sie als wertlosen, schändlichen Abfall, der jeden für den kleinsten Vorteil verriet. Gut zu wissen, dass das Glück eines solchen Spitzels früher oder später zu Ende geht. Williams' Glück war zwei Jahre später zu Ende, als ihn jemand in seiner Zelle überwältigte, ihm die Zunge an der Wurzel abschnitt und ihm den Kopf nach hinten hielt, bis er an seinem eigenen Blut ertrank. Gerüchten zufolge hatte ein Wachmann ihn an die Häftlinge verraten. Gut möglich.

Williams brauchte über einen Monat, um Hardins Vertrauen zu gewinnen, doch schließlich schaffte er es. Er ließ uns wissen, dass Hardin es irgendwie gelungen war, die Nieten zu durchtrennen, die die Schelle um seinen Knöchel hielten, und sie durch eine raffinierte Gewindestange zu ersetzen. »Er kann sich die Kugel so schnell abnehmen, wie man sich eine Socke auszieht«, erklärte Williams. Er berichtete auch, dass Hardin einen weiteren Fluchtversuch wagen wollte. Das Schlimmste, was wir ihm für das Abtrennen der Kugel verpassen konnten, war eine Reise ins Loch, aber wenn wir ihn beim Fluchtversuch schnappten, konnten wir ihn auspeitschen. Also ließen wir ihn in dem Glauben, er hätte uns mit Kugel und Kette reingelegt, und warteten ab.

Ein paar Wochen später kannte Williams die meisten Einzelheiten des Plans. Er selbst machte mit. Hardin hatte Wachsabdrücke von allen Schlüsseln an Williams' Schlüsselring gemacht – den Williams jeden Abend nach Einschluss dem Wachmann übergeben musste. Hardin hatte die Absicht, aus Blech Schlüssel zu formen zu jedem einzelnen Vorhängeschloss im Trakt. Dann würde er eines Nachts nach Einschluss die anderen Häftlinge im Trakt freilassen; sie würden die Nachtwachen überwältigen und entwaffnen und sich dann den Weg nach draußen freischießen oder dabei umkommen.

Ein paar Tage drauf berichtete Williams, dass Hardin seine Schlüssel fertig hatte. Er habe sie von Williams an den Schlössern ausprobieren lassen, und alle funktionierten einwandfrei. »Der Bursche ist ein wahres Wunder mit den Händen«, sagte Williams. »Ich glaube, wenn er wollte, könnte er sich aus einer Blechdose eine Taschenuhr bauen.« Der Ausbruch sollte an Heiligabend stattfinden.

Kurz nachdem Williams an diesem Tag alle eingeschlossen hatte, positionierte ich bewaffnete Wachmänner an beiden Enden des Trakts, dann stürmten Ballinger, Meese und ich Hardins Zelle. Er hatte sich die Kette abgemacht und wollte sich gerade die Schlüssel unter einem Stein im Boden holen. Er kämpfte wie eine Wildkatze, brach Meese die Nase und biss Ballinger fast einen Finger ab. Ich prügelte mit einem Hickorystock auf ihn ein, aber bei dem ganzen Durcheinander war es schwer, richtig auszuholen.

 Schließlich konnte ich ein paar gute Schläge auf seinem Kopf landen und machte ihn benommen genug, dass Ballinger und Meese ihn zu Boden drücken und ihm die Hände hinter den Rücken binden konnten. Der ganze Trakt war durch das Kampfgetümmel aufgescheucht und tobte wie ein Zoo zur Fütterungszeit.

Die Laternen im zugigen Auspeitschraum warfen zitternde Schatten auf die fleckigen Steine. Es war so kalt, dass unser Atem blasse Wolken bildete. Wales wartete auf uns, er hatte die Hemdsärmel über seine muskulösen Arme hochgekrempelt und hielt die Peitsche aufgerollt in der Faust. Ballinger und Meese hielten Hardin an den Armen fest, und Lawrence hatte ihn im Schwitzkasten. Hardin konnte kaum noch atmen. Der Gefängnisdirektor hatte uns befohlen, ihn gründlich auszupeitschen und das, was dann noch von ihm übrig war, für eine Woche ins Loch zu stecken.

Wir zogen ihn nackt aus, banden das Ende eines Seils um seine Handgelenke und ein zweites um seine Knöchel, dann streckten wir ihn mit dem Gesicht nach unten auf dem Steinfußboden aus, Ballinger zog an einem Seil, Lawrence am anderen. Hardin zappelte wie ein Fisch an der Leine und fluchte wie wild. Wales trat vor und schlug die Peitsche mit einer lockeren Bewegung seines Handgelenks auf. »Du hast ja schon ein paar ordentliche Narben, Junge«, stellte er fest, »aber viel gelernt hast du aus ihnen nicht.«

Die Peitsche bestand aus vier Lederstreifen, jeweils drei Fuß lang und zwei Inches breit, an einem langen Hickorygriff. Wales war ein Meister mit der Peitsche, und jeder Schlag knallte wie ein Pistolenschuss. Er drehte das Handgelenk in die eine Richtung, um ins Fleisch zu schneiden, und dann in die andere Richtung, um die Wunde weiter aufzureißen. Höchstzahl an Peitschenhieben war neununddreißig, genug, um einen Mann umzubringen. Das weiß ich, ich habe es gesehen. Wenn ein Mann das nicht aushielt, war es sein Pech. Dann hätte er eben nicht tun sollen, womit er sich die Peitschenhiebe eingebrockt hatte. Die Häftlinge hatten da ein Sprichwort: »Hau nicht ab, dann haut sie dich nicht um.« Eine Warnung, die man besser beherzigte.

Mit den ersten fünfundzwanzig Hieben schlug Wales Hardin vom Schulterblatt bis zum Steißbein auf. An mehreren Stellen konnte man bereits die Rippen sehen, und wir waren alle voller Blutspritzer. Ich sagte zu Wales, er würde ihn noch umbringen, wenn er weiter immer auf dieselben Stellen prügelte. Er sah mich wütend an und entgegnete, er bräuchte niemanden, der ihm seinen Job erklärte. Schweiß tropfte ihm vom Gesicht, und sein Hemd war durchgeweicht. Er war gereizt, weil er es nicht geschafft hatte, Hardin vor dem siebzehnten Schlag zum Schreien zu bringen. Kein Häftling hatte es jemals weiter als bis zum zwölften Schlag geschafft, und keiner hatte alle neununddreißig Schläge genommen, ohne ohnmächtig zu werden. Nur Meese hatte geglaubt, dass Hardin mehr als zwölf Schläge ohne Schreien aushalten würde, und kassierte mit dieser Wette bei den Kollegen mächtig ab. Keiner war so dumm gewesen, darauf zu setzen, dass er am Ende noch bei Bewusstsein sein würde.

Nach einem weiteren Schlag auf die Rippen, um mir zu beweisen, wer hier der Peitschenmeister war, gab Wales ihm den Rest der Schläge auf Gesäß und Beine. Als er fertig war, war Hardin ohnmächtig und sah aus, als wäre er Wölfen vorgeworfen worden. Wir machten die Seile los und gossen ihm Wasser über den Kopf, dann brachten wir ihn auf die Beine; halb zerrten, halb trugen wir ihn den Gang entlang zum Loch. Er zog eine Blutspur hinter sich her. Auf dem Weg zurück zum Block meinte Lawrence: »Der sieht nicht mehr gut aus. Keine Salbe auf den Wunden, die nächsten sieben Tage kaum was zu essen, nichts zu trinken? Ich schätze, der schafft's nicht.« Ballinger war derselben Meinung, und beide sahen sie Meese an, der lächelte und sagte: »Fünf Dollar, dass er es doch schafft.«

Und wieder gewann Meese, wenn auch nur knapp. Als wir Hardin aus der Einzelhaft holten, konnte er nicht allein gehen. Sein Rücken war eine einzige hässliche Wunde, die eiterte und blutete und voller Maden war. Er glühte vor Fieber und war nicht ganz bei Sinnen. Der Direktor fand, er würde seine Schmerzen übertreiben, und weigerte sich, ihn auf die Krankenstation zu bringen, erlaubte aber dem Arzt, ihn zu behandeln. Es dauerte einen Monat, bis Hardin wieder auf den Beinen war – mit frischen Narben, die er bis ins Grab tragen sollte.

 Jahrelang gab er nicht auf. Er kassierte mehr Peitschenhiebe als jeder andere Häftling, an den ich mich erinnern kann. Eines Tages bekamen wir einen neuen Vizedirektor, einen ehemaligen Ranger namens Ben McCulloch. Zufälligerweise kannten sich die beiden aus der Zeit, als sie etwa zehn Jahre zuvor gemeinsam Vieh getrieben hatten. Er sagte zu Hardin, wie leid es ihm tat, dass ihm das Schicksal schlecht mitgespielt hatte. Hardin lachte und erwiderte, aber nicht so schlecht wie ihm, McCulloch. »Viel tiefer kann man ja nicht sinken, als ein verfluchter Knastwärter zu werden«, sagte Hardin. »Du musst den Herrn wohl erheblich mehr erzürnt haben als ich.« Einige der Wachen fühlten sich beleidigt durch solches Gerede über unseren Beruf, aber McCulloch nicht. Er lachte mit Hardin und meinte nur: »Vielleicht, Wes, vielleicht.«

Ich bin überzeugt davon, dass McCulloch Hardin davor bewahrt hat, im Gefängnis zu sterben. Er sprach häufig und lange mit ihm, riet ihm immer wieder, die Fluchtversuche zu lassen und sich lieber darauf zu konzentrieren, als guter Häftling die Haftstrafe womöglich zu verkürzen. Sein Argument war bestechend: »Wenn du so weitermachst wie bisher, wirst du mit Sicherheit hier sterben. Du wirst an der Peitsche oder durch eine Kugel sterben oder einfach nur an deiner eigenen Wut ersticken. Und selbst wenn du es schaffst, die ganzen fünfundzwanzig Jahre am Leben zu bleiben, was dann? Dann bist du alt, gebrochen und nichts mehr wert. Deine Frau wird von den Sorgen um dich schneller gealtert sein, Wes. Du wirst deine Kinder nie kennenlernen. Bis dahin sind sie erwachsen und längst verschwunden, bevor du hier rauskommst.«

In Hardins Ohren mag sich das angehört haben, als solle er aufgeben, doch das lag einfach nicht in seiner Natur. Aber er war kein gewöhnlicher Häftling – er war nicht blöd –, und ich glaube, es beweist nur, wie verdammt zäh er wirklich war, dass er nach den Gesprächen mit McCulloch keinen weiteren Ausbruchsversuch unternahm, die ganzen folgenden zehn Jahre nicht.

Beinahe wäre er dann doch gestorben – an einer alten Wunde, einem chronisch entzündeten Fleck rohen Fleisches an der Seite, das Ergebnis einer Schusswunde, die er sich vor mehr als zehn Jahre zugezogen hatte. Sie entzündete sich plötzlich derart, dass er nicht mehr aufstehen konnte. Ein entsetzlicher Anblick – stinkend, voll mit widerlichem Eiter und dickem, ununterbrochen fließendem, halb geronnenem Blut. Der Arzt behandelte die Wunde, so gut er konnte. Alles andere, meinte er, läge in Gottes Hand. Mit Erlaubnis des Direktors stellte der Arzt einen Häftling als Krankenpfleger ab, der Hardin in seiner Zelle versorgen sollte, bis dieser genas oder starb.

Zu Beginn verschlechterte sich sein Zustand täglich. Jeden Morgen, wenn ich in den Trakt kam, rechnete ich mit der Nachricht, dass er in der Nacht verstorben sei. Er war klitschnass vom Fieber und nicht bei Sinnen. Seine Haare klebten ihm am Kopf wie Flussgras, und die blutunterlaufenen Augen versanken in tiefschwarzen Höhlen. Sein Pfleger war ein weibischer kleiner Häftling namens Maylon Donaldson – die Gefangenen nannten ihn Sister May, bis er Pfleger wurde, dann nannten sie ihn Florence, von Florence Nightingale. Er versorgte die Wunde, wie es der Arzt ihm gezeigt hatte – er wischte Hardin die Stirn, fütterte ihm löffelweise Brühe, sang ihm leise vor. Manchmal sprach Hardin laut mit seiner Frau, erklärte ihre Liebe zu ihr, schwärmte von ihren Augen und Brüsten und der Weichheit ihrer Haut. Florence erzählte mir, manchmal habe er gelacht wie ein Irrer und davon gebrabbelt, wie er sich die Wunde zugezogen hatte. »Gottverfluchter Angeber« – habe er gerufen, so Florence – »hat damals auf mich geschossen und bringt mich heute um.« Häufig erwähnte er jemanden namens Joe, manchmal einen anderen namens Simp.

Nach vier Wochen war er dürr wie der Tod. Nichts, was der Arzt versuchte, schien anzuschlagen. Dann fiel plötzlich das Fieber, und er erholte sich langsam. Doch noch immer wollte die Wunde nicht ordentlich verheilen, und das Fieber brannte auf kleiner Hitze weiter. Gelegentlich flammte es wieder auf, und Hardin versank erneut im fieberheißen Delirium. Dann fiel es wieder, er kam zu Sinnen und schaffte es, sich aufzusetzen und ein paar Bissen von dem zu essen, was Florence ihm fütterte. Woche um Woche dauerte dieses unsichere Auf und Ab aus Erholung und Rückfall an. So vergingen acht Monate, bis er schließlich wieder auf die Beine kam.

Danach fing er mit seinen Studien an. Sein Vater war ein Methodistenprediger gewesen – das erklärte seine eigenen gründlichen Kenntnisse der Bibel und seinen vertrauten Umgang mit Büchern. Er besuchte regelmäßig die Sonntagsschule im Gefängnis. Jeden Tag nach getaner Arbeit in der Schusterei beugte er sich wieder über die Bücher. McCulloch freute sich über diesen Sinneswandel und besuchte ihn in seiner Zelle, um ihn weiter zu ermutigen.

Er las Geschichte, Philosophie und Politik. Er bemerkte, dass ich ebenfalls ein wenig Bildung genossen hatte, und fand Gefallen daran, mit mir über alles Mögliche zu diskutieren – die Natur des Bösen, die Kraft des menschlichen Willens, den Ursprung der Gesellschaft und so weiter. Diese Unterhaltungen waren sehr angenehm, auch wenn ich manchmal den Faden meiner Gedanken ebenso verlor wie er den seinen. Er interessierte sich für alles – sogar Arithmetik und Wissenschaften. Ich erinnere mich noch daran, wie er mir und Florence in seiner Zelle mit einem Eimer Wasser und seinem Fuß das Archimedische Prinzip der Verdrängung demonstrierte. »Ich hab's kapiert«, meinte Florence. »Der Punkt ist, wenn man einen Fuß in einen vollen Eimer Wasser steckt, schwappt das Wasser über und man hat einen nassen Fuß. Das verstehe ich.« Hardins Wörterbuch war so abgewetzt, dass sich die Seiten lösten wie trockene Blätter von einem Baum, und McCulloch schenkte ihm ein neues.

Als Hardin sich dazu entschloss, Jura zu studieren, bat er McCulloch, ihm doch Bücher zu Straf- und Zivilrecht zu empfehlen. Der Captain meinte, er kenne sich mit Rechtsbüchern nicht aus, nur mit Blackstones Kommentaren, aber er schickte Hardins Brief an einen Freund weiter, der Mitglied der texanischen Anwaltskammer war, und schon bald erhielt Hardin eine umfangreiche Bücherliste zur Jurisprudenz. Kurz darauf stapelten sich die Gesetzesbücher in seiner Zelle, und er vergrub sich tief ins Studium. Er schloss sich dem Debattierklub an und argumentierte alle darin an die Wand. McCulloch und ich hörten ihn, wie er sich eines Abends gegen das allgemeine Wahlrecht aussprach, und wir beide ließen uns von ihm umstimmen. Er hatte das Zeug zum Anwalt, daran bestand kein Zweifel.

Ich habe erwähnt, dass Florence etwas Weibisches an sich hatte. Um offen zu sein, er war so warm wie ein Sommerwind – die Art von Bursche, den die anderen Häftlinge als Schnittchen bezeichneten, vor allem die »Hühnerhabichte«, die harten Jungs, die sich bei jeder Gelegenheit auf solche Kandidaten stürzten. Seine Zuteilung zur Krankenstation beinhaltete allerdings auch die Unterkunft dort, wodurch es einen gewissen Schutzabstand zwischen ihm und den Hühnerhabichten im Haupttrakt gab. Auf den Hof ging er nur, wenn es sich nicht vermeiden ließ, und blieb dann immer in Sichtweite der Wachen.

Die sicherste Zeit, die Florence im Gefängnis erlebte, waren die acht Monate, als er Hardin pflegte und fern der meisten Insassen in der Zwei-Mann-Zelle mit ihm saß. Als Hardin jedoch wieder auf die Beine kam, musste er zurück in seine Zelle auf der Krankenstation. Ein paar Wochen später drängten ihn einige der Hühnerhabichte in einen leeren Lagerraum. Erst missbrauchten sie ihn, dann prügelten sie ihn derart durch, dass er mit zwei gebrochenen Armen und verdrahtetem Kiefer im Krankenhaus lag. Er war ein kleiner Kerl und sah unter all den Verbänden noch kleiner aus. Drei Wochen dauerte es, bis er wieder Stuhlgang hatte, ohne eine Menge Blut zu verlieren. Ich bin sicher, die Hühnerhabichte hatten ihm noch Schlimmeres angedroht, falls er auspackte: Er wirkte verängstigt und erzählte dem untersuchenden Beamten, er habe die Männer nicht erkennen können, die das getan hätten.

Dann stattete Hardin Florence einen Besuch ab und unterhielt sich allein mit ihm. Am folgenden Abend stolperte ein Hühnerhabicht namens Beady mit blutüberströmtem Gesicht hinter dem Holzschuppen hervor auf den Hof. Er war von hinten angegriffen worden und hatte nichts von dem Mann gesehen, der ihm die Augen herausgeschnitten hatte. Am Tag darauf wurde ein Habicht namens Kimble hinter der Wäscherei gefunden; er war derart brutal mit einem Bleirohr verprügelt worden, dass er für den Rest des Lebens blöde blieb. Es ging das Gerücht, dass Hardin es getan hatte und dem Nächsten, der Hand an Florence legte, noch Schlimmeres zufügen würde. Der Direktor befragte Hardin wegen dieser Gerüchte, doch der leugnete, irgendwas mit den Angriffen zu tun zu haben. In beiden Fällen hatte er ein wasserdichtes Alibi. »Ich gebe gern zu, dass es mir nicht sonderlich leidtut, was ihnen zugestoßen ist«, sagte er zum Direktor. »Sie waren brutale Kerle, und ich glaube, sie haben das verdient.« Ich weiß nicht, ob Hardin das wusste, aber der Direktor sah das genauso.

Ja, es gab auch Gerüchte, dass Florence Hardins Privatschnittchen war. Ich weiß nicht, ob an den Gerüchten was dran war, und es ist mir auch gleich. Was tut's zur Sache? Wir reden hier von einem Gefängnis, und im Gefängnis tut ein Mann manchmal Dinge, die er sich draußen nicht hätte träumen lassen. Ich weiß, dass Florence in den folgenden zwei Jahren bis zu seiner Entlassung nicht wieder belästigt wurde. Ich weiß, dass er Hardin ein Freund war. Und ich weiß, dass Hardin niemals zugelassen hätte, dass ein Freund belästigt wurde. Das weiß ich.

Offiziell durfte Hardin nicht mehr als zwei Briefe im Monat schreiben, aber ich wusste, er schmierte ein paar Wachleute, die mehrmals die Woche Briefe an seine Frau hinausschmuggelten. Das war nicht ungewöhnlich, und da es die Häftlinge bei Laune hielt und die Wachen sich ein paar Dollar extra verdienen konnten, schauten wir meistens weg. Was die Antwortpost anging, nun, da vergingen manchmal mehrere Wochen ohne einen Brief, und Hardin machte ein langes Gesicht, bis endlich Post eintrudelte.

Ich wusste mehr über Hardins Familie, als er mir je erzählte, weil ich gut befreundet war mit Harvey Umbenhower, dem Gefängniszensor. Harveys Aufgabe bestand darin, alle Post zu lesen, die die Häftlinge schickten oder bekamen. Fast jeden Tag aß ich mit Harvey in der Kantine zu Mittag, und durch ihn erfuhr ich, dass Jane nie sonderlich gut mit Hardins Mutter ausgekommen war, bei der sie mit den Kinder lebte, seit er hinter Gittern gelandet war.

»Ich glaube nicht, dass ich auch nur einen einzigen Brief von ihr gesehen habe, in dem sie sich nicht über die alte Dame beklagt«, erzählte mir Harvey. »Oder einen von seiner Mutter, in dem sie nicht etwas über seine Frau zu meckern hatte. Muss schwer sein für einen Mann, der seine Frau und seine Mutter liebt, von beiden Briefe zu bekommen, in denen sie gegenseitig übereinander herziehen. Hardin versucht die Wogen zu glätten, so gut er kann, und manchmal schreibt er beiden sogar einen Brief für beide gemeinsam, damit die eine sehen kann, was er der anderen geschrieben hat und wie sehr er sie anfleht, zumindest zu versuchen, miteinander auszukommen.«

Als Jane schließlich genug hatte von Hardins Mam – oder Hardins Mam genug von Jane – oder wahrscheinlich beide voneinander –, zog sie mit den Kindern zu Manning Clements und seiner Familie auf dessen Ranch im Hügelland. Harvey meinte, Janes Briefe aus San Saba blieben weiter voller Klagen, doch nun drehte es sich meistens um fehlendes Geld. »Da fragt man sich doch, was die Frau glaubt, das ein Mann dagegen tun kann, der im gottverdammten Gefängnis hockt. Was erwartet sie von ihm, soll er hier Geld drucken? Rausgehen und eine Bank überfallen?« Harveys eigene Ehe war vor ein paar Jahren schlecht geendet – seine Frau war mit einem Klavierspieler ins Dakota Territory durchgebrannt –, deshalb hielt er nicht sonderlich viel von der weiblichen Sicht der Dinge.

Harvey erzählte mir, Jane habe schließlich die Kinder genommen und sei zurück in ihre Heimatstadt Gonzales gezogen, um bei Fred Duderstadt und seiner Familie zu leben. Duderstadt und Hardin waren alte Freunde aus den Tagen auf dem Chisholm Trail. Harvey zufolge hatte Duderstadt Jane dabei geholfen, sich eine eigene kleine Farm einzurichten. »Jetzt jammert sie herum, wie verflucht schwer es für eine Frau ist, allein eine Farm zu bewirtschaften, und dass sie von Sonnenaufgang bis Sonnenuntergang arbeitet, und Gott sei Dank ist der kleine Johnny schon groß genug, um ihr auf den Feldern zu helfen und bei den Schweinen, bei diesem und jenem und was weiß ich. Ich sag dir, Ed, es nervt mich, ständig das Gemecker dieser Frau zu lesen. Da frag ich mich doch, warum er sich überhaupt erst mit ihr zusammengetan hat.« Ich erwiderte, wahrscheinlich würde er sie lieben. Harvey seufzte und starrte ein Loch in die Luft, in dem er wahrscheinlich seine süße, hübsche, längst verschwundene Frau sah. »Ja«, sagte er dann, »schon möglich. Er liebt sie jedenfalls immer noch, das steht fest. Seine Briefe sind voller Liebe. Weißt du, er hat ihr niemals etwas über die Schmerzen geschrieben, die er hier erlitten hat – abgesehen von dem Schmerz, von ihr und den Kindern getrennt zu sein, meine ich.«

Aus den Gefängnis-Briefen von John Wesley Hardin

An Jane:

Meiner Erfahrung nach führen eigensinnige, vorlaute Männer und Frauen ein verruchtes, jämmerliches Leben und sterben elend. Der Spieler stirbt als Betrüger, die Lebedame stirbt als Hure. Der Dieb fällt in ein ungeweihtes Grab, und die Grabstätte eines Mörders ist die Grabstätte eines Attentäters. So ist die Regel. Ihr Leben ist hart, ihre Tage sind trübe und traurig, die Nächte ohne Sterne und schlaflos; ihre Hoffnung auf Zeit und Ewigkeit ist vergangen, und nun warten sie auf ihr schreckliches Schicksal mit Furcht und Schrecken, weil ihr Ende entsetzlich sein wird und gewiss und grässlich …

An John W. Hardin jr.:

Sohn, sollte irgendein lüsterner, verräterischer Schurke, ganz gleich, welche Kleidung oder Abzeichen er trägt, den Charakter einer Deiner Schwestern oder Deiner Mutter angreifen und versuchen, ihren Verstand und ihre Herzen zu korrumpieren, dann sage ich, Sohn, sprich keine Drohungen aus, hol nur still Deine Waffe, eine Doppelläufige. Eine gute Waffe sollte es sein: Leg Dir keine andere zu. Dann suche den Feind der Menschheit, und wenn Du ihn gefunden hast, erschieße ihn wie einen räudigen Köter oder ein wildes Tier. Dann geh und stell Dich dem ersten Sheriff, den Du triffst …

An seine Familie:

Liebe Jane, ich habe ein paar kurze Verse aus meinem Schatzkästlein der Dichtung ausgewählt; ihre Empfindungen sind die meinen. Ich hoffe, meine Kinder werden sie als die ihren annehmen und jeden Vers auswendig lernen – und da es mein innigster Wunsch ist, bitte ich jedes von ihnen, mich bei frühester Gelegenheit von dem Ergebnis zu informieren. Ich versichere Dich meiner ungetrübten, unerschütterlichen Liebe und wünsche Dir Wohlergehen im wahrsten Sinne und schließe mit einem Kuss für jedes unserer geliebten Kinder und bitte Dich, dies als Vertretung in meinem Namen zu akzeptieren. JWH

MOLLY: »Folg teuren Leidenschaften nie zu weit; dies Pendel zwischen Freud und Leid.«

JOHN W. HARDIN JR.: »Hütet Vertrauen, das gegeben; vor allem selbst euch glaubt; lebt, wie ihr könnt, ihr seid des Todes Raub.«

SÜSSE KLEINE JANE: »Flieg nicht zu hoch zum Fall, erhebe dich aus dem Betrachten; wir hier unten wachsen nur an dem, was wir verachten.«

Richter W.S. Fly

Hardins Verwandlung war, den Offiziellen in Huntsville zufolge, wahrhaft wundersam. Trotz der Tatsache, dass er in den ersten Jahren im Gefängnis äußerst unfügsam gewesen war, hatte er sich nach dreizehn Jahren zu einem Musterhäftling entwickelt. Er wurde den Mithäftlingen als bester Beweis und Vorbild dafür genannt, was ein Mann hinter Gittern alles erreichen kann, wenn er aufrichtig gewillt ist. Der Gefängnisdirektor hatte Wesley darüber informiert, dass er höchstwahrscheinlich in den nächsten zwei Jahren entlassen würde, wenn er diese bemerkenswerte Besserung weiter verfolgte.

Wesley ermutigte diese Aussicht, doch wurde diese Freude durch eine andere ominöse Gesetzeswolke getrübt. Als da wäre: Er stand in DeWitt County noch immer unter Anklage, weil er dort vor zwanzig Jahren einen Deputy Sheriff namens Morgan getötet haben soll. Es war also durchaus möglich, dass er aus der derzeitigen Haftstrafe vorzeitig entlassen wurde, nur um nach Verurteilung im Fall Morgan postwendend wieder im Gefängnis zu landen.

Auf diese missliche Lage Wesleys machte mich Billy Teagarden aufmerksam, dessen Vater viele Jahre lang mein teurer Freund gewesen war. Billy und Wesley waren Freunde seit Kindertagen gewesen und hatten in letzter Zeit miteinander korrespondiert. Billy informierte mich darüber, dass Wesley mich damit zu beauftragen wünschte, ihm im Fall Morgan als Rechtsbeistand zu dienen. Ich musste zugeben, dass ich Wesley Hardins erstaunlichen Sinneswandel bewunderte, und deshalb erklärte ich, dass es mir eine Freude wäre, ihn zu vertreten. Kurz darauf erhielt ich einen höchst eindrucksvollen Brief von Wesley persönlich. Die intelligente Komposition dieses Briefs und das tiefe Verständnis für die Rechtsprinzipien ließen sofort erkennen, dass er kein gewöhnlicher Häftling war. Offensichtlich zeigten seine Studien des Rechts Wirkung.

Ich besuchte Wesley in Huntsville, und wir steckten die Köpfe zusammen und entwickelten eine Strategie. Er willigte ein, sich schuldig im Sinne der Anklage zu bekennen, falls die Anklage in DeWitt auf fahrlässige Tötung reduziert würde und der Richter zuließ, seine Strafe (normalerweise zwei bis fünf Jahre) zeitgleich zu jener laufen zu lassen, die er gerade hinter sich brachte – auch wenn er, wie er mir mehrfach versicherte, nicht im Mindesten schuldig sei. »Dieser Morgan hat mich herausgefordert, Richter Fly«, erklärte Wesley. »Er hat mir keine andere Wahl gelassen, als mich zu verteidigen, und darin war ich schon immer recht gut.«

Ich versicherte ihm, dass sich aus meiner Sicht der Zwischenfall tatsächlich so darstellte, wie er es sagte, doch sei es möglich, dass die Geschworenen in Cuero meine Gewissheit nicht teilten. Wegen dieser unvorhersehbaren Haltung der Geschworenen war er bereit, bei einem Verbrechen, das er nicht begangen hatte, auf schuldig zu plädieren. Die Waagschalen der Justitia neigen sich manchmal durchaus widersprüchlich.

Ich wandte mich in dieser Angelegenheit an Bubba Anderson, den Staatsanwalt in Cuero, mit dem ich zufällig befreundet war. Da Bubba mit Wesley kein Hühnchen zu rupfen hatte – und diesen alten Fall Morgan endlich loswerden wollte – und eine Verurteilung Hardins selbst wegen Totschlags in seinen Unterlagen gut aussehen würde und seine Chancen auf die politische Zukunft, wie er sie anstrebte, verbessern konnte –, war er bereit, auf den Handel einzugehen. Bubba ging damit zum zuständigen Richter – und weil Bubba und er gern zusammen einen tranken und seit Langem in demselben Pokerklub verkehrten, hatten sie keine Probleme, eine Übereinkunft zu treffen.

Nachdem also alles in bester juristischer Ordnung war, um für eine günstige Rechtsprechung im Fall Morgan zu sorgen, überbrachte ich Wesley diese Nachricht. Natürlich war er dankbar dafür, und zwar so sehr, dass er einen Cousin aus Gonzales County schickte, der sich mit einem Repräsentanten des Council of Law and Order des DeWitt County traf, um eine Summe Bargeld zur

Förderung der guten Arbeit dieses Councils zu überbringen. Bei dieser Vereinigung handelte es sich um eine inoffizielle Organisation, deren wenige, aber einflussreiche Mitglieder sich aus einigen der wichtigsten Richter in der Gegend rekrutierten, darunter auch der Richter, der sich Wesleys Fall in Cuero anhören sollte. Eine weitere unbestreitbare Tatsache über die Waagschalen der Justitia ist jene, dass nichts ihre Neigung so deutlich beeinflussen kann wie das beeindruckende Gewicht des Goldes.

Der Prozess fand am Neujahrstag 1892 in Cuero statt und verlief wie geplant. Die ganze Angelegenheit dauerte keine zwanzig Minuten. Wir plädierten auf schuldig, und der Richter verkündete ein Urteil von zwei Jahren Haftstrafe, parallel zu der bereits angetretenen.

Die Reise nach Cuero war Wesleys erster Aufenthalt außerhalb der Mauern von Huntsville in über dreizehn Jahren. Direkt vor dem Prozess erhielt seine Familie die Erlaubnis, ihn für ein paar Minuten in einem Nebenzimmer des Gerichts zu besuchen. Ich war bei Wesley und ging mit ihm ein paar letzte Punkte durch, die mit dem Ablauf des Verfahrens zu tun hatten, als ein Deputy hereinkam und sagte, die Familie sei eingetroffen.

Plötzlich wurde Wesley nervös und unsicher. Viel Zeit war vergangen, seit er sie zum letzten Mal gesehen hatte. Er hatte mir Fotografien von seinen Kindern gezeigt, die seine Frau ihm im Laufe der Jahre geschickt hatte – aber die Kinder auf einer Reihe von Bildern größer werden zu sehen, ist etwas anderes, als ihnen nach langer Trennung von Angesicht zu Angesicht gegenüberzustehen. Die einzige Fotografie, die er von Jane hatte, zeigte sie beide Arm in Arm auf dem Jackson Square in New Orleans. Sie lächelt, hält ihren Hut in der Hand, sieht glücklich aus, und ihr helles Haar weht im Wind und glänzt in der Sonne. Wesley wirkt darauf schlank und grinst zuversichtlich unter seinem schräg aufgesetzten Hut hervor, Daumen in die Weste gehakt.

»Ich bin nun schon mehr als doppelt so lang im Gefängnis, als wir miteinander verbracht haben«, hatte er leise gesagt und das Bild in seiner Hand betrachtet. Es war erstaunlich, wie jung er noch wirkte. Er war jetzt kräftiger als auf der Fotografie – nicht dick, sondern muskulös von der harten Arbeit und dem fest gewordenen Fleisch des Eingesperrtseins. Trotz all der Strafen, die er in den ersten Jahren in Huntsville über sich hatte ergehen lassen müssen, war sein Gesicht bemerkenswert narbenlos geblieben, und seine Augen blickten noch immer scharf und aufmerksam. Eine solche Vitalität des Geistes war unter langjährig Inhaftierten selten anzutreffen.

Ich klopfte ihm ermunternd auf die Schulter, entschuldigte mich und folgte dem Deputy ins Vorzimmer, wo die Familie schon darauf wartete, eingelassen zu werden. Mit dabei war Fred Duderstadt, Wesleys langjähriger Freund, der Jane und den Kindern so geholfen hatte, während Wesley seine Strafe verbüßte. Er stellte erst sich vor, dann die Familie. Molly, mit achtzehn die Älteste, war ein bezauberndes Mädchen mit lebhaften Augen und entschlossenem Auftreten, die kleine Jane, ein schmales, blondes Ding von dreizehn Jahren, war hübsch wie ein Porzellanpüppchen. John junior war ein bärenstarker junger Mann von vielleicht siebzehn Jahren, der ganz nach dem robusten Cowboy aussah, der er unter Fred Duderstadts Aufsicht geworden war. Sie waren alle äußerst wohlerzogen, aber recht bedrückt, was unter den gegebenen Umständen wohl verständlich war, nehme ich an.

Janes Aussehen versetzte mir einen Schock. Ihr Haar war ganz grau geworden, ihr Gesicht tief gezeichnet. Ihre Schultern hingen kraftlos, und ihre Augen waren dunkle Brunnen des Kummers. Als ich vorsichtig die mir hingestreckte Hand schüttelte, fühlten sich die Knochen unter der blassen Haut zerbrechlich an wie Streichhölzer. Ihr schwaches Lächeln weckte mein Herzensmitleid. Mit fünfunddreißig Jahren war sie eine alte Frau.

Der Deputy führte sie in das Zimmer. Nach ein paar Minuten kehrte Fred zurück, und wir gingen hinaus und rauchten im Säulenvorbau. Fred machte eine Bemerkung darüber, wie gut sich Wesley gehalten hatte – und einen Augenblick später bestätigte er meinen Verdacht, dass er das Gleiche dachte wie ich: »Für eine Frau ist das wohl schwer, nehme ich an. Sie kann nur danebenstehen und leiden. Das zehrt an ihnen.« Ich musste ihm beipflichten. Während des darauffolgenden kurzen Prozesses saß sie direkt hinter Wesley, und ich fürchte, die meisten Zuschauer im Gerichtssaal haben sie für seine Mutter gehalten.

Meine Bemühungen für Wesley endeten nicht mit dem Prozess in Cuero. Kaum war er nach Huntsville zurückgebracht worden, bat er mich um Hilfe bei seinen Bestrebungen, vom Staat Texas eine umfassende Begnadigung zu erwirken. Zwar hatte man ihm versichert, dass er in ein, zwei Jahren vorzeitig entlassen werden sollte, doch bekam er seine vollen bürgerlichen Rechte nur mit einer Begnadigung durch den Gouverneur zurück. Deshalb widmete er sich nun eifrig der Aufgabe, diese juristische Absolution erteilt zu bekommen.

Die Zeiten für eine solche Petition waren sicherlich günstig. Wesleys heroische Bemühungen, sich zu bessern, waren von den Offiziellen in Huntsville hochgelobt und in den Zeitungen im ganzen Staat lang und breit ausgeführt worden. Dave Hamilton, der gerade ins Parlament gewählt worden war, hatte sich Billy Teagardens unablässigen Bemühungen zu Wesleys Gunsten angeschlossen. Am wichtigsten in Wesleys Kampf um eine Begnadigung aber war der Gouverneur selbst: James Stephen Hogg, »der Gouverneur des Volkes«. Er war der erste gebürtige Texaner, der den Staat regierte, ein mittlerweile betuchter Mann, der in ärmlichen Verhältnissen aufgewachsen war und sich als leidenschaftlicher Kämpfer für die Unterdrückten einsetzte. Gerade hatte er eine anstrengende Wiederwahl gewonnen. Wenn es jemals einen Gouverneur gab, bei dem ein Häftling von erkennbar gebessertem Charakter Chancen auf Begnadigung hatte, dann war dies Big Jim Hogg.

Wesley arbeitete eifrig an der sorgsamen Ausfertigung seines Antrags. Darin enthalten war eine ausführliche Beschreibung seines Verbrechens nebst allen mildernden Umständen, und er zitierte Rechtsverweise, die auf seinen Prozess anwendbar waren, ebenso wie die dort getätigten Aussagen. Er war allerdings noch nicht sehr weit fortgeschritten, als er durch die Nachricht abgelenkt wurde, dass Jane ernsthaft erkrankt sei. In einem fieberhaften Briefverkehr mit seinen Kindern versicherten diese ihm, dass ihre Mutter sich wieder gut erholen würde.

Leider nicht für lange. Bald erkrankte sie noch schwerer als zuvor. Billy überbrachte mir die schlechten Neuigkeiten, und ich schrieb Wesley sofort und fragte, ob ich seiner Familie irgendwie behilflich sein könne. Ich erhielt keine Antwort. Von Billy erfuhr ich, dass Wesley täglich Briefe an seine Kinder schrieb, sie ermahnte, alles in ihrer Macht Stehende für ihre Mutter zu tun, und sie unentwegt nach ihrem Zustand fragte. Gegen Ende Oktober schickte er mir eine kurze Notiz. »Ich verbringe Tage und Nächte damit, den Herrn zu beknien, meine Liebste wieder gesunden zu lassen«, schrieb er. »Ich vertraue darauf, dass er sie nicht verlässt, wo sie doch meinetwegen so sehr hat leiden müssen.« Seinen Kindern schrieb er: »Jedes ernsthafte Unglück, das Eurer liebenswerten Mama widerfährt, wäre … ein unwiederbringlicher und nicht wiedergutzumachender Schicksalsschlag.«

Am 6. November 1892 verstarb Jane Hardin. Ihre letzten Worte, wie mir mitgeteilt wurde, lauteten: »Oh, guter Jesus, ja!«

Wesley trauerte in der dunklen Einsamkeit seiner Zelle. Eine Wache berichtete, er habe sich die Zunge blutig gekaut. Die Wärter fürchteten, er könne dem Wahnsinn verfallen sein. Er jaule manchmal in der Nacht, meldeten sie. Wäre da nicht die Liebe zu den Kindern gewesen, meinte Billy, hätte Wesley sich womöglich das Leben genommen. »Seine ganze Freude und Aufregung darüber, bald freizukommen«, sagte Billy zu mir, »stammte von dem Wunsch, endlich wieder mit Jane zusammen zu sein. Aber jetzt …« Er drehte die Handflächen nach oben und zuckte mit den Schultern.

Jane wurde in der Nähe ihres Elternhauses in Coon Hollow begraben, Fred Duderstadt und seine Familie nahmen Wesleys Kinder auf. Abgesehen von recht kurzen Briefen an die Kinder, mied Wesley jeden Kontakt zur Außenwelt. Er beantwortete keine Briefe – vielleicht las er sie nicht einmal. Er empfing keine Besucher. Die Wachen berichteten, dass er einfach nur auf seiner Pritsche lag und die steinerne Decke anstarrte.

Doch man kann nicht ewig trauern. Entweder man erholt sich oder man wird verrückt. Im Laufe der nächsten Monate kehrte

Wesley langsam ins Leben zurück. Er schrieb Dankesbriefe an Billy und mich und sicherlich auch an viele andere, die ihr Beileid ausgesprochen und in dieser Zeit seiner tiefsten Trauer ihre Hilfe angeboten hatten. Dann nahm er die Arbeit an seiner Petition wieder auf.

Er schickte mir einen ersten Entwurf der Petition zur Durchsicht, und ich war höchst beeindruckt von ihrer Klarheit und Prägnanz ebenso wie von den scharfsinnigen juristischen Verweisen. Unter geringer Mithilfe meinerseits hatte er ein Rechtsdokument erstellt, das nicht weniger Qualität aufwies als jene von langjährig arbeitenden Anwälten. In mancher Hinsicht war es sogar besser. Im Gegensatz zu anderen solchen Dokumenten wies dieses eine allgemeine semantische Klarheit und Leichtigkeit des Stils auf. Im November 1893 sandte er mir die fertige Petition zu und bat mich, sie persönlich beim Gouverneur vorzulegen, mit dem ich nach mehreren Audienzen zu verschiedenen Fragen des Rechts und der Politik ein gutes Verhältnis entwickelt hatte.

John Wesley Hardin wurde am 17. Februar 1894 aus dem Gefängnis Huntsville entlassen. Er war vierzig Jahre alt und hatte fünfzehn Jahre, vier Monate und zwölf Tage im Gefängnis verbracht. Einen Monat später wurde seiner Bitte um Begnadigung von Gouverneur Hogg stattgegeben. Mit folgendem Brief reichte ich sie an Wesley weiter:

> Sir –
>
> Mit beiliegendem Schreiben sende ich Ihnen die umfassende Begnadigung durch den Gouverneur von Texas. Ich gratuliere Ihnen dazu und vertraue darauf, dass dies der Beginn einer strahlenden und friedlichen Zukunft ist. Noch ist Zeit, die verlorene Vergangenheit zurückzugewinnen. Kehren Sie dieser Vergangenheit mit all ihrem Leid und Kummer den Rücken, und richten Sie Ihren Blick mit Entschlossenheit auf die Zukunft, ein ehrenwertes und nützliches Mitglied der Gesellschaft zu werden. Jeder ehrliche Mann wird Ihnen die Hand

reichen und Ihnen auf Ihrem Weg nach oben helfen, und ich vertraue darauf, dass der Name Hardin in Zukunft mit jenen Taten in Verbindung gebracht wird, die seiner Familie zur Ehre gereichen und der Menschheit ein Segen sind. Haben Sie jemals Victor Hugos Meisterwerk *Les Miserables* gelesen? Falls nicht, dann sollten Sie das nachholen. Es zeichnet in plastischen Worten das Leben eines Menschen nach, der die bittersten Tropfen aus dem Kelch des Lebens gekostet hat, sich aber in christlicher Mannhaftigkeit fast wie ein Gott selbst darüber erhob und einen vor guten Taten prangenden Pfad hinter sich brachte. Mit den besten Wünschen für Ihr Wohlergehen und Ihr Glück verbleibe ich,

hochachtungsvoll,
W. S. Fly

SECHSTER TEIL

DER PISTOLERO IN EL PASO

Erklärung vom Gouverneur des Staates Texas

An alle, die diese Urkunde einsehen:

In Anbetracht dessen, dass John Wesley Hardin während der Frühjahrsamtsperiode A.D. 1878 vor dem Distriktgericht von Comanche County, Texas, wegen Mordes mit bedingtem Vorsatz verurteilt und zu einer Haftstrafe von fünfundzwanzig Jahren verurteilt worden ist; zeitgleich zu diesem Urteil am 1. Januar 1892 ein Urteil von zwei Jahren vor dem Distriktgericht des DeWitt County, Texas, wegen Totschlag erging, und:

In Anbetracht dessen, dass er seine Haftstrafe verbüßt hat und am 17. Tag des Februars 1894 aus der Haft entlassen wurde, wie anständige Bürger erbeten haben;

So gewähre ich, J.S. Hogg, Gouverneur von Texas, kraft meiner mir von der Verfassung und den Gesetzen dieses Staates verliehenen Befugnisse, hiermit, anhand von angeführten Gründen, die in Akte im Büro des Staatssekretärs liegen, oben genanntem Verurteilten, John Wesley Hardin, umfassende Begnadigung in beiden Fällen und erteile ihm die volle Staatsbürgerschaft und das Wahlrecht zurück.

Zur Beurkundung des Genannten mit meinem Namen unterschrieben und mit dem Siegel des Staates versehen in der Stadt Austin am 16. Tag des März A.D. 1894.

J.S. Hogg, *Gouverneur*
Geo. W. Smith, *Staatssekretär*

Auszug aus *Das Leben John Wesley Hardins,* von ihm selbst niedergeschrieben

»Leser, Sie sehen, was Trunksucht und Leidenschaft anrichten können. Wenn Sie im Leben Erfolg haben wollen, dann seien Sie mäßig und zügeln Sie Ihre Leidenschaften; wenn nicht, so sind Ruin und Tod das unausweichliche Resultat.«

Cicero Allenwood

Als Wes zurückkam, blieb er erst mal eine Weile im Haus von Fred Duderstadt. Seine Kinder hatten dort seit dem Tod ihrer Mutter gelebt, und davor waren sie jahrelang Nachbarn gewesen. Den Großteil ihres Lebens über war Fred der wichtigste Mann in ihrer Nähe gewesen, war er derjenige, der aushalf, wenn sie Hilfe brauchten. Wenn man bedenkt, dass Wes die letzten fünfzehn Jahre im Gefängnis gesessen hatte, ist es nur natürlich, dass sie Fred eher als ihren Daddy ansahen als ihn. Es muss ziemlich schwierig zwischen ihnen gewesen sein, als Wes schließlich zu ihnen zurückkehrte und so etwas sagte wie: »Hallo, Kinder – Daddy ist wieder daheim!«

Als Wes aus Huntsville entlassen wurde, war Molly eine erwachsene Frau von einundzwanzig Jahren und verlobt mit dem jungen Charlie Billings. Man erzählt sich, dass Wes nicht viel von dieser Partie hielt, aber weder Molly noch Charlie davon abbringen konnte. Seinen Sohn Johnny kannte ich richtig gut. Er war einer von Freds Cowboys, und zwar ein verdammt guter. Er konnte reiten, als ob er im Sattel geboren wäre. Ich hörte, Wes habe versucht, die beiden dazu zu überreden, aufs College nach Austin zu gehen, aber davon wollten sie nichts wissen. Die kleine Jane kannte ihn so gut wie gar nicht, sie war ja erst ein Jahr alt gewesen, als er ins Gefängnis gekommen war. Aber Wes war erpicht darauf, als Familie mit ihnen zusammenzuleben. Er mietete ein nettes kleines Haus in Gonzales – er hatte den Ort immer gemocht und der Ort ihn, und er hatte entschieden, dort zu versuchen, sein Geld als Anwalt zu verdienen. Seine Kinder waren nicht sehr glücklich über den Umzug in die Stadt, aber er war ihr Vater, sie liebten ihn und wollten es ihm zuliebe versuchen, also zogen sie mit ihm nach Gonzales.

Schon nach kurzer Zeit bestand er das juristische Staatsexamen und bekam damit die Lizenz, praktizieren zu dürfen. Er eröffnete eine Kanzlei im Peck & Fly Building direkt gegenüber vom Gerichtsgebäude. Eines Sonntags nach der Kirche traf ich ihn. Seine Kinder und er gingen regelmäßig in den Gottesdienst, meist begleitet von Charlie Billings, der fast jede Woche in die Stadt kam, um Molly zu besuchen. An diesem speziellen Sonntag war Wes von Prediger Kinson gebeten worden, vor der Gemeinde ein Gebet zu sprechen, und das tat er besser als so mancher Prediger. Nach dem Gottesdienst ging ich zu ihm und sagte ihm das. Er lud mich zum Essen ein, was ich gern annahm, und von da an aß ich bald jeden Sonntag bei ihm zu Mittag. Hinterher saßen wir draußen auf der Veranda und unterhielten uns ausgiebig bei Zigarren und Mollys gutem Kaffee. Ganz ehrlich, wenn ich nicht gewusst hätte, um wen es sich handelt, dann wäre ich nie darauf gekommen, dass er früher mal der gefürchtetste Killer in Texas war. Er war gebildet und kultiviert, fast immer trug er einen sauberen schwarzen Anzug und Krawatte. Offenkundig genoss er es, Familienvater zu sein, auch wenn es manchmal durchaus deutlich wurde, dass Molly, Johnny und Jane es nicht mochten, wie Kinder behandelt zu werden, so groß, wie sie schon waren.

Eines Tages fragte ich ihn, ob er mich auf einen Drink in den Glass Slipper Saloon begleiten würde, doch er erwiderte nur: »Nein danke, Cicero, gehen Sie nur. Ich selbst begebe mich nicht mehr in Gesellschaft von König Alkohol.« Das mochte wohl stimmen: In den neun Monaten, in denen er in Gonzales lebte, hat niemand ihn etwas trinken sehen. Auch nicht pokern. Und soweit ich weiß, besuchte er auch keines der Etablissements am Rande der Stadt, kein einziges Mal. Er erklärte, er wolle ein anständiger Bürger sein, und er war darin weiß Gott besser als so manch anderer.

Soweit ich mich erinnere, hatte er während seiner Zeit in Gonzales vielleicht ein Dutzend Fälle zu bearbeiten, und dabei ging es nur um kleine Sachen wie Verträge und dergleichen. Er hatte genügend freie Zeit, um jeden Nachmittag auf der Gefängnisveranda aufzutauchen und mit uns zu schwatzen – mit mir, Sheriff R. M. Golver, Deputy Bob Coleman und einer Reihe von Dauergästen, die gern zusammenkamen, um über Politik zu debattieren, Geschichten zu erzählen und die neuesten Witze zu reißen. Wes passte gut dazu. Er erzählte tolle Geschichten, und alle mochten ihn. Natürlich gab es alles Mögliche, was wir von ihm hören wollten – die Morde, die er begangen hatte, wie er Hickok damals in Abilene die Stirn geboten hatte, wie Bill Longley wirklich gewesen war, wie es all die Jahre in Huntsville gewesen war und – ach, tausend Dinge. Aber man fragt einen Mann nicht einfach nach so persönlichen Dingen. Man lässt vielleicht ein paar Andeutungen fallen, mehr nicht. Wenn jemand etwas Persönliches erzählen will, dann tut er das auch, und wenn nicht, tja, dann ist es sein gutes Recht, es für sich zu behalten.

Eines Nachmittags allerdings zeigte er uns etwas, auf das wir alle unglaublich neugierig waren. Das Gespräch war irgendwie bei den alten Perkussionsrevolvern gelandet, die schon lange den Trommelrevolvern gewichen waren. R.M., Bob und ich trugen alle Peacemaker, und wir fragten Wes, was er davon hielt. Das seien feine Revolver, meinte er, er habe selbst einen, aber er glaube noch immer, dass der alte Army Colt .44 die beste Waffe sei, die er je benutzt habe. Dann sagte er: »Hängt da bei Ihnen an der Wand nicht einer, R. M.?«

R.M. ging in sein Büro und holte den Colt. Wes prüfte, dass er nicht geladen war, und wirbelte dann mit dem Teil herum wie mit einer Taschenuhr an der Kette. Er warf ihn wirbelnd in die Luft und fing ihn weiter wirbelnd mit der linken Hand wieder auf. Er warf ihn über die Schulter, machte schnell kehrt, fing ihn mit der rechten Hand auf und fächerte den Hammer mit der linken Hand so schnell, dass man nur Schemen sah. Dann reichte er den Revolver mit einem Grinsen auf den Lippen an R.M. zurück. »Man erzählt sich, dass Bill Longley sechs Schuss schneller fächerte, als man niesen konnte.«

Ich sag Ihnen, wir glotzten vielleicht. Wer hätte gedacht, dass jemand nach fünfzehn Jahren im Gefängnis noch immer so mit einer Waffe umgehen konnte? Zweifellos hatte er zu Hause geübt – aber trotzdem. Nachdem Wes gegangen war, um mit seinen Kindern zu Abend zu essen, meinte Bob Coleman: »Ich glaube, alles, was mir über diesen Mann und seine Waffe zu Ohren gekommen ist, stimmt.« Ich kann mich nicht erinnern, dass ihm jemand widersprochen hat.

Wes ließ sich nie etwas anmerken, aber er muss wohl recht unglücklich darüber gewesen sein, nicht allzu viele Fälle bekommen zu haben. Ich glaube nicht, dass er am Hungertuch nagen musste, aber vielleicht lag das Tuch schon auf dem Teller. Auch in der Familie liefen die Dinge nicht besonders gut. Molly hielt es nicht aus, so viel von Charlie getrennt zu sein, und wurde von Tag zu Tag griesgrämiger. Schließlich brach sie einfach zu Duderstadts Ranch auf. Das gefiel Wes überhaupt nicht, also ritt er hin, um sie zu holen. Als sie dann dort alle miteinander darüber sprachen, entschied er doch, sie bei Fred zu lassen. Was hätte er auch sonst tun können? Wenn er sie gezwungen hätte, nach Gonzales zurückzukehren, wäre Molly unglücklich gewesen. Er wünschte sich so sehr, dass die Familie zusammenblieb, aber nicht um den Preis, dass seine Kinder unglücklich waren.

Als Molly fort war, wurde es daheim nicht besser. Die kleine Jane vermisste ihre Schwester und flehte Wes an, ebenfalls zu Fred zurückgehen zu dürfen. Sie wolle bei Molly sein, sagte sie, sie wolle bei ihren Freundinnen sein. Also ließ Wes sie ebenfalls gehen. Johnny gefiel das Leben in der Stadt ebenso wenig wie seinen Schwestern, aber er war ein guter, loyaler Sohn, und wenn sein Vater ihn an seiner Seite haben wollte, dann war das sein Platz. In Wahrheit scharrte er schon mit den Hufen, endlich zurückzukehren und wieder als Cowboy zu arbeiten. Fred kam ab und zu in die Stadt und besuchte die beiden; dann bekam Johnny gar nicht genug davon zu hören, was auf der Farm vor sich ging. Tatsache war, Fred vermisste Johnny ebenso sehr wie Johnny ihn. Das weiß ich, weil Fred es uns erzählte, wenn er am Gefängnis vorbeikam und noch ein Glas mit R. M. und mir trank, bevor er sich auf den Heimweg machte. Die Lage war völlig verfahren. Mir ging der Gedanke nicht aus dem Kopf, wie schlecht er sich wohl dabei fühlen mochte, dass sein Sohn lieber bei Fred lebte als bei seinem Daddy. Aber er wusste es, und weil Wes nie ein Tyrann oder ein selbstsüchtiger Mann gewesen war und er den Jungen so sehr liebte, dass er ihn glücklich sehen wollte, willigte er schließlich ein, dass er zu Fred zurückkehren durfte. Wohlgemerkt, Johnny hat nie darum gebeten. Wes gab ihm die Erlaubnis aus freien Stücken. Ich sehe noch, wie Johnny und

 Fred zur Stadt hinausreiten und Wes vor dem Stall steht und ihnen nachschaut.

Ich glaube, Wes war in seinem ganzen Leben noch nie so einsam wie damals, als Johnny ging. Selbst als er noch hinter Gittern saß, wusste er, dass jemand auf ihn wartete, bis er nach Hause zurückkehrte, also war er nicht wirklich allein, nicht so, wie ich das meine. Aber jetzt war Jane tot und begraben, seine Kinder waren erwachsen und aus dem Haus, und ich schätze, sein Herz fühlte sich auf eine Weise leer an, die kein Trost von außen hätte auffüllen können. Ich weiß, wovon ich rede. Ich habe meine Frau Martha durch die Pocken verloren, als ich noch keine zwanzig war, und alle Freunde und Verwandten der Welt konnten das Loch nicht füllen, das sie wie ein leeres Grab in meinem Herzen hinterließ. Ich habe wohl versucht, mich zu Tode zu trinken. Nach einer Weile fühlte ich gar nichts mehr; und wenn man diesen Punkt erst mal erreicht hat, dann hört man entweder auf zu atmen oder macht sich auf den Weg zurück zu den Lebenden. Ich will damit nur sagen, dass die Einsamkeit schlimmer sein kann als irgendeine Krankheit, und man kann nichts dagegen unternehmen, außer es durchzustehen. Man muss eine Beschäftigung finden – abgesehen von trinken und Streit suchen, meine ich –, bis man darüber hinweg ist oder eben nicht.

Was Wes zu tun fand, war, sich in die anstehenden Wahlen für den Posten des Sheriffs einzumischen. R. M. kandidierte nicht mehr, und es sah ganz nach einem knappen Rennen zwischen zwei Kandidaten aus – Bob Coleman, Kandidat der Populist Party, und Old W.E. (Bill) Jones, der Kandidat der Demokraten, der schon in den Siebzigern Sheriff gewesen war. Als Wes mitbekam, dass Old Bill Jones kandidierte, schrieb er einen Artikel für *The Drag Net* (eine der beiden Zeitungen in der Stadt, deren Motto war: »Wir bewundern niemand besonders«). In dem Artikel schrieb er, dass Old Bill ihm 1872 dabei geholfen hatte, aus dem Gefängnis von Gonzales auszubrechen. Wes betonte, Old Bill sei schon damals ein korrupter Gesetzeshüter gewesen und würde sich nach seiner Wahl wohl kaum geändert haben. Wenn Gonzales einen ehrlichen Sheriff haben wolle, so Wes, dann sollten sie Bob Coleman ihre Stimmen geben.

Du meine Güte, was er damit für einen Skandal heraufbeschwor! Praktisch über Nacht waren die Wahlen zu einem Machtkampf zwischen Old Bill und Wes Hardin geworden, der noch nicht mal Kandidat war. Old Bill antwortete mit ein paar Artikeln im *Gonzales Inquirer*. Welcher vernünftige Mensch, so fragte er die Leser, würde denn einem verfluchten Sträfling glauben, der Dutzende von Menschen umgebracht hat? Er beschimpfte Wes und Bob Coleman als Lügner und beschuldigte Bob, Wes mit dem Versprechen auf seine Seite gezogen zu haben, ihn zu seinem Hauptstellvertreter zu machen, falls er die Wahlen gewinnt. Old Bill bat die anständigen Bürger von Gonzales zu überlegen, ob sie bereit seien, Wes Hardin eine Plakette auszuhändigen und ihm einen offiziellen, bewaffneten Amtsposten zu übertragen.

In der ganzen Stadt war die Stimmung aufgeheizt, und die meisten politischen Diskussionen endeten in Schlägereien. Manche fanden, dass es von Wes recht schäbig war, nach all den Jahren diese Vorwürfe gegen Old Bill zu erheben, selbst wenn sie zutreffen sollten. Falls Bill ihm geholfen hatte, aus dem Gefängnis auszubrechen, was war es dann für ein Dank, jetzt diese Geschichte auszugraben? Andere argumentierten, falls Old Bill tatsächlich korrupt gewesen sei, konnte niemand dazu verpflichtet sein, auch Wes nicht, das zu verheimlichen. Wes zeige mit der Wahrheit über Jones nur, wie umfassend er sich gebessert habe.

Dann verkündete Wes, dass er bei einem Wahlsieg von W. E. Jones nicht in Gonzales County bleiben würde. Wenn Old Bill gewählt würde, so sagte er, dann seien die Gesetzeshüter in Gonzales noch unehrlicher als jene, die die Gesetze brachen, und er wolle nicht in einem County leben, das solche Korruption hinnahm.

Es waren die knappsten Wahlen, die wir je hatten. Über viertausend Stimmen wurden abgegeben und sorgfältig ausgezählt. Als sich der Staub gelegt hatte, hieß der Gewinner – mit acht Stimmen Mehrheit – Old Bill Jones.

Ein paar Wochen später ritt Wes zur Ranch der Duderstadts und verabschiedete sich von seinen Kindern und von Frank und seiner Familie. Am nächsten Morgen lud er seinen Koffer auf einen Wagen, band sein Reitpferd hinten an und führte die Zugpferde westwärts aus Gonzales hinaus.

Annie Lee Lewis

Die beiden lernten sich bei einer Weihnachtsfeier kennen, waren zwei Wochen später verheiratet – und ein paar Stunden später sahen sie einander zum allerletzten Mal. Herr im Himmel! Ich habe ja schon von stürmischen Romanzen gehört, aber die zwischen meiner kleinen Schwester Callie und Mr. John Wesley Hardin war der reinste Tornado an Narretei! Diese Beziehung war von Anfang bis Ende erstaunlich, und es tut mir leid, das zu sagen, aber die beiden haben sich allen Spott verdient, den sie dafür über sich ergehen lassen mussten.

Er war einundvierzig, Herrgott noch mal. Callie war siebzehn. Er hatte eine Tochter in ihrem Alter. Ich war vierundzwanzig und kam mir neben ihm vor wie ein Kind. Man erzählte sich, dass er vierzig Männer erschossen hatte, bevor er ins Gefängnis kam. Der schlimmste Finger, den Callie zu jener Zeit kannte, war Marcus Framm, der mal das Lieblingshuhn eines Farmers mit einem Kleinkalibergewehr erlegt hatte. Sie verstehen, worauf ich hinauswill: Es gab mehr Unterschiede zwischen den beiden als nur die Altersspanne.

Die Dennisons, unsere Nachbarn in London, hatten die Weihnachtsgesellschaft gegeben, zum Teil auch zu Ehren von Mr. Hardin, der erst kürzlich von Gonzales nach Kimble County gezogen war und eine Anwaltskanzlei eröffnet hatte. Er war erst seit knapp einem Jahr wieder auf freiem Fuß. Die Dennisons waren mit den Hardins verwandt und standen in engem Kontakt zu Jefferson Davis Hardin, Mr. Hardins jüngerem Bruder, der in Junction lebte, etwa fünfzehn Meilen südlich von London. Bis zu diesem Abend hatten sie Mr. Hardin allerdings noch nie persönlich kennengelernt.

Man muss wissen, dass Callie schon immer ein eigensinniges und rebellisches Mädchen mit einem Hang zu Geschichten über abenteuerlustige Gesetzesbrecher gewesen ist. Sie war begeisterte Leserin von Groschenromanen. Ich habe sie häufig wegen ihres albernen Interesses an dieser schrecklichen Literatur gescholten, aber meine Missbilligung – und auch die Mutters – schien ihr Vergnügen daran nur noch zu steigern. Sie war der Eigensinn in Person. Vater, dem man nachsagt, in seiner Jugend selbst ein kleiner Tunichtgut gewesen zu sein, hatte nicht ernstlich etwas dagegen, dass Callie diesen Schund las – doch Vater sagte ja nie etwas gegen Callie. Sie war sein Liebling. Mutter meinte immer, die beiden seien aus demselben rebellischen Holz geschnitzt.

Nicht, dass es Callie an weiblicher Hinterlist mangelte – sie war eine unverbesserliche Kokette. Was wahr ist, muss wahr bleiben. Ich muss zwar zugeben, dass ich durchaus neidisch war auf ihr makelloses Gesicht und ihre Figur, aber ich weise weit von mir, was manche angedeutet haben: Ich sei so eifersüchtig auf sie gewesen, dass ich mich gar an ihrer Schmach mit Mr. Hardin erfreut hätte. Unsinn! Sie ist meine Schwester und ich liebe sie über alles. Es gab allerdings durchaus Gelegenheiten, bei denen sie derart übertrieben die Kokette spielte, dass ich sie insgeheim am liebsten gepackt und geschüttelt hätte, damit sie ein wenig zu Verstand käme. Unsere erste Begegnung mit Mr. Hardin war genau eine solche Gelegenheit.

Als sie ihm bei der Gesellschaft vorgestellt wurde, sprudelte sie nur so über. »Ach, Mr. Hardin«, sagte sie trillernd wie ein verwirrtes Vögelchen, »ich bin ja so überaus erfreut, Ihre Bekanntschaft zu machen. Ich habe den Eindruck, einer lebenden Legende zu begegnen. Vater hat so oft Ihren großen Mut im Widerstand gegen die verachtenswerte State Police gelobt.« Du meine Güte.

Und er, einundvierzig, makellos gekleidet in einem schicken schwarzen Anzug und Seidenkrawatte – also, wenn man *sein* dümmliches Grinsen sah, hätte man denken können, er sei noch nie von einem hübschen jungen Ding umschmeichelt worden. Wir alle wussten, dass er nur kurz verheiratet gewesen war, bevor er ins Gefängnis wanderte, und verwitwet, als er wieder rauskam. Man sollte ja annehmen, dass fünfzehn Jahre hinter Gittern dem gesellschaftlichen Anstand eines Mannes abträglich sind, aber offenbar hatte er sich noch etwas davon bewahrt. »Miss Callie«, erklärte er, »ich würde es noch einmal mit der gesamten State Police aufnehmen – und mit den Texas Rangers, bis zum letzten Mann –, wenn das nötig wäre, um die Ehre zu haben, mit Ihnen den nächsten Tanz zu tanzen.«

Er sah gut aus – auf eine etwas verwitterte Art. Er war groß, robust und distinguiert zugleich, und sein dunkles Haar war nur leicht mit Grau gepudert. Seine Augenbrauen waren kräftig, sein Kinn stark, und er trug einen dichten Schnurrbart. Aber das Bestechendste an ihm waren seine Augen, die zugleich charmant und Furcht einflößend waren – wenn Sie verstehen, was ich meine. Sie waren dunkelgrau wie Gewitterwolken und strahlten eine verwirrende Mischung aus Unabhängigkeit, Grausamkeit und Einsamkeit aus. Kein Wunder, dass Callie mit ihrem Hang zu Renegaten sich von solchen Augen verzaubern ließ – die Augen des einsamen Gesetzlosen und so weiter.

Den ganzen Abend über wich sie nicht von seiner Seite. Wenn sie nicht zu den Fiedeln tanzten, saßen sie zusammen in einer Ecke, tranken Punsch und unterhielten sich lebhaft, allen anderen gegenüber bis zur Unhöflichkeit gleichgültig.

Als Vaters Knecht uns am Ende des Abends nach Hause fuhr, berichtete mir Callie, dass sie sich hauptsächlich über das Buch unterhalten hätten, das er zu schreiben begonnen hatte, die Geschichte seines Lebens. Sie war ganz begeistert, dass er sich dazu herabgelassen hatte, mit ihr über ein so persönliches Unterfangen zu sprechen, und natürlich fand sie, dass seine Autobiografie eine wunderbare Idee sei. Sie würde auf jeden Fall loseilen und sich ein Exemplar des Buchs besorgen, versicherte sie ihm, und sie würde darauf schwören, dass es noch viele andere Leser geben würde. Als sie sich Gute Nacht wünschten, lud sie ihn ein, sie doch einmal zu besuchen. »Er hat den Namen Callie schon immer gemocht«, teilte sie mir mit. »Seine jüngere Tochter hieß bei Geburt Callie. Nur zu Ehren seiner Frau hat er sie später in Jane umbenannt. Ist das nicht wundervoll?« Ich war mir keineswegs sicher, was sie so wundervoll fand, aber sie rechnete eh nicht mit einer Antwort.

Vater war reich. Er war als junger Mann ohne einen Penny in den Krieg gezogen und hatte es, bis er nach Appomattox nach Hause kam, zum Captain gebracht. Er wurde Cowboy und kannte sich bald mit der Viehzucht aus. Binnen Kurzem war er Viehhändler und wurde schließlich einer der erfolgreichsten in unserer Gegend. Außerdem hatte er im Laufe der Jahre immer mehr Land gekauft und war nun der größte Grundbesitzer in Kimble County. Doch seine liebsten Erinnerungen, so sagte er immer, galten den Tagen als junger Cowboy, als er Vieh nach Kansas getrieben hatte. Wie sich herausstellte, war Mr. Hardin in seiner Jugend ebenfalls Cowboy gewesen, und fünf Minuten nachdem sie ihre Bekanntschaft gemacht hatten – Mr. Hardin war eine Woche nach der Gesellschaft zu Besuch gekommen –, ergingen sie sich lautstark in Erinnerungen an die glorreichen Tage auf dem Chisholm Trail.

»Entschuldigt uns«, sagte Vater zu uns anderen – Callie eingeschlossen, die doch zu Ehren von Mr. Hardins Besuch ihr bestes Kleid angezogen hatte –, »ich möchte diesen alten Halunken mal ein wenig näher kennenlernen.« Sie zogen sich in Vaters Arbeitszimmer zurück, um ihr Gespräch über die alten Tage auf dem Treck fortzusetzen. Kaum schloss sich die Tür hinter ihnen, stampfte Callie mit dem Fuß auf und schimpfte: »Er ist mich besuchen gekommen, nicht um mit Vater über blöde alte Kühe zu reden!« Ich glaube, sie wäre hinter ihnen her ins Arbeitszimmer gestürmt und hätte eine Szene gemacht, wenn Mutter sie nicht ermahnt hätte, ihre Manieren nicht zu vergessen – nur um sich dann mit uns zu verschwören, die Männer aus dem Arbeitszimmer zu locken, indem wir das Essen früher als sonst servieren ließen.

Im Arbeitszimmer hatten sie sich ein paar Whiskey genehmigt – Mr. Hardin behauptete, es seien die ersten Tropfen seit »meiner Zeit in Staatsdiensten« gewesen, wie er sich so amüsant ausdrückte – und man sah es ihm deutlich an. Seine Augen funkelten schelmisch, seine Stimme war lauter, seine Gesten ausladender. Er lächelte Callie unentwegt an und zwinkerte ihr sogar ein oder zwei Mal über den Tisch hinweg zu. Callie war erfreut über seine indiskrete Aufmerksamkeit und strahlte ihn an wie der Vollmond im Fenster. Mutter war etwas verblüfft, doch Vater war selbst vom Whiskey ein wenig befeuert und kümmerte sich nicht weiter um das offenkundige Flirten. Als wir mit Dessert und Kaffee geendet hatten, bat Mr. Hardin Vater (»Captain Len« nannte er ihn, offenkundig wusste er, wie er von allen im Land genannt wurde) um die Erlaubnis, mit Callie eine kurze Ausfahrt im Buggy zu machen. Vater willigte natürlich ein, wobei er Mutters Stirnrunzeln völlig übersah.

Als die beiden nach kaum einer Stunde zurückkehrten, lächelte Callie rätselhaft wie eine Katze. Mr. Hardin trank noch ein Glas mit Vater, gab ihm dann die Hand und wünschte uns allen einen guten Abend. Als wir in jener Nacht im dunklen Schlafzimmer in unseren Betten lagen, verriet mir Callie, dass Mr. Hardin um ihre Hand angehalten habe. »Um Himmels willen, Callie!«, entfuhr es mir.

»Ich habe noch nicht Ja oder Nein gesagt«, meinte Callie. »Ich hatte wirklich nicht damit gerechnet. Ich sagte, ich würde darüber nachdenken.« Sie stützte sich auf einen Ellbogen, sah mich im Dunkeln an und wirkte in ihrem Baumwoll-Chemisett wie ein blasser Schatten. »Bist du geschockt, Annie Lee? Stell dir nur vor – du wärst die Schwägerin von John Wesley Hardin, dem berühmtesten Desperado von ganz Texas.« Dann kicherte sie wie ein teuflisches Kind.

»Aber er ist doch so alt, er könnte dein Vater sein!«, entgegnete ich. »Und außer seinem Namen gehört ihm nicht der Dreck unterm Fingernagel.«

»Ach du!«, meinte Callie nur. »Niemand sonst würde so etwas Gemeines sagen. Du bist doch nur eifersüchtig!«

Mutter *war* geschockt, als Callie ihr die Neuigkeiten unterbreitete. Ich weiß, sie fand, Mr. Hardin sei zu alt für Callie – und viel zu vertraut mit den harten Wahrheiten des Lebens. Doch sie sagte nur, dass die Ehe eine schwere Entscheidung sei, und vielleicht sollten Callie und Mr. Hardin sich noch etwas mehr Zeit lassen, um darüber zu reden. Vater hielt diese Heirat natürlich für eine wunderbare Idee und wollte nichts dagegen hören. Callie musste ihn daran erinnern, dass sie den Antrag noch gar nicht angenommen hatte. »Aber ich weiß, dass du das tun wirst«, sagte Vater und grinste schelmisch. Callie lächelte nur und sagte nichts.

Am folgenden Tag bekam sie einen Brief von Mr. Hardin, der sie um eine Antwort auf seinen »Antrag« bat. Er berichtete ihr auch, dass er auf dem Heimweg am Abend zuvor schwer vom Buggy gestürzt sei, weil ein Kojote das Pferd erschreckt hatte. Er habe Kratzer im Gesicht und angeknackste Rippen, schrieb er, sei sich aber sicher, in ein paar Tagen wieder auf dem Damm zu sein.

Vater lächelte breit, als Callie ihm am Abend den Brief zeigte. »Und wie wird die Antwort auf seinen Vorschlag lauten, Tochter?«, fragte er. Callies Gesicht war nur schwer zu deuten. Sie betrachtete einen Augenblick lang Mutters traurige Miene, dann sah sie mir direkt in die Augen. Meine Missbilligung muss wohl deutlich gewesen sein, denn Callie verzog verächtlich den Mund und sagte dann zu Vater: »Meine Antwort lautet Ja.« Vater strahlte und sagte ihr, er wünsche Mr. Hardin so bald wie möglich in dieser Angelegenheit zu sprechen. »Ich schreibe ihm noch heute«, sagte Callie.

Wie Mr. Hardin zu den gebrochenen Rippen und den Kratzern im Gesicht kam, dazu gibt es auch eine andere Geschichte. Rita Maria, die Frau eines der Vorarbeiter auf Vaters Ranch, war meine geschätzte Vertraute, die mir alles erzählte über das Leben in den raueren Ecken. Ihre Quelle wiederum war ihr Mann Francisco. Von ihm hatte sie gehört, dass Mr. Hardin auf dem Heimweg von Junction unterwegs an einem einsamen Lokal am Wegesrand haltgemacht hatte, um noch ein, zwei Glas zu trinken. Man erzählt sich, dass er schon ein wenig betrunken gewesen sei, als er ankam, und in kürzester Zeit noch betrunkener war. Er habe sich dem Barkeeper gegenüber damit gebrüstet, dass er schon bald ein mächtiger Mann sein würde in Kimble County. Seine lautstarke Prahlerei ging allerdings den anderen Gästen, raue Holzfäller zumeist, schon bald auf die Nerven. Grobe Worte flogen hin und her, und Mr. Hardin forderte einen der Holzfäller zum Faustkampf heraus. Die beiden gingen nach draußen und kämpften in einem breiten Graben hinterm Haus im Mondschein. Daher hatte, meinte Francisco zu Rita Maria, Mr. Hardin seine Verletzungen – hatte er jedenfalls gehört.

In jener Nacht hörte ich, was Mutter und Vater in ihrem Zimmer miteinander sprachen. »Er hat Menschen umgebracht, Leonard«, erklärte Mutter. »Er war den Großteil von Callies Leben im Gefängnis! Er nutzt das arme Kind aus – ja, Kind –, sie hat doch noch gar keine Ahnung. Er will nur an den Besitz kommen, den ihm diese Ehe einbringt. Das musst du doch erkennen. Warum sonst würde ein solcher Mann ein so junges Ding heiraten wollen?«

Vater erwiderte: »Callie ist kein Kind mehr. Sie ist eine erwachsene Frau, und es wird Zeit, dass sie unter die Haube kommt. Eine alte Jungfer in der Familie reicht.« (Die Bemerkung tat mir weh, aber nicht sehr – ich hatte mich schon längst an diese scheelen Spitzen wegen meiner Jungfräulichkeit gewöhnt.) »Ja, der Mann hat Verbrechen begangen«, fuhr Vater fort, »und er hat einen hohen Preis dafür bezahlt. Das Gefängnis hat ihn die Familie gekostet, und vor lauter Einsamkeit sehnt er sich nach einer neuen. Er braucht eine junge Frau, die ihm eine Familie geben kann. Er ist ein Mann voller Mut und Stärke, und es ist für uns eine Ehre – eine Ehre, hörst du? –, einen solchen Mann zu unserer Familie zählen zu dürfen. Und damit ist genug.«

Nach einer Woche war Mr. Hardin erneut in unserem Haus, diesmal, um mit Vater die Einzelheiten der Heirat zu besprechen. Callie erschrak beim Anblick seines Gesichts, es war noch immer grün und blau, und sie war an jenem Abend am Esstisch ungewöhnlich still. Als Mr. Hardin Vater erzählte, dass er recht beschäftigt damit sei, seine Memoiren zu schreiben, sah Callie ihn verletzt an, als habe er ein Geheimnis verraten, das nur ihnen gehörte.

Nach dem Essen machten Callie und Mr. Hardin einen langen Spaziergang über die südlichen Weiden. Als sie zurückkamen, war sie besserer Stimmung, und das Lächeln, das sie mir zuwarf, war voller Sünde. Ihre Augen tanzten, ihre Wangen waren gerötet. In ihren Haaren steckte ein Grashalm. Auch Mutter sah es und presste die Lippen zusammen – aber natürlich sagte sie kein Wort. Mr. Hardin grinste steif und trank ein Glas Whiskey mit Vater, dessen Feierlaune in letzter Zeit dazu führte, dass er mehr trank als sonst.

Die beiden heirateten am 8. Januar, an einem eisigen, aber strahlenden Tag, im County-Gericht in Junction. Callie war wunderschön in ihrem weißen Kleid, und Mr. Hardin wirkte trotz der noch sichtbaren blauen Flecken im Gesicht sehr distinguiert in seinem schwarzen Anzug und dem steifen Kragen. Bei der kleinen Feier waren nur unsere Familie und ein paar enge Freunde anwesend – und natürlich Mr. Hardins Bruder Jefferson Davis und seine Frau. Der große Tanz sollte am späten Nachmittag stattfinden, alle wichtigen Familien aus dem ganzen County würden kommen. Während Vater Braut und Bräutigam zum Haus von Familienfreunden brachte, wo sie sich frisch machen konnten und auf die Feierstunde warten sollten, bereiteten Mutter und ich mit einer Reihe von hilfsbereiten Nachbarinnen und Verwandten den Gerichtssaal vor, wo der Tanz stattfinden sollte. Alle Möbelstücke waren entfernt worden, bis auf ein paar lange Esstische an der Wand und eine Bühne vorn im Raum, wo die Musik spielen sollte.

Kurze Zeit später waren die Tische übervoll mit dampfenden Schüsseln und zugedeckten Tellern, mit Pasteten und Kuchen, Punschbowlen und Krügen mit anderen Getränken. Die Musikanten hatten ihre Instrumente gestimmt und waren bereit, im Raum schallte es von dem Gelächter und den Gesprächen der über hundert Anwesenden. Vater schaute auf die Uhr und meinte: »Sie werden jeden Augenblick hier sein.«

Der Zeitpunkt ihrer geplanten Ankunft verstrich. Vater schaute wiederholt auf die Uhr und machte ein grimmiges Gesicht. Der Lärm der Unterhaltung hatte einen fragenden Ton angenommen, und die Gäste wurden langsam unruhig. »Vielleicht hat es einen Zwischenfall gegeben«, meinte Mutter nervös. Vater beschloss, der Sache auf den Grund zu gehen, und Mutter bestand darauf, ihn zu begleiten. Sie trugen mir auf, vor Ort zu bleiben und die Gäste zu besänftigen, so gut mir das möglich war.

Wenn ich sage, ich weiß nicht, was passiert ist, dann glaubt mir niemand. Ich sehe nur ungläubige Gesichter. Die Leute denken, ich enthalte ihnen die Wahrheit vor aus Rücksicht auf Callie oder einfach nur aus dem gemeinen Vergnügen, sie für mich selbst zu behalten. Aber so ist es: Bis zum heutigen Tag weiß ich nicht, was geschehen ist. Auch Mutter nicht. Und Vater ist der Verwirrteste von uns allen – außer vielleicht Mr. Hardin, der, wenn man ihm glauben kann, nicht die leiseste Erklärung für Callies verwirrendes Benehmen hat. In den ersten Wochen danach habe ich sie immer und immer wieder gefragt, doch sie weigerte sich schlichtweg, mit mir darüber zu sprechen. Schließlich erklärte sie, wenn ich nicht aufhörte zu fragen, würde sie überhaupt nicht mehr mit mir sprechen. Auf ähnliche Weise unterband sie Mutters und Vaters Fragen: Sie drohte damit, das Haus zu verlassen und zu einer Cousine nach Dallas zu ziehen.

Ich weiß nur, was alle anderen wissen: Die Freunde, in deren Haus sie auf den Beginn des Festes warten sollten, waren eine Stunde vor der vorgesehenen Zeit zum Gerichtsgebäude aufgebrochen. Sie dachten, Callie und Mr. Hardin wären vor dem Fest vielleicht gern ein paar Minuten allein. Ich weiß auch, dass in dem Augenblick, als Mr. Hardin und Callie aus dem Haus kamen, um zum Tanz zu fahren, Jefferson Davis Hardin und seine Frau in ihrer Kutsche angefahren kamen, um sie zu begleiten. Mr. Hardin zufolge begrüßte Jefferson Davis sie mit den Worten: »Ich grüße dich, Bruder Wesley – und auch das süße kleine Kind, das du frisch aus der Wiege geraubt hast.« Mr. Hardin berichtete Mutter und Vater, dass sein Bruder es im Scherz gemeint hatte – doch im nächsten Augenblick brach Callie in Tränen aus und stürzte zurück ins Haus.

Mr. Hardin erklärte, er sei so perplex gewesen, dass er einen Augenblick dagestanden und ihr nachgeschaut habe. Jefferson Davis habe laut gelacht und ihr nachgerufen: »Du meine Güte, Kleines, das musst du doch keinem beweisen!« Mr. Hardin sagte, er habe seinen Bruder wegen dieser Bemerkungen gescholten und sei dann ins Haus gerannt. Doch Callie hatte sich in einem Zimmer eingeschlossen und weigerte sich, ihn hineinzulassen oder auch nur zu antworten, was denn los sei. Mr. Hardin sagte, er habe vergeblich versucht zu erklären, dass sein Bruder doch nur einen Scherz gemacht habe, dennoch wollte sie nicht öffnen. Er sei schließlich gezwungen gewesen, die Tür mit der Schulter aufzubrechen, berichtete er, was bedauerlicherweise ihre Not nur noch vergrößerte. Sie stürzte aus dem Zimmer auf die Veranda hinaus, setzte sich in einen Sessel und umklammerte ihre Knie, weinte hemmungslos und weigerte sich, ihn anzuschauen. Wenn er versuchte, sie zu berühren, wurde ihre Hysterie nur noch größer.

So fanden Vater und Mutter die beiden vor – Callie, die auf einem Sessel auf der Veranda kauerte, hemmungslos weinte und Mr. Hardin scheinbar nicht hörte, der neben ihr kniete und ernst mit ihr sprach. Mr. Hardin sah Vater und Mutter kommen, sagte: »Schau, Callie, hier sind deine Eltern« und berührte sie am Arm. »Sie schrie, als hätte der Teufel selbst Hand an sie gelegt«, meinte Mutter zu mir. Sie kreischte auf, rannte zu Vater und klammerte sich fest an ihn, schluchzte und flehte ihn an, sie bitte, bitte sofort nach Hause zu bringen.

Mr. Hardin folgte uns in seinem Buggy und versuchte nach der Ankunft im Haus, weiter mit ihr zu sprechen. Doch Callie schloss sich in unserem Zimmer oben ein und weigerte sich, ihn einzulassen oder auch nur auf sein Flehen an der Tür zu antworten. Vater versuchte als Vermittler einzuspringen, doch ohne Erfolg. Dann tat Mutter ihr Bestes, um eine Erklärung von ihr zu bekommen, doch Callie weigerte sich hartnäckig, auch nur darüber zu reden, auch nicht mit ihr. Schließlich kreischte sie: »Sag ihm, er soll verschwinden! Er soll verschwinden und nie, nie, nie wieder herkommen! Niemals! Ich will ihn niemals wiedersehen! Ich will nichts von ihm hören! Ich will noch nicht mal seinen Namen hören! Niemals!« Man hätte sie bis zur Hauptstraße hören können.

Mr. Hardin, der ganz verstört und verwirrt wirkte, verabschiedete sich von uns. Vater versprach, er würde weiter auf Callie einwirken, damit sie »wieder zu sich kommt«. Selbst Mutter, die durchaus nicht auf Mr. Hardins Seite stand, war beschämt über Callies abscheuliches Benehmen und versicherte ihm, dass Callie sich schon bald weit genug beruhigen würde, um zu erklären, was ihr solchen Kummer machte. »Ich bin sicher, es kommt alles ins Lot«, sagte sie. Er bedankte sich bei beiden für ihre Bemühungen und sagte, auch er sei sicher, dass alles wieder ins Reine käme. Ganz offen gestanden, sah er aber durchaus nicht so aus, als würde er auch nur im Mindesten daran glauben.

Er sollte nie wieder in London erscheinen. Er zog zu Freunden nach Kerrville, etwa fünfunddreißig Meilen südöstlich von Junction. Erst schrieb er Vater fast täglich, fragte nach Callie und berichtete, dass er fleißig an seinem Buch arbeite. Stets legte er einen separat verschlossenen Brief für sie bei. Doch stets weigerte sie sich, ihn anzunehmen, und Vater musste ihn mit dem Ausdruck seines Bedauerns an Mr. Hardin zurücksenden.

Langsam ließ seine Briefflut nach, und er legte keine separaten Briefe mehr für Callie bei. Dann kamen seine nur noch ein Mal die Woche. Es handelte sich eher um kurze Notizen, und in ihnen spiegelte sich die Enttäuschung wider, niemals wieder mit seiner Braut versöhnt zu sein.

Die ganze jämmerliche Episode ist Wasser für die Mühlen der örtlichen Gerüchteküche, doch ich habe mich eisern geweigert, wegen der Verlegenheit, in die uns meine Schwester gebracht hat, auch nur rot zu werden. Warum auch? Die Gerüchte haben völlig recht: Die beiden hätten niemals heiraten dürfen. Den Spott haben sie sich verdient.

Anfang des Frühjahrs hörten wir zum letzten Mal von ihm. Er schrieb, dass er nach Pecos gehen und einen Fall übernehmen würde. Von Callie kein Wort, aber gut. Vater hatte zu diesem Zeitpunkt bereits Callies Drängen nachgegeben und einen Anwalt angeheuert, um die Scheidung in die Wege zu leiten. Mr. Hardin brach im April nach West Texas auf und kehrte nie wieder zurück.

Aus der *El Paso Times* vom 7. April 1895

Zu den Bürgern von Pecos City, die sich augenblicklich in El Paso aufhalten, zählt auch John Wesley Hardin, Esq., ein führendes Mitglied der Anwaltskammer von Pecos City.

In jungen Jahren war Mr. Hardin so wild wie die weiten Prärien des Westens, in denen er aufgewachsen ist. Aber er war auch ein großzügiger, mutiger Bursche, der sich zum Wohl seiner Freunde nicht wenig Ärger einhandelte und dem schon bald der Ruf vorauseilte, ein aufbrausender und unfehlbarer Schütze zu sein. Wenn in jenen Tagen ein Mann einen anderen beleidigte, so starb einer von beiden auf der Stelle. Der junge Hardin, der den Ruf genoss, sich nichts gefallen zu lassen, musste sich jedem Bösewicht stellen, der glaubte, so seinen Ruhm mehren zu können; doch genau darin begingen die »Bösewichter« einen Fehler, denn der junge Texaner überlebte so manch hitzige und tragische Begegnung.

Einundvierzig Jahre haben aus dem impulsiven Cowboy einen ruhigen, würdigen, friedliebenden Geschäftsmann gemacht. Mr. Hardin ist ein bescheidener Gentleman von gefälligem Äußeren, doch unter seiner zurückhaltenden Würde liegt eine Bestimmtheit, die sich allein der Vernunft und dem Recht beugt. Er ist ein Mann, der sich mit allen anfreundet, die in engen Kontakt mit ihm kommen. Er weilt in unserer Stadt als beisitzender Anwalt des Klägers im Fall Texas vs. Bud Frazer, dem Angriff mit Tötungsabsicht vorgeworfen wird.

Mr. Hardin ist in ganz Texas bekannt. Er wurde hier geboren und ist hier aufgewachsen.

Hudson Duvall

El Paso war die letzte wilde Stadt in Texas. Mexiko begann gleich auf der anderen Seite des Rio Grande und New Mexico einen Steinwurf weiter nördlich, deshalb lag die Stadt sehr günstig für jene, die vor dem Gesetz auf der Flucht waren. Kein Wunder also, dass sich hier die ganzen Desperados wiederfanden. Um so viele böse Buben im Zaum zu halten, war die Hilfe einiger der härtesten Gesetzeshüter im ganzen Land vonnöten. Jeff Milton, früher Ranger und U.S. Marshal, also niemand, mit dem man sich anlegen wollte, war Polizeichef. »Jeder, den ich umgelegt habe, hat's nicht anders verdient« – so sein Motto, und das wusste jeder. Deputy U.S. Marshal George Scarborough war ebenfalls so ein schneller Arschtreter, dem man nicht komisch kommen durfte. Old John Selman, von dem manche behaupten, er sei ein noch viel größerer Bandit und Mörder gewesen als alle, die er jemals verhaftet hatte, war Constable im ersten Revier. Sein Sohn John junior war Polizist. Wie ich schon sagte – das Gesetz in El Paso war mindestens so hart wie die Gesetzlosen selbst. Und manche meinen, auch mindestens so korrupt.

Ich war in jenem Winter nach El Paso gekommen, und im Frühling hatte ich genug davon. Für einen Mann mit meinem Job war es einfach zu gefährlich. Ich war Kartengeber – meistens Poker, ab und zu Blackjack, gelegentlich Faro. Ich arbeitete im Gem Saloon und kam ganz gut zurecht. Aber es verging kaum eine Nacht, in der nicht einer am Tisch mir vorwarf, mit den Karten zu tricksen, und manchmal wurde es ziemlich hitzig, bis kühlere Köpfe den Heißsporn dazu brachten, seine Verluste mit etwas mehr Anstand hinzunehmen. Nicht immer behielten die kühleren Köpfe die Oberhand: Eines Nachts wurde ein Kartengeber zwei Tische neben mir erschossen. Der Mörder wurde verhaftet und schließlich verurteilt und aufgeknüpft, aber das machte den

Kollegen auch nicht wieder lebendig. Schlechte Verlierer sind natürlich eine ständige Gefahr in dieser Branche – das ist eine der ersten Regeln, die ein Kartengeber lernt. In El Paso aber schien es erheblich mehr als nur die übliche Menge an Männern zu geben, die sich bei Verlusten persönlich angegriffen fühlten.

Hardin war es, der mich schließlich davon überzeugte, dass es an der Zeit war, den Staub von El Paso abzuschütteln und nach Kalifornien zu gehen. Er kam im April in die Stadt – doch bereits vor seiner Ankunft machte das Gerücht die Runde, dass er auf dem Weg hierher sei. Jemand rief aus Pecos an, wo Hardin den Fall eines angeheirateten Cousins namens Killing Jim Miller vertrat, gab die Nachricht durch, und schon summte es in den Saloons tagelang wie in einem Bienenstock. Ich erinnere mich an einen Zeitungsartikel, in dem stand, dass Hardin in der Stadt willkommen sein solle, weil er ein ermutigendes Beispiel dafür sei, dass sich ein Mann im Gefängnis rehabilitieren und über seine elende Vergangenheit triumphieren könne. Ein Vorbild interessierte die Saloonratten allerdings kaum – sie wollten einen Blick auf John Wesley Hardin werfen, den berühmten Pistolero. Einige von ihnen waren noch Kinder gewesen, als er in Huntsville eingebuchtet wurde, aber selbst unter den älteren Raubeinen galt er als lebende Legende – der schnellste, tödlichste Pistolero in ganz Texas, der Mann, der einen Krieg gegen die State Police geführt hatte und der die Griffschalen an seinen Revolvern mehr als nur einmal hatte erneuern lassen müssen, so viele Kerben hatte er eingeritzt.

Die örtlichen Gesetzeshüter waren bei Weitem nicht so erfreut darüber, ihn in der Stadt zu haben, wie die Saloonratten. Ich habe gehört, dass Jeff Milton und George Scarborough ihn mit Schrotflinten am Bahnhof erwarteten. Sie warnten ihn davor, innerhalb der Stadtgrenzen eine Waffe zu tragen, und ermahnten ihn, auf der Hut zu sein. Das muss eine interessante Unterhaltung gewesen sein. Hardin erwiderte wohl, dass er nicht die Absicht habe, Ärger zu machen, und hoffe, dass niemand ihm welchen machte. Er wolle nichts weiter als ein guter Anwalt sein, und tatsächlich eröffnete er im ersten Stock des Bürogebäudes auf der anderen Straßenseite vom Gem Saloon eine Anwaltskanzlei.

An seinem ersten Abend in der Stadt kam er in den Gem Saloon und wurde wie ein Held begrüßt. Irgendwann hatte er ein Dutzend frischer Drinks vor sich auf dem Tresen stehen, jeder von einem anderen bezahlt. Alle wollten später sagen können, dass sie dem wahren, echten John Wesley Hardin einen Drink spendiert hätten. Alle wollten gut Freund mit ihm sein. Alle wollten von ihm hören, wie er sich Bill Hickok gestellt und wie er Charlie Webb in Comanche niedergeschossen hatte. Sie umschwirrten ihn wie ein Ein-Mann-Kuriositäten-Kabinett, und das war er ja in gewisser Weise auch. Die ersten paar Male nahm er die Drinks an, trank aber nur ein paar davon und lehnte es höflich ab, Geschichten aus seiner Vergangenheit zu erzählen. Die Zeiten seien schon lange vorbei, meinte er, er wolle sie wirklich nicht wieder aufleben lassen, vielen Dank. Aber ich schätze, er hatte nicht die Kraft, diese ganze Bewunderung zu ignorieren. Es war ziemlich offensichtlich, dass er sie genoss, und in der Zeit im Gefängnis hatte er wohl nicht allzu viele Drinks spendiert bekommen. Nachdem er zwei Wochen in der Stadt war, kippte er fast alle Drinks, die die Jungs ihm ausgaben, und grinste die Meute, die sich um ihn versammelte, mit strahlenden Augen an, während er den Revolvertrick demonstrierte, mit dem er Hickok überlistet hatte. Mit *pistolas* konnte er umgehen, keine Frage. Er gab diese Showeinlage in Saloons in ganz El Paso zum Besten, hab ich mir sagen lassen.

Nach einer Weile setzte er sich zu den Spielen im Gem Saloon dazu, und ich weiß, dass ein paar der Jungs manchmal absichtlich verloren, nur um ihn glücklich zu machen und sich mit ihm gut zu stellen. Tatsache ist, er war ein leichtsinniger Spieler, und manchmal konnten die Jungs auch absichtlich nicht gegen ihn verlieren. Ich habe immer gehört, dass er mal ein teuflisch guter Spieler gewesen sein soll, aber an der Art, wie er im Gem spielte, sah man das nicht. Was die Sache noch schlimmer machte – er gehörte zu den schlechten Verlierern, die ich vorhin erwähnt habe, vor allem, wenn er getrunken hatte.

Eines Nachts setzte er sich an meinen Tisch zu einer Runde Stud Poker, und gegen Mitternacht war er so gut wie pleite. Er hatte rote Augen, war mürrisch und nicht in der Stimmung für die Scherze und das Gekicher am Tisch. Als Buck Elliot vier Neuner hinlegte und den größten Einsatz des Abends kassieren wollte – von dem Hardin geglaubt hatte, er könne ihn sich mit seinem Full House mit Assen und Fünfen sichern –, war es zu viel für ihn. »Shit!«, sagte er und wischte Bucks Karten schnell mit der Rückhand vom Tisch.

»He!«, sagten alle und »Was soll das?« und so fort. Alle waren recht vertraut mit Hardin geworden, in den Wochen seit er in der Stadt war, und diese Vertrautheit hatte ihnen ein wenig die Vorsicht geraubt. Vielleicht war es das, was ihm Sorgen machte, keine Ahnung. Ich weiß nur, was dann geschah. Er springt auf und ruft: »Ich hab genug von deinen Kartentricks, Junge!« Zu mir! Ich war wie gelähmt. »Ich trickse nicht!«, erwidere ich, und die anderen geben mir schnell Rückendeckung. »Hud ist kein Betrüger, Hardin«, sagt Bill Lepperman, und Jerome Bradstreet fügt noch hinzu: »Nicht was er gibt, kostet dich Geld, Hardin, sondern wie du spielst.«

»Spart euch den Bockmist für eure Gärten auf, ihr Mistkerle«, faucht Hardin und schiebt seine Jackenschöße beiseite, damit wir einen guten Blick auf seinen Revolver an der Hüfte und den anderen im Westenholster werfen können. Er hat sie nicht gezückt – in dem Punkt haben Buck und die anderen gelogen. Er hat sie uns nur gezeigt, das reichte schon. »Ihr alle zusammen habt mich lang genug an der Nase herumgeführt«, sagt er, »aber jetzt ist das verdammte Spiel aus. Dieser Topf gehört mir, und ich nehme ihn mir. Falls jemand dagegen Einwände hat, dann nur raus damit.«

Keiner von uns stand auf oder sagte etwas, also nahm er den Einsatz und stopfte ihn sich in die Taschen. Ich hatte eine Derringer in der Westentasche, aber es hätte genauso gut ein Frosch sein können, ich hatte eh nicht vor, von ihm Gebrauch zu machen. Das war der Zeitpunkt, an dem ich beschloss, nach Kalifornien zu gehen.

Kaum hatte Hardin den Saloon verlassen, zog Buck los und suchte einen Gesetzeshüter, und ein paar Minuten später tauchte er mit Old John wieder auf. John hörte sich unsere Geschichte an, dann gingen Buck und er zum Herndon House, wo Hardin wohnte. Als sie aber am Wigwam Saloon vorbeikamen, entdeckten sie ihn am Tresen.

Bucks Schilderung zufolge stand er direkt neben Old John, als der vor Hardin trat und ihm sagte, er sei verhaftet. Mack Tracey, der in jener Nacht hinterm Tresen war, erzählte mir allerdings, dass Buck sich an den Türen hielt, wie ein Hase bereit zum Sprung. Buck behauptete, Old John habe Hardin dazu gezwungen, einen Rückzieher zu machen, aber Mack erzählte was anderes. Er sagte, als Old John zu Hardin meinte, er sei verhaftet, weil er einen Pokereinsatz gestohlen habe, erwiderte der, das hätte er nicht getan, er hätte sich nur genommen, was rechtmäßig ihm gehöre. Old John meinte, das könne er dem Richter erzählen, doch Hardin entgegnete: »Ich sag's aber dir, Onkel.« Zu der späten Stunde waren vielleicht noch sechs Leute im Saloon, und alle huschten davon, um nicht in die Schussbahn zu geraten. Keine Ahnung, was als Nächstes passiert wäre, wenn in diesem Augenblick nicht Jeff Milton hereingekommen wäre.

Chief Milton hörte die eine Seite der Geschichte von Hardin, dann die andere von Buck, dann meinte er zu Hardin: »Wenn du beweisen kannst, dass sie dich betrogen haben, dann werde ich etwas dagegen unternehmen – wenn nicht, dann war es Unrecht, und das weißt du. Du hast selbst zu mir gesagt, dass du keinen Ärger willst. Ich nehme dich beim Wort.«

Hardin erwiderte, er wisse, dass er betrogen worden sei, könne es aber nicht beweisen. »Dann werde ich dich wegen Diebstahl verhaften müssen, Wes«, erklärte Chief Milton.

»Ich nehme den Revolver«, sagte Old John und wollte nach der Waffe an Hardins Hüfte greifen. Doch Hardin trat zurück und drehte sich weg. »Nichts wirst du tun«, knurrte er. »Jeff kann mich verhaften, du nicht, du mordender alter Bastard. Ich weiß alles über dich.«

Mack meinte, Old Johns Augen hätten aufgeblitzt, und einen Augenblick lang habe es ausgesehen, als würde er ziehen – was er aber nicht tat. »Wenn Old John überhaupt jemals in einem Duell gegen Wes Hardin gezogen hätte, dann in diesem Augenblick«, sagte Mack. »Der Mann hatte ihn einen Mörder genannt, Herrgott noch mal. Aber Old John ist ja nicht dadurch alt geworden, weil er bei Duellen irgendein Risiko eingegangen ist, wenn du verstehst, was ich meine – und falls du ihm jemals erzählst, dass ich das gesagt habe, werde ich dich einen verdammten Lügner schimpfen.«

Das jedenfalls war alles, was ich in El Paso von John Wesley Hardin mit eigenen Augen gesehen und mit eigenen Ohren gehört habe. Jeff Milton schleppte ihn vor Richter Howe, und der zwang ihn, das Geld an Buck zurückzuzahlen, und brummte ihm eine Strafe von fünfundzwanzig Dollar auf.

Es heißt, dass Hardin und Jeff danach Freunde wurden und in den Saloons öfter mal ein Gläschen zusammen nahmen – George Scarborough soll auch dabei gewesen sein. Manche erzählen, die drei hätten zusammengehalten wie Pech und Schwefel und sogar den Mord an Martin McRose abgesprochen. Keine Ahnung. Zu dem Zeitpunkt war ich schon auf dem Weg nach Kalifornien. Ich weiß allerdings, dass Hardin und Old John nicht eine Sekunde lang Freunde waren. Zwischen den beiden herrschte böses Blut, von Anfang an.

Hector Gomez O'Keefe

Einem Mann kann nichts Schlimmeres passieren, als sich in ein heißblütiges Miststück zu verlieben. Das jedenfalls war Marty passiert. Verdammt, die hat ja sogar mir schöne Augen gemacht, und ich bin nun wirklich kein schöner Anblick. Sie interessierte sich für alles, was einen Schwanz hatte.

Vic, Tom und ich saßen mit den beiden an einem Tisch in einer Cantina in Juárez, als Scarborough beim Zigarettendrehen Marty ganz beiläufig erzählte, dass Hardin seiner Frau Gesellschaft leistet. Er meinte, in El Paso wissen das alle und amüsieren sich herzlich darüber. Marty grinste nur hölzern. Ihm doch scheißegal, meinte er, ist ja nicht mehr seine Frau. Er hatte sich vor ein paar Monaten in Ojinaga von dieser nichtsnutzigen Rumtreiberin scheiden lassen, sagte er, die kann mit ganz El Paso rummachen, ihm ist das schnurz. Blödsinn. Er log, um das Gesicht zu wahren. Wann immer Marty geladen war, pochte eine dicke Ader auf seiner Stirn, und in dem Augenblick sah sie aus, als ob sie gleich platzt.

»Tja«, sagt Scarborough, »kann ja sein, dass du geschieden bist und alles, aber ich wette, die Jungs, die dich da drüben auf der anderen Seite des Flusses auslachen, wissen nichts davon. Ich wette, Hardin auch nicht.«

Er war gerissen, dieser Scarborough, er wusste, wie er Marty hochnehmen konnte. Ein paar Tage zuvor, als er dachte, Marty hält ihn hin, hatte er gesagt, er verhaftet ihn, wenn er das nächste Mal über den Fluss kommt. Old Selman hatte einen Wutanfall gekriegt, weil er betrogen worden war, und gemeint, er knallt Marty ab, wenn er jemals wieder seinen Fuß auf texanischen Boden setzt. Jetzt wollte Scarborough ein Geschäft machen. »Wenn ich die Hälfte des Gewinns von den Rindern kriege«, sagte er, »stelle ich Hardin eine Falle.« Er wollte ihn dazu bringen, mitten in der Nacht an der Eisenbahnbrücke aufzutauchen, dann konnte Marty ihm dort auflauern und ihm eine auf den Pelz brennen.

»Und was ist mit deinem Großmaulfreund Selman?«, fragt Marty. »Will der die andere Hälfte?« Und Scarborough sagt: »Scheiß auf Selman. Der alte Mistkerl hat doch keine Ahnung. Das ist nur zwischen dir und mir.« Marty will wissen, wie er Hardin dazu bringen will, mitten in der verdammten Nacht an der Brücke aufzutauchen, und Scarborough antwortet: »Zum Teufel, er und ich sind doch jetzt dicke Kumpels, weißt du das nicht? Ich sag ihm, ein Kerl, den ich kenne, will heute Nacht an der Brücke ein paar Bohnenfressern Gewehre verhökern, und er braucht Schutz, für den Fall, dass die Mexe ihn reinlegen wollen. Hardin wird schon mitmachen. Er will beweisen, dass er immer noch derselbe ist wie früher, bevor sie ihn eingelocht haben. Fordert in letzter Zeit sein Glück ganz schön heraus.«

»Ich werd ihm sein Glück schon geben«, sagt Marty. Also gut, sagt er, abgemacht – aber Scarborough kriegt sein Geld erst, wenn Hardin erledigt ist. »Na klar«, sagt Scarborough und grinst falsch, »ich vertrau dir. Vergiss nur das Geld nicht.« Marty lächelt mit einem Fahr-zur-Hölle-Blick und meint: »Mach dir darüber mal keine Sorgen, George. Ich hab mein Geld immer bei mir – alles. Ist der sicherste Ort.« Scarborough erwidert nur: »Also gut – bei der Eisenbahnbrücke gegen Mitternacht« und reitet nach El Paso zurück, um alles vorzubereiten.

In der Nacht postierte Marty mich an unserem Ende der Brücke, damit ich mit meinem Remington-Repetiergewehr den Rückzug sicherte, falls sie schnell wegmussten. Dann gingen Vic, Tom und er zur Mitte der Brücke, um sich mit Scarborough zu treffen. Über dem Fluss lag Nebel, aber die andere Seite war durch die Straßenbeleuchtung hell genug, sodass ich alles sehen konnte. Am anderen Ende der Brücke standen ein paar Eiskarren neben den Gleisen. George Scarborough tauchte hinter einem davon auf.

Sie trafen sich auf der Brücke und redeten kurz miteinander. Scarborough deutete zu den Karren, um Marty zu sagen, dass er sich dort in den Hinterhalt legen sollte. Marty nickte, und sie gingen los.

Kaum waren sie am anderen Ende angekommen, zückte Scarborough seine Waffe, schoss Marty zwei Mal in den Kopf und sprang beiseite, als von einem der Eiskarren aus Gewehre das Feuer eröffneten und von dem anderen eine Schrotflinte aufblitzte. Vic und Tom gingen zu Boden, bevor sie noch ziehen konnten. Ich duckte mich hinter einen der Brückenpfeiler und sah aus dem Schatten zu. Natürlich habe ich nicht geschossen, verflucht. Das hätte Marty, Vic und Tom eh nichts mehr genützt, sondern nur die Schützen noch auf mich gelenkt.

Die ganze Schießerei hat keine fünf Sekunden gedauert. Dann kommt Scarborough, nimmt Martys Waffe, feuert in die Luft, lässt sie fallen und räumt dann Martys Taschen leer. Milton, der Polizeicaptain, und ein Mann, von dem am nächsten Tag in der Zeitung stand, er ist Texas Ranger, tauchen hinter einem der Karren auf, beide mit Karabinern – und hinter dem anderen Karren tritt Hardin mit einer Schrotflinte hervor. Ich hatte mir immer schon gedacht, dass Milton in dem Geschäft mit den Rindern mit drinsteckte, die wir in Little Texas geklaut haben. Und der Ranger wohl auch. Gesetzeshüter – Herrgott! Die Hinterbeine eines Köters können nicht krummer sein als die Geschäfte eines Polizisten.

Hardin reichte Milton die Bleispritze und verschwand, Scarborough, Milton und der Ranger blieben stehen und schmauchten Zigarren, während eine aufgeregte Meute Schaulustiger aus den Saloons in der Nähe herbeieilte und die Leichen begaffte.

In den Zeitungen stand, dass die drei erschossen wurden, weil sie sich der Festnahme widersetzt hatten. Sie waren wegen Viehdiebstahl gesucht. In den Saloons erzählte man sich aber, dass Hardin Scarborough und Milton dafür bezahlt hatte, Marty umzubringen, damit er Beulah McRose für sich allein hatte. Tja, er wollte das Miststück, so viel steht fest, und er hat sie auch gekriegt – aber geschossen hat er selbst, wie gesagt. Die anderen haben es nur Marty heimgezahlt, weil er sie reinlegen wollte. Und wo sie schon mal dabei waren, haben sie Old Selman auch gleich reingelegt, aus welchem verfluchten Grund auch immer. Aber Hardin muss dahintergesteckt haben – sieht man ja daran, wie Selman es ihm heimgezahlt hat.

Beulah McRose

Im Frühsommer machte mein Mann mit ein paar Leuten in El Paso aus, eine Herde Rinder aus New Mexico herzutreiben. Zwei davon, so sagte er, waren George Scarborough und John Selman. Über Jeff Milton verlor er kein Wort – vielleicht weil Jeff nicht mit dabei war, vielleicht weil Martin nichts davon wusste. Jedenfalls erzählten sie Martin, sie hätten draußen bei Van Horn einen Käufer, der ihnen die Rinder zu einem hübschen Profit abnehmen würde. Natürlich hatten sie die Herde gestohlen – deshalb hatten sie ja Martin geholt, um sie für sie zu treiben. Er genoss in dieser Hinsicht einen gewissen Ruf. Ich habe mal gehört, wie er seinen Beruf als Rindfleischhandel mit niedrigen Fixkosten bezeichnete.

Ich habe Martin geheiratet, weil ich jung war und mich langweilte und nichts wusste, außer dass ich etwas Aufregung im Leben suchte. Meine Brüder hatten mir Reiten und Schießen beigebracht, als ich noch Zöpfe trug, und ich beneidete sie um ihre Freiheit, herumzustromern und ihr Vergnügen zu suchen, wo sie wollten. Ich werde jetzt nicht dümmlich schamhaft tun, als hätte ich vor Martin noch keine anderen Männer gekannt, aber meistens waren es Dummköpfe, wie man sie zuhauf in den Kleinstädten findet – Angestellte, Apotheker und Klinkenputzer. Männer mit steifem Kragen und weichen Händen und Augen, die so tranig blickten, wie ihre Haare ölig waren. Ab und an machte ich mit einem Bauernlümmel herum. Ihre Muskeln waren fest, aber ihre Zukunft voller Schweiß und Schmutz war nichts für mich. Bis ich Martin kennenlernte, war mir noch kein einziger wirklich aufregender Mann begegnet. Er zeigte mir die hellen Lichter, die laute Musik und die schnellen, rauchigen Freuden von Galveston und San Antonio. Er lehrte mich den elenden Trost des Whiskeys und viele der geheimen sexuellen Freuden des Mannes. Es dauerte allerdings nicht sehr lange, bis ich herausfand, dass er nicht der Mann war, für den ich ihn gehalten hatte. Ich hatte den Verdacht, dass er große Angst hatte, mich zu verlieren, und als er mir in einer dunklen Nacht ins Ohr flüsterte, ich sei die Einzige, der er jemals vertraut hatte, wusste ich, dass ich recht hatte. Mir wurde klar, dass ich stärker war als er, und ich konnte nicht verhindern, dass ich ihn ein wenig dafür hasste, mich so enttäuscht zu haben.

Scarborough zahlte Martin die Hälfte seines Lohns aus, bevor dieser nach New Mexico aufbrach, und versprach ihm, dass er den Rest bei Ablieferung der Herde auf einer kleinen Ranch östlich von El Paso bekommt. Martin nahm Vic Queen, Hector O'Keefe und Tom Finessy mit und zog nach Little Texas, um die Rinder zu holen. Zwei Wochen später tauchte er in unserem gemieteten Haus in der Stadt auf und weckte mich mitten in der Nacht, noch immer nach Staub und Pferdeschweiß stinkend. Er erzählte, sie waren auf dem Rückweg mit der Herde in Schwierigkeiten geraten. Nur ein paar Meilen nördlich der texanischen Grenze hatten Viehdiebe sie angegriffen, und sie mussten sich die Rinder abnehmen lassen. »Wir hatten Glück, dass wir überhaupt mit dem Leben davongekommen sind«, sagte er, aber ich hörte die Lüge in seiner Stimme. Das ist das Problem mit einem Lügner: Er lügt sogar die Leute an, bei denen er das nicht nötig hat. Er zog sich im Dunkeln aus, sagte, dass er sich Sorgen macht, dass Scarborough und die anderen ihm die Geschichte nicht abkaufen. »Solche Burschen«, meinte er, als er ins Bett kam und mir mit der Hand über die Brüste und meinen Bauch hinab fuhr, »solche Burschen halten die ganze Welt für so korrupt wie sich selbst.« Wir lachten beide, doch wusste er nicht, dass wir aus unterschiedlichen Gründen lachten.

Am nächsten Tag telegrafierte er Scarborough und verabredete ein Treffen mit ihm und Selman auf der anderen Seite des Flusses in Juárez. Bevor er ging, gab er mir einen Umschlag mit Geld, den ich aufheben sollte. Einen zweiten fetten Umschlag steckte er sich in die Innentasche seiner Jacke. Dann gab er mir einen Kuss und verschwand. Kaum war er verschwunden, zählte ich das Geld. Es waren über viertausend Dollar. Ich wusste, er war der Sache, solche Männer übers Ohr zu hauen, nicht gewachsen.

Am Abend kam Hector O'Keefe aus Juárez zurück und tauchte bei mir auf; er hatte eine Botschaft von Martin. Hector war einer von Martins besten Freunden. Als er noch ein Junge war, wurde ihm bei einer Schlägerei fast die ganze Nase abgebissen, und ich konnte ihn nicht anschauen, ohne dass es mich vor Abscheu schauderte. Der verfluchte Dummkopf schmachtete mich sogar an. Er erzählte mir, dass Scarborough und Selman Martin die Geschichte mit den Viehdieben nicht abgekauft hatten. Sie beschuldigten Martin, die Herde selbst verhökert und das Geld eingesteckt zu haben, und forderten ihren Anteil. Martin schwor, dass er die Wahrheit sagt, und meinte, das Einzige, was er tun kann, ist, ihnen den Rest der Vorauszahlung zurückzugeben, wobei er den Großteil schon ausgegeben hatte, um seine Cowboys zu bezahlen und Proviant zu kaufen. Das Treffen endete im Zorn. Scarborough sagte, dass er Martin wegen irgendeiner der Anklagen wegen Viehdiebstahl verhaften wird, falls er noch ein Mal in El Paso auftaucht, bevor er geblecht hat. Selman drohte, er knallt ihn auf der Stelle ab und gibt hinterher an, dass er sich der Verhaftung entziehen wollte. Martin verlangte, dass ich als Allererstes in der Früh einen Anwalt aufsuchen sollte, um herauszufinden, welchen rechtlichen Schutz es für ihn gab, wenn er in die Stadt zurückkehrte. Falls nichts half, sollte ich unsere Sachen packen und zu ihm nach Mexiko kommen.

Ich hatte über Hardin natürlich in der Zeitung gelesen – von dem ersten Jubel darüber, was für einen vorbildlichen, aufrechten Bürger er doch während all der Jahre im Gefängnis aus sich gemacht hat, bis hin zu der jüngsten Geschichte, in der er beschuldigt wurde, im Gem Saloon eine Pokerrunde ausgenommen zu haben. Und ich hatte die Gerüchte gehört – dass er in den zwei Monaten, seit er in der Stadt war, nicht sonderlich viel Arbeit als Anwalt gehabt hatte; dass er jede Nacht soff wie ein Ertrinkender und manchmal erst bei Sonnenaufgang nach Hause wankte und vor sich hin murmelte. Und ich wusste, dass nahezu jeder Kerl in der Stadt eine Heidenangst vor ihm hatte.

Wenn irgendein Anwalt begreift, in welcher Lage Martin steckt, dann der, sagte ich mir. Aber das war nur ein Vorwand. In Wahrheit wollte ich ihn aus der Nähe sehen. Ich wollte wissen, ob er jemals so gewesen war, wie alle behaupteten. Ich war neugierig, anders kann ich es nicht sagen. Ach, zum Teufel – ich schätze, ich spürte schon Verlangen nach ihm, bevor ich ihn überhaupt gesehen hatte, so einfach ist das.

Als ich am nächsten Tag in seinem Büro auftauchte, da packte ihn das Verlangen nach mir, so viel steht fest. Er betrachtete mich von oben bis unten. Aber er wusste, wie man den Gentleman spielt. Er bot mir einen Sessel gegenüber seinem Schreibtisch an und goss uns Kaffee von einem Tablett ein, das er aus dem Café nebenan geholt hatte. Er trug einen makellosen schwarzen Anzug und roch frisch rasiert. Es war faszinierend, diese großen narbigen Hände einen Löffel rühren, ab und an mit einem Füllfederhalter schreiben oder über seine Schnurrbartenden streichen zu sehen, während ich ihm von Martins Dilemma erzählte. Solange ich sprach, glitten seine grauen Augen über mich wie Rauch. Ich habe nie ein Korsett getragen. Ich wusste, wie interessant ein Mann die Konturen meiner Hemdbluse finden konnte und wie mein Rock an meinem Schoß spannte. Diese sehnsüchtigen Blicke von Männern hatte ich schon bekommen, seit ich zwölf war. Aber in seinen Augen war noch etwas anderes, jenseits des puren Verlangens, mich zu berühren. Erst dachte ich, es wäre Einsamkeit, doch dann stellte ich fest, das war es nicht, nicht genau, jedenfalls nicht, wie die meisten Menschen das verstehen. Ich kann nicht sagen, was es war, nur dass es immer schon da war, vom Anfang unserer – wie soll ich es nennen? Liaison? – vom Anfang unser Liaison bis zu dem Zeitpunkt, als ich ihn keine zwei Monate später zum letzten Mal sah.

Während ich ihm von Martins Problem erzählte, hörte er mir zu, ohne mich ein einziges Mal zu unterbrechen. Ich hatte nicht vorgehabt, ihm alles zu erzählen – nicht von dem Geld, zum Beispiel, das Martin bei mir gelassen hatte, oder von dem Umschlag, den er eingesteckt hatte –, aber ich tat es. Jedes Mal, wenn ich mich unterbrach, sah er mich an, als könne er in mich hineinschauen, und ich redete weiter, bis ich ihm schließlich alles erzählt hatte.

Er meinte, er könne wohl einen Richter finden, der eine Art Schutzverfügung ausstellen würde, setzte aber hinzu, dass solche rechtlichen Verbote eigentlich nutzlos seien. »Richterliche Anordnungen bedeuten den Männern, mit denen Martin es zu tun hat, nicht viel«, sagte er. »Sie *sind* das Gesetz. Wenn sie glauben, dass er Geld hat, welches ihnen gehört, dann werden sie versuchen, es ihm abzuknöpfen.«

Ich fragte ihn, was ich tun soll. Kommt darauf an, meinte er. Worauf, fragte ich. Darauf, wie sehr Sie Ihren Mann lieben, sagte er. Einen Augenblick lang starrten wir uns nur in die Augen. Ich schwöre, ich konnte den Rauch in seinen Augen riechen. »Nun«, meinte ich schließlich, »manchmal bin ich mir nicht sicher.« Er lächelte und sagte: »Ich bewundere Ihre Offenheit, Mrs. McRose.« Ich erwiderte sein Lächeln und meinte: »Ja, und das ist nicht das Einzige an mir, was Sie bewundern, Mr. Hardin.«

Als er um den Schreibtisch herumkam, mich bei den Handgelenken packte und zur Couch zog, schlug mir das Herz bis zum Hals. Er drückte mich auf den Rücken und riss mir den Rock nach oben. Hoch die Beine, runter mit dem Unterzeug, runter mit seiner Hose. Seine Härte glitt so sanft und tief und gut in mich hinein, dass ich nicht mal merkte, wie ich vor Lust schrie – erst als er mir eine Hand vor den Mund legte. »Verdammt, Frau«, sagte er zwischen Grunzern, »die werden denken, hier oben wird jemand ermordet!« Ich lachte und wir kamen zur selben Zeit – so etwas hatte ich noch nie erlebt.

Ein paar Minuten später – wir waren noch immer außer Atem, hatten heiße Gesichter, und unsere Leiber lagen beengt, schweißig und aneinandergepresst auf der schmalen Couch – grinsten wir uns an und küssten uns zum ersten Mal.

Das Problem, meinte Wesley, bestand darin, dass Scarborough und Selman vielleicht herausfanden, dass ich einen Teil des Geldes hatte.

»Werden die mir was antun?«, fragte ich – als wenn ich das

nicht wüsste. Er sah zu mir auf und antwortete: »Nur so viel, wie nötig ist, um an das Geld zu kommen.«

Es war der Nachmittag desselben Tages, und wir waren nackt in seinem Bett im Herndon House. Er lag auf dem Rücken, Kopf und Schultern auf einem Kissen, ich saß auf ihm, bewegte langsam die Hüften und spürte ihn tief in mir. Auf dem Fußboden glitzerte eine leere Bourbonflasche in der schräg durchs Fenster einfallenden Sonne, eine halb volle Flasche stand auf dem Tisch neben dem Bett. Auf dem kleinen Schreibtisch am Fenster lag das Manuskript zu seinem Buch, seiner Lebensgeschichte. Er schreibe jeden Tag daran, erzählte er mir, und sei fast fertig.

Wir hatten den ganzen Tag weitergemacht – vögeln und trinken –, und wir hatten beide noch lange nicht genug davon. »Was sollen wir tun?«, fragte ich ihn und rollte lüstern mit den Hüften. Er stöhnte vor Lust und zupfte an meinen Nippeln. »Das kommt darauf an«, sagte er, »wie sehr Sie Ihren Mann lieben.« Wir lachten beide laut. Über dasselbe.

Am folgenden Morgen taucht Vic Queen vor meiner Haustür auf und sagt, Martin will, dass ich sofort nach Juárez komme. Ich danke ihm für die Nachricht und will schon die Tür schließen, da stellt er seinen Stiefel in den Spalt. »Jetzt sofort, meinte er«, sagt Vic.

Ich hatte einen Kater, als hätte mir jemand einen Eisenbahnnagel in den Schädel gerammt, und war nicht in der Stimmung, mich zu streiten. Ich entschuldigte mich für einen Augenblick, ließ ihn im Hausflur stehen, ging in mein Schlafzimmer und holte den geladenen Remington-Revolver, den ich unterm Kissen versteckte. Dann kehrte ich mit dem Revolver hinter dem Rücken in den Flur zurück, zog die Waffe nach vorn und zielte mit beiden Händen direkt auf Vic Queens Gesicht. »Verschwinde aus meinem Haus, du Mistkerl!«, sagte ich. »Sofort, meine ich.«

Er hob die Hände bis zu den Schultern und trat rückwärts hinaus auf die Veranda. »Marty wird stinksauer sein, Beulah«, sagte er. Ich knallte die Tür zu und beobachtete durchs Fenster, wie er die Straße entlang zum Fluss stapfte.

Als ich Wesley später in seinem Zimmer aufsuchte und ihm erzählte, was passiert war, meinte er, ich soll mir keine Sorgen machen, er hat am Morgen mit George Scarborough geredet, und Martin wird kein Problem mehr sein. Er goss uns zwei Drinks ein und reichte mir ein Glas. »Gegen den Kater«, sagte er, wir stießen an und tranken.

Ich hatte eine ganz gute Vorstellung davon, was er meinte, besser, man stellt nicht allzu viele Fragen. Was man nicht weiß, macht einen nicht zum Komplizen. Der Whiskey funkelte in meinem Hirn und blühte in meinem Magen auf wie eine kleine Feuerblume. Wes zog mich an sich, fuhr mir mit den Händen vom Hals bis zu den Hüftknochen und biss mir in die Unterlippe. Dann segelten unsere Kleidungsstücke durchs Zimmer, wir lachten und packten einander und fielen in einem nackten Gewirr aus Armen, Beinen und Zungen aufs Bett.

Sie erschossen Martin auf unserer Seite der Mexican-Central-Railway-Eisenbahnbrücke. Milton, Scarborough und ein Ranger namens Frank McMahon. Milton erzählte den Zeitungen, dass Martin wegen Viehdiebstahls gesucht wurde und sich in Mexiko versteckt hatte. Er sagte, jemand hatte ihm den Tipp gegeben, dass Martin und seine »Bande« in der Nacht zum 19. Juni den El Paso überqueren und einen Raubüberfall verüben wollten; er hatte ihnen eine Falle gestellt.

»Die Flüchtigen widersetzten sich unseren Versuchen, sie zu verhaften«, erklärte Milton. »Als er seine Waffe zog und das Feuer eröffnete, waren wir gezwungen, uns zu verteidigen.«

Ja, klar … Wes sah mir über die Schulter auf die Zeitung und meinte: »Eine verdammte Schande. Wie der Mann schon sagt, Verbrechen zahlt sich nicht aus.« Ich blickte auf und entgegnete: »Ganz bestimmt nicht, wenn du tot bist.«

Wir waren die beiden einzigen Trauergäste bei Martins Beerdigung. Ein paar Tage später bekam ich ein Päckchen mit Martins Habe. Darin lagen seine Kleidung, Patronengurt und leeres Holster, seine Stiefel und ein Umschlag mit dreizehn Dollar. Zu dem Zeitpunkt war ich schon zu Wes ins Herndon House gezogen, und alle wussten, dass ich seine Geliebte war.

Eines Nachts trieben wir es bei hellem Halbmond auf einer Sandbank am Fluss. Wir hatten die Stadt weit hinter uns gelassen, und beide Ufer waren dicht bewachsen. »Glaubst du, jemand beobachtet uns?«, flüsterte ich. Die Vorstellung war aufregend. Wes kicherte und antwortete: »Sicher.« Ich setzte mich auf und sah mich um. Mondschein fiel über meine Brüste und meinen Bauch. »Wer? Wo?«, fragte ich. »Gott«, antwortete er, »überall.« Da musste ich lachen. Ich hielt ihn fest und rollte mich auf ihn. »Ich hab gehört, du bist der Sohn eines Predigers«, sagte ich. »Sag mir, was hält wohl unser Herr Jesus davon, was wir hier machen?« Er drückte sein Gesicht zwischen meine Brüste und antwortete: »Er findet das sehr nett, dass wir beide so brav dem Gebot der Nächstenliebe folgen, du und ich.«

Ein paar Mal die Woche mieteten wir uns ein nettes Zimmer in einem Hotel in Juárez, mit einer Badewanne, die groß genug für uns beide war. Wir seiften uns gegenseitig mit cremigem Schaum ein und fuhren mit den Händen über unsere glitschigen Leiber, bis wir es nicht mehr aushielten. Wir entdeckten alle möglichen Arten, wie man es in Wannen, auf Tischen, in Kutschen, auf Sesseln treiben konnte – stehend, er hinter mir an unserem weit geöffneten Fenster, vollständig bekleidet, bis auf die Rückseite meines Kleids, das hochgezogen war, damit wir es tun konnten, während die Lichter der Stadt unter uns brannten.

Wir machten alles, was uns nur in den Sinn kam. Ich kitzelte ihm die Eier mit der Zunge. Ich packte seinen Schwanz in meine Haare und streichelte ihn damit wie mit einem Handschuh. Ich rollte Eiswürfel im Mund und leckte ihn dann wie einen Lutscher. Er goss mir Wein in den Schlitz, drückte dann sein Gesicht daran und schlürfte ihn aus. Er sah zwischen meinen Schenkeln auf, grinste und meinte, der kleine Mann im Boot würde praktisch auf Zehenspitzen stehen. »Ich weiß«, antwortete ich durch zusammengepresste Zähne, ganz wild darauf, dass er weitermachte. Er reizte meine Nippel mit einer Flamingofeder aus meinem Hut, bis sie steinhart waren, dann drehte er mich um und spielte mit der Feder an meiner Poritze und drehte sie leicht in den winzigen Haaren dort unten. Für jeden Trick, den ich ihm beibrachte, zeigte er mir zwei neue.

Und wir tranken. Gott, wie wir tranken! Den ganzen Juli über waren wir so gut wie immer nackt und halb betrunken. Etwa ein Jahr später entdeckte ich den Zauber einer Opiumpfeife, und das schummrige, schwebende, unwirkliche Gefühl, das ich davon bekam, erinnerte mich sehr an die nackte, betrunkene Zeit mit Wes.

Wenn wir uns mal anzogen und auf die Straße gingen, um etwas zu essen oder um durch den Park zu spazieren, zogen wir die Blicke auf uns. Ich konnte das Flüstern dieser Augen fast sehen: »John Wesley Hardin und seine Geliebte. Der Killer und seine Hure.« Diese Augen starrten mich an – aber wenn Wes den Blick erwiderte, sahen sie ganz schnell weg. Ich zog Wes' Arm fester an die Brust und zeigte all diesen Hundesöhnen mein allerbestes Lächeln, um ihnen zu sagen, sie können alle zur Hölle fahren. Wir waren wie ein winziges unabhängiges Land aus zweien, umgeben vom Feindesland El Paso. Es fühlte sich ganz natürlich an.

Eines Nachts, als wir im Bett lagen, ließ der Schein der Straßenlaterne durchs Fenster meine Schamhaare aufflammen wie ein Kohlenfeuer, und Wes tat so, als würde er sich die Hände daran wärmen. Dann lachte er und vergrub sein Gesicht darin.

»Ich kriege einfach nicht genug davon«, sagte er. Nach all den Jahren im Gefängnis ohne Sex tat er, was er konnte, um aufzuholen.

Manchmal, wenn er ausging, um Zigarren und Zeitungen zu holen, blätterte ich in seinem Manuskript. Normalerweise arbeitete er am Morgen eine Stunde und manchmal noch ein wenig am Nachmittag, wenn ich mein Bad nahm.

Himmel, was für eine Geschichte. Schätze, ein Großteil davon entsprach der Wahrheit, aber ich konnte mir kaum vorstellen, dass ein Leben so voller Blut sein kann. Vor allem aber erinnere ich mich, dass ich keine Spur von Selbstmitleid fand – und ich liebte ihn dafür.

Jeden Tag übte er mit seinen Revolvern, ob betrunken oder nüchtern, und es wurde mir nie langweilig zuzusehen. Er stand vor dem Spiegel, eine Waffe an der Hüfte, eine in der Weste, und übte eine halbe Stunde lang. Die ganze Zeit über sagte er kein Wort. Er zog und drückte ab, zog und drückte ab, wechselte die

Positionen, zog und drückte auf jede nur denkbare Art ab, knallte sich im Spiegel immer und immer wieder über den Haufen und sah sich dabei tief in die Augen. Ich habe schon nackt für Maler posiert, und in seinen Augen lag derselbe Blick wie bei ihnen. Ich weiß, das hört sich albern an, aber stets hatte ich das Gefühl, er war enttäuscht, wenn er fertig war – das Einzige, was ihn befriedigt hätte, wäre wohl gewesen, schneller zu ziehen als der Kerl im Spiegel.

Und überhaupt, Gott verfluche alle Männer! Alle faseln, sie würden nie genug vom Sex kriegen, aber nur, weil sie nicht genug Gelegenheit dazu haben. Aber kaum lässt man sie alles haben, was sie wollen, haben sie verflucht schnell genug davon.

Nachdem er es einen Monat lang Tag und Nacht mit mir getrieben hatte, schmachtete er nach einem Abend im Saloon bei den Jungs. Kartentische, Würfeln am Tresen, Bier und der ganze alberne Blödsinn. Ich hatte ihn mit Sex gemästet, und nun dürstete er nach den Saloons. Das sagte er zwar nicht, aber ich konnte es sehen. Eines Nachts meinte er, er will sich eine Zeitung holen, und dann kam er erst gegen drei Uhr früh nach Hause und stank wie ein Putzlumpen, mit dem man den Tresen sauber macht. Ich war so wütend, dass ich den ganzen nächsten Tag kein Wort mit ihm sprach. Am Nachmittag meinte er, er würde ins Büro gehen, und ich erwiderte irgendwas Klugscheißerisches, dass sein Büro wohl neuerdings Schwingtüren habe. Er meinte, ich soll besser nicht so reden, als ob ich seine Mutter oder seine Frau wäre, denn ganz genau das sei ich nun mal nicht, zum Teufel. Er schmiss die Tür so fest hinter sich zu, dass ein wenig Putz von der Wand fiel. Diese Bemerkung, dass ich nicht seine Frau bin, schmerzte mich mehr, als ich selbst heute eingestehen möchte.

Er kam um vier Uhr nach Hause gewankt, fiel voll bekleidet aufs Bett, und kaum hatte sein Kopf das Kissen berührt, schnarchte er wie ein Berserker. Ich hatte selbst der Flasche ein wenig zu sehr zugesprochen und wollte mich schon streiten, doch kaum schnarchte er, gingen auch bei mir die Lichter aus.

Am nächsten Morgen war ich noch immer beleidigt wegen der Bemerkung, dass ich nicht seine Frau war, aber das war nicht der

 Hauptgrund, warum ich so wütend auf ihn war, sondern vor allem, weil ich Angst hatte. Ich hatte Albträume gehabt und hatte Angst, jemand würde ihn umlegen, wenn er so betrunken dort draußen herumtorkelte. Und ich hasste es, Angst zu haben, das habe ich immer schon mehr gehasst als alles andere. Ich war sauer, weil ich solche Angst um ihn hatte. Und dann schweigt und murrt er mich an, so als ob ihm Unrecht widerfahren und ich diejenige wäre, die sich entschuldigen sollte. Da stand ich also, machte mir Sorgen um ihn und war wütend darüber. Natürlich gewann die Wut die Oberhand.

»Der große John Wesley Hardin«, sagte ich, »stolpert besoffen durch die Straßen wie irgendein hirnloser Säufer. Wirklich beeindruckend. Du bist doch angeblich so Furcht einflößend, hab ich immer gehört, jetzt weiß ich auch wieso. Die Leute haben Angst, du könntest sie anhauchen.«

»Du weißt ja eine Menge über Säufer«, erwiderte er. »Aus erster Hand, nehme ich an.«

»Diese Saloonpenner sind nicht deine Freunde. Für die bist du nichts als eine Tingeltangel-Nummer. Weißt du das nicht?«

»Du hast doch keine Ahnung.«

»Ich weiß, wann ich mich zum Narren mache; das ist mehr, als man über dich sagen kann.«

»Niemand nennt mich einen Narren.«

»Narr, Narr, Narr!«

Er verpasste mir eine Ohrfeige mit der Rückhand, dass ich gegen die Wand flog, und ich spürte, wie mir das Blut heiß aus der Nase floss. Ich ging mit beiden Fäusten auf ihn los. Er packte mich an den Handgelenken, also versuchte ich, ihm ein Knie ins Gemächt zu rammen, verlor das Gleichgewicht und fiel hin. Er riss derart fest an meinen Haaren, dass es mir fast das Genick gebrochen hätte. Ich biss ihm ins Handgelenk, er schrie auf und verpasste mir einen Schlag an die Schläfe, dass ich Sterne sah. Als Nächstes weiß ich nur noch, dass wir auf dem Boden rangen, mir eine Brust aus dem Kleid sprang und er sie anstarrte. Ich spürte, wie meine Nippel hart wie Pistolenkugeln wurden. Ich packte ihn bei den Haaren, zog ihn zu mir und biss ihm so sehr in die Lippen, dass mir Blut in den Mund floss. Er brummte tief in der Kehle und kniff mir in die Brustwarze, und sein steifer Schwanz stieß gegen meinen Bauch. Während er meinen Rock hochschob und mir die Unterwäsche auszog, öffnete ich seinen Gürtel und packte ihn – und schon vögelten wir hart und laut auf dem Boden, bis wir beide kamen, als wären wir von der Zimmerdecke gefallen.

Das war natürlich sehr aufregend – aber jeden Abend in der Woche möchte ich es nicht so treiben.

Jedenfalls klärte diese harte Runde auf dem Boden gar nichts. Beim Abendessen am nächsten Tag sagte er, er hätte einen Fall in Van Horn und würde ein paar Tage fortbleiben. Ich wollte mit ihm gehen, aber er lehnte ab, der Fall beschäftigt ihn zu sehr, und er will sich nicht ablenken lassen. Ich glaubte nicht, dass er einen verfluchten Fall hatte, aber das behielt ich für mich. In Wahrheit hatte er seit dem Tag, als ich in sein Büro spazierte, die Gesetzesbücher kaum noch aufgeschlagen. Später, als es sowieso schon völlig egal war, kriegte ich raus, dass mein Verdacht richtig war – der Fall, den er in Van Horn hatte, war eine Rothaarige namens Lil.

Ich war ganz unglücklich, als er fort war – und wütend auf ihn. Ich fürchtete mich auch vor all den schlimmen Vorstellungen, die in meinem Kopf auftauchten. Ein paar Stunden nachdem sein Zug an dem Nachmittag losgefahren war, war ich sturzbesoffen. Ich trank in letzter Zeit eh schon wie ein Fisch, und kaum war er verschwunden, hatte ich mir die Drinks noch schneller eingeschenkt als sonst.

Keine Ahnung, warum ich das alles dann getan habe. Zum Teufel, ich war so betrunken, dass ich mich am nächsten Tag kaum noch daran erinnern konnte. Ich weiß noch, dass ich am Fenster hockte, trank und hinaus auf die Menschen auf der Straße schaute, die da völlig sorglos und lächelnd miteinander sprachen. Ich weiß noch, ich kam mir vor, als müsste ich gleich platzen, wenn ich nicht irgendetwas unternahm. Dem Bericht von meiner Verhaftung zufolge – und einer Menge Zeugen auch – bin ich die Overland Street entlangstolziert, die Remington in der Hand, zielte links und rechts auf die Leute und lachte wie verrückt, wenn sie wie aufgeschreckte Hühner auseinandersprangen. Man sagt, ich habe gerufen: »Ich bin John Wesley Hardin, ihr lausigen Mistkerle, und ich schieße jeden Schlappschwanz in der Stadt übern Haufen!« Es fällt mir nicht so schwer, das zu glauben, wie die Behauptung, ich hätte aus achtzig Schritt eine Straßenlaterne ausgepustet. Ich war eine gute Schützin, aber das hätte ich wahrscheinlich nicht mal nüchtern geschafft.

Ich habe noch eine undeutliche Erinnerung an John Selman – den Polizistensohn, nicht den mordenden Constable –, der mich mit schmeichelnden Worten bat, ihm die Waffe zu geben. Ich weiß noch, dass mir der Revolver aus der Hand fiel und losging, als er auf dem Gehweg aufschlug; die Kugel prallte von der Wand ab. Im Bericht stand, die Waffe wäre mir aus der Hand gefallen, als ich versuchte, sie um den Finger zu wirbeln. Er schnappte sie sich und packte mich am Arm.

Da war Schluss mit der Schmeichelei. Er wurde ganz sarkastisch und nannte mich die »trauernde Witwe«. Er behauptete – und auch dafür gab es viele Zeugen –, ich hätte den ganzen Weg zum Gefängnis über geflucht wie ein Maultiertreiber. Angeblich habe ich gedroht, dass Wes ihm ein frisches Arschloch mitten zwischen die Augen verpasst, weil er so mit mir umspringt.

Er wollte mich einsperren, bis ich wieder nüchtern war, aber Jeff Milton wollte mich nicht im Gefängnis haben. Er brachte mich, betrunken wie ich war, direkt zu Richter Howe. Ich weiß noch, der Richter hielt mir eine Standpauke – ich habe noch ein vages Bild von seinem Gesicht vor mir, wie er mich ernst ansieht und mit seinem großen dicken Finger wedelt. Am nächsten Tag hatte ich das unbestimmte Gefühl, dass ich gelacht und etwas Gemeines darüber gesagt habe, wonach sein Finger aussah, wie er vor meinen Augen so auf und ab wippte. Jedenfalls, um eine lange Saufgeschichte kurz zu machen: Mir wurden fünfzig Dollar Strafe aufgebrummt, und Jeff Milton brachte mich nach Hause.

Wes musste schon, gleich als er aus dem Zug stieg, von der Sache erfahren haben. Er kam ins Zimmer gestürmt und pfefferte seine Reisetasche gegen die Wand. Sie fegte das Manuskript in einem Blätterschauer vom Tisch. Er sah aus, als wollte er mich auf der Stelle in Stücke reißen. Ich konnte erkennen, welche Mühe es ihn kostete, sich unter Kontrolle zu halten. Er setzte sich aufs Bett, hielt weiß geballte Fäuste auf den Knien und zwang mich, in einem Sessel auf der anderen Seite des Zimmers Platz zu nehmen und ihm zu sagen, was passiert war. Ich bemühte mich nach Kräften, wenn man bedenkt, an wie wenig ich mich noch erinnerte. Es war nicht gelogen, als ich am Schluss sagte, dass es mir leidtat und das Ganze wohl eine jämmerliche Vorstellung gewesen war, und ich gab auch keine Widerworte, als er entgegnete: »Da kannst du dir sicher sein. Du bist die jämmerlichste Schlampe in dieser ganzen jämmerlichen Stadt.« Schätze, ich hab's nicht anders verdient.

Er schenkte sich einen Whiskey ein, saß da, trank und starrte mich eine ganze Weile lang an, ohne ein Wort zu sagen. Ich hielt den Mund und wartete, bis er wusste, was er tun wollte. Was ich getan hatte, tat mir leid, aber ich wollte mich auch nicht wie ein Hund dafür prügeln lassen. Wenn er das versuchte, hatte ich beschlossen, aus dem Fenster Zeter und Mordio zu schreien.

Der Whiskey schien ihn ein wenig zu besänftigen. Er stellte das leere Glas beiseite, rieb sich mit beiden Händen über das Gesicht und gab das müdeste Geräusch von sich, das ich je in meinem Leben gehört habe. Dann ließ er sich auf Hände und Knie herab, sammelte sorgsam sein Manuskript zusammen und stapelte es auf dem Tisch. Er nahm mich an der Hand, wir legten uns bekleidet aufs Bett und hielten uns sanft in den Armen. Ich spürte sein Herz fest an meiner Brust pochen.

Dennoch musste er etwas unternehmen, laut und öffentlich. Für ihn gab es keine andere Wahl. Er war John Wesley Hardin, und niemand, bei Gott, konnte seine Geliebte verhaften und mit ihr umspringen, als sei sie ein ganz gewöhnliches Flittchen. Das ging gegen seinen Stolz. Deshalb nehme ich nicht die Schuld auf mich für das, was dann geschah, ganz gleich, was die Leute sagen. Ich wusste, mein Auftritt auf der Straße war falsch gewesen, es tat mir leid, und das sagte ich Wes auch. Aber ich hätte mich bis zum Sankt-Nimmerleins-Tag entschuldigen können, das hätte seinen Stolz auch nicht mehr wiederhergestellt – seine »Ehre«, wie er es nannte. Er musste etwas dagegen unternehmen, wie der junge Selman mich behandelt hatte, sonst würde es ja aussehen wie ein Eingeständnis, dass seine Geliebte es nicht wert war, verteidigt zu werden – und nur ein ehrloser Mann gab sich jemals mit einer wertlosen Frau ab.

»Um Himmels willen, Wes«, sagte ich, »wir haben bald das 20. Jahrhundert. Niemand gibt auch nur einen Pfifferling auf solchen Unfug. Warum verschwinden wir nicht einfach von hier? Lass uns nach Santa Fe gehen. Oder nach Denver.« Der Blick, den er mir zuwarf, war eher mitleidig als wütend.

Am folgenden Morgen zog er los, fand den jungen Selman, als er gerade seine Runde drehte, und machte ihm die Hölle heiß, weil er mich verhaftet hatte. Patsy Weber, eine der vielen Zeugen, berichtete mir alles darüber. Sie meinte, Wes habe Selman einen Schläger und Feigling genannt, weil er eine Frau verhaftet habe. »Das hättest du dich nie getraut, wenn ich in der Stadt gewesen wäre«, meinte Wes zu ihm. Der junge Selman habe verängstigt gewirkt, sei aber standhaft geblieben und habe die Beschimpfung wortlos über sich ergehen lassen. Wes trug fast immer eine oder zwei Waffen bei sich, obwohl das gegen die Vorschrift der Stadt war, dass keine Waffen getragen werden durften, doch meistens blieben sie unter der Jacke oder der Weste verborgen. Diesmal jedoch schlug er die Jacke auf, damit Selman die Revolver deutlich sehen konnte. »Ich warne dich«, sagte Wes. »Kommst du ihr noch einmal zu nahe, wirst du dafür geradestehen müssen.«

In den nächsten beiden Tagen war er still und bedrückt. Er putzte seine Revolver und übte weiter mit ihnen. Er gab sich selbst Karten. Ab und zu setzte er sich an den kleinen Schreibtisch und schrieb an seinem Buch. Am Abend legte er die Waffen an und ging hinaus in den einen oder anderen Salon, trank ein paar Glas und spielte ein paar Runden. Von dem Augenblick, wenn er das Zimmer verließ, bis zu seiner Rückkehr pochte mir das Herz bis zum Hals. Ich wurde den Eindruck nicht los, dass er etwas beweisen wollte – ich weiß nur nicht, was oder wem. Er trank, aber nur so viel, dass er locker blieb. Ich glaube, in seinem Kopf wimmelte es nur so vor lauter Schlangen.

Manchmal, wenn er nicht merkte, dass ich ihn beobachtete, ertappte ich ihn, wie er sich selbst im Spiegel anstarrte, als versuche er verzweifelt ein Gesicht zuzuordnen, das er schon lange nicht mehr gesehen hatte. Er schlief mit mir, als würde er davon träumen, es aber nicht wirklich tun. Seine Berührung, sein Kuss, selbst sein Schwanz – alles fühlte sich an wie von einem Fremden.

An jenem Samstag meinte er zu mir, er hat darüber nachgedacht, was ich davon gesagt hatte, nach Santa Fe zu ziehen, und er findet das eine gute Idee. »In der Gegend fehlen Anwälte«, sagte er. »Wir können neu anfangen und ein wenig Bergluft schnuppern, ohne den ganzen Wüstenstaub.«

Das waren wundervolle Neuigkeiten – doch als er sagte, ich sollte schon vorausfahren, er würde sich noch darum kümmern, das Büro zu schließen und ein paar Rechnungen zu begleichen und all das, lief mir ein Schauder über den Rücken. Er wollte, dass ich sofort losfuhr, mir dort ein Hotel suchte und mich in der Stadt nach einem netten Büro für ihn umsah. Ich entgegnete, ich würde lieber warten, damit wir gemeinsam losfahren konnten, doch er sagt nein, wir machen es so, wie er gesagt hatte. Beinahe hätten wir uns deswegen gestritten, aber ich bekam mich noch rechtzeitig in den Griff. Also gut, meinte ich, wir machen es so, wie er meinte.

Am Sonntagmorgen verließ ich El Paso und nahm den Zug nach Santa Fe. Ich hatte die Nacht nicht geschlafen, hatte rote Augen und war nervös. Die vorbeiziehende Landschaft strahlte so weiß, dass mir die Augen schmerzten. Die Luft, die durch die offenen Fenster hereinkam, war so heiß wie der Atem der Verzweiflung und brachte nur Staub mit sich, der durch den Wagen wirbelte. Dennoch war ich so müde, dass der schaukelnde Wagen mich in einen fiebrigen, schreckhaften Schlaf wiegte.

Kurz bevor wir Las Cruces erreichten, träumte ich von Wesley. Ich sah, wie er an einer langen, hell erleuchteten Theke in einem schummrigen Saloon stand, würfelte und lachte. Dann tauchte eine Schattengestalt hinter ihm auf und zeigte mit einem langen, anklagenden Finger auf seinen Hinterkopf …

Ein laut zuschlagendes Fenster weckte mich auf, meine Kehle war wie zugeschnürt und mein Herz schlug wild – dann pfiff die Lokomotive kreischend wie der Teufel, der im Kummer versinkt.

Aus dem *El Paso Daily Herald* vom 20. August 1895

Am heutigen frühen Morgen machte sich ein Reporter des *Herald* daran, die Tatsachen zu prüfen, und fand John Selman, den Mann, der die tödlichen Schüsse abgefeuert hatte; dieser gab folgende Auskunft:

»Ich traf Wes Hardin letzten Abend in der Nähe des Acme Saloon. Hardin sagte: ›Du hast einen Sohn, der ein krummer, feiger H...sohn ist.‹

›Welcher?‹, fragte ich.

›John‹, antwortete Hardin, ›der, der bei der Polizei ist. Er hat meine Frau verhaftet, als ich nicht in der Stadt war, und ihr 50 Dollar geraubt. Das hätte er niemals getan, wenn ich hier gewesen wäre.‹

›Hardin‹, entgegnete ich, ›niemand redet so über meine Kinder, ohne das auszukämpfen, du feiger H... sohn.‹

›Ich bin unbewaffnet‹, sagte Hardin.

›Dann geh und hol deinen Revolver. Ich bin bewaffnet.‹

Daraufhin sagte er: ›Also gut, ich gehe, und wenn ich dich wiedertreffe, dann mit rauchendem Colt. Ich werde dich um den Block scheuchen wie einen Wolf.‹

Dann ging Hardin in den Saloon und würfelte mit Henry Brown ... Ich setzte mich auf ein Bierfass vor dem Acme Saloon und wartete, dass Hardin herauskam. Ich bestand darauf, dass die Polizeikräfte sich aus der Sache raushielten, weil es sich um eine persönliche Angelegenheit zwischen Hardin und mir handelte. Hardin hatte mich persönlich beleidigt.

Gegen elf Uhr tauchte Mr. E. L. Shackleford auf und sagte: ›Na, komm schon, lass uns was trinken, aber betrink dich nicht.‹ Shackleford führte mich am Arm in den Saloon. Hardin und Brown würfelten am Ende des Tresens neben der Tür. Während wir tranken, bemerkte ich, dass Hardin mich genau beobachtete. Als er dachte, ich würde ihn nicht sehen, griff er nach der Waffe an der Hüfte, ich zog sofort und eröffnete das Feuer. Ich traf ihn zuerst am Kopf, da ich gehört hatte, er würde eine stählerne Brustplatte tragen. Als ich ein zweites Mal feuern wollte, rempelte mich jemand an, deshalb habe ich wohl nicht getroffen, doch die anderen beiden Schüsse waren auf seinen Körper gerichtet, und ich glaube, ich habe beide Male getroffen. Dann kam mein Sohn hereingestürmt, packte mich am Arm und sagte: ›Er ist tot. Hör auf zu schießen.‹

Ich war zu dem Zeitpunkt nicht betrunken, aber sehr wütend darüber, wie er mich beleidigt hatte.

Mein Sohn und ich verließen gemeinsam den Saloon, und als Richter Howe auftauchte, machte ich meine Aussage. Meine Frau war sehr schwach und lag zu Bett, als ich nach Hause kam. Sheriff J. C. Jones begleitete mich nach Hause. Ich kam nicht ins Gefängnis, sondern erteilte mir selbst Hausarrest. Ich stehe für jede Untersuchung in diesem Fall zur Verfügung. Tut mir leid, dass ich Hardin töten musste, aber er hat mehrere Male mein Leben und das meines Sohnes bedroht, und ich hatte den Eindruck, wir waren an den Punkt gekommen, wo entweder er oder ich sterben musste.«

(Gezeichnet) John Selman

Samuel Peckinpah

Ich traf in El Paso am 19. August ein, einem heißen Montagabend, den ich nie vergessen werde.

Nachdem ich den Bahnhofsvorsteher nach dem Weg zum Herndon House gefragt hatte, stürzte ich mich ins Straßengewühl. Die Stadt dröhnte nur so von den polternden und knatternden Straßenbahnwagen, ratternden Karren, klappernden Hufen, bellenden Hunden, schreienden und schnaubenden Zugtieren, von all den Rufen, Pfiffen und dem Gelächter, von dem Geschrei der Zeitungsverkäufer, von der Musik, die aus jedem Saloon plärrte – Klavier und Drehorgel, Banjo und Gitarre, und herzhaften, schlecht gesungenen Liedern.

Die Sonne berührte schon fast den Berg, der die Stadt überragt, doch die Luft war noch dicht von Hitze und Staub. Es stank nach Pferdemist und den pfeffrigen Düften der mexikanischen Küche, nach Kreosot, Whiskey und menschlichen Ausscheidungen. Alte Frauen in schwarzen *rebozos*, mit Gesichtern so trocken und rissig wie die Wüstenerde, kauerten auf den Gehsteigen und bettelten mit knochigen Händen um Almosen. Durch die offene Tür eines dämmrigen Saloons war der Lärm von splitterndem Glas zu hören, gefolgt von ein paar lauten Schlägen, einem dumpfen Fall und dem explodierenden Chor lauten Gelächters. An einer Ecke lachten vier Burschen, bohrten ihre Klappmesser in den stinkenden, aufgedunsenen Kadaver eines großen schwarzen Hundes, und mit jedem Stich scheuchten sie einen Schwarm fetter grüner Fliegen auf.

El Paso war, wie Fox mir schon angekündigt hatte, eine harte Stadt.

Damit meine ich Richard Kyle Fox, Herausgeber der *Police Gazette*, der beliebtesten Zeitschrift unserer Tage. Die *Gazette* hatte sich auf Sport spezialisiert, doch weit größere Attraktionen boten die eifrigen Reportagen voller Sex und Gewalt. Woche um Woche fanden sich auf den knallrosa Seiten der *Gazette* eine Fülle von Verbrechen, Skandalen, bizarren Spektakeln, Wahnsinn und Tod. Leser der *Gazette* verschlangen jede Ausgabe wie Aasgeier, die sich auf frische Beute stürzen. »Ich gebe dem amerikanischen Arbeiter, was er sich von einer Zeitung wünscht«, prahlte Fox häufig, »das wirkliche und wahre Leben!« Und ich, der ich in meiner Jugend ein ernsthafter Dichter gewesen war, der davon geträumt hatte, das Sternenlicht in seinen Versen einzufangen, stand nun schon seit sechs Jahren auf seiner Lohnliste. Ich war sogar einer seiner Starreporter. Wie das Leben so spielt.

Ich war nach El Paso gekommen, um ein Interview mit John Wesley Hardin zu führen, dem berüchtigten Killer. Fox hatte erst kürzlich von ihm gehört und war sofort Feuer und Flamme gewesen. Fox war ein Mann voller Obsessionen, die kamen und gingen, und im Augenblick galt seine ganze Leidenschaft dem Wilden Westen. Er fand, ein Interview mit Hardin wäre perfekt für die *Gazette*. »Eine großartige, harte Geschichte, die von Hardin, voll von den bitteren Wahrheiten des Lebens«, erklärte Fox mir im New Yorker Büro. »Ein Killer des alten Westens sitzt eine lange Strafe ab und streift sich nach vielen grausamen Jahren im Kittchen die Robe eines Rechtshüters über. Er folgt dem geraden Pfad, doch dann gerät er erneut ins Taumeln und fällt in den Abgrund des Teufels, denn ein Leopard kann ja auch nicht seine Flecken ablegen, richtig? Ich höre, er raubt nach Lust und Laune Saloons aus und hat bei einem Kampf um eine Frau einen Mann erschossen. Ich höre, er ist ein berüchtigter Säufer und die meisten seiner Mitbürger sähen ihn lieber tot, solche Angst haben sie vor ihm. Also, Sammy, mein Junge, ich will die Einzelheiten wissen – und unsere Leser auch. Los, besorg uns die Details, mein Junge, und polier sie mit deiner packenden Schreibe auf, hm?«

So landete ich also an jenem schwülen Abend des 19. August 1895 auf den lauten Straßen von El Paso.

Im Herndon House teilte mir die Wirtin – eine gewisse Mrs. Williams – mit, dass Mr. Hardin nicht im Hause sei und sie auch nicht wisse, wann er zurückkommen würde. »Suchen Sie mal in den Saloons. Schätze, da werden Sie ihn sicher finden«, sagte sie. Der Hohn hockte auf ihrem Gesicht wie eine übellaunige Katze.

Der nächstgelegene Saloon namens The Show lag auf der anderen Straßenseite. Während ich mein erstes Bierchen schlürfte, ließ ich wissen, dass ich ein Reporter der *Police Gazette* sei und mich für Hardin interessierte, und schon kaute mir der Barkeeper ein Ohr ab, genau wie ich erwartet hatte. Die *Gazette* wurde in jeder Taverne in Amerika gelesen, selbst in so entlegenen Außenposten wie El Paso. Zu dieser frühen Abendstunde war noch nicht viel los im Saloon, und schon bald versammelten sich ein paar andere Gäste um mich am Tresen, machten etliche Ausnahmen vom »Unam Sanctam« und teilten mir ihre persönlichen Ansichten zum berühmtesten Bürger der Stadt mit. Unter anderem fand ich heraus, dass Hardins größter Widersacher in der Stadt ein Constable namens John Selman war, der selbst einen formidablen Ruf als Mann genoss, mit dem man zu rechnen hatte.

Die Jungs am Tresen wussten über John Henry Selman genauso viel zu berichten wie über Wes Hardin, und sie betrachteten ihn mit fast ebensolchem Respekt – und ebensolcher Furcht. Selman hatte, wie ich herausfand, für die Konföderation gekämpft, bevor er nach Texas kam. Soweit man wusste, hatte er geheiratet, eine Tochter und drei Söhne bekommen und sein täglich Brot ein paar Jahre lang als Kleinbauer verdient, bevor er sich in der Nähe von Fort Griffin niederließ und mit einem Partner namens John Larn in den Rinderhandel einstieg. Gesetzeshüter wurde er, als Larn zum Sheriff von Shackleford County gewählt wurde und Selman zu seinem Ersten Deputy machte.

Eines Tages raubte eine Bande von Comancheros ein zehnjähriges weißes Mädchen und ihren sechsjährigen Bruder von einer Farm ein paar Meilen westlich von Fort Griffin, um sie an die Comanchen zu verhökern. Selman und zwei Army-Scouts folgten ihnen wochenlang durch ganz West Texas, bis sie sie schließlich in den Davis Mountains stellten. Sie kehrten mit den beiden lebenden Kindern und sieben Comanchero-Skalpen an den Sattelknäufen baumelnd zurück.

Keiner am Tresen zweifelte am Wahrheitsgehalt dieser Geschichte, nicht mal jene, die keine Bewunderer von Selman waren. »Der alte John hat im Laufe der Jahre so einiges gemacht, schätze ich«, sagte ein Mann mit einer weißen Kreissäge auf dem Kopf und blickte dabei vorsichtig um sich, um zu sehen, wer vielleicht mithörte, »manches davon nicht ganz legal, falls Sie verstehen, was ich meine.« Ein anderer kicherte und fügte hinzu: »Zum Teufel, manches davon nicht ganz christlich!«

Kurz nach dieser Episode erschoss Selman einen üblen Burschen namens Shorty Collins, der versuchte, Sheriff Larn niederzuschießen. Damals wie heute wurde viel diskutiert über den Grund der Schießerei. Manche meinten, Collins sei sauer gewesen, weil Larn und Selman ihn bei einem Viehdiebstahl übers Ohr gehauen hätten. Wie auch immer, jedenfalls wurde Selman nach diesem Mord an Collins für ein paar Jahre zum echten Gesetzlosen, ging nach New Mexico und gründete dort eine Bande von Viehdieben und Räubern, die sich Seven Rivers Gang nannte.

Als er wieder nach Texas zurückkehrte, wurde er verhaftet und des Viehdiebstahls angeklagt, doch der Fall kam nie vor Gericht, und irgendwann wurde die Anklage fallen gelassen. Dann wurde Selmans Frau krank und starb. Selman war pleite und hatte kein Ziel, also verteilte er seine Kinder auf verschiedene Familien und machte sich auf die Suche nach einem besseren Leben. Ein paar Monate später tauchte er von Pocken geschwächt in Fort Stockton auf. Die verängstigten Bewohner wollten ihn nicht unter sich haben. Also brachte man ihn zu einem Flecken zwei Meilen außerhalb des Orts, legte ihn zum Schutz vor der Sonne unter eine Plane, versorgte ihn mit Wasser und überließ ihn seinem Schicksal. »Der alte John hat diese Geschichte mehr als einmal und nicht nur in einem Saloon erzählt«, teilte mir einer meiner Informanten mit. »Schätze, sie ist wahr. Pockennarben hat er jedenfalls genügend im Gesicht.«

Weiter hieß es, dass Selman von einem mexikanischen Rinderhändler gerettet wurde, der auf einer Karre auf dem Heimweg zu seiner Ranch bei ihm vorbeifuhr. Er hatte seine junge Tochter bei sich, und die beiden legten Selman auf den Karren und nahmen ihn mit. Die Tochter kümmerte sich den ganzen Weg über um Selman. Wenn sie abends ihr Lager aufschlugen, wusch sie ihn mit Kernseife und flößte ihm eine dampfende Schüssel *menudo* ein, eine scharfe Speise aus Kutteln, mit Chilischoten gewürzt. Als sie den Fluss überquerten und nach Mexiko kamen, war Selman schon auf dem Weg der Besserung. »John hat immer wieder erklärt, das *menudo* hätte ihm das Leben gerettet«, meinte ein Mann am Tresen. »Er isst immer noch jeden Tag eine Schüssel davon.« Mehrere Köpfe nickten wissend. »Das Zeug heilt dich oder es bringt dich um«, bemerkte ein anderer.

Als sie auf der Ranch des Vaters eintrafen, heiratete Selman das Mädchen. John ging nach Texas, um seine Kinder zu holen, fand aber nur noch die beiden jüngsten Söhne, Bud und den jungen John. Selman lebte jahrelang in Mexiko, und seine Söhne wuchsen praktisch als Mexikaner auf. Man erzählte sich, dass Selman sich bestens mit einem mörderischen Capitan der Rurales anfreundete – der Nationalpolizei, die der mexikanische Diktator Diaz geschaffen hatte – und dass er manchmal dabei half, für einen Teil der Belohnung Flüchtige aufzugreifen. Als seine zweite Frau starb, zog er mit seinen nun erwachsenen Söhnen wieder nach Norden über den Fluss – nach El Paso.

Das war vor sechs Jahren gewesen, und alle meine Auskunftgeber waren sich darin einig, dass die Stadt damals noch wilder gewesen sei als heute. Doch obwohl der alte John langsam alt wurde, hatte er immer noch ziemlich viel Pfeffer im Blut. Er hatte schnell den Ruf weg, es mit den Härtesten im Trinken und Spielen aufnehmen zu können – und sich in einem Streit zu Wehr zu setzen. El Paso mangelte es seit jeher an harten Gesetzeshütern, also wurde er 1892 zum Constable der Stadt gewählt.

Im Jahr darauf heiratete er mit siebenundfünfzig Jahren eine sechzehnjährige Mexikanerin. Sie war erheblich jünger als seine Söhne, und beiden war die Heirat so peinlich, dass sie in ihrer Wut monatelang nicht mit dem Vater sprachen. Angeblich meinte der alte John: »Keine Ahnung, warum die sich so anstellen. Sollten lieber stolz darauf sein, dass ihr Papa immer noch so etwas Hübsches abkriegt. Schätze, die sind einfach nur eifersüchtig.« Schließlich versöhnte er sich wieder mit seinen Jungs, und einer von ihnen, der junge John, wurde selbst Polizist in der Stadt.

Von den acht, neun Männern am Tresen im Show Saloon behaupteten vier, sie seien Zeugen gewesen, wie John Selman im Jahr zuvor Bass Outlaw in einem Bordell erschossen hatte. Die anderen Männer schnaubten nur verächtlich und meinten, sie würden wetten, keiner von den vieren sei auch nur in der Nähe gewesen. »Man müsste noch sechs Stockwerke auf das Bordell draufsetzen, wenn man alle Männer unterbringen wollte, die schwören, dass sie die Schießerei mit eigenen Augen gesehen haben«, sagte einer, und alle, außer den vier selbst ernannten Zeugen, lachten herzlich.

Bass Outlaw war ein berüchtigter Missetäter; zuvor war er Texas Ranger gewesen, bis er wegen Trunkenheit gefeuert wurde. Daraufhin war er Deputy U.S. Marshal geworden. In der fraglichen Nacht war er betrunken gewesen und in Rage geraten, weil das Mädchen, das er hatte haben wollen, mit einem anderen Kunden beschäftigt war. Er verkündete lautstark, er würde nach oben gehen und jede einzelne Tür eintreten, bis er seine Lieblingshure gefunden habe. Der alte John saß neben ihm und sagte nur: »He, Bass, du willst doch nicht allen da oben den Spaß verderben. Warte einfach, bis du drankommst.« In diesem Augenblick drehte sich Texas Ranger Joe McKidrict zu Outlaw um und sagte: »Bass, du bist doch eh zu besoffen zum Vögeln.«

Kaum hatte er das gesagt, zog Outlaw und pustete ihm ein Loch ins Herz. Selman griff nach seiner Waffe, und Outlaw schoss ihm zwei Mal ins Bein – dann verpasste ihm John eine Kugel durch das Auge, blies ihm den halben Kopf weg, und der Kampf war entschieden.

»Seitdem humpelt der alte John«, meinte einer. »Der Mann kann ohne seine Krücke keine zehn Schritte gehen.«

»Stimmt«, sagte ein anderer, »aber seine verfluchte Schusshand braucht keine Krücke. Das sollte Hardin besser im Hinterkopf behalten.«

Als ich aus dem Saloon kam und die Utah Street entlang in Richtung Acme Saloon ging, lagen die lärmenden Straßen schon im Dämmerlicht. Der Himmel entlang der Bergkette war blutrot. Als ich an die Ecke kam, schaute ich nach links – und keine zehn Schritte entfernt standen John Henry Selman und John Wesley

Hardin und machten durchaus den Anschein, als seien sie bereit, sich gegenseitig umzubringen.

Sie standen sich nur drei Fuß entfernt gegenüber. Ich hatte sie so ausführlich beschrieben bekommen, dass ich die beiden sofort erkannte. Ein paar andere Fußgänger hatten sie ebenfalls bemerkt und hasteten über die Straße oder verschwanden den Gehsteig entlang. Den meisten Menschen in der Umgebung aber fiel die Konfrontation gar nicht auf.

Selman hielt seine Krücke in der linken Hand und die rechte bereit, nach der Waffe an seiner Hüfte zu greifen. Hardin stand mit den Händen an den Jackenaufschlägen da. Ich konnte nicht erkennen, ob er bewaffnet war. Aber ihre Gesichter sah ich deutlich. Die beiden waren starr vor Wut. Sie sprachen scharf, aber nicht laut, und der Straßenlärm übertönte viel von dem, was sie sagten. Wäre ich noch zwei Fuß weiter weg gewesen, hätte ich nichts von dem Gespräch mitbekommen.

»… weißt verdammt gut … die Ware abgenommen. Ich weiß … mich betrogen!«, zischte Selman durch die Zähne, und sein grauer Schnurrbart zuckte vor Wut. »Ich lasse mich nicht betrügen, verstanden? Ich lasse mich nicht … und von niemand anderem.«

»Zum Teufel …«, sagte Hardin. »… zwischen George und dir. Er ist dein Partner, nicht …«

»Was … George … dich nichts an«, entgegnete Selman. »Ich weiß, er hat mich betrogen, du … ich warne dich … mit mir ins Reine, und zwar bald!«

»Mich warnen?«, meinte Hardin. »Niemand … ein Eimer voll Scheiße mit einem Abzeichen dran … Missgeburt … Frauen belästigt.«

Selmans Gesicht verdüsterte sich vor Zorn, als würde er gleich einen Anfall kriegen. Eine Straßenbahn ratterte die Straße entlang, schrillte laut mit der Glocke, und ich konnte nicht verstehen, was Selman als Nächstes zu Hardin sagte oder was der darauf erwiderte. Was Hardin dann tat, steht mir allerdings noch heute lebhaft vor Augen. Er streckte beide Hände aus, als wolle er Selman zeigen, dass sie leer waren. Dann faltete er die unteren Finger an beiden Händen ein, reckte die Daumen in die Höhe und

zeigte mit den Zeigefingern auf Selman wie mit Revolverläufen.
Dann klappte er die Daumen ein und formte mit dem Mund: »Peng!« Selman trat einen Schritt zurück, als wäre er gestoßen worden. Er wirkte überrascht. Hardin grinste, hob langsam einen Zeigefinger nach dem anderen zum Mund und pustete darüber hinweg, als würde er den Pulverqualm vertreiben. Dann schlenderte er über die Straße und betrat den Acme Saloon.

Selman schaute ihm mit vor Zorn hochrotem Kopf hinterher, dann drehte er sich um und bemerkte, dass ich ihn anstarrte.

»Ach … Constable Selman«, sagte ich, »ich heiße Peckinpah. Von der *Police Gazette*. Ich wollte fragen, ob …«

»Leck mich!«, sagte er und stapfte davon.

Als ich Hardin sagte, dass ich bei der *Gazette* arbeite, und ihm einen Drink spendierte, wollte er als Erstes wissen, ob ich vor sechs Jahren über den Faustkampf zwischen Sullivan und Kilrain geschrieben hatte. »Wir haben im Gefängnis davon gehört«, sagte er, »aber ich habe noch nie jemanden kennengelernt, der den Kampf mit eigenen Augen gesehen hat.«

Ich war ebenfalls nicht bei dem Kampf gewesen, kannte aber mehrere Reporter, die ihn gesehen hatten, und das machte mich zu dem besten Zeugen, den er bisher kennengelernt hatte. Also rekapitulierte ich für ihn alles, was ich selbst über diese grandiose Schlacht gehört hatte. Ich musste zugeben, dass ich über das Resultat des Kampfes erstaunt gewesen war, denn ich hatte nicht damit gerechnet, dass sich Sullivan, dieser Säufer, jemals den Angriffen des jüngeren und schnelleren Kilrain in der sengenden Mississippi-Sonne widersetzen konnte. Als Kilrain ihn blutig geschlagen hatte und Sullivan recht früh pausierte, weil er sich übergeben musste, hatten alle Reporter angenommen, dass er erledigt war, berichtete ich Hardin. Er war hingerissen. »Aber das alte Schlachtross war nicht erledigt, oder?«, fragte er. Ganz sicher nicht, bestätigte ich. Nach fünfundsiebzig Runden in zwei Stunden und sechzehn Minuten warfen Kilrains Sekundanten das Handtuch. Hardin grinste breit. »Wette niemals gegen das Schlachtross.«

Wir standen am Ende des Tresens in der Nähe der Vordertür,

und ich gab Frank, dem Barkeeper, ein Zeichen zum Nachschenken. Als ich Hardin berichtete, dass der Hauptreporter der *Gazette* bei dem Boxkampf niemand anderer als Steve Brodie gewesen sei, der berühmte Brückenspringer, ein guter Freund von mir, schlug Hardins Interesse eine andere Richtung ein. Ich musste mich in aller Ausführlichkeit über die Sprünge auslassen, bei denen ich Steve beobachtet hatte. Ich erzählte ihm, dass Brodie mehr als einmal ohnmächtig aus einem Fluss gefischt worden war, dass ihm danach Blut aus Nase, Mund und Ohren lief, er sich manchmal die Rippen gebrochen und es ihm die Schuhe ausgezogen hatte. Dutzende von Männern und jungen Burschen starben Jahr für Jahr bei dem Versuch, es Steve Brodie gleichzutun.

»Verdammt, aber der Kerl hat Mumm!«, begeisterte sich Hardin. »Und er kann ganz schön was einstecken, hm?« John Wesley Hardin ist der Einzige, mit dem ich jemals über Steve Brodie gesprochen habe, der sich nicht gefragt hat, warum ein Mann mit Sprüngen von hohen Brücken sein Leben riskierte und solche Schmerzen einsteckte.

Er meinte, es wäre ihm ein Vergnügen, mir für die *Gazette* ein Interview zu geben, doch zu dem Interview kam es nie. Er stellte viel zu viele Fragen – vor allem nach dem Schreiben. Er erzählte mir, dass er in den letzten Monaten seine Lebensgeschichte aufgeschrieben hatte und das Buch fast fertig war. Er wollte alles wissen über die Erzähltechniken, Ausführung und Beschreibung – auch wenn er die richtigen Begriffe für viele dieser Dinge nicht kannte. Ich meinte, ich würde mich freuen, sein Werk zu lesen, und bot ihm meine Hilfe an. Er lächelte fast ein wenig schüchtern und meinte, dafür wäre er dankbar.

Ich versuchte immer wieder, unsere Unterhaltung auf ihn selbst zu bringen, doch er hörte viel lieber Geschichten, über die ich in der *Gazette* geschrieben hatte – über die Hinrichtung von William Kemmler, dem ersten zum Tode Verurteilten, der auf dem elektrischen Stuhl starb – eine Prozedur, die über acht Minuten dauerte und die Leiche halb durchkochte; über Zwangsprostitution, über die ich in den düsteren Winkeln von New York recherchiert hatte; über die Sex-Skandale und Opiumhöhlen und die Arbeitsunruhen; über Verbrechen aus Leidenschaft. Als ich es endlich schaffte, ihn nach seinen Anfängen als Desperado zu befragen, wich er mir aus. »Sagen wir, ich wurde durch die mörderischen Yankee-Besatzungstruppen und Glücksritter dazu getrieben. Wer mehr wissen will, kann ja in meinem Buch darüber lesen. Aber sagen Sie, was war das Merkwürdigste, das Sie je gesehen haben?«

Ein paar Minuten später kam ein Freund von Hardin namens Henry Brown herein und teilte ihm mit, dass Old John Selman vor dem Saloon auf einem Fass sitzen würde.

»Sein Sohn Young John und Captain Carr sind gerade aufgetaucht, und ich habe ihn sagen hören, sie sollen in der Nähe bleiben und sich auf Ärger mit dir einstellen«, sagte Henry Brown.

»Typisch für den alten Feigling, sich Hilfe zu holen«, meinte Hardin. »Wie sieht er aus?«

»Schwer zu sagen«, antwortete Brown. »Grinsen tut er jedenfalls nicht.«

»Der Mistkerl hat Angst«, stellte Hardin fest. »Heimtückischen Kerlen gefällt die Vorstellung nie, sich einem Gegner von Mann zu Mann zu stellen. Schätze, ich lasse ihn noch eine Weile im eigenen Saft schmoren. Dann kann er noch ein wenig darüber nachdenken, wie die Dinge stehen.«

»Und was dann?«, fragte ich. »Wollen Sie rausgehen und sich ihm stellen?« Ich bemühte mich, meine Erregung hinter einem lässigen Ton zu verbergen – doch in Wahrheit war ich ganz aufgeregt bei der Aussicht, Zeuge einer Groschenheftschießerei zwischen zwei berühmten Revolverhelden zu werden.

»Tja«, meinte Hardin nur, »warten wir mal ab, dann werden wir schon sehen, was passiert.« Ich nehme an, er wusste, wie es mir ging, und amüsierte sich darüber.

Dann würfelte Hardin mit Brown die nächste Runde aus. Ich erzählte ihm, dass ich seine Unterhaltung mit Selman auf der anderen Straßenseite mitbekommen, aber nicht recht aufgeschnappt hätte, worum es genau ging. »Sie haben ihn mit Ihren Zwei-Finger-Revolvern ganz schön eingeschüchtert«, sagte ich, und wir kicherten beide. »Haben Sie gesehen, wie er zusammenzuckte, als ich ihn mit diesen Fingern, Kaliber .44, umgelegt habe?«, fragte Hardin. »Der alte Narr hat fast einen Herzanfall gekriegt.«

Hardin hatte sich bei unserer Unterhaltung mit einem Ellbogen auf den Tresen gestützt und warf immer wieder einen Blick in den Barspiegel, um die Eingangstür im Auge zu behalten. Ganz plötzlich spannte er sich an und ließ die rechte Hand in die Jacke gleiten. Ich sah zur Tür und entdeckte dort Old Selman, der Hardin im Spiegel in die Augen schaute, die linke Hand am Stock, die rechte locker neben seinem .45er Colt im Holster.

Er war nicht allein. Doch der Mann neben ihm – später fand ich heraus, dass es sich um E. L. Shackleford handelte –, war kein Kämpfer. Er wirkte sehr nervös, so nah bei Old John Selman zu stehen. Um ehrlich zu sein, war auch ich nicht sonderlich entspannt dabei, so dicht neben Hardin zu sein.

Shackleford eilte durch den Raum und meinte laut: »Hier hinten, John. Wir trinken einen mit R. B. und Shorty.« R. B. Stevens, der Besitzer des Acme, und ein Bursche namens Shorty Anderson tranken gleich bei der Tür zum Privatzimmer am hinteren Ende des Saloons miteinander. Zu diesem Zeitpunkt waren noch wenige Gäste im Acme Saloon.

Selman blieb ein paar Sekunden wie angewurzelt stehen und erwiderte Hardins Blick im Spiegel. Ich sah zu Hardin hinüber, der langsam und stumm zu Selman mit den Lippen die Worte formte: »Tu's … doch.«

Selmans Gesicht nahm die Farbe von klammem Ton an. Hardin lächelte und nahm die Hand aus der Jacke. Er richtete seinen Zeigefinger auf Selmans Spiegelbild und sagte leise: »Peng.« Dann lachte er laut.

Selman löste seinen Blick von Hardin, wurde rot vor Zorn und folgte Shackleford humpelnd zum Hinterzimmer.

Hardin lächelte mich an und sagte: »Diesmal hat schon ein Finger gereicht, um ihn nervös zu machen.« Er sah sich breit grinsend im ganzen Raum um. »Sammy«, sagte er und klopfte mir auf die Schulter, »würfeln wir die nächste Runde aus.«

Plötzlich wirkte er zwanzig Jahre jünger – kaum älter als ein junger Bursche –, glücklich, zuversichtlich, sorgenfrei. Seine Augen tanzten strahlend, sein Lächeln war ansteckend. Er schnappte sich den Würfelbecher und sagte: »Ich kann nicht verlieren, Junge, ich nicht. Aber ich will euch ja nicht zu Bettlern machen, also spielen wir um Vierteldollar.« Und bei den nächsten zehn Würfen gegen mich, dann noch mal sechs Würfen gegen Henry Brown, verlor er tatsächlich kein einziges Mal.

Als Selman und Shackleford wieder aus dem Hinterzimmer kamen, war Selmans Gesicht so starr wie sein Krückstock, aber seine Augen waren glutrot und strahlten vom Whiskey. Ich konnte die Hitze seiner Wut spüren, als er an uns vorbeikam. Auf dem Weg zur Tür schaute er nicht ein Mal in unsere Richtung. Im Barspiegel sah Hardin ihm hinterher, und ich hörte ihn leise kichern. Er nahm den Würfelbecher, schüttelte und ließ sie rollen. Wieder lachte er und sagte zu Henry Brown: »Vier Sechser zu überbieten.«

Henry griff nach dem Würfelbecher, ich zündete mir eine Pfeife an und drehte mich zu Hardin um. Er lächelte sich fröhlich im Spiegel zu, die Hände auf dem Tresen gefaltet – ein Bild völliger Selbstzufriedenheit.

Dann schaute er beiseite, sein Lächeln verschwand, ich folgte seinem Blick in den Spiegel und sah Selman, der in den Schwingtüren stand und seinen Peacemaker auf Hardins Hinterkopf richtete. »Mach ich!«, rief er und schoss.

Noch im Lärm des Schusses hörte ich die Kugel feucht durch den Schädel brechen und gegen den Rahmen des Barspiegels klappern. Ein zweiter Schuss donnerte los, und die Kugel schlug in der Wand ein, als Hardin rücklings zu Boden fiel. Selman rannte herbei und schoss noch zwei Mal aus allernächster Nähe. Dann packte ein anderer Polizist – Young Selman – ihn am Arm und rief: »Stopp! Schluss jetzt! Du hast ihn erschossen!«

Old Selman sah sich wirr um. Young Selman nahm ihm die Waffe ab, drängte ihn von der Leiche fort und sprach schnell und ernsthaft auf ihn ein. Unter Hardins Kopf bildete sich eine helle Blutlache, und ein rotes Rinnsal lief ihm aus einem Loch über dem halb geschlossenen, zerschossenen linken Auge das Gesicht hinab. Das andere Auge stand offen und war tot wie Glas.

Mir dröhnten die Ohren von den Schüssen, und meine Augen brannten vom Pulverqualm. Ich sah Shackleford und Henry

Brown zur Hintertür hinauseilen. Ich wollte ebenfalls weg, aber ich hatte Angst, wenn ich den Tresen losließ, würden meine Beine nachgeben.

Im nächsten Augenblick war der Saloon in Aufruhr und gesteckt voll mit schnatternden Gaffern, die sich gegenseitig schubsten, um einen besseren Blick auf den toten John Wesley Hardin zu erhaschen. Jeder Neuankömmling musste sich von dem Mann, der kurz vor ihm eingetroffen war, alles erzählen lassen, was geschehen war. Alle stritten und gestikulierten wütend.

Ich hörte einen Mann lautstark erklären, dass Selman schneller gezogen hatte als Hardin und ihm direkt durchs Auge geschossen hatte.

Dann stürmte eine Schar Huren aus dem Haus an der Ecke in einem parfümierten Rausch aus wirbelnden Röcken und schnatternder Aufgeregtheit herein. Sie keuchten, schimpften und weinten. Ein paar von ihnen beugten sich vor und tauchten Taschentücher oder Unterrocksäume in das Blut am Boden. Eine berührte Hardin sanft im Gesicht, wie ich sah, eine andere starrte einen Augenblick lang ihre blutige Fingerspitze an und leckte sie dann ab.

Stevens, der Saloonbesitzer, und ein Gesetzeshüter namens Carr versuchten vergeblich, alle hinauszuscheuchen, und standen streitend über der Leiche. Stevens wollte, dass der Mann auf der Stelle aus seinem Lokal entfernt wurde, Carr wiederum beharrte eisern darauf, dass er nichts dergleichen tun, sondern darauf warten würde, dass der Polizeichef kam und die Sache übernahm. Er kniete sich neben die Leiche, durchsuchte sie – und zog zwei Revolver hervor.

Jemand bahnte sich einen Weg durch die Menge – Jeff Milton, wie ich später erfuhr –, die Selmans im Schlepptau. »Macht Platz, verflucht!« – und schon wichen die Menschen zurück.

Die Selmans und er sahen auf den Toten am Boden hinunter. Old John grinste wie irre. Er stupste Hardins Schulter mit seinem Stock an. »Siehst du, Jeff?«, sagte er. »Siehst du? Wie ich gesagt habe! Er griff nach seiner Waffe, und ich habe ihn getötet. Ich hab's getan!« Er streckte Milton die Hand hin. »Schüttel die Hand des Mannes, der John Wesley Hardin umgebracht hat.«

Milton sah Selmans Hand an, als wolle er sie anspucken. »Dieser Mann«, erklärte er und wies auf die Leiche, »wurde hinterrücks erschossen!« Er sah Selman mit tiefster Verachtung an und stapfte davon.

Ich sah, wie Stevens sich neben den Tresen kauerte und mit Daumen und Zeigefinger etwas aufhob. Er grinste wie ein Lotteriegewinner und zeigte mir die Kugel, die durch Hardins Kopf geflogen war. Er ließ sie in ein Whiskeyglas fallen und stellte sie auf dem Regal hinter dem Tresen zur Schau.

Dann trafen die Assistenten des Totengräbers ein und trugen die Leiche in den Aufbahrungsraum, wo sie von einer Gruppe von Ärzten für den offiziellen Bericht begutachtet wurde. Innerhalb weniger Stunden wurden bereits Fotografien von Hardins nackter Leiche, an der die Wunden deutlich zu sehen waren, auf der Straße verhökert.

Dieser Bericht erschien im *El Paso Daily Herald* am 20. August 1895:

> Folgender Befund wurde heute Nachmittag von den drei Ärzten, die namentlich unterzeichnet haben, an Richter Howe übergeben:
>
> »Wir, die Unterzeichnenden, praktizierende Ärzte, bescheinigen hiermit, dass wir die Schusswunden an der Person des verstorbenen John Wesley Hardin untersucht haben, und es ist unsere einhellige Auffassung, dass die Wunde, die seinen Tod verursacht hat, von einer Kugel stammt, dass die Kugel in die Schädelbasis posterior eingedrungen ist und an der oberen Ecke des linken Auges wieder austrat.«
>
> Gezeichnet
> S. G. Shepard
> W. N. Vilas
> Alward White.
>
> Die Wunden an Hardins Körper befanden sich am Hinterkopf, die Kugel trat knapp über dem linken Auge aus. Ein weiterer Schuss in die rechte Brust, knapp an der Brustwarze vorbei, ein weiterer durch den rechten Arm. Der Leichnam wurde

von Leichenbestatter Powell einbalsamiert und wird gegen 16 Uhr auf dem Friedhof Concordia beigesetzt.

John Wesley Hardin wurde auf dem Friedhof Concordia in El Paso beigesetzt. Auf einer kleinen Tafel am Sarg stand: »In Frieden.« Bei seiner Beerdigung war keine Verwandtschaft anwesend, nur ich und eine Handvoll Neugieriger – dazu eine verschleierte, in Schwarz gekleidete Frau. Kaum dass der Sarg hinabgelassen wurde, verließ sie die Beerdigung.

John Henry Selman wurde des Mordes angeklagt und stand in El Paso vor Gericht. Sein Verteidiger war Albert Bacon Falls, der später Innenminister wurde und wegen seiner Rolle im Teapot-Dome-Skandal ins Gefängnis kam. Falls argumentierte, dass Selman in Notwehr gehandelt habe. Die Geschworenen kamen zu keinem Urteil, also setzte der Richter einen neuen Gerichtstermin an und ließ Selman auf Kaution frei. In der Nacht bevor ich El Paso verließ, sah ich ihn in einer dunklen Ecke des Wigwam Saloon sitzen, angetrunken, aber wachsam jeden Mann beobachtend, der das Lokal betrat; wahrscheinlich schwirrten in seinem Kopf Bilder von jungen Pistoleros herum, die ihren Ruhm durch jenen Mann zu mehren suchten, der John Wesley Hardin umgebracht hatte.

Aus der *El Paso Times* vom 5. April 1896

John Selman, Sieger in nicht weniger als zwanzig Schießereien in Texas, Exterminator der »bösen Männer« und Mörder von John Wesley Hardin, liegt am heutigen Tage nach einer Schussverletzung im Sterben. Etwa drei Monate zuvor hatten Selman und United States Marshal Geo. Scarborough einen Streit beim Kartenspiel, und seit diesem Zwischenfall waren ihre Beziehungen nicht sonderlich herzlich. Heute früh gegen vier Uhr begegneten sie sich im Wigwam Saloon, beide tranken. Scarborough erklärte, Selman habe gesagt: »Komm, ich will dich sprechen«, daraufhin seien die beiden Männer in eine Gasse hinter den Saloon gegangen, und Selman, dessen Sohn in Juárez, Mexiko, im Gefängnis sitzt, sagte zu Scarborough: »Du musst mich heute früh über den Fluss begleiten. Wir müssen den Jungen aus dem Knast holen.«

Scarborough willigte ein, Selman zu begleiten, doch fügte er an, dass es in Juárez keinen Ausbruchsversuch geben dürfe. Er betonte, dass Selman daraufhin nach seinem Revolver griff und sagte: »Ich glaube, ich lege dich um.« Scarborough zog seine Waffe und schoss. Beim zweiten Schuss fiel Selman, und als er versuchte aufzustehen, feuerte Scarborough noch zwei weitere Male. Als Selman untersucht wurde, konnte weder bei ihm noch in der nächsten Nähe eine Waffe gefunden werden. Scarborough sagte, Selman habe eine bei sich gehabt, doch sei diese ihm wohl gestohlen worden, als er am Boden lag, noch bevor die Polizei eintraf. Scarboroughs erster Schuss traf Selman in den Hals. Die folgenden beiden Schüsse drangen in das linke Bein oberhalb des Knies und rechts unter der untersten Rippe ein. Eine vierte Wunde an der rechten Hüfte stammte anscheinend von Selmans Revolver, der vorzeitig losging, da die Kugel nach unten flog. Scarborough ist etwa 38 Jahre alt. Er wurde in Louisiana geboren und wuchs in Texas auf; mehrere Jahre lang war er Sheriff in Jones County. Selman wuchs am Colorado River in Texas auf. Er war etwa 58 und hat ein stürmisches Leben geführt. Wenn er nicht trank, war er sanft wie ein Kind, aber er kannte keine Furcht und hat nicht weniger als zwanzig Gesetzlose getötet. Er war ein todsicherer Schütze und zog schnell. Vor ein paar Jahren hat er in Donna Anna County, New Mexico, gegen eine Bande von Viehdieben gekämpft, zwei getötet und die anderen verhaftet, vier insgesamt. Vor ein paar Jahren tötete er in El Paso Bass Outlaw, einen Deputy United States Marshal.

EPILOG

»Schon wahr, es ist fast so schlimm, jemanden zu töten, wie getötet zu werden. Das trieb meinen Vater in ein frühes Grab; es trieb meine Mutter fast in den Wahnsinn; es brachte meinen Bruder Joe und meine Cousins Tom und William um; es machte die Frau meines Bruders zur Witwe mit zwei hilflosen Kindern … vom Kummer zahlloser anderer ganz zu schweigen. Und doch sage ich, ein Mann, der nicht das erste Gesetz der Natur anwendet – das der Selbsterhaltung –, verdient es nicht zu leben und die Luft des Lebens zu atmen.«

Aus:
Das Leben John Wesley Hardins, von ihm selbst niedergeschrieben